孫康宜文集

學生淩超
丁酉敬題

卷四

漢學研究專輯 I

Collected Works of Kang-i Sun Chang

名家推薦

余英時（中央研究院院士、美國哲學會院士）

白先勇（香港中文大學教授、華文文學泰斗）

余秋雨（上海戲劇學院教授、著名華語散文家）

王德威（中央研究院院士、美國哈佛大學中國文學與比較文學Edward Henderson講座教授）

鄭毓瑜（台灣大學中國文學系講座教授、中央研究院中國文哲研究所合聘研究員）

黃進興（中央研究院院士）

胡曉真（中央研究院中國文哲研究所所長）

柯慶明（台灣大學中國文學系名譽教授）

作者致謝

感謝蔡登山、宋政坤二位先生、以及主編韓晗的熱心和鼓勵，是他們共同的構想促成了我這套文集在臺灣的出版。同時我也要向《文集》的統籌編輯鄭伊庭和編輯盧羿珊女士及杜國維先生致謝。

感謝徐文花費很多時間和精力，為我整理集內的大量篇章，乃至重新打字和反復校對。她的無私幫助令我衷心感激。

感謝諸位譯者與合作者的大力協助。他們的姓名分別為：李奭學、鍾振振、康正果、葉舒憲、張輝、張健、嚴志雄、黃紅宇、謝樹寬、馬耀民、皮述平、王璦玲、錢南秀、陳磊、金溪、淩超、卞東波。是他們的襄助充實和豐富了這部文集的內容。

感謝曾經為我出書的諸位主編——廖志峰、胡金倫、陳素芳、隱地、初安民、邵正宏、陳先法、楊柏偉、張鳳珠、黃韜、申作宏、張吉人、曹淩志、馮金紅等。是他們嚴謹的工作態度給了我繼續出版的信心。

感謝耶魯大學圖書館中文部主任孟振華先生，長期以來他在圖書方面給我很大的幫助。

感謝王德威、黃進興、陳淑平、石靜遠、蘇源熙、呂立亭、范銘如等人的幫助。是他們的鼓勵直接促成了我的寫作靈感。

感謝外子張欽次，是他多年來對我的辛勤照顧以及所做的一切工作最終促成這部文集的順利完成。

二〇一六年十月寫於耶魯大學

徜徉古典與現代之間*
——《孫康宜文集》導讀

韓晗

二〇一五年，本人受美國耶魯大學與臺灣秀威資訊科技有限公司的共同委託，主編《孫康宜文集》（五卷本）。孫康宜教授是一位我敬慕的前輩學者與散文家，也是馳名國際學壇的中國古典文學研究專家。經出版方要求及孫康宜教授本人同意，筆者特撰此導讀，以期學界諸先進對孫康宜教授之學術觀念、研究風格與散文創作有著更深入的認識、把握與研究。

一

總體來看，孫康宜的學術研究分為如下兩個階段。

與其他同時代許多海外華裔學者相似，孫康宜出生於中國大陸，上世紀四十年代末去臺灣，在臺灣完成了初等、高等教育，爾後赴美繼續攻讀碩士、博士學位，最後在美國執教。但與大多數人不同之處在於孫康宜的人生軌跡乃是不斷跌宕起伏，並非一帆風順。因此，孫康宜的學術研究分期，也與其人生經歷、閱歷有著密不可分的聯繫。

*上海戲劇學院教授余秋雨先生對該導讀的修訂提出了非常重要的修改意見，筆者銘感至深，特此致謝。

一九四四年，孫康宜出生於中國北京，兩歲那年，因為戰亂而舉家遷往臺灣。其父孫裕光曾畢業於早稻田大學，並曾短期執教北京大學，而其母陳玉真則是臺灣人。孫康宜舉家遷臺之後，旋即爆發「二・二八」事件，孫康宜的舅舅陳本江因涉「臺共黨人」的「鹿窟基地案」而受到通緝，其父亦無辜受到牽連而入獄十年。[1]

可以這樣說，幼年至少年時期的孫康宜，一直處於顛沛流離之中。在其父蒙冤入獄的歲月裡，她與母親在高雄林園鄉下相依為命。這樣獨特且艱苦的生存環境，鍛鍊了孫康宜堅強、自主且從不依賴他人的獨立性格，也為其精於鑽研、刻苦求真的治學精神起到了奠基作用。

一九六二年，十八歲的孫康宜保送進入臺灣東海大學外文系，這是一所與美國教育界有著廣泛合作並受到基督教會支持的私立大學，首任校董事長為前教育部長杭立武先生，這是孫康宜學術生涯的起點。據孫康宜本人回憶，她之所以選擇外文系，乃與其父當年蒙冤入獄有關。英文的學習可以讓她產生一種逃避感，使其可以不必再因為接觸中國文史而觸景生情。從某個角度上講，這與「後毛澤東時代」的中國青年在選擇專業時更青睞英語、日語而不喜歡中國傳統文史有著精神上的相通之處。

在這樣的語境下，孫康宜自然對英語有著較大的好感，這也為她今後從事英語學術寫作、比較文學研究打下了基礎。她的學士學位論文以美國小說家麥爾維爾（Herman Melville）的小說《白鯨》（*Moby-Dick; or, The Whale*）為研究對象。用孫康宜本人的話講：「他一生中命運的坎坷，以及他在海洋上長期奮鬥的生涯，都使我聯想到自己在白色恐怖期間所經歷的種種困難。」[2]

從東海大學畢業後，孫康宜繼續在臺灣大學外文研究所攻讀美國文學研究生。多年英語的學習，使得孫康宜有足夠的能力赴美留學、生活。值得一提的是，此時孫裕光已經出獄，但屬於「有前科」

[1] 如上回憶詳見孫康宜：《走出白色恐怖》，北京：生活・讀書・新知三聯書店，二〇一二年。
[2] 孫康宜：藉著書寫和回憶，我已經超越了過去的苦難（燕舞採寫），《經濟觀察報》，二〇一二年八月三十一日。

的政治犯，當時臺灣正處於「戒嚴」狀態下，有「政治犯」背景的孫康宜一家是被「打入另冊」的，她幾乎不可能在臺灣當時的體制下獲得任何上升空間（除了在受教育問題上還未受到歧視之外），甚至離臺赴美留學，都幾乎未能成行。[3]在這樣的語境下，定居海外幾乎成為了孫康宜唯一的出路。

在臺大外文所攻讀碩士學位期間，成績優異的孫康宜就被新澤西州立大學羅格斯分校（Rutgers-the State University of New Jersey）圖書館學系的碩士班錄取。歷史地看，這是一個與孫康宜先前治學（英美文學）與其之後學術生涯（中國古典文學）並無任何直接聯繫的學科；但客觀地說，這卻是孫康宜在美國留學的一個重要的過渡，因為她想先學會如何在美國查考各種各樣的學術資料，並對書籍的分類有更深入的掌握。一九七一年，孫康宜獲得該校圖書館學系的碩士學位之後，旋即進入南達科達州立大學（South Dakota State University）英文碩士班學習，這是孫康宜獲得的第二個碩士學位——她又重新回到了英美文學研究領域。

嗣後，孫康宜進入普林斯頓大學（Princeton University）東亞研究系博士班，開始主修中國古典文學，副修英美文學與比較文學，師從於牟復禮（Frederick W. Mote）、高友工等知名學者。普林斯頓大學的學術訓練真正開啟了她未來幾十年的學術研究之門——比較文學視野下的中國古典文學研究。

一九七八年，三十四歲的孫康宜獲得普林斯頓大學博士學位，並發表了她的第一篇英文論文，即關於加州大學伯克利分校（University of California, Berkeley）東亞系教授西瑞爾・白之（Cyril Birch）的《中國文學文體研究》（*Studies of Chinese Literary Genres*）的書評，刊發於《亞洲研究》（*Journal of Asian Studies*）雜誌上。這篇文章是她用英文進行學術寫作的起點，也是她進入美國學界的試筆之作。

[3] 孫康宜在《走出白色恐怖》中回憶，她和兩個弟弟離臺赴美留學時，數次被臺灣當局拒絕，最終時任保密局長的谷正文親自出面，才使得孫康宜姐弟三人得以赴美。一九七八年，其父孫裕光擬赴美治病、定居，但仍遭到當局阻撓，孫康宜無奈向蔣經國寫信求助，其父才得以成行。

一九七九年是孫康宜學術生涯的重要轉捩點。她的第一份教職就是在人文研究頗有聲譽的塔夫茨大學（Tufts University）任助理教授，這為初出茅廬的孫康宜提供了一個較高的起點。同年，孫康宜回到中國大陸，並在南京大學進行了學術講演，期間與唐圭璋、沈從文與趙瑞蕻等前輩學者、作家有過會面。作為「改革開放時期」最早回到中國大陸的旅美學者之一，孫康宜顯然比同時代的其他同行更有經歷上的優勢。

次年，在普林斯頓大學東亞系創系主任牟復禮教授的推薦下，孫康宜受聘普林斯頓大學葛思德東方圖書館（East Asian Library and the Gest Collection）擔任館長，這是一份相當有榮譽感的職位，比孫康宜年長五十三歲的中國學者兼詩人胡適曾擔任過這一職務。當然，這與孫康宜先前曾獲得過圖書館學專業的碩士學位密不可分。在任職期間她由普林斯頓大學出版社出版了自己第一本英文專著《晚唐迄北宋詞體演進與詞人風格》（*The Evolution of Chinese Tz'u Poetry: From Late T'ang to Northern Sung*）。這本書被認為是北美學界第一部完整地研究晚唐至北宋詩詞的系統性著述，它奠定了孫康宜在北美學術界的地位。一九八二年，孫康宜開始執教耶魯大學（Yale University），並在兩年後擔任該校東亞語文研究所主任，一九八六年，她獲得終身教職。

如果將孫康宜的學術生涯形容為一張唱片的話，從東海大學到普林斯頓大學這段經歷，是為這張唱片的A面，而其後數十年的「耶魯時光」將是這張唱片的B面。因此，《晚唐迄北宋詞體演進與詞人風格》既是A面的終曲，也是B面的序曲。此後孫康宜開始將目光聚集在中國古典文學之上，並完成了自己的第二本英文專著《六朝文學概論》（*Six Dynasties Poetry*）。

從嚴謹的學科設置來看，唐宋文學與六朝文學顯然是兩個不同的方向。但孫康宜並不是傳統意義上的歷史考據研究學者，她更注重於從現代性的視野下凝視中國古典文學的傳統性變革，即「作家」如何在不同的時代下對政治、歷史乃至自身的內心進行書寫的流變過程。這與以「樸學」為傳統的古典文學經典研究方式不盡相同，而是更接近西方學界主流研究範式——將話語分析、心理分析、女性主義與文體研究等諸理論引入古典文學研究範疇。

這就不難理解孫康宜的第三本英文專著《情與忠：晚明詩人陳子龍》（下文簡稱《情與忠》，*The Late-Ming Poet Ch'en Tzu-lung: Crises of Love and Loyalism*）緣何會成為該領域的代表作之緣由。陳子龍是一位被後世譽為「明詩殿軍」的卓越詩人，而且他官至「兵科給事中」（相當於今日臺灣「國防部監察局局長」），屬於位高權重之人。明亡後，他被清軍所俘並堅決不肯剃髮，最終投水自盡。孫康宜將這樣一個詩人作為研究對象，細緻地考察了其文學活動、政治活動與個人日常生活之間的關係，認為其「忠」（家國大愛）與「情」（兒女私情）存在著情感相通的一面。

不言自明，《情與忠》的研究方式明顯與先前兩本專著不同，前兩者屬於概論研究，而後者則屬於個案研究。但這三者之間卻有著內在的邏輯聯繫：立足於比較文學基礎之上，用一系列現代研究理論來解讀中國古典文學。這是有別於傳統學術的經典詮釋研究。從這個角度上來講，孫康宜別出心裁地將中國古典文學研究推向了一個新的高度。

在孫康宜的一系列著述與單篇論文中，「現代」與「古典」合奏而鳴的交響旋律可謂比比皆是。如〈象徵與托喻：《樂府補題》的意義研究〉著重研究了「詠物詞」中的象徵與托喻；而〈隱情與「面具」——吳梅村詩試說〉獨闢蹊徑，將「面具」說與「抒情主體」理論引入到了對吳梅村（即吳偉業）的詩歌研究當中，論述吳梅村如何以詩歌為工具，來闡釋個人內心所想與家國寄託；〈明清女性詩人之才德觀〉則是從女性主義的角度論述女性詩人的創作動機與群體心態。凡此種種，不勝枚舉。

二

從東海大學到普林斯頓大學完整的學術訓練，讓孫康宜具備了「現代」的研究視野與研究方式，使其可以在北美漢學界獨樹一幟，成為中國古典文學研究在當代最重要的學者之一。

但公正地說，用「現代」的歐美文學理論來研究中國古典文學，決非孫康宜一人之專利。在晚清時便有王國維借鑒德國哲人叔本華的若干理論來解讀《紅樓夢》，對學界影響深遠，至於海外漢學領域內，可謂比比皆是。如艾朗諾對北宋士大夫精神世界的探索、浦安迪的《紅樓夢》研究、宇文所安對唐詩文本的精妙解讀、余國藩的《西遊記》再解讀以及卜松山在儒家美學理論中的新發現等等，無一不是將新方法、新視野、新理論、新觀點乃至新視角與傳統的「老文本」相結合。甚至還有觀點認為，海外中國古典文學研究其實就是不同新方法的博弈，因為研究對象是相對穩定、明確的。

無疑，這是與中國現代文學研究截然不同的路數。發現一個「被忽略」的現當代作家（特別是在世的作家）不難，但要以考古學的研究範式，在中國古典文學史中找到一個從未研究過的個案，之於海外學者而言可謂是難於上青天。

談到這個問題，勢必要談到孫康宜學術思想的特殊之處。從「傳統」與「現代」的相結合當然是大多數海外中國古典文學研究者的「共性」，但孫康宜的「傳統」與「現代」之間卻有著自身的特色，筆者認為，其特殊之處有二。

首先是女性主義的研究視角。這是許多海外中國古典文學學者並不具備的。在海外中國古典文學研究領域，如孫康宜這樣的女性學者本身不多見，孫康宜憑藉著女性特有的敏感性與個人經驗對中國古典文學進行獨特的研究與詮釋，這是其特性而非共性。因此，「女性」這個角色（或身分）構成了孫康宜學術研究中一個重要的關鍵字。譬如他在研究陳子龍時，會考慮到對柳如是進行平行考察，而對於明代「才女」們的審理，則構成了孫康宜極具個性化的研究特色。

當然，很多人會同時想到另外兩位華裔女性學者：田曉菲與葉嘉瑩。前者出生於一九七一年，曾為《劍橋中國文學史》（*The Cambridge History of Chinese Literature*，該書的主編為孫康宜和宇文所安Stephen Owen）中撰寫從東晉至初唐的內容，並在六朝文學研究中頗有建樹，而出生於一九二四年的葉嘉瑩則是一位在中國古典文學研究領域成果豐碩的女性學者，尤其在唐宋詞研究領域，成就不凡。

雖都是女性學者，但她們兩者與孫康宜的研究仍有著不可忽視的差異性。從年齡上講，田曉菲應是孫康宜的下一代人，而葉嘉瑩則是孫康宜的上一代人。孫康宜恰好在兩代學人之間。因此，相對於葉嘉瑩而言，孫康宜有著完整的西學教育，其研究更有「現代」的一面，即對於問題的認識與把握乃至個案研究，都更具備新理論與新方法。但之於田曉菲，孫康宜則更看重文本本身。畢竟田曉菲是從中國現代史轉型而來，其研究風格仍帶有歷史研究的特徵，而孫康宜則是相對更為純粹的文學研究，其「現代」意識下的女性主義研究視角，更有承上啟下、革故鼎新的學術史價值。

廣義地說，孫康宜將女性主義與中國古典文學糅合到了一起，打開了中國古典文學研究的一扇大門，提升了女性作家在中國古典文學史中的地位，為解讀中國古典文學史中的女性文學提供了重要的理論工具。更重要在於，長期以來中國古典文學史的研究與寫作，基本上都是男權中心主義的主導，哪怕在面對女性作家的時候，仍然擺脫不了男權中心主義這一既成的意識形態。

譬如《情與忠》就很容易讓人想到陳寅恪的《柳如是別傳》，後者對於陳（子龍）柳之傳奇故事也頗多敘述，但仍然難以超越男權中心主義的立場，即將柳如是作為「附屬」的女性進行闡釋。但是在《情與忠》中，柳如是卻一度構成了陳子龍文學活動與個人立場變化的中心。從這個角度來看，孫康宜不但提供瞭解讀中國古典文學史中女性作家的理論工具，而且還為中國古典文學研究提供一個相當珍貴的新視野。史景遷（Jonathan D. Spence）曾評價該著的創見：「以生動的史料，深入考察了在十七世紀這個中國歷史上的重要時期，人們有關愛情和政治的觀念，並給予了深刻的闡述。」[4]

其次是將現代歐美文論引入研究方法。之於傳統意義上的中國古典文學研究而言，引入歐美文論是有一定爭議的，與之相比，乾嘉以來中國傳統學術（即「樸學」）中對古籍進行整理、校勘、注疏、輯佚加上適度的點校、譯釋等研究方式相對更受認可，也在古典文學研究體系中佔據著主流地位。

隨著「世界文學」的逐步形成，作為重要組成的中國古典文學，對其研究已經不能局限於其自身內部的循環闡釋，而是應將其納入到世界文學研究的體系、範疇與框架下。之於海外中國文學研究而言，尤其應承擔這一歷史責任。同樣，從歷史的角度來看，中國古典文學的形成決非是在「一國」（非現在所言民族國家之概念）之內形成的，而是經歷了一個漫長的民族融合、文化交流的過程。因此，中國古典文學的體制、內容與形態是處於「變動」的過程中逐漸形成的。

在這樣的前提下，研究中國古典文學，就必須要將當代歐美文論所涉及的新方法論納入研究體系當中。在孫康宜的研究中，歐美文論已然被活學活用。譬如她對明清女性詩人的研究如〈明清文學的經典與性別〉、〈寡婦詩人的文學「聲音」〉等篇，所著眼的即是比較研究，即不同時代、政權、語境下不同的女性詩人如何進行寫作這一問題；而對於中國古典文學經典文本、作家的傳播與影響，也是孫康宜所關注的對象，譬如她對「典範作家」王士禎的研究，就敏銳地發掘了宋朝詩人蘇軾對王士禎的影響，並提出「焦慮」說，這實際上是非常典型的比較文學研究了。此外，孫康宜還對陶潛（陶淵明）經典化的流變、影響過程進行了文學史的審理，並再度以「面具理論」（她曾用此來解讀過吳

4 張宏生：經典的發現與重建——孫康宜教授訪談錄，任繼愈主編，《國際漢學・第七輯》，二〇〇二年。

梅村）進行研究。這些都反映了歐美文論研究法已構成了孫康宜進行中國古典文學研究中一個重要的內核。

孫康宜通過自己的學術實踐有力地證明了：人類所創造出的人文理論具有跨民族、跨國家的共同性，歐美文論同樣可以解讀中國古典文學作品。她曾將「文體學研究」融入到中國古典文學研究當中，其《晚唐迄北宋詞體演進與詞人風格》一書（北大版將該書名改為《詞與文類研究》），則明顯受到克勞迪歐・吉倫的《作為系統的文學：文學理論史札記》（*Literature as System: Essays toward the Theory of Literary History*）、程抱一的《中國詩歌寫作》（*Chinese Poetic Writing*）與埃里希・奧爾巴赫的《摹仿論：西方文學中的真實再現》（*Mimesis: The Representation of Reality in Western Literature*）等西方知名著述的影響，並將話語分析與心理分析引入對柳永、韋莊等詞人的作品研究，通讀全書，宛然中西合璧。

女性主義的研究視角與歐美文論的研究方法，共同構成了孫康宜學術思想中的「新」，這也是她對豐富現代中國古典文學研究體系的重要貢獻。但我們也必須看到，孫康宜的「新」，是她處於一個變革的時代所決定的，在孫康宜求學、治學的半個多世紀裡，臺灣從封閉走向民主，而中國大陸也從貧窮走向了復興，整個亞洲特別是東亞地區作為世界目光所聚集的焦點而被再度寫入人類歷史中最重要的一頁。在大時代下，中國文化也重新受到全世界的關注。孫康宜雖然面對的是古代經典，但從廣義上來講，她書寫的卻是一個現代化的時代。

三

哈佛大學東亞系教授、《劍橋中國文學史》的合作主編宇文所安曾如是評價：「在她（孫康宜）

所研究的每個領域，從六朝文學到詞到明清詩歌和婦女文學，都揉合了她對於最優秀的中國學術的瞭解與她對西方理論問題的嚴肅思考，取得了卓越的成績。」而對孫康宜學術思想的研究，在中國大陸也漸成熱潮，如陳穎〈美籍學者孫康宜的中國古典詩詞研究〉、朱巧雲〈論孫康宜中國古代女性文學研究的多重意義〉與涂慧的〈挪用與質疑，同一與差異：孫康宜漢學實踐的嬗變〉等論稿，對於孫康宜學術思想中的「古典」與「現代」都做了不同角度的論述與詮釋。

不難看出，孫康宜學術思想中的「古典」與「現代」已經被學界所公認。筆者認為，孫康宜不但在學術思想上追求「古典」與「現代」的統一性，而且在待人接物與個人生活中，也將古典與現代融合到了一起，形成了「丰姿優雅，誠懇謙和」（王德威語）的風範。[5]其中，頗具代表性的就是其與學術寫作相呼應的散文創作。

散文，既是中國傳統文人最熱衷的寫作形式，也是英美現代知識份子最擅長的創作體裁。學者散文是中國新文學史上的重要組成，從胡適、梁實秋、郭沫若、翦伯贊到陳之藩、余秋雨、劉再復，他們既是每個時代最傑出的學者，也是這個時代裡最優秀的散文家。同樣，作為一位學者型散文家，孫康宜將「古典」與「現代」進行了有機的結合，形成了自成一家的散文風格，在世界華人文學界擁有穩定的讀者群與較高的聲譽。與孫康宜的學術思想一樣，其散文創作，亦是徜徉古典與現代之間的生花妙筆。

從內容上看，孫康宜的散文創作一直以「非虛構」為題材，即著重對於人文歷史的審視與自身經驗的闡釋與表達，這是中國古代散文寫作的一個重要傳統。她所出版的《我看美國精神》、《親歷耶魯》與《走出白色恐怖》等散文作品，無一不是如此。

[5] 王德威：從吞恨到感恩——見證白色恐怖（《走出白色恐怖》序），詳見孫康宜：《走出白色恐怖》，北京：生活・讀書・新知三聯書店，二〇一二年。

若是細讀，我們可以發現，孫康宜的散文基本上按照不同的歷史時期分為兩個主題，一個是青少年的臺灣時期，即對「白色恐怖」的回憶與敘述，另一個則是留學及其後定居美國的時期，則是對於美國民風民情以及海外華人學者的生存狀態所作的記錄與闡釋。在孫康宜的散文作品中，我們可以明顯地讀到作為「作者」的孫康宜構成了其散文作品的中心。正是因為這樣一個特殊的中心，使得其散文的整體風格也由「現代」與「古典」所構成。

現代，是孫康宜的散文作品所反映的總體精神風貌。即表露家國情懷、呼喚民主自由、批判專制集權與嚮往美好生活，用帶有基督精神的的「信、望、愛」來寬容歷史與個人的失誤乃至荒悖之處。一言以蔽之：孫康宜的散文是用人間大愛來書寫大時代的變革，這些都是傳統中國散文中並不多見的選題。

值得一提的是，孫康宜對自身經歷臺灣「白色恐怖」的家族史敘事、旅居美國的艱辛與開拓等等，這些都是特定大時代的縮影，構成了孫康宜在「現代」層面上獨一無二的書寫特徵。海外華裔學者型散文家甚眾，如張錯、陳之藩、鄭培凱、童元方與劉紹銘等等，但如孫康宜這般曲折經歷的，僅她一人而已。或者換言之，孫康宜以自身獨特的經歷與細膩的感情，為當代學者型散文的「現代」特質注入了特定的內涵。

在《走出白色恐怖》中，孫康宜以「從吞恨到感恩」的氣度，將家族史與時局、時代的變遷融合一體，以史家、散文家與學者的多重筆觸，繪製了一幅從家族災難到個人成功的奮鬥史詩。成為當代學者散文中最具顯著特色的一面。與另一位學者余秋雨的「記憶文學」《借我一生》相比，《走出白色恐怖》中女性特有的寬厚與作為基督徒的孫康宜所擁有的大愛明顯更為特殊，因此也更具備積極的現代性意識；若再與臺灣前輩學者齊邦媛的「回憶史詩」《巨流河》對讀，《走出白色恐怖》則更加釋然——雖然同樣在悲劇時代的家庭災難，但後者憑藉著基督精神的巨大力量，走出了一條只屬於自己的精神苦旅。因此，這本書在臺灣出版後，迅速被引入中國大陸再版，而且韓文版、捷克文版等外文譯本也將陸續出版。

與此同時，我們也應注意到孫康宜散文中「古典」的一面。她雖然是外文系出身，又旅居海外多年，並且長期用英文進行寫作。但其散文無論是修辭用典、寫景狀物還是記事懷人，若是初讀，很難讓人覺得這些散文出自於一個旅居海外近半個世紀的華裔女作家之筆。其措辭之典雅溫婉，透露出標準的古典美。

筆者認為，當代海外華裔文學受制於接受者與作者自身所處的語境，使得文本中存在著一種語言的「無歸屬感」，要麼如湯婷婷、哈金、譚恩美等以寫作為生的華裔小說家，為了更好地融入美國則直接用英文寫作，要麼如一些業餘專欄作家或隨筆作家（當中包括學者、企業家），用一種介於中國風格與西式風格（甚至包括英文文法、修辭方式）之間的話語進行文學書寫，這種混合的中文表達形態，已經開始受到文學界尤其是海外華文研究界的關注。

讀孫康宜的散文，很容易感受到她敬畏古典、堅守傳統的一面，以及對於自己母語——中文的自信，這是她潛心苦研中國古典文學多年的結果，深切地反映了「古典」風格對孫康宜的影響，其散文明白曉暢、措辭優雅，文如其人，在兩岸三地，孫擁有穩定、長期且優質的讀者群。《走出白色恐怖》與《從北山樓到潛學齋》等散文、隨筆與通信集等文學著述，都是中國大陸、臺灣與香港地區知名讀書報刊或暢銷書排行榜所推薦的優質讀物。文學研究界與出版界公認：孫康宜的散文在中文讀者中的影響力與受歡迎程度遠遠大於其他許多海外學者的散文。

孫康宜曾認為：「在耶魯學習和任教，你往往會有很深的思舊情懷。」從學術寫作到文學創作，徜徉於古典與現代之間的孫康宜構成了當代中國知識份子的一種典範。孫康宜在以古典而聞名的耶魯大學治學已有三十餘年，中西方的古典精神已經浸潤到了她日常生活與個人思想的各個方面。筆者相信，《孫康宜文集》（五卷本）問世之後，學界會在縱深的層面來解讀孫康宜學術觀念、研究風格與創作思想中「現代」與「古典」的二重性，這或將是今後一個廣受關注的課題，而目前對於孫康宜的研究，還只是一個開始。

二〇一七年十二月，於深圳大學

出版說明

《孫康宜文集》一共五卷，涵蓋孫康宜先生治學以來所有有代表性的著述，所涉及文體亦多種多樣。慮及散文創作與學術著述的差異性，編者在整理散文部分時，除主要人名、地名與書名等名詞詞彙首次出現使用外文標註并將譯法予以統一之外，其使用方法、表述法則與語種選擇基本上保留當時發表時的原貌，以使文集更具備史料意義，特此說明。

目次
Contents

輯二 學術文章

輯三　漢學研究序文、書評、贈詩

輯四 漢學研究訪談

輯一

學術專著

《詞與文類研究》

孫康宜著 李奭學譯

北大版自序

本書能在北京大學出版社順利出版，首先要感謝臺北聯經出版事業公司林載爵先生的幫忙和北大陳平原教授的推薦。同時，譯者李奭學博士自從多年前與我合作以來，一直繼續支持我在古典文學方面的研究，其熱情始終不渝，令人感動。現在趁著這次出增訂版的機會，我願意再一次向他表示由衷的謝意。此外，近年來我開始研究女性詞人的各種抒情的聲音和風格，所以我一向感到興趣的文類（genre）問題也自然就和性別（gender）的層面結合起來了。因此，我特別就在本書的「附錄」裡加上一篇與這個主題有關的近作：〈柳是和徐燦的比較：陰性風格或女性意識？〉（原作是一篇英文論文，由臺灣的謝樹寬女士譯成中文）。在此我要特別感謝《中外文學》的主編授權予以轉載這篇譯文。

應當說明的是，本書的英文版早已於二十二年前（即一九八〇年）就在美國出版了。過了這麼多年，還有人願意出版它的中譯本，完全不嫌它過時，我自然深受感動。但另一方面，我也感到有些顧慮。從目前的詞學觀點觀之，這本書裡的有些思想無疑是不夠成熟的。例如，有關《花間集》的一些討論，今日看來，似乎還有商榷的餘地。尤其是一九九〇年代以來，臺灣大學的著名訓詁學家張以仁教授出版了不少有關《花間集》和該序的研究，並指出了許多過去詞學者的錯誤，其論點尤見功力。可惜，一九七〇年代，當我開始在美國從事詞體研究時，還沒有這些參考資料，無法受益於這些寶貴的研究成果。當時，有關這一方面的閱讀材料實在有限，令我時時有一種捉襟見肘的感覺。雖然如此，我還是希望能保留舊作的原貌——那畢竟代表了那個時代美國漢學研究和「文體研究」（genre study）的新方向。

最後，我要感謝上海的施蟄存先生，他是本書原著的第一位大陸讀者。還記得二十多年前，本書剛從普林斯頓大學出版社發行後不久，我就收到了從錢歌川先生處轉來的施先生的一封來信，信中說他多年來一直努力於詞學研究，所以希望我能送給他一本那剛出版的英文書。我一向是施老的忠實讀者，他的來信因而令我喜出望外。從此，我與施老就成了中、美兩地的忘年之交，而我也開始從他那兒得到了許多有關詞學方面的寶貴材料和靈感。

在本書北大版發行的前夕，我忽然很想念上海的施蟄存先生……，還有許多近的、遠的、更遠的、遠在天邊的讀者朋友們。

孫康宜

二〇〇二年三月十一日寫於美國耶魯大學

聯經中文版原序

本書英文版於一九八〇年由普林斯頓大學出版社（Princeton University Press）刊行。斯時以降，美國漢學界多方謬獎，關注與討論者不乏其人，只可惜，因語言隔閡，臺灣罕見正視，我引以為憾。因此，各地好友同行屢次建議刊行中文版。然而，近年來我一再忙於各種不同的英文著作，遂把譯事再三延宕，不知不覺已過了十一個年頭。去歲在緬因（Maine）州參加北美詞學會議，又有朋友舊事重提，昔日心願於焉重燃。

此次多承芝加哥大學余國藩教授介紹，我認識了李奭學先生。李先生不但是一位優秀的學者，也是一位卓越的譯者。他慨然承擔本書的中譯工作，我感念無已。他矻矻專注，熱心及智慧兼備，拙作終於脫胎換骨，以中文與讀者見面。我十分珍重此次的翻譯機緣，也藉此修正原著，補充必要之處。我另得向余英時教授特致謝忱。一九九〇年，他趁赴臺開會之便，親自將本書推薦給聯經出版公司。對於該公司總編輯林載爵先生，我也要表示由衷的謝意。沒有他鼎力支持與幫助，拙作中譯本可能還要拖上一段時間才能獻給讀者。

最近十多年來，北美詞學界頻頻翻新研究方法，新的批評理念之豐富乃我始料未及。這種理論紛繁，百花齊放的現象，其實是詞學發展的康莊大道。例如有學者認為詞家「本意」捉摸不定，何不採用那「只見讀者，不見作者」的解構批評（deconstructive criticism）？又有許多研究者堅持「以意逆志」，極力闡揚作者「本意」，更不願放棄傳統「中國詮釋」的理想。時迄於今，兩派詞學方法論者各擁山頭，頗有分庭抗禮之勢。

我當年撰寫英文版，自難預料到如此「熱鬧」的批評現象，也難以在架構觀念上周詳考慮新問題。雖然如此，我相信任何著作都有其客觀的歷史價值，而拙作代表的正是一九七〇年代以後北美文學研究所採用的新詮釋方法之一，亦即由「文體研究」（genre study）入手，注重詞體發展與詞人風格的密切關係。畏友布魯姆（Harold Bloom）教授嘗發讜論，以為「強勢詩人」（strong poet）的風格（style）經常發展為詩體（genre）成規，進而轉化為其特性。反之，弱小的詩人只能蕭規曹隨，跟著時代的成規隨波逐流。拙作的中心主旨，無乃在印證布氏的宏言卓識。是以十多年來文學批評界雖走過了「後結構主義」、「解構主義」、「後現代主義」，乃至今日的「新歷史主義」，但種種的「創新歷程」似乎仍難廢棄某些原質性的詮釋工具。我們更可斷言：「今日之我」實「過去之我的延伸」。

為了保留英文版的原面目及精神，本書新增文字大部分僅限於考證方面的補充，例如近十年來有關敦煌學的新資料與「偽詩」之考證等等。此外，初版的若干疏漏也都一一修正。

在李奭學先生的襄助之下，我把中文版獻給恩師朱立民教授。二十五年前，朱教授曾在臺大啟我閉塞，春風化雨。這些年來，我的學術生涯屢經變化，而朱教授總是適時給我鼓勵，關注之情不曾或減。兩年前朱炎教授主編《朱立民教授七十壽慶論文集》[1]，曾約稿於我。可惜我當時身體不適，論文半途而廢，有負殷許，內心頗感遺憾。如今終於有機會對恩師表示敬意，一償心願，其樂何如！

孫康宜

一九九一年二月二十一日寫於耶魯大學

[1] 此書已經出版，見朱炎主編《美國文學・比較文學・莎士比亞——朱立民教授七十壽慶論文集》（臺北：書林出版公司，一九九〇）。

英文版謝辭

撰寫本書之時，我叨承師友襄助，銘感五衷。首先應當致謝的是高友工（Yu-kung Kao）教授。他學富五車，蘊蓄無窮，是本書靈感的直接泉源。我也要向蒲安迪（Andrew H. Plaks）教授敬申謝悃：本書初稿承他賜閱指正，又蒙鼓勵，告以通俗曲詞的可能影響。我還要向牟復禮（Frederick W. Mote）教授特致謝意：我對詩詞的發展所見甚淺，好在牟教授殷勤引導，才得以彌補孤陋寡聞之處。海陶瑋（James R. Hightower）、林順夫（Shuen-fu Lin）與孟而康（Earl Miner）諸教授都曾提供建議，我寸心銘佩。其他多位師友也曾在各方面協助過我，例如在中國語言學上我便承唐海濤與陳大端兩教授的指導，佛利曼（Ralph Freedman）教授為我打下文學理論的基礎，中田正一教授在日文資料上為我解蔽不少，而劉子健教授曾和我討論宋史的一些問題。普林斯頓大學葛斯德東方圖書館的工作人員隆情高誼，我更是感銘斯切，尤其要感謝童世綱和蔡武雄兩位前館長的鼓勵。我同樣得感謝聖路易華盛頓大學東亞圖書館的蔡汝展先生：由於他慨伸援手，我才能利用該館所庋藏的典籍。此外，我另得銘謝下面諸教授：Denis Twitchett教授指引我查閱了有關唐史的一些重要書籍；張琨教授曾斧正本書一節，而葉嘉瑩、時鍾雯、梅祖麟與J. Thomas Rimer等教授也都曾在我剛開始從事研究時鼓勵過我。美東中國詩詞學會（Chinese Poetry Group of the East Coast）的好幾位成員，對拙作甚表支持，興趣不衰，感紉盛情。他們是：傅漢思（Hans H. Frankel）、席文（Nathan Sivin）、魏瑪莎（Marsha J. Wagner）、宇文所安（Stephen Owen）、李又安（Adele Rickett）、夏志清與齊皎瀚（Jonathan Chaves）諸教授。羅吉眉先生與劉先女士慨然將他們所藏的敦煌千佛洞照片供我重印（中文版略），光我篇幅，至禱至感。其他至紉高誼的朋友也都曾用各種方式幫助過我，謹誌如下：董美然（Maureen Bartholomew）、墨斯基（Jeannette Mirsky）、安芳湄（Frances LaFleur）、李德瑞（Dore Levy）、高天香、姜一涵，以及何慕文（Maxwell K. Hearn）諸先生女士。斯坦福大學劉若愚教授的大著《北宋詞大家》（*Major Lyricists of the Northern Sung*，一九七四）所英譯的柳永與蘇軾的詞對我幫助甚大，我要特致謝意，雖然我常常也為了上下文與論證上的需要而不得不另行英譯。其他專書的作者實在太多了，無法在此一一列名致謝，但是各章邊注與參考書目裡已都將大名列出。我感謝懷亭基金會（Whiting Foundation）贈送我的人文學科研究獎助金；沒有這項補助，本書可能還在未定之天。我還要感謝美隆基金會（Paul Mellon Foundation）——由於他們斥資補助，本書的英文版才能順利推出。普林斯頓大學出版社所聘的審查人員建議我做某一部分的增刪，謹此致謝。我尤其要感謝該社副社長布羅高（R. Miriam Brokaw）與本書執行編輯雅茱基維茨（Joanna Ajdukiewicz）。布女士不斷鼓勵我，給我建議，雅女士的專業能力，則是英文版得以順利推出必不可少的援手。

孫康宜

一九七九年十一月

常引書目簡稱

《全漢》　丁福保編《全漢三國晉南北朝詩》，三冊，臺北：世界書局，一九六九年

《全宋詞》　唐圭璋編《全宋詞》，五冊，北京：中華書局，一九六五年

《全唐詩》　彭定求（一六四五－一七一九）等編《全唐詩》，一九〇七年首版，十二冊，北京：中華書局，一九六〇年重印

《彙編》　林大椿編《全唐五代詞彙編》，二冊，臺北：世界書局，一九六七年。此書首版原題《唐五代詞》，北京：文學古籍刊行社，一九五六年印行

《叢刊》　近藤元粹編《詩話叢刊》（原題《螢雪軒叢書》），二冊，一八九二年，臺北：弘道文化事業有限公司，一九七一年重印

《東坡》　《蘇東坡全集》，二冊，臺北：世界書局，一九七四年

《校錄》　任二北編《敦煌曲校錄》，上海：文藝聯合出版社，一九五五年

《叢編》　唐圭璋，《詞話叢編》，一九三五年；臺北：廣文書局，一九六七年重印

前言

本書的觀念架構係以詩體的發展為主。文學史上的各個階段都有其形式和風格，可充分反映出時代的特殊品位。因此，對於文學史各期主要詩體的研究，便是我們認識該時代文學走勢不可或缺的一環。詩體不是靜態的存在物，而是會生發，會擴展，會四處衍用，也會隨著品味的變動而復歸靜寂的；其基本特質取決於詩人、批評家與讀者長期所遵循的傳統。細繹某一詩體的形成與轉變，探索其形式與主題上的衍生體，我們發現若乏上述的發展，則詩體與文學史的互動就無從偵悉了。職是之故，本書所標舉的文體研究（genre study）係建立在兩個基設之上：其一，詩體的演進乃時代新美學與文化觀的反映；其二，詩體的根本意義植基於其恆動的演化史上。

「詞」為中國詩體之一，出現在盛唐之際（約七一三－七五五），大昌於有宋一代（九六〇－一二七九）。此外，「詞」也是一種歌體，是中國音樂經歷劇變後的產物。不過，就其詩體意義而言，詞的發展有一定的蹤跡可見，上承下啟前後的主要體裁。詞的傳統裡另又派生了兩種次體（即「小令」與稍後的「慢詞」），其發展甚緩，但是風格多變，最後又約制了詞的本質。本書重點在處理詞史早期大約二百五十年的時間範疇，希望能藉此彰顯詞獨特的結構原則。

凡是有文學傳承的文明，對文學體裁都有一份共同的關懷。不過，我們也不可輕忽一個要點：任何文化都有其體知文體研究價值的獨特方法。中國文化固然如此，西洋文化何嘗不又另有一套？像西方人一樣，中國人借為詩體之辨的要素主要也是形式和目的（參閱附錄一）。雖然如此，中國文學批評卻有一點和西方大相逕庭，那就是在區分「風格」（styles）時，中國人貫注的心思頗巨。就體、格之間的互依互恃而言，中國人也十分在意。以劉勰（約四六五－？五二二）為例，他就把詩的風格分為八種。鍾嶸（著稱於五〇二－五一九）又以《楚辭》和《國風》為準，將歷代詩人區分為兩大派。詞話家另有一套評詞的二分法：「婉約」和「豪放」。

中國人這種詞風觀念，乃根植於傳統思想的一個特殊層面。對中國批評家而言，文風乃人格的呈現，因此也是衡量詩人詞家成就的指針。風格的區分故此就不僅是成就高低的問題，而是詩人詞客修身養性的表現。風格評定也不是武斷盲從的，而是源出某種根深柢固的信念，蓋判別作家質優質劣，有其根本的價值。這個信念在中國文學傳統裡不僅不易拔除，抑且早在東漢（二五－二二〇）就已昭然若揭。

分門別類如此之細的風格問題，對傳統批評家攸關緊要。他們時而混淆「體」與「格」，甚至用「體」字混稱兩者，錯把馮京當馬涼。例如嚴羽（著稱於一二〇〇年前後）《滄浪詩話》裡的一百一十種詩體，就包含了「古詩」、「近體詩」等「詩體」，以及「東坡體」與「王荊公體」等「風格」。古人體、格不分，可能令今日的文學研究者倍感困惑。然而，也正是因此，我們對中國文學批評的本質才有一塊認識上的叩門磚，對風格之辨在傳統批評上所據的重要地位也才有一隻解鈴的手。事實昭昭顯示：不在詩體間架裡尋找獨特的風格，我們永遠也無法對中國文體發展的意義做出公允的判決。

我們今天所面對的困難之一，在中國傳統批評家的方法全然以印象的籠括為主，而不是分析式的。他們的評語都屬隱喻，有時似嫌含糊卻武斷。他們確曾提醒讀者注意體式之異與風格之別，不過很少指出差異所在。因此，與其說他們在「究明」問題癥結，還不如說他們在為讀者「提示」答案。像寫詩填詞的作家一樣，他們也非常重視凝神的剎那、玄妙的表白，此所以他們的評語都短小精悍，好像在傳達一時的感悟。易言之，他們所寫的「文學批評」實則和他們評比的抒情情境或功效都沒有什麼差別。

傳統批評家的方法受制於傳統文化甚深。然而，這點非但不會妨礙我們認識中國文字，反而大有助益。今天，我們可以一面從傳統批評汲取靈感，也可以一面在各種分析概念裡取精用宏，進而發展出自己的一套批評方法。本書專論「詞」，大抵有兩個研究上的憑據：一為透過語言分析來探索作品的意義，其次是從詩體發展的大要著手評價的問題。前者關涉到作品的詮釋，後者觸及詮釋的功能。傳統詞話家之作對於我們的分析果有助益，則應落實於第二步驟的詮釋範疇裡。詞話確實可以幫助我們澄清某些美學價值，瞭解傳統詞人與批評家視為珍寶者為何，所以語意不清的印象述評，其實也可以凝練為湛然清楚的分析語言。

當然，用現代批評術語詮釋古典詩詞亦無妨。術語本身並無絕對的價值；其價值乃繫於詮釋的對象上。舉例言之，讀者會發覺我常常強調「修辭」（rhetoric）的觀念，視之為方法上的一大課題。其實，我所稱的「修辭」不過是指詞人的表達方式，指他們透過這種表達方式和想像中的讀者所建立起來的關係。有時候，作者自己甚至就是讀者，是聽眾本身。詞人表達心境的方法，我們確實可以用「修辭」一語含括，方便又簡易。不過，請注意：這個術語並非暗示技巧就是詩詞本身。偉大的詩詞都是個人天才與技巧的有機組合，其創意每每不是用「分析」就「分析」得了的。

本書的骨幹繞著詞的兩個層面撐起。首先，就詞的整體性而言，我們必須從其獨特的形式（如平仄與分片的原則），從其結構（亦即構詞方式），或從其功能（如主、客體的關係）來分析。其次，我們也要追蹤分析文類發展的歷時性面向（diachronic dimension），也就是說，我們也要從「史」的觀點追索歷代大詩人大詞家之間的聯繫。討論個別詞家時，風格分析是基礎：我會從形式與非形式兩個觀點分別立論。從詞的語言與結構雙管齊下，我們隨後就可以把焦點轉移到詞人的情感所凝聚的靈視上。後面這一論點呼應了稍前我們談過的基本論詞方式：形式上的論列應該包括作品意義的闡發，而對個別詞家的胸懷所下的非屬形式上的功夫，更需要詮釋行為來配合。

詞史上有一重要現象，我要特別提醒讀者：「詞」乃通俗文學直接瀹啟下的產物，在發展成「體」之前，乃為通俗曲詞或娛眾佳音。而詞人不斷把通俗曲詞化為文人詞的努力，在詞體的發展史上亦轍跡分明。本書第一章主要論點在此。

接下來所研究的五位大詞家，都是詞史早期的代表性人物。他們是溫庭筠（八一二？－八七〇？）、韋莊（八三六？－九一〇）、李煜（九三七－九七八）、柳永（九八七－一〇五三）與蘇軾（一〇三六－一一〇一）。詞的發展和中國多數的詩體文體無二，都是由簡入繁的過程。與起於晚唐、殷盛於五代的「小令」，是第二及第三章的主題。至於溫庭筠和韋莊，則代表兩種重要的詞風，下開後世的兩大詞派。李煜匯集兩者於一身，錘鍊新技的結果，使他變成令詞的分水嶺。

我在第四章月旦柳永，涉及他力加革新的長製「慢詞」。他所觸發的抒情觀和研製的序列結構（sequential structure），無一不是宋詞發展上的大關目。在這一章裡，讀者亦可看到創造力強的詞人所具有的影響力：蓋柳七郎無畏正統，從通俗文學中摭拾靈感，終於扭轉了詞體的走向。

在蘇軾手下，詞終於打入宋人詩論的內緣，而這便是本書第五章的主題。蘇軾豪氣干雲，胸懷天下，是他受封為詞壇祭酒的直接原因。第五章也為本書掀起高潮，因為在中國人的傳統觀念中，唯有某一新「體」已然成「體」之後，才可以說功德圓滿，達到化境。這種新體，必須能讓詩人詞客盡情發揮、宣洩思緒。讀者也可以藉本章看出某種詩體由主體到次體的轉變：不世出的天才為舊幹換新枝，把媒介體的可塑性錘鍊到頂點之際，也就是上述「轉變」生發的剎那。

第一章　詞源新譚

抒情頌（lyric odes）為西方詩體之一，其傳統綿延已久，更可以入調和著七弦琴歌唱，不過今日讀者泰半已忘此本來。無獨有偶：喜歡「詞」的中國讀者，現在恐怕也已忘記「詞」在早期與音樂密不可分的關係。「詞」之為「體」（genre）也，昔稱「曲子詞」，表示此乃「歌詞」或曲中可以合調唱出的文字部分。「詞」之能成為通俗的文學名詞，得俟諸趙宋之際。

中國古傳民謠曲詞稱「樂府詩」，在隋（五八一－六一八）、唐（六一八－九〇七）兩朝逐漸式微，後因西域新音傳入，終成絕響。起而代之的新聲，正是日趨普遍的「詞」[1]。由於詞有其音樂功能，有人視之為新款樂府，宋代詞話家即因此常將「詞」歸入「樂府」項下[2]。樂府和詞的曲調早已失落難考[3]，但這兩種詩歌與絲竹管弦有關，倒值得我們特別注意。

儘管如此，強調詞乃樂府苗裔亦不通之論，因為詞一在歷史上現身，隨即形成獨特的填製傳統，

1 此書已經出版，見朱炎主編《美國文學・比較文學・莎士比亞——朱立民教授七十壽慶論文集》（臺北：書林出版公司，一九九〇）。

2 王灼，《碧雞漫志》，在唐圭璋編《詞話叢編》（一九三七年；臺北：廣文書局，一九六七年重印）冊一，頁二〇。另請參見James J. Y. Liu, *Major Lyricists of the Northern Sung* (Princeton: Princeton Univ. Press, 1974), pp.3-4。

3 舉例言之，沈義父的詞評著作即題為《樂府指迷》，而賀鑄的詞選亦題為《東山樂府》。

殆非樂府題詞之漫無曲式可比[4]。唐及五代所製之詞，題材往往契合詞牌意義，彼此相得益彰[5]。但入宋以後，詞、牌分家，主題聯繫逐步沖淡，製詞乃成獨門功夫，方家稱之「填詞」。宋季詞牌種類駁雜，不勝枚舉，據詞韻大全《詞律》及其附編所考，共達八百二十五種之多。若包括詞牌之各種變體，則還可演變成一千六百七十種的體式[6]，真是洋洋大觀。詞所以能在濫觴伊始即形成獨立體式，全賴上述詞牌的使用與新調加入使然。先於詞出現的其他韻體，自是和詞兩橛殊途，本應納入「詩」的大範疇之中。

詞的形式特色，另包含詞句長短不一。傳統詞家有鑑於此，乃為之別稱「長短句」。不過，細細思索，詞句長短絕非詞的主要結構原則。長短句的用法，其實可以上溯至《詩經》（前八〇〇－前六〇〇），由來已久，更何況某些詞牌行句向呈規則發展，例如〈玉樓春〉（即〈木蘭花〉）與〈浣溪沙〉等等。即使到了宋代，這些詞牌也不改本來面目。再以〈玉樓春〉為例。此一詞牌極其類似七言律詩[7]，是以詞句長短實非詞與其他韻體唯一的區別標準。此事顯而易見，毋庸申說。

倘若歷史可以為鑑，我們就難以否認詞以前的各種韻體確實罕見大量融合長短句的情形：優游於詞的美學之中，此乃不可或缺的認識。不過，問題仍然不免：詩體上這個芝麻大小的問題，何以後來變成中國詩學上難以撥雲見日的大問題？

詞興之前，各種詩歌早已自成傳統。所以，在回答上述問題之前，我們不妨回顧一下這些發展

4 不過L. E. R. Picken重譜過少數的詞曲，見其"Secular Chinese Songs of the Twelfth Century," *Studia Musicologica Academiae Scienliarum Hungaricae*, 8(1966), pp.125-172。

5 Hans H. Frankel, *The Flowering Plum and the Palace Lady* (New Haven: Yale Univ. Press, 1976), p.217.

6 薛愛華（Edward H. Schafer）就此所做的研討十分精闢。例如他在討論〈南鄉子〉這個詞牌時，就把其中所蘊的「溫暖又柔情似水」的況義給道盡。見氏著*The Vermilion Bird* (Berkeley: Univ. of California Press, 1967), p.84。

7 萬樹，《〔索引本〕詞律》，徐本立增補（臺北：廣文書局，一九七一）。

的梗概。漢代（前二〇六－二二〇）的詩歌發展史，有兩個現象特別值得注意：一為字句長短偏向一致，二為常用奇數句。五言詩首先開啟長短如一的風格，較晚期的七言詩隨即蕭規曹隨。長短句混陳的詩行雖非僅有，然終有漢之世，五言詩仍然一馬當先，管領風騷。極其顯然的是：大多數的詩中，奇數句泰半以五七言、三七言或三五七言的形式出現[8]。《詩經》多係四言體，是種偶數句。對照之下，奇數句就構成了新的韻律感。

六朝（二二二－五八九）末期，八行律詩逐漸行世，終而大盛於有唐一代。中國詩的傳統再添新血，局面不變。顧名思義，「律詩」格律嚴謹，對仗工整。時人咸以為詩體至此已臻化境。六朝之際，樂府詩風行一時，許多係以四言絕句唱出。絕句字數雷同，歷史已久，此時再獲重視，不少詩人乃操筆重為馮婦。因此之故，有人創出了「近體詩」一詞，稱呼「新」體。相對地，「古體詩」的名目也出現了，既指唐以前的古詩，也指率由舊章所製的新作。

近體詩強調格律之美，韻律變化自成系統[9]。五言與七言律詩發展到了登峰造極，詩人隨即在有意無意間以某種韻律為範格，發展出體系完整的平仄互轉，例如「平平仄仄平、仄仄平平仄」的形式。所叶之韻通常是平韻，不過在某些極端的例外中也會用仄韻。一首詩通常有兩組對句，分別出現在第二與第三聯，彼此間亦有語意上的對稱性。這種情形不在少數，可視為特徵。對句的做法複雜而多樣，互對的字詞必須出自同類的語意範疇。這是基本信條。比方說，結構嚴謹的上下聯一定是以數字對數字，以顏色對顏色，以地名對地名，或以專有名詞對專有名詞。當然，較鬆散的對句只求詞性

8 雖然如此，從詩律的觀點看，〈玉樓春〉的詞牌和七言律詩仍有不同：首先，〈玉樓春〉要叶仄韻，而律詩通押平韻。此外，律詩講究「粘」，而詞句對此並不重視。省了「粘」，律句才有對仗平仄工整：這是一種詩律技巧，主張三、五、七句的第二字得和二、四、六句的第二字同韻。

9 王力，《漢語詩律學》（一九五八年；香港：中華書局，一九七三年重印），頁三〇四。

對稱，如形容詞對形容詞、副詞對副詞，或口語對口語等。《詩經》以降，中國詩人無不看重詩聯，視之為結構主軸。雖然如此，這種規律仍然有待近體詩予以確定。

近體詩興起之後，詩人並不廢句長一致的傳統，詩行亦以奇數句為主。高手所製，莫不如此，甚且愈演愈烈。總之，近體詩堅持標準詩行，雷池是一步也不能跨越。不寫詩便罷，否則唯五、七言是尚。

就在這個關口，「詞」倏然竄出，奇偶字數開始並現在詩行裡。律詩的格律早已根深柢固，然而，上述現象下出現的「詞」卻是對傳統的反動，或可用歸岸（Claudio Guillén）所謂的「反體式」（countergenre）來稱呼[10]。其實，「長短句」只是一種詞式，是有別於律詩的諸種因素中的一環。就詞的技術層面而言，另有一點我們宜加注意，亦即仄韻有增多之勢，而同一首詞兼用平、仄韻來押的情形也時有所見，例如「平韻平韻仄韻仄韻／平韻平韻仄韻仄韻」的形式[11]。據常用的傳統格律，律詩所叶的韻一向局限於平韻，仄韻罕見使用。此外，也只有偶數句尾（首句例外）會押韻，例如「仄起式」的「不韻、韻、不韻、韻、不韻、韻、不韻、韻」格，或「平起式」的「韻、韻、不韻、韻、不韻、韻、不韻、韻」格。由是觀之，詞韻詞律和傳統律詩實大有牴牾。

上述就形式結構所做的區野不免大而化之，但可讓人從宏觀的角度檢閱詞體的演進，我們故此應問的第二個問題是：這種「反體式」的觸媒為何？

10 咸信在漢朝或漢末以前，中國人不辨四聲。故六朝詩中聲律地位驟升。

11 Claudio Guillén, *Literature as System* (Princeton: Princeton Univ. Press, 1971), pp.135-158.

一、詞人及其文化環境

論詞之士不應輕忽敦煌石窟所發掘的寶藏[12]。唐及五代的文化環境，亦可於此窺斑見豹。敦煌出土的文物包括許多通俗歌詞，年代最遠者可以溯至初唐（大約六五〇年），甚至還可躡跡追蹤到西元六百年[13]。也就是說，這些歌詞乃流行於唐迄五代，其形式無所不包，從「雜曲子」到「定格聯章」都可一見[14]。就字數而言，短者不足二十五字，長者則超出百字。敦煌所見歌謠的詞行，有少數字數一致，但一般說來長短參差不齊[15]。

敦煌詞重見天日，前輩學者的理論乃不攻自破。他們認為長短句的詞式到中唐方才面世，而其始作俑者乃白居易及劉禹錫[16]。從明代詞學家胡應麟（一五五一－一六一八）以降，批評家莫不接受此

---

12 王力，頁五〇。相形之下，我們應另行注意一點：除了詞體以外，古體詩也常用仄韻。

13 敦煌石窟保存的文獻，是清末道士王元箓發現的，不過要等到史坦因（Sir Aurel Stein）與伯希和（Paul Pelliot）「過訪」敦煌，這些材料的價值才為世人所知。

14 關於敦煌曲詞的填製年代，任二北（任半塘），《敦煌曲初探》（上海：文藝聯合出版社，一九五四），頁二二以下皆有探討。任氏以為敦煌寫卷中收載的詞曲多為民間作品，或多出於工匠之手。這一點饒宗頤先生以為「大可商榷」，因為敦煌卷中的詞曲有的不特與民間絕無關係，抑且出乎其時政治層峰與軍閥的大手筆。參見饒著〈唐末的皇帝、軍閥與曲子詞——關於唐昭宗御製的楊柳枝及敦煌所出他所寫的菩薩蠻與他人的和作〉，在《明報月刊》一九八九年八月號，頁八六至九〇。

15 據任二北的考據，屬於「雜曲子」的有二百二十八闋，屬於「定格聯章」的則有三百一十八闋。饒宗頤不贊成任氏用「雜曲子」三字來給俗詞命名因為唐五代所謂「曲子詞」，其實就是「詞」，不是「曲子」。這點可由唐人著述印證。饒氏主張用「唐詞」二字來標示所有唐代的「文人」及「通俗」詞，見其〈為「唐詞」進一解〉，在《明報月刊》一九八九年十一月號，頁九七至一〇〇。饒著乃精論也，我曩昔未曾深思過這個問題。基本上，我同意饒氏論點，因為我一向就認為「敦煌詞」可名正言順稱為「詞」，實無橫生枝節、偏說其為「曲子」的必要。

16 例如〈水調詞〉、〈樂世詞〉與〈皇帝感〉等等。

一論點，從而認定李白所填的系列〈菩薩蠻〉根本是偽作[17]。就這些論詞之士而言，「長短句」在盛唐以前根本不可能存在。

晚唐詞客溫庭筠曾在填詞上下過極大功夫，所填也都搜羅成集。故詞在晚唐方才成熟，應屬信而有徵[18]。詞本為賣解名優的娛眾之作，溫庭筠卻發揚光大之，一手提升為陽春白雪的抒情詩歌。事實歸事實，我們仍不應貶抑早期詞人的作品。就算他們所製數量不多，在詞史上仍為重要的里程碑。早期詞家的某些構詞原則，對詞史的影響重要無比。若想確定這些原則，我們得一探晚唐詞作的一般走向。李白是否曾用〈菩薩蠻〉填過幾闋詞？此事學界眾說紛紜，莫衷一是，我已於上頁注7詳予申述。此點也不應是本章的大關懷，我們應該提出來就教的問題反而是：在李白的時代，是否另有詩人用「長短句」的形式填過這些詞？

上文提過，敦煌所出的故舊有許多是長短不齊的詞曲，其寫作年代正可溯至李白所處的盛唐。百分之六十五的敦煌詞牌，都可在《教坊記》中看到。後書所載，殆為七一三至七四〇年間樂工與優解的活動，〈菩薩蠻〉也見載於其中[19]。此一現象顯示，〈菩薩蠻〉和許多詞調一樣，早在八世紀前半

17 見胡適，〈詞的起源〉，在其《詞選・附錄》（上海：商務印書館，一九二七）。這方面的評析，則請見Shih-ch'üan Ch'en,"The Rise of the Tzú, Reconsidered", *Journal of the American Oriental Society*, 90, No.2(1970), pp.232-242。

18 就此引爆的論戰經過，可參張琬（筆名）：〈菩薩蠻及其相關之諸問題〉，刊《大陸雜誌》第二十卷第一期（一九六〇），頁一九至二四；第二十卷第二期（一九六〇），頁一五至一七；第二十卷第三期（一九六〇），頁二七至三二。最近白潤德（Daniel Bryant）與傅漢思相繼以較科學的方法證明李白的〈菩薩蠻〉是偽作，見Daniel Bryant, "On the Authenticity of the Tzú Attributed to Li Po"，發表於*The Thirty-first International Conference of Orientalists*, Tokyo, Japan, 1986; Hans H. Frankel, "The Problem of the Authenticity of the Eleven Tzú Attributed to Li Po," *Proceedings of the Second International Conference on Sinologies* (Taipei: Academia Sinica, June1989)。這些新論著對李白研究頗有貢獻，使人覺得有重新研討李白詞風的必要。基本上，白、傅的論點與本文並無直接的衝突，因為我關切的問題是：盛唐之際是否有人填過詞？關於此點，我與林玫儀及吳熊和的意見頗為相似。

19 溫庭筠的兩部詞集分別是《握蘭集》（三卷）與《金荃集》（十卷），但如今都已亡佚。尚可一見的溫詞皆收於下列選

葉就大行其道，風靡一時。李白創作力旺盛，極有可能利用「流行」曲調從事新的嘗試。證據實則顯示，早在李白亡故前二十年的七四二年，即有某龍興寺僧拿〈菩薩蠻〉作為詞牌。這首曲子是在敦煌千佛洞內發現的，如今典藏在大英博物館中[20]。有鑑於此，我們或可結論道：就算李白沒有填過〈菩薩蠻〉，他同時代的某詩人也可能用過此調。

這個結論反襯出一個基本問題：這些時興的詞調怎麼恰巧在這個當頭綻放光彩？八世紀初與十一世紀是詞的全盛時代，史上罕見匹敵，簇新的詞牌曲式紛紛出籠。「小令」首見於八世紀初，「慢詞」則千呼萬喚，終於十一世紀現身。教坊樂曲推陳出新，又給這兩種詞構打了一劑強心針，促成形式上的劇變。不論在第八或第十一世紀，統理萬民的皇帝也都熱愛絲竹，新的詞曲日見翻身，廣受喜愛。八世紀初的唐玄宗（七一三－七五五年在位）既懂管弦，又雅好此道。十一世紀前後的宋太宗（九七六－九九七年在位）與宋仁宗（一〇二三－一〇六三年在位）也是曲藝能手，不惜九五之尊多方倡導[21]。

唐玄宗設立教坊，培育人才，革新了中國音樂的演出方式。京畿地區的樂工何止千百，能歌善唱者為數更夥。他們都在教坊拜師學藝，切磋琢磨，光大新曲[22]。玄宗更大的貢獻是：他允許「通俗」曲子和「胡樂」在唐廷並立，因此泯滅了「雅樂」與「俗樂」的刻板區野[23]。玄宗破舊立新，當然提

集：《金奩集》、《尊前集》與《花間集》。後書乃趙崇祚所編，收錄的溫詞幾近完整，共十六闋。這些詞如今都已收入《全唐五代詞彙編》（二卷；臺北：世界書局，一九六七）。

20 崔令欽，《教坊記〔箋訂〕》，任二北注（上海：中華書局，一九六二），頁四。

21 張琬，第二十卷第二期（一九六〇），頁一六至一七。

22 據脫脫（托克托），《宋史》卷一四二所載，宋太宗創製了三百九十種新調，宋真宗則製過五十四種。

23 教坊確切的所在，參見岸邊成雄，《唐代音樂の歷史的研究——樂製篇》（二卷；東京：東京大學出版部，一九六〇至一九六一）卷一，頁二八六至三一三。

升了詞曲的地位，使之逐漸茁壯。騷人墨客與教坊樂工歌伎應運唱和，也開始為新聲填詞作曲[24]，某些敦煌詞曲極可能就是這種文化環境的產物。玄宗更是不落人後，乃跟著大夥翻新古調，製韻填詞。《尊前集》係唐暨五代詞的總匯，篇首所錄赫然便是玄宗所填的〈好時光〉（六－三－三－七－五／五－三－三－五－五）一詞[25]。

說來諷刺，玄宗在新樂與新詞上的影響力，卻要等到退位謝世後才開始發揮。安祿山在西元七五五年造反，動搖了大唐根基。教坊裡的樂工及歌伎橫遭遣散，流落各地，再啟賣藝生涯[26]。可以想見的是，一夜之間，各大城鎮紛紛出現「伎館」，而新的「曲子詞」唱遍街衢，填者不乏其人，形成唱詞的第二春。中唐以後，詩人詞客多在「伎館」尋求靈感，繼續填詞。趙宋初奠基業，「伎館」林立並擴大內部，有的「伎館」還設有百數以上的廂房[27]。儘管如此，我意不在指玄宗退位，「伎館」就如雨後春筍一般滋生，而是說中唐以後，教坊頹圮，訓練有素的樂伎四出奔亡，直接影響到往後曲詞的發展。他們來自帝京，對新樂的巧藝卓有識見，一旦和各城各市的歌伎冶為一爐，自然會讓「曲子詞」演變成流行的樂式；凡有井水處，莫不可聞。他們時而填詞調配新樂，時而請詩苑魁首填詞備用。

此時文壇上還有足以相提並論的另一大事：屬於近體詩的絕句，在盛唐臻至創作巔峰。王昌齡（六

24 教坊確切的所在，參見岸邊成雄，《唐代音樂の歷史的研究——樂製篇》（二卷；東京：東京大學出版部，一九六〇至一九六一）卷一，頁二一。「俗樂」在宋代變成「燕樂」的一種。同前注書，卷一，頁八六至八七。唐人所稱的「俗樂」本不登大雅之堂，然稍後傳入日本，日人卻視之為雅樂。同前注書，卷一，頁七。

25 劉昫等，《舊唐書・音樂志》（卷三〇）稱：「自開元以來，歌者雜用胡夷里巷之曲。」

26 已收入朱祖謀編《彊村叢書》（歸安：朱氏刻本，一九二二）。玄宗其他詞製都已散佚，僅存牌名，如〈夜半樂〉、〈春光好〉及〈一斛珠〉等，見劉子庚（劉毓盤）：《詞史》（一九三一年；臺北：學生書局，一九七二年重印），頁二五。

27 唐肅宗在登基後第二年（七五七）重啟「教坊」，但音樂活動的廣度已經沒有從前那麼多彩多姿，教坊確切的所在，參見岸邊成雄，《唐代音樂の歷史的研究——樂製篇》（二卷；東京：東京大學出版部，一九六〇至一九六一）卷一，頁九〇。

九八－？七五六）、王之渙、岑參（七一四－七七〇）與高適（七〇二－七六五）等人都是絕句名家，所製無不唱遍青樓酒肆，時人直目之為「樂府」[28]。六朝之際，即有詩人以絕句配樂。南朝（四二〇－五八九）的兩大樂府詩匯「吳歌」與「西曲」，也都是用古體絕句吟就，仍出以四行民謠的體裁，在各大城市的商業區尤其風行[29]。職是之故，中唐以前吟誦的絕句，頂多只能說在接續古樂府的傳統。

就在此時，亦有人為詞譜下新曲：新調既經譜出，搭配用的「長短句」即紛紛出爐，而配樂用的律詩也同時現身，有時甚且為「和聲」故而增加詩行，但求詩曲長度能夠一致。這些絕句乃為配合新調而製，故有人稱之「曲詞」，也因此有詞牌之設。就形式觀之，這些詩仍屬絕句，但就唱詞而言，實可稱之為「詞」[30]。

話雖如此，在盛唐與中唐，「詞」可不是突然竄起，也不是僅此一家的曲式，蓋時人除了開始填詞外，也一仍舊製，繼續創作樂府古詩，更何況詩人絕無一窩蜂趕流行的現象，也不會迷戀新興的詞牌。以李賀（七九一－八一七）為例，他就沒有填過詞，反因樂府名重一時。他對古樂府題詞尤感興趣，像〈箜篌引〉、〈白虎行〉與〈塞下曲〉無不見長（見《全唐詩》卷六，頁四四二六、四四三九與四四三二），雖則他也不以此為苑囿，掣肘天才[31]。確證可稽，李賀是大曆年間（七六六－七七九）少數熟悉樂府古韻的詩人[32]。然而，在他同時，詩人每亦濡筆爭製「新樂府」。這種新的文學形

28 教坊確切的所在，參見岸邊成雄，《唐代音樂の歷史的研究——樂製篇》（二卷；東京：東京大學出版部，一九六〇至一九六一）卷一，頁九八。

29 王灼，頁二五，說：王昌齡、高適與王之渙某日共赴某宴，歌女所唱的絕句都是三人所作，卻渾然不知作者就在眼前。這是一則很有名的掌故。

30 Hans H. Frankel, "Yueh-fu Poetry", in *Studies in Chinese Literary Genres*, ed. Cyril Birch (Berkeley: Univ. of California Press, 1974), pp.94-95.

31 Glen W. Baxter, "Matrical Origin of the Tzú", in *Studies in Chinese Literature*, ed. John Bishop (Cambridge: Harvard Univ. Press, 1966), pp.202-203. 詩詞混淆或夾雜的例子可參皇甫松的〈竹枝〉與〈採蓮曲〉諸調，在《彙編》冊一，頁三八至四〇。

32 他的新樂府包括〈春懷引〉與〈靜女春曙曲〉等，參見彭定球（一六四五－一七一九）等編《全唐詩》（一九〇七年；

式實則為「詩」，根本不能配樂謳唱[33]。除此之外，樂府歌謠還有另一種形式，雖其被樂聲與否已難通考，但溫庭筠的許多樂府詩皆類此之屬，也有新題問世（《全唐詩》卷九，頁六六九四至六七〇八）[34]。可以想見的是，此刻「詞」與「樂府」牛馬難分。時人先是認定「詞牌」即樂府題名，更模糊了這兩種文類的界限。力證之一是溫庭筠的〈春曉曲〉：這首「詩」也放在他的「詞集」《木蘭花》之中（見《彙編》冊一，頁六四）。儘管詩詞混雜，體式不分，這種現象卻也昭昭顯示：文體的變動（generic changes）通常不是一蹴立成，而是長時演變的結果。

事實上，早在文人詩人開始正視「詞」之前，歌伎和樂工就已經把這種新曲唱了好一段時日。詩人時興玩詞，還是伎館大興以後的事。酒樓舞榭，當時各大城市皆不乏見。溫庭筠填詞之多，前無古人。他在唐代伎館隆盛之際謝世，就可印證上面的陳述。晚唐文人孫棨在其《北里志》詳述了當時歌伎的歌藝與文學成就，也一一道出九世紀與之相關的知識菁英的活動。是時的長安冠蓋雲集，伎館座無虛席。孫棨乃翰林學士，據其所述，流連在伎館酒樓的常客包括政要鴻儒與文壇詩宗[35]。

孫棨的書面世以後，「北里」一名即變成長安伎館的代稱，時人眾口一聲。其實，孫棨原擬以此稱呼長安平康坊以北的某些伎館，蓋從玄宗以來，此地即青樓林立[36]，北里所坐落者又可能是最早設

十二冊；臺北：中華書局，一九六〇年重印）冊六，頁四四三九、四四四二。

33 相關的傳統材料收於李賀，《李長吉歌詩》，重刊於王琦注，《李賀詩注》（臺北：世界書局，一九七二），頁二一、二三。

34 白居易和元稹（七七九—八三一）也同意樂府和音樂應該分家。

35 見王易在《樂府通論》（臺北：廣文書局，一九六四年重印），頁八四至八六的討論。

36 孫棨，《北里志》，收於《中國文學參考資料小叢書》（上海：古典文學出版社，一九五七）第一部第八冊。孫棨所記的北里常客約有四十人，其中三十八位乃命官鴻儒。《北里志》已譯為法文，見R. Des Rotours, tras., *Courtisanes chinoises a la fin des Tang* (Paris, 1968)。

立的伎館。孫棨認為，北里的歌伎歌藝高超，連名震巴蜀的薛濤都甘拜下風[37]。北里金粉不僅能歌，詩詞修養亦深。《北里志》提到一些詩國才女，不讓鬚眉，她們的文人朋友佩服得五體投地。像楚兒、顏令賓、萊兒與福娘等《北里志》提到的歌伎，就都是詩苑聖手[38]。孫棨之前數十年，唐代詩人白居易內弟白行簡，亦曾在其傳奇名篇〈李娃傳〉中寫過北里歌伎的生活[39]。唯白氏生時伎館或未恢拓滋蔓，尚未變成文人時常光臨的地方。

長安城首開伎館，稍後各地跟進，各有名噪一時的歌伎。長江下游的名都如揚州、蘇州與杭州，亦皆以伎館著稱其時。溫庭筠少時曾遍遊揚州；黃巢亂後（八八〇年以後），韋莊也曾在江南各地流連忘返。白居易更在他們之前，就已填出名詞〈憶江南〉，訴盡他遍遊蘇、杭後的仰慕衷腸。大約此時，劉禹錫在杭州一住便是數年，還填了一些詞擬與白氏〈憶江南〉唱和[40]。這些詩人對音樂都有一手，也喜歡流行的曲調，更愛周旋在歌伎之間。為了對蔚然成風的新曲有所表示，他們試填了一些長短句。有時，他們甚至會在詞裡指出詞、樂之間的關係：

古歌舊曲君休聽

---

37 見王仁裕，《開元天寶遺事》，重刊於《說庫》（臺北：新興書局，一九六三），頁二四五。另請參閱歐陽炯的《花間集・序》；歐陽氏認為詞處於「北里之倡風」的環境之下。此〈序〉見趙崇祚纂、李一氓校：《花間集》（香港：商務印書館，一九六〇）。

38 教坊確切的所在，參見岸邊成雄，《唐代音樂の歷史的研究——樂製篇》（二卷；東京：東京大學出版部，一九六〇至一九六一）冊二，頁二〇。另見孫棨，頁二二。

39 孫棨，頁二七至二八、二九至三〇、三一至三二、三三至三四。

40 白行簡，〈李娃傳〉，在汪辟疆校《唐人小說》（臺北：河洛圖書出版社，一九七四年影印），頁一〇〇至一〇六。此文英譯可見"The Story of Miss Li",trans. Arthur Waley, 在*Anthology of Chinese Literature*, ed. Cyril Birch (New York: Grove Press, 1965), pp.300-313。

聽取新翻楊柳枝

——白居易（《彙編》冊一，頁三三）

請君莫奏前朝曲
聽唱新翻楊柳枝

——劉禹錫（《彙編》冊一，頁二三）

新樂、歌伎與伎館結為三位一體，攸關詞史匪淺。到了北宋，各大城市的北里區繁華日盛，而教坊也就逐漸式微[41]。碩學鴻儒、達官顯要每每徘徊伎館，最後連皇帝也慕名臨幸，和職業歌伎互通款曲。唐及五代詞中，不時可見「謝娘」與「蕭娘」之名。換言之，她們已經變成一般歌伎的代喻。然而，一進入宋朝，歌伎本名開始堂皇登上詞句[42]，顯示宋代詞家對於描寫某某歌伎的興趣遠甚於唐代詞客。

典型例證可舉柳永說明。他好寫個人賞識的歌伎（例如〈木蘭花〉的系列詞作，見《全宋詞》冊一，頁三四），歌樓舞榭是他五陵年少時躊躇不忍離去的地方。樂師一有新曲，柳永往往會撰詞酬和。他本人實則也是譜曲老手，知道如何製曲調詞。像他這種才子，勾欄校書怎會不相與爭寵？柳永棄世之後，謠傳每年都有歌伎在他墳前致哀，幾成慣例[43]。另一位宋代詞家張先（九九〇－一〇七

41 劉禹錫自謂：「和樂天春詞，依〈憶江南〉曲拍為句。」見《彙編》冊一，頁二二。據Baxter的說法，這是詞史可稽「依調填詞」的首例，見氏著，頁二一九。

42 岸邊成雄，卷二，頁一〇一。

43 五代詞與宋詞的對比，例見韋莊收於《彙編》冊一，頁一一八，及柳永收於唐圭璋編《全宋詞》（五冊；北京：中華書局，一九六五）冊一，頁三四的詞。

八）甚至把歌伎包養在家，老耄之年還能在眾女陪伴下尋歡作樂[44]。蘇軾任杭州通守之時，也對歌伎的才藝讚不絕口，造下他願意填詞的契機。

文化現象乃詞興的推動力，上面的論列可以為此佐證。雖然這樣，上文仍屬外緣研究，所以在下面一節，我應該把重心轉到早期詞的「文學性」上，希望說明詞何以逐漸普受認同的緣故。

二、文人詞與通俗詞的風格異同

九四〇年，趙崇祚彙編十八家五百闋詞為《花間集》一卷，至此，「詞」這種詩體觀念終告成立。這十八家詞最早者可溯至八五〇年，最晚者則繫於書成之際。歐陽炯（八九六－九七一）的《花間集・序》，立意區別文人詞的傳統與通俗詞的歷史。此〈序〉以時人稱道的駢文寫就，為我們娓娓述說這五百闋詞乃「詩客」曲子詞，而文人詞的傳統所結合者，則為李白到溫庭筠或其他詞人的詞。在歐陽炯看來，通俗曲詞雖可稱「金玉其外」，實則「秀而不實」，「言之不文」[45]。他故此認為《花間集》的編成，目的是在為「南國嬋娟」提供一套具有高度文學價值的唱詞。

《花間集》纂就之前，亦即約在九二二年之前，另有一部題為《雲謠集》的曲詞問世[46]。敦煌所發現最早的歌詞，在《雲謠集》中也可見到。「雲謠」二字可不是書成後才著稱於世，而是早經眾口流傳。有人用寬鬆的尺度看待此一名詞，隨口就認定這是「詞」體的別稱，例如唐人的謠曲就可見這種用法：

44 見馮夢龍，〈眾名姬春風弔柳七〉，在其《喻世明言》（香港：中華書局，一九六五）卷一二，頁一七六至一八六。

45 見《石林詩話》，引自薛礪若《宋詞通論》（一九四九年；臺北：開明書店，一九五八年重印），頁八八。

46 趙崇祚纂，《花間集》，頁一。

玉童私地誇書劄
偷寫雲謠暗贈人
（《全唐詩》冊一〇，頁七三四八）

蠟炬乍傳丹鳳詔
御題初認白雲謠
（《全唐詩》冊一一，頁八六〇三）

燕雲謠
歌皓齒
且行樂
（《彙編》冊一，頁九六）

由於《雲謠集》內的作品都屬通俗詞，故而作者難稽，名姓無存。《花間集》就不然了，不但詩人可考，連官職都赫然在焉。這個現象顯示：《花間集》不獨因屬「選集」而意義別具，更因不隨波逐流而開顯其重要性。反之，《雲謠集》走的是另一種方向。《花間集‧序》明陳「詞」的定義，視之為獨立的文學文體，從而又加深該書的意義。〈序〉所論，實為詞學濫觴。批評家常謂：一部選集若具代表性，則其序言當為重要批評文獻，詩學傳統也會因此樹立。《花間集》的〈序〉正巧暗合此點，可以例示其中意義。孟而康（Earl Miner）教授在討論日本首部御製詩選《古今集》的〈序〉時，曾大要指出一般詩學生發的情形。他說：「自成體系的詩學，多半是偉大的批評心靈逢遇潮流所趨的文體的結果。有時候則為各個心靈在此等情況下撞擊出來的火花。」[47]這一段話，證之《花間集・序》，亦然。

選集之間既然可以有如此巨大的差異，那麼我們是否可以假設文人詞與通俗詞曲確有絕對的不同之處？這個基設有一滯礙：現今所存的敦煌曲詞不僅包括街頭的流行歌，抑且含括不少文學大家的詩詞[48]。至於已知的敦煌詞，或許只有一小部分曾在唐及五代唱過。這些詞曲的主題包羅萬象，顯示聽曲的對象也是五色雜陳。此外，在留存下來的敦煌詞與某類以口唱為主的通俗文學之間，相信也有某種界限存在。若想硬分文人詞與通俗詞，恐怕會形成抽刀斷水的局面，其危險更顯而易見，因為「詞」本來就屬「通俗歌曲」。不過，敦煌材料卻是我們最易見到的彼時口傳文學，若能拿來和《花間集》內眾詞做一比較，應該滿有價值。雖然如此，我的重點倒非絕對性的文體分野，而是某些共同的風格特徵，是足以在某歷史時刻突顯某詞群的那些特徵。談到這裡，有一關鍵應先解決：早期的文人詞有何風格共相，足以借來區別當代的通俗詞？或是當代通俗詞有何風格共相，足資區分文人詞？

《花間集》乃早期文人詞家集體努力的成果，所收各詞幾乎無不以「豔情」為主題。我們若從這些詞客與歌伎的實質關係來看，這種主題似乎是極其自然的結果。然而，我們若深入探討，上述說詞可能就禁不住考驗，蓋各詞家雖然寫的是豔情，所遵循的卻是六朝宮體詩的傳統。梁簡文帝敕修《玉臺新詠》（徐陵輯），提升宮體詩的地位，所採部分內容便是情詩。六朝詩人尚文藻，篇製綺麗而繁縟，莫不可由這部分的情詩看出[49]。或許就是因為豔情乃詞的主導主題，歐陽炯才在《花間集・序》

47 《雲謠集》的繫年問題，見任二北，《敦煌曲初探》（），頁二〇四。

48 Earl Miner, "The Genres in Critical Systems and Literary Change" (paper, Princeton Conference on Genre and its Problems, April 30-May 1, 1976), p.7.

49 例如，溫庭筠的兩首〈更漏子〉與歐陽炯的一首〈菩薩蠻〉，見《校錄》，第一三九、一四〇及〇五三號。

提出詞乃宮體詩苗裔之論。

相反地，敦煌詞卻代表截然不同的傳統。就題材而言，更是如此。敦煌寶藏是個大千世界，詞曲的主題複雜萬端，大部分皆與宗教儀式或社會陰暗面有關。多數文人詞以「情」為主，但敦煌詞中僅有部分是類此之作。像樂府詩一樣，絕大多數的敦煌詞以如實之筆刻畫當代社會百相：有寫戰爭者，有敘及徵調者，也有描繪邊城苦境的作品。歷史實事，更見詳細鋪陳。舉例言之，八九七年李茂貞兵變，攻入京師，唐昭宗出亡華州，敦煌詞中即有明載（《校錄》，第〇四六至〇五一號）。黃巢作亂，同見記述（《校錄》，第〇七〇至〇七二號）。戰場上的真刀實槍，也有十分翔實的刻畫（例見《校錄》，第〇七八至〇八〇號）。

文人詞與通俗曲詞的題材，顯然大大不同。這點分明昭示：詞人的表達模式也有更基本的歧異。儘管文人詞泰半為抒情調子，通俗曲詞的模式卻是千變萬化：有敘事體，有戲劇體，當然也有抒情體。事實上，多數敦煌詞的本質若非敘事性，便是戲劇性——抒情者鮮矣！我所謂的「抒情詞」，是指詞客情感聯綿不絕，讀之令人動容者。這種詞，有時還可化至情景交融的勝境，而且特重「自我」與「現在」之專注。然而，在另一方面，戲劇與敘事性的模式所強調者，乃人與人之間的具體經驗，或是事件的發展經過。敦煌曲詞不僅著重世相，還發展出一套戲劇與敘事性的技巧，正可以反映這個世相。敦煌詞所使用的基本形式技巧稱為「聯章」，確可表出各自的敘事目的。聯章裡的每一闋詞，都是大故事的一部分。像〈練子〉就是一組聯章，按時序細說孟姜女的故事（《校錄》，第一二七至一三〇號）。聯章裡的各詞若屬對話體，戲劇功能就可突顯出來。這種技巧稱為「演故事」，任二北亦持如是觀。一部敦煌詞選，至少有六分之一是「演故事」的「聯章」[50]。任二北以為，五代後金、

[50] 見繆鉞，《詩詞散論》（臺北：開明書店，一九六六），頁四五至四八。另見Jonathan Chaves, "The Tzú Poetry of Wen Ting-yun," M. A. Thesis, Columbia Univ., 1966, pp.23-32.

元戲曲大昌，似乎接續了敦煌通俗詞曲的傳統，所以這些通俗詞預示了早期戲劇與舞蹈的形式[51]。明人「傳奇」有「家門」一折，全用曲詞，敘事與描寫兼而有之。這種演出方式，或許也因敦煌詞敘事與戲劇交相融合的影響而來[52]。

敦煌詞有其敘事或戲劇性的一面，然而，「聯章」並非傳遞上述層面唯一的詞藝。許多個別的曲詞也有其結構方式，而以外在事件發展作為整首詞的主要題旨。這種曲詞常常融入對白，戲劇動作隨之而生，戲劇效果從而大增。通俗詞常可一見的這種技巧，下面這首〈鵲踏枝〉可為例證：

叵耐靈鵲多瞞語
送喜何曾有憑據
幾度飛來活捉取
鎖上金籠休共語
比擬好心來送喜
誰知鎖我在金籠裡
願他征夫早歸來
騰身卻放我向青雲裡

（《校錄》，第一一五號）

51 任二北發現敦煌五百多首曲子詞中，至少有七十四首是在「演故事」。見任著，《敦煌曲初探》，頁三〇三。

52 任二北，《敦煌曲初探》，頁一六、二七三、二九七至三〇九、三二三。任氏又謂，〈鳳歸雲〉的聯章故事（第〇〇三至〇〇四號）是中國文學裡最早的「曲套」，詳見《初探》，頁四六二。

一般抒情詞都是透過「發話者」（persona）的觀點來著待事情，但上引詞卻藉某婦人與喜鵲的對話而呈現出截然不同的敘述觀點。作者似乎隱身幕後，就讓兩個「角色」彼此對話。

細究抒情性濃郁的通俗詞，我發現其中的重要詩藝亦有別於多數的文人詞。敦惶抒情詞最顯著的共同技巧是：開頭數句會引介情境，亦即詞人會用直截了當的短句來抒發情感或開啟疑竇。這些詩行常令人感到突兀，語調極端，忒不尋常：

（一）
悔嫁風流婿
風流無準憑
（《校錄》，第一一九號）

（二）
爭不教人憶
怕郎心自偏
（《校錄》，第一二四號）

（三）
叵耐不知何處去
正值花開誰是主
（《校錄》，第〇〇七號）

這幾句詞一開頭就表露心態，而這種共相在當代一般文人詞中卻罕見得很。這種心態可見於「悔」與「怕」等「心緒動詞」（verbs of thought）[53]、「叵測」等「情態語詞」（modal words），以及例二例三的疑問句（interrogatives）之中。

唐代通俗曲詞每每以直言掀露情感，語調樸拙直坦亦為特色。通俗詞的發話者開頭總會明陳某種意緒，通篇隨即迫著這個主題發展。且拿敦煌詞〈望江南〉一闋與白居易的同詞牌作品對比[54]，其間的基本差異馬上就會表露出來：

敦煌詞：

莫攀我
攀我太心偏
我是曲江臨池柳
者人折了那人攀
恩愛一時間

（《校錄》，第〇八六號）

白居易：

---

53 任二北，《敦煌曲初探》，頁一六、二七三、二九七至三〇九、三二三。任氏又謂，〈鳳歸雲〉的聯章故事（第〇〇三至〇〇四號）是中國文學裡最早的「曲套」，詳見《初探》，頁三四八。

54 有關「心緒動詞」的定義，請見Yuen Ren Chao, *A Grammar of Spoken Chinese* (Berkeley: Univ. of California Press, 1968), p.110.

江南好
風景舊曾諳
日出江花紅勝火
春來江水綠如藍
能不憶江南

（《彙編》冊一，頁三一）

敦煌詞以情態語詞「莫」字打頭陣，然後轉入命令句，語意明確，絕不含糊：「莫攀我！」這闋〈望江南〉的發話者當為某婦人，她在曲詞伊始就表露心緒，隨後不斷重複之。「攀」字幾乎是全部曲詞的主軸，其受詞「我」也是架構上的重心（參看行一、二及四）。易言之，發話者在曲詞中獨特的關懷，才是全詞一氣呵成的接著劑；讀者讀之，連稍獲喘息的機會都沒有。

白居易的詞卻呈尖銳的對比，委婉有致地使情景交融成一片，自然的意象在匠心獨運下又化全詞為一複雜的整體。首句乃套語，卻也道盡了發話者的心緒與好惡。雖然如此，首句以下各句非但沒有繼續發展這個心緒，反而轉移注意力，寫起自然景致來（行三至四），從而讓讀者體受到一幅外在世界的圖景。這個世界是「幻」，感性的領域才是靈視。惜乎，兩者於詞中皆與「我」分離了。讀者還在出神凝想的當頭，詞句又把我們拉回到現場實況：「能不憶江南？」（行五）全詞的架構原則並非一體合成的情感，而是恢奇卓絕的藝術結構。一個靈犀互通交融有致的世界，便在體知與觀念的結合下形成，也在自然景致與內在情感的融通下構現。

上面的比較顯示，文人詞與通俗詞的風格確有不同。話說回來，我們仍可從另一角度看待這種對比，而求得的結論往往是：通俗詞的遣詞用字通常比較接近口語或俗話。以上引敦煌詞為例，第四句便可見「了」這個虛詞（function word），其功用在完成「折了」這個動作。這個字實在俗氣，唐及五代的詩人避之唯恐不及。

文法家常把中文慣用語分成兩大類：實字與虛字。這種分類的標準有武斷之嫌，然而我們至少可定義道：前者所指的字如名詞與賓詞，皆不乏實質字義，後者則多為冠詞、介詞與感歎詞等[55]。句子的基本意義乃實字組成，虛字卻可強調句構，反映發話者或作家的態度。詩詞中的虛字若以日常口語居多，則其風格便會有「通俗」的傾向，不言而喻。

通俗化的口語在敦煌詞所占的比例非常大[56]，下列詞句裡的「了」、「麼」與「著」便是明證：

無事了　（《校錄》，第〇一四號）

淡薄知聞解好麼　（《校錄》，第〇二六號）

腸斷知麼　（《校錄》，第〇〇三號）

55 白氏這闋詞又稱〈憶江南〉，不過也有〈望江南〉、〈望江梅〉與〈夢江南〉等說法。

56 周法高，《中國古代語法：造句編》（臺北：中央研究院歷史語言研究所，一九七二年重印），頁二二至五四。另請見Yuen Ren Chao, pp.501-502。

子細思量著　　　　　　　　　　　　　　　　　　（《校錄》，第〇二六號）

使用俗語固有其效果，但配合「實字」形成的俗詞，效果更大。例如：

莫把真心過與他　　　　　　　　　　　　　　　　（《校錄》，第〇二六號）

把人尤泥　　　　　　　　　　　　　　　　　　　（《校錄》，第〇一〇號）

你莫辜天負地　　　　　　　　　　　　　　　　　（《校錄》，第一一三號）

上引語詞皆時人生活用語，當代詞家卻仍未視之為詩彙詞語。唐及五代詞客使用的俗語有限，唯代名詞如「儂」與「郎」等等。俗語蔚成文人詞的潮流，得下逮宋朝才成。我會在第四章討論這個問題，屆時再詳細說明。

三、一種新詩體的建立

文人詞與通俗詞尚有其他傳統上的歧異。敦煌詞雖在「同時」採行許多不同的詞格，不加取捨，但文人詞的發展基礎首先便建立於「絕句」這種四行詩的寫法上。此其間，我相信定然有某種觀念架構可以讓我們據以探索早期的詞史。我們如果拿溫庭筠作為詞史的分界點，那麼我們會發覺，溫氏之前的文人所宗尚的詞牌，一點都不出七言絕句這種體式，例如〈楊柳枝〉、〈竹枝〉、〈浪淘沙〉、〈清平調〉或是〈採蓮曲〉[57]。溫氏死後，這些詞牌若非漸次式微，就是改成其他格律，〈浪淘沙〉就發生過這種情形。我們可以據此下個結論：八五〇年以前的詞，大受絕句掣肘，其後的詞體才慢慢有獨特的結構原則，不再受絕句的影響。

（一）約八五〇年以前的小令

我在前文提過，「長短句」這種通俗曲詞創作在盛唐之際，亦即絕句蔚然成風之時，難怪早期詞家好以絕句的形式填詞，而通俗詞與文人詞的傳統也就出現了下面的分野：儘管通俗詞強調形式翻新，配合新曲，文人詞卻有好一段時間仍然醬在過去僵硬的詩律裡。故其發展雖可謂有條不紊，進展其實甚緩。倘要改善這種現象，非得等待一種詩體或另一種系統大致確立不可。在詩體發展上，因此再也沒有比某種觀念傳統的形成更重要的了！

「小令」在早年成為氣候之前，曾受絕句傳統極大之影響，甚至連形式和絕句截然不同的詞，在

[57] 任二北，《敦煌曲初探》，頁四〇三至四四九羅列了一份唐及五代的俗語。

長度上也會和絕句一樣。絕句乃四行詩，因有五、七言之分，故字數可為二十或二十八。受絕句啟發過的早期文人詞，因此字數都在三十之間，句數顯然也不出四行。溫庭筠之前常見的詞牌，絕大多數都屬這種情形。下列例證中，破折號代表休止符，顯示字群的唱誦有頓挫之處：

〈三臺〉	六／六／六／六	（二十四字）
〈漁父〉	七／七／三—三／七	（二十七字）
〈紇那曲〉	五／五／五／五	（二十字）
〈懷江南〉	三—五／七／七／五	（二十七字）
〈楊柳枝〉	七／七／七／七	（二十八字）
〈竹枝〉	七／七／七／七	（二十八字）
〈浪淘沙〉	七／七／七／七	（二十八字）
〈瀟湘神〉	三—三／七／七／七	（二十七字）

傳統詞話稱這些小令為「單調」，指其僅具一個詩節（一闋），和「雙調」——亦即有兩個詩節——的詞體有所不同。「雙調」小令流行的時間較晚。

早期的「小令」詞家喜歡用「絕句」或「類絕句」填詞。就文人詞的傳統而言，這種作風相當獨特。雖然如此，我並非指絕句或「單調」因此就不見容於通俗詞。事實反而是：許多敦煌曲詞都不出三十字，有些根本就是用絕句的形式填下的。不過，值得注意的是，敦煌詞並沒有死抱絕句的形式規則，不像當代文人詞那樣僵化。可以引以為證的例子鑿鑿可見。像〈望江南〉或〈天仙子〉一類的敦煌詞牌，可以用「單調」填詞，也可以借「雙調」用字。此刻的文人詞家就不然：這些詞牌他們只能出以「單調」的形式。文人詞家最常選用的絕句詞牌是〈楊柳枝〉與〈竹枝〉，而尤具意義的一點是，敦煌所出的這兩種詞牌皆用「雙調」填詞，格律和絕句相去甚遠：

〈楊柳枝〉	七／四／七／五	七／四／七／五	（四十六字）
〈竹枝〉	七／五／七／七／七	七／五／六／七／七	（六十五字）

當然，敦煌詞只是唐及五代通俗曲詞的一小部分，我們絕不可斷然以為所有作者不可考的通俗〈楊柳枝〉與〈竹枝〉詞皆不使用「絕句」的形式。話說回來，實情卻是如此：當代的文人詞家死守前人的體式原則，而敦煌詞的作者卻翱翔乎傳統技巧之外。

時間再往後挪，甚至連文人所寫的許多異乎絕句的小令，仍持有與絕句相通的美學原則。比方說，傳統詩話家就認為絕句最重要者應屬收梢處的對句[58]。而絕句感人之深，咸信係詩句凝練，不乏隱喻聯想有以致之。常人慣用「言簡意長」描寫絕句的美學價值[59]，詞評家同樣以此期待於每一首詞的結尾，南宋詞人兼詞話家張炎就是一例。他曾暗示：王維的絕句〈渭城曲〉就值得寫小令的詞家竭力仿效[60]。由於小令與絕句頗見類似結構，張炎甚至以為兩者可以相提並論：

58 早期文人詞家最常用的詞牌是〈楊柳枝〉（三十九闋）、〈竹枝〉（二十七闋）與〈浪淘沙〉（十七闋）等三種，見《彙編》冊一，頁一至四七。

59 見黃勖吾，《詩詞曲叢談》第二版（香港：上海書店，一九六九），頁六六。據傳統詩話家的說法，絕句要寫得深富言外微旨，最好是用因景生情、以景觸思的寫法。另一種頻見使用的筆法，是在收尾對句中使用疑問詞、假設詞、反問詞與否定詞等。這兩種筆法看似矛盾，但目標一致：都要在句中創造出弦外之音。

60 陳鍾凡，《中國韻文通論》（臺北：中華書局，一九五九），頁一九四。

詞之難於令曲，如詩之難於絕句。不過十數句，一句一字閑不得，末句最當留意，有有餘不盡之意始佳。[61]

就小令的填法而言，張炎的說詞非常精闢，傳統詞話家無不奉為圭臬。宋沈義父迄清李漁等詞話家一致主張，小令的創作應重言外微旨，即使清末民初的詞學學者，也抱持類似觀點[62]。詞末收梢處的美學既經長時間的注意，則歷來詞人自然注重尾字的音效[63]。

詞與絕句的關聯眾議僉同，對傳統研究啟發甚巨，但也因此而出現誤導的現象。新舊詩體盤根錯節，前代批評家能夠注意及此，全仗他們對詞與絕句的認識，此所以上文有「啟發」之論。然而，也正因他們太強調兩者的關聯，忽略了詞體演變的深層可能，故而處身迷津而不自知。盛唐以還，長短句與「絕句式」的「詞」同時並存，當時的酒肆伎館屢見不鮮，舊派學者竟然存而不論，此亦所以曰「誤導」也。請再舉例言之，宋人郭茂倩所纂《樂府詩集》卓爾有名，收錄了許多唐及五代詞，而這些詞竟然都是「絕句」的形式[64]。長短句固然在九世紀後風行一時，然而郭氏視若無睹，好像不當這些詞曾存在似的。遺憾的是，後世學者對郭書異常重視，以為詩作詞選盡在其中。無須多言，很多謬論就此出籠。

61 張炎，《詞源》，收於羅芳洲編《詞學研究》（上海：教育書店，一九四七），頁二九。

62 張炎，《詞源》，收於羅芳洲編《詞學研究》（上海：教育書店，一九四七），頁二九。

63 見沈義父，《樂府指迷》，在羅芳洲編《詞學研究》，頁三九。沈氏認為：「結句須要放開，含有餘不盡之意，以景結情最好。」另見李漁（一六一一－一六八〇），《窺詞管見》，在《詞話叢編》冊二，頁五四五至五六一。李漁謂：詞的優點全定於終篇一刻，如「臨去秋波那一轉，未有不令人銷魂欲絕者也」。王國維論詞著名的「境界說」，顯然由小令立意，而非由較長的慢詞立說，因為小令比較容易集中寫景，傳達言外之意。

64 夏承燾、吳熊和合著，《讀詞常識》（北京：中華書局，一九六二），頁五五。

（二）約八五〇年以後的小令

從詞體沿革觀之，詞的蛻變約始於八五〇年之際。前後所製，皆呈強烈對比。八五〇年以後的新詞，結構與長度都不為絕句所限，反而含括兩「片」等長的單元，雖則其加起來的總字數不超過五十八字[65]。換言之，「雙調」詞一天天在取代「單調」詞。溫庭筠填過的二十種詞牌之中，竟然已有十一種屬於「雙調」詞。韋莊的二十二種詞牌，包括了十七種的「雙調」詞，比率不可謂不高。顯而易見，屆臨溫、韋之時，「雙調」詞即將蔚為傳統。到了南宋，「單調」詞根本乏人問津。晏殊的《珠玉詞》共收一百三十七首詞，其中只有一首〈如夢令〉屬於「單調」詞。晏幾道《小山詞》內收兩百五十首，卻沒有一首用的是「單調」詞牌。歐陽修傳世的一百七十一首詞，悉數收在《六一詞》之中，也悉數都是雙片詞。至於李清照的七十九首詞，屬於「單調」者亦僅三首〈如夢令〉罷了。

「雙調」的結構誠可能僅由兩個「單調」簡單重複形成，但既然是一種詞格，對後出的詞自有極重要的美學影響。詞體演變史上最重要的新現象乃「換頭」的形成。這是一種「過渡」，亦即雙調詞從「上片」移到「下片」的「過渡」。至於「絕句」或「律詩」，絕不可能出現「換頭」[66]。

「換頭」一旦出現，詞的讀法也有新的轉變，較之曩昔體式，可謂角度全非。乍看之下，小令似乎由兩首絕句組成，事實遠非如此，即使傳統讀者也不做如是觀。他們固然認為絕句收尾應寓弦外之音，卻不以為小令上片也該如此。只要能夠預示下片的內容，上片的收尾就算功德圓滿。

65 見郭茂倩編《樂府詩集》卷八一與八二，重刊於《四部叢刊初編縮本》（臺北：商務印書館，一九六七）一〇四冊，頁五五五至五六七。這些詞據以譜出的詞牌為〈楊柳枝〉、〈竹枝〉、〈清平調〉、〈回波樂〉、〈浪淘沙〉、〈拋球樂〉、〈紇那曲〉與〈宮中調笑〉等。

66 見王力，頁五一八。王力對小令的定義較寬，認為六十二字內都屬之。

傳統詞話家不但不反對小令這種閱讀成規，而且甚表贊同。其中多位甚至說，詞家對換頭應謹慎從事，務求控馭得當。也就是說，首片後兩行一面要能結尾，一面也要能為後片鋪路：

凡詞前後兩結最為緊要：前結如奔馬收韁，須勒得住；尚存後面地步，有住而不住之勢。[67]

前人此見指出，傳統讀者所期待於詞者，絕大多數應屬下片詞的意蘊。他們都曉得，詞的結構特殊，不是其他韻體所能並比。由於詞人不斷努力，「換頭」終於成為構詞原則之一，其特有的功能業經肯定。詞人構設前後片的方式，大致可以反映其人風格，也可以吐露涉世的深度。本書後數章會詳細交代此點。

八五〇年前後，確為詞史重要分水嶺。原因無他：「雙調」小令適於此時出現，而其美學體式也於此時確立。八五〇年以前，「詞」還不是獨立文體，其後則進入一個嶄新的時代，逐漸發展出特有的傳統。我們常說溫庭筠和韋莊是詞史開疆拓土的功臣，原因概如上述。

[67] 像清人金聖歎一類的批評家，就一度想把律詩的結構拆成兩「片」。不過，這種讀法有違律詩的基本構造。

第二章　溫庭筠與韋莊

——朝向詞藝傳統的建立

詞的修辭學：弦外之音與直言無隱

從詩到詞：模仿與創作

通俗曲詞的影響

以年齡論，溫庭筠長韋莊不過二十歲左右，但兩人所處的政治環境卻有天壤之別。韋莊生逢黃巢之亂（八八〇年），溫庭筠幸而未曾得遇。這是區野關鍵。黃巢亂後，唐室將傾，藩鎮割據，國勢日危，存亡就在旦夕之間。而烽火連天，狼煙遍地，尋常百姓家破人亡更是所在多有。時局紊亂若此，韋莊哪能安享溫庭筠所過的太平盛世？未及而立之年，他就遠離帝京，避秦南下，在江淮之間遊蕩了十年以上。到了不惑之年（九〇一年），他又買棹入蜀，最後終老於此，時值九一〇年。韋莊所寫的許多七律，因此都有一股故國不堪回首的滄桑感，也把黃巢亂後造成的哀鴻遍野與悲雁處處訴說殆盡：

過揚州

當年人未識兵戈

處處青樓夜夜歌

花發洞中春日永
月明衣上好風多

淮王去後無雞犬[1]
煬帝歸來葬綺羅[2]
二十四橋空寂寂
綠楊摧折舊官河

（《全唐詩》冊一〇，頁八〇二一）

憶昔

昔年曾向五陵遊[3]
子夜歌清月滿樓
銀燭樹前長似晝
露桃華裡不知秋
西園公子名無忌
南國佳人號莫愁[4]

1 民間傳說，漢淮南王劉安得道，雞犬隨之升天。
2 隋（五八一—六一八）煬帝後幸江都，鮮卑宇文化及造反，縊之。
3 「五陵」原指漢代諸帝在長安所建的五座皇陵。在詩詞中，這個名詞卻常代表富貴美姿的少年人聚集之處。
4 「無忌」是戰國時代魏信陵君之名，「莫愁」則為唐代某名歌伎的名字。二名合之，指富貴少年與華麗閨女等五陵遊客。

今日亂離俱是夢
夕陽唯見水東流
（《全唐詩》冊一〇，頁八〇〇七）

就在「當年人未識兵戈」的時代（〈過揚州〉，行一），晚唐詞人溫庭筠度過了半生。但是對韋莊來講，當年的花柳繁華和如今的兵燹連天對照，徒然令人唏噓浩歎。溫、韋的表現——不管詩中天地或生活實況——都截然不同，而本章的目的正是要討論其間的差異，看看這兩位詞國先鋒有何不同之處。循此，我們還可進一步認識晚出的詞在體格方面到底受過他們多大的影響，尤其可以瞭解個人風格對於詞體的撞擊有多深。

一、詞的修辭學：弦外之音與直言無隱

溫庭筠用〈菩薩蠻〉填過的詞不在少數，其中有一首卻可顯示他個人的一般風格：

水精簾裡頗黎枕
暖香惹夢鴛鴦錦
江上柳如煙
雁飛殘月天
藕絲秋色淺

人勝參差翦
雙鬢隔香江
玉釵頭上風

（《全唐詩》冊一二，頁一〇〇六四）

讀罷此詞，我們隨即可以注意到的是：全詞兩片的聯繫並不強，因為各片所寫似乎僅為單景一色。所幸這兩片逸興遄飛，無礙讀者在其間找到可能的關聯。

詞句之中，並沒有透露誰是發話者，但其敘述觀點若屬全知全能，則首片所寫或為某閨中怨婦：「暖香」使她情思乍起，竟然沉酣在春夢之中。如此一來，後片就是夢中世界，怨婦盛服華髮，臨江而立。雖然如此，首片的發話者也可能是個男人，目前正在回首閨中密友的十里送別。水晶簾，鴛鴦錦：他猶記得春宵一度，觸處盡是濃情蜜意（行一至二）。怎奈雞鳴破曉，他就得離此他去（行三至四）。於是，就在第二片，我們看到婦人依江送別，玉釵猶迎風舞動（三至四行的聯句）[5]。此外，若說發話人是個婦女亦無不可，則全詞所寫當屬她個人際遇。她前夜尚在紅樓擁被而臥，一床絲蘿都是錦繡鴛鴦。回想至此，她不禁為良人不在而倍感惆悵，雖然繡花枕被所譜的都是琴瑟和鳴。拂曉時分，她憑窗遠眺，薄霧中幾株垂柳，而天色迷濛裡野雁破空而去。良人他適，愁思如何不上心頭？到了尾片，她乃刻意妝扮，身披輕紗，薄如藕絲，頭飾鷺羽，迎風搖擺，可是依然解不開心頭的千絲萬緒。

不管我們中意哪一種詮解，這首詞的前後片顯然是由不同的兩組對照並列所構成，而不是一氣呵

5 有關此一詮解，請參考詹安泰，《溫詞管窺》，在《藝林叢錄》（香港：商務印書館，一九六一至一九六六）冊四，頁九五至一〇三。

成的連貫動作。讀者得馳騁想像力，細按各種可能的換頭原則，才有和詞家交融為一體的可能。既然要把注意力由字義顯然的幕前轉移到字義含糊的幕後，那麼這首詞的玄妙之處，我們或可用「言外意的修辭策略」（rhetoric of implicit meaning）界定之。作者鏤刻出一幅客觀的圖景，收拾起自己的真面目，所以在閱讀感覺中，言外意更勝過字面義。情景也是自然裸現，而非直接敘述出來[6]。

講究各景並列可不是尋常筆法，用言外意來媾合各景的修辭方式更是常人罕見。溫庭筠的特殊風格便存乎此等策略之中。我們深入再探溫詞結構，發現統合換頭的組織原則，講究的乃是不同詞語的肌理聯繫（textual linkage）——亦即行與行之間、語詞與語詞之間都有這種聯繫。再質而言之，溫詞少假連接詞，也不用任何指涉性的代名詞或指示詞（demonstratives）。中國詩詞善用簡便的意象來結構字句，溫氏的構詞原則用的也正是這種組織方式。示意字（deictics）既不多見[7]，連帶也就缺乏直接而詳明的意涵。不過，正因示意字有闕，溫詞才能開創模棱兩可的詞意，增添撲朔迷離之感。他的詞句愈玄妙，批評家對他也就益發折服。例如一首〈更漏子〉——尤其是第四到第六句，不但堂奧深妙，而且玄機處處，歷代詞話家雖然讀得莫名其妙，卻也頻頻讚美，叫好之聲盈耳：

柳絲長
春雨細
花外漏聲迢遞

[6] 「裸現」（showing）與「直接敘述」（telling）在藝術上的差別，請見Wayne C. Booth, *The Rhetoric of Fiction* (Chicago: Univ. of Chicago Press, 1961), pp.3-20。

[7] 有關「示意字」的範疇，請參酌John Lyons, *Introduction to Theoretical Linguistics* (Cambridge: Cambridge Univ. Press, 1968), pp.275-281。

驚塞雁
起城烏
畫屏金鷓鴣
香霧薄
透簾幕
惆悵謝家池閣[8]
紅燭背
繡簾垂
夢長君不知

（《彙編》冊一，頁六一）

第四到第六句的塞雁、城烏與屏上鷓鴣之間，看似一無文法聯繫，彼此形同解體。然而，溫庭筠隱喻性的修辭美學也正存乎此種筆法之中。全詞首寫某日春景，發話者繼之出現，形單影隻，一片靜寂，唯有細雨淅瀝以及遠方滴漏答答（行二至三）。在傳統上，細柳是別離的象徵，發話者眼見及此（行一），不禁想起情郎遠適。待野雁從塞外驚起，群烏在城垣上鼓翅而飛，而暖房風屏上所繪的金鷓鴣仍寂然不動（行四至五），她的落寞感就油然生起，而且更深更強。無可置疑，第二片的情景仍源自這些並列的感官意象（sensory images），而這種解讀可能也正中作者心意，雖然他並無一語道及

8 「謝家」即「伎館」的委婉說法。

此點：讀者必須自行揣摩，求詮求解。由另一個角度說，溫詞表面上是一團破碎的意象，我們唯有瞭解他慣用言外之意的填詞方法，重新拼組，才能使這堆意象意蘊更豐。溫詞肌理嚴密，他又善於堆疊與並呈名詞，組織益發細緻，予人的印象更加深刻。下舉例句皆為溫詞典型：

畫羅金翡翠　（《彙編》冊一，頁五七）

寶函鈿雀金鸂鶒　（《彙編》冊一，頁五八）

翠翹金縷雙鸂鶒　（《彙編》冊一，頁五七）

這些例句後半部的意象如「金翡翠」、「金鸂鶒」與「雙鸂鶒」，似乎都能貼合前半部的意涵。不過，其間根本沒有文法聯繫可言。

溫詞的弦外之音，往往逼得研究者非從理論的角度出發，一探他的風格特色不可。他的構詞原則並非出自「敘事性」的線形發展，而是取乎對意象畀重甚深的詮釋過程。這套原則背後的思想是：詞或詩都無須借重連貫性的發展，定向疊景本身就饒富意義。此一筆法使用的頻率愈高，各個句構單元彼此就會益形疏離，而這一切又都意味著溫氏筆端講究「並列法」（parataxis），對「附屬結構」（hypotaxis）興趣缺乏。上面兩個西方古典修辭學術語，都是已故的奧爾巴哈（Erich Auerbach）教授在討論拉丁語法時提出來的[9]。雖然如此，我覺得這兩個名詞對中國詩詞的討論還是滿管用，可以視為詩人詞客的基本創作法。「並列法」指的是詞、句的排比；「附屬結構」則有不同的聯繫字詞，可以「結構」相異的時間或因果關係。就詞體的演進而言，這兩種修辭方法皆有其基本重要性，我們故此應該不憚煩言細述一番。

從中國詩詞的傳統來看，意象「並列」了無獨特之處。事實上，一般人總期望詩人詞客都能結合創作技巧，即使含糊其詞，讀起來也應有主題重心。唐代以後的中國讀者，對此等閱讀基設特有所求，因為他們讀慣律詩，早已養成透視高度意象語的能力，此所以傳統詞話家總努力想要認識溫詞的言外「真」諦：就算是簡略排比的意象，也可能寓有微言大義。例如清代詞話家周濟，就曾總括溫氏詞藝，用中國傳統詞話籠統評道：「飛卿醞釀最深。」[10]

就溫詞的並列結構而言，現代詞學學者也著有精研，頗具貢獻。俞平伯曾觀察溫詞道：溫著「每截取可以調和的諸印象而雜置一處，聽其自然融合」[11]。葉嘉瑩也說溫詞如畫，感人肺腑，而這種種乃奠基於溫氏特有的美學——亦即他所使用的感性意象，而非文句的邏輯次序[12]。

縱然如此，現代讀者也應該再問一聲：溫詞是否有一套要言不煩的原則以統合各處的並列結構？溫庭筠排比意象，一向直截了當，有時似乎漫無章法，但仔細探究，我們卻發覺其中要題都經過精挑細選，而各個意象就繞此迴旋發展。下引這首〈菩薩蠻〉正可展現上述溫詞詞藝：

---

9 Mimesis, trans. Willard R. Trask(Princeton:Princeton Univ. Press, 1953)。兩個名詞的中譯乃參酌張平男譯：《模擬：西洋文學中現實的呈現》（臺北：幼獅文化事業公司，一九八〇），頁八一至八二。

10 見周濟，《論詞雜著》，在羅芳洲編《詞學研究》（上海：教育出版社，一九四七），頁九六。

11 俞平伯，《讀詞偶得》（臺北：開明書店，一九五七），頁一五。

12 葉嘉瑩，《迦陵談詞》（臺北：純文學出版社，一九七〇），頁四八。

翠翹金縷雙鸂鶒
水文細起春池碧
池上海棠梨
雨晴紅滿枝
繡衫遮笑靨
煙草粘飛蝶
青瑣對芳菲
玉關音信稀[13]

（《全唐詩》冊一二，頁一〇六四）

破題處的意象也是這首詞的核心，全詞所有的意象都循此開顯。婦人在句中首現身影，不但頭插翠翹，還飾上一對鸂鶒。這個意象一旦形成，其他意象蜂擁而至。讀者由女人的美貌聯想到室外的美景，奔至眼底的乃是碧水、青池與海棠梨（行二至四）。到了第二片，意象轉回婦人自己：她拿錦袖半遮臉，笑靨一時間看不著（行五）。值此之際，敘述者放眼自然景致，又把讀者拉到煙草飛蝶去（行六）。第五句呼應了第一句，顯而易見。而第六句也讓人聯想起二至四句。雖然如此，這種句法仍顯示這些彼此呼應的意象遵循的不是線形發展而是「並列」的形式。稍後的宋代詞人周邦彥，也曾用過極其類似的詞藝以組織自己的意象。

[13] 玉關雖指甘肅境內長城的玉門關，但在這首詞裡卻是「前疆」的隱喻。

和溫庭筠相形之下，韋莊填詞的原則就大異其趣。權引兩首為例：

女冠子

昨夜夜半
枕上分明夢見語多時
依舊桃花面
頻低柳葉眉
半羞還半喜
欲去又依依
覺來知是夢
不勝悲

荷葉杯

記得那年花下
深夜
初識謝娘時
水堂西面畫簾垂
攜手暗相期

（《彙編》冊一，頁一一〇）

惆悵曉鶯殘月
相別
從此隔音塵
如今俱是異鄉人
相見更無因

（《彙編》冊一，頁一一八）

這些詞的發話人幾乎同時在傾訴他們的際遇。韋莊並不像溫庭筠：他並沒興趣在前後片呈現不同的兩個景；他反而漠視前後片的界限，乾脆讓敘事態勢一路奔瀉到底。易言之，韋莊擬以次序井然的方式寫景抒情，一切都隨著思路綰結在一起。

韋莊的做法，不啻表明他所宗奉的乃文意朗朗的詞句。比起溫庭筠，他的詞體更直截了當。就句法而言，附屬結構的情形也多過溫詞。當然，所謂「好詞」多少都有點晦澀——用蘇珊・朗格（Susanne Langer）的話來講，世上根本「沒有一根腸子通到底的詩」[14]。因此，本章中用明晦做對比只是權宜之計，庶幾方使我們分析全然相異的兩種詞體。

詞行的「序列」究竟為何？詞意「明朗」的程度要有多大？這些問題都不好回答，況且我們現在面對的也不是演繹推理，而是「附屬結構」的技巧、相續的詞句與示意字本身。在中文文法上，所謂的連接詞（connectives）包括「倘若……那麼」、「因為」、「由於」，以及「時」等字詞。這些字詞若化之於詩詞之中，每能引發邏輯或時序之感，讀者也會覺得全詩正在某序列的控制之中。之所以

[14] Susanne Langer, *Feeling and Form* (New York: Charles Scribner's Sons, 1953), p. 228, note 22.

會產生這種感覺，芭芭拉・史密斯（Barbara Smith）的解說最為透澈：「相對詩行所寫，通常會令人引頸期盼，以為也可以在相對的部分看到同樣的文字。」[15]詞句一氣呵成，敘說上自成整體。詞人寫出來的若是這種前後照應的相續句，則序列結構的效果立即顯現。如果能深入使用示意字，詳陳某時地與人物，則詞意自然外現，朗朗有致。

且拿前引的〈荷葉杯〉為例。這首詞到處可見附屬結構、相續詞行與示意字。第四句的「時」點出時間上的附屬結構，把第一至第五句的思緒糾集在一起，全詞開端便出現思緒動詞「記得」，表示敘述者乃第一人稱的「我」，而刻正追憶的是當年別離謝娘時。破題之後，相續詞句直走到第七句才完成動作，暫告一個段落。詞裡的時間副詞包括第九句的「如今」與第一句的「那年」。從溫庭筠的欲語還休到韋莊的直接陳述，幾乎全都由這首詞的時間副詞和指示形容詞「那」字作為區隔點。

韋莊使用「附屬結構」，揚棄「並列法」。他的詞可以當作「故事」讀，原因在此。溫庭筠有一系列的〈菩薩蠻〉，每首主題獨立。但韋莊所填的歌詞〈菩薩蠻〉卻像一道溪流，其「敘事態勢」流經各闋，蜿蜒不已：

（一）

紅樓別夜堪惆悵
香燈半捲流蘇帳
殘月出門時
美人和淚辭

15 Barbara Herrustein Smith, *Poetic Closure* (Chicago: Univ. of Chicago Press, 1968).p.137.

琵琶金翠羽
弦上黃鶯語[16]
勸我早歸家
綠窗人似花

（二）
人人盡說江南好
遊人只合江南老
春水碧於天
畫船聽雨眠
壚邊人似月
皓腕凝雙雪
未老莫還鄉
還鄉須斷腸

（三）
如今卻憶江南樂

16 「黃鶯」可指美人所奏的曲調，也可以隱喻美人自己。

當時年少春衫薄
騎馬倚斜橋
滿樓紅袖招

翠屏金屈曲
醉入花叢宿[17]
此度見花枝
白頭誓不歸

（四）
勸君今夜須沉醉
尊前莫話明朝事
珍重主人心
酒深情亦深

須愁春漏短
莫訴金杯滿
遇酒且呵呵

17 此句中的「花叢」亦可比喻美人。

人生能幾何

（五）

洛陽城裡春光好
洛陽才子他鄉老
柳暗魏王堤[18]
此時心轉迷

桃花春水淥
水上鴛鴦浴
凝恨對殘暉
憶君君不知

（《彙編》冊一，頁一一二至一一三）

第一首詞的發話者在回憶昔年夜別景（或許在洛陽），遙想當年謝娘促歸淚。第二首的景致轉移到江南：美景處處，美人無數（行三至四）。他當時少年氣盛，有家不得或不敢歸，因為「還鄉須斷腸」（行七至八）。逮及第三首，發話者早已離開江南，但他對過去的溫柔富貴仍然眷戀不已（行一至六）。如今馬齒徒增，異鄉漂泊，發話者終於瞭解，兵荒馬亂，他不可能還鄉歸洛陽[19]。內心雖

18 「魏王」，指曹操（一九二—二三二），「魏王堤」是當時洛陽勝景。
19 葉嘉瑩，《迦陵談詞》，頁七九至八二。葉氏相信，這些詞乃韋莊年老之際在西蜀所填。

然痛苦，他還是發誓不到白頭不回家（行七至八）。第四首和第三首收尾的對句頗有關聯：招待他的東道主力勸樽內莫空，今朝不管明朝事（行一至四）。他欣然接受主人的殷勤意，因為生命原本就倥傯。第五首詞一開頭就在回應第一首：洛陽雖有佳人在，促歸聲聲切，但他已經是他鄉白髮人（行一至二），回想故園心轉迷（行三至四）。偏偏桃花綠水在，不堪回首故人情。最後一句，總括了如今的失意與落寞：「憶君君不知。」

上面的探討，並不表示這是唯一的解讀法。全套片語還有一個共同點：詞人語無心機，感情自然流露。詞評家所以把這五首詞視為經驗的聯章，原因不能不溯至此[20]。韋莊舉筆都是情態詞與思緒動詞。這種特殊詞藝，使他直言無隱的修辭學更具言談效力。「須」與「莫」這兩個情態動詞不但貫穿詞人的意志與語鋒，而且打一開頭就出現在這組〈菩薩蠻〉的「情節」裡，例如第四首第一至第二句，同詞第五至第六句，以及第二首的第七與第八句等。

類此感性的強調，讓人想起敦煌通俗詞的一般風格。我在本書首章裡說過，敦煌詞的特色之一，在句頭頻見情態詞與思緒動詞。韋莊或許受過這類通俗詞的影響，其修辭技巧所傳遞出來的才是風格如此直截的詞。不論實情如何，韋莊的言談確實不會囉唆得令人有拖泥帶水之感。

話說回來，韋莊的詞雖然情感強，完全外鑠，但詞所特有的微意並未因此而慘遭抹殺。何以如此？蓋韋詞不論如何淺顯，總帶有一層痛苦的覺悟，不願讓冀願與現實妥協，讀者故此可獲各種質疑與想像的空間。舉例言之，〈菩薩蠻〉各首詞的命令句，便都有極其無奈的況味。他說「未老莫還鄉」（第二首，行七），實在傷痛自己有家歸不得。因此，這個命令句的意涵就超拔出純命令的語意之上，增強了詞人窮途潦倒的無奈感。整個場面都在這種有力的控制之下，詞中的吶喊乃產生高度的

[20] 青山宏，《花間集の詞（2）——韋莊の詞》，在《漢學研究》卷九（一九七二），頁二三。另見葉嘉瑩，《迦陵談詞》，頁六九至九一，以及俞平伯，《讀詞偶得》，頁二一至三〇。

隱喻性，不輸任何藝術偉構。他的隱喻性讀者頗能感同身受，而且愀然哀戚。在強烈的命令語句背後，我們還可認識詞客渴盼者何，憎恨的又是什麼。兩者之間的張力，不容小覷。

各命令句都帶有濃郁的感性，必然能抓住聽眾——就我們而言是「讀者」——的注意力。當然，韋莊的傷感不是故作姿態，而是有深層的意義。雖說如此，有一點也很要緊：這位詞人並不曾猶豫用自己的聲音來說話。我的感覺是：韋莊不但喜歡道出心中所思所想，而且也喜歡順手導出讀者的心緒。直言無隱的修辭言談一旦結合附屬結構與直述詞，作者就得敞開心扉，把意圖暴露在眾人之前。

長久以來，批評家就注意到，「弦外之音」與「直言無隱」的對照，並不是「詞」出類拔萃的唯一原因。詩裡面，我們照樣可以看到具備這兩種特質的例子。溫庭筠和韋莊也都是詩壇宗匠，構詞時很可能不自覺地受到傳統詩體的潛移默化的影響。因此，我們有必要掌握溫、韋詩作的某些層面，看看他們如何化之為「詞」的創作形式。

二、從詩到詞：模仿與創作

我們在正式探討詩詞的文體風格之前，應該先澄清一點。溫庭筠的詞體常受到顏色意象的制約；由於題材的性質所限，溫詞裡的名詞大都是對女人飾物的白描。溫氏筆下的女人一向濃妝豔抹，披金戴銀。他又在脂粉堆裡打滾，感官意象的來源可說層出不窮。不論形容詞或名詞，一旦涉及珠寶與妝臺等等，在我們的總體印象中突顯的總是眾女的意象。像下面這類的句子，溫詞裡可謂比比皆是：

（一）
新帖繡羅襦

雙雙金鷓鴣

（《彙編》冊一，頁五六）

（二）

山枕隱濃妝

綠植金鳳凰

（《彙編》冊一，頁五九）

（三）

翠鈿金壓臉

寂寞香閨掩

（《彙編》冊一，頁五八）

溫庭筠何以好填這類五顏六色的意象，創造出這麼多女人的生命？談到事情原委，我們不得不提歐陽炯，因為他曾以駢體籠括溫派詞客填詞的原則。且看《花間集．序》如何說：

鏤玉雕瓊，擬化工而迥巧。

裁花剪葉，奪春豔以爭鮮。

對溫庭筠這類詞人來說，填詞的目的就是要「雕金鏤玉」，要為「披金戴銀」的婦人講話，更要為「寧巧飾也不尚天然」的美女代言。《花間集》就是這種美學觀活生生的紀錄，是晚唐迄五代「頹廢運動」的代表作。在這種運動的聚照下，詞便凝結成為一種新的詩體，而崇尚華美豔麗乃成其唯一的目標。若無上述這種文化間架，溫庭筠也難以目為詞人典範。

溫詞尚有另一特色，而且關聯到下面矛盾：他筆下的女人靜如處子，而且默默然如畫中人，但是和這女人有關的種種卻玲瓏多姿，虎虎有生氣。下面一句詞裡的「鬢雲」可以為證：

鬢雲欲度香腮雪　　（《彙編》冊一，頁五六）

溫氏寫活了這「鬢雲」，好像會動似的。這種生命倒轉，無生命的反而化為有生命的，也是溫詞話中有話，極盡曲折的緣故。溫庭筠不用為環境而屑屑求解，自然就可為讀者畫出女人慵懶的樣子。而這女人未免慵慵然；如此襯托之下，反倒讓周遭景致變得生動活潑。閨房內的陳設愈華麗，女人看來就愈無奈。

顏色的意象與閨房的主題，溫庭筠當非始作俑者。六朝的宮體詩就常用到各種類似的技巧。縱然如此，感官意象的自主性、擬人化的物體與意義綿延的詩中隱喻，卻要等到晚唐才蔚成氣候。其時的近體詩開始對一種新技巧情有獨鍾——一種能轉化人情成為藝術抽象體的新技巧。而寫近體詩的詩人也開始把焦距對準輕盈雅致的物體，如燈飾、窗簾、細雨與眼淚等等。在晚唐詩人眼中，貫注全神寫活這些物品，不啻就在創造人世種種。即使小若一根蠟燭，也都帶有人世情感：

蠟燭有心還惜別

替人垂淚到天明

——杜牧（《全唐詩》冊八，頁五九八八）

晚唐近體詩取景，往往以垂淚的蠟燭作為典型[21]，而溫庭筠的詞裡也不乏同類的意象：

畫羅金翡翠
香燭銷成淚

（《彙編》冊一，頁五七）

玉爐香
紅蠟淚

（《彙編》冊一，頁六二）

話說回來，溫庭筠如果一味以晚唐律詩為師，拘泥不化，那麼他對中國詩詞的貢獻必然有限。溫氏最卓絕的一點是：他能體認晚唐律詩的活力，頻頻使用。但是他在以磊落巨筆開創律詩格局之際，也將其視為文學史的楚河漢界，由此再出發追尋一種新詩體——「詞」。職是之故，常人才會覺得溫詞婉約，所寫盡為閨女香飾，而他筆下的律詩則毫不矯飾，渾然天成，活力充沛。一箭雙雕談何容易，溫庭筠卻是左右開弓，舉重若輕。

21 當然，「燭淚」這類意象並非始自晚唐，例如唐太宗就有一首〈詠燭〉的詩，見《全唐詩》冊一，頁一八。

在溫氏律詩中，隱士、漁夫、山僧等人物非但待人親切，過的也都是靜謐歲月，與世無爭[22]。所以溫庭筠就像多數中國詩人一樣，透過筆端刻畫的桃花源，開顯畢生職志，希望最後能夠歸隱田園。他寫過許多借古諷今的詩，勾勒宦途失意的傳統主題。溫氏的律詩和他的詞實在不搭調。前者眼界開闊，直可視為傳統律詩的範格。

就傳統觀之，律詩的頷聯和頸聯當為並列聯句，尾聯才幾乎是附屬結構。溫庭筠的律詩也是這種構造，所遵循的模式全然吻合最高理想：

商山早行

晨起動征鐸
客行悲故鄉
雞聲茅店月
人跡板橋霜
槲葉落山路
枳花明驛牆
因思杜陵夢[23]
鳧雁滿迴塘

（《全唐詩》冊九，頁六七四一）

---

22 例見張翠寶，《溫庭筠詩集研注》（台灣師範大學碩士論文，一九七五）內第〇九八、一三三、二〇二及二〇三號詩。

23 杜陵，指漢玄帝（西元前一世紀）位於長安近郊的陵寢。

像大部分的律詩一樣，「並列法」與「附屬結構」的詞句構造，符合發話人詞中經驗的走向。開頭的對句是楔子，引船入港；頷聯和頸聯對仗嚴整，在一連串的意象裡讓動作安靜下來；尾聯的對句則把玄想拉回到與之互呈關涉的現實裡[24]。因此，通詞復歸圈形的經驗結構：發話者先由玄想出發，然後又回到這個世界來。這種結構的圓滿與完整，實有賴於「並列法」與「附屬結構」的交相應用。

溫詞中「並列法」的重要性，上文已經指出。我們接下來可以提出另一個問題：律詩講究對仗，可不可能是溫庭筠填詞時借鑑的對象？我們知道，中國所有的詩體當中，只有典型律詩中間兩聯有可能使用「並列法」，因為這兩組詩句若使用平行結構，便意味著意象有其空間上的排比。雖然如此，我們仍不能硬說溫庭筠最大的貢獻是使用了並列法的句構；我們充其量應該認識的一點是：他能夠轉化律詩少部分的技巧為詞的重要風格特徵——尤其是他本人的詞。倘非溫庭筠這番奇思異想，詞可能還不會具有如今這種獨特的文學地位。

韋莊也學步溫庭筠，向詩裡大量借用技巧。不過，他不同於溫氏的是，他的詞借鑑的對象以古體詩的成分較重，近體詩的影響鮮矣！一般而言，古體詩的結構有連貫性，句構流暢而且互有關聯，對語意明朗的詞作用較大。下文之中，我想略費篇幅討論韋詞與近體詩的一些共通巧藝。

韋莊一談到過去的親身經歷，筆下的幻設總會以特定的日期開場，如下面這首〈女冠子〉：

四月十七日
正是去年今日
別君時

---

24 請同時見Yu-Kung Kao and Tsu-lin Mei, "Syntax, Diction and Imagery in Táng Poetry," *Harvard Journal of Asiatic Studies*, 31(1970)，57及他處。

忍淚佯低面
含羞半斂眉
不知魂已斷
空有夢相隨
除卻天邊月
沒人知

（《彙編》冊一，頁一一〇）

全詞伊始的數行，可見其中有個關涉境界——雖然此乃想像性的境界。整首詞的「敘事」意義都在這個意義的刺激之下；過往陳跡也因此變得真而又真。韋莊曾用古體寫過一首敘事詩〈秦婦吟〉，開頭名聯也援用了特定的日期：

中和癸卯春三月
洛陽城外花如雪[25]

韋莊何以要在敘事詩中講究歷史幻設？原因不明。大部分中國敘事詩的作者都不會把「逼真」（verisimilitude）當作詩藝的中心課題[26]，因為讀者所要求於詩者的實為抒情的品質。這種傳統一旦確

25 見韋莊著，江聰平注，《韋端己詩校注》（臺北：中華書局，一九六九），頁二七二。
26 雖然如此，我亦當指出，漢人蔡琰的兩首〈悲憤詩〉就已對「史實」產生濃厚的興趣，見《全漢書》冊一，頁五一至

立，就不難想像「歷史真相」何以不能在敘事詩中扎根。

雖然如此，韋莊好用特定時間的傾向，卻使他的敘事詩擁有「真實」的歷史向度。事情的真相可能如同史家的慣例：黃巢之亂刺激韋莊極深，所以他要為後代留下一幅有朝代年紀可考的陰慘畫面。是非且勿管，至少韋莊把這種「歷史性」——或至少是幻設的一種技巧——反映在他的詞作裡。這就有趣了。上引〈女冠子〉本為抒情詞，但因有了朝代年紀，反而像是真曾發生過的事實一般。

詩、詞這兩種體式，當然拜上述技巧所賜者不少。〈秦婦吟〉是敘事詩，外在世界——或是當代事件——乃其強調重心，而其主要用意是要道出某事始末。但是，「詞」裡的「歷史真相」卻只能強化眼前抒情經驗的複雜度。

我們發現，韋莊不僅繼承了前人的結構原則，他還進一步把詩中的個人情感與「自傳」細節轉化成為直接的陳述。韋詞中的發話者，擔當的都是這種責任。溫庭筠就有所不同：他細描女性，用的都是間接的筆法。韋莊的作為顯示他對「詞」這種新詩體信心十足，認為其內可含括「大千世界」。他用附屬結構作為修辭風格，而這點亦可反映他的題材為何。序列結構必然會在附屬結構中扮演重要的角色，過分雕鑿與排比牽強的意象在此絕對行不通，因為這種結構的目的是要準確地敘說某事。韋莊在詞體上所做的任何添加，對溫庭筠來說都是十足的反動。雖然如此，我們也注意到溫、韋仍有共通處，例如溫氏對女人柔情萬千，風流韻事不斷。他不用詩來鋪陳溫柔鄉，因為這是「詞」的要塞據點，當然得加以保留。同理類推，兵燹政局與史事就得用「詩」來處理了。

當然，以上所論溫、韋的風格乃是相對的——如此而已。溫庭筠的某些詞，有時候會出現流暢

五二。但最近傅漢思證明蔡琰的〈悲憤詩〉乃後人偽作，時間約在三至五世紀間。見Hans Frankel, "Ts'ai Yen", 在William Nienhauser, Jr. ed., *The Indiana Companion to Traditional Chinese Literature* (Bloomington: Indiana University Press, 1986), pp.786-787。儘管如此，〈悲憤詩〉兩首仍為極早期的作品，後世仿效者眾。

的詞句，而韋莊也不在詞裡排除色彩繽紛的意象。但值得吾人注意的是：溫庭筠以詞知名於傳統，尤其擅長富於弦外之音的詞句；至於韋莊，卻以語意明晰的詞著稱。文學批評的傳統力量，由此可見一斑。

翻閱至此，讀者或以為韋莊的修辭風格僅在大量反映當時通俗詞風靡的程度，根本無涉詞人本身故意與否的問題。這種推測絕對說得通。像敦煌曲子詞一類的通俗詞，幾乎不假修飾，一派天成，意蘊外現，句子也是附屬結構。研究韋詞而無睹於通俗詞的影響，那就大錯特錯了。

三、通俗曲詞的影響

我們早先討論過韋莊的五首〈菩薩蠻〉，視之為「演故事」的一個整體。就主題的流通而言，這五首詞的確是一氣呵成的「聯章」——唐代通俗詞家莫不歡迎此道。韋莊的〈菩薩蠻〉聯章或許不是有意之作，但此例一開，倒不失為詞體開闢了一條新路。百年後，連文人詞家也紛紛效尤，填起聯章。柳永填過無數的聯章，就題材或形式而言，均屬通俗曲詞的範疇，其犖犖大者如〈巫山一段雲〉（五首）、〈少年遊〉（十首）、〈木蘭花〉（四首）與〈玉蝴蝶〉（五首）等等。歐陽修也填過〈采桑子〉這套著名的聯章，其中的十二首詞每首所寫都是一年中的一個月份（《全宋詞》冊一，頁一二一至一二二）。

有時候，韋莊也用俗字俗語填詞，以抓住風格蕪蔓的語言的活力。當代的文人詞家，就罕見膽敢這般填詞者。可取為例證的是第四首〈菩薩蠻〉裡的「呵呵」二字：

遇酒且呵呵

詞家極思轉俗語為文語的企圖，在此昭然若揭。

試比較第三首〈菩薩蠻〉與敦煌發現的同詞牌曲詞，則兩者在風格上的雷同一眼可辨。敦煌的曲詞全文如下：

清明節近千山綠
輕盈士女腰如束
九陌正花芳
少年騎馬郎
羅衫香袖薄
佯醉抛鞭落
何用更回頭
謾添春夜愁

（《校錄》，第○三七號）

這首詞的主題極似韋莊的第三首〈菩薩蠻〉。兩首詞寫的都是騎馬少年，身著香衫，英姿煥發，偏逢美嬌娘。兩者間的大異乃風格問題：韋莊的發話者遙想當年個人的際遇，而敦煌詞卻秉客觀之筆細寫眼前情景。就換頭而言，兩首詞的構詞原則如一，用的都是序列結構，片與片之間的畛界不易判別。溫詞並列物體，換頭斧鑿可見，和韋詞或敦煌俗詞剛好形成尖銳的對比。

從以上的討論，我們可以試想，溫庭筠的詞必然缺乏通俗詞的風格成因。惜乎，事有大謬不然者。溫氏的「雙調」詞雖然用的還是並列句構，欲語還休的情況非常明顯，通俗詞的影響究竟有限，但他的「單調」詞就不是這樣了，蓋其語言透明，不拐彎抹角，似乎在回應通俗詞的風格：

南歌子

手裡金鸚鵡
胸前繡鳳凰
偷眼暗形相
不如從嫁與
作鴛鴦

（《彙編》冊一，頁四七）

這闋詞的修辭策略一點也不玄，我們用不著前景提要，馬上就能進入全詞的中心課題。在第三句，詞家也用了一個俗語：「形相」。通俗詞的風格，撲面而來。第一句的「手」和第二句的「胸」按序提到人體，用的都是類似通俗曲詞的技巧。下面這首敦煌詞和上引溫詞詞牌一樣，連詞藝都相去不遠：

翠柳眉間綠
桃花臉上紅

薄羅衫子掩酥胸
一段風流難比
像白蓮出水中

（《校錄》，第一二〇號）

溫庭筠的單調詞與雙調詞差別如此之大，未審其故安在？這個問題確實也不易回答，但我們可以試擬道：填寫單調詞時，溫庭筠心中所想可能是絕句的做法。六朝以還，絕句一直都是通俗樂府，不像律詩那麼死板僵硬。絕句的構造活潑有致，使用對仗也不犯忌。溫庭筠的單調詞純屬天成，意義外鑠，絲毫沒有隱晦粉飾之處。這種現象頗有可能源出絕句的觀念。這個結論尚未定案，卻可暗示兩種詩體的關聯，澄清一些文學傳統上的問題。總而言之，溫庭筠言外微旨的筆法早經傳統認可；他的雙調小令使用並列句構，聲名也早就蓋過單調詞。

溫、韋二氏篳路藍褸，闖蕩詞壇，剛好形成風格迥異的一對「寶」。雖然有此差異，兩人還是合力為「詞」樹立起一些基本的品質，主要見於刻畫感官與美學世界的獨特強調，以及片與片之間在換頭上的結構功能。他們兩位拓展出來的路子，尚有賴繼起者融合光大，汰舊換新。唐人的「詞」要完全發展成形，富於活力，恐怕還有好長一段的路子要走！

第三章　李煜與小令的全盛期

抒情感性探本

李煜的風格演變

「詞之距離」的藝術

溫庭筠和韋莊各自代表不同的詞風，不過在此一表相背後，詞卻也逐漸融通。其趨勢緩慢，但到了五代末期則眾流歸一，終底於成。南唐後主李煜（九三七－九七八）此時睥睨群倫，所製罕見匹敵，儼然詞林高手。雖然如此，在討論其成就之前，我們仍應稍事回顧五代詞壇，庶幾擴大視野，裨益研究。

五代詞人分布之處，政治影響顯而易見。古都長安歷經戰亂，此際實已夷為平地。江北地區悉數落入外族手中，統治期長達二十五年以上，而且幾無歇止的跡象[1]。漢人得以苟延之地，僅餘長江以南。上游的西蜀，經濟活動頻繁，下游則以南唐最盛，腹地廣大。李煜和南唐列主，便在這塊土地上號令群黎。詞客雲集之處，自然也以西蜀和南唐稱最。他們調韻合拍，發皇小令，一個傳統終告確立。

西蜀詞人看待詞的方式，和東面南唐的墨客差別甚大。當地碩學趙崇祚採十八家之作，匯為《花間

1 除了梁（九〇七－九二三）和周（九五一－九六〇）兩朝外，此時歷代都由外族所統治，時間從九二三年綿延至九五〇年。

集》數百闋。除了少數例外，這十八家多為蜀人[2]。因此，趙崇祚不但為詞揚名立蔓，還突顯了西蜀騷人的「團隊精神」。他編纂《花間集》之時，溫庭筠謝世已達七十年，韋莊見背也有三十載。為當代人彙整作品不易，趙崇祚深知過去的標準仍為取捨要素，所以一口氣選了六十六首溫詞、四十七首韋詞，甚至連皇甫松也有十一首入選。非特如此，上述諸氏的詞還置於《花間集》卷首，地位顯著。

歐陽炯的《花間集‧序》頗重視開篇的六十六首溫詞，這也是溫庭筠何以博得「正統」詞壇宗師的緣故。捧讀《花間集》，我們發現多數西蜀詞客都唯溫氏馬首是瞻，所填之詞，後世乃以「花間詞」一名之。我們當然可以力辯，《花間集》不過反映纂者趙崇祚的意趣。可是多數詞人都向溫庭筠的風格看齊，便不由得我們不承認，集內五百首詞確實可以代表西蜀詞風。倘由此一角度立論，則韋莊的詞藝變革似乎是正統以外的異數了。我們或可結論道：西蜀詞人的貢獻在建立正統的詩詞體系，不是在為詞體革新奠定基礎。

南唐詞人和「花間派」就大異其趣。他們開山較晚，也不唯雕鑿粉飾是尚。此外，他們沒有一位趙崇祚纂集，也沒有一位歐陽炯撰序。所以，南唐詞的價值確立不易，全賴詞人發展出獨特新藝，以體式迥異「花間詞風」而得以在文學史上久享令譽。

就一般填詞的方式而言，南唐詞客彼此雷同者所在多有，但是李煜仍然鶴立雞群，是一位創造力非常強的詞家。尋常詞人雖然也有創新之處，但和「正統」的關係仍然若即若離，不像李煜走出傳統的陰影，為詞體注入新血。我不否認正統詞家有其同等的重要性，然而歲移時遷，在同代或晚出詞人紛紛調適自己以遷就變革之際，李煜實在堪任大樑重責，正是變動的試金石。我這樣說，不意味著個人的革新比「正統」更有價值，也不希望引起誤會，以為詞壇可以乾乾脆脆地分成兩派。我的立論

2 《花間集》所收的詞人，除了唐代的溫庭筠和皇甫松，以及五代的韋莊、張泌、和凝與孫光憲之外，全部都是西蜀出身。非屬蜀人的詞客中，只有和凝與西蜀文化全無關係。

基設其實很簡單：我認為詞風流向的突然中斷或劇烈變革，都可以方便我們洞見詞體的發展梗概。這「兩類」詞人可以等量齊觀，不過就本章所要探討的重心而言，我們對正統詞家恐怕只能略為割愛。

一、抒情感性探本

李煜是詞史上的轉捩點，詞評家大都不諱言此事。王國維有一段常常見引的話，允稱是李詞最持平的評價：

> 詞至李後主而眼界始大，感慨遂深，遂變伶工之詞而為士大夫之詞。[3]

由此可知，王國維認為李煜最大的貢獻在擴大詞這個傳統的「眼界」。不過，他所謂「伶工之詞」與「士大夫之詞」指的又是什麼呢？他的說詞能大增我們對詞史發展的認識嗎？

王國維這番評語，說明的其實是花間詞人與李煜之間的大異。我在前章曾指出：溫庭筠填詞大都從女性的角度發話——雖則少數溫詞僅為描寫性的。不過，溫詞令人印象尤感深刻者，在其全部作品竟然缺乏詞人「純」抒情的個人寫照。易言之，溫庭筠一動手填詞，總是在女角的偽裝下說話。至於韋莊的〈菩薩蠻〉系列和諸如〈荷葉杯〉一類的少數幾首詞，則帶有某種程度的「自傳」色彩，展露的是個人的情感，故其多數詞雖然和溫詞一樣在「借屍還魂」[4]，我們卻可以說：除了八九首例外的

3 王國維，《人間詞話》在《叢編》冊一二，頁四二四五。

4 當然，據M. H. Abrams, "Lyric," *A Glossary of Literary Terms*, 3rd ed. (New York: Holt, Rinehart and Winston, 1971) 的說明，抒情作品中的發話人宜調適自己於「某一抒情情境與效果之中」，如此才能使其所抒情感「以匠心化為一個體系，無關乎外緣的傳記

詞，韋莊多數作品都有「戲劇」色彩。

詞之有「戲劇」性的寫法，事實上是在回應早期的演唱本色。唐代詩人填詞主要是為歌伎故，而歌伎面對聽唱大眾時，顯然要用第一人稱的「我」表演。當然，南唐的詞也不出這種演出功能，不過，李煜的詞抒情性特強，對詞壇簡直是一場革命，任誰都看得出來。後主傳世的詞作，只有五首明擺著是從女性的立場發話。再者，除了他早期所填的一些敘事詞外，他的作品根本就是直接在抒發自己的情感，在敞開心扉深處的個人思緒。王國維所謂的「士大夫之詞」，指的可能就是這種逐步揭露個人感性的詞。

李煜在詞藝上的卓越表現，和他個人的經驗關係匪淺。我們甚至可以說，從詞史的觀點來看，李煜可真是生對了時代，也生對了地點，才能成就一代詞家的地位。他一生坎坷，遭遇之慘，同代詞家罕人能比。他早年貴為王儲，十歲不到就登基稱帝，在宮中享盡榮華富貴。不幸到了九七六年，北宋滅了南唐，後主解至宋京，成為「階下囚」。從此，他開始一段昏暗歲月，直到四年後駕崩才得解脫。今昔的對比如此令人難堪，李煜都盡情發洩在詞中。胸中塊壘消釋的結果，是他發展出一種更細密的抒情詞作。也就是在這個關頭，他下定決心，棄詩從詞，不論題材，凡個人的感遇都用這種體式直接抒寫。雖然他也寫律詩，但比起詞來，胸懷氣魄遜矣[5]！

李煜的詞中世界所以宏偉磅礡，可以從幾方面再加申說。他一再使用大範圍的時空意象，造成一股強而有力的詞風。對他而言，家國在旦夕之間傾圮，顯示宇宙有時而窮。他的短命王朝更是過去不滅的象徵。時間從這段甜美的歲月流到目前，然後衝向不可知的未來。像〈破陣子〉開頭的一聯對

性素材」。雖然如此，我們目前所比較的卻是兩種聲音：一種聽來似屬客觀，另一種則比較「個人化」，甚至帶有自傳的味道。

5 李煜傳世的律詩僅餘十八首，見賀楊靈編《南唐二主詩詞》（上海：光華書局，一九三〇），頁四七至五三。

句，李煜就先寫出一片廣袤的空間，然後讓過去的律動閃躍在其間：

四十年來家國
三千里地山河

（《彙編》冊一，頁二三一）

李煜和花間詞人的歧異，單看這兩句詞就夠了。李煜的大主題不再局限於綠窗繡閣；他擁抱的是一個王國的歷史，是一個泱泱大國的風範。因此，詞人本身的經驗似乎有某種放諸四海皆準的氣魄；他所使用的意象非常獨特，既屬個人，又普遍化到可以為常人所擁抱。像「故國」、「南國」與「往事」一類的語詞，道出他的母題（motifs）都是過往的追憶。故此他頻頻使用，不厭其煩：

小樓昨夜又東風
故國不堪回首月明中

（《彙編》冊一，頁二二一）

閒夢遠
南國正芳春

往事已成空

（《彙編》冊一，頁二二六）

還如一夢中　（《彙編》冊一，頁二二二）

李詞之中，這種過往情懷也常隨著月的意象出現，造成另一種向度的抒情心緒：

晚涼天淨月華開
想得玉樓瑤殿影
空照秦淮[6]　（《彙編》冊一，頁二二七）

無言獨上西樓
月如鉤　（《彙編》冊一，頁二三一）

蘆花深處泊孤舟
笛在月明樓　（《彙編》冊一，頁二二六）

6 秦淮河流經金陵，以兩岸的歌樓舞榭著稱於傳統之中。詞中語顯然向杜牧的〈泊秦淮〉借典，見《全唐詩》冊八，頁五九八〇。李煜的詞與杜牧的詩都在寫亡國之痛。

李煜生逢國破家亡，難怪會舉頭望明月，視之為天地間唯一永駐不移的意象。在他看來，人世無常，命隨運轉，幾番倥偬，唯有月華永在，昨夜、今夜皆然，本籍、他鄉亦復如此。而月起、月落，哪管人世變革；光照大地，又哪管是故國還是兇殘的征服者之地！

李詞另一常見的母題是「夢」，作用和「月」的主題十分類似：

故國夢重歸
覺來雙淚垂

（《彙編》冊一，頁二二二）

夢裡不知身是客
一晌貪歡

（《彙編》冊一，頁二三一）

對李煜而言，「甜夢」永遠和過去美麗的記憶有關，蓋夢中自有理想的世界，而每日所做的夢，就如同每日的創作一般，都是既倏忽又淒美。夢裡才能擺脫俗世困擾：一日無夢就有如處身牢籠，尋不出可以逃逸的世外桃源。令夢中客更形難忍的是：夢醒之後，馬上就得面對現實，而這現實和夢境兩不相通，永遠存在著一道鴻溝。不過，夢境與絢爛的過往卻有一共同特色：瞬間即逝。過往倘真是夢，那麼目前豈不成了殘忍的現實？

個人的遭遇轉化為人類的命運，可謂李詞廣受讚譽的主因。我們放眼五代詞的演進，愈發感到此刻出現了李煜這樣的詞人，實在是時代之幸，也是詞史之光。詞體和李煜之間的關係，唯有「相得益彰」才足以形容。許多批評家指出，李詞叫好乃因其「真」而無偽。詞人的成就如此之大，這也是個中緣故[7]。然而，除了「坦誠」這個顯見的意義之外，「真」字另有他解否？

以李煜的事例言，這個「真」字至少有二解。首先是詞家個性之「率真」。文學史家大致同意，李煜的〈虞美人〉（《彙編》冊一，頁二二一）傳達的是故國之思，詎料宋太宗浸尋難忍，竟然敕令賜死[8]。他生為俘虜，看人臉色，萬萬沒料到所填之詞會招致宋帝怨懟，引發殺機。他實則只是藉詞傳情，別無他意。王國維故此稱譽李煜為詞人典型，又說：

> 詞人者不失其赤子之心者也，故生於深宮之中，長於婦人之手，是後主為人君所短處，亦即為詞人所長處。[9]

後主既非尋常百姓，生性又率真如此，難怪會不惜九五之尊，對宮女也垂憐疼惜：

> 最是倉皇辭廟日
> 教坊猶奏別離歌

---

7 例見劉子庚（劉毓盤），《詞史》（一九三一年；臺北：學生書局，一九七二年重印），頁三六，及葉嘉瑩，《迦陵談詞》（臺北：純文學出版社，一九七〇），頁一一九。

8 有關此一事件的傳統資料已編集於王仲聞，《南唐二主詞校訂》（北京：人民文學出版社，一九五七），頁七七至七八。但白潤德（Daniel Bryant）認為李煜較可能因病亡故，宋太宗害死李煜的傳說乃史家杜撰。見Daniel Bryant, *Lyric Poets of the Southern Tang* (Vancouver: University of British Columbia Press, 1982), p.xxvi。

9 王國維，《人間詞話》，《叢編》冊一二，頁四二四六。

垂淚對宮娥[10]

（《彙編》冊一，頁二三一）

李詞「別無心機」，文學意義從此生發，故隨手拈來，絲毫無造作忸怩之態。讀者眼中的李後主為人「真誠」，這又從何說起？某些詞評家所以會有此見，乃因李詞直抒胸臆，不會拐彎抹角[11]。這種看法未必毫無道理，但是，也只有在我們把「真誠」視為藝術效果的綜合印象之際，這兩個字才會顯現力量。常人閱讀李詞，莫不以為語氣一派主觀。這種看法實為欲加之罪，蓋就本質而言，一切藝術言談皆為客觀化之情感。華茲華斯（William Wordsworth）嘗謂：「詩國佳作，莫非不得不爾之情感的自然流露。」即使是華氏，也堅持藝術皆有客觀的一面：

> 詩人如果不經過深思熟慮，如果不是特別敏感，則難以就各種題材創作，更遑論寫得出有價值的詩。[12]

職是之故，托米（Alan Tormey）在《表達的觀念》（*The Concept of Expression*）一書中才會說道：「藝術家建構藝術作品的匠心，不應和匠心的結果——亦即作品本身，混為一談。」[13]讀者讀詩而能

10 蘇東坡曾批評李煜這幾行〈破陣子〉，認為他荒廢國事。見《叢刊》卷二，頁一一二四。

11 葉嘉瑩，頁一三〇。

12 "Preface to the Second Edition of 'Lyrical Ballads', 1800," in William Wordsworth: *Selected Poetry*, ed., Mark Van Doren (New York: Random House, 1950), p.678.

13 Alan Tormey, *The Concept of Expression* (Princeton: Princeton Univ. Press, 1971), p.97.

體會到詩中的直觀直覺，而且還會認定這種直觀直覺乃「真誠」之表現，則其論而不自知的一點是：所談實為詩人「個人風格的演出」，而非詩人的創作過程[14]。換句話說：詩「真誠」的觀念指的是風格技巧；詩人唯有利用這種技巧，才能讓「不得不爾之情感……自然流露」出來。這種風格演出，恆受詩人詞客修辭方法的制約。

二、李煜的風格演變

從修辭策略觀之，李煜師法的對象不是溫庭筠，而是韋莊。我在論溫庭筠與韋莊一章裡討論過思緒動詞和情態語詞的重要性，並且說：韋莊的主觀性修辭策略，殆皆因此而效果大增。溫庭筠排除個人的聲音乃故意之舉，所以和韋詞形成尖銳的對比。然而，比起韋莊來，李煜所用的情態語詞似乎只有過之而無不及。對我們的討論攸關重要的，不僅在詞人踵繼前人使用類此技巧，而且還在必要時他會不顧一切，不斷讓否定情態動詞在詞中出現：

心事莫將和淚說
鳳笙休向淚時吹
尋春須是先春早（《彙編》冊一，頁二二三）

[14] 同上書，頁一一一。

看花莫待花枝老　　（《彙編》冊一，頁二二八）

歸時休放燭花紅

待踏馬蹄清夜月　　（《彙編》冊一，頁二二八）

去年花不老

今年月又圓

莫教偏和月和花

天教長少年　　（《彙編》，冊一，二三二頁）

可引來佐證的否定性情態動詞如「莫」和「休」，簡直不勝枚舉。詞中發話者的個人欲念與心態，無疑也因此而大大強化，因為否定性的情態動詞力量要比肯定性的來得強。李煜詞風的特色，多因類此技巧而來。韋莊會以純靜態的方式處理的意象，李煜就會加上個人的欲求。從此派生的印象，是一個充滿自覺的詞中人。他企圖控制外界，卻又感到無計可施：

例一：

啼鶯散
餘花亂
寂寞畫堂深院
片紅休掃盡從伊
（《彙編》冊一，頁二二四）

例二：

亭前春逐紅英盡
舞態徘徊
細雨霏霏
不放雙眉時暫開

（《彙編》冊一，頁二二三）

因此，詞人不但不說「片紅滿園是」，反而藉著意象的衍用，把這句話轉化為命令句，以加重個人情感的涉入：「片紅休掃盡從伊」（例一）。同樣地，詞人也不寫眉頭深鎖的情形，反而故意穿插進個人的意志：「不放雙眉時暫開」（例二）。

詞人發話的語調堅定無比。一部李煜詞集，便可見「自是」與「無疑」等斷語或「無奈」與「奈何」等感歎詞到處充斥，強化了他直言無隱的修辭方式。例證如下：

強烈的斷語：

自是人生長恨水長東

《彙編》冊一，頁二二四）

斷腸更無疑

（《彙編》冊一，頁二二三）

驚歎：

無奈夜長人不寐

數聲和月到簾櫳[15]

（《彙編》冊一，頁二二五）

簾外芭蕉三兩窠

夜長人奈何

（《彙編》冊一，頁二二五）

李煜另一個詞體特色是常用疑問句：

15 這裡的聲音指中國古時婦女洗衣時的搗衣聲。

人生愁恨何能免
銷魂獨我情何限

（《彙編》冊一，頁二二二）

多少恨
昨夜夢魂中

（《彙編》冊一，頁二二三）

多少淚
斷臉復橫頤

（《彙編》冊一，頁二二三）

像敦煌曲詞一樣，這些疑問句都放在全詞的破題處。這一點很重要，因為這點就像韋莊可能因一般絕句的影響而把疑問句擺在全詞收尾處。因此，李煜的做法暗示：無論詞的美學價值觀或結構原則，都在經歷一場大變革。韋莊和別的絕句詩人之所以會把疑問句放在尾句，主要是想挑動弦外音、言外旨的聯想。李煜卻解放了這種美學教條，開始把疑問句置於句首，期能吸引讀者注意他的感情強度——雖然他同時也保存了基本技巧，在詞尾製造微言大義。李煜的語調比韋莊更主觀，上述的技巧歧異也是原因。發話者一開頭就對悔恨一類的私情頻啟疑竇，聲音當然會比詞尾的疑問更懊惱。

攸關種種修辭技巧的，還有詞家運用附屬結構的句法。要建立句構單元之間的流暢性，詞人可以選擇各種技巧。奧爾巴哈在討論西方文學作品的風格問題時，曾開列了一些可能的附屬結構，主要含括「時間性的、比較性的和讓步性的附屬結構的等級」，以及「詮釋性的連接詞」等等[16]。後者可以作為主觀修辭法的強調之用，而我發現，李煜在詞中所用的主要附屬結構技巧，頗類似奧爾巴哈所強調者。李詞中的發話者每每把話講得很精緻，而不僅僅在提供敘述內容的周邊時序，也不僅僅在提供可以限制詞中言談的思緒詞行而已。所謂「詮釋性的連接詞」，常常就具有這種用途。下面舉出來的例子，都是用明喻在寫詮釋性的連接詞：

往事已成空
還如一夢中　（《彙編》冊一，頁二二二）

暫時相見
如夢懶思量　（《彙編》冊一，頁二二九）

上引各例中的明喻的功能，非但在描述兩具體物之間的類似性，同時也在建立兩個先後陳述的關係。這種陳述，可以反映出發話者的主觀態度。李煜的詞比前人更像附屬結構，部分原因見於這第二層的功能。附屬結構係韋莊詞的典型風格，由此產生的序列結構便由李煜來承續，而可以含容更複雜的附屬結構的寫法。我們再不濟也可以說：詞人所用的詮釋性附屬結構，可用來說明他的詞何以令

16 Erich Auerbach, *Mimesis: The Representation of Reality in Western Literature*, trans. Willard R. Trask (Princeton: Princeton University Press, 1953), pp.75, 101.

人感到生動又振奮。文學史家劉大杰嘗言，李詞最大的成就在化繁為簡與深入淺出的能力。劉氏的評語，可能是有感於上面的分析而發的[17]。

詞人雖然讓感情肆無所羈地波動著，但是詞的「樣子」並未因此而蒙受毀傷：他絲毫不覺得話說得過頭會帶來危險。我們可以在多數李詞中，看到感情律動與時間律動之間恆存著某種象徵性的協調。對李煜來講，文學形式實為感情的一種有機性的安排。因此，詞人才會在絮絮不休中，仍然保有一份形式上的理性控馭。他的詞句都是設計來回應感情的波動，我們只消一探此點，便不難考究上面的分析的原因。有鑑於此，在下一節中，我打算分析李詞駕馭兩種「詞格」的方法。這兩種詞格即：短而瑣碎的詞行與長而連貫的詞行。

此處我擬照錄他的〈烏夜啼〉；括弧中數目表示「音節」——也就是「字數」：

無言獨上西樓　平韻（六）
月如鉤　平韻（三）
寂寞梧桐深院鎖清秋　平韻（九）
剪不斷　仄韻（三）
理還亂　仄韻（三）
是離愁　平韻（三）
別是一般滋味在心頭　平韻（九）

（《彙編》冊一，頁二三一）

17 劉大杰，《中國文學發展史》（上海：中華書局，一九六二）中冊，頁一八九。

讀罷此詞，兩個特徵隨即察覺：首先是第二片的破題由叶平韻變成叶仄韻；其次是整首詞字數不斷在轉變（六—三—九／三—三—三—九），所以韻律一會兒擴大，一會兒又縮小。這一個特徵不難解釋：〈烏夜啼〉的詞牌便要求若此，何況帶頭的三句短得令人透不過氣來，而收尾的九字一句又長得不得了，所以換韻也要符合這種現象。一個問題是：這種技巧會產生什麼效果？詞人對於音效當然有特殊的感受：他並列混亂與諧和，就是要傳達感情的強度與鬆弛感。

深入再探〈烏夜啼〉的一般結構，我們發現首片寫發話者的伶仃孑然，語意至為顯見。但隨此而來的是，發話者用了三個短句，反映出秋思與焦慮不斷升起（行四至六）。尾韻在此也有所改變，表示急躁和無助感同時擴大，我們從而知道發話者內心正有一股強大的矛盾。但讀到最後一行，我們發覺韻律結構派生的情感象徵確實讓人感受到全然不同的效果。這九字句再度還復平韻，而其律動正表示全詞又回到平靜與圓融的境界。這種擴大有致的形式，也回應了字詞上較溫和與傷感的選擇——四到六句的悲愁，於此已諧和了「別是一般滋味」這句話。後者所示，極可能是一種較顯平靜的心緒。

在李煜的詞作中，還可以見到許多時伸時縮的長短句，〈虞美人〉就是典型的例子：

春花秋月何時了
往事知多少
小樓昨夜又東風
故國不堪回首月明中
雕欄玉砌應猶在
只是朱顏改

問君能有幾多愁
恰似一江春水向東流

（《全唐詩》冊一二，頁一〇〇四七）

這首詞的韻律是「七－五－七－九／七－五－七－九」的形式，清楚顯示其長短句的轉換有系統可言。收尾的九字句恰和五至七句綿密凝神的情感形成強烈的對照，似乎在說明「自然」堅忍不拔、撫慰人心的功能。

在李煜之前，或許沒有詞家自感責無旁貸，要為九字句建立起一套詩學。我們幾乎可以斷言，用九字句把情感抒發得酣暢淋漓的，李煜是第一人。稍事回顧〈虞美人〉這個詞牌，可以把上文交代得更清楚。除了馮延巳（？九〇三－九六〇）以外，所有用這個調子填過詞的五代詞人，全都踵繼傳統，出以「七－五－七－七－三／七－五－七－七－三」的形式。前後片都用到九字句，對他們來說，還是全新的一種填法[18]。所以，馮延巳的五首〈虞美人〉中，仍有三首沒有擺脫傳統的格律。而那兩首內含九字句的詞，寫來又不如李後主那般瀟灑脫。後主本人根本就揚棄了〈虞美人〉的舊調；他所用的是水銀瀉地的新韻律。由此觀之，不難揣測李詞中的九字句何以普受讚揚：

依舊竹聲新月似當年

（《彙編》冊一，頁二二八）

18 這些詞人包括毛文錫、李珣、顧敻、鹿虔扆、閻選與孫光憲。

滿鬢清霜殘雪思難禁（《彙編》冊一，頁二二八）

無奈朝來寒雨晚來風（《彙編》冊一，頁二二四）

自是人生長恨水長東（《彙編》冊一，頁二二四）

當然，九字句亦非一成不變，不是都可一氣呵成唱出。李詞中有另一型的九字句，其中的理念就曾攔腰中斷，也唯有如此讀才能掌握句意：

東風惱我，才發一襟香（《彙編》冊一，頁二二九）

暫時相見，如夢懶思量（《彙編》冊一，頁二二九）

一曲清歌，暫引櫻桃破（《彙編》冊一，頁二二一）

爛嚼紅茸，笑向檀郎唾

（《彙編》冊一，頁二二二）

然而，由於這幾行詞皆可視為兩個單元的組合，從嚴格的尺度看，我們倒也不該把這四字與五字句硬湊成真正的九字句。五言詩句在中國久享盛名，一般詩人都視之為理想的字數，是以上面的說法更為確鑿可信。詞行一旦可以分為四字句與五字句的組合，或是分為五字句與四字句的構成，多半的情形是詞人意在分句填詞，不在一蹴而就。

大部分的詞話家在閱讀李詞時，都強調其中「意境」之大，李煜在詞的形式上所做的革新反而常遭忽視。我稍前曾經指出，晚唐以來詞體最重要的發展，應為絕句的逐步退讓，雙調結構的慢慢形成。自此一角度看，李煜對詞的傳統可謂貢獻匪淺。請以〈浪淘沙〉為例。這個詞牌在晚唐時本為七言絕句（二十八字），但李煜卻變之為雙調結構的五十四字「小令」。試比較唐人劉禹錫的單調〈浪淘沙〉與李煜所填的同一詞牌：

劉禹錫：

八月濤聲吼地來
頭高數丈觸山回
須臾卻入海門去[19]

[19] 海門郡位於江蘇省，實際上只是個小沙洲。元明以還，這塊沙洲常常淹沒在水面下。

捲起沙堆似雪堆

（《彙編》冊一，頁三〇）

李煜：

往事只堪哀
對景難排
秋風庭院蘚侵階
一任珠簾閒不捲
終日誰來
金鎖已沉埋
壯氣蒿萊
晚涼天淨月華開
想得玉樓瑤殿影
空照秦淮

（《彙編》冊一，頁二二七）

稍後到了宋代，詞人柳永又改變這個固有的格律，形成「慢詞」：七—四—四—四—四—八—七—七—六／二—四—四—六—五—五—四—四—五—四—四—四—六—八—五—五—四—五（共一百三十五字）。有關慢詞的問題，我會在下一章予以探討。詞體的發展漫無間斷，此際一探李煜就其形式所做的貢獻，視之為詞史重大的進程，或許較能裨益學者。

總的說來，李詞換頭的技巧和前人所用者大異其趣。韋莊的詞通常一路奔瀉，罕見換頭。但一般而言，李煜會把一首詞分成兩片，各自代表不同的抒情剎那。李煜的換頭技巧和溫庭筠也有所不同：前者的抒情聲調說變就變，絕不偷天換日；後者單用並列的意象來完成，隱喻性重。參較下引李詞：

破陣子

四十年來家國
三千里地山河
鳳閣龍樓連霄漢
玉樹瓊枝作煙蘿
幾曾識干戈

一旦歸為臣虜
沉腰潘鬢消磨
最是倉皇辭廟日
教坊猶奏別離歌
垂淚對宮娥

（《彙編》冊一，頁二三一）

「一旦」這個短詞（行六）提醒我們：作者要換頭了。

我們在全詞中感受到的，是發出抒情之聲的人已沉湎在過去的記憶裡，從而織出一片既抒情又現世的複雜格局，各種向度的時間就交錯於其中。詞行先從遙遠的過去（行一至五）悠悠地移至眼前（行六至七），然後再轉到剛逝去的一刻（行八至一〇）。第六行的換頭直如戲景，強化了全詞靈視的一體性，而憶往的情景就交融在目前的感受中。抒情時刻幕幕相連，又藉雙調詞的構造有效表出，乃形成李詞的重要特色。李煜晚期諸作，只有極少數沒有用到這種填詞法。這種詞體讓過去與目前形成強烈對比，就李煜生平經驗來講，似乎是最佳的選擇。

雙調詞在李詞中的重要性，可藉李煜自己的同題律詩再予突顯。兩相比較，意義頓現：

江南江北舊家鄉
三十年來夢一場
吳苑宮闈今冷落
廣陵臺殿已荒涼[20]
雲籠遠岫愁千片
雨打歸舟淚萬行
兄弟四人三百口[21]

20 吳苑坐落在江蘇昊縣，廣陵則為古郡名，位於江蘇省江都縣。
21 這行詞意是說：「我們兄弟四人及三百家眷都遭到監禁。」

（《全唐詩》冊一，頁七二）

這首律詩用的是單景敘述法，亦即詩中一無對照的景。而前引的〈破陣子〉詞卻以今昔對比作為銜接點，各片代表一個時間成分。此外，我們還發現，首片提供的訊息正是後片的敘述基礎。因此心境的交接有賴明確的換頭。上引律詩就不然了。發話者先由個人入手，透過實景進入詩中天地（首聯）。然後，一步步地逼進一個由抒情靈視組成的定性世界，其中意象脂凝飽滿（二至三聯）。全詩收梢，發話者又回到現實世界，不過，這次他對現實已有深刻的認識。

全詩中間所嵌的兩聯對句（行三至六）抒情性很強，表面事實已都轉換為靜態的定性意象。這種無涉時間的高度靈視，必然會掃除第一聯所帶出來的現實感。唯有等到此一短暫的出神凝想結束，個人的諸種判斷才會在第四聯顯現。由此可知，全詩壓根兒就是一環完整的美學經驗，無須換頭。

然而，就〈破陣子〉這首詞而言，其中處理的今昔對比一來演變成為出神忘時的抒情，二來又糾纏著由時間所控馭的現實世界。這種現象似乎又在暗示：律詩中的抒情靈視與現實感，僅須「單程」的玄想即可大功告成，而詞體的世界卻需要多次的「旅程」，才能體驗同樣的抒情經驗。詞中人由一程走向另一程時，已經變成探測性的知覺體，不斷在「體察」繽紛的現實本身。因此之故，雙調詞的結構力量才會強化詞中的抒情濃度。

前頭討論詞人的修辭技巧時，我曾暗示李煜是直言無隱這個傳統中人，因為他多少在詞中顯露個人的態度。儘管如此，李煜也擁有溫庭筠一般的令名，以意象美得出奇著稱。若能比較兩人所用的意象語，必然十分有趣。

李煜在詞格上的一大貢獻，正見於他的意象每每令人癡醉。即使在顯然是寫個人的詞中，他無疑也能使用令人驚懾的意象。他有許多詞甚至一開頭就以意象取勝，而不是用外鑠的修辭折人。下引這首〈虞美人〉就是如此：

風回小院庭蕪綠
柳眼春相續
憑闌半日獨無言
依舊竹聲新月似當年
笙歌未散尊前在
池面冰初解
燭明香暗畫樓深
滿鬢清霜殘雪思難禁

（《彙編》冊一，頁二二八）

他的〈搗練子〉破題的兩句，則帶有典型溫詞意象語的味道：

李詞：

深院靜
小庭空

（《彙編》冊一，頁二二五）

溫詞：

柳絲長

春雨細

（《彙編》冊一，頁六一）

達意語（expressive language）和意象語當然不矛盾。不精通這兩種語言，詞人顯然站不住腳。真正的問題固在詞人駕馭這兩種基本詞索的能力。托米在《表達的觀念》裡，特別反對我們將藝術區分為「達意的／描述的二分法」，因為他認為這種對照「滋生的困擾比消除的多」[22]。儘管如此，托米並非不懂通融，因為他也認為這種對照如果是為了「功能上的分析」而設，那就說得通了[23]。我在研究詞人的風格特徵時，發現在達意語和意象語之間畫一界線還滿管用的，因為這些傾向的「功能」足以影響到直言無隱或是弦外之音的修辭意義。

從李煜的詞來看，我們或可將他歸諸「達意」的一派。就以上引的〈虞美人〉為例，我們也可以在意象語中聽到「有人」在做今昔對比的聲音。自然界的意象對於詞的美學價值當然很重要，但是詞的意義仍然要由發話者外現的聲音來決定：意象本身的串聯並不具意義。李煜處理意象的方式迥異於溫庭筠，所以我們現在應把討論的焦點轉移到李詞「製造意象」時的兩個層面去，亦即明喻與擬人法的使用。

李煜好用明喻，目的是要製造具體的意象，藉此代表感情的深淺：

22 Tormey, p.64.

23 Tormey, p.68.

離恨恰如春草
更行更遠還生

（《彙編》冊一，頁二二三）

問君能有幾多愁
恰似一江春水向東流

（《全唐詩》冊一二，頁一〇〇四七）

常人罕將自己的悲恨比諸離離春草，更不會把愁思形諸流水。然而，李詞意象的力量，主要便存乎這種比喻之中。對李煜來講，人類的情感絕非死水一潭，而是會滋生蔓延。因此，春草與流水這兩個意象，便不啻在強調人類情感的時間向度及其變化多端的本質。這種技巧本為李煜獨創，但後代詞家如宋歐陽修與秦觀亦一再借用[24]。溫庭筠的明喻多用靜態意象，定性很強。李、溫相較，結果當然是尖銳的對比。試看幾句溫詞，不難體會上述愚意：

人似玉
柳如眉

（《彙編》冊一，頁五三）

24 見歐陽修〈踏莎行〉：「離愁漸遠漸無窮／迢迢不斷如春水」，在《全宋詞》冊一，頁一二三。另見秦觀〈八六子〉：「倚危亭／恨如芳草／萋萋剗盡還生」，在《全宋詞》冊一，頁四五六。

霞帔雲髮
鈿鏡仙容似雪
（《彙編》冊一，頁五五）

至於擬人法，溫、李無不好用，雖然各自目的差之千里。我在前文說過，溫庭筠擅製靜態人物，副以動態環境。李煜反而喜歡把人性加諸非動物身上；他這樣做，顯然是要強調人類情感的特別意義。他的擬人法故而可以強化主觀態度乃無所不在的事實，像下面這首〈烏夜啼〉就是個好例子：

林花謝了春紅
太匆匆
無奈朝來寒雨晚來風
胭脂淚
留人醉
幾時重
自是人生長恨水長東
（《彙編》冊一，頁二二四）

有趣的是，紅花寒雨林中謝，比的居然是女人的胭脂淚（行四）。詞人經由這個意象傳遞的概念是：即使是外在世界也可以和個人內心悲意交織成一片。另一首〈烏夜啼〉（《彙編》冊一，頁二二三一）也用到雷同的技巧：詞中的梧桐寂寞無人問（行三）。

從李煜不同的詞作可知，「詞」這種詩體在感性抒情上可用的技巧彈性相當大。不過，我們也得牢記一點：李煜直言無隱的修辭策略，在當時可是人所公認的例外詞風。我們只消拿李煜和他同代詞人做一對比，即可瞭解上面所言不虛。

生當李煜之時的詞人中，有兩位特別出色：一位是乃父李璟（九一六－九六一），另一位則為馮延巳。李璟不幸只流傳四首詞，不過因為這些詞的風格特徵非常類似，故而材料不足對我們的理論分析並不構成太大的問題。我們仍可藉之探討他的詞風。

同樣地，我們此時所關心的問題仍為詞人基本的達意方式——要麼這是直言無隱的抒情企圖，要麼是欲語還休的言傳模式。我們已經分析過，李煜的各種風格特色都會涉及他坦然率直的根本修辭策略。相反地，他的兩位同代詞客實無一使用類似的技巧：他們多半在詞中堆疊意象，而不是以達意結構為重。下面這兩首詞，可以視為風格的典型代表：

李璟〈浣溪沙〉：

菡萏香銷翠葉殘
西風愁起綠波間
還與韶光共憔悴
不堪看
細雨夢回雞塞遠[25]

[25] 雞塞，乃陝西邊陲據點之一。

小樓吹徹玉笙寒
多少淚珠何限恨
倚闌干

（《彙編》冊一，頁二二〇）

馮延巳〈鵲踏枝〉：

六曲闌干偎碧樹
楊柳風輕
展盡黃金縷
誰把鈿箏移玉柱
穿簾燕子雙飛去

滿眼游絲兼落絮
紅杏開時
一霎清明雨
濃睡覺來鶯亂語
驚殘好夢無尋處[26]

26 姜尚賢，《唐宋名家詞新選》修訂版（臺南：編者自印，一九七一），頁八七。有關此詩各種不同的變體，請參見《全唐詩》冊一二，頁一〇一五八，及《彙編》冊一，頁二三八。

不管李璟還是馮延巳的詞，意象語都是詞構上的大關目；個人的態度若非隱於意象景中，就是經由客觀現象的驅策而變成內省性的思緒。人世無常是李璟詞的發話者想要傳遞的訊息，不過他並沒有在全詞伊始即就這點提出主觀的陳述。這倒不類李煜的手法：因為璟詞是以自然意象起筆，讓蓮花、蓮葉在西風愁波中凋零（行一至二）。發話者看到水中蕩起「漣漪」，想到韶光不再，自己也逐漸蒼老了（行三至四）。不過，他並沒有用附屬結構來解釋意象與意義的交融，詞句的進境僅靠意象產生的聯想來建立，讀者還得自行揣想水中「漣漪」就像老人的「皺紋」。第二片中，凋零之感猶存，不過如今是由殘夢玉笙寒來象徵。眼見世事蜩沸，發話者不由得倚闌啼泣。當然，我們不能說詞人完全置身詞外：他實則始終與全景共存。但是，詞人似乎寧取意象的聯想，所以詞中的「我」常常會給人一種「附屬」在意象世界中的感覺。

馮延巳的詞同樣強調意象，前三句寫一個美麗和諧的靜態世界。若非細箏一響，嚇走一對飛燕，抒情的聲音還闖不進這幅寂靜的畫面。接著，我們看到紅杏花開，陣雨突然落下（行七至八）。最後奔入眼簾的是另一幕：黃鶯亂啼，吵醒好夢正甜的發話者（行九至一〇）。這些描述襯照出來的是人命如蜉蝣，世事盡倥傯，飛鳥終須離，世間難得靜，而繁花終有凋謝時，沉酣一覺亦須醒。就像李璟的詞一樣，馮詞也要靠意象聯想才能通順無阻，意義外現。

意象的強調雖然顯而易見，但是若因此就說李璟、馮延巳皆溫庭筠的道友，似乎也不盡屬持平之論。從修辭的觀點看，他們兩人的弦外音其實和溫庭筠頗有距離。單就情景交融一點而論，溫氏置身意象之外的客觀筆法，就不是李璟與馮延巳的風格，所以他們實際上已經邁出一大步，為詞的傳統再添新意。

中國詩史詞史裡，情景合一總是個理想。但是，由於溫庭筠受制於律詩中的對句，也受到律詩做法的影響，所以他常常犧牲主觀的表達方式，誇大靜態意象的重要性。五代後期上乘的詞家——包括走意象派的詞人等，似乎早已超越了溫氏的格局，而融合了意象與達意的風格，打破了主客觀的局限，使詞的世界更加磅礡完整。幾百年來，詞話家無不以為這才是正確的詞路。因此，即使是正統派也有改革之可能：新的詩詞天地就此形成，新的技巧也經琢磨而共冶於一爐。

李煜以達意為導向的詞風，仍然和當代以意象為準的「正統派」詞家扞格不入。所以如此，在於李煜的詞雖然融進了感性意象，但基本上走的仍然是韋莊的路子。據詞學學者在繫年上的考訂，我迄目前所分析的李詞多屬晚年之作，因此抒情強度與力量相容並蓄。不過，他早年諸作雖然於此有虧，卻也不失博絕沉篤。

三、「詞之距離」的藝術

我已經指出，李煜的生平可以分為兩個截然不同的階段。這種區野也見於他的詞：他早年晚年所用的填詞方法，儼然壁壘分明的兩個世界。儘管他晚年的詞以抒情居多，早年的卻是「敘事」與「描寫」兼而有之。我所謂的「敘事」與「描寫」，指的是詞意「外現」的風格，基本上和抒情的「內爍」者處於對立之局。抒情者會漸次強調經驗的內化，非抒情者則會將生命客觀化。

文人詞的「敘事」向度有「演故事」的傾向，這種創作活動似乎也是以李煜為始作俑者。在下面這首〈菩薩蠻〉中，李煜寫一對戀人私約，觀點則為客觀的全知敘述者：

花明月暗籠輕霧
今宵好向郎邊去

剗襪步香階
手提金縷鞋
畫堂南畔見
一向偎人顫
奴為出來難
教君恣意憐[27]

我們感覺這首詞隱約有某種「詞之距離」，說其根由全在敘述者不以詞中戀人出現。「他」只是冷眼旁觀，所道出者故而就像某故事中的某段情節。詞學家詹安泰論李詞所見甚是；他談到技巧時說道：

> 這樣地描寫男女幽會的情景，是具有多麼強大的吸引力。這簡直是衝破了抒情小詞的界域而兼有戲劇、小說的情節和趣味了。[28]

〈菩薩蠻〉的敘事效果，也因主角及其戀人暗通款曲而力量大增。主角一連串的動作難以逆料，例如讀者就猜想不到她對情郎說的話會那麼大膽（行七至八）。全詞的懸宕感，正是建立在這種基礎

---

27 詹安泰編《李璟、李煜詞》，頁二五。此詞的變體見《彙編》冊一，頁二二五至二二六，及《全唐詩》冊一二，頁一〇〇四四。

28 見詹安泰，《李煜和他的詞》，在《唐宋詞研究論文集》（香港：中國語文學社，一九六九），頁二五。

上。李詞所講究的情節脈絡和角色的互通有無，溫、韋的詞中就難以見到。溫庭筠的首篇〈菩薩蠻〉著稱一時，因為其中女角的動作就算不是一氣呵成，至少也是聯繫頻繁。以這首詞為例，則我們所見是差別甚大的另一世界：

小山重疊金明滅[29]
鬢雲欲度香腮雪
懶起畫蛾眉
弄妝梳洗遲
照花前後鏡
花面交相映
新帖繡羅襦
雙雙金鷓鴣

（《彙編》冊一，頁六五）

溫庭筠的女角在詞中不但孤家寡人一個，而且芳心寂寞，連日常化妝都有氣無力，顯得懶洋洋的。任何對妝扮略知一二的人，都可以想像她目前處在何等的境況下。這女人根本無所事事，行動哪

29 據多數詞學學者的解釋，「小山」二字可指「畫屏」，因為此詞既可指屏風上所繪之圖，又可指形如小山的屏風。這行詞還有不同的讀法，如Jonathan Chaves, "The Tzú Poetry of Wen Tíng-yún", M. A. Thesis(Columbia Univ., 1966) 就認為這一行指的是女人的髮型——「挽高成髻，插上金釵」的秀髮。

裡會帶勁兒？全詞的語調屬於描寫面者因此大過於敘述面者，屬於靜態陳述者也因此大過於動態敘說者。易言之，詞中根本沒有「故事」可言。有之，僅在描寫一名棄婦的心境，用一對金鷓鴣來表出她的落寞感，順便為全詞收尾。

李煜為文人同好引進的敘事技巧，讓人想起六朝通俗樂府〈子夜歌〉常見的風格，例如下面這首：

反覆華簟上
屏帳了不施
郎君未可前
待我整容儀

（《全漢》冊一，頁五二七）

像李煜的〈菩薩蠻〉一樣，這首〈子夜歌〉也是從客觀的角度來看待女角，把她對情郎說的話一五一十記錄下來。此外，兩首詞或歌各有主角一位，而且都敢用懇求或命令的語氣明白托出內心話。她們這種大膽，文人詞中罕見。我們或可謂：李煜早期的詞最富意義的特色，乃是慣用通俗色彩。例如〈一斛珠〉這首詞的後數行，顯然會令人想到一首匿名者所填〈菩薩蠻〉的結尾：

一斛珠

曉妝初過
沉檀輕注些兒個
向人微露丁香顆

一曲清歌
暫引櫻桃破
羅袖裛殘殷色可
杯深旋被香醪涴
繡床斜憑嬌無那
爛嚼紅茸
笑向檀郎唾

（《彙編》冊一，頁二二一至二二二）

菩薩蠻

牡丹含露真珠顆
美人折向庭前過
含笑問檀郎
花強妾貌強
檀郎故相惱
須道花枝好
一面發嬌嗔
碎挼花打人

（《全唐詩》冊一二，頁一〇一六三）

這兩首曲詞的故事高潮，都發生在主角猛然行動時。驚詫感是難免的，而且來得正是時候。李煜的詞說：「爛嚼紅茸／笑向檀郎唾」。讀者或許難以想像優雅的歌伎會唱出這兩句詞兒，蓋文人詞中確實鮮見這種對女人的描述，此所以李煜的〈一斛珠〉有評者認為太粗俗[30]。雖然如此，李煜的敘事藝術仍然超越了角色行動的表面意義：人人都道李詞強過通俗詞，此其原因也。讀罷〈一斛珠〉，讀者總覺得李煜擅使顏色意象，人物刻畫故而另具向度。第五、六、九句用到「紅色」的意象，突顯的是一張花容月貌。感性意象寫來可是很經心，但通俗曲就沒這麼小心翼翼了。

欣賞李煜的敘事藝術者代不乏人，說來得力於他能全神敘寫角色動作的能力。試比較上引的兩首曲詞，即可明白李煜實敘寫一貫，不但角色的細微動作不放過，而且還要大肆渲染。整首詞都在寫某歌伎的嘴形：她輕點絳唇，舌尖微露，嫵媚萬狀（行三）；她輕啟歌喉，千嬌百媚賽櫻桃（行五）；她輕沾酒樽（行六至七），笑向檀郎唾紅茸（行九至一〇）。

這種「特寫」的技巧一面開顯角色的特色，一面又把李煜的詞藝推上一層樓，使殊相更能代表共相：只要「殊相」的代表性充分，「共相」就會含容其中。用西洋文學術語來講，李煜的做法無疑「代喻」（metonymy）的範例。包括口、足等殊相一旦成為描寫的焦點，詞法乃又廣開一境，使來者知所遵循。李煜之前的詞家如欲細寫女人，一向著墨於她們的一頭烏絲；溫庭筠和韋莊刻畫人物的方法，就未脫傳統的窠臼，女人總是局限於閨房之中。相形之下，李煜筆下的女人就超越了傳統的形象。

李煜的「敘事詞」寫自然景致也十分獨到。以〈菩薩蠻〉為例，開頭所寫就是動作生發的背景，

---

30 見李漁（一六一一－一六八〇），《窺詞管見》，在《叢編》冊二，頁五四八。

首句突顯的意象生動無比：月色朦朧，花朵一經襯托，反而變得更加明豔。在抒寫角色心理方面，這行詞的作用大得很，那女郎之所以敢赴情郎之約，正是因為夜色迷濛，行動不會讓人窺見。

有人或許會以為，小令如此短小精悍，詞家要細寫景致殊不容易。話說得不錯，但李煜卻能在開篇與結尾為讀者提供想像的空間，拓展了詞意的時空範疇，從而克服了難題。請看下面這首只有六句的〈浣溪沙〉：

紅日已高三丈透
金爐次第添香獸
紅錦地衣隨步縐
佳人舞點金釵溜
酒惡時拈花蕊齅
別殿遙聞簫鼓奏

（《彙編》冊一，頁二二五）

首句指出：一夜狂歡，不知日頭已上三竿，殿裡朗朗一片。尾句則暗示：狂歡宴飲，他處亦可聞。作者只用短短的兩句話，時間（行一）與空間（行六）就大大地展開。

拿晚期的詞做個對比，我們發現李煜早期的詞忒是不同。一般來講，後者線脈分明，前後片畢其功於一役，中間沒有換頭的跡象。這種線形的進程，當然是一種敘事結構上的設計，把各部分所描寫的細節都粘絞在一起。即便是敘事意味含混的詞，李煜也能透過這種序列推展的原則消隱片與片之間的鴻溝，完成全詞。像下面兩首〈菩薩蠻〉便是這種筆法的產物：

其一：

蓬萊院閉天臺女[31]
畫堂晝寢人無語
拋枕翠雲光
繡衣聞異香

潛來珠鎖動
驚覺銀屏夢
慢臉笑盈盈
相看無限情

其二：

銅簧韻脆鏘寒竹
新聲慢奏移纖玉
眼色暗相鉤

（《彙編》冊一，頁二二六）

31 此行可解為「鎖上仙園」，因蓬萊與天臺俱為傳說中的仙鄉。

秋波橫欲流
雲雨深繡戶[32]
未便諧衷素
燕罷又成空
魂迷春夢中

（《彙編》冊一，頁二二七）

這兩首詞都是線形結構，可謂一揮而就，一無斧鑿之痕。各首都自成「故事」，而主角不是別人，正是作者自己[33]。他秉客觀之筆，描寫個人與他人的牽連，而且運筆得當，個中自有一段「詞之距離」。即使在寫自己的感情，他也沒有全盤投入，反而謹慎呵護，不使距離消失。寫過去的感喟，尤其如此（如第二首，行七至八）。這種距離一方面是美感的，另一方面也是時間性的。前者之所以會存在，係因作者以物觀己，好像詞中角色的經驗不是自己而是他人的一般。至於後者，則取決於作者的憶往老是如同壁上觀。

「詞之距離」是一種藝術，李煜早年的詞都有這種特徵，彷彿群、己的互動才是敘詞的要件。早

32 第五行的「雲雨」係人盡皆知的典故，指「房事」而言，典出宋玉的〈高唐賦〉：楚懷王夢見和一神女共行雲雨——曦和升起，神女即化作一片「雲」；望舒冉現，神女即化作一陣「雨」。至於第六行，我認為應作「相看情難訴」解。這雖非字面意義，但一般人都持此見。

33 白潤德對這兩首詞的真偽有新的見解。他懷疑這兩首〈菩薩蠻〉或係後人偽託，因為有明以前所有李煜詞集均不見載。見 Daniel Bryant, "Of Trees and Crabs and Data Files, Anthologies and Kings:The Textual Tradition of the Nan-T'ang Erh-chu Tzú and What We Can Learn From It", The Conference on Tzú(York, Maine, June 5-10, 1990), p.16。但我個人以為，除非有更具體的辨偽根據，我們還是應當遵循傳統的說法。王仲聞在其《南唐二主詞校訂》（北京：人民文學出版社，一九五七）中，並未考慮到這兩首詞是否偽作的問題。

期晚期的李詞風格差異頗大，但走筆至此，我不禁心疑晚期李詞中的詩意是否受到早期詞風的影響？

李煜晚期的詞作和早期的詞風相反，乃植基於抒情感性的美學之上，而不是在敘事的色彩上。晚期的李煜使用的是新技巧，所以創造出來的敘述觀點也是全新的。此事洞若觀火，眾目昭著。然而，抒情筆調雖然是他晚年的詞徵，卻也不是和他早期所強調的群己關係全無牽連。晚期的作品常常呈現一幅合成的畫面，讓詞家的感性自我融會在過去的各種群己關係中。在抒情的一刻，詞中的自我每會觀照生命靈視的意義，而詞家所追憶的過往人際關係也跟著浮現，再度釐清眼前美感經驗的基本價值。他人雖然不過個人的附屬品，卻也不僅僅是抒情時刻所回憶的對象，因為人我之間早已交織成一片。相對地，內省的過程也會因此而變得更綿密。

李煜的抒情詞處理不同外相的方法，必定大受早期敘事技巧的影響。晚年的李煜精力所注，大都在縮短詞我的距離，把勢如排山倒海的外在現實轉化為抒情自我的內在感性世界的附加物。李煜一旦這樣做，那位做壁上觀的「我」就會和詞中的抒情觀點合而為一。

化外相為抒情的手法，對詞藝的發展影響至巨。李煜之後的宋人柳永，就曾進一步在他的慢詞中借用過類似的技巧，並使之成為這種詞體最重要的美學原則之一。要不倚不偏地估量柳永的成就，唯有畀恃這種宏觀的眼界才成。

第四章　柳永與慢詞的形成

一、慢詞：一種新興的詞體

據近世詞學家的考訂，柳永（九八七—一〇五三）與晏殊（九九一—一〇五五）並世而立，乃同代人也[1]。這個發現一經提出，詞史頓即改觀，我們所瞭解的宋初詞壇（十一世紀），再也不似曩前單純。歷來的文學史籍總認為柳永比晏殊小一輩，他握管填製慢詞之前，晏殊與歐陽修（一〇〇七—一〇七二）早以小令縱橫宋初詞壇，儼然一代聖手[2]。近年來的詞學學者卻自另一角度切入，以柳、晏為對立的兩派詞宗，彼此爭妍鬥奇，風韻更是南轅北轍[3]。

晏殊與歐陽修專擅小令，二子又皆江西人也。此事不無意義，因為五代之際贛省乃南唐舊轄，李璟、李煜與馮延巳的影響猶在，小令故此蓬勃發展[4]。既然典型不遠，宋初詞人競製小令，視之為文人文化的主流，無乃自然結果。南唐風行一時的令詞詞牌如〈浣溪沙〉、〈玉樓春〉與〈蝶戀花〉

1 唐圭璋與金啟華，〈論柳永的詞〉，在《唐宋詞研究論文集》，頁七〇至七九。

2 像劉大杰和龍沐勛就同持此論。見劉著《中國文學發展史》（上海：中華書局，一九六二至一九六三）中冊，頁六〇二，以及龍著〈兩宋詞風轉變論〉，在《詞學季刊》（一九三三至一九三六年；臺北：學生書局，一九六七年重印）卷二，頁一至二三。

3 馮其庸，〈論北宋前期兩種不同的詞風〉，在《唐宋詞研究論文集》，頁四三至六九。

4 傳統詞話家早已申論過馮延巳對北宋令詞的影響，例見劉熙載的話：「馮延巳詞，晏同叔得其俊，歐陽永叔得其深。」引自龍沐勛編《唐宋名家詞選》（上海：古典文學出版社，一九五六），頁四三。

（一稱〈鵲踏枝〉）等，均為此時詞家偏好的對象。不過也因此之故，宋初罕見新款權杖。

雖然小令一枝獨秀，柳永卻避攖其鋒。他以前所未有的態勢特重慢詞，創新或改寫了許多詞牌。慢詞可以溯至七五〇年左右的盛唐時期：諸如敦煌曲詞一類的通俗傳統，早已力加錘鍊。雖然如此，文人顯然不重慢詞，令其見棄於「高眉」文化圈內達五百年之久[5]。然而，只要稍事回顧柳永傳世的詞集，我們發現他多數的詞都是出諸較長的慢詞，只有少數是較短的小令[6]。權杖如〈女冠子〉與〈玉蝴蝶〉原本都只有四十一字，柳永卻改變許多這類小令，使之變成超過一百字的長篇慢詞，連原來的韻格也都無跡可尋。

宋初發生許多文化變革，其勢如疾風狂雨。柳永的反傳統作為，也是類此現象的一環。本書首章曾經指出，太宗與仁宗兩位宋帝對新樂著迷不已，不斷敕令教坊多採新的詞牌。據稱，這些新調一反唐及五代樂風。柳永既工於作曲，又長於填詞，難怪會順應潮流，試調新韻。然而，長篇慢詞仍然是他情之所鍾。《雲謠集》內的〈傾杯樂〉（一百一十字）、〈內家嬌〉（一百零四字）與〈鳳歸雲〉（八十四字）等詞牌，都是他的靈感借助之處。

慢詞何以興起於宋初？某些傳統詞話家認為：這是城市乍現，娛樂圈內需要新樂使然。柳永在這種次文化中打滾已久，熟悉不已，同為緣由。吳曾《能改齋漫錄》云：

> 慢詞起自仁宗朝。中原息兵，汴京繁庶，歌臺舞榭，競睹新聲。耆卿失意無聊，流連坊曲，遂

---

5 任二北，《敦煌曲初探》（上海：文藝聯合出版社，一九五四），頁二二二。唯有較諸同代詞家，我們方能說柳永的慢詞深具「革命性」。由於「慢詞」根本上乃源出通俗曲詞，故與柳永同時的文人詞客多避用此一名詞。不過，這種形式的詞早在一〇一九年即已見諸宮廷儀式；這一點，我乃承海陶瑋（James R. Hightower）教授專函賜知。

6 另請見James J. Y. Liu, *Major Lyricists of the Northern Sung*(Princeton:Princeton Univ. Press, 1974), p.98。

盡收俚俗語言，編入詞中，以便伎人傳唱。……其後東坡、少游、山谷輩相繼有作，慢詞遂盛。[7]

不論實情為何，城市的出現似乎真有助於柳永形成新的詞觀。他要如實細寫景致，非慢詞不作他想，而填製地點幾乎包括所有的新興大邑[8]。〈望海潮〉在柳詞中卓爾有名，寫的是杭州美景。金兵揮軍直下江南，據說便因金主聽罷此詞有感所致[9]。

慢詞有其通俗性，文人詞客可能因此而更加反對柳永的詞觀。但比這一點更具意義的是，小令與慢詞往往有不同的基本結構觀。欲求調和，殊不可能。先談顯而易見者：慢詞長於小令，前者可以包括七十至二百四十字不等，後者則絕少超過六十二字[10]。六十至七十字之間的詞，正好游移在兩者的邊緣地帶。某些舊式學者分慢詞為兩類：一稱「中調」，字數介於五十九至九十之間；二稱「長調」，往往在九十一字以上[11]。不過，以長短區分詞體不免有武斷之嫌，實際上更難適用。此所以清人萬樹認為我們不應就長短妄斷：「所謂『定例』，有何所據？若以少一字為短，多一字為長，必無

7 吳曾，《能改齋漫錄》，引自王力，《漢語詩律學》（一九五八年；香港：中華書局，一九七三年重印），頁五二八。

8 這些城市是開封、蘇州、會稽與長安。

9 羅大經，《鶴林玉露》，引自胡雲翼，《宋詞選》（上海：中華書局，一九六五），頁四二。

10 見王力，頁五一八。他的看法較具彈性，認為小令不超過六十二個字。

11 毛先舒（一六二〇—一六八八），《填詞名解》，收於查培繼，《詞學全書》（臺北：廣文書局，一九七一）。傳統詞話家似乎都認為，「小令」與「慢詞」之間另有兩種中級詞體，一稱「引」，一稱「近」。但王力和夏承燾相信「引」和小令並無長短上的絕對區別，見王力，頁五二六，以及夏承燾、吳熊和合著，《讀詞常識》（北京：中華書局，一九六二），頁三三至三四。雖然如此，現存的「近」體詞確實比小令長，故而或可稱「中調」。深具意義的是，「引」與「近」二語詞都是到了宋代才出現，雖然這些語詞可能和慢詞一樣，只不過拿來稱呼宋初的新音。

是理。」[12]（俞樾序萬樹《詞律》）

慢詞與小令雖有此等構築原則上的根本歧異，但現代詞學界能夠注意及此者少之又少，王力算是其中之一。以字數作為區野的傳統之見誠然不近情理，但王力仍然相信這是頗合邏輯的做法[13]。小令通常在五十八字以內，正可說明這種短詞與近體詩的結構可能有關，蓋近體詩最多不超過五十六字。雖然這樣，慢詞的體式恰與近體詩背道而馳，因此字數也就多得多了。

就此而做的分析，林順夫的著作最稱深入。他認為小令含括四個「片語」（strophic units），兩組又合為一闋[14]。易言之，小令的一個片語就是近體詩的一聯。一首詞中，各組的字數和韻式倘若發展到毫無近體詩的痕跡——蓋各「片語」可以押韻處作結，那麼這首詞就變成了「慢詞」[15]。這一點倒符合一個事實：慢詞的片語通常要比小令的多出幾句。

小令的作者當然想要和近體詩劃清界限，他們在基本構築原則上下功夫。這種傾向早已存在。小令的成就之一，便是前後片各句的平仄字數繁複而有所不同（例如〈河傳〉的句式為二—二—三—六—七—二—五／七—三—五—三—三—二—五），因此有異於律詩各句字數相同而平仄對稱的結構。就後者來講，字數與平仄的重複就是「律」。雖然如此，很多小令前後片的格式仍然雷同。要俟諸長篇慢詞興起，才完全打破了韻格重疊的構句原則[16]：例如在許多超過九十字的慢詞中，只有極少數的詞牌仍沿用「重疊韻格」[17]。就詩詞的發展來看，慢詞的這些成就，只不過是小令往前推展的一

12 萬樹，《〔索引本〕詞律》（序於一六八七年；臺北：廣文書局，一九七一），頁一。另見王力，頁五一八。

13 王力，頁五一八至五三四。

14 Shuen-fu Lin, *The Transformation of the Chinese Lyrical Tradition* (Princeton:Princeton Univ, Press, 1978), pp.106-107.

15 片語的尾句通常也是押韻處，這是詞律。但片語裡的其他句子有時也可以押韻——雖然這不是整個片語的收尾。

16 見Shuen-fu Lin, p.128。

17 這些詞牌是〈燭影搖紅〉（九十六字）、〈安公子〉（一百零二字）與〈歸朝歡〉（一百零四字）。

部分。儘管如此，我們仍得瞭解，慢詞韻格之繁雜正顯示其結構上的重大轉變清晰可見：原來是近體詩的枝蔓，如今已變成獨立的詞體。

慢詞最大的特徵，或許是「領字」這種手法。其功能在為詞句引路，抒情性甚重。柳永提升此一技巧的地位，使之成為詞史的重要分界點。本章稍後，我會闢專節深入再探此一舉足輕重的詞法。我們此刻只要記住一點：「領字」是慢詞的獨特技巧，有助於詞句連成一體。

二、柳永與通俗傳統

柳永對慢詞的貢獻獨步古今，同代詞客或後世批評家有目共睹。然而，詞藝上的開朗作風卻嚴重妨礙到他的仕途。他獨創出許多慢詞詞牌，同代的小令作者非但不因此而欣賞有加，反而因他強調新體的「通俗性」而更顯困惑。晏殊其時貴為首宰，善製小令，曾公開駁斥柳永。據傳，耆卿嘗因所製而屢見擯官場之外，內心抑鬱沮喪兼而有之，乃上書晏殊毛遂自薦，不意換得的卻是一陣譏刺：

> 晏公曰：「賢俊作曲子麼？」三變曰：「只如相公亦作曲子。」公曰：「殊雖作曲子，不曾道『采線慵拈伴伊坐。』」柳遂退。[18]

可以想見的是，柳詞必然深受其時日趨流行的白話文學的影響。宋人好用俚語俗字，形成文壇眾流之一。歐陽修乃古文名家，亦以古典詩歌名重當代，可是他也寫過七十三首相當「通俗」的詞。幸

18 《畫墁錄》，引自唐圭璋與金啟華著，頁二五八。

好這些詞的數量在歐陽著中微不足道，無損於其「高雅」的形象。即使如此，他還是受到不少時人抨擊[19]。比歐陽氏晚出的黃庭堅，同樣寫過一些有違雅教的「淫詞」，「俗」不可耐。好在黃氏處身之世，俗字俗語蔚成風尚，文人習以為常，也就沒有嚴詞圍剿或辱罵譏誚。

文人與通俗傳統形同冰炭，只消一探柳詞即可揣知。柳永受同代詞客攻擊得最嚴厲的詞，似乎也就是他廣受大眾歡迎與讚譽的詞。可為佐證的範例是入調〈定風波〉的一首慢詞：

自春來、慘綠愁紅
芳心是事可可
日上花梢
鶯穿柳帶
猶壓香衾臥
暖酥消
膩雲嚲
終日厭厭倦梳裹
無那
恨薄情一去
音書無個

19 詞話家認為這些「詞」都是歐陽氏的政敵揑造來壞其名聲的，不過某些現代批評家非但不做此觀，反而試著證實這些詞確乎出自歐陽氏手筆。有關這方面的筆墨官司請參見James J. Y. Liu, *Major Lyricists of the Northern Sung*, pp.48-49;James T. C. Liu, *Ou-yang Hsiu* (Stanford:Stanford Univ. Press, 1967), p.137；以及Ronald C. Egan, *The Literary Works of Ou-yang Hsiu*(Cambridge:Cambridge Univ. Press, 1984)的最後一章。

早知恁麼
悔當初、不把雕鞍鎖
向雞窗、只與蠻箋象管[20]
拘束教吟課
鎮相隨
莫拋躲
針線閒拈伴伊坐
和我
免使年少
光陰虛過

（《全宋詞》卷一，頁二九至三〇）

前文提過，晏殊拈出「針線閒拈伴伊坐」（行一八）為例，攻擊柳詞俚俗。依他之見，柳詞風華有虧，卑之無甚可觀。諷刺的是，這首詞卻變成白話文學的經典之作。元代戲曲名家關漢卿（十三世紀）有一齣戲，幾乎就以前引柳詞為架構基礎[21]。更值得稱道的是，在通俗傳統中，沒有任何文人詞客能擁有柳永一般的地位。他的詞也是一般虛構作品的活水源頭。〈木蘭花〉這首聯章從之者眾，像羅燁的《醉翁談錄》、洪楩的《清平山堂話本》，以及馮夢龍的《喻世明言》之中，都有筆記、小說

20 這一句詞裡的「蠻箋」指四川所產的彩紙，「象管」則為象牙所製的毛筆。

21 關漢卿，《錢大尹智寵謝天香》，在盧前（冀野）編《元人雜劇全集》（上海：上海雜誌公司，一九三六）冊一，頁二九至五八。

脫胎於此[22]。

柳永在群眾之中久享令譽，原因不難考見。劉若愚就曾經說過：柳詞不斷翻新，尤能「以如實之筆細寫情感。柳氏又不避俗字俗語，與昔人自是不同」[23]。以上引的〈定風波〉來說，這種「新寫實」就可在詞中女性發話人身上看得真確無比。她悔恨難當，也不諱言對「情人」的愛戀，所用語言和所處地位確實匹配無間。俚俗之語如「無那」、「無個」與「恁麼」在在加強了寫實的力量。由是觀之，無怪乎葉夢得（一〇七七—一一四八）會說：「凡有飲水處，即能歌柳詞。」[24]

《雲謠集》內的樂詞與當代的日常口語，乃因此而登堂化為柳詞的一部分，而且頻見使用。就文人詞的傳統而言，這種現象固然前所未見，卻也不見容於其他文人詞家。柳永常用的村言巷語包括：「伊」、「誰」、「怎生」、「怎忍得」、「怎可」、「壞了」、「是了」與「消得」等字詞。歷來的詞話家也因此形成兩種截然不同的態度，一面眾口鑠金，頌揚其人，一面眉頭深鎖，失望不已：

（一）

柳屯田永者，變舊聲作新聲，出《樂章集》，大得聲稱於世，雖協音律，而詞語塵下。[25]

——李清照（一〇八四—？一一五一）

---

22 見羅燁，〈花衢實錄〉，在《醉翁談錄》（上海：古典文學出版社，一九五七年重印），頁三一至五五；洪楩，〈柳耆卿詩酒玩江樓記〉，在《清平山堂話本》（編於一五四一至一五五一年；上海：古典文學出版社，一九五七年重印），頁一至五；馮夢龍，〈眾名姬春風弔柳七〉，在其《喻世明言》（香港：中華書局，一九六五年重印），頁一七六至一八六。

23 James J. Y. Liu, *Major Lyricists of the Northern Sung*, p.53.

24 葉夢得，《避暑錄話》，重刊於《叢書集成簡編》（臺北：臺灣商務印書館，一九六六）卷七一七，頁四九。施議對認為北宋詞壇出現了一種「柳永熱」，見施著《詞與音樂關係研究》（北京：中國社會科學出版社，一九八九），頁八一至八三。

25 李清照，《詞論》，在胡仔編《苕溪漁隱叢話》（臺北：世界書局，一九六六）下冊，頁六六六。

（二）

柳耆卿《樂章集》世多愛賞，……惟是淺近卑俗……[26]

——王灼（？－一一六一）

（三）

柳耆卿音律甚協，句法亦多有好處，然未免有鄙俗語。[27]

——沈義父（著稱於一二四七年左右）

柳永處理「愛情」的方式，亦有別於前人。他的風格近乎通俗，同樣可以由此看出。他問情、道情幾近直言無隱，幾乎瀕臨「濫情」的地步。傳統文人詞客筆下的個人與情愛總是保有某種美感距離，欲語還休。但在柳永筆下，這種傳統價值觀蕩然無存。在唐及五代，「閨怨」的主題通常由棄婦的角度刻畫，但是到了柳永，我們發覺觀點徹轉，遭遺棄的角色反倒以男性居多：

滿江紅

萬恨千愁

將少年、衷腸牽繫

殘夢斷、酒醒孤館

26 王灼，《碧雞漫志》，在唐圭璋編《詞話叢編》（一九三五；臺北：廣文書局，一九六七）冊一，頁三四。

27 沈義父，《樂府指迷》，在羅芳洲編《詞學研究》（上海：教育書店，一九四七），頁三八。

夜長無味
可惜許枕前多少意
到如今兩總無終始
獨自個、贏得不成眠
成憔悴

添傷感
將何計
空只恁
厭厭地
無人處思量
幾度垂淚
不會得都來些子事
甚恁底死難拚棄
待到頭、終久問伊看
如何是

（《全宋詞》冊一，頁四二）

這首詞裡有不少俚俗之語（例如行一五至一八），藻飾情愛也一無忸怩之態，但情景之間缺乏恰當的協調，和傳統詩詞有所不合，通篇傳達的實乃「通俗」的風格與效果。

不過，這並不意味著柳詞都是用這種風格撰就：柳永仍有許多詞寫得相當「高雅」，自然景致與抒情感性交融無間。宋京開封乃當時中國經濟與文化中心，學者有此一見：五陵年少的柳永日夜流連帝京北里，所製之詞以「通俗」者居多[28]；待其科場失意，遠走他鄉，遷徙於天地之間，則詞風也隨人格之成長而變得比較「高雅」[29]。這種區別似乎有牽強造作之嫌，然而對我們的分析卻是一大助力；我們或可將柳永的兩種風格視為他所經歷的兩種人生，也可以視之為他的詞作所吸引的兩類聽眾。

我們還記得，在柳永之前，文人詞的發展早已和通俗曲詞的傳統密不可分。比方說，韋莊和李煜就曾從通俗曲詞摭拾重要的填詞法。而事實上，「文人」與「通俗」傳統根本就不能以涇渭判之。設非柳永寫出大量「俗詞」，宋代詞話家跟著大表不解，則「文人」與「通俗」的區野並不會如此針鋒相對。當然，柳永寫過諸如「些兒個」與「嬌無那」等俗語，但在他的全集裡，這種詞風僅占少數。我們要強調的應該是：柳永雖隸屬文人詞家，卻首揭通俗大纛，膽敢寫出令人思及民間之作的題材。

文人詞客之中，深受《雲謠集》與其他敦煌曲詞影響者，柳永是第一人：他以慢詞創作就是這種聯繫的部分明證。後世的戲曲家與通俗小說家，也尊之為通俗傳統的掌燈人。清朝的詩人詞話家，曾並比柳詞風格與董解元《西廂記》裡的劇詞曰：

> 柳屯田《樂章集》為詞家正體之一，又為金、元以還樂語所自出。……〔董解元〕此詞連情發藻，妥帖易施，體校於《樂章》。……董為北曲初祖，而其所為詞於屯田有沆瀣之合，曲繇詞

28 唐圭璋等，頁二五八。

29 柳永後來在洛陽、餘杭與定海等地任官，又走訪長安、成都、揚州、建寧與姑蘇等名都，最後埋骨於江蘇潤州。

出，淵源斯在。[30]

此外，柳永撰寫過許多山水詞，而元明戲曲寫自然均細緻翔實，更可能受過柳詞的啟迪。請看下面的例子：

柳永：

東南形勝

三吳都會[31]

錢塘自古繁華

（《全宋詞》卷一，頁三九）

嬌紅傳

四川自古繁華地

正芳菲、景明媚

（《全宋詞》冊五，頁三八九七）

樂小舍拚生覓偶

自古錢塘難比

30 況周頤，《蕙風詞話》，王幼安編，與《人間詞話》合刊（香港：商務印書館，一九六一），頁六一。

31 「三吳」，通常指蘇州、常州與潮州這三個大邑。

（《全宋詞》冊五，頁三八九九）

事實歸事實，仍有許多要點足證柳詞和通俗文學還是有段距離。就風格及結構觀之，敦煌曲詞乃北曲先聲[32]。然而，柳永雖然創新詞藝，自己依舊是文人詞堅定的一分子。他對通俗詞確有過人的洞察力，對這個傳統因此也有巨大的影響力。雖然這樣，他可是一步也沒離開文人詞這個主流。要說明這一點，我們得費點言詞。

就主題言，柳詞和敦煌詞差異極大。後者主題萬端，柳詞主要卻以感情經驗為處理對象，要不就是細寫歌伎或是自己轉徙天南的思鄉情結。《花間》詞人去時已遠，然以上文度之，柳永卻可謂承襲了《花間》遺緒。他周旋在粉黛之間，縱情狎伎，滿像溫庭筠的生活方式。後者乃一派宗師，柳永也是某種詞體的開路先鋒。兩人都「偏好」用詞寫情，基本詩學方向無異。兩人間可能只有敘述觀點上的差異：溫庭筠好從歌伎的角度看世相，柳永則僅抒發個人的情懷。

從詞的傳統來看，溫庭筠確居篳路藍縷之功。他風流韻事不斷，常和歌伎牽扯不清，聲名狼藉，但詞壇仍以其官銜「溫助教」呼之，可見景仰心情一斑。柳永則為對抗「正統」的革命烈士，時人時或稱之「柳七」而不名。二氏所以會有這種名銜上的差異，可能因溫詞避俗唯恐不及，而柳詞卻如脫韁之馬，目的僅在營塑一種新詞的語言。因此，兩人儘管都嫻熟通俗傳統，做法卻大大不同：一個想要創造自成一格的文人詞，一個卻想貫通兩者，另啟嶄新的傳統。

柳永的詩學有其革命性的一面，但我們不應以為他在大唱文人詞的反調——他實則想要擴大詞的

[32] 任二北，《敦煌曲初探》，頁三九六。任氏以為，就整體詞風而言，敦煌曲詞類似金、元北曲。南、北曲不同：南曲延續的似乎是文人詞的傳統。

視野。柳詞確能吸引大庭廣眾，但柳永也自視甚高，以知識菁英自許[33]。他寫下《樂章集》，希望能得文人詞家的青睞。

我們還應牢記一點：柳永看待通俗曲詞，不是一味模仿。他知道這類曲詞所蘊藏者唯豐富的靈感泉源罷了，而非值得遵循的一套規律。《樂章集》共收一百二十七種詞牌，與現存敦煌曲詞相同者僅十六種而已。即使這十六種之中，也只有三種用到了敦煌曲詞的韻式，餘下的另十三種詞牌，韻式則和其對應的敦煌詞相去直不可以道里計。這十三種中，更有五種已經柳永變調，從較短的小令變成較長的慢詞[34]。此外，百分之六十五的敦煌曲詞都是叶平韻，百分之十八叶仄韻，餘者則平仄混叶[35]。至於柳永：他大部分的詞都叶仄韻。後來的宋詞人雖非個個起而效尤，但柳詞確為他們高懸的明鏡。由此看來，柳永始終身列文人詞的主流之中。要透澈認識其人的詩詞貢獻，也唯有透過這個角度才成。

三、柳永的慢詞詩學

有道是柳永乃文人詞家首製慢詞者。此事大謬不然，蓋現存的古人詞選已經指陳歷歷：有宋之前，早有少數詩人詞客偶以慢詞入調。他們是：晚唐詩人杜牧和鍾輻；五代詩人尹鶚、李存勖與薛昭蘊（參見《全唐詩》卷一二，頁一〇五九、一〇七一、一〇一三、一〇〇四一與一〇〇九

33 柳永家族一脈都是書香門第的官宦，從未淪為庶民。比方說，他父親柳宜曾仕於南唐，頗受二主器重。見Winnie Lai-fong Leung, "Liu Yung and His Tzŭ", M. A. thesis, Univ. of British Columbia, 1976, p.6。

34 這五種是〈定風波〉、〈婆羅門〉、〈長相思〉、〈望遠行〉與〈十二時〉。

35 任二北，《敦煌曲初探》，頁三八九。

七）。許多詞學學者總認為慢詞要到北宋才出現，因此否定了上述詩人的功績[36]。然而，敦煌所發現的早期曲詞，卻已逐步逼使這類學者重審往昔的見解。《雲謠集》已經驗證了一項事實：從盛唐以來，慢詞就已保存在通俗樂曲的傳統中。因此，我們實無必要再懷疑宋前文人慢詞的著作權。

雖然如此，事實仍然抹殺不了另一個事實：柳永是文人詞客中首位「有心」錘鍊慢詞的大家。在柳氏所處的宋季，善製慢詞者屈指可數，所填篇幅如此遼闊者更屬鳳毛麟角。我們稍後會論及張先：他和柳永同輩，但所製的慢詞也不能和耆卿比。晚唐和五代雖有詩人填下少數的慢詞，不過其中「實驗」的成分居多，只是「孤例」。柳永則不然：他是大力推展慢詞。以尹鶚為例。他的〈秋夜月〉共兩片，結構一致。柳永同一詞牌的作品完成時，上下片的結構卻呈現不規則的發展（四—九—一〇—六—六—六／四—五—五—六—四—四—五—四—四）。早期所謂的慢詞，其實借用的都是小令的結構，例如李珣的〈中興樂〉（八十四字）就是把原來的小令拉長一倍。就長短論之，〈中興樂〉頗有慢詞的架勢；但就結構而言，這首詞實應納入小令的範疇。尤關緊要的一點是：這些詩人詞客都沒有施展「領字」的手法，而「領字」正是宋人的慢詞所以為慢詞的一種語言技巧。

何謂「領字」呢？這種技巧又何以會變成慢詞的結構原則之一？「領字」由一個、兩個或三個字所組成，可以按序引導詞句或詞中語詞。「領字」可能是動詞，可能是副詞，也可能是個連接詞。柳永首開「領字」風氣，在慢詞裡大量使用，往後的詞人又加以沿用，使之蔚為慢詞的傳統技巧。一般而言，宋代詞客在填製慢詞時，多半會以前人之作為鑑，仔細領略各詞牌「領字」的結構方式，然後以此為準填下詞句。當然，構詞方式也不是一成不變，偶然間的變異不足為怪。下列的「領字」均為宋代詞話家所擬：

[36] 這類詞學學者包括王國維、俞平伯與胡雲翼。有關俞平伯部分參見任二北，《敦煌曲初探》，頁八三至八四的討論；有關胡雲翼則見其《中國詞史》，頁一一七。

一字逗領字：看、怕、料、縱、甚、但

二字逗領字：莫是、還又、那堪

三字逗領字：更能消、最無端、卻又是[37]

據我進一步的勘察，發現歷來的批評家對柳永的「高雅」詞作都讚不絕口，而所謂「高雅」的詞作，其實就是那些「領字」用得最巧妙的詞。下引〈雨霖鈴〉與〈八聲甘州〉即可說明此點：

雨霖鈴

寒蟬淒切

對長亭晚

驟雨初歇

都門帳飲無緒

留戀處、蘭舟催發

執手相看淚眼

竟無語凝噎

念去去、千里煙波

暮靄沉沉楚天闊

37 見陸輔之，《詞旨》，在《詞話叢編》冊一，頁二九五；以及張炎，《詞源》，在羅芳洲編《詞學研究》，頁一一二至一一三。

多情自古傷離別
更那堪、冷落清秋節
今宵酒醒何處
楊柳岸、曉風殘月
此去經年
應是良辰、好景虛設
便縱有、千種風情
更與何人說

（《全宋詞》冊一，頁二一）

八聲甘州

對瀟瀟、暮雨灑江天
一番洗清秋
漸霜風淒緊[38]
關河冷落
殘照當樓
是處紅衰翠減

38 這句詞的解讀法，我遵從的是王奕清等編《御製詞譜》（一七一五；臺北：私人印行，一九六四）卷二五，頁四五七的意見。

苒苒物華休
唯有長江水
無語東流
不忍登高臨遠
望故鄉渺邈
歸思難收
歎年來蹤跡
何事苦淹留
想佳人、妝樓顒望
誤幾回、天際識歸舟
爭知我、倚闌干處
正恁凝愁

（《全宋詞》冊一，頁四三）

這兩首詞的「領字」頗有變化，列表如次：

〈雨霖鈴〉領字	位置	詞性
對	行二	動詞
念	行八	動詞

更那堪	行一一	副詞性連接詞
便縱有	行一六	副詞性連接詞加動詞

〈八聲甘州〉領字	位置	詞性
對	行一	動詞
漸	行八	副詞
望	行一一	動詞
歎	行一三	動詞
想	行一五	動詞

上表最值得注意的是：像「更那堪」與「便縱有」等多字逗，居然也可以當作連接詞用，加深了我們對附屬結構句法的印象。方之小令，慢詞較長。正因如此，慢詞才需要較多的虛詞，以維繫通篇的流暢。同理類推，慢詞的「片語」當然也要比小令的「片語」擁有較多的句數或字群詞群（**line segments**），更何況詞句自成一體，有賴「領字」貫穿其間，扮演連接詞的功能。「領字」可使句構富於彈性，這是慢詞的另一基本特徵，也是柳永的革新何以在詞史上深具意義之故。〈八聲甘州〉裡的副詞「漸」（行三），在句中擺在主詞和動詞之前。若以此時此字的用法而言，則其顯非中文語法所能容許者：根據規則，單字副詞根本不能置於全句主詞之前[39]。有趣的是，寫慢詞的詞家非但不以此為意，抑且大受鼓舞，把「領字」放在這種換個場合就算文法有誤的位置上。

值此之際，讀者或會大表疑慮：像「領字」這種芝麻大小的語言特徵，豈能對〈雨霖鈴〉和〈八聲甘州〉的整體美感有所貢獻？我相信「領字」最關緊要的功能，在其巧妙結合了不同的「因

[39] 見王力，頁六五九；以及James J. Y. Liu, *Major Lyricists of the Northern Sung*, p.97。

素」，終使全詞氣魄恢宏，氣勢磅礴。這些「因素」包括：（一）俚俗與文學語言；（二）層次繁複的「詩之動作」（poetic act）；以及（三）達意與意象上的對應體（the expressive and the imagistic counterparts）。倘能仔細查驗，則我們會發覺，上述的多字逗「領字」詞彙，其實泰半為俚俗性的用語。因此，「領字」一方面固可做虛字，是句構流暢所需的韻律的基礎；再方面，「領字」也代表某種口語風格及句法。我們日常交談，就常聽到這種語言。但最稱重要的是，這些「領字」連接詞實與文人詩體息息相關。一談到文人詩體，我們想到的總是士子筆下的風格。柳永的文白合一，對當代詞法必然衝擊很大，雖然他這種特殊詞風是量才適性與行文目的雙管齊下所促成的。他張弓待發，似乎想為「詩體」的概念重賦新義。對他來講，文人語言所呈現的也不過是思想的一面，實在有必要開發新語，方便處理詩中世界。新語可以提供新的語言運作空間，也可以誘使讀者跳出傳統的閱讀窠臼，重要性不言而喻。透過「領字」的巧便，這個目標總能圓滿達成。

我們早就注意到，柳永的一字逗「領字」多數隸屬思緒動詞（例如「念」與「想」等等）。發話者的各種心態，便在這類「領字」與其他字眼的結合中表露無遺。至於多字逗「領字」所形成的連接詞，則常出現在疑問句中，如此才能托出詞人心中的疑慮與猶豫（例如〈雨霖鈴〉行一一至一二與行一六至一七）。他顯然希望用一句詞就表出各種思緒，而「領字」正是可以完遂此一心願的方法。「領字」不但可使句意一以貫之，詩之動作的各面亦可假此銜接成為完整的一體。柳永充分利用「領字」，化之為整體修辭的部分要素，為慢詞建立起一套獨特的章法。

我們或可回想一下小令的早期歷史，其時韋莊和李煜都偏好思緒動詞。其耽篤的程度，每使此類動詞具有慢詞裡「領字」一般的功能——

韋莊：

記得那年花下
深夜
初識謝娘時

（《彙編》冊一，頁一一八）

李煜：

想得玉樓瑤殿影
空照秦淮

（《彙編》冊一，頁二二七）

如果換成慢詞，「記得」和「想得」必然會是「領字」，因為這兩個動詞都在「帶領」一連串的詞句。然而，「領字」尚未變成小令的構詞原則，所以這些字都不能算是真正的「領字」。韋莊和李煜用到思緒動詞，其實只有一個目的——要呈現直言無隱的修辭印象。但是柳永所用的同類動詞卻變成名副其實的「領字」，好把慢詞中的各個感情面綰結在一塊。

乍看之下，柳永的「領字」表出「詩之動作」的各個層面。細看起來，他還創造了另一類型的領字（例如「對」與「漸」等），可以關涉自然意象造成的感性印象。柳永最重要的藝術成就之一，就是把抒情和意象語謹慎地冶為一爐。即使像〈八聲甘州〉這一首小詞，我們也可以看到詞人兼用到兩種「領字」：一種是直言情感的「領字」，另一種則利用意象語描述感性經驗。下引例證中，括弧裡的前一數字指「領字」所處的字序，而逗點後者則指所餘的字數：

例甲：

歎年來蹤跡　（一，四）
何事苦淹留　（五）

例乙：

漸霜風淒緊　（一，四）
關河冷落　（四）
殘照當樓　（四）

第一型的「領字」通常放在數句意義連貫、字數呈不規則發展的詞句裡（例如例甲中的「領字」不但「帶領」第一句所餘的四個字，也「帶領」第二句所餘的五個字）。至於第二型的領字則出現在數個「平行句」（或至少是字數一致的詞句）之前（如例乙的「領字」尾隨的均為四字句）。這兩種「領字」倘出現在同一首詞中，那麼連貫與斷續的句構會同時並現，使達意性的修辭策略與意象語言形成互倚互恃之狀：一面是句構的奔瀉流暢和情感的肆無所羈匹配無間，另一面則是平行互補的諸景製造出一些靜態意象。而我們也因為這些意象而得悉一種印象：發話者靜默無語，兀自面對一整個宇宙的靈景。

柳永慢詞裡的「領字」，是他得以發展出序列結構的功臣。情感的推衍與意象的細寫都在此一序列結構中結為一體，使詞中意蘊遼闊得無遠弗屆。我們讀其詞如見其人，總覺得柳永樣樣都寫，情感的形形色色尤其多所著力。中國詩詞傳統中，像他這樣撚鬚苦思的詞家實在不多見。小令作家倘要面面道出詩詞情境，非賴「聯章」的使用不可，但如今的慢詞詞人只要在構詞的過程中派上一些「領字」，便可建立起一組序列原則，進而在一首詞裡導引出繁複的詞境。因此，據傳統詞話家之見，柳永的藝術偉業之一，便在他能巧妙安排各個結構點，並以羚羊掛角之態予以轉換：

柳耆卿《樂章集》……該洽序事閒暇，有首有尾。[40]

柳詞總以平敘見長，或發端，或結尾，或換頭，以一二語句勒、提、掇有千鈞之力。[41]

就我們的關懷而言，柳永確實已為詞法立下一個先聲榜樣。所謂「一字逗」者，乃單字「領字」也，而柳永堅持必須用去聲字來填。誠如我們所知，〈雨霖鈴〉和〈八聲甘州〉裡的單字「領字」（如「對」、「念」、「漸」、「望」與「歎」等）都是去聲字。柳永兼具詞人與樂師雙重身分，當然能夠辨別「四聲」，而且一絲不苟。這種不尋常的音感，想來對詞人選取字聲的能力大有助益，而「領字」的意義往往便借字聲產生。晚出的詞家在這方面也師承柳永，亦步亦趨。據傳統詞話家如沈義父和萬樹所稱，「去聲」帶感情，是「領字」最佳的選擇。就一首詞而言，「領字」當然是關鍵字

40 王灼，《碧雞漫志》，在《叢編》冊一，頁三四。

41 見周濟編、鄺士元箋注，《宋四家詞箋注》（臺北：中華書局，一九七一），頁七二。

詞[42]。

「領字」一在詞裡現身，往往便意味著新片語的出現。從此觀之，「領字」還是聯繫詞中不同片語的結構工具。我們亦可以此作為詮釋的基準，衡量慢詞的整體結構原則。慢詞的長短不可粗製濫造，一定要細心經營，傳統詞話家因而十分在意慢詞的結構。某些詞話家擬了一條稱為「常山之蛇」的慢詞結構原則[43]，蓋古傳說謂：常山之蛇叩其尾則首動，叩其首則尾動。所以，慢詞的破題與收梢也要彼此呼應，首尾一貫。「常山之蛇」本古兵家布陣所用的語詞，後經詞話家吸收，變成詞評上流行的術語。再稍後，說部的批點家也插入一腳，認為這個名詞也可以當作敘事文學的指導原則[44]。

以小令的做法而言，「換頭」是結構上的大關目。就慢詞來說，這更是重要問題：

> 中調、長調轉換處不欲全脫，不欲明粘。[45]

> 最是過片不要斷了曲意，須要承上接下。[46]

換頭過片在小令中重要若是，在慢詞中更是要角。慢詞不僅比小令長，而且經常在兩闋以上。由於具有這些特色，慢詞的組織結構當然複雜得多了。柳永既屬這個傳統的開山祖師，筆下技巧自然繁

42 見沈義父，《樂府指迷》，在羅芳洲編《詞學研究》，頁四二；夏承燾與吳熊和，《讀詞常識》，頁五九至六〇。

43 胡仔，《苕溪漁隱叢話》下冊，頁七三三。

44 在中國小說批評史上，「常山之蛇」是一個重要觀念，參見Andrew H. Plaks, "Toward a Critical Theory of Chinese Narrative", 在所編之*Chinese Narrative*(Princeton:Princeton Univ. Press, 1977), p.332, note 42。

45 劉體仁，《七頌堂詞釋》，在《詞話叢編》冊二，頁六二七。

46 張炎，《詞論》，在羅芳洲編《詞學研究》，頁九。

雜而不失新意。就形式的定型來講，也是厥功甚偉。他有話直說，常予人一種印象，以為所說者即所思者，更不思考結構上的完整。然而，我們若深入探究柳永用過的許多技巧，往往發現不論換頭過片或組織章法，他都下過深刻的功夫，十分在意。

下片的片頭幾乎就是全詞的關鍵所在，因為詞家的思緒由此延展，詞意的通暢也由此承接。柳永最喜好的技巧之一，是在下片的第一個片語裡總結上片的詞意：

多情自古傷別離
更那堪、冷落清秋節　（《全宋詞》冊一，頁二一）

似此光陰催逼
念浮生、不滿百　（《全宋詞》冊一，頁三四）

這一類的詞行，常屬問句或假設句。之所以如此，「強調」可能是一大原因：

一場寂寞憑誰訴（《全宋詞》冊一，頁一五）

算到頭、誰與伸剖（《全宋詞》冊一，頁一六）

早知恁麼（《全宋詞》冊一，頁三〇）

同樣地，第二闋也常常用思緒動詞來開頭，而此一動詞於此就變成「領字」：

念勞生、惜芳年壯歲
離多歡少
（《全宋詞》冊一，頁三五）

暗想當初
有多少、幽歡佳會
（《全宋詞》冊一，頁一七）

柳永同時也常用不同的強調字，增強思緒動詞的達意功能（例如「極」與「難」等字）：

愁極
再三追思
洞房深處
（《全朱詞》冊一，頁二六）

難忘

文期酒會
幾孤風月
屢變星霜

（《全宋詞》冊一，頁四〇）

柳永個人另一好用的技巧近乎韋莊的「序列進程」（sequential progression），所以片與片之間的畛域表面上已經不是重要的問題了。像〈迎新春〉（《全宋詞》冊一，頁一七）、〈望海潮〉（《全宋詞》冊一，頁三九）、〈如魚水〉（《全宋詞》冊一，頁四〇）、〈秋夜月〉（《全宋詞》冊一，頁二三）與〈八六子〉（《全宋詞》冊一，頁三九）等詞，都是用這種特殊的構詞原則組織起來的。下片片頭的附屬結構——不管是時間性還是說明性的——都很刻意強調此一類型的過片。我們可視此一特殊技巧為柳永詞技的延伸——亦即他想要創造「領字」和附屬句構的傾向的延伸：

時間性的附屬結構：

此際寸腸萬緒
慘愁顏
斷魂無語

（《全宋詞》冊一，頁二六）

此際空勞回首
望帝里

難收眼淚（《全宋詞》冊一，頁二八）

當時
綺羅叢裡
知名雖久
識面何遲（《全宋詞》冊一，頁四〇至四一）

說明性的附屬結構：

因念秦樓彩鳳
楚觀朝雲[47]
往昔曾迷歌笑（《全宋詞》冊一，頁一一七）

到此因念
繡閣輕拋

47 「秦樓」與「楚觀」都是伎院的委婉說法。「彩鳳」與「朝雲」則指這些伎院中的歌伎。

浪萍難駐

（《全宋詞》冊一，頁三七）

柳永發展出來的最具創意的技巧，或許就是所謂「攝影機拍出的連續鏡頭」（the progression of the camera-eye view）[48]。他有許多詞詠的是遊山玩水的經驗，開頭泰半是從順流而下的舟中仰望秋景。所寫不外乎連續的視覺經驗，而不是瞬間的體悟。〈夜半樂〉首闋就是這樣的詞：

凍雲黯淡天氣
扁舟一葉
乘興離江渚
渡萬壑千巖
越溪深處
怒濤漸息
樵風乍起
更聞商旅相呼
片帆高舉
泛畫鷁、翩翩過南浦

（《全宋詞》冊一，頁三七）

[48] 此乃劉若愚教授的洞見，參閱James J. Y. Liu, *Major Lyricists of the Northern Sung*，頁七三的討論。

到了第二闋，柳永以「望中」一詞破題，強調宏觀的意義與發話者內心的體見：

望中酒旆閃閃
一簇煙村
數行霜樹
殘日下
漁人鳴榔歸去[49]
敗荷零落
衰楊掩映
岸邊兩兩三三
浣沙遊女
避行客、含羞笑相語

因此，在「望中」的引導下（行一一），「攝影機的鏡頭」緩緩地朝一組景移去，彷彿在拍特寫一般。不獨此也，攝影機還要捕捉超越現場的景。於是，詞景的連續乃化為時空並重的畫面。

最後，我們總算瞭解：各層描寫的背後隱藏著一顆纖敏的心靈。到了第三闋，所有的感性經驗都經這顆心靈轉化為名實相副的內省性表白：

49 漁民以長竿擊船乃習俗也，目的在使魚驚惶而受驅入網。亦請參見James J. Y. Liu, *Major Lyricists of the Northern Sung*, p.71。

> 到此因念
> 繡閣輕拋
> 浪萍難駐

此一抒情性的自我（lyric self）統合全詞，使之不致淪為純粹的寫景。雖然如此，倘非寫景精湛，全詞可能就不會具有這麼高的藝術價值了。全詞共計一百四十四字，相當之長，然詞人卻能調合達意與寫景，能力之強，不能不說是奇才。詞人所用的技巧可稱之為「鑑照」（mirroring）。用佛里曼（Ralph Freedman）的話來講，「鑑照」可使抒情性自我搖身一變，化為「自然的美學形象」[50]。佛里曼對此一特殊技巧的詮釋乃針對歐洲「抒情小說」（lyric novels）而發，但也不是不能借來詮解柳詞的巧技——詞人的抒情性自我所面對的乃一遼闊的現實，可以綿延而擁抱整個虛構世界：

> 「他」既是焦點所在，也是接納之處。整部小說經「他」鑑照而出：「他」乃化為一張具體而微的畫面，慢慢地轉動，和別的畫面無異。
>
> 由於此一自我是內外世界的輻輳點，所以主角的心智情況便把觸摸可及的世界映照成一幅景象。這個「世界」是主角內在世界的一部分；接下來，他也可以映照出外在世界，以及這個世界的形形色色。[51]

---

50 Ralph Freedman, *The Lyrical Novel*(Princeton:Princeton Univ. Press, 1963), p.21.

51 同上書，頁二〇至二一。

此一「完美的抒情自我」可以吸取外在世界的一切意象。而此一觀念的最佳寫照，更可在柳永的一首長篇慢詞——〈戚氏〉（二百一十二字）中見到。這首詞之長世所罕見，其情感與意象的網脈尤須精深的組織能力駕馭：

晚秋天
一霎微雨灑庭軒
檻菊蕭疏
井梧零亂
惹殘煙
淒然
望江關[52]
飛雲黯淡夕陽間
當時宋玉悲感
向此臨水與登山
遠道迢遞
行人悽楚
倦聽隴水潺湲
正蟬吟敗葉

[52] 江關位於湖北省，正處於江南的荊門山與江北的虎牙山之間，古來即屬長江天險之一。

蛩響衰草
相應喧喧
孤館
度日如年
風露漸變
悄悄至更闌
長天淨
絳河清淺
皓月嬋娟
思綿綿
夜永對景那堪屈指
暗想從前
未名未祿
綺陌紅樓
往往經歲遷延

帝里風光好
當年少日
暮宴朝歡
況有狂朋怪侶

遇當歌對酒競留連
別來迅景如梭
舊遊似夢
煙水程何限
念名利憔悴長縈絆
追往事空慘愁顏
漏箭移稍覺輕寒
漸嗚咽畫角數聲殘
對閒窗畔
停燈向曉
抱影無眠

(《全宋詞》冊一，頁三五)

〈夜半樂〉的寫景(上、中闋)或達意(下闋)一眼可辨，但右引〈戚氏〉融合了多種詩藝要觀，效果自然較佳。我們幾乎也可以在任一闋中聽到抒情的聲音，而詞中寫景與敘事並現自有其價值存在，難怪柳永公認是長篇慢詞第一家。

慢詞之所以獨特，結構上的多面性是主因。展讀〈戚氏〉，我們發覺柳永的文字意象紛至沓來，幾無止境，就如峰巒疊障，翠墨層綿。柳永的慢詞長，所以傳統詞話家早就在設想要如何稱述，以突顯其維繫完整的抒情結構於不墜的功力。例如鄭文焯就用了一個明喻稱道柳詞：

〔余〕冥探其一詞之命意所注，確有層折，如畫龍點睛，其神觀飛越，只在一二筆，便爾破壁飛去也。[53]

「只在一二筆」，柳詞即可虎虎風動，生機盎然。我總覺得，這是因為他在平敘之中添加了一些抒情的成分所致。例如〈戚氏〉一首，其中的寫景與敘事，就常常加插某種意蘊深刻的陳述，全詞才沒有失去抒情的力量。像「淒然」（行五）、「思綿綿」（行二二）與「那堪」（行二四）等詞，便都能強化俗耳所聽不出來的抒情之聲。像「念」（行三七）與「追」（行三八）等一字逗「領字」，也都具有這方面的功能。

敘述浩瀚，不為時限，行文環勾扣結而連場若江河直下，也是柳詞具有「完美的抒情」質素的原因。不錯，詞中的時間觀乃線性結構：從夕陽西下（上闋）到曙光乍現（中闋）乃及死寂的夜晚，莫非如此。但所謂「敘述上的連場戲」（narrative continuity）卻擋不住追求抒情的基本關懷。此外，詞中真正的敘事成分與其說是有關眼前的敘寫，還不如說重點在強調過去。發話者在上闋提到歷史人物宋玉的故事，但這樣做並不是要藉史實打斷抒情感，而是要透過陳說強化對內在自我的認知，因為此時的發話者實則移情於過去，視自己如同孤獨的詩人宋玉。其實，在曉色裡，他開始追悔年少漂泊（中闋），過去的記憶慢慢點滴重現。所有敘事性的片段，都是在闡述外在的現實如何影響到內在的知覺。

敘事與寫景巧妙冶為一爐，抒情的表現又特有倚重，顯然才是柳永的詞藝偉大的原因。五代詞家韋莊和李煜也擁有同樣的能力：他們的抒情詞常帶有敘事的成分，但其充分完整並不會因後者而有所

53 《大鶴山人詞論》，引自朱祖謀編，唐圭璋注，《宋詞三百首箋注》（香港：中華書局，一九六一），頁二九。

毀喪。然而韋、李二氏多寫小令，敘事上的磅礴氣勢難免打上折扣。小令質本簡賅，必須把思緒與意象濃縮在數句裡。這樣做雖可突顯模稜的抒情效果，卻也為非抒情的視界加上鐐銬。拿李煜來說，他一想到過去的風光，筆底自然會寫出「往事」二字，以集中先前所有的經驗：

往事知多少（《彙編》冊一，頁二二一）

往事只堪哀（《彙編》冊一，頁二二七）

這些「往事」究竟指什麼？小令篇幅有限，詞人顯然沒有辦法充分說明。相反地，柳永若得機緣一談陳年舊事，總是能把要說的話推衍到某種程度，〈戚氏〉第二十九至三十三句便唱道：

帝里風光好
當年少日
暮宴朝歡
況有狂朋怪侶
遇當歌對酒競留連

慢詞夠長，要容納、平衡各類詞素並不難。當然，就李煜專擅的領域而言，他的抒情妙著普世無雙。可是，柳永也有過人之處：若論敘事與寫景合一，還要把抒情的探索納入其中，他可推天下第一。雖然如此，說柳永是李煜的苗裔也不為過。他們之間一脈相承，而李詞對敘事與通俗主題的雅好，可能也給來日的詞人某種啟發。

四、柳詞論衡：一個新的觀點

柳永對詞壇最重要的兩個貢獻，一為「領字」的使用，二為細述外在事件時仍不忘注入抒情的成分。以源起論，這兩者和通俗傳統的關係似要強過士大夫的傳統。然而，正因柳詞兼具「高雅」與「俚俗」的作風，常常也弄得兩面不是人，此所以大部分的詞話家難以為他定位。柳永所屬，實在是「中庸學派」，而這種路數在詞史裡偏又陌生得很。他走中間路線，兼採雅俗，可謂扭轉了詞史的發展。

方之其他詞家，柳詞的影響顯而易見。前文提過，柳永之前就有人填過不少慢詞。我又說：這些慢詞的結構較近小令，而非宋人的「慢詞」。「領字」與「序列結構」都不見於這些慢詞。此外，值得我們注意的還有非常重要的一點：意象製造與句構建立的問題。我發現在晚唐及五代的所謂「慢詞」裡，三字句常常自成單元，自成意象，而柳永的三字詞通常缺乏獨立的條件，充其量只是較長的詞句的引路燈——

李存勗（五代）：

賞芳春

暖風飄箔
鶯啼綠樹
輕煙籠晚閣
杏桃紅
開繁萼
靈和殿
禁柳千行斜
金絲絡
（《彙編》冊一，頁九五）

柳永：

當初聚散
便喚作、無由再逢伊面
近日來、不期而會重歡宴
向尊前、閒暇裡
斂著眉兒長歎
惹起舊愁無限
（《全宋詞》冊一，頁二三）

三字詞敞開一扇門，方便我們觀察柳詞大要，否則這也不算什麼重要詞藝。大致來講，柳永的三字詞群多可納入思緒連貫的長句中，上引即為明例。但是他的四字句反而是簡短而且思緒獨立的詞行，通常多屬意象的並列。頗具意義的是，這種四字句雖非句句對仗，但大致上傾向於此：

（一）
江楓漸老
汀蕙半凋

（《全宋詞》冊一，頁二六）

（二）
絳河清淺
皓月嬋娟

（《全宋詞》冊一，頁三五）

（三）
楚峽雲歸
高陽人散

（《全宋詞》冊一，頁五一）

（四）
怒濤漸息
樵風乍起

（《全宋詞》冊一，頁三七）

在這種筆法下，柳永化三字詞為一路奔瀉的附屬結構句的一部分，也保留了另一部分的四字詞，使兩者在並列結構下維持住某種平衡感。當然，四字平行句的首役之功不應記在柳永名下；詞家如晏殊與歐陽修昔日皆曾以此填製小令。柳永讓人耳目一新者，是他把這種句法納入附屬結構句的能力，而且前後文對照，天衣無縫。此外，「領字」和對仗珠聯璧合，柳永當居首功。他抑且能使連續句和斷續句保持平衡，使對仗和非對仗處於不偏不倚的狀況下。柳永填了不少詞，但這是他畢生功力所注。

詞學的另一重要關目是詞律的體式。柳詞讓詞話家深感困惑者，乃為同詞牌的慢詞居然沒有一首是按同樣的詞律填的。例如：柳永有三首〈洞仙歌〉，但各首字數從十九迄一百二十六不等；他還有兩首〈輪臺子〉，分別為一百零二字和一百一十九字；至於他的七首〈傾杯樂〉，那就無一長短一致者。清代許多詞話家每言及此，只能在各自的詞律典冊上評道：這些詞都是所屬詞牌的「變體」。《詞譜》論及柳永的〈御街行〉更道：「若柳詞別首之句讀參差，……皆變格也。」[54]

不過，詞話家可能看走眼了。他們有所不知的是：柳永控馭詞律的方式有其通俗詞的本源，就好像他別的變革也不是率性而為。翻閱敦煌曲詞，我們發現同詞牌而不同韻式或不同長短者比比皆是。

54 王奕清等編，卷一八，頁三一一。

事實上，打從通俗詞傳統伊始——包括樂府詩裡的《相和歌辭》，個別曲詞裡就不乏「襯字」甚或「襯句」的情形。一般詞律典籍都會明陳眾議僉同的「領字」長短，乃及其所處之位置。然而，「襯字」就不同了：詞中添加襯字一無限制，因此，同詞牌的詞才會產生長短不齊的現象。顯而易見，同詞牌而有不同律式，並非因許多詞學家所謂的「體調」變異有以致之，而是由於「襯字」使然。通俗詞裡的襯字傳統未嘗間斷，後詞而興的「曲」——尤其是所謂的「套數」，甚至會誇張到襯字、襯句長過唱詞的地步。

溫庭筠一派的詞作不見「襯字」，或許是為別於通俗曲故。他們所填的同套小令，也因此而必然有雷同的律式與句長。文人詞極力強調一致性，由此可見一斑。而不論溫派或柳永，似乎都同聲接受令詞律式一致的觀念。柳永所製小令，也唯唯奉行這種不成文法。

縱然如此，柳永筆下的慢詞仍然一反先賢。身為巧思獨運的樂工，柳永深知填詞不必拘泥於一法。他在樂譜上所下的功夫，可是大過詞長的考量。通俗曲詞常見襯字，柳永何嘗不能借用這種巧技？他視自己的每首詞為獨立的個體，即使同詞牌者亦然。這表示他極思解放傳統，不願再受制化結構的捆綁。遺憾的是，後世詞家仍沿襲一脈相傳的「傳統」，以致自縛手腳，發展出「填詞」與「正體」的觀念，以別於所謂「變體」者。他們步步為營，對正統詞家立下的字數與律式的注意，遠超過於對詞樂的正視。這種發展也為詞樂分家種下難以拔除的根苗。

柳永固為樂壇巧匠，但這一點只是他反傳統的部分因由。他的前輩詞人溫庭筠或繼起者如周邦彥、姜夔與吳文英等，也都是絲竹能手，何以又不能像他一樣不泥於律式與字數？這些人反而一代代樹立起牢不可破的「填詞」傳統。周邦彥一派脫離柳詞自立門戶的情形，確實是不同的詞觀所致。

雖然如此，柳永畢竟一馬當先，管領慢詞風騷，所以必曾對後世詞客影響深遠，也幫助過他們用更寬闊的視野放開詞韻的小腳。我曾經暗示過，慢詞的特徵之一是片片之間相異韻律的講究。這種現象與日俱增，是否可以視為柳詞不拘一法的韻格觀的開花結果？由於證據有闕，這點尚難證實。各闋字數差異主要乃基於律式放寬之故，所以我寧願相信柳永也是這種片構發展的功臣。我們當然還得注意一點：後世詞家雖然逐漸承認與珍視慢詞片格的歧異，他們卻不像柳永那麼深刻地在琢磨這種新體。多數傳統詞譜都申述過這一點：

王奕清《御製詞譜》（一七一五）：

此調（〈一寸金〉）始於此（柳）詞；但後段句讀參差，且宋詞多照周邦彥詞填，故可平可仄，均注周詞之下。[55]

柳詞（〈秋夜月〉）中多參差不確，觀後尹（鶚）詞，則此篇必有訛脫，尹詞比前同整齊好學。[56]

柳詞多訛，此調（〈法曲獻仙音〉）與諸家句法大異，必有錯誤處，不可從。姑存之，以俟識者。[57]

批評歸批評，事實仍然不變：要發展出新詞體，就得具備「革命」精神。柳永為慢詞建立結構的功勳，任誰也取代不了。不過，在柳永之外，同代的張先也曾在慢詞形式的提升上助過一臂之力。

55 王奕清等編，頁六三一一。
56 萬樹，頁二三〇。
57 萬樹，頁二五〇。

基本上，張先走的是正統的路線，然而他心胸開闊，勇於實驗新體。他除了填製過若干首慢詞外，也嘗利用柳永用過的五種詞牌填詞，亦即：〈歸朝歡〉、〈卜運算元慢〉、〈破陣樂〉、〈滿江紅〉與〈天仙子〉。有一點值得注意：柳永的慢詞達到登峰造極之際，張先的小令也同登化境。他的慢詞總是缺乏序列進程的向度，難以一氣呵成，也難以護持住句構的流暢。他更不像柳永能夠以詞托出完整的心聲。張氏慢詞的內容，不外乎欣欣向榮的城鎮以及其人的風流韻事。下引兩首詞分別出自張氏和柳永的手筆，不過填的是同一詞牌〈歸朝歡〉：

張先：

聲轉轆轤聞露井
曉引銀瓶牽素綆
西園人語夜來風
叢英飄墜紅成徑

寶猊煙未冷
蓮臺香蠟殘痕凝
等身金
誰能得意
買此好光景
粉落輕妝紅玉瑩
月枕橫釵雲墜領

有情無物不雙棲
文禽只合常交頸
晝長歡豈定
爭如翻作春宵永
日曈曨
嬌柔懶起
簾押殘花影

柳永：

別岸扁舟三兩隻
葭葦蕭蕭風淅淅
沙汀宿雁破煙飛
溪橋殘月和霜白
漸漸分曙色
路遙山遠多行役
往來人
只輪雙槳
儘是利名客

（《全宋詞》冊一，頁六四）

一望鄉關煙水隔
轉覺歸心生羽翼
愁雲恨雨兩牽縈
新春殘臘相催逼
歲華都瞬息
浪萍風梗誠何益
歸去來
玉樓深處
有個人相憶

（《全宋詞》冊一，頁二二至二三）

張詞和柳詞的對比顯然。張詞多由靜態畫面組成，間或夾雜批語（亦即行八至一〇、一二至一五）。柳詞則為一多層面的綜合體，包括白描、敘事與抒情的成分，可謂包羅萬象，傳達出來的經驗則隨著時間開顯。張、柳詞的收梢處也顯示二氏之間有巨大的差異：張詞以意象取勝，柳詞則偏重達意。

張先奉溫庭筠的小令詩學為圭臬，極其珍視上引詞中的意象語，故每令其在詞中徘徊不去。人多以張詞涵攝三種人盡皆知的影像，故此諧稱其人為「張三影」。前引張詞結尾的片語，即可見三影之一：「簾押殘花影」。後世詞學家每每發覺，就結構和用語而言，張先的慢詞和小令常見風格上的類似處：

〔張先〕長調中純用小令做法，別具一種風味。[58]

先短於才，只能寫小令；其長調過於典雅纖巧，實非佳品。[59]

從小令的美學觀之，柳永的序列結構及主觀修辭法確屬異數。慢詞的體式深受此種章法制約，已垂數世紀而不墜。張先的小令及其慢詞之間的類同，恰可為這種看法得一佐證。讀罷本章，讀者腦海一時或會浮現一個看法，以為「領字」與一氣呵成的句構既然已是慢詞的形式特色，則我曩前所論的「真言無隱」與「弦外之音」等兩種詞風，就不該再處於對立之局。然而，實情遠非如此：因為「領字」一旦發展成為慢詞裡傳遞心態的傳統技巧，而附屬結構也變成其詞體特徵，那麼詞人與詞人之間的風格「差異」自然會尤其他方面——即領字與附屬結構以外的諸方面——來顯示。不過，單就本章的關懷來講，我們實則也無須在這個問題上再作文章。後世詞人在詞觀上的變革，我們一得機會即予申說。

58　夏敬觀，《評張子野詞》，引自龍沐勛編《唐宋名家詞選》，頁五七。

59　胡雲翼，《中國詞史》，頁一三〇。

第五章　蘇軾與詞體地位的提升

一、從宏觀角度看柳永迄蘇軾的詞史

柳永革新慢詞的形式特徵，蘇軾最卓越的成就則在拓展詞的詩意，兩人所為適可相提並論。雖然如此，柳詞的靈感主要得力於通俗曲詞，蘇著的想像卻源自其他詩體。蘇軾尤可稱才藝雙全，幾乎精通所有的詩體與文體。柳永之後，詞的觸角無遠弗屆，蘇軾當居首功，詞話家劉熙載故謂：「東坡詞……無意不可入，無事不可言也。」[1]然則所謂「言」者何也？從下里巴人之語到陽春白雪皆屬之。在蘇軾手上，「詞」固可為長亭送別語，亦可為傷朋悼友音，更可充作政壇豪言、愛國心聲、哲思媒話與莊稼生活的描述等。

當然，審諸古體或近體詩，上述主題亦尋常事耳。不過，蘇詞總有其特殊意義。在蘇軾之前，「詞」的內容不外乎「豔情」與「感情」，而蘇氏振臂扭轉潮流，賦詞以更寬闊的道路，遂可含容送別迄莊稼等各類主題。李煜的小令或可和蘇詞工力悉敵，但單就抒情面的寬廣而言，後者無疑遠勝一籌。比方說：李煜從來不用詞來追念妻亡子喪，顯然以為「悼亡」非詞所擅，古體與近體詩才能銖兩悉稱，但蘇軾的表達能力強，每每打破文體的限制，詞的潛力因此大增，幾乎可以和地位穩如泰山的「詩」並駕齊驅。

[1] 胡雲翼，《中國詞史》，頁一三〇。

小令有其局限，李煜受制於此，然蘇軾卻能因應情境挑選小令或慢詞，將所思所想透過創造力呈現出來。柳永所製主要寫的是嬋娟優伶，蘇軾非但不類三變，抑且堂廡更大，把男女私情化為英哲相惜。柳永煽紅的詞風，蘇氏則刻意迴避，認為造境狹隘，不足取法。他甚至否定柳詞的創作目的，從而獨出機杼，蹈揚奮發。柳詞多由青樓歌伎代唱，蘇詞則粗獷不羈，魯男子亦可一展歌喉。陰柔的詞至此一變而為陽剛的詞，確實令人耳新目清。蘇軾還曾在致友人的書翰上寫道：

> ……近卻頗作小詞，雖無柳七郎風味，亦自是一家，呵呵！數日前，……作得一闋〔詞〕，令東州壯士抵掌頓足而歌之，……頗壯觀也。[2]

批評家常說蘇軾首開「豪放」一派的詞風，莫非此之謂歟！蘇詞既與「豪放」難解難分，正表示蘇軾如狂濤厲風，但也因此遭到抨擊，以為忽視了詞樂一家的觀念。李清照（一〇八四－？一一五一）評蘇，特別強調此點。在這位宋代才女眼中，詞樂本為一體，不可須臾離[3]。然則，蘇軾對管弦絲竹當真充耳不聞？非也。他在致友人書上，嘗言出仕杭州之際，對宮呂下過甚深功夫[4]。詞填得愈

《詞與文類》（*The Evolution of Chinese Tzú Poetry*）的英文原著封面：蘇軾畫像取自元代趙孟頫．繪蘇軾像（台北故宮博物館藏）。

2 劉熙載，《詞概》，在唐圭璋編《叢編》（一九三五年，臺北：廣文書局，一九六七年重印）冊一一，頁三七七一。

3 引自蘇軾，《東坡詞・序》，曹樹銘編（一九六八年；臺北：華正書局，一九七五年重印），頁二二。

4 見〔宋〕胡仔編《苕溪漁隱叢話》（臺北：世界書局，一九六六年重印）下冊，頁六六七。

多，音樂的素養乃與日俱增。不錯，蘇軾既非柳永也非周邦彥（一〇五六—一一二一），自不能以伯牙期之。他在樂藝上既然有所限制，也只能摭拾他人詞牌，而不能夠獨創新調[5]。儘管這樣，蘇軾的短處卻「垂芳」後世，對繼起的詞家影響深遠：「詞」者「文」也，然後可以為「樂」，可以為「曲」的觀念，對提升「詞」的文學地位貢獻不鮮。所謂「填詞」就變成一般的「撰詞」了。

蘇詞的風格迥異柳詞，蓋我們於其間所常見者唯新精神的「起信論」，與夫生命大課題的深層關懷。柳永填有〈八聲甘州〉一首，以兒女私情為懸念所在，然以蘇軾的同詞牌新詞為例較之，則其直窺生命奧祕之處，便非柳詞所能望其項背：

有情風、萬里捲潮來
無情送潮歸
問錢塘江上
西興浦口
幾度斜暉
不用思量今古
俯仰昔人非
誰似東坡老[6]
白首忘機

（《全宋詞》冊一，頁二九七）

蘇軾的〈八聲甘州〉
（版畫，取自《詩餘畫譜》）

[5] 江潤勳，《詞學評論史稿》（香港：龍門書店，一九六六），頁一八至一九。

[6] 當然，蘇軾也曾在樂工襄助下譜過少數詞牌，例如〈哨遍〉和〈醉翁操〉即是。

在蘇軾的詩詞裡，類似「白首忘機」的意象處處可見，而攸關此一遺世精神的是對「自然」簡樸的愛好（行一至二）。中國詩詞常以陶然忘機、悠然獨立為最高意境，中國哲學每每也以此作為生命最高的理想。詩國巨擘陶潛（三六五－四二七）與王維（七〇一－七〇六）即都曾在作品中極力捕捉這種生命觀。所以，蘇軾開始在新詞裡加上這種傳統的抒情靈視時，詞也就不得不發生劇烈的變革了。

蘇軾師法六朝詩人陶潛與唐人王維絕非偶然，蓋三者對生命的著法實多重疊之處。蘇軾所寫的詩，有一百二十首左右押的是陶潛所立下的韻格，詞作中亦不時表現出對這位晉代詩人的景仰[7]，甚至自以為是陶氏投胎轉世：

江城子

夢中了了醉中醒
只淵明
是前生
走遍人間
依舊卻躬耕
昨夜東坡春雨足
烏鵲喜
報新晴

7 「東坡」這個號，是蘇軾遭貶黃州時（一〇八〇－一〇八三）取的。

雪堂西畔暗泉鳴
北山傾
小溪橫
南望亭丘
孤秀聳曾城[8]
都是斜川當日境[9]
吾老矣
寄餘齡

（《全宋詞》冊一，頁二九八）

莊子也是蘇軾想像力的影響源頭。一葉扁舟，宇內飄蕩，不由得令人思及「逍遙遊」的生命理想[10]。蘇軾又能憑虛別構，識見夢幻與現實，尤其呼應了「莊周夢蝶」的名典：

夢裡栩然蝴蝶

---

8 例見〈江城子〉（第七首，在《全宋詞》冊一，頁二九九）、〈哨遍〉（《全宋詞》冊一，頁三〇七）及〈滿庭芳〉（第一首，在《全宋詞》冊一，頁二七八）。

9 「曾城」可能指「烏石山」，也可能指坐落於此山上的「落星寺」。雖然如此，仍有許多批評家認為曾城是斜川旁的一座山。

10 這一句和前一句一樣，都從陶潛的名詩〈遊斜川〉取典。這首詩前，陶氏有一〈序〉云：「臨長流，望曾城。」另請參見 James Robert Hightower, *The Poetry of T'ao Ch'ien*(Oxford: Clarendon Press, 1970), pp. 56-58。

一身輕

（《全宋詞》冊一，頁二九三）

對蘇氏來講，「詞」是反映生命美學經驗的最佳工具：他不僅讓想像力馳騁在其中，而且還藉著創作的過程把生命和藝術融為一體。這種因詞而體現自我的方式，恐怕是抒情文學最獨特的功能。

蘇軾的創作方法非特和他著重的個人情感表裡如一，而且也和古今宗匠的體驗互相吻合。他便在這個間架裡詮解生命，淬勵奮發。各走極端的現象和千差萬別的題材，都能在他巨筆如椽下化為哲思慧見：

休言萬事轉頭空
未轉頭時皆夢

（《全宋詞》冊一，頁二八五）

世事一場大夢
人生幾度秋涼

（《全宋詞》冊一，頁二八四）

人生如逆旅
我亦是行人

（《全宋詞》冊一，頁二八六）

如此自我體現的觀念，一面和蘇軾的風格諧洽無間，一面也因他好在詞前加寫序文而更顯有力。值此之際，我們回想前人，發覺他們都以詞牌為詞題，哪管內容與題名是否兩相匹配。這些詞人顯然認為「詞」乃「樂」的一部分。北宋早年，張先首創詞前小題，但蘇軾卻是為詞特撰長序的第一人。詞客「撰作」的本意，經此宣洩無遺。從詞史整體觀之，此乃新機的萌動發越。

林順夫曾經指出，「詞序」的目的在介紹詞人的寫作行為[11]。如果詞本身所體現的抒情經驗是一種「凍結的」、「非時間」的「美感瞬間」——因為詞的形式本身即象徵這種經驗，那麼「詞序」所指必然是外在的人生現實，而此一現實又恆在時間的律動裡前進。事實上，「詞序」亦具「傳記」向度——這是詞本身所難以洩露者，因為詞乃一自發而且自成一格的結構體，僅可反映出抒情心靈超越時空的部分。詞家尤可藉詞序與詞的結合，綰絞事實與想像為一和諧有序的整體，使得詩、文合璧，再不分離。前引〈江城子〉的序言把這一點表現得分外清楚：

> 陶淵明以正月五日遊斜川，臨流班坐，顧瞻南阜，愛曾城之獨秀，乃作斜川詩，至今使人想見其處。元豐壬戌之春，余躬耕於東坡，築雪堂居之。南挹四望亭之後丘，西控北山之微泉，慨然而歌，慨然而歎，此亦斜川之遊也。（《全宋詞》冊一，頁二九八）

顯而易見，此一詞序乃全詞自我體現的抒情動作的寫實性對應體，而在這種對應下，全詞也已化為永恆的現實的「抒情性版本」。

11 見〈南歌子〉（第二首，在《全宋詞》冊一，頁二九二）、〈臨江仙〉（第十一首，在《全宋詞》冊一，頁二八七）與〈好事近〉（第二首，在《全宋詞》冊一，頁二九四）。

於此尤具意義的是，詞家可藉詞序把「傳統」這個概念引進詞的領域中。「詩人」一向有撰寫「詩序」的傳統，把詩中的傳記成分表露出來。從陶潛以降，此一傳統連綿不絕。蘇軾也不過用新瓶在裝舊酒，把昔日技巧接到今日的形式上，所以他實則在「再創新」舊有的東西。

蘇軾另一詞技是使用史典，對後世詞家也造成不小的衝擊。史典的使用正可見蘇軾擬超越時空的大致走向。「詞」裡典故的功能就像隱喩（metaphor）一般：這兩種詞技都建立在對等的原則上，但前者所關懷的乃人類史實，後者則以意象的品質為其側重所在[12]。典故乃「歷史性的原型」（historical archetype），意指史上人類變遷所消解不了的某些東西[13]。再質而言之，這是從超越時間的觀點俯察時間的一種寫作技巧。詞人可藉典故並列歷史事例與當前處境，使之乍看猶如一組沒有基本史涉的東西。在中國「詩」的傳統裡，此一看待歷史的方式曲來已久，是以典故具有一種特殊的功能，足以強調抒情詩的「基質」。此一功能亦即足以讓抒情性自我照破歷史和現實的能力。在這種能力貫穿之下，歷史與現實都會變成無始無終的空頭意象。一般來說，蘇詞關懷歷史的程度可謂前無古人。蘇軾有時會在詞裡徵引他人的話。這種技巧乃借自古體詩，目的是要讓「讀者」體察史事——

故壘西邊人道是
三國周郎赤壁[14]

（《全宋詞》冊一，頁二八二）

---

12 Shuen-fu Lin, *The Transformation of the Chinese Lyrical Tradition:Chiang Kúei and Southern Sung Tzú Poetry*(Princeton:Princeton Univ. Press, 1978), p.87.

13 Yu-kung Kao and Tzu-lin Mei, "Meanings, Metaphor, and Allusion in Táng Poetry", *Harvard Journal of Asiatic Studies*, 38(1978), 328.

14 Yu-kung Kao and Tzu-lin Mei, "Meanings, Metaphor, and Allusion in Táng Poetry", *Harvard Journal of Asiatic Studies*, 38(1978), 328.

「人道是」後面的「引語」（quotation）甚具詞效，可以加強我們的史識，讓我們知道史事的意義。何以如此？原因在讀到此語之際，我們會有一探歷史背景的想望。雖然蘇軾所指的赤壁實非史上「周郎赤壁」，他卻能藉「引語」填出一首有關「赤壁」的詞來。

蘇詞用到的很多技巧，何以都源出「詩」的傳統？蘇軾才華蓋世，弱冠之年即工於詩，為何年近四十才填出生平第一首詞？這些問題可能讓許多讀者納悶不已。確然，蘇軾像很多同代人一樣，開始時對詞抱著一種負面的態度，不願多加正視。而我在本書第一章裡也已說過，蘇軾要等到出任杭州通守的第一年（亦即一〇七二年），才開始展開詞人生涯。其時，柳永與晏殊已經過世二十年，而歐陽修剛剛撒手人寰，張先也已登老耄之年。

詞客要先精於「詩」，才可將「詩」的技巧應用到「詞」的創作上。這是極其自然的道理。詩、詞之間有很多技巧可以參證互通，批評家故此才會用「以詩為詞」來說明蘇軾的詞藝[15]。不過，這個說法妍媸互見。首先，「詞」在蘇軾手中確實已大略提升至「詩」的地位。但是，我們仍然不應忘記：詩、詞之間依然有一些重要的體別，忽視不得。這種分野在宋代日漸明顯，蓋其時詩體互通的現象日益可見。近體詩在唐代抬頭，變成抒情詠頌的工具，「詞」在宋代也成為純抒情最佳的媒介。所謂的「詩」呢？「詩」開始跑野馬，慢慢從純抒情的範疇轉到其他領域去[16]。宋詩和唐詩有所不同，對哲思慧見興趣較大。宋人又競以理性相標榜，養成唯理是尚的作風。因此，隨著時間的流逝，

15 三國時代，吳將周瑜（一七五—二一〇）火燒赤壁，敗曹魏大軍。今天的湖北省境內，有三個名為「赤壁」的地方。據考，蘇軾過訪的赤壁並非史上周瑜敗曹兵之處。

16 陳師道，《後山詩話》，在近藤元粹編《叢刊》（原題《螢雪軒叢書》，一八九二年；臺北：弘道文化公司，一九七一年重印）上冊，頁九一至九二。

「詞」反倒成為「抒情的最佳工具」，以別於已經轉向的「詩」。這種轉變誠然有趣，但若無蘇詞推波助瀾，絕不可能在短時間內成就。

二、詩詞之辨

「詞」不是瞬間就能成此氣候，其進展過程必曾為蘇軾帶來一些惱人問題。我相信蘇軾在區別詩體之際，必然曾在有意無意間遵循某套規律，因為對他來講，不同的詩體結構常常就代表不同的詩學觀念。蘇軾似乎把詞保留為表示繁複情感的工具，而把詩視為處理雜事的媒體，例如論證、社會批評與閒情偶寄等等。

蘇軾最富抒情性的一首〈江城子〉，是為悼念亡妻王氏而填就（見《全宋詞》冊一，頁三〇〇）。但他並不曾為此寫過任何悼「詩」，足見上文有其事實根據。同樣地，蘇軾對於絲竹之美的感受，大都也是透過詞的形式表現出來[17]。不過，他寫過多首律詩作為論辯之用，許多絕句也都拿來論畫或談書版。他的古體詩常常是敘事長製，詞就罕見這種現象。通體而言，蘇詞即使有敘事成分，也多乏時序，因為這些敘事只是抒情感受的霎時回顧。瞬間迸射的抒情感性才是蘇詞的樞紐重心，因為蘇軾的經驗業經內化，而且亦經重塑成為美學靈視。我們在進一步探討蘇軾詞觀之前，應該先就他的詩詞做一番詳盡的比較。

當然，「詩」的字義包羅甚廣，舉凡古體與近體詩都含括在內。後者又包容了律詩與絕句。古體詩並無預設的規律，所以常常寫得比近體詩長許多。這個事實和我曾經注意到的一個有趣的現象有

17 繆鉞，《詩詞散論》（臺北：開明書店，一九六六），頁一至一五。有關宋詞風格區野的問題，請參見Kojiro Yoshikawa, *An Introduction to Sung Poetry*, trans. Burton Watson(Cambridge:Harvard Univ. Press, 1967), pp.28-35。

關：蘇軾的慢詞曾向古體詩借鑑，而他的小令則深受近體詩律的影響。此事意味著長短乃詩體的區別要素。唯有經此篩檢，為蘇軾深入區別慢詞與古體詩才有意義，為他分辨小令與近體詩亦然。

蘇軾的慢詞經常濃縮自然景致，以便架構抒情語氣。此乃其慢詞最明顯特色之一。如此強調基本詞素，呈現出來的境界業經提煉，比柳永的還要凝固，因為種種的感官印象都已凍結在詩人的抒情靈視裡。以蘇軾的〈念奴嬌〉為例（《全宋詞》冊一，頁二八二），其時空背景與大致外貌只消幾個字就能寫成[18]：

亂石穿空
驚濤拍岸
捲起千堆雪
（行五至七）

周瑜英雄蓋世，但生性沉著。他克敵制勝，蘇軾也不過寫了兩句詞：

羽扇綸巾談笑間
檣櫓灰飛煙滅
（行一三至一四）

18 〈菩薩蠻〉（第一首，在《全宋詞》冊一，頁三〇三）、〈減字木蘭花〉（第二首、第七首及第八首，在《全宋詞》冊一，頁三二二至三二三）、〈江城子〉（第三首，在《全宋詞》冊一，頁二九九）、〈鷓鴣天〉（第二首，在《全宋詞》冊一，頁二八八）與〈臨江仙〉（第十二首，在《全宋詞》冊一，頁二八七）。

把蘇軾的〈念奴嬌〉較之主題雷同的一首古體詩，其敘寫方式全然不同，分外搶眼。後者全詩如下：

送鄭戶曹

水繞彭祖樓[19]
山圍戲馬臺[20]
古來豪傑地
千載有餘哀
隆準飛上天[21]
重瞳亦成灰[22]
白門下呂布[23]
大星隕臨淮[24]
尚想劉德與[25]

19 有關這首詞更進一步的討論，參見本章第三節。
20 彭祖樓，位在今天的徐州，乃為紀念商朝的傳奇朝吏彭祖而建。據傳說，彭祖活了八百歲
21 據傳戲馬臺係項羽所建，位於今江蘇彭城南部。
22 指漢朝的創立者劉邦。
23 據傳，項羽和古聖王舜一樣，都是重瞳子。
24 白門，指建康，即今日南京。漢將呂布兵敗，被曹操斬首於此地附近。
25 「大星」，指唐將李光弼（七〇八－七六四），他受封為今日安徽省境內的臨淮王。

置酒此徘徊
爾來苦寂寞
廢圃多蒼苔
河從百步響
山到九裡回
山水自相激
夜聲轉風雷
蕩蕩清河壖
黄樓我所開
秋月墮城角
春風搖酒杯
遲君為坐客
新詩出瓊瑰
樓城君已去
人事固多乖
他年君倦遊
白首賦歸來
登樓一長嘯
使君安在哉

這首詩寫景的片段（如行一至二及行一三至二〇）乃工筆刻畫，彷彿無數意象的堆疊，頗有史詩「目錄式」（catalogue）敘寫的架勢。詩中豐富的史典，又創造出寬廣渾厚的新氣象。〈念奴嬌〉共計十九句，本詩只多出九句，但詩中世界遠比〈念〉詞來得重視史實，寫景也比詞的抒情濃度強。

蘇詞所要強調的旨意，詞人多半摘要為之，不會費詞多談。例如著名的〈水調歌頭〉（《全宋詞》冊一，頁二八〇）寫親人遠別，蘇軾也只用數行解開愁緒：

人有悲歡離合
月有陰晴圓缺
此事古難全
但願人長久
千里共嬋娟

（行一五至一九）

不過，用古詩寫同樣的理念，蘇軾就精工細寫，敷衍得很長：

悠哉四子心
共此千里明
明月不解老
良辰難合併
回顧坐上人

聚散如流萍
嘗聞此宵月
萬里同陰晴
天公自著意
此會那可輕
明年各相望
俯仰今古情

（《東坡詞》上冊，頁一四四）

慢詞與古詩在章法上的根本差異，都可在這些例詩例詞裡尋出。小令與近體詩之間的不同，卻和慢詞與古詩之間的不同有異。我曾經暗示過：律詩的兩組中聯乃對仗也，其凝重感是律詩不能像詞一般換頭過片的原因。所以，律詩的關懷——不論是抒情或記述，總是缺乏進程上的向度。相反地，詞乃長短句的搭配，根本不受對仗掣肘。這種寫作上的彈性，應該也是蘇軾喜歡詞的緣故。或許有鑑於此，他才常把前人或自己的律詩改寫成為長短參差的小令。以他的兩首小令〈定風波〉為例，便都在這種情況下填就[26]。試比較「原版」律詩與「新版」令詞，我們即可想見新的口語結構如何展現出一種新的知覺構造：

[26] 其中一首採自杜牧的七言律詩，見《東坡詞》，第二百六十三首。另一首則採自蘇軾自撰的七律〈紅梅〉，在《東坡詞》（二冊，臺北：世界書局，一九七四）上冊，頁一八〇至一八一。

律詩〈紅梅〉：

怕愁貪睡獨開遲
自恐冰容不入時
故作小紅桃杏色
尚餘孤瘦雪霜姿
寒心未肯隨春態
酒暈無端上玉肌
詩老不知梅格在[27]
更看綠葉與青枝

小令〈定風波〉：

好睡慵開莫厭遲
自憐冰臉不時宜
偶作小紅桃杏色
閒雅

（《東坡詞》上冊，頁一八〇至一八一）

蘇軾的〈水調歌頭〉
（版畫，取自《詩餘畫譜》）

27 「詩老」，指石延年（九九四—一〇四一）；他曾寫過一首詠紅梅的詩。

尚餘孤瘦雪霜枝
休把閒心隨物態
何事
酒生微暈沁瑤肌
詩老不知梅格在
吟詠
更看綠葉與青枝

（《全宋詞》冊一，頁二八九）

原來的律詩裡的二、三聯，是整首詩意象世界完整的大支柱，如今卻因長短句的改寫而摧毀殆盡。此事一眼可辨，不消多說。讀者更覺驚詫的是，律詩第三聯的靜態畫面，在「詞」裡居然改頭換面變成祈使句，而且還尾隨了一個疑問句（第三片語，行六至八）。「詞版」裡的新片語必須如此才能避開對仗，從而加強詞片的衍遞。這種改寫方式是蘇詞的典型，片與片之間的轉換也都有賴這種寫法聚照出來。蘇詞的下片又常以險字領頭，氣氛突變，但頗收強調之效：

忽聞江上弄哀箏
苦含情

（《全宋詞》冊一，頁二九九）

轉頭山下轉頭看
路漫漫　　　　　　　（《全宋詞》冊一，頁二九九）

停杯且聽琵琶語
細撚輕攏　　　　　　（《全宋詞》冊一，頁三〇一）

我們不用贅言即可判知，詞的長短句當然告別了對仗的世界。然而，問題的關鍵是：即使在結構肖似七言律詩的〈木蘭花〉這組小令裡，蘇軾也想盡辦法要迴避對仗。他最常用的手法是虛字，例如下詞第二片語（行三至四）與第三片語（行五至六）的「更」和「猶」等字。虛字可使人產生「更像」附屬句構一般的感覺：

梧桐葉上三更雨
驚破夢魂無覓處
夜涼枕簟已知秋
更聽寒蛩促機杼
夢中歷歷來時路
猶在江亭醉歌舞
尊前必有問君人

（《全宋詞》冊一，頁二八三）

然而，蘇軾的〈木蘭花〉也不過眾多的詞構之一，對仗不會就此毫無保留地消失在詞壇。事實上，這還是常見的重要詞技。一般走勢較傾向附屬結構的句子，就有賴這種句法平衡之。以蘇軾為例，他仍有許多小令還保留著五字對句，許多慢詞則含有四字對句[28]。因此，意義不在對仗退出詞藝，而是其表現更具彈性。詞人只有「想」用對仗的一刻，才會填出這種句子。易言之，對仗已非詞體的形式要求。

既然對仗可以通融使用，表示附屬結構會相對增加。就這種詞藝上的轉變來看，我們應該一提的是：小令就像其他詞體一樣，類似絕句的程度會大過律詩。而絕句也像律詩一般缺乏兩種詞體特性：一為「換頭」為參差不齊的「長短句」。然而，不論是絕句還是詞，都可自由使用平行結構，一點也不像律詩裡的對仗那樣硬邦邦。絕句的構結方式通常有四種可能：

（一）前後聯都用對仗

（二）前一聯才用對仗

（三）後一聯才用對仗

（四）前後聯都不用對仗

28 前者包括下面這些詞牌：〈臨江仙〉、〈菩薩蠻〉與〈南歌子〉。後者則包括〈水龍吟〉、〈哨遍〉、〈念奴嬌〉、〈滿江紅〉、〈戚氏〉與〈醉蓬萊〉等詞牌。

這些選擇彈性甚大，可以解開絕句的手銬腳鐐，使對仗不再是非用不可的技巧。更有甚者，大部分詩人選用的都是第四種做法[29]。方之律詩，絕句的句構較顯流暢，此其故也。典型八行律詩的前後聯皆非使用對仗的平行句，故可襯托出兩組中聯的對仗，而這四句對句也是意象集結的中心，性質單純。四行絕句就不然：其中沒有麇聚意象的中心。即使前後兩聯皆隸屬使用對仗之平行句，這些句子也不能只容納純意象的名詞，因為詩人得假手某些非意象性的字詞，才能使聯句活潑起來[30]。蘇軾在填製小令之際，很可能胸中所貯就是絕句的做法。他的小令和絕句，技巧雷同處實在多。絕句的傳統寫法，都是用對稱的方式構句，例如兩個時間定點的對照等[31]。蘇軾就是好用這種寫法來構設絕句的詩人之一：

今年手自栽
問我何年去
他年我復來
搖落傷人思

（《東坡詞》下冊，頁六八）

少年辛苦事犁鉏
剛厭青山繞故居

---

29 Hans H. Frankel, *The Flowering Plum and the Palace Lady:Interpretation of Chinese Poetry* (New Haven:Yale Univ. Press, 1976), p.212.

30 洪為法，《絕句論》（上海：商務印書館，一九三四），頁三九。

31 同上書，頁四〇。

老覺華堂無意味
卻須時到野人廬　（《東坡詞》上冊，頁一一七）

至於蘇詞呢？同樣的對照技巧處處可見，或許用法更見誇張：

城上層樓疊巘
城下清淮古汴　（《全宋詞》冊一，頁三二三）

當年戲馬會東徐[32]
今日淒涼南浦　（《全宋詞》冊一，頁二八四）

昨夜扁舟京口[33]
今朝馬首長安　（《全宋詞》冊一，頁二八五）

32 徐州，位於江蘇省，極具戰略價值。
33 京口，亦位於今日的江蘇省。

從這些例子看來，蘇軾的小令做法和絕句詩學之間確乎存在著某種聯繫。蘇軾多才多藝，詩詞無不精通，也必然深刻瞭解令詞和絕句的結構聯繫必不可免。絕句流暢的風格，或許是他突然轉寫詞的部分原因。這個理論不是臆測，而是有鑑於下列事實推想而來：蘇軾開始填詞那一年（一〇七一—一〇七八），他用〈陽關曲〉填製了許多詞，而這個詞牌的格律，幾乎和絕句無殊。話雖如此，我們當然也不該因美學和結構原則上的類應，從而就忽視了詩詞之間的差異。

就結構而言，「詞」或許是古體詩和近體詩的中界點，因為其中含有進程結構（structure of progression），而這一點又是通過過片強調出來的。其次，詞也常彈抒情的調子，而且顯得精簡凝練。我目前所做的蘇詞和蘇詩的比較，目的僅在說明一些重要的構詞原則。傳統詞話家多忽略了這些原則，反謂蘇詞和蘇詩如出一轍。然而，蘇詞恰可為我們研究的詞體發展提供典型的例證，方便我們討論不同詞體：他的詞不僅是詞體發展的登峰造極之作，他的詩更是中國文學的瑰寶。詞的構造確實複雜，我所處理的也不過是一些最基本的詞素。我借用比較的方法，希望說明詞乃特出的口語構造。蘇詞有其風格，蘇軾也有突破傳統的種種作風。下面一節，我的重點是這兩者的重要性。

三、抒情心靈及其想像世界

迄今為止，還沒有人詳細研究過蘇詞的抒情結構。由於蘇詞總有一股飄逸靈氣，好似不食人間煙火，因此批評家多不願把「感情」一詞附會到他的詞作上。然而，我覺得這是矯枉過正，混淆了「客觀」（objectification）的詞興。蘇詞固如行雲流水，無拘無束，但蘇軾也試圖量測感情，藉想像力重塑新的藝術整體。

蘇詞的風格特徵之一，在於蘇軾常借他人之酒澆自己胸中塊壘。他會造境替人設想，挖掘他人情感，但也從不否認這些情境都源出自己的想像。我們讀他帶有歷史況味的詞，更能感受到這一點。可借為佳例的是〈念奴嬌〉一詞：

大江東去
浪淘盡、千古風流人物
故壘西邊人道是
三國周郎赤壁
亂石穿空
驚濤拍岸
捲起千堆雪
江山如畫
一時多少豪傑
遙想公瑾當年
小喬初嫁了
雄姿英發
羽扇綸巾談笑間
檣櫓灰飛煙滅
故國神遊
多情應笑我
早生華髮

蘇軾的〈念奴嬌〉
（版畫之一，取自《詩餘畫譜》）

人間如夢
一尊還酹江月

（《全宋詞》冊一，頁二八二）

詞人知道，縱使是千古英雄豪傑，也會隨著狂濤巨流逝去，自己又哪能躲過洪波的吞噬？「自然」永在，「人」卻會朽壞。設使過往英豪都會煙滅，我們又何必對著歷史的必然性強說愁？詞人已是四十好幾，滿頭銀髮。他笑問自己：何以浩然長歎？然而，為了自我解嘲，他唯有故造情境，寫得像是別人都在刺他、笑他兩鬢已星霜（行一六至一七）[34]。

類此「移情」筆法，蘇詞中多得是佳例，著名的〈永遇樂〉即屬之。詞人在詞中遙想未來，不知後輩對著他所築的黃樓要如何為其一生傷感，就好似他目前也對著冷寂的燕子樓在發興遣懷一般[35]：

燕子樓空
佳人何在
空鎖樓中燕
古今如夢
何曾夢覺
但有舊歡新怨

34 第十六至十七句有不同的讀法，參見James J. Y. Liu, *Major Lyricists of the Northern Sung*(Princeton:Princeton Univ. Press, 1974), pp.143-144的討論。

35 蘇軾曾在燕子樓住過一晚，夢到唐將張建封愛妾盼盼。燕子樓乃張氏所築；張氏死後，盼盼仍然住在樓中不忍離去。

異時對
黃樓夜景
為余浩歎

（《全宋詞》冊一，頁三〇二）

蘇詞煞似廣角鏡，上引適足說明。燕子樓的故事有其特殊的歷史典涉，然而詞人已經透過想像力，賦其更寬更廣的意義。

諸如此類的文學技巧或可稱「情感的投射」（projection of feelings），而其特別引人注目的是：詞人會藉之處理生命體。〈水調歌頭〉一詞裡的月亮，寫得像是有情的存在體，非但會繞著亭閣轉，還能低頭窺伺房內，把光華灑在孤寂的詞人身上：

轉朱閣
低綺戶
照無眠

（《全宋詞》冊一，頁二八〇）

滿月雖圓，卻給人情世故的難圓帶來些許諷意。詞人抬頭，皓月當空，不禁問道：月娘究竟為了何事含怨，以致不滿人世若斯？詞人接著續吟：

不應有恨

何事長向別時圓

在他的想像裡，不僅明月有感，就連日、風與流水也像人類一樣有情：

落日多情還照坐（《全宋詞》冊一，頁三〇〇）

只有多情流水、伴人行（《全宋詞》冊一，頁二九二）

有情風、萬里捲潮來（《全宋詞》冊一，頁二九七）

在蘇軾的「詠物詞」中，花朵、草木與飛禽等許多物類都經處理得有如人類一般[36]。這種感知的方法反映出擬超越個體，擁抱永恆的欲求，所以無疑也能強化人類與外物的互通有無。〈水龍吟〉乃蘇軾名作，柳絮在其中帶有女性的纖柔，是以詞境為之廣開。

[36] 例見〈水龍吟〉（第三首，在《全宋詞》冊一，頁二七七）、〈西江月〉（第十首，在《全宋詞》冊一，頁二八四）、〈定風波〉（第七首，在《全宋詞》冊一，頁二八九）、〈南鄉子〉（第十一首，在《全宋詞》冊一，頁二九一）、〈賀華媚〉（《全宋詞》冊一，頁三一九）、〈點絳唇〉（第一首，在《全宋詞》冊一，頁三二四）、〈江城子〉（第三首，在《全宋詞》冊一，頁二九九），以及〈賀新郎〉（《全宋詞》冊一，頁二九七）。

似花還似非花
也無人惜從教墜
拋家傍路
思量卻是
無情有思
縈損柔腸
困酣嬌眼
欲開還閉
夢隨風萬里
尋郎去處
又還被、鶯呼起

（《全宋詞》冊一，頁二七七）

隨著擬人法的使用，詞人堅稱自己不過旁觀者而已。雖然如此，他絕非袖手物外，靜靜在一邊張望。就像在〈水龍吟〉裡頭一樣，他在大部分詞中都堂皇告訴讀者自己內心所思，而這些思緒也都反映出他心態最細密的部分：

不恨此花飛盡
恨西園、落紅難綴

蘇軾的一般詞風，可用「豪放」二字形容。上引詞句所強調者，湊巧和他的風格並行不悖。這是一種「不是甲就是乙」的說話方式，是一種挖空心思在詮解的動作。這種豪情的修辭力量之強，絕非上面幾句話就強調得了：

不見居人只見城　（《全宋詞》冊一，頁二九〇）

記得歌時
不記歸時節　（《東坡詞》，第十二首）

恩留人不留　（《全宋詞》，冊一，頁三〇四）

修辭技巧坦率若此，無怪乎詞人常常化自己為發話人，不斷在詞中傳出懷疑之鳴。「懷疑」與「不定」正可暗示詞人心力特強，持續在思索詞中事件。〈水龍吟〉和其他諸詞裡，詞人都特意運用此一技巧，從而獲致某種弔詭般的效果：

似花還似非花

日出西山雨
無晴又有晴（《全宋詞》冊一，頁二九二）

欲去又還不去（《全宋詞》冊一，頁二九六）

有趣的是，〈水龍吟〉裡表明疑忌的發話者，居然也是想要以科學「量比」（quantitative proportion）寫景的那個人。詞入倒像身兼記者與評論員之職，而且機靈無比，一直在推論、反思自己的看法。他觀察敏銳，充滿想像，即使柳絮也都變成春景、塵土與流水的三合體，比例勻稱：

春色三分二分塵土一分流水

在中國詞的傳統裡，蘇軾自非「量比」觀的始作俑者[37]，不過他卻是將此一詞技發揚光大的先聲。把「精確」的數字放在實則不能精確衡量的抽象體上，可能使「比例」本身變成「誇大」的妙方：

三分春色一分愁（《全宋詞》冊一，頁二八六）

37 見早期詞家葉清臣的〈賀聖朝〉，在《全宋詞》冊一，頁一一九。

十分酒
一分歌
（《全宋詞》冊一，頁二八八）

蘇詞這種毫無隱晦的修辭策略，尤其承襲自蘇軾個人的古體詩學。例如後者便有一特徵，亦即常出現「君不見」這種套式：

君不見西漢元光元封間
河決瓠子二十年[38]
巨野東傾淮泗滿[39]
楚人恣食黃河鱣
（《東坡詞》上冊，頁一三一）

他所寫的慢詞亦可見類似的套式：

君不見蘭亭修褉事[40]

38 瓠子，可能位於今天的河北省。
39 巨野，乃山東古湖名。
40 四世紀〔晉〕，王羲之在浙江蘭亭一次盛宴中揮筆寫下《蘭亭集．序》。精確的日期是西元三五三年的農曆三月三日，撰

當時坐上皆豪逸　（《全宋詞》冊一，頁二八一）

南宋詞家辛棄疾可能受過蘇軾的影響，因為他也在詞中使用了這種章法：

君不見、玉環飛燕皆塵土[41]　（《全宋詞》冊三，頁一八六七）

「君不見」一詞原係樂府歌謠〈行路難〉開篇的套語，尤可喚醒讀者對史實的注意。蘇軾於此所做的貢獻，是把原屬「敘事」作品的套語轉化成為「抒情」詞法[42]。他的古體詩中，「君不見」也不過是開篇命筆的附庸，可是在詞裡這句話卻變成一種方便善巧，可於抒情情境中添入短評簡論，具有一如「領字」般的功能。易言之，舊的詞法已經轉為新的詞學，而且可以強化同制的效力。

蘇軾豪放的修辭法，同樣受到早期詞人傳下的詞技的制約，其中犖犖大者，乃情態語詞與疑問句的使用。然而，蘇軾結合想像與性情所發展出來的詞技，卻比前輩的章法更富戲劇感，更具撞擊力。韋莊和李煜常用到情態語詞「莫」，但他們很少冠之於篇首，反而到了蘇軾才這樣做。打開收集蘇詞的詞集，不難見到類此句法：

〈序〉之目的在驅邪。自此以後，文人每年此時都會在名地勝景雅集，仿王氏諸人宴飲作樂。

41 楊玉環（七一九—七五六）為唐玄宗愛妃，趙飛燕乃漢成帝寵嬪，兩人皆以貌美著稱。

42 見Hans H. Frankel, "Yueh-fu Poetry", in *Studies in Chinese Literary Genres*, ed., Cyril Birch (Berkeley:Univ. of California Press, 1974), p.82，以及Stephen Owen, *The Poetry of the Early Táng*(New Haven:Yale Univ. Press, 1977), p. 100。蘇軾的古體詩用到這種技巧者不少，請見陳邇冬編《蘇軾詩選》（北京：人民文學出版社，一九五七），頁九八、一五四、一六九、二一二、二四五。

莫聽穿林打葉聲
何妨吟嘯且徐行
（《全宋詞》冊一，頁二八八）

莫歎平原落落
且應去魯遲遲
（《全宋詞》冊一，頁二八四）

莫怪鴛鴦繡帶長
腰輕不勝舞衣裳
（《全宋詞》冊一，頁二八九）

在詞中伺機插入疑問句，也使蘇詞顯得直接自然：

疑問句：

（一）置於詞首：

明月幾時有
把酒問青天
（《全宋詞》冊一，頁二八〇）

（二）置於臨近詞首處：

問錢塘江上
西興浦口
幾度斜暉

（《全宋詞》冊一，頁二九七）

（三）置於臨近詞尾處：

幾時歸去
作個閒人

（《全宋詞》冊一，頁三〇二）

（四）置於詞尾：

試問江南諸伴侶
誰似我
醉揚州

（《全宋詞》冊一，頁三二〇）

有問有答的詞句：

（一）置於詞首：

四面垂楊十里荷
問雲何處最花多
畫樓南畔夕陽和
（《全宋詞》冊一，頁三一七）

（二）置於近詞尾處：

試問夜如何
夜已三更
（《全宋詞》冊一，頁二九七）

（三）置於詞尾：

若問使君才與術
何如
占得人間一味愚

（《全宋詞》冊一，頁二九一）

除了這些明白透徹的修辭作風外，蘇軾另又藉著持續句（continuous lines）發展出一種流暢的句構，也就是說：他用一連串的句子來完成其首尾一體的陳述。他的詞中語因此變得活潑有勁，效果甚佳：

終須放、船兒去
清香深處住
看伊顏色

（《全宋詞》冊一，頁三二〇）

又莫是
東風逐君來
便吹散眉間
一點春皺

（《全宋詞》冊一，頁二九七）

他的持續句常常藉兩行連續句（consecutive lines）的主要語詞的重複而往前推動。古樂府詩盛行聯繫技巧（linking device），蘇軾的詞法有可能受其啟迪，因為此種技巧可產生類似「頂針續麻」的句構，一口吸盡西江水：

明日落花飛絮
飛絮送行舟
水東流

（《全宋詞》冊一，頁二九六）

終不羨人間
人間日似年

（《全宋詞》冊一，頁三〇四）

有時某些字會經常重複，給人像咒語般的印象，語意更是奔騰，一瀉到底：

多情多感仍多病
多景樓中

（《全宋詞》冊一，頁三〇一）

莫道狂夫不解狂
狂夫老更狂

（《全宋詞》冊一，頁二九六）

北美著名畫家朱繼榮（Charles Chu）為《詞與文類》英文原著的作者孫康宜所題贈的畫作：〈明日落花飛絮〉（引自蘇軾詞）

詞人在附屬結構裡所用的各種詞法，當然是句構自然流暢的一大因素。就句構的安排而言，蘇軾似乎隨時準備候教，隨時準備在詞裡試驗任何新技。下舉幾個讓步附屬結構（concessive hypotaxis）——亦即詞行中的「雖」字，供讀者參考：

雪似故人人似雪
雖可愛
有人嫌

（《全宋詞》冊一，頁二九九）

雖抱文章
開口誰親

（《全宋詞》冊一，頁三〇二）

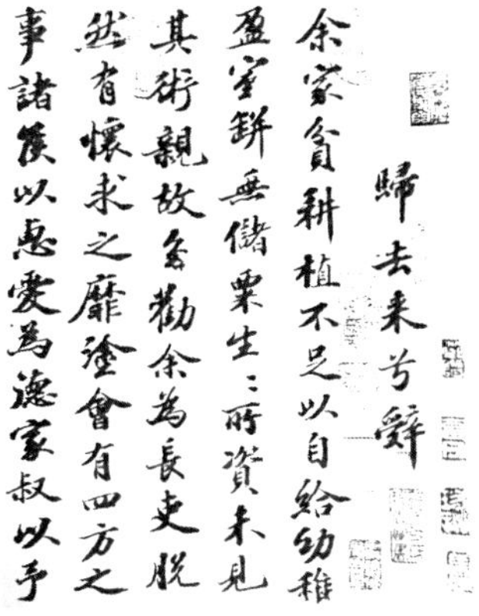

蘇軾所書陶潛的〈歸去來兮辭〉
（臺北故宮博物館藏）

蘇軾最有趣的革新之一，是在詞裡使用了古文的虛字。由於引車賣漿者流的語言早已在前此就為詞人所接受，蘇軾乃往別的方向革新詞語，意在令其效果和俚語鄉言相反。諸如「噫」與「矣」等虛字，只有古文尚可一見，然而蘇軾卻任其在詞裡出現，而且這些詞主要還是作為推理而非達意之用。例證之一是詠陶潛歸隱田園的〈哨遍〉一詞：

噫、歸去來兮
觀草木欣榮
幽人自感
吾生行且休矣

（《全宋詞》冊一，頁三〇七）

古文裡的虛字只能創出文言的節奏，必然也曾給繼蘇軾而起的詞人帶來困擾——對他們來講，「詞」是表達純抒情的內在價值的工具。儘管某些後起之秀步武蘇軾，一再在詞裡仿效古文的主題和風格[43]，可是這種時興並未蔚為詞技主流，傳統的詞話家多半不值所為。他們再三反對詞人套用古文虛字，正說明了俚俗之風雖然在詞構上重要無比，可是古文虛字卻也因此而相對地在詞史裡變得不重要了。

我稍前說過，蘇軾乃「豪放」詞風的鼻祖，可是他有部分詞卻因重意象而遭人忽視，誤以為非屬「豪放」一派。舉例言之，浪濤搖空乃蘇詞裡耳熟能詳的意象。李煜好用月與流水象徵永恆，蘇軾亦然，不過他用的是河中波濤，傳遞的是恆在體的恆在性。更精確地說，這類意象代表詩人內在靈視的整體：

43 這些詞人包括辛棄疾與劉克莊。亦請見王力，《漢語詩律學》（一九五八年；香港：中華書局，一九七三年重印），頁六三三。

我夢扁舟浮震澤[44]
雪浪搖空千頃白
（《全宋詞》冊一，頁二八一）

小舟從此逝
江海寄餘生
（《全宋詞》冊一，頁二八七）

對蘇軾來說，江與浪皆代表他擬逍遙自在的衝動；詞人所想捕捉的是一個「比生命還大」的靈視。倘若生命的現實面充滿了提心吊膽與壓抑，則唯有逝水能使詞人超拔出塵世之外。即使是在泯滅個人的詞裡，詞人也寧願在開篇即點出江浪意象，為全詞敷陳撼人的境界：

江漢西來
高樓下、葡萄深碧
猶自帶、岷峨雪浪
錦江春色[45]
（《全宋詞》冊一，頁二八〇至二八一）

44 「震澤」，乃跨越江蘇與浙江兩省的太湖古名。

45 錦江，位於四川省。

一落筆，蘇軾就寫出這麼磅礴的意象，同代人一定深感訝異，隔代的我們讀來也不減欽佩之忱。抒情心靈與意象感受之間的融通，再也沒有比這幾句詞更恰當的了。詞人廣開詞的主題視界，擴大意象的功能，兩者又加以調合並論。因此，我們若拿蘇軾和柳永的境界對比，就會發覺後者雖然不乏寫實色彩，但視界遠比蘇詞狹隘。

話說回來，我們若從另一個角度看，則會發覺蘇軾創造意象的方法也受到前人風格的鉗制。他儘管不取柳永的「陰柔」，卻一再讚美下引三句柳詞[46]，認為世不多見：

漸霜風淒緊
關河冷落
殘照當樓

柳詞的影響，也表現在蘇軾早年的一首慢詞〈沁園春〉裡。試比較蘇軾的意象結構，看看他如何結合「領字」與對仗[47]，就可瞭解柳詞的影響確深：

漸月華收練
晨霜耿耿
雲山摛錦
朝露漙漙

（《全宋詞》冊一，頁二八二）

46 江潤勳前揭書，頁二〇。
47 這首詞寫於蘇軾任杭州通守時，或許可繫於一〇七四年。

蘇軾初試詞體，似乎頗受柳永慢詞瀹啟。他早歲在杭州所填，要之以小令為主，間或夾雜長短適中的慢詞（例如〈行香子〉、〈祝英臺近〉、〈江城子〉、〈一叢花〉等）。仕杭第三年（即一〇七四年），他開始嘗試慢詞長製，而且寫得甚勤；諸如〈永遇樂〉、〈雨中花慢〉、〈水龍吟〉與〈滿江紅〉一類的詞牌，都逐漸變成主要的抒情媒介。「領字」的技巧與其他慢詞的結構原則，可能此時已為他澡雪精神，促使他提筆嘗試新體。不管如何，蘇軾確實已認清慢詞的形式要求，不知不覺中變成柳永的「信徒」。

雖然如此，蘇詞的自然意象氣象萬千，渲染力強，卻也不是典型的柳詞工筆堪比。就某方面言，蘇軾融通柳永的慢詞結構和李煜的原型意象，發展出獨樹一幟的詞中意境。最後結果則是對自然意象有一整體看法，片語的構造更為精緻，也令人更感滿意，而新的強調遂出焉。因此，攝影機式的視境不再，自然景致的敘寫也不是從遠景逐步拉回近景，而是一視同仁，焦距一下子準全體。柳詞中的自然意象可喻為精心描繪的圖景，蘇詞卻是潑墨山水，酣暢淋漓。在這些別具一格的抽象自然意象背後，詞人開發出一種序列結構，藉此而將破碎的思緒凝結成環環相扣的一首詞。蘇軾的抒情心靈在此展現無遺，想像力從而澈底發揮。

蘇軾對詩體的區野可謂觸角敏銳，但他的詞時而理智重於感情，卻可能肇因於他把宋詩的理性精神多少給移植到詞裡去。因此，縱然他在情景間架設起某種玄祕關係，自己也要與之保持某種「區隔」，以局外人之身抒發哲思。但這點並不表示「感性」不存在於蘇詞之中。相反地，從上文的分析，讀者應可瞭解蘇詞的結構具現了形形色色的情感。

蘇軾每能以技巧創造幻景，蘇詞的客觀性可能也因此建立。詞中每句話或每個意象都具雙重功能，一則為其抒情聲音的自然迴響，二則為此一聲音的客觀傳遞。這種功能讓我們想到蘇珊•朗格所定義的抒情詩——經驗的「幻覺」正是抒情詩的基本質素[48]。朗格認為實際生活裡的情事都破碎而不定，詩人的職責故此是要把大家「生活過、感覺過的情事的近似性」重新創造出來[49]。換言之：「所有的詩都在創造幻景，即使是意見的陳述、哲學或政治或美學的表達也一樣。」[50]如果從這個角度來看蘇軾的詞境，則他詞中的言談成分實際上並不具言談功效，因為這些成分都是幻覺藝術所支撐起來的象徵間架。蘇軾的哲思每每是他對眼前情景的反省，意在達意而非爭辯。朗格有一段話討論到詩與思想的一般功能，讀來竟像在詮釋蘇軾的詞藝，而且切中肯綮。她說：

> 以詩（詞）對自身所做的反省，……基本上不會是環勾扣結的邏輯性推理，雖然這些回省至少可以含容言談性爭辯的點點滴滴。基本上，這些反省只是在創造類似的推論，重製當時的肅穆、氣質與進展，也就是要恢復漸長的知識感、層次感、信念與接受的程度，或者說，就是要重製整個哲學思維的經驗。[51]

透過這種詩詞回省，蘇軾以外物觀照內心私情。他也用堂皇的語言籲請注意其思想，效果卓著。他發出來的是「豪語雄言」，傳達出來的是廣闊的意境。

「領字」和持續句構變成慢詞的傳統技巧後，尤以南宋為主的後世詞人就開始發展詞的隱喻向度，化之為弦外之音最完美的傳達技巧。南宋末期的詞人周邦彥，乃此一新的詞藝階段的代表性人

48 Susanne K. Langer, *Feeling and Form*(New York:Charles Scribner's Sons, 1953), pp.208-235.
49 Langer,p.212.
50 Langer,p.219.
51 Susanne K. Langer, *Feeling and Form*(New York:Charles Scribner's Sons, 1953),p, 219.

物。不過，倘無蘇軾擴展詞的視野，倘無他窮究幾乎所有的修辭技巧，那麼周邦彥恐怕就沒有足夠的基礎來探訪深奧的隱喻了。

詞的傳統曾經經歷漫長的擴張視野的階段，蘇軾的出現順理成章地為此一階段譜下終曲。詞的傳統也曾經經歷擴大意象的進一步變革，而蘇軾正是此一變革的關鍵人物。他雖然還沒有走到外物與人類恆在的情感互成隱喻性聯動的位置，但周邦彥代他而起，推敲出一種移情狀況，可以讓抒情的自我和外物維持住某種象徵性的融通。周氏的〈蘭陵王〉、〈六醜〉和〈花犯〉（《全宋詞》冊二，頁六〇九至六一一）諸詞，都展現了新詞風和新感性。這些詞十分強調外界的關聯，真而又真，所以詞與物互相融合，兩皆不離。也是因此之故，詞的聲音稍顯晦澀，以突顯自身的獨立存在。這一詞派隨後終於走進複雜的象徵體系，此即南宋詞所謂的「婉約派」。

周邦彥藉詞移情，是以姜夔（一一五五？－一二二一？）的詠物詞所涵攝的客觀才能更上層樓。沒有周邦彥，南宋其他詞人如吳文英（一二〇〇？－一二六〇）和張炎（一二四八－一三二〇）的詠物詞也難以登樓前進[52]。其後，詞中的自我幾乎完全融入外物之中，使主客關係開始倒轉。詠物詞內幾乎聽不到詞人的聲音，個人的情感都透過細微的物體感知，如梅、落葉與野雁等等。這也就是說，乍看下獨立的意象，事實上已變成詞客個人情感的象徵性延伸。周邦彥的藉詞移情和上述的象徵層面有所不同，不過，其間仍有某種一脈相承的言外詞法。用劉若愚的話來講，這種「言外」詞法其實就是詞「玄」（opaque）的一面[53]。

似此填詞觀念雖然只是蘇軾「換情法」（transference of feelings）的進一步發展，實際上卻是由周

52 有關吳文英的詞風，請見Chia-ying Yeh Chao（葉嘉瑩），"Wu Wen-ying's Tzú: A Modern View"，在*Studies in Chinese Literary Genres*, ed., Cyril Birch, pp.154-191。至於姜夔與其他南宋詞人的詳論，參見Shuen-fu Lin前揭書。

53 James J. Y. Lin, *Major Lyricists of the Northern Sung*, p.190.

邦彥開宗立派，在南宋時更觸發了一種新的詞式：附屬句構和言外之意的修辭法的結合確實古怪，但慢詞要成就這種詞式，卻也非得等到上述象徵系統的新面向逐一成就不可。之所以如此，原因如下：不管句構為附屬結構的成分有多少，也不管「領字」的達意作用強到什麼程度，詞中的象徵面若僅對詞人本身具有意義，那麼詞中聲音給人的一般印象恐怕不是「直言無隱」，反而應屬「弦外之音」。

職是之故，後來發展所形成的正統「婉約派」，就和溫庭筠所代表的詞風有極大的不同。雖然「弦外之音」的修辭策略仍可一見，但是句構特徵已經大大不同。這種差異應歸功於蘇軾和其他詞人日積月累的改革成就。

結語

小令與慢詞背道而馳，一如小令與近體詩殊途兩橛。但令詞與慢詞都以長短句為共同特徵，其換頭原則也雷同。詞體的演進甚緩，到底水到渠成，終於能夠獨立於其他韻體之上。就這一點而言，令詞、慢詞倒是貢獻一致。雖然如此，慢詞仍以長度取勝，以內化的抒情與複雜的結構著稱。所以，詞體演變到最後，顧盼稱雄者仍推慢詞。

詞最重大的特徵之一，依然是在敘事與非抒情性的情境中掀露情感。儘管這樣，詞的獨特性並非只在抒情，因為抒情乃中國古典傳統的共同特徵。相反地，詞之所以重要，乃因其探索了全新的文學領域。然而，若以中國傳統為準，此種新領域卻不能入詩，甚至風格鄙俗。不過，詞最後還是能出汙泥而不染，變成極具抒情靈視的詩體。有鑑於此，本書前數章便擬在通俗曲詞中，為「詞」的發展找出可能的影響泉源。

眾所周知，傳統通俗曲詞的特徵包括敘事、戲劇性、俚語鄉言，以及附屬結構式的句構。早期的

「正統」詞家雖然有意一反此種詞風，九迄十世紀的「革命派」詞人如韋莊與李煜，卻仍繼續在向通俗傳統借鑑。到了第十一世紀，柳永以慢詞大家的姿態出現，通俗曲詞大量入侵文人詞，「正統」的最後一道防線終於崩潰。曩前，附屬句構僅適用於卑微的通俗詞風，如今卻變成新興的正樂雅風的緊要詞素。蘇軾最後又擴大視野，以詩為攻錯對象，借取了許多重要的技巧。詞的地位至此奠定，受人景仰，不復有所懷疑。

中國人的詩論（poetics）是否和其他傳統一樣，都是在某些觀念的控馭下發展沿革？這個問題是本書最大的關懷。我曾說過，「詞」和「絕句」都以唱曲為嚆矢，最後才和音樂分家。盛唐之際，文人和歌伎發展出四行體的絕句，一唱而紅。待詞興起，變成主要的歌唱形式，絕句就成為音樂世界的失聯成員。元人代宋而立，元曲風靡天下，此時，詞遭到了和絕句一樣的「終極命運」。這種種詩體功能上的轉變，當然都和音樂的沿革有關。

然而，如此自成體系的變革，卻攸關我們對詩體演進的瞭解。在絕句和詞的傳統裡，詩體演變故而強固了一個現象：詩力詞風起先都和大眾生活息息相關，最後才改而走向個人世界，變成個人情感的抒發工具。作詩填詞的主要目的一旦不再是為了迎合管弦絲竹的演奏，詩人詞客當然會慢慢轉向純屬個人的世界去。

詞風演進的方向，和律詩傳統的走向頗為類似。不論詞或律詩，一過了其文體演變史的拓荒階段，隨即會出現許多甚具影響力的詩人詞客。他們的達意方式都直接有力，或者——用我的說法來講，他們的修辭策略都屬「直言無隱」的一派。但後起之秀營構意象的目的，主要卻在建立自己「晦澀」的象徵世界。如果我們把初唐和晚唐詩人的詩風做一比較，或把北宋和南宋詞客詞風稍事排比，便會發現我上面所言不虛：這些演變都有足以相提並論的脈絡可尋。

當然，我意不在說北宋詞家填詞的風格無二，事實上我也極力強調：在詞風演進的一般框架裡，個別詞人仍有其獨特的風格。不過，我們若衡量宋詞整體，仍可發現兩宋詞風有所不同。最重要的是，宋代以後的詞人往往在兩宋詞風之間擇一固守，熱心模仿。元明詞人都是如此，雖然此際詞體已呈強弩之末。清人更是如此，不過此時填詞之風倒有復甦之象。所以，清初詞人兼詞話家朱彝尊（一六二九－一七〇九）聲稱是吳文英傳統的後嗣，而陳維崧（一六二五－一六八二）則遵循蘇軾的作風。到了晚清，朱祖謀（一八五九－一九三一）力持南宋體，而王國維（一八七七－一九二七）則堅守北宋體。詩詞史上詩人詞客的詩力詞風，就是在這種情況下大受固定範格的制約。

「體」者乃應時而生之物。從整體觀之，詞體當有別於其他詩體之處。溫庭筠開始製詞之際，非常強調顏色和其他感官意象。起初，他似乎只在膨脹晚唐律詩的一般風格，可是他也需要變新，才能消盡胸中所蘊蓄的詩情。這個事實顯示：現有的體式已經不敷所需，他得訴諸新體才能一傾衷腸。他所呈現的是一種纖細情思，中國詩史上前所未見。這種層次的美感，也以溫氏為掌旗先鋒，而且傳諸百代，變成最重要的詞素之一。不管詞的世界擴展得有多大——例如蘇軾的詞，其基本感性要旨如一，而且無妨詞體的持續演變。詞就是在這種情況下薪傳不已，將其獨具的美學呈現在今人眼前。

譯後記

本書原題*The Evolution of Chinese Tzú Poetry: From Late Táng to Northern Sung*，對早期詞體與詞風有鞭辟入裡的分析，是西方漢學界評價甚高的詞學新詮[1]。我希望拙譯能夠掌握原著的嚴謹，也可以傳導所論詞家的意境。不過，理想總歸是理想，眼高手低之處尚乞讀者海涵。當然，作者孫康宜教授給我的迴旋空間相當大，同時也不吝扶正我許多理解上的踉蹌處，理想竟或因此而拉近？果然是這樣，幸甚。

這些年來，我和孫教授「合作」的計畫都承耶魯大學支持補助，本書亦不例外，我誠惶誠恐，銘感五內。臺灣大學的《中外文學》又撥出篇幅，刊登譯文，對我更是莫大的鼓勵[2]。我感謝總編輯張惠娟與廖咸浩兩教授，也感謝勞苦功高的執編易鵬先生。

譯稿發表後，中央研究院歐美所的李有成兄曾經指正我一些技術上的疏失，至感至禱。全書能夠順利出版，聯經出版公司總編輯林載爵先生與負責學術著作的方清河、彭淮棟二兄出力最大，同申謝忱。

1 參見Anthony C. Yu, "Review of Kang-i Sun Chang's The Evolution of Chinese Tzú Poetry:from Late Táng to Northern Sung", *Journal of Asian Studies*, 41（1982）, 315-318。

2 謹誌本書各章發表於《中外文學》的資料如次：第一章，十九卷十期（一九九一年三月），頁四至三二；第二章，十九卷十二期（一九九一年五月），頁四七至七四；第三章，十九卷十一期（一九九一年四月），頁七五至一一五；第四章，二十一期（一九九一年六月），頁三五至八〇；第五章，二十卷六期（一九九一年十一月），頁一三七至一八〇；附錄三，二十卷五期（一九九一年十月），頁四四至五九。

本書主稿譯就於一九九〇年冬天，那時我工作繁巨，身心俱疲，能夠不負孫教授殷囑，真可謂託天之幸。今年夏天，我承孫教授及「御主人」張欽次博士盛邀，做客新港，回想起兩年前那一段艱辛歲月，竟有隔世般的恍惚之感。我當然要感謝靜華分憂解勞、蝶衣的合作，以及家父家母的幫助。

李奭學謹識

一九九二年十月於芝加哥大學

輯二 學術文章

劉勰的文學經典論

當我們思考中國的宗經觀念時，《文心雕龍》是一部能令人立即聯想到的宗經性著作。作者劉勰是一個對於經典力量及其在文學文化史上的正統價值具有特殊意識的批評家之一。而無疑，劉勰亦亟欲使他自己的著作也包含在經典之中。事實上，這種與經典合一的渴望極其巨大，他曾「夜夢執丹漆之禮器，隨仲尼而南行」（《文心雕龍・序志》）——加入孔子的行列，即意味著加入了傳播文化及發揚偉大道統菁華的輝煌歷程。

然而，劉勰對儒家經典的態度一直是頗具爭議性的論題。一方面，某些學者已假定劉勰將《文心雕龍》的前數篇用以表彰儒經的主要原因，乃是希望藉著古聖先賢的道德教訓作為當時劉勰所見之文壇流風頹靡現象的一種矯正。另一方面，亦有某些瞭解劉勰之文學基本信念的當代學者主張劉氏並非一個真正的儒家經典的擁護者，他只是對儒家學說表現出一種「口頭奉承」而已[1]。筆者個人以為，這兩種不同立場的問題在於其皆陷入了一種共同的誤解，此誤解就是將儒家經典與文學的關係做了二分法的判斷，從而導致許多人忽視了劉勰對於儒家文化及其在文學典範中的角色所持有的創新見解。

首先，劉勰熱衷地相信「五經」即文學的起源。不同於與他同時代的大多數儒家學者，劉勰堅持經書——無論是內容或風格上——皆為最精粹的文學範式。在某種程度上，劉勰對儒學傳統的詮釋幾

1 參見《文心雕龍》施友忠英譯本序言。

乎是在企圖重新界定經典的文學性意義，以及展示經典具備何等豐富的風貌、何等有力地表現了具體的真實。例如，在《文心雕龍・宗經》篇裡，他詳述了早期作家揚雄如何譬喻儒家文章為「雕玉」，以及「五經」是如何地具有豐潤的文采[2]。在整部《文心雕龍》裡，劉勰始終主張聖人最本質的條件就是明瞭如何創造性地透過優美的文字傳達「道」與人之情性。換言之，一個聖人首先必須是一個傑出的作家[3]。事實上，從劉勰強而有力地讚賞孔子文章之「辭富山海」來看，他是堅信孔子的文學成就已足以使其永垂不朽了[4]。

即以孔子文章作為文學創作的典範，劉勰乃以一種對語言資源的非常關注來評價其他古代哲學家及散文家的作品。他論孟子和荀子的作品之所以格外傑出乃因其「理懿而辭雅」，而列子是因其「氣偉而采奇」，鄒子則是「心奢而辭壯」，淮南子是「泛采而文麗」（《文心雕龍・諸子》）。進而，劉勰宣稱這些傑出的天才藉著他們優秀的作品及出色的辭采而「炳耀垂文」，故得以立言不朽有如「懸諸日月」矣。

最有意思的是，在試圖強調古文明的文藝中心思想時，劉勰相當地推崇緯書，而緯書在傳統上只是被歸屬於某種史前神祕符讖的紀錄。在《文心雕龍・正緯》篇裡，劉勰邀請讀者由一個文學的視角去重新評價緯書的地位，而不必只停留在討論真假信偽等老問題上。劉勰明白緯書之類的作品其實都來源可疑，並且絕不能代表聖賢訓典，但是他仍然提醒我們注意其內容上「辭富膏腴」的出色文采，從而論定緯書之作是「無益經典，而有助文章」的。值得注意的是，劉勰對古代經典以及緯書的考察角度具有某種特殊的新意，他以文學內涵來推崇這些作品，是相當有創見的。事實上，在劉勰之

2 《文心雕龍・宗經》：「揚子比雕玉以作器，謂『五經』之含文也。」

3 《文心雕龍・徵聖》：「夫作者曰聖。」

4 參見《文心雕龍・徵聖》篇，見詹鍈輯注《文心雕龍義證》（上海：上海古籍出版社，一九八九），頁五三。

前幾乎沒有作家曾經給「文」（文學）立下這樣一個新的定義。不同於馬融、鄭玄或其他儒家學者僅局限於注解經書的教育性工作（參見《文心雕龍・序志》），劉勰選擇以創作一部最早的文學批評專著來呈現他的「文」的觀念。就此而言，他或許可說是中國古代第一個意識到明確闡釋文學傳統之重要性的批評家。誠如艾略特（T. S. Eliot）曾指出的，真正的古典主義需要一種能夠認識歷史和「歷史意識」（the consciousness of history）的「成熟心智」（a maturity of mind）[5]。以劉勰而言，「歷史」即意味著一部可以追溯「文」之本源的真正文學史。因此，通過整本《文心雕龍》，劉勰一直企圖展示「文」的宇宙性意義（呈現於自然之形貌者）及「文」的文學性意義（反映於聖人之文章者）。這樣的認知乃基於「文」起源於一原始的「道」，唯有聖人之心能悟「道」並實踐「道」的真諦。由道而聖，由聖而文，其中隱然具備一種環環相扣的聯繫。循此，劉勰似乎辨明了「文」不只是關乎文學的，也是關乎文化的。引而申之，一個詩人或一個文藝批評家應不僅僅是一個純文學的提倡者，同時，由於宗法聖人之則，他也應是一個人文思想的孕育者。

劉勰這種闡釋性研究方法帶來的結果是將文學提升到了一個前所未有的地位，一個足可與權威的儒家經典相抗衡的高度。劉勰所做的工作雖然是文學的經典化，但是他所採取的程序卻與他的前輩極端不同。不像許多從前的學者一貫以道德準則作為其評價（或標舉）文學的方法，劉勰卻是將文藝美學思想應用至儒家經典之中，從而使得文學質性成為其判斷所有經典的基本準則。我認為劉勰對新準則的運用觸及到宗經的最基本精神，因為對經典的評價標準總是因為時代的需要而不斷改變。

當我們開始思考劉勰將《楚辭》經典化的立場時，這種依文本性質不同而有不同準則的問題，對我們而言就特別重要。《楚辭》是一部源起於楚國地區的詩歌集，與《詩經》截然相異的一點是，

5 參見T. S. Eliot, "What Is A Classic?", *On Poetry and Poets*(1943, rpt., New York: Tie Noonday Press, 1961), p.62。

《詩經》基本上是作者不詳的，而《楚辭》卻主要關係著屈原——中國歷史上第一個以詩名著稱於世的詩人，其曠世詩作《離騷》即居於《楚辭》總集之首。屈原是中國文學傳統裡第一個藉著詩歌真率坦露地傾吐個人情感與怨憤的作家。對劉勰來說，由於其詩篇中的個人特質及文學性質，《楚辭》可算為第一個真正的文學典範。而且，就如王元化在其《文心雕龍講疏》中所說，劉勰把〈辨騷〉篇作為《文心雕龍》全書的總論之一，必有其用心。可見《離騷》在劉勰心目中的主要地位了。在本文中，我將以劉勰對《楚辭》的研讀為例，說明劉勰個人對文學之經典化的看法。應當提及的一點是，在劉勰的時代，《楚辭》作為「經典」的身分多少還是有些不同意見的，此對正統儒家學者而言尤然。事實上，在劉勰之前的許多學者與史學家已經持續地努力設法對付了一連串的問題，以期能對這部重要詩集有所認同。雖然，在許多方面，它是違反了聖訓，但是它那純粹的文學品質卻喚得了真誠的賞識。在《文心雕龍．辨騷》篇中，劉勰綜述了各時代對《楚辭》的各種稱美：

> 昔漢武愛騷，而淮南作傳，以為國風好色而不淫，小雅怨誹而不亂。若離騷者，可謂兼之。……班固以為露才揚己，忿懟沉江；羿、澆、二姚，與左氏不合。……王逸以為詩人提耳，屈原婉順，《離騷》之文，依經立義，駟虯乘鷖，則時乘六龍，崑崙、流沙，則〈禹貢〉敷土，……及漢宣嗟歎，以為皆合經術；揚雄諷味，亦言體同詩雅。……

明顯地，這些評語不論是贊同《楚辭》與否，皆是依據儒家的禮法，採用了與《詩經》之詮釋傳統同樣的標準。不論是漢武帝、宣帝或王逸、揚雄等人，他們以共同目的來聖化《楚辭》，明顯偏頗地認為屈原實踐了儒家基本的溫柔節制，是以在本質上以為《楚辭》與《詩經》並無不同。而相反，班固或許有見於屈原表達悲情及憤懣的心願過於激切，故主張屈原之誤在於違反了儒家中庸的要求。

對劉勰而言，這些著名讀者對《楚辭》的判斷，即使並非全然無據，似乎亦過於巧辯。是以，他評述道：「褒貶任聲，抑揚過實，可謂鑑而弗精，玩而未核者也。」（《文心雕龍・辨騷》）

劉勰在文學規範上的新批評標準模式，在一定的範圍內，是對前人評價《楚辭》的一種反駁。他提出了一個閱讀《楚辭》的新方式，即對其獨特的文章結構加以考察，所依據的是客觀的分析。他藉著展示詩篇中呼應古聖先王的四個途徑，來說明《楚辭》是合乎經典的。首先，屈原以尚書「典誥」之體頌讚古代聖王堯、舜之美德；其次，屈原運用比興之義法，以虬龍和雲霓來譬喻君子與邪佞；最後，屈原表露出自我忠而見斥的傷怨之情。綜合此四方面言之，依劉勰的結論，《楚辭》似乎完美地切合了儒學詩教典範——即《詩經》「風」、「雅」之道統。

然而，除了這些所謂與經典之契合處，劉勰也指出了《楚辭》中四個主要與經典的分歧之處：一、鋪敘乘雲龍、求宓妃等神怪之旅，其事可謂「詭異」；二、述說有關共工塌天、后羿射日、九頭木夫、三目土伯等神話，其事可謂「譎怪」；三、屈原有意效法彭咸、伍胥沉江自得之志，識見似乎相當「狷狹」；四、〈招魂〉中載男女雜坐、聽樂飲酒、沉湎日夜，其事可謂「荒淫」。

此「四異」之處涉及《楚辭》中所謂的「誇誕」成分，無疑地是違反了中庸與節制的經典原則。對正統儒家學者的感情而言，這些犯規或許理所當然地應該加以反對。然而，與大多數傳統學者處心積慮在道德意義上的做法不同的是，對這種「歧異」，劉勰僅僅是以相當具體實在的方式將它們列述出來，卻不加一句個人的評語，從而他進行了一種早期批評家極少嘗試的詮解途徑：評價《楚辭》，並非取由經典規範的角度，而是依據詩人本身的創造力。在此，我們可以很清楚地看出，按照正統的立場，劉勰已處心積慮地表示出《楚辭》是一部特異的非經典性詩集，不過，劉勰認為正因為《楚辭》獨樹一格而與經書模式不同，它理應被視為一個新典範：

觀其骨鯁所樹，肌膚所附，雖取鎔經意，亦自鑄偉辭。（《文心雕龍・辨騷》）

《楚辭》中雖然尚包括了其他詩人的作品，但劉勰卻明顯地只關注屈原個人的原創性，而概括地認定其他詩人僅是屈原流派的追隨者罷了。對劉勰而言，《楚辭》之文學力量的關鍵在於屈原（及其效仿者）那令人驚歎的語言能源，它們是如此之廣博充沛，以致詩歌語言的許多極致似乎都已達成：

故〈騷經〉、〈九章〉，朗麗以哀志；〈九歌〉、〈九辯〉，綺靡以傷情；〈遠遊〉、〈天問〉，瓌詭而惠巧；〈招魂〉、〈招隱〉，耀豔而深華；〈卜居〉標放言之志；〈漁父〉寄獨往之才。故能氣往轢古，辭來切今，驚采絕豔，難與並能矣。（《文心雕龍・辨騷》）

實際看來，劉勰對屈原的尊崇幾乎已達到膜拜的程度。藉著對後者的風格化及理想化，他熱烈稱揚了這位古代詩人的文學成就。對讀者而言，《楚辭》啟發了某種對一「遙遠」世界的嚮往驚羨之情，該世界與《詩經》所呈現之「平易」完全不同：

不有屈原，豈見《離騷》？驚才風逸，壯志煙高。山川無極，情理實勞。金相玉式，豔溢錙毫。（《文心雕龍・辨騷》）

必須提及的一點是，劉勰典範屈原及《楚辭》的立場，長期以來一直被中國學者視為尚未釐清的難題，主要原因是許多學者認為所謂的「四異」足以證明劉勰對《楚辭》的非難。然而，另一方面，這些人同時也看到了劉勰明確地將屈原作品列於經典之林，並謂屈子為詞賦之「英傑」，故他們疑惑何以造成由嚴肅的保留至熱烈的讚美之間這樣的差距。這個問題多年來猶是懸而未決，直到最近在中國的《文心雕龍》研究中又再度成為辯論的焦點，是以有許多學者發現有必要重讀劉勰評述《楚辭》的相關原文。

然而，這些重新研讀的角度（或許除了王達津的之外）卻仍舊將重心放在「儒學／反儒學」的糾葛上，而且在論解上並未達到真正的突破。不過我相信，若以一個新的視角來觀察，那在某些人看來是矛盾對立的部分，實際上可以成為聯結統一的。重要的是，我們應當先暫且撇開儒道思想不論，而專注於考量劉勰是如何試圖在文學傳統中建立其理想之文學典範。其首要的問題是：使一個作家及其作品成為經典的因素是什麼？我以為，這個問題在今日的重要性實在不亞於在劉勰的時代。哈樂德•布魯姆（Harold Bloom）曾經說：

> 使一個文學作品贏得經典地位的原創特質，乃是一種特異性這種性質，我們要不就永遠無法予以歸類同化，要不就因它顯得那麼司空見慣，以致我們根本忽視了那種特異之本質。[6]

我認為屈原及《楚辭》在整體而言確有一種典型的特異性，即劉勰所謂的「詭異」或「譎怪」，它們縱橫交織在文中的現象，使人自然而然地為之懾服感染了。實際上，劉勰並沒有封屈原作品為經，而遠在劉勰之前已有人稱《離騷》為「經」，漢代學者王逸也試圖藉著聯繫《楚辭》與《詩經》的關係來聖化屈原。或者，我們可以說，由於他以創作真實深刻的作品而使得世世代代不斷地對之一讀再讀，故其實是屈原本身使他自己成為了一種典範。在此，我們可以引用哈樂德•布魯姆對普遍文

[6] Harold Bloom, *The Western Canon*(New York:Riverhead Books, 1994),p.4.

學經典的論點：

> 一個由古至今最可靠的評價文學經典的準則就是：除非作品本身使讀者有一讀再讀的欲望，否則它就不具備成為經典的條件。[7]

無論如何，劉勰雖然不是第一個將屈子帶上經典地位的人，但在評釋《楚辭》的工作上，他卻是非常盡責地創立出新的文學準則。由此，《楚辭》首度被視為純文學的一種典範，代表著偉大詩人的心聲，是後代作家藉之以表白自我的典範。而更重要的是，由於突出《楚辭》的地位，劉勰擴充了經典的範疇，以容納更寬廣多樣的風格及主題。他既展示出一個傳統是如何地在一個詩人身上運作出那般巨大的力量，同時也反過來呈現出這個詩人是如何地改變並影響了這個傳統。換言之，劉勰在他的《文心雕龍》中建構出一種在傳統與個人之間的強大活躍的動力[8]，既讓我們認識到一個詩人以文學經典為模範的理由何在，也同時說明了為何詩人又必須打破這樣的傳統模式。因為若無古典價值的維繫，詩歌創作將會處於迷失方向和依據的危險之中；但若是僅知一味地守舊，則可能扼殺文學的新生，遲早會導致文學本身的消亡。是以，劉勰宣示《文心雕龍》的主要目的不僅在呈現文人之心是如何地「本乎道，師乎聖，酌乎緯」，並且還要呈現它是如何「變乎騷」的。

---

7 同上書，頁二九。

8 T. S. Eliot曾說：「沒有任何詩人或藝術家具有全然獨立的意義。他的意義、他的評價均繫乎那些已逝去的詩人及藝術家的評價。你無法個別地判斷他；你必須將他放置在那已作古的人之間，以茲對照或比較。我認為這是一個美學原理，而不僅是歷史批評。他要遵守和承襲的創作要素並非片面；當一個新的藝術品誕生時所經驗的一切，同時間亦一併發生於所有之前的藝術品上。這些現存的傳統實例本身形成一理想的法則，但它是不斷經由新作品之引導來修定而成的。」參見T. S. Eliot, "Tradition and the Individual Talent", Selected Essays(New York:Harcourt Brace Jovanovich, 1932),p.5。

我們自然能從《楚辭》中看到許多的「變」，其所象徵之體性與《詩經》是全然不同的。以經典的標準衡量，「騷」的風格，不論是在詞藻或構句上，均顯得超絕精練、聲色繁縟，在古代經典中委實看不到這樣的風調。然而，以劉勰的觀點，正是這種「特異」本質適合如屈原那樣的偉大詩人表達出一種激情的、曲折的，尤其是一再受挫的欲望。最重要的是，屈原乃以一種新式類型寫作，新文類通常容許不同模式的文體塑造，以適應新時代或新地域的特殊文本之需要。實際上，在研讀《文心雕龍》的過程中，我們可以強烈感受到劉勰對文學類型的鑑別態度，他總是同時考量了文學本源與形式創新的兩個因素。以《楚辭》為例，劉勰精確地依據類型意識來進行他的文學重估，是以他評道《楚辭》「乃雅頌之博徒，而詞賦之英傑也」。

明顯地，劉勰已正視到《楚辭》中有一種新的精神覺醒，以及一種新的詩歌修辭風格的形成。他認定，尤其就文學性的影響力而言，《楚辭》其實並不亞於、甚至是超越經典的。一代又一代，如劉勰在〈辨騷〉篇中所述，《楚辭》已經成為文學上爭勝追摹的流行範式了。我們也可以說，《楚辭》最傑出的成就也許在於它那能夠吸引所有不同類型的讀者的力量。威廉姆．哈里斯（W. V. Harris）曾說：「經典乃是由許多閱讀方法組構而成，而非由剝離的文本段落。」以《楚辭》為例，這部作品在歷史中由於受到讀者的喜愛，已經被充分地認同了。儘管其讀者們有著不同的背景和才華，但在心理上似乎有著相同的目標——他們希望摹習到《楚辭》的特色：

> 故才高者菀其鴻裁，中巧者獵其豔辭，吟諷者銜其山川，童蒙者拾其香草。（《文心雕龍‧辨騷》）

經由閱讀而獲得文學感染力的概念，在劉勰時代並非什麼新見。但是當時幾乎沒有人像劉勰一樣想到一個如此有創造力的詮釋策略，那就是把讀者反應與經典範式這兩個概念相互聯繫起來的閱讀方式。也就是說，一部像《楚辭》之類的偉大作品，其實根本是由讀者來奉為經典的，讀者的力量巨大到使作品本身非得晉升於經典之林不可。循此，劉勰似乎暗示了純文學經典與儒家人文經典仍是有所不同的。如果說儒家經典有走向封閉的傾向，那麼文學經典則本質上是無限開放性的：永遠預期著新讀者的需求、新文類的形成、新傑作的出現以及新範疇的準則。

然而，比起西方傳統中文學經典與《聖經》之間所存在的巨大鴻溝[9]，則中國文學與儒家經典的關係要密切得多。這是因為在古代中國，文學與儒家經典均以「文」為基礎，二者不斷有著連續性的直接關係。

這就是為什麼，無論新變為何，劉勰始終堅持儒經永遠是文學演進中最主要的應用原則。我們若回顧劉勰對《楚辭》的分析便能理解，儘管具有奇異和詭譎的性質，但《楚辭》之文體風格與經典相背離的現象，並沒有違反古典理念的整體性。對《楚辭》中他所指出的「四異」——主要是一些奇特的描寫有關神祕境域的漫長迷幻之旅，以及對鬼神始終不渝的情色追尋，劉勰似乎認為其與《詩經》世界的古典人文理念實為一種互補，而非對立。而另如劉勰所辯稱的，由於《楚辭》包含了「奇」與「真」兩種特質，它既有「華」采，也兼顧「實」質，所謂「酌奇而不失其真，玩華而不墜其實」也。而對古人來說：「真」和「實」是表現在聖人作品中的兩種主要內涵，其他一切則相對地被視為次要。前文曾提及所謂的「四同」即含有此兩種品質，故《楚辭》可謂清晰地反映了古典人文的精神。在另一層面，劉勰似亦欲辨明《楚辭》真正的貢獻在於它創新地糅合了「適宜」的內容與怪

[9] 在區分西方文化中的聖經典範與文學典範時，W. V. Harris說：「《聖經》典範歷程的本質作用是趨向封閉，而文學經典則永遠默許最低限度的可行性，以便加入新的或不同評價的作品。」參見W. V. Harris, "Canonicity", PMLA. (January, 1991), p.111。我無意製造一個錯誤的印象，就是將儒經與《聖經》等同而觀，而只是希望表明我從Harris那裡得來的啟發。

異的風格，這兩種成分在以前詩歌中一直被認為是難以並存的。易言之，屈原創造了一種新的詩歌類型，既包含了嚴肅的思想內容，同時也以其華美激情的語言著稱。在劉勰看來，這種新的屈原式的混合風格，仍然是建立在孔門的人文思想上，孔子文章所煥發出的典雅風格，已經顯明「銜華而佩實」（《文心雕龍・徵聖》）之特點了。

因此，劉勰明確地認為，一個好作品的關鍵，是其能夠在形式與內容之間謀取適當的平衡，這是任何人在效法一個偉大作家時所需思考的原則。以學習屈原而言，一般人最常發生的問題就是對其思想內容的注意力容易轉移到迷幻感官的想像之中。這或許可以理解為因屈原文章裡饒富對外在物象尤其是魔魅景觀的鮮明而感官的描寫，確實提供了寬廣的視覺官能的想像空間。但是這種感官敘事的力量，卻可能導致其濃密的意義結構相形失色的危險，此即屈原的模仿者經常只學得屈原的一面。覺察到這樣的危險，劉勰乃建議他們練習自我節制，而「憑軾以倚雅頌，懸轡以馭楚篇」（《文心雕龍・辨騷》）就是最佳途徑了。

艾略特說過：「一個人可能是偉大的藝術家，卻也許有著不良的影響力。」劉勰所指出六朝文學問題的許多現象，或許即牽涉到屈原所帶來的「不良影響」，如《文心雕龍・通變》篇中感歎道：

> 楚、漢侈而豔，魏、晉淺而綺，宋初訛而新。從質及訛，彌近彌澹。

依劉勰看來，他那時代及稍前的作家們，在創作上最大的問題是仿效《楚辭》的傳統，卻只學得了屈原詩詞之「奇」的技巧，而未觀察到他那古典的「真」的要求。是以古代作家是「為情而造文」，近代詩人則是「為文而造情」（《文心雕龍・情采》）；易言之，古詩人們誦唱出他們的真實心靈，而許多近代詩人寫的僅是以華采修飾的虛偽情感。劉勰以「真」作為他判斷當時代作品的基本標準，認為當時作家即「率好詭巧」又「苟馳夸飾」，結果是大多數六朝作家汲汲於「逐奇而失正」（《文心雕龍・定勢》），他們熱衷於追逐新聲，以致投注所有精力僅止於「爭價一句之奇」（《文心雕龍・明詩》）而已了。

儘管劉勰雄辯滔滔，我們仍不得不考慮到或許他是受了文學上普遍存在的「歷史退化觀」的影響，故而認定當代作品必然是遜於前代的。他熱心地提升古詩人屈原的地位，認為其作品在真／奇、華／實之間把持住良好的均衡，卻完全忽視六朝及稍前作家的文學成就。依此，我們不免質疑是否劉勰視「五經」為文學之完美典型的基本看法，可能多少來自於一種「歷史退化觀」的偏見。這種偏見在傳統中國是許多知識分子和學者共同持有的。

然而，在文學上所謂「歷史退化」，某個程度而言只是反映出一種對開創型作家的矛盾心理。我們可以這麼說，寫作本身是一種在理論與實踐、原則與變通以及理念與個性之間不斷爭戰的經驗。以劉勰為例，他崇尚中庸之道的古典思想，並試圖以這種思想作為其文學批評的尺度，但另一方面，他自己的寫作風格亦無疑地受到了時代口味的影響，顯示出一種對華麗文采的強烈傾向，明顯地有別於經典的平淡風格。在理念與實踐之間，如此之差距或張力，對作家來說，其實是非常普遍的。而事實上，就在這些矛盾和緊張的體驗之中，一個作家多少能夠領悟到詩歌所有模式的豐富性，使他可以創作出新舊相容、既博且約的作品來。

就另一層面而言，劉勰對經典的特殊尊重亦反映出一種存在於所有不同文化中的基本的宗經思想。在查理斯・阿爾提里（Charles Altieri）的〈理念與文學經典的理想〉一文中，他特別提醒我們藉由對古典作家的理想化來建立一標準模範的重要性。他說：「我們對典範的判斷必須是那些我們推崇為模範人物或那些受到模範人物所推崇者。」實際上，劉勰對孔子及屈原的絕對推崇也讓我們想起朗基努斯（Longinus）典範化的人物如荷馬及柏拉圖。朗基努斯曾如此寫道：

> 依此而言，當描述任何要求高尚的情感及昇華的意念時，我們本身也應在腦海中形成某些概念，如荷馬可能如何表達，或柏拉圖，或狄摩西尼斯，或史學家修西提底斯，可能如何呈現那莊嚴崇高的極致。因為這些人物——這些向我們獻出他們自己，燃出我們的熱情，並曾照亮我們的道路的人物——會以一種神奇的方式引領我們的心靈到達一想像中的高度標準。[10]

猶如朗基努斯，劉勰也受到古代經典人物的巨大影響，他們——雖然或許僅存在於劉勰自己想像之投射中——給予了劉勰創作不朽之《文心雕龍》的理念、志趣以及從事此一事業所需的崇高準則。如他在〈序志〉篇中所稱，他之所以「搦筆和墨，乃始論文」，即由於體認到「去聖久遠，文體解散」之故。

寫作《文心》，劉勰亦清楚地知道他的前輩和文壇後人將評斷他。他強烈地意識到自己和歷史上其他作家之間的關係；在經營偉大文化傳統的事業中，他認同並接納自己成為此一文化傳播者的角色。他苦心期盼之一事是，其文學批評著作即使可能不為他的時代所欣賞，也將為未來的世代所認同。由於他曾深受古聖賢之啟發，故希望他的作品也能對文壇後人產生相同的作用，不至於「眇眇來世，倘塵彼觀」（《文心雕龍・序志》）矣。但是，他也意識到，在文學上真實的理解是不容易的，也許只是「千載其一」（《文心雕龍・知音》）罷了。他提及屈原即是一個受到所處時代誤解的人物，由於屈原曾說「眾不知余之異采」，劉勰即評道：「見異，惟知音耳。」（《文心雕龍・知音》）此語意味著劉勰本人能夠真切地領略屈原那異常之稟賦與抱負，無疑為屈原的知音了。閱讀全

10 Longinus, *On the Sublime*, trans., W. R. Roberts, in Hazard Adams, ed. , *Critical Theory Since Plato*(New York:Harcourt Brace Jovanovich, 1971), p.86.

本《文心雕龍》，可以得著一個意念，即屈原其實就是劉勰想要並駕齊驅的真正對象，《文心》就是以一種類似《楚辭》的華美風格撰寫而成，這彷彿劉勰與屈原藉著相互的理解而在歷史中相互呼應了。

期望自己的作品能夠實現超時空的價值，允為人情之常。在一首〈活著的手〉詩中，詩人濟慈（John Keats）說到他自己的手是如何在他死後復活。而阿爾弗萊德．提尼森（Alfred Tennyson）在其挽詩〈懷念〉中也生動地描述了緊握著他去世朋友的手，彷彿是對永生的一種讚頌方式。所有這些例子都涉及到作家期待由於他們的文學力量被認可，而得以在歷史中與人們相識相知。劉勰並未以「手」作為不朽之象徵，他乃是強調了「心」的力量。對他而言，「文心」是唯一可以永存的心智，因為就是藉著文學作品，才使得一個作家的心靈可以超越時空而與另一個心靈相遇，就是藉著文學作品才使得人們找到了永恆不朽之真詩。故他稱孔子是「千載心在」（《文心雕龍•徵聖》），而總結他的《文心雕龍》時也以「文果載心，余心有寄」（《文心雕龍•序志》）來說明他個人對文章不朽的願望。然而，立言而不朽的觀念在中國文化中早已有了極為深遠的根源。漢代的太史公司馬遷之所以決定忍辱地活下去，乃是為了創造永垂不朽的《史記》。

但劉勰的文學不朽論對今日的讀者有其特殊的意義：它告訴我們，所謂「典範」，其本質上所顯示的意義就是一種渴望被記念、被包含在一個文化記憶中的需要。他的宗經觀念，尤其是對經典重新評釋或修正的堅持態度，對今天的我們來說確實別具意義。在評價古代聖人和屈原時，他以其修正過的美學準則來縝密地辨明一個新的研究門徑，而同時地肯定了舊價值與新理念的力量。他真正理解文學內在心靈與作家外在需要的複雜機能，那種需要就是欲藉著典範以成為歷史中的永恆的聲音。

——皮述平譯，載《文心雕龍》三輯，一九九八年。

解構與重建

——北美《文心雕龍》會議綜述

說起劉勰的《文心雕龍》，今日幾乎無人不知那是一部以博大精深著稱的文學理論批評巨著。尤其在中國大陸，《文心雕龍》早已成為古典文學研究的熱點。許多學者認為，中國人能在一千四百多年以前就寫出如此「體大思精」的文學批評專著，乃是整個中國文化的榮耀。近代著名作家魯迅先生就說過：「東則有劉彥和之《文心》，西則有亞里斯多德之《詩學》」，儼然把這兩部文學理論巨著視為古代東西方的典範之作（參見張少康、劉三富《中國文學理論批評發展史》上卷，北京大學出版社，一九九五，頁二二一）。

一、「龍學」最近才出現

然而，與亞里斯多德的《詩學》不同，劉勰的《文心雕龍》直至近代以前一直處於極為「邊緣」的位置。我們可以說，所謂「龍學」其實只是近來中國學者的一種說法。在此以前，《文心雕龍》的一千多年的歷史乃是一部不斷被忽視的歷史。今日我們重看《文心雕龍》，一方面感於它的豐富內容與美麗文采，一方面也對它被長期忽視的事實感到驚訝。在清代以前，除了唐代的史學家劉知幾以外，很少有人提到劉勰的文學貢獻。一直要到十八世紀才開始出現一些少數有關《文心雕龍》的箋注。相形之下，今日中國大陸所風行的《文心雕龍》熱確是一種戲劇性的轉變。據北京大學張少康教授（即中國文心雕龍學會常務副會長）的統計，目前研究《文心雕龍》的專書已有兩百部之多，論文也有一千五百多篇，其中百分之八十都是最近十五年間才出版的。自一九八三年以來，中國大陸已舉行過三次大規模的《文心雕龍》會議，曾邀請過遠自歐美，近自日本、臺灣、香港等地的學者參加。

但是，在北美的漢學界中，至今還談不上有什麼關於《文心雕龍》的系統研究。長期以來，北美的「龍學」一直局限在英譯的事上：早期有施友忠先生的《文心雕龍》全譯本；最近有宇文所安的部分英譯加注解。至於有關《文心雕龍》的討論一般都只散見於各種論文之中。研究趣味的缺乏一直使《文心雕龍》在北美被限定在一個「邊緣之邊緣」的地位上。

有鑑於此，執教於伊利諾大學的蔡宗齊教授毅然發起了召開北美《文心雕龍》大會的籌備工作。蔡宗齊是個有心人，他曾參加過中國大陸召開的「龍學」會，很瞭解這種會議對文學研究本身所能產生的重大影響，所以從一開始就決心破除一切困難，積極爭取各種可能的機會。經過兩年的努力，他終於把夢想變成事實：他得到伊利諾大學的資助，而且請來了十位來自北美各地的漢學研究者和兩位來自中國大陸的龍學專家。大會議題為：「從當代眼光看《文心雕龍》」，開會期間為今年（一九九七）四月十日至十三日。

作為一個與會者，我之所以格外嚮往這個龍學會，除了對重新闡釋《文心雕龍》感到興趣外，還有另一層「個人」的關係：召開大會的地點是以風景著稱的阿樂頓公園（Allerton Park），我想趁機欣賞初春的中西部風光，同時也希望藉著觀察景色更加體會到《文心雕龍》所描寫的那種「物色之動，心亦搖焉」的感受。因此，在開會期間，我總是不放過遊園的機會；我利用清晨及中午的休息時間走遍了園中許多彎曲的小道，也深入觀察了遍布園內的各種美麗塑像。後來偶然發現那兒居然有個「中國獅子園」，於是約了幾位與會者同遊這個富有東方情調的園子。原來那是一個小佛寺，園中還有二十二個獅子塑像——其實是介乎龍、獅、犬的塑像，我把它們稱為「龍獅」，以取文心「雕龍」之意也。那兩排遙相對應的「龍獅」使我們想起劉勰所謂「造化賦形，肢體必雙」的美感情趣。

這個具有中西合璧特徵的阿樂頓公園恰恰反映了這次北美文心雕龍大會的跨文化、跨學科的研究精神。大會所邀請的十三位講員（包括主席蔡宗齊）中，有一半是具有中國血統的華裔或大陸學者，另一半（七人）是非華裔的美國學者。而且從專業來看，除了兩位大陸學者以外，我們都不是「龍學」專家。在跨學科的前提之下，我們都企圖從其他廣泛知識領域中找到幾個重新探討《文心雕龍》的新角度。大會包括五個討論專題，分別由思想研究、創作心理、修辭理論、文學傳統及未來展望等問題討論新的切入點。

二、王弼思想與劉勰文論

首先，在思想研究方面，由執教於加拿大阿柏塔大學的林理彰（Richard John Lynn）開始討論玄學家王弼對劉勰思想的影響。林理彰以為劉勰雖然很少直接提及王弼，但整部《文心雕龍》處處反映出王弼思想的痕跡。例如，王弼書中（尤其是《老子微指略例》和《周易略例》兩部書中）常提及意、象與言的關係，而類似的討論也經常出現在劉勰的書中。此外，《文心雕龍・論說篇》中所提出的「鉤深取極」概念實與王弼所謂「演幽冥之極以定惑罔之迷」的說法如出一轍。總之，二者都強調對具體事物進行尋根究柢的探討鑽研，以求最終「鉤出」深奧的道理。當然，王弼和劉勰的思維方式並不完全相同：作為一個哲學家，王弼的終極目標是求道。所以，他強調「得意而忘象」的道理，認為一旦取得真意就可以拋棄物象。但劉勰基本上是個文學家，他必須利用形象來表達思想；也只有掌握形象，一個作家才能馳騁於文學的意境中。所以，王弼的論說方式是說理的，劉勰的風格卻是富形象的。

來自中國大陸中山大學的邱世友教授也對王弼有相當的研究。在他的論文〈劉勰論文學的般若絕境〉中，邱世友花了不少篇幅討論王弼的「有無論」和「得意忘象」等概念。他以為王弼的最大貢獻在於把玄學之道與般若諸說統一起來考辨。邱世友接著強調，劉勰所謂「動極神源，其般若之絕境乎」（〈論說〉篇）指的就是一種超越有無矛盾而最終生出美感頓悟的過程。換言之，《文心雕龍》所標舉的最高寫作境界乃是佛家所謂俗諦與真諦合而為一的理想境界。若用愛來比喻，這種審美絕境有如永恆不變的愛——那是一種超越了具體男女之愛的境界。

關於邱世友討論「般若絕境」一點，賓州大學教授梅維恆（Victor H. Mair）特別給予肯定。但作為一個專攻佛教文學的研究者，他並不贊成把佛教的觀念與玄學中的「有無論」相提並論。他以為佛教對《文心雕龍》的影響，不下於道家與儒家。他基本上同意饒宗頤先生的一貫主張，以為非熟諳佛學者無法澈底瞭解《文心雕龍》的真意。而且，身為一個佛教徒，劉勰即使很少用佛教術語進行論說，他的《文心》本意實已處處體現了佛學的一貫精神。

北京大學的張少康教授接著又從另一個角度來探討劉勰的思想。在〈再論《文心雕龍》和中國文化傳統〉一文中，他強調儒道的「天人合一」對劉勰「心物相通」的美學之關鍵性影響。此外，他也指出中國傳統知識分子的人格理想和《文心雕龍》的文學風骨論之關係。但他以為劉勰所主張的「隱秀」思想則直接來自老莊的「自然之道」，那是一種以有形表現無形，以有聲表現無聲、求妙理於言外的虛靜境界。

三、「神思」是否等於「想像」？

與思想探討息息相關的就是創作心理的討論。執教於加州大學的艾朗諾（Ronald Egan）與密西根大學教授林順夫分別從「神思」的概念來分析劉勰的文學創作觀。他們二位均認為〈神思〉篇是《文心雕龍》的靈魂主幹，因為它很精闢地提出文學構思過程中的「想像」功能。作家的神思是一種超越實際形體的精神活動，它可以打破時空的局限，所以劉勰說：「文之思也，其神遠矣。故寂然凝慮，思接千載；悄焉動容，視通萬里。」艾朗諾主張「神思」的「神」字應當譯為daimon，取古希臘文的「萬能神通」之意也。但林順夫認為imagination一字便能體現「神思」的基本精神。他引用西方學者馬克・強森（Mark Johnson）和馬利・渥那克（Mary Warnock）的論點，強調imagination和「神思」都具有在心中凝聚成生動「意象」的涵義。「神思」的意義實已遠遠超過現代人所謂的「想像」。有關「意象」與「想像」的關係引起了與會者的極大興趣；大家紛紛從各個複雜的層面來討論這個問題。如加州大學的藝術史教授韓莊（John Hay）提出視覺想像與文化活動的關係，他指出劉勰之所以把書名取為《文心雕龍》乃與人們對「龍」本身的視覺聯想有關。在中國文化裡，龍占了首席地位，把「龍」作為書名自然能觸發讀者的各種想像。韓莊在論文中一再強調文學和藝術史不可強分的論點。

另一類與創作心理頗為不同的主題就是有關修辭的主題。在這一方面，來自普林斯頓的兩位教授浦安迪（Andrew Plaks）和李惠儀均提出極精闢的見解。浦安迪通過對〈麗辭〉篇的閱讀，提出劉勰在「對偶美學」上的貢獻。他認為對偶不僅是一種修辭技巧，它更重要地表現了中國人特有的宇宙觀。李惠儀進一步從「文心」與「雕龍」的書名對偶看出劉勰書中反覆呈現的一種張力：那是作者既追求心的條理控制（order）又嚮往美文的過多濃豔（excess）所反映出來的一種焦慮。這種焦慮使得凡事力求折衷的劉勰常常發出前後似乎「矛盾」的文辭。然而也正是這種「矛盾」對立強化了《文心雕龍》的對偶美學。有趣的是，不同的人卻在這種對偶雙重性（duality）上悟出截然相反的意義來：對於劉勰的對偶運用，浦安迪看出一種整合的、必然成雙的自然世界觀，但哈佛大學的宇文所安教授卻看到一個殘破的、頗不完整的修辭架構。在他的論文〈劉勰和他的話語機器〉中，宇文所安提出一個耐人尋味的比喻：劉勰所採用的對偶駢文有如一部不聽人指揮的「話語機器」（discourse machine），它經常為了遷就對偶的需求而製造出一些失誤的言詞，以致於作者邊寫邊改，不斷修補自己文章中的邏輯漏洞。結果是，經過這種改不勝改的程序後，《文心雕龍》的文本中還存留了許多自相矛盾的話語。追根究柢，這是因為駢文本來就不適合用來撰寫議論文。

四、提出新的文學標準

與宇文所安論文中的「解構」觀點不同，拙文〈劉勰的典律觀〉和大會主持人蔡宗齊的論文〈文學概念的必然過程性〉都從不同的方面提出劉勰「重建」文學傳統的特殊貢獻。比較而言，拙文更偏重劉勰對「文」的重新闡釋：為了把文學提升到儒家經典的崇高地位，劉勰不惜篇幅地指出聖人言論中那種「辭富山海」的美學特質。一旦把文學中的「文」和儒家經典中的「文」劃上了等號，就無形中給了「文學」一種「典律化」（canonized）的洗禮儀式。此外，拙文還討論《文心雕龍》如何提出新的文學標準，從而抬高中國第一位文人屈原的文學地位。如果說拙文是從「小題」著手，蔡文則從「大題」開始。在他的綜述性的長文中，蔡宗齊全面討論了《文心雕龍》所具有的「有機性」（organismic）的整體文學觀；以及劉勰如何把詩歌從音樂的附庸提升到「詩為樂心」的崇高地位。無論在文學意義的界定上或是文學體系的建立上，劉勰都有很大的成就。同時，蔡宗齊以為，這文學體系的奠定乃是一種不斷形成的漸進過程（process）。

關於文學「系統」的研究，愛荷華大學教授雷邁倫（Maureen Robertson）提出一個新的分析方式。她主張用米歇爾・傅柯（Michel Foucault）在《知識的考古》一書中所提出的「話語形成」（discourse formation）方法論來重新探討《文心雕龍》的多層面意義。米歇爾・傅柯企圖打破傳統歷史的概念；對她來說，文學史不再是連續性的、漸進的演變過程，而是各種不同「話語對象」的綜合再造。雷邁倫以為唯有採取如此全新的批評角度，我們才能真正「從當代眼光看《文心雕龍》」——如大會標題所示。

由此看來，今日我們研究《文心雕龍》還處於一個開始的階段。正如兩位大陸學者在大會結束前所說：「龍學的未來展望還有待中西學者的全面溝通與合作。」

兩三天的討論會使我悟到一個道理：闡釋《文心》有如闡釋人生。面對眼前不斷展現的人間萬象，有人看見它們之間的整體連續性，也有人看見其中的不連貫及破碎性。在返途中，當汽車開出阿樂頓公園的大門時，我又回頭望見那些排列整齊的「龍獅」。在那兩排「對偶」的塑像背後，我彷彿瞥見了人生的神祕性與其複雜性。

——《明報月刊》一九九七年七月號。

從「文類」理論看明傳奇的結構

在傳統戲劇中，高明的《琵琶記》與湯顯祖的《牡丹亭》最能代表「傳奇」這一興起於元末明初的「新劇種」，也就是我們今日所謂的「新文類」。事實上，早在清初，著名戲劇家與小說家李漁就已經把傳奇當成一種新文類來研究了。他所謂的「傳奇結構」主要是根據當時的幾部戲曲醞釀而出的基本模式[1]。所以分析明代戲曲的結構，尤其是《牡丹亭》與《琵琶記》等名劇，不能不以李漁的理論為出發點，正如西方希臘戲劇的批評家絕不能忽視由亞里斯多德之《詩學》所奠定的基本戲劇理論一樣。

文學創作一般而言均受到文化與文類（genre）條件之影響，文學批評亦為個人感知與文化狀況交流的產品。每一作家均在其所屬的文學傳統中從事創作，而其個別成就亦最能在此特定傳統中被評估。傳奇之所以被公認為一種特別的戲劇體裁，是因為它具有某種戲曲在結構原理上的特色。李漁企圖建立一種戲劇理論的嘗試，已充分顯示戲劇是一種自律的文學形式，而且可以視為一種獨立的文類予以系統的研究。

在他以「格局」（相當於西方文評中的「結構」）為副題的《曲話》中，李漁曾論及傳奇的五個結構單位：一、家門（序言）；二、沖場（第一齣或第二齣）；三、出腳色（人物出場序列）；四、小收煞（小團圓）；五、大收煞（大團圓）。

1 參見李漁，《李笠翁曲話》（上海：新文化書社，一九三四）。

明傳奇的特殊之處不僅在於它總是以喜劇或至少輕快、歡愉的結尾作結，而在於此種結局在傳奇此文類中的必要性。這種必要性，不得不使我們問：難道我們目前因方便而習稱的所謂「喜劇結構」（comic structure），在某種程度上也反映出傳統中國文化對人生所持態度的重要層面嗎？

在現代的喜劇中，所謂皆大歡喜結局的重要性是眾所公認的，一般認為喜劇的結構是從失落到復原，從分離到團聚，從分散到整合，或是一些類似的形式。然而，在西方戲劇傳統中喜劇向來被視為低於悲劇。在彼傳統中，一個被疏離或折磨的英雄所承受的衝突或歷練，以及悲劇中所呈現的極端與決定性通常被視為戲劇中最重要的成分，誠如哈羅・瓦特（Harold Watts）在其論喜劇的論文中所言：

> 亞里斯多德於此亦默然。有關喜劇本質的討論往往欠缺了能主宰所有探究悲劇本質之旅程的高峰。[2]

在明傳奇中則非如此。明傳奇只有一種結構——亦即所謂的「喜劇結構」。或許這是因為一般認為結局必須如此構思以顯示某種終極社會意義，它的理想是要建立一個眾所嚮往的社會。它是以社群而非以個體為導向的。當然，這正是西方喜劇所側重的（尤其是所謂的「新喜劇」）[3]，但必須指出的是，這種「新喜劇」模式在西方並非明文規定非要遵守不可，然而明傳奇的獨特性在於，這種喜劇結構卻是種獨一無二的模式。

---

[2] Harold H. Watts, "The Sense of Regain:A Theory of Comedy", in *Comedy:Meaning and Form*, edited by Robert W. Corrigan(Scranton, Penn. :Chandler,1965),p.192.

[3] 關於「新喜劇」的定義，參見Northrop Frye, "The Argument of Comedy", in *Essays in Shakespearean Criticism*, edited by James L. Calderwood and Harold E. Toliver(Englewood Cliffe, N.J. :Prentice Hall, 1970),pp.49-57。

透過對《琵琶記》與《牡丹亭》的一番細讀，我們可以看出明傳奇喜劇結構的輪廓。這兩部戲的中心議題都是離與合；問題都從人物一分離即開始產生；幸福只有在人物經過長久分離而再團圓後才重新獲得。通常問題產生於一幕田園式的場景（如《琵琶記》與《牡丹亭》開場的春景），而且在秋景的淒涼蕭索中渲染其嚴重性（如《牡丹亭》第十六齣中杜麗娘病倒，《琵琶記》第二十八齣中蔡伯喈在原本歡慶的中秋佳節卻對月哀思）。同樣，全劇的最末一齣通常是克服一些始料未及之經歷後對社會整合的回歸。

依照其離合的模式，《琵琶記》的結構可以截然地分為兩部分：一、從全劇開始到所謂「小收煞」（第二十三齣）；二、從第二十四齣到全劇的結尾（第四十二齣）。雖然在全劇前半段人物似乎都被動地接受悲劇分離的結果，後半段卻生動地呈現一系列刻畫主要角色的行動，使劇情朝團圓的共同目標推進。例如，即使蔡伯喈這樣一個極少依照自我自由意志行動，而本來只能透過一系列「程式化的言詞」（如焦慮、恐懼與希望的言詞）來認識的人物，後來卻逐漸變得果決而勇於修書給他的雙親（第二十四齣）。在明顯地朝最終團圓結局發展的第三十一齣中，我們也看到堅毅勇敢的趙五娘抱著琵琶，揹著她行前為死去公婆所繪的畫像，千里迢迢趕到京城尋找夫婿。同時蔡伯喈的第二位妻子朱小姐亦為丈夫主動地向她嚴厲而固執的父親求助。

最重要的是，本劇其餘幾齣的劇情主要是關於這些活著的人物如何為死去的父母服孝三年，皇帝如何褒揚蔡府所有成員（包括死去的蔡公、蔡婆）的美德。換言之，本劇只有在家門的美德被突顯後才能結束。從中國人的觀點來說，做人如果不能盡孝則無法達成家庭的整合。因此，在蔡家被朝廷褒揚後，趙五娘隨即對著公婆的畫像唱了一支動人的曲子。可以說，這幅畫像確已成為死去雙親重現的象徵。蔡氏老夫婦的重要性亦透過其畫像的力量而顯現，因為它曾是親人相認的媒介，而如今幾乎已轉化為兩老的真實再現：除了「親自」接受朝廷旌表的榮耀，還「親眼」目睹蔡氏一門最終團圓場面。

這種對於孝道的驚人強調也許讓西方的觀眾覺得有些好奇。根據卡德伍（Calderwood）及多立佛（Toliver）的說法，在莎士比亞的喜劇中，問題往往從年輕人與上一代的「儀式爭鬥」開始，這種爭端通常以夏與冬、生與死、肥沃與貧瘠之間的鬥爭來象徵[4]。劇本的結局常被視為是年輕人的勝利，因為誠如我們在《暴風雨》（*Tempest*）中所見之普羅斯佩羅（Prospero）的職務，「如果生命是為了延續，年輕人必須被保護，亦即是年老並不意味被完全扼殺，而是被某種程度的轉化」[5]。卡德伍與多立佛曾總結了這種西式喜劇解決的觀念：

> 通常……年輕的戀人是喜劇行動的中心，而鎮壓式的嚴父形象亦須透過一種幾近致命的煩擾與羞辱轉化為父系的允諾。[6]

只要看看《牡丹亭》的最後幾齣，我們就可以清楚地看到西方喜劇解結觀念與中國大團圓意識的尖銳對比。杜寶這個父親不僅未在《牡丹亭》的結局中受到莎式喜劇所要求的羞辱，反而是無辜的女婿被老丈人痛毆了一頓。此種與兩代關係有關的中西價值體系之對立在此特具效力，因為《琵琶記》與《牡丹亭》均以此種關係所產生的問題為其戲劇主題。

《牡丹亭》的喜劇結構事實上是環繞著全劇所有主要角色的逐漸團聚而產生的。雖然《琵琶記》中蔡家兩老在距團圓尚遠之前早已辭世，而以畫像的方式來象徵他們對結局的「參與」，《牡丹亭》

---

4 參見James L. Calderwood and Harold E. Toliver, "Introduction to Comedy", in *Perspective on Drama*(New York:Oxford University Press, 1968),p.165。

5 同上。

6 參見James L. Calderwood and Harold E. Toliver, "Introduction to Comedy", in *Perspective on Drama*,p.165。

則達到一種自然的結尾而無須設計一種手段來讓人物團聚。在《牡丹亭》中，我們似乎看到了喜劇結構的真正藝術，它必須自然地完成，亦即李漁所謂的「水到渠成」[7]。

就團圓結局的角度而言，《牡丹亭》中幾乎每一個發生於「小收煞」（即第二十八齣中柳夢梅與杜麗娘鬼魂的團聚）的事件，都較《琵琶記》設計來得細膩。第三十五齣杜麗娘的復活與第三十六齣中年輕愛侶的完婚並未立即把全劇帶向結局。因為這對新人還有義務找回杜家二老（杜家二老在杜寶出任將領的內戰期間，被不可抗拒之外力給拆散了）。誠如夏志清教授所指出，這對愛侶在劇中逐漸走往社會認同的道路：

> 當這對為情所苦的戀人超越了愛的層面而尋求社會和解時，起初在僵化的儒家社會環境裡被視為狂烈的浪漫熱情，已被改變得無法確認。[8]

這聽來也許有些牽強，然而本劇的結局是由前幾齣線索相連的事件奠定基礎的。李漁所謂「大收煞」（團圓場面）的理想形式正足以形容（《牡丹亭》）喜劇結構的成就：

> 先驚而後喜，或始疑而終信，或喜極、信極而反致驚疑……所謂有團圓之趣者也。[9]

7 參見李漁，《李笠翁曲話》，頁五八。

8 C. T. Hsia, "Time and the Human Condition in the Plays of T'ang Hsien-tsu", *Self and Society in Ming Thought*, edited by William Theodore de Bary(New York:Columbia University, 1970),p.279.

9 李漁，《李笠翁曲話》，頁五八。

《牡丹亭》的團圓過程主要是基於一系列杜寶與其女婿柳夢梅之間的誤解而複雜化。如前所述，《牡丹亭》最後幾齣的趣味是因被擢升為宰相的老丈人對女婿的羞辱而提升的。作為一個理性的人，杜寶不能不把柳夢梅這個荒唐地聲稱是他死去閨女之丈夫的傢伙視為騙子。在杜寶心目中，柳夢梅毫無疑問正是一個盜墓者，根據杜府西席陳最良的消息，他掘墳後就逃之夭夭。而柳夢梅擁有杜麗娘自畫像的事實更是他罪行的最好證明。結果，對柳夢梅而言是合法性的最佳證物，卻變成讓杜寶告他的最有力根據。

即使後來連皇帝都開始維護柳夢梅的正直，而且強調這位年輕人是當年京城科舉的狀元時，杜寶仍然堅持己見。此時杜寶懷疑的不是柳生的正直與否，而是死去女兒復活一事之真偽。他拒絕與女兒、女婿相識，因為他堅信眼前這個小女子不過是一個披著女兒形貌的邪惡精靈，只有在女兒被證實是一活人而非鬼魂之後，他才願意認這個女兒。

截至此時，所有其他主要角色都已出現在第五十五齣。早些時候，當柳夢梅考完秋試前往揚州尋找杜寶時，杜麗娘與母親及侍女春香終在京城相遇（第四十八齣與四十九齣）。而只有在聽到柳夢梅終於找到杜寶，未得一番道賀反而被痛毆一頓的消息之後，杜麗娘與母親才由春香陪同趕去與杜寶相聚。

所有這些有趣而複雜的場景都使得結尾的團圓顯得較具說服力而不覺突兀。此處我們可以看到其他的結構單元對團圓結局有何貢獻。早在「沖場」（第二齣）柳夢梅就被刻畫為一個敏感、浪漫、好做白日夢的年輕人（事實上，湯顯祖描繪柳生的詞彙總帶點幽默）。正是此種浪漫本質使柳生面對嚴酷現實時心理基礎顯得不足，而終使團圓的過程變得日趨複雜。重要的是，所有在全劇開場出現的重要人物（即柳夢梅、杜麗娘、杜寶、杜夫人、陳最良以及侍女春香），都順暢而毫不牽強地被帶到結局相聚一堂。換言之，所有細節都經過精心設計與操控，使整部戲顯得十分自然。李漁的戲劇結構原理確可視為是《牡丹亭》結構的詮釋。

在強調明傳奇的有機整體性同時，我們必不可認為它與亞里斯多德討論希臘悲劇時所主張的結構整體是同一回事。根據亞氏的定義，結構整體是指一個由部分組成的整體，如果其中任一組成部分「被替換或移去，此整體將受到干擾而變得支離」[10]。在希臘悲劇中，情節本身所蘊含的因果率與或然率使得一部戲的組成部分的有機結合成為可能。對亞氏而言，悲劇之優於史詩只因為它具有較為緊密的內在結構整體，此整體乃以開端、中點、結尾之理想關係為基礎，其中只含有最少量的插曲。

比較起來，明傳奇顯得「枝節化」的場景是通過一種不同的手法完成的。由場景的並列所創造的平衡與持續擺蕩造成了全劇的整一性。不同場景交替的原則是靠精確來完成的，以至於一旦其一齣場面失去平衡則全劇的結構將受到影響。也可以說，各種場景，包括張敬所謂「大場」、「正場」、「過場」等等[11]，均應妥善分配，而且每一齣中所出現的人物都應依嚴格的慣例加以規劃。齣與齣之間的結構並列是明傳奇的組織原則。正如生命本身展現了各種節奏的活動一般，它所強調的是不同層面之人類經驗的交替。

《琵琶記》的故事是一同時發生在京城與陳留鄉間之事件的並列，其中奢華相對於饑荒，婚禮相對於痛悔，節慶相對於流浪。如果我們視本劇為一整體，我們將發覺人類關係已成為一空間性的整體，其中事件的展開變得十分重要，帶有一整體平衡世界的意味。明代劇論家呂天成指出對比手法是《琵琶記》的最高成就：「苦樂相錯，具見體裁。」[12]此中似乎是個弔詭，本劇中兩種背景持續交替的結果竟創造了整體的集中效果。

李漁在其「結構」一節中討論戲劇製作技巧時，曾標舉《琵琶記》為少數能成功地遵守所謂「主

10 Aristotle, "Poetics", in *Criticism: the Major Texts*, edited by Walter Jackson Bate, enlarged ed., (New York:Harcourt Brace, 1970),p.25.

11 關於這些術語的定義及《琵琶記》、《牡丹亭》中場景的分配表，參見張敬，《明清傳奇導論》（臺北：東方書店，一九六一），頁一〇一至一二一。

12 《曲品》，轉引自陳萬鼐《元明清戲曲史》（臺北：鼎文書局，一九七四），頁四五九。

腦」的傳奇戲之一（「主腦」乃劇中所有事件發展的起始點）[13]。《琵琶記》所有並列的場景，雖然都清楚地分配至兩種不同的背景，實際上也都由蔡伯喈再婚於牛小姐此一特殊行動帶向一焦點[14]。《琵琶記》中類此之「主腦」的運用，是為了提醒觀眾所謂「一人一事」的原則[15]。對李漁而言，此即全劇的核心。

令人驚訝的是，此種「一人一事」的強調聽來極像亞里斯多德戲劇行動統一的理論。在其《詩學》中亞氏清楚地主張戲劇的目的是為了模仿人類的行動，而此行動就其瞭解而言，「是指一個整體的行動」[16]。然而，只要我們停下來檢視李漁對元雜劇《西廂記》有關「立主腦」技巧的討論，我們將明白李漁「一事」之主張並不等於亞里斯多德式的統一行動。在李漁看來，《西廂記》之「主腦」即是張君瑞請求「白馬解圍」一事[17]，而該齣戲絕非組成全劇情節的中心要素。

顯然，李漁所主張的藝術要求不同於古典希臘悲劇的行動統一。亞氏之意，行動的統一即指情節的整一，而此整體即為戲劇的靈魂。然如前所述，李漁所謂「主腦」，是指戲劇情節推展的起始點，只作為聯結全劇事件的核心，而不必然成為全劇情節的中心要素。沒有了「主腦」的設立，故事的各個組成部分之結合將被破壞，使全劇有如「斷線之珠」、「無樑之屋」[18]。

李漁相信早斯傳奇的優點之一就是「立主腦」手法的運用。誠如李漁所聲稱，《琵琶記》中事件的「主腦」即蔡伯喈與牛氏的再婚，劇中所有重要事件都從此產生，如蔡伯喈雙親之去世、趙五娘之

---

13 參見李漁，《李笠翁曲話》，頁八。
14 參見李漁，《李笠翁曲話》，頁八。
15 參見同上。
16 Aristotle, "Poetics", in *Criticism: the Major Texts*, p.24.
17 參見李漁，《李笠翁曲話》，頁八。
18 參見同上。

盡孝、張太公之仗義疏財[19]。這種對於「主腦」之聯結戲劇事件，而非單一情節整一性之強調，亦有助於解釋為何在《琵琶記》中即使事件分散地圍繞兩種截然不同的背景，仍能創造出一種整體性。任何戲劇行動的發生，無論是在甲背景或乙背景，通過它與「主腦」及類似事件的關係，都將變得有意義。《琵琶記》的事件並未呈起點、中點、結尾的線型發展，而是如同一株植物枝葉的發榮滋長。

有趣的是，身處十八世紀的英國，撒繆爾•約翰生（Samuel Johnson）必須盡力去尋找莎劇中行動的一致性（雖然在莎劇中通常呈現如《琵琶記》之兩種背景，因為他所致力的戲劇傳統一向主張單一情節的整一性）[20]。相反，李漁並未發覺在《琵琶記》中有尋求所謂「單一」情節的必要，因為這並非中國傳統戲劇製作的藝術要求。

另一方面，李漁亦指出《琵琶記》雖長於「立主腦」，卻在另一重要領域，即他所謂「密針線」方面有所缺失。依李漁之說法，「密針線」包含了照映（即對前面事件的回顧）與埋伏（即埋下敘事線索）[21]。《琵琶記》中若干情節的不一致反映了這方面的疏忽。例如，我們很難相信蔡伯喈科舉高中後其家竟然未被通知。同樣，當他享受榮華富貴之時，竟未能派遣一親信返鄉探親而必須仰仗一陌生人（此人正好是個說謊者）去完成他所託付的使命[22]。易言之，「密針線」是指連綴不同事件，而使戲劇具有邏輯連貫性的小規模邏輯性關聯。

李漁認為早期的傳奇劇本缺乏邏輯結構，後來的劇本則在劇情線索連綴技巧上有所超越[23]。隨著傳奇形式在明代的逐漸發展，它亦變得愈來愈以情節為導向。情節設計的技巧亦開始逐漸集中於組織

19 參見李漁，《李笠翁曲話》，頁八。
20 參見Samuel Johnson, "Preface to Shakespeare", in Criticism:the Major Texts, pp.207-214。
21 參見李漁，《李笠翁曲話》，頁一〇。
22 參見同上。
23 參見李漁，《李笠翁曲話》，頁一〇。

較小而非較大事件之複雜關係。

誠如我們在團圓結局的精緻展現中所見，《牡丹亭》的特點之一即其包羅萬象的綜合性[24]。它的結構所具有的行動系統（即情節）集中在不止一個重要事件。它的廣度是由整體結構及其設法包含的人物所確立的。隨著行動作用者的增加，情節發展與意義延伸的可能性自然亦跟著增多。當戲劇結構伸展為長篇巨製，人們已不可能立即看完全本，結果較小的單元自然成為此種戲劇形式的美學焦點。

我們可以說《琵琶記》的行動環繞著一個問題（雖然牽涉了兩種背景），而《牡丹亭》則開啟了新的層面，不止包含一個主體事件。當然，它的中心事件就是杜麗娘在情傷而死後復生的著名故事。然此中心事件與其他同等重要的事是平行的，這些事件與有助於全劇整體性的多重意義亦密切相關。

當然，或許讀者往往在讀過《琵琶記》後會以同樣簡單的方法來續讀《牡丹亭》，可是一番細讀將導引我們透視《牡丹亭》涉及不同世界之情事的多重結構。這些發生了多重事件的多種世界並非只代表不同的戲劇背景；他們的存在是人類不同層面經驗的顯現。除了本劇較具模擬性的層面，劇中存在一真實如生活本身，並對人們發揮更大效應的夢幻世界。杜麗娘之死既緣於一場春夢的影響，其後她的復生亦基於她對該夢的信念。然而，世界猶有大於夢境與現實者；即使通常與人世相距邈遠的冥間亦在決定人物的命運上扮演了重要角色。夢境與冥間以同樣的方式拓展了生命的架構，如戰爭的系列（第十五、十九、三十八、四十二、四十三、四十五、四十六、四十七齣）為人類事物的範疇帶來時間的層面，透過戰爭的場面我們開始察覺外在真實世界的存在，那是一個在較廣的歷史情境裡具有份位的世界。叛亂的發生使分離的問題複雜化，而叛亂發生的結構也使得最後的團圓更完整、更有意義。

24 《牡丹亭》富含動力的長度與其持續的力量最為傳統劇評家（包括李漁）所讚賞。參見Cyril Birch, "Some Concerns and Methods of the Ming Chúan-chí Drama", in Studies in Chinese Literary Genres(Berkeley:University of California Press, 1974), pp.220-258。並參見鄭培凱，《湯顯祖與晚明文化》（臺北：允晨文化實業股份有限公司，一九九五），頁一八五至二七一。

但精密的人際關係如何組織成最後的完整性呢？這實與劇情線索的連綴（textual linkage）技巧有關（即李漁所謂「密針線」）。例如，《牡丹亭》中杜麗娘病中所繪的自畫像（第十四齣）即作為她最終與柳夢梅團圓的重要環節。作為與柳夢梅圓房的鬼魂，杜麗娘當時之逃入畫中提醒了觀眾她早先談及畫像之不朽的獨白（第十四齣）。陳最良之自我介紹為「知醫」，亦暗示了他在杜麗娘病中所扮演的角色。花神對杜麗娘的仁慈（第十齣）亦預示了後來的復活場面（第二十四齣）。杜麗娘埋葬處的梅樹亦使人憶起柳夢梅夢中所見的梅樹（第二齣）。柳夢梅之名乃成為聯結許多發生於此花園之事件的環節。

所有這些細節並不必然遵循一個明顯的模式，但是作者似乎十分努力於透過組織的連綴來建立每一細節的可信度。如果這樣的角度回應了晚明戲曲或一般晚明俗文學中「寫實主義」的興起[25]，李漁之運用戲劇製作中組織連綴的理論可用來強調其所處知識環境中對於寫實的高度關懷。

「寫實主義」通常意指在文學中將生活做一種詳細的再現（detailed representation）。澈底的寫實主義所牽涉的不僅是環境的細節，更重要的是所謂可信度的問題。李漁在討論「密針線」時曾解釋可信度的重要性：

> 一節偶疏，全篇之破綻出矣。……照映、埋伏，不止照映一人，埋伏一事，凡是此劇中有名之人，關涉之事，與前此、後此所說之話，節節俱要想到。[26]

25 在"A Landmark of the Chinese Novel", The Far East:China and Japan, Toronto, 30, No.3(1961), pp.325-335 一文中，Patrick Hanan 認為《金瓶梅》是十六世紀中國寫實主義與起時之文學產物，以「一社會橫斷面」中日常生活之細節處理為其特徵。

26 李漁，《李笠翁曲話》，頁一〇〇。

在「戒荒唐」一節中，李漁清楚地指出戲劇真實性之重要，並勸劇作家在生活本身尋找題材，因為「物理易盡，人情難盡」[27]。對生活中神祕關聯性的寫實刻畫可以通過組織連綴的技巧做最有效的呈現。如果我們接受寫實主義與組織連綴的密切關係，我們亦將以同樣的觀點來看明傳奇的喜劇結構。

誠如李漁所主張的，喜劇結構的理想形式不可能不通過邏輯結構來完成。如前所述，《牡丹亭》結局的團圓場面並非突然出現，而是透過許多相連之事件線索的自然結合而呈現的。對生活的詳細描繪與可信度之觀念都對團圓結局有所貢獻。這樣看來，即使表面上不明顯，《牡丹亭》中所有似乎不相連的事件，實際上都聯結在一厚實的模型中。在明傳奇中所特為強調的調和與社會整合的理想，必須透過忠實地刻畫與人類經驗之複雜層面的連綴來實現。組織的原理在生活與戲劇中都是複雜的而非簡易的，是累積的而非線性發展的。

通過《牡丹亭》我們看到了晚明傳奇中發展長篇巨製之複雜情節的可能性。如果我們用「簡單情節」去描繪《琵琶記》中環繞一中心問題的情境式行動，則我們可以用「複雜情節」去標明《牡丹亭》中小事件錯綜複雜的線索。顯然就廣度與熟練度而言，「複雜情節」代表一種刻意呈現整一性的努力，以及一種對於各種人際關係之較細線索的控制。《琵琶記》與《牡丹亭》之間組織結構的差異是重要的，因為它顯示了晚明劇作家逐漸圍繞於整體意識之發掘的企圖，並透視了生命本身的多重層面。

——王瑗玲譯，原載中央研究院文哲所《中國文哲研究通訊》一九九四年三月號，今略作補正。

[27] 同上書，頁一一三。

北美二十年來詞學研究

——兼記緬因州國際詞學會議

詞學在北美可謂新興學門，從發軔迄今才二十餘年。一九六〇年代以前雖有少數學者注意到詞學，但最多僅及於詞譜及音律的介紹而已，例如美國哈佛燕京學社白思達（Glen Baxter）博士的譯著便多局限在詞韻的研究上。他首先把《欽定詞譜》譯成英文，後來又撰有〈詞律的起源〉一文[1]。就詞律的考訂觀之，白氏堪稱北美詞學鼻祖。篳路藍縷，以啟山林，功不可沒。緊接著在一九六〇年代後期，哈佛大學音樂系趙如蘭教授又出版了一部宋朝音樂史的專著，嘗論及詞與音樂密不可分的關係，功在學界，早已有目共睹[2]。這些早期的研究雖非全面性的文學探討，但推波助瀾，對美國詞學發展自有其正面意義。

一九七〇年代一登場，詞學研究正式在北美翻開歷史新頁，在詞家的具體評介與作品的具體賞析方面尤見新猷。學者見解精闢，佳作逐漸面世，論詞的觀點與方法則東西合璧，歐美文論與華夏詞話同衾共裘。這方面最具代表性的學者，非葉嘉瑩教授不做他想。葉氏任教於加拿大不列顛哥倫比亞大學（University of British Columbia），論詞概以其藝術精神為主。所著有關吳文英詞與常州詞派等，既重感性之欣賞，又重理性之解說，對詞學研究者無疑是一大鼓舞，同時也為北美詞學指出明確的

1 詳見Glen Baxter, *Index to the Imperial Register of Tzŭ Poetry*(Cambridge: Harvard Univ. Press, 1956)，及所著"Metrical Origin of the Tzŭ"，收在John Bishop, ed., *Studies in Chinese Literature* (Cambridge: Harvard Univ.Press, 1966), pp.186-225。

2 Rulan Chao Pian, *Song Dynasty Musical Sources and Their Interpretation*(Cambridge:Harvard Univ. Press,1967).

研究方向。葉氏的影響力無遠弗屆：夢窗詞向遭詆毀為「七寶樓臺」，碧山詞則受誤解為「微弱呻吟」，然葉氏讜論一出，雙雙皆獲「平反」[3]。原任教於哈佛大學的美國漢學家海陶瑋（James Robert Hightower），便在這方面深受葉著瀹啟[4]。此外，已故的史丹佛大學劉若愚教授則以較概括性的理論剖陳「詞」的文體特質。他在〈詞的文學性〉一文中，曾例示詞主要特徵如下：一、詞較詩更適於描寫愛情；二、詞之章法每多綿密，語意常見寄託；三、詞殊難勝任政治社會重責；以及四、詞作罕言靈山仙境，不語怪力亂神[5]。劉教授的析論雖嫌簡略，但一針見血，足以把詞的藝術層面介紹給西方讀者。此亦其主要目的也。劉教授後來又別刊專著，從新批評（New Criticism）的觀點闡發北宋詞家，將各大山門的風格逐一發微，體系嚴整[6]。像晏殊、歐陽修、柳永、秦觀、蘇軾與周邦彥等詞客的作品都經法眼細察，無論遣詞、用典、句構、章法與託意，一一都在其細膩解說下現形。

概略言之，北美詞學自始即以婉約派的研究為重心，除印第安那大學退休教授羅郁正曾撰有辛棄疾詞的專著（*Hsin Ch'i-chi*, Twayne, 1971）以外，罕見豪放詞的專門研究者。這種現象恰與中國大陸近年來的詞學發展相反，蓋據馬興榮先生統計，大陸詞學界頗有重豪放、輕婉約的傾向，而豪放詞客中最得青睞者莫過於辛棄疾，約占三十年來詞論的三分之一[7]。愚意以為豪放詞之所以見重於大陸，乃其內蘊激勵人心的愛國情操有以致之。然而，此其間的北美詞學界卻反其道而行，孰令致之？原因

---

3 見Chia-ying Yeh Chao, "Wu Wen-ying's Tzú: A Modern View"，收在Cyril Birch, ed., *Studies in Chinese Literary Genres*(Berkeley:Univ. of California Press, 1974), pp.154-191，以及"Wang I-sun and His Tzú"，刊*Harvard Journal of Asiatic Studies*(Dec. 1980)。

4 James Robert Hightower, "The Songs of Chou Pang-Yen", *Harvard Journal of Asiatic Studies*(June, 1977), 233-72.

5 James J. Y. Liu, "Some Literary Qualities of the Lyric(Tzú)", in Birch, ed., pp.133-153.

6 見James J. Y. Liu, *Major Lyricists of the Northern Sung*(Princeton:Princeton Univ. Press, 1974)。有關新批評的中文論述請參見張隆溪，《二十世紀西方文論述評》（北京：生活・讀書・新知三聯書店，一九八六），頁四三；英文方面請見Alex Preminger, et al., eds.,*Princeton Encyclopedia of Poetry and Poetics*(Princeton:Princeton Univ.Press, 1974), pp.567-568。

7 見馬興榮，〈建國三十年來的詞學研究〉，刊《詞學》第一輯（一九八一），頁二五。

實則不難理解，蓋詞之為體實與西方的抒情詩（lyric）暗相契合，均屬音樂語言與文學語言並重的藝術形式，又皆以抒情為主，尤重感性修辭。換言之，二者都以表達人類最微妙的感情層次為目的。此外，詞中所謂「曲盡其妙」的境界，正合乎西方抒情詩百轉千迴的風格。由是觀之，婉約派能在西方獨放異彩也是勢所必然。

一九七〇年代末期的北美詞學界，密西根大學林順夫教授特別活躍。他發表了一部專著《中國詩詞傳統的轉變》，討論南宋詞家姜夔[8]。論詞之精義甚多獨到之見，使人對白石詞作的抒情價值與南宋詠物詞的精神頓生新解，貢獻非凡。更值得注意的是，林教授以創新的批評手法把南宋理學的格物觀念應用在詠物詞的研究上，證明中國思想史與文學確有投契。林教授樹下開路旗幟後，北美詩詞學者益發重視文化與思想史。以加州大學艾朗諾教授為例，便在其有關歐陽修的著作中特別強調歐陽詩所反映的理學[9]。艾氏認為歐陽詩風格平淡，乃理學冷靜情致的影響。他復以為歐陽詞中某些較浮豔的作品有重新肯定或估價的必要。歷代以還，這些詞作屢遭「曖昧之謗」，「有心人」視之為歐陽詞集裡的肉中刺，欲拔除之而後快。然而，艾氏反以為這些詞皆文化現實之反映，不可不予以正視。歐陽詞「於豔情中顯見真切」，尤其值得標榜。

一九七〇年代前後以次，詞學研究另闢發展新途，迭受西方比較文學觀念和方法的撞擊。下面簡單說明一二。首先，文體研究（genre studies）經過十餘年來的發展，漸次成為比較文學批評鑑賞的中心課題。比較文學家開始認為，只要細心研究文體變革，就足以窺見古今文學之蹤跡，通曉中西文學之異同。從事文類研究的批評家當中，歸岸（Claudio Guillen）教授首屈一指。他的《文學中之體系》

---

8 Shuen-fu Lin, *The Transformation of the Chinese Lyrical Tradition:Chiang Kúei and Southern Sting Tzú Poetry*(Princeton: Princeton Univ. Press,1987).

9 Ronald Egan, *The Literary Works of Ou-Yang Hsiu*(Cambridge:Cambridge Univ. Press, 1984).

以西班牙小說為例，說明文體如何在「有常」與「通變」之間逐漸形成[10]。文類研究影響廣泛，連西方文學批評主流都難免衝撞，如以結構主義（structuralism）起家而聞名英美批評界的卡勒（Jonathan Culler），也開始發現文體研究的讀者滋生蔓延。卡勒深切的感受到，每一文體均代表特有的一套成規（convention），讀者若想完全瞭解某首詩的意涵及其意義（significance），非得先領會整個文體的傳統成規不可[11]。隨著文體研究的興起，批評家進一步關注「文體」與「風格」（style）的密切關係[12]。兩者雖各有其所代表的不同概念，但就通盤的文學發展來說，彼此卻息息相關，相輔相成，蓋作家風格或時代文風常常會左右文體的形成。由此看來，任何文學史都可謂文體與風格的綜合發展過程。衡諸批評史，此一觀念實脫胎自一九五〇年代風行歐美的「風格批評派」（school of stylistics），尤可謂奧爾巴哈（Erich Auerbach）教授直接影響下的產物[13]。

一九七〇年代初期乃風格與文體批評盛行之際，我正巧在普林斯頓大學研究，有幸向許多專家求教[14]，高友工教授所賜者尤多。他以研究中國古典文學知名學界，精深廣博，循循善誘，啟發我對文學批評與詩詞的興趣匪淺。我對傳統詞家的風格特有所好，始於此時，進而有撰寫專書以闡明詞體演進之念頭，希望藉此把主觀之欣賞化為客觀之鑑賞。拙作《晚唐迄北宋詞體演進與詞人風格》（*The Evolution of Chinese Tzú Poetry: From Late T'ang to Northern Sung*, Princeton, 1980），就是在這種機緣與心態下撰成。

---

10 Claudio Guillen, *Literature as System: Essays toward the Theory of Literary History*(Princeton: Princeton Univ. Press, 1971).

11 Jonathan Culler, *Structuralist Poetics:Structuralism, Linguistics, and the Study of Literature*(Ithaca:Cornell Univ. Press, 1975).

12 徐復觀教授認為「文體」一詞較近乎英文「style」原義，見所著〈《文心雕龍》的文體論〉，在其《中國文學論集》（臺北：學生書局，一九七四）增補二版，頁一六。

13 Erich Auerbach, *Mimesis:The Representation of Reality in Western Literature*, trans. Willard R Trask(Princeton:Princeton Univ. Press, 1953).

14 這些專家除高友工教授以外，還有蒲安迪（Andrew H. Plaks）及孟而康（Earl Miner）等教授。

近幾年來，西方文學批評展現新姿。所謂「解構批評」（deconstruction）蔚為學派，影響力無孔不入[15]。此一「學派」以耶魯大學為中心，故又名「耶魯學派」（Yale School），常人咸以為德曼（Paul de Man，已於一九八三年逝世）、米勒（J. Hillis Miller，已轉到加州大學任教）、哈特門（Geoffrey Hartman）及布魯姆（Harold Bloom）四教授係該「派」首腦[16]。「解構批評」其實只是前所盛行的結構主義（structuralism）的直接反動，因為所謂「解構」實指「解除結構」而言。總的說來，解構批評的信念可分為如下幾點：一、文學作品的意義並非文本（text）所能局限。二、文學作品的生命有其文際互典（intertextuality）的特性，與許多外在的語言文字形式更有錯綜而緊密的聯繫。三、作品的真正意義取決於讀者的領會與體認，作者本身並無絕對的權威。四、作品本身具有無限度的隱喻性；以及五、認定「結構主義之假設作品結構本身有一固定意義」的理論有誤，因為解構派以為作品的重要性及意義乃多層次的存在，並無明確或固定的涵義。至於文際互典恆交相指涉，讀者從而益感作品意義在變遷流轉，更無論矣。

我於一九八二年轉至耶魯大學服務，無形中耳濡目染，多少受到解構批評的影響。雖然其中有些理論我不能完全瞭解或接受，但僅就作品深具隱喻性這一點來看，則此種「尊崇讀者」的批評理論倒不失為實用的批評法則。近年來，由於在校講授詞學的需要，我把許多隱喻性較重的南宋詞重新細

15 參見張隆溪前揭書，頁五一至七一。

16 關於這幾位批評家論點之異同，可參見Christopher Norris, *Rhetoric and Form:Deconstruction at Yale* (Norman:Univ. of Oklahoma Press, 1985)。最近哈特曼的立場大有改變，公然反對解構批評，甚至將此「派」批評家譏為「小丑」（clowns）。過去有人認為布魯姆教授也是「解構派」，但他的理論實則自成一格。最近他也把解構批評當笑話看，喻之為他所謂的「憤恨學派」（School of Resentment）之一，因為他認為許多風行的文學潮流均囿於門戶之見，成為學者及批評家發洩內心憤恨的工具。有關哈特曼及布魯姆對解構派之批評，請見David Lehman, *Signs of the Times:Deconstruction and the Fall of Paul De Man*(New York:Poseidon Press, 1991), pp.27-30。

讀，發現明、清以降有關《樂府補題》的許多評論堪稱中國傳統「重讀者」與「重作品隱喻功能」的最佳範例。從遊諸生對南宋六陵遺事的歷史背景特感興趣，不但對元僧楊璉真伽的掘墓暴行甚表憤慨，而且對唐玨、王沂孫與周密等南宋遺民祕密結社聯吟寄予無限同情。尤關緊要的是：《樂府補題》冊七首詞篇篇都足以讓人馳轉想像，隨興聯想，很值得玩賞吟味。例如以蟬暗喻孟后髮髻之遺落，以驪宮鉛水隱指宋理宗屍體倒掛樹梢之慘狀等等。這些例子都在發揮中國詩詞言近旨遠，托喻遙深的基本精神。易言之，細讀《樂府補題》所收的詠物詞，頗可助人理解西方批評家所謂的「文際互典」，蓋此書的意義有賴讀者不斷思索，其題外之意與寓言寄託都存在於文本之中。由此可證，所謂「解構批評」非但不是今日西方批評家的發明，而且早就是中國傳統批評的主幹了。基於此一信念，我乃於五年前（一九八六）撰寫〈《樂府補題》中的象徵與托喻〉一文[17]。在研究的過程中，我除了直接受益於葉嘉瑩教授有關常州詞派的著作外，還參考了加州大學余寶琳教授所著有關毛詩注的寓意探討[18]。同時，專事西洋文學批評研究的張隆溪先生（現任教於加州大學）也給我許多提示及啟發。

就在最近這四五年，詞學界出現了一位傑出的學者：任教於加拿大馬克吉爾大學（McGill University）的方秀潔教授。她畢業於不列顛哥倫比亞大學，是葉嘉瑩教授的高足，年輕有為，文字精湛，有關吳文英專著一出，旋即引起各方注意，普受歡迎[19]。芝加哥大學余國藩教授曾在一篇書評中，特別讚揚方教授的文筆。就詞學研究而言，方教授的貢獻在奠定夢窗詞「間接表現法」（poetics of indirection）的藝術性。她一面指出張炎《詞源》所謂「七寶樓臺……不成片段」的理論訛舛，一面

---

[17] Kang-i Sun Chang, "Symbolic and Allegorical Meanings in the Yüeh-fu pu-ti Poem series", *Harvard Journal of Asiatic Studies*(Dec. 1986)，pp.353-385。此文有錢南秀的中譯版，見《中外文學》第二十一卷第一期（一九九二年六月），頁四九至八六。

[18] 見Pauline Yu, "Allegory, Allegoresis, and the Classic of Poetry", *Harvard Journal of Asiatic Studies* (Dec. 1983),pp.377-412。此文改寫後已收進余寶琳本人的專著*The Reading of Imagery in the Chinese Poetic Tradition*(Princeton:Princeton Univ. Press, 1987)。

[19] Grace Fong, *Wu Wen-ying and the Art of Southern Sung Ci Poetry*(Princeton:Princeton Univ. Press, 1987).

又肯定了沈義父《樂府指迷》擺脫傳統偏見的卓識。總之，方教授功在文學批評與欣賞。目前，她還在撰寫一部南宋詞發展的專書，擬將政治、社會和美學聯繫在一起。就此而言，另有一位詞學界的後起之秀不能不提：楊憲卿（楊澤）先生。楊君曾任布朗大學（Brown University）比較文學系研究員，現任臺北《中國時報・人間副刊》總編輯，前此曾拜在普林斯頓大學高友工教授門下。不久前，他剛完成有關詠物詞的博士論文[20]，自懷古傳統與美學意識來重估南宋的此一詞體。將來出版成書，或可為詞學界再闢蹊徑。

走筆至此，我應該附帶一提西方漢學家對敦煌曲詞的熱衷，因為此乃近年北美詞學發達的動力之一。敦煌文學關乎詞的起源，詳加研究確可解決許多問題。曲詞又活潑可愛，正可反映中唐以降民間文學殷盛。至於通俗詞的研究，哥倫比亞大學東方圖書館館長魏瑪莎（Mia Wagner）博士的著作可推為代表[21]。但研究敦煌通俗詞勢必涉及當時文人詞的傳統，於是唐五代詞一時又成為北美詞學界的顯學，前述拙作之中便曾重點論及此際詞作。不過，這方面的專家與論述甚夥、甚豐，其犖犖大者如次：一、喬治華盛頓大學（George Washington University）的齊皎翰（Jonathan Chaves）教授著有關於溫庭筠的論文；二、亞歷桑那州立大學魏世德（John Timothy Wixted）教授專門研究韋莊詞；三、加拿大維多利亞大學（University of Victoria）白潤德（Daniel Bryant）教授有專書討論馮延巳及李後主的詞；四、達特茅斯（Dartmouth）大學Robin D. S. Yates教授也於最近出版一部韋詞專著[22]。據稱，魏世德教

20 Hsien-Ching Yang, *Aesthetics Consciousness in Sung Yung-Wu Tzu*(*Songs on Objects*), Princeton Univ. dissertation, 1987.

21 Marsha Wagner, *The Lotus Boat:The Origins of Chinese Tzu Poetry in Tang Popular Culture* (New York:Columbia Univ. Press, 1984).

22 請參見以下專文或專著：Jonathan Chaves: The Tzú Poetry of Wen Ting-yun", M. A. thesis(Columbia Univ.), 1966；John Timothy Wixted, *The Song-Poetry of Wei Chuang*(Temple:Arizona State Univ. , 1979)；Daniel Bryant, *Lyric Poets of the Southern Tang:Feng Yen-ssu, 903-960, and Li Yu, 937-975*(Vancouver:Univ. of British Columbia IPress, 1982)；Hobin D. S. Yates, *Washing Silk:The Life and Selected Poetry of Wei Chuang*(Cambridge:Harvard Univ.Press)。

授刻正研究唐代樂府與早期詞作的關係，而白潤德教授也在進行晚唐詞的比勘工作。相信詞學界都在引頸期盼他們的成果。

此外，北美詞學研究還有不容忽視的一面：翻譯。學者若想在西方「推銷」中國文學，若想把詩詞的藝術層面介紹給讀者（尤其是不諳中文者），則首要之務當在把作品譯成流暢典雅的英文。因此，西方漢學界長年不變的鐵則是：「無翻譯，則無文學研究可言。」這種情形詩詞界尤其嚴重。這樣看來，批評家多少要受到翻譯家的啟示，而更廣泛的現象是，翻譯家就是批評家。總之，譯者與譯作的編選者在詞學研究上有其積極的意義，貢獻重大。王紅公（Kenneth Rexroth）與鍾玲合譯的《李清照全集》（*Li Ching-chao, Complete Poems*, New Directions, 1979）尤為漢詩英譯之翹楚。類似的譯壇雕龍客以下列諸位成就最高：傅漢思（原任教於耶魯大學，現已退休）教授、華茲生（Burton Watson，原任教於哥倫比亞大學，現定居日本）教授、Lois Fusek博士、李又安（Adele Rickett，原任教於馬利蘭大學，已退休）教授、舒威霖（William Schultz，原任教於亞歷桑那州立大學，已退休）教授，以及印第安那大學的兩位退休教授柳無忌與羅郁正[23]。威斯康辛大學倪豪士（William Nienhauser, Jr.）教授近年來則主編了一部《中國古典文學大辭典》，其中有關詞學的條目編寫得十分詳盡，幾乎含括了所有重要詞學研究者的心血[24]。

依愚見，北美詞學研究之所以於近年異軍突起，原因除了研究者思想開明、不泥於一法之外，約

---

[23] 見Hans Frankel, *The Flowering Plum and the Palace Lady*(New Haven:Yale Univ. :press, 1976)；Burton Watson, *The Columbia Book of Chinese Poetry*(New York:Columbia Univ Press, 1984)；Lois Fusek, *Among the Flowers:The Hua-Chien Chi*(New York: Columbia univ. Press, 1982)；Adele Rickett, *Wang Kuo-wei's Jen-chien Tzú-hua*(Hong Kong:Hong Kong Univ. Press, 1977)；Wu-chi Liu and Irving Lo, *Sunflower Splendor*(New York:Doubleday, 1975)；Irving Lo and William Schultz, Waiting for the Unicorn:poems and Lyrics of China's Last Dynasty, 1644-1911(Bloomington: Indiana Univ. :Press, 1986)。

[24] William Nienhauser, Jr. , ed. , The Indiana Companion to Traditional Chinese Literature(Bloomington: Indiana Univ. Press, 1986).

略還可歸納為下列兩點：一、沒有「詞學別是一家」的觀念；二、有心人積極推動研究發展。今日北美教育雖重專才，實則更重通才。研究詞學的人士並不以「詞學家」自限，而一般詩文的研究者也會跨行到詞學。哈佛大學宇文所安與加州大學余寶琳兩教授一向以精研唐詩著稱，但最近研究觸角都延伸到了詞學[25]，就是特例。又如普林斯頓大學高友工教授傾力研究律詩[26]，但教學時特重詞學的探討。許多詞學研究者（包括林順夫教授及筆者本人），均出自高氏門下。

余寶琳和宇文所安兩教授也是推動詞學研究的佳例。他們曾聯名向美國高等研究基金會（American Council of Learned Societies）申請專款補助，籌辦了一個詞學研討會，於一九九〇年六月五日至十日假緬因州約克（York）鎮舉行。原計畫與會學者共計十七人，但宇文所安因事缺席。其中，十四位來自北美各地，三位則由中國大陸專程趕到。此外，又有三位美國研究生在場擔任記錄。會中所討論的問題均屬目前詞學關鍵，相當具有代表性。玆將會議全程所提論文臚列如後，裨便讀者鳥瞰北美詞學近日發展梗概：

（一）關於詞之美學特性與形式問題（Aesthetic and Formal Aspects of Tzú）的論文有：

高友工，〈詞體之美典〉（The Aesthetic Consequences of Formal Aspects of Tzú）

---

25 余寶琳教授的著作參見上頁注2。宇文所安教授尤以著作等身享譽漢學界，代表作包括*The Poetry of Meng Chao and Han Yu*(New Haven:Yale Univ. Press, 1975)、*The Poetry of Early Tang*(New Haven:Yale Univ. Press, 1977)、The Great Age of Chinese Poetry(New Haven:Yale Univ. Press, 1981)、*Traditional Chinese Poetry and Poetics*(Madison:Univ. of Wisconsin Press, 1985)、*Remembrances:The Experience of the Past in Classical Chinese Literature*(Cambridge:Harvard Univ. Press, 1986)、Mi-lou：Poetry and the Labyrinth of Desire(Cambridge:Harvard Univ. Press, 1989)。

26 高教授最近的英文著作為"The Aesthetics of the Regulated Verse"，已收入林順夫與宇文所安合編之*The Vitality of the Lyric Voice*(Princeton:Princeton Univ. Press, 1986), pp.332-385。他另撰有"The Nineteen Old Poems and the Aesthetics of Self-Reflection"一文。

宇文所安，〈詞之傳統中「真」的問題〉（Meaning the Words:The Genuine as a Value in the Tradition of the Song Lyric）

林順夫（Shuen-fu Lin），〈詞體特性之形成〉（The Formation of Tzú's Distinct Generic Identity）

施議對，〈詞體結構論簡說〉（中文稿）

（二）關於女性問題與社會背景（Issues of Gender and Social Context）的論文有：

魏世德（John Timothy Wixted），〈李清照的詞與女性主義〉（The Poetry of Li Ch'ing-chao: Some Feminist Considerations）

孫康宜，〈柳如是對晚明詞學中興的貢獻〉（Liu Shih and the Tzú Revival of the Late Ming）

楊憲卿（Hsien-ch'ing Yang），〈詞裡的陰陽情緒與欲動〉（Androgyny and the Movement of Desire in Tzú）

方秀潔（Grace S. Fong），〈詞體之女性化過程——女人的意象與聲音〉（Engendering the Lyric:Her Image and Voice in Song）

（三）關於詞評、詞籍保存與詞的接受等問題（Self-Interpretation: The Transmission, Reception, and Criticism of Tzú）的論文有：

白潤德（Daniel Bryant），〈從《南唐二主詞》之版本校訂說起〉（Of Trees and Crabs and Data Files, Anthologists and Kings:The Textual Tradition of the Nan-Táng Erh-chu Tzú and What We Can Learn from It）

薩進德（Stuart Sargent），〈詞與歌曲之隔離——兼論僧道、詞籍印刷與音樂等問題〉（Distancing and the Lyric:The Monk, the Book, and the Flute）

艾朗諾，〈詞在北宋的聲譽問題〉（The Problem of the Repute of Tzŭ During the Northern Sung）
余寶琳（Pauline Yu），〈詞與正典的問題〉（Song Lyrics and the Canon: A Look at Anthologies of Ci）
葉嘉瑩，〈王國維的詞及其文學理論〉（Wang Kuo-wei's Song Lyrics in the Light of His Own Theories）
陳邦炎，〈關於詞的質素、風貌、容量的思考〉（中文稿）
楊海明，〈詞學研究之未來〉（中文稿）

此次詞學會議充分體現了北美詞學研究的方向與精神。雖然施議對、陳邦炎與楊海明乃由中國大陸遠道而來，但其論文在某種程度上實經大會事先安排。會議全程最具意義的一點是：各方學者互相切磋爭辯，其影響必將波及往後詞學的發展。除了上述發表專論的學者外，大會主持人還特地邀請了兩位「評論員」（discussants）於落幕當天總結議程。這兩位評論員是芝加哥大學的余國藩與華盛頓大學的康維達（David Knechtges）教授。他們的評論都很有見地，就中尤以余教授的論點切中肯綮，頗能抓住今日詞學方法論的內在脈絡，更可啟發往後研究者的方向。余教授以為：

1. 詞與音樂的關係仍然需要新的研究。
2. 詩與詞應從結構上、形式上來區分，不宜以主觀印象下結論。例如「長短句」表面上看來似乎是一種「自由詩」，但詞的韻律及其他形式限制實則較詩體更為嚴格。
3. 傳統上所謂「豪放」與「婉約」的對立大有商榷的餘地。今後關於風格之研究宜加深入，希望詞學學者從「語言問題」及「句構」入手，加緊研究的步伐。
4. 大會中有人以詞韻來定作品先後，極其危險，因為許多「方言」問題連語言學家都無從解決。
5. 在研究「正典」（canon）時，不能只看重序跋之類的材料，還應注意詞人如何填詞及讀者如何讀詞的問題。常人往往忽視讀者的重要，但讀者的意見實則很容易發展成為一種強大的傳統，會直接影響到「典律」的形成。

6.「細讀」（close-reading）式的批評可說是最具意義的研究方式，很高興看到大會中有幾篇論文在這方面做得甚為澈底，甚為精湛。

大會濃厚的學術氣氛及自由討論的精神，同時也給中國大陸的三位學者莫大的「精神激盪」。施議對博士回大陸之後，就連續寫了十篇與會觀感，從各方面追記緬因詞會的盛況。他在〈國際詞學研討會在美國舉行〉一文裡說了下面這段話：

> 有關宋詞與女性主義問題，主要探討一種社會思潮對於詞學研究的影響問題。女性主義，這是當前美國社會的一個熱門話題。美國當代女性，似乎並不滿足於經濟、政治的解放和社會地位的提高，而更加注重在意識形態中的地位。即：希望在內心世界真正得到「解放」。與會學者將當前社會的新觀念與宋詞聯繫在一起進行分析批判，令人耳目一新。有關學者提出：宋詞中許多言情作品雖為女性而作，且往往以婦人聲口出之，似乎可稱為女性文學，但其所表現的卻仍然是男性的意願，男性的需求與欲念，即使是女性寫女性，也未曾擺脫男性，即女性對於男性的依賴關係。有關學者主張以女性主義對於宋詞進行再認識。[27]

施博士同時又在《北京晚報》發表了一首詞，感慨緬因詞會彷彿「桃源仙境」，對北美學者享有的學術自由羨慕不已：

27 載《文學遺產》一九九〇年第三期。

臨江仙

到處繽紛芳草地
此間可是桃源
緣溪行有一舟牽
青藤連屋宇
松鼠任攀援
杳杳晴曦橫紫帶
平林漠漠孤煙
高談詞客膽如天
山中方數日
世上已千年[28]

坦白說，今日我回顧北美詞學研究由萌動到茁壯的這段歷史，益加感到學術自由的可貴。北美的詞學學者可謂天之驕子，但今日的學術巨廈乃建立在上一代漢學家「識盡愁滋味」的憂患勞苦上。撫今追昔，甚盼後來者能謹記共勉，為詞學研究再創歷史高峰。

——《中外文學》二十卷五期，一九九一年十月。

[28] 刊《北京晚報》一九九〇年八月十六日。

「古典」與「現代」

——美國漢學家如何看中國文學

數十年來美國漢學界一直流行著一種根深柢固的偏見，那就是，古典文學高高在上，現代文學卻一般不太受重視。因此，在大學裡，中國現代文學常被推至邊緣之邊緣，而所需經費也往往得不到校方或有關機構的支持。一直到一九九〇年代，漢學界才開始積極地爭取現代文學方面的「終身職位」，然而其聲勢仍嫌微弱。有些人乾脆就把現代中國文學看作是古代中國文學的「私生子」。

是什麼原因使得美國的中國文學研究形成這種「古典」與「現代」的畸形對立呢？這無疑是個十分複雜的問題，尤其因為它涉及許多跨文化的因素，不是一言兩語就能說清楚的。然而，今日當我們檢視海外中文文學的理想和實踐時，我們不得不重新思考這個問題所象徵的文化意義。本文擬從文化認同、藝術準則、文學典律諸方面來進行討論。

首先，讓我們從周蕾所謂「對他者物戀化」的文化現象說起。在她的近著《婦女與中國現代性：東西方之間閱讀記》中，周蕾特別提出西方人如何把「傳統」中國看成「他者」的問題。她認為西方人是以「物戀」的方式來研究「傳統」中國文化的——在他們的心目中，最值得迷戀的就是「傳統」中國所代表的尚未西化的「純粹」中國性，因此他們執迷於對古典的美化。從周蕾的觀點看，諸如貝特魯奇所導演的《末代皇帝》以及克莉絲特娃的《關於中國婦女》一書都是這種迷戀「他者」的跨文化產物，它們所呈現的不是真正的中國，而是對中國的「物戀化想像」。

相對而言，周蕾以為許多西方人之所以蔑視「現代」中國文化，主要因為那是一個已經被西化、被現代化了的中國——換言之，那是被認為喪失了「純粹中國性」、被西方霸權「肢解」了的複雜主體。所以，周蕾說：「漢學家在對中國傳統和本國本色執迷之中，缺乏的卻是對現代中國人民的經歷的興趣。」她甚至尖銳地指出：

> 漢學家是那麼酷愛古代中國文本裡面的中國，以至於他們不願意去參觀訪問中國。他們只能把中國文本當作圖畫來默默地閱讀，卻並不會講中國話；他們擔憂中國與其餘的世界靠得太攏了，於是強調中國研究的方法是自足的……

根據周蕾的解釋，正是這種古典「自足」的偏見使得著名漢學家宇文所安於幾年前對詩人北島的作品的「西化」有所批評，而引發了張隆溪、奚密等人對這種偏見的反彈。

不用說，周蕾對美國漢學界的批判具有一定的啟發性，它至少促使人們改變一些看問題的方法。但我認為這個問題還可以討論得更深刻，也可從不同角度來看，這樣才不至於落入以偏概全的陷阱。我願意站在客觀的立場，針對「古典」與「現代」的對立做進一步的討論。

我認為美國漢學界從一開始之所以偏重於古典的研究，並不完全出於對「他者」的迷戀；而它之所以忽視現代文學的研究，也不意味著缺乏對「他者」的迷戀。因為任何研究目標都有被「他者化」的可能。其實，真正的關鍵在於文學研究本身所強調的「經典」（canon）準則問題：當現代文學的批評準則正在形成、尚未定型之際，早期的漢學家只能研究傳統的「經典之作」（classics）。像《詩經》、《四書》一類的古典文本對漢學家來說特別具有繼承性，因為那些都是過去傳教士所編譯過的經典之作。後來隨著對中文的逐漸精通，漢學家開始研究唐詩、宋詞等典範詩類，接著近年來又開拓小說、戲曲的研究以及明清文學的新科目。總之，漢學研究的發展是與文學典範的重新闡釋息息相關的。比起古典文學，現代中國文學大都尚未進入經典之作的行列，所以長期以來一直被忽視了。

事實上，不僅漢學界如此，西方的文學批評界也是如此。整部西方文學史其實就是不斷奠定新文學經典的歷史。像波多雷（Baudelaire）、喬伊絲（Joyce）、惠特曼（Whitman）等現代詩人也都是在長時間的考驗之下才慢慢進入大學課程中的經典作家之列的。在這期間，許多純因僥倖而流行一時的作者也相繼遭到淘汰。「何者被納為經典？何者被淘汰？」一直是西方批評史中一個重要的課題。例如，艾略特（T. S. Eliot）在其著名的文章〈什麼是古典？〉（What is a Classic?）中特別提出，所謂「古典」就是「成熟的心靈」之表現——一個成熟的作家就是在一種語言中表達人類普遍性的作者，但不成熟的作者只會表達狹窄的意識。換言之，經典的準則就是禁得起時空考驗的準則，偉大的作家自然會登上經典的寶座，二流的作者終究會被排斥在經典之外。

但問題是，人們對於經典的準則有不同的解釋和定義。尤其在多元文化的今日，來自不同文化背景的人在選擇經典時很難達到共識。目前最典型的批評策略就是，一致以政治性的說法來說明經典的形成與奠定。例如布侖斯（Gesald L. Bruns）在一篇有關「經典」與「權力」的文章中說：

> 所謂經典，並不屬於文學的範疇，它是一種屬於權力的東西。

諸如此類的言論無形中使人把「權力的準則」代替了「文學的準則」，因而忘記了文學本身的重要性。有鑑於此，著名文學理論家哈樂德·布魯姆就出版《西方正典》（*The Western Canon*）一書來重申「美學價值」（aesthetic value）的獨立性與必要性。他一反當前對經典作品政治化與實用化的強調，呼籲大家以「懷舊」的精神來看「經典之所以為經典」的根本文學性。然而問題是，布魯姆在書中對西方純文學的強調，以及他對女性主義和黑人文化運動的攻擊，都處處表現出「歐洲中心論」的偏見。難怪該書一出版就引起各界人士對其「錯誤」意識形態的抨擊。

事實上，在今日複雜的社會中，文學經典的研究不可能與權力無關——例如，長期以來歐美作家一直被視為最具權威性的經典作家，但少數民族與女性的作家則被普遍地忽視。幸而近年來由於「政治正確」運動的影響，許多美國大學都紛紛重新調整「經典課程」的內容，使有些邊緣文學的課程一躍而成主流文學。以耶魯大學為例，所謂「古典文學」一向只指希臘文學與拉丁文學；但自一九八八年起，比較文學系裡的「古典」選修科目則包括中國文學。此外，當今的文學批評思潮中最令人感到興奮的，莫過於女性主義的興起與女性作品的重新闡釋。這場文化風潮涉及面之廣、影響之深是文學史中罕見的。而女性文學的經典化顯然在相當程度下是由於「權力的準則」的運用而產生的。

然而，若把文學作品被納入經典與否一概視為權力的運用，也是極其危險的。我認為信奉後殖民理論的學者正犯了這種錯誤。我可以很坦率地說，我雖然十分贊同周蕾在《婦女與中國現代性》中的女性主義閱讀，但對於她有關第一世界西方如何歧視第三世界中國的論點卻要提出質疑。至少在現代中國文學的問題上，若把注意力完全集中於西方的文化霸權上，把現代文學的邊緣性完全歸咎於西方人的偏見，那麼我們就等於自己放棄了作為中國人的自我批評職責。在重新估價現代文學的過程中，我們是否有勇氣自問：是什麼純粹的文學的原因使許多現代作品被排斥於經典之外？例如，我們可以考慮：現代中國文學在藝術上及文化上是否已建立了一個成熟的審美傳統？它與古典傳統的斷裂意味著什麼危機？它是否長時期受害於「藝術反映現實」的文學觀？

我看只有當「我們」自己努力提高文學藝術的準則，現代中國文學才能真正地經典化，否則一味地指責西方的文化霸權，把文學一律視為權力的運作，則會無可避免地走向更大的困境。

事實上，近五六年來，中國現代與當代文學在美國漢學界的地位可謂突飛猛進。突然間，申請攻讀這一學科的人數戲劇性地增多，許多大學的東亞系都有供不應求的現象。這種興盛顯然與中國當代文學自身的發展、流傳與進步息息相關。像王安憶、莫言、蘇童、殘雪、北島等人的作品英譯都是由美國主流出版社出版，而且也先後得到讀者的好評。按照今日批評界所流行的經典論（Canonization）來說，中國當代文學正在逐漸走向經典化的過程：哪些作品將會成為永垂不朽的經典，哪些只是喧騰一時的暢銷書，則要看作品本身的文學價值而定。

無論是「古典」或是「現代」，文學的經典化還要靠批評家的努力。不用說，漢學界裡中國現代文學的逐漸興盛與王德威、李歐梵、周蕾等專家的推波助瀾是同步的。尤其，在有關一九九〇年代小說的評析上，王德威帶給了我們新的美學眼光，讓我們在這個後現代、多元文化的環境中，更加意識到我們「看」的是什麼，要如何「看」，從什麼上下文中來「看」。只有像這樣的文學批評才能把當代中國文學逐漸從邊緣地位引向經典化的方向。僅這一點就足以證明，過去中國現代文學之所以被忽視，並非由於第一世界西方歧視第三世界中國，而是由於現代（包括當代）文學的批評活動與準則尚未定型，而文學作品本身也還在不斷成長與被發現的過程中。

——《讀書》七期，一九九六年。

後記

有趣的是，在我撰寫這篇文章十九年之後的今天，美國漢學界的傾向卻完全反了過來：那就是，現代文學已變得高高在上，而古典文學已不太受人重視了。

（孫康宜補註，二〇一五年八月）

《樂府補題》中的象徵與托喻

說起《樂府補題》的事件，那真是一件歷史悲劇，但可惜歷史書上少有記載。原來那故事是這樣的……

西元一二七八年，吐蕃喇嘛楊璉真伽奉元人之命毀辱南宋諸帝陵寢。十四名南宋遺民詞人憤而訴此事於詞章，結集為《樂府補題》[1]。全集共收詞三十七首，分為五組，分別作於五次哀悼毀陵慘劇的祕密集會，時為西元一二七九年，地點在越（今浙江境內）。五組詞，每組專詠一物，依次為龍涎香、白蓮、蓴、蟬及蟹。一般認為，龍涎香、蓴、蟹等詞托喻陵寢被毀的南宋諸帝，而白蓮詞和蟬詞則與后妃有關，她們的屍骨與君王的遺體一道被拋撒荒郊[2]。

值得注意的問題是，這些宋遺民詞人何以選擇詠物詞來抒發他們對於毀陵事件的憤慨？他們必定想把這種原用以鋪陳描述事物的詩歌手法，當作呈現自我內心意象的高度個人形式[3]。對於詠物詞所

1 「樂府補題」一名為詞集編者陳恕可和仇遠後加。

2 參見夏承燾，《樂府補題考》，見其《唐宋詞人年譜》（上海：中華書局，一九六一），頁三三七。

3 詠物，作為文學中的一種描述手法，在古代賦和詩中就占突出地位。有關詠物賦的討論，見Burton Watson, *Chinese Rhyme-Prose:Poems in the Fu from the Han and the Six Dynasties Periods*(New York:Columbia University Press, 1971), p.12-16；David R. Knechtges, "Introduction", *Wen Xuan, or Selections of Refined Literature* (Princeton:Princeton University Press, 1982), Vol. 1, pp.31-32。有關詠物詩作為「形似」形式的研究，見拙*Six Dynasties Poetry*第四章。有關南宋詠物詞的發展，見林順夫 *The Transformation of the Chinese Lyrical Tradition:Chiang Kuéi and Southern Tzŭ Poetry*(Princeton:Princeton University Press, 1978)；方秀潔（Grace Fong）, *Wu Wenying and the Art of Southern Sung Ci Poetry*(Princeton:Princeton University Press, 1987), pp.78-104。

取的這種態度，其引人注目之處在於，它代表一種旨在創立新的詩歌表現方法的努力，宣稱詩歌中的描述已不再純然是描述，而是包蘊著個人情感。這樣，詠物詞便成為一種理想的間接表意形式。通過這種形式，詩人們不是直接地，而是借助象徵（symbol）和托喻（allegory）來表達他們的內心。

《樂府補題》在很多方面代表南宋詠物詞的最高峰。本文試圖解釋，產生於「宋陵事件」的這些詠物詞，是怎樣既是象徵性的，又是托喻性的。當然，近來在西方文學批評中象徵和托喻的概念變得十分困難而複雜，因而在使用這些術語時必須加以仔細解釋。

在文本學批評中，象徵與托喻一般被看作兩種完全不同的手法；象徵派與托喻派之爭，至今風氣未頹。

首先，從浪漫主義時期開始，即有一種總的趨勢，把象徵手法看得高於托喻，因為許多批評家認為象徵主義似乎「與詩歌的本質等同」，而托喻則「遠離作詩之精神」[4]。其後，一九六〇年代後期，在保羅・德・曼（Paul de Man）對托喻過程的辯護和對象徵美學的摒棄中，出現了托喻的「復活」[5]。如果不是出於其他任何因素，單單這兩種手法命運的流轉，就足以說明象徵與托喻在西方文

---

4 Murray Krieger在他的"'A Waking Dream':The Symbolic Alternative to Allegory"一文中對這一趨勢進行了概述，見Allegroy, Myth, and Symbol, in *Harvard English Studies*, 9(Cambridge:Harvard University Press, 1981), p.4。參閱Northrop Frye, "Allegory"，被收錄於*Princeton Encyclopedia of Poetry and Poetics*, edited by Alex Preminger, et al., enlarged ed. (Princeton:Princeton University Press, 1974), p.14。

5 見Paul de Man, "Hie Rhetoric of Temporality", *Interpretation:Theory and Practice*, edited by Charles S. Singleton(Baltimore:Johns Hopkins University Press, 1969), pp.173-209。又見Paul de Man, *Blindness and Insight:Essays in the Rhetoric of Contemporary Criticism*, ed.,Wlad Godzich(Minneapolis:University of Minnesota Press, 1983), pp.137-138。Christopher Norris正確地解釋了保羅・德・曼以托喻代替象徵作為最高比喻手法的貢獻：「托喻成為最傑出的非神祕化轉喻，成為對於所有自命為象徵超越的事物的決定性否定。……托喻不斷地將注意力導向其自身的專斷特性，即這樣一種事實：任何（將由讀者）讀出的涵義均為詮釋密碼與習俗的產物，無權自稱終極可靠的最先涵義。這樣，正如德・曼所謂，通過托喻，思維認識到所有理解的時間困境。並不存在自我擁有的涵義的現在時刻，其間符號與實際經驗吻合得如此完美，以致無必要進行進一步的詮釋。對於德・曼，托喻帶來一種如同解構手段的力量，德里達（Derrida）用他的一個關鍵字語來表達這一力量，即區別differance。」〔該詞

學中由來已久的對立存在。

我寫這篇文章的最初衝動，來自我想證明象徵與托喻在中國詩歌中不是互相區別而是互為補充的，而且兩者可以並存於同一文本[6]。這樣，本文將專注於討論《樂府補題》中的象徵與托喻是如何與西方概念相似而又（更重要地）相區別的[7]。我的基本觀點是，西方批評僅在開始比較概念時起作用，但在使用它的時候，我們不能為它的獨特「西方」涵義所限制。

我的討論將從《樂府補題》諸詞的象徵層面開始。在剖解實例時，我將著重第二組詞的詮釋。這一組共收詞十首，一律調寄〈水龍吟〉。十首詞均題為〈浮翠山房詠白蓮〉[8]。卷首一闋為當時最負盛名的詞人之一周密所作[9]：

素鸞飛下青冥，舞衣半惹涼雲碎。藍田種玉，綠房迎曉，一奩秋意。擎露盤深，憶君清秋，暗傾鉛水。想鴛鴦正結，梨園好夢，西風冷，還驚起。應是飛瓊仙會。倚涼飆，碧簪斜墜。輕妝

略同於difference（不同）、differing（別於）、deferral（遷延）三詞的合意——譯者〕見Christopher Norris, "Some Versions of Rhetoric:Empson and de Man", *Rhetoric and Form:Deconstruction at Yale*(Norman:University of Oklahoma Press, 1985),p.201。

6 當然，有人會提出，托喻與象徵主義之間的區別主要在於二者意向的不同，而且理論上來說大多數西方作品可以被讀作既是托喻的，又是象徵的。然而事實上，西方批評家在閱讀作品時，一般不把這兩種手法結合起來。

7 葉嘉瑩在其"Wang I-sun and His Yung-Wu Tzŭ"(*Harvard Journal of Asiatic Studies* 40,1980)中，已對好幾處重要的托喻內涵進行了研究。她對於托喻的詮釋，符合中國的傳統觀點，我很同意。但理論家和比較研究家們可能會認為如此定義中的托喻並非「托喻」。本文主要是針對那些對於中西文學上的比較觀點有興趣的讀者而寫。

8 撰寫「白蓮」組詞的聚會地點浮翠山房，可能屬於《樂府補題》詞人之一唐藝孫。其他四組詞分別作於越地的四個不同地點：宛委山房（屬陳恕可）、紫雲山房（屬呂同老）、餘閒書院（可能屬於王沂孫）、天柱山房（屬王易簡）。應當注意到被毀的南宋帝陵就在越山之側。參閱：黃北顯，《樂府補題研究及箋注》（香港：學文出版社，一九七五），頁一一、八四；夏承燾，《唐宋詞人年譜》，頁三七九；Chia-ying Yeh Chao, "Wang I-sun and His Yung Wu Tzŭ"。

9 《樂府補題及箋注》，頁一一六；唐圭璋編《全宋詞》（北京：中華書局，一九六五），頁三二八七。

門白，明璫照影，紅衣羞避。霽月三更，粉雲千點，靜香十里。聽湘弦奏徹，冰綃偷翦，聚相思淚。

這首詞的中心象徵當然是白蓮。在中國文化中，白蓮象徵純潔與完美，因為它的花朵潔白無塵，玉立於池沼泥澤之上。白蓮也是寧靜、神聖的象徵，被佛、道二教同視為聖物[10]。在周密的這首詞中，白蓮以其馨香淡雅，被作為女性形象的隱喻（**metaphor**）。這樣的擬人手法一直保持在詠物詞的傳統中；通過它，非人的事物被用來象徵人[11]。

既然人格化首先是一種象徵手法，這首詞在這一層面上明顯是象徵性的。然而，這只是最低限度的象徵主義。真正的象徵主義具有更多涵義：它指一種意象的象徵結構。這種結構是含蓄的，只有在和情感相聯繫時才能為人所欣賞[12]。在這首白蓮詞中，如同在其他《樂府補題》詞中一樣，象徵與被象徵之間的聯繫，建立在一種意象的聯想之中。對這種意象的聯想需要進行多重詮釋。

讓我們從分析本詞的上半闋入手：開首數行，呈現一幅素鸞飛舞雲間的意象——沉默的舞，美得神祕。這種費解的語調，對於神鳥惹碎涼雲的描寫，立即招致種種疑問。這幅意象的涵義是什麼，

---

10 參見C. A. S Williams, "Lotus", 被收錄於*Outlines of Chinese Symbolism and Art Motives*, 3rd rev. ed. (New York:Dover Publications, 1976), pp.255-258。並參閱周敦頤〈愛蓮說〉，文中表述了一位新儒學者對於蓮的喜好，因為它「出汙泥而不染」的品質、淡遠的清香和莊重的美麗等等，被收錄於王雲五編《周子全書》（上海：商務印書館，一九三七）卷一七，頁三三三。

11 花的擬人化絕非新手法。有關中國古典詩詞中梅花的人格化，參閱Hans H. Frankel, *The Flowering Plum and the Palace Lady:Interpretation of Chinese Poetry*(New Haven:Yale University Press, 1976), pp.1-6；及其"The plum Tree in Chinese Poetry", *Asiatische Studies* 6(1952), pp.88-115。並參閱Maggie Bickford等，*Bones of Jade, Soul of Ice:The Flowering Plum in Chinese Art*(New Haven:Yale University Art Gallery, 1985)。

12 參見Alfred Garwin Engstrom, "Symbolism" 和Norman Friedman, "Symbol", *Princeton Encyclopedia of Poetry and Poetics*, pp.836-839,833-836。

「素鸞」與「白蓮」之間有何聯繫？這是夢？是真？抑或二者兼是？這首詞為何如此朦朧費解？

然而，朦朧乃是詠物詞的主幹。作為文體的一種，詠物詞一直遵循聯想表述原則，堅持將具體的意象與象徵及被象徵之間所共有的特質聯合起來。這些象徵與被象徵之間所共有的物質從未被清楚明白地指稱；它們只是憑藉種種意象的聯繫而凸現出來。換句話說，彼此之類似，是通過特質上的聯繫而被強加在意象上的。不過，最重要的是，這種（意象和象徵意義的）關係所包含的種種涵義是經由讀者來發現的。

回到周密的詞上來：我們將會發現素鸞、白蓮之間的等同是一種官感上的等同——色彩、聲音等等。蓮，其白色花瓣，如素鸞一般瑩潔。她默默搖曳風前，猶如素鸞默默起舞雲間。她飄浮一池冷碧之上，又如素鸞之逗惹「涼雲」。這裡，我們清楚地看到生命被投射到無生命的物體上，白蓮被變形為具有生命特質的物體。

接著，花兒便有了思想，有了欲望，有了遺憾。她是孤寂的，純潔、悲哀、淡遠，有如產自藍田幻境的白玉[13]。在詠物傳統中，梅花常被稱做「玉人」，往往用來隱喻美女。在這首詞裡，蓮花也同樣被還原到她的女性本質，皎潔如玉，帶著一種迷人的憂鬱。她默默地等待著拂曉，妝盒裡滿蓄著「一奩秋意」——這靜夜無眠，透露出她的感傷、激情和痛苦。

現在物與人已合二為一，詩人一步一步把我們引向他的象徵主義的深處。在第七行（「憶君清秋」）裡，詩人的代言人開始進入畫面。他告訴我們，蓮葉上的露滴使他聯想到眼淚——不是一般的淚，而是鉛水。這一意象顯然出自詩人李賀的名篇〈青銅仙人辭漢歌〉：詩中的銅人因被迫從長安漢宮遷往魏都洛陽而潸然落下鉛淚。銅人落淚，是因為他所擎的露盤，原用以為漢朝天子承接仙露的，

13 此處用李商隱〈錦瑟〉詩典：「滄海月明珠有淚，藍田日暖玉生煙。」這裡，玉的魔幻性質來自下述傳說：一位叫紫玉的女子死於相思，死後化為輕煙，繚繞藍田。參見A. C. Graham, *Poems of the Late T'ang*(Penguin Books, 1965), pp.171-173。

現在卻被打碎了[14]。這一典故的應用對於周密詞的中心涵義想必十分重要。不過，在這一點上，它僅僅指示了一個方向，似乎在悲哀的銅人和承露的蓮蓬之間存在著某種聯繫。然而，蓮花又被擬人化為一位女性。這是否意味著詩人想到他自己的朝代的衰落，其間一位美麗的女性也曾「暗傾鉛水」？如果是這樣，這位女子是誰？

詩人似乎如此解釋女子悲哀的由來：「想鴛鴦正結，梨園好夢，西風冷，還驚起。」如此看來，女子是被「西風」——可能是指朝代的衰落——把她和愛人分開。而且，由於某種原因，詩人幾乎是親身體會到女子的絕望，西風颯颯，仍然沖刷著他的記憶。如此說來，這首詞難道是出於詩人自我激情的回憶？不過，我們切不可把如此單一而確定的涵義，強加給這樣一首複雜的作品。這首詞的象徵力量不是建立在意象的清晰之上，而是在其晦澀之中。

進入本詞的下半闋，我們看到這女子，可能是在她死後羽化登仙。這轉折真是出人意料！女子變成了飛瓊——崑崙山西王母座下的樂仙[15]。她「倚涼颸，碧簪斜墜」，讓我們想起迎風起舞的白蓮和素鸞。其實，她就是白蓮：她的「輕妝」對應白色的蓮瓣，她的「明璫」有如深夜蓮花上閃爍的月光。甚至她的名字「紅衣」，也和蓮花的名字一樣[16]。唯一的不同是她已成不朽，一位仙子生活在超越時間的世界裡，與鮮花、美女的短暫形成尖銳對比。是在這層意義上，女子與神鳥素鸞完全達到了同一。一點對於莫測的神仙生活的知覺，一份對於神祕、對於超越人類世界的夢想的情感，一種新的現實——這一切給我們以無限的想像空間。似乎是在生死之間，詩人找到了一條道路——一種持續不斷而且寓意豐富的平衡。月下蓮池，清涼一片，詩人在那裡看到了象徵這一永恆世界的基本意象：

14 參見同上書，頁一〇六至一〇八。並參見Chia-ying Yeh Chao, "Wang I-sun and His Yung-Wu Tzú"。

15 典出《漢武內傳》，見《樂府補題研究及箋注》，頁二七。

16 可能是因為蓮花白蓮瓣上的紅暈，中國詩詞中常稱蓮花為「紅衣」。

霽月三更，粉雲千點，靜香十里。

這美麗的仙子，明豔如月，卻總是迴避著詩人（「紅衣羞避」）。她就像那水上仙子，若隱若現——卻不似那河道自身，雖是不斷流淌，但總在那裡。有意思的是，她耳上的「明璫」使人想起曹植〈洛神賦〉中的別離，洛神哀歎她與凡間情人的短暫聚會必須終結：

無微情以效愛兮，獻江南之明璫。

她的情人眼睜睜看著她在黑暗中消逝，「悵盤桓而不能去」。「明璫」，別離的象徵，喚起詩人記憶中多少舊事！他熟悉的樂聲重襲心頭。他「偷」彈珠淚，誰能知道他隱藏在心底的哀愁有多深？

誠然，他對那女子（蓮）的愛對我們總隱著一份神祕。但有一事是清楚的：詩人的眼淚給他自己，也給他所愛的人以一定意義的安慰。因為實際上他自己也變成了白蓮：他的淚珠也就是蓮瓣上的露珠。或許他就是那位青銅仙人在「暗傾鉛淚」。或許這首白蓮詞就是詩人自身的象徵性造像[17]。總之，主客觀之間已無界限。這種觀照點的不斷變換，可以和法國象徵主義詩歌中典型的物我混淆相比[18]。

17 此處並不存在性別的問題，例如周敦頤就把蓮稱做花中之「君子」。並請注意南宋詩（詞）人常把梅花當作他們優雅生命與情感的象證。參見Maggie Bickford, "The Flowering Plum: literary and Cultural Traditions", 見她的*Bones of Jade, Soul of Ice*, pp.23-24。

18 有關觀照點的變化作為詠物詞的文體特點，參見Chia-ying Yeh Chao, "Wang I-sun and His Yung-Wu Tzú"。Marcel Raymond 描述了

在上述細讀的基礎上，我們得以進一步觀察周密詞中另外兩個重要方面：它們似乎定義了詠物詞象徵主義的特殊性質。首先，對於所有讀者來說都很明顯的是，雖然「白蓮」二字從未在詞面上出現，但詞中每一處意象的描寫都呈現了花兒的基本特質：瑩白、清冷、淡雅、純潔、沉靜、憂鬱。對於所詠物的直接指認的缺乏，反給詞章平添了一份優雅。但這種距離效應的創立，只是詠物體的一種傳統手法。正如宋代批評家沈義父在其《樂府指迷》中指出，詠物詞的文體要則之一是詞人不能直接在詞面點明所詠物的名稱[19]：

> 如說桃，不可直說破桃，須用「紅雨」、「劉郎」等字。如詠柳，不可直說破柳，須用「章臺」、「灞岸」等字。……詠物詞，最忌說出題字。如清真梨花及柳，何曾說出一個梨、柳字？

第二，詠物詞中的象徵的一個基本手法是用典[20]。例如，銅人典和洛神典為周密詞提供了重要的參照系統和文際聯繫。通過這些指向詞外某件事物的典故，我們體味到詞中的細節是怎樣歷史性地連接起來[21]。然而，在詠物詞的上下文中，每一個典故作用如同一個意象，與占主導地位的象徵的美學

象徵主義詩歌中的類似手段：「自我進入無意識力的掌握之中並與無生命物同化，而無生命物則將夢幻者的意識固定下來。」見他的*From Baudelaire to Surrealism*(London:Methuen, 1970), p.3。

19 不說破名字的傾向在早期詠物詩中也可看到。然而，直到後來，在詠物詞的發展中這一傾向才成為一種文體要求。必須注意的是：甚至某些宋末詩（詞）人也沒有覺察到這一規則。例如沈義父就曾批評周密偶爾會違反這一規定。

20 有關《樂府補題》中「相聯典故」的作用，參閱Chia-ying Yeh Chao, "Wang I-sun and His Yung-Wu Tzu"。

21 有關中國詩詞的用典，參閱James R. Hightower, "Allusion in the Poetry of Táo Chién", 收於*Studies in Chinese Literary Genres*, ed. Cyril Birch(Berkeley:University of California Press, 1974), pp.108-132。David Lattimore, "Allusion and Táng Poetry", 收於*Perspectives on the Táng*, ed. Arthur F. Wright and Denis Twitchett(New Haven:Yale University Press, 1973), pp.405-439。Yu-kung Kao, Tsu-lin Mei, "Meaning,

呈現（如白蓮）密切聯繫；而這主導象徵也就順次成為詩人自我的隱喻。在這類詩詞裡，詩人是通過內化過程而賦予典故以一種意象和象徵的價值[22]。正是這種典故的表現作用使它（典故）和感覺與想像相接觸[23]。

然而，最終還是「重複手法」把這些意象型的典故和其他類型的意象變成象徵。重複對於《樂府補題》的涵義極其重要，不可或缺；通過每一組詞的逐篇比較，我們可以看出其最佳效用。例如，明璫、寶玉、碧簪、露盤、舞蓮——所有這些意象在白蓮片語中一再出現。有些意象開始似乎使人迷惑。但它們的重複出現為詞章織出了厚密的意象網絡。這一性質，我相信，加強了整體意象之間的連接力，因為每一意象負載著豐富的潛在意義。由於運用了這種意象重複的手法，讀者被不斷地引向其他的事物而把它們當作詞章的真正涵義，直到窮盡所有可能的象徵意義。當然，中國語言自身似乎是天生保有這種意象密度，但在詠物詞中，詩歌意象承擔著更為厚重的連接力。

為了顯示《樂府補題》的重複手法的意義，我打算考察白蓮片語的最後一首，作者王沂孫，他大約是這十四位詞人中最傑出的一位：

翠雲遙擁環妃，夜深按徹霓裳舞。鉛華淨洗，娟娟出浴，盈盈解語。太液荒寒，海山依約，斷

Metaphors, and Allusion in Tang Poetry", HJAS 45. 1(1985), pp.77-128。

22 雖然是在不同的上下文中，高友工對於「象徵化」和「內化」的定義仍然適用於這類詠物詩：「象徵化指的是藝術媒體作為象徵貯藏的性質。換言之，藝術語彙所包含的內容超出其表層涵義，故而美學表面與形式對於總體涵義有著相當貢獻……內化過程是藝術家內在藝術的一部分；它因此也就成為創造過程的對象的一部分。」見Yu-kung Kao, "The Metamorphosis of Lyric Poetics", 為紀念克勞佛（John M. Crawford, Jr.）國際討論會「言與象：中國詩歌、書法和繪畫」（Words and Images: Chinese Poetry, Calligraphy, and Painling）所撰論文"The Metropolitan Museum of Art"(New York, 21 May, 1985)。

23 周杉（Shan Chou）同樣在其文章中強調了典故中的情感的重要，參見其"Allusion and Periphrases as Modes of Poetry in Tu Fu's 'Eight Laments'", HJAS 45. 1(1985), p.99。

魂何許？甚人間別有，冰肌雪豔，嬌無那，頻相顧。三十六陂煙雨。其淒涼，向誰堪訴。如今謾說，仙姿自潔，芳心更苦。羅被初停，玉璫還解，早凌波去。試乘風一葉，重來月底，與修花譜。[24]

這首詞以唐明皇及其湘妃楊玉環的故事起頭。據白居易《長恨歌》，唐明皇是如此為楊貴妃的嫵媚所魅惑以致荒廢政事。每逢宮廷宴會，楊貴妃常隨〈霓裳羽衣曲〉翩翩起舞。此曲起源神祕，《異聞錄》載：

開元中明皇與申天師遊月中，見素娥十餘人，皓衣乘白鸞笑舞於廣庭大桂樹下，樂音嘈雜清麗，明皇歸製〈霓裳羽衣曲〉。[25]

如此看來，「霓裳」指月中仙子的舞裙，「羽衣」則指素鸞的雙翅。王詞的起首數行美在他把一個典故化成了一個引起不盡聯想的意象：楊貴妃的舞步正與月宮仙子相彷彿——輕柔如羽如夢，伴隨著天宮仙樂。最重要的是，她身著白色霓裳。在我們的想像中她甚至可能披著羽衣（如她的舞名所示），正如素鸞的裝束一般。

此刻我們驚喜地發現，原來周密詞的開首意象也是在用典。「素鸞飛下青冥，舞衣半惹涼雲碎」

24 《樂府補題研究及箋注》，頁四二；《全宋詞》，頁三三五五。有關王沂孫的生卒年月，參閱Chia-ying Yeh Chao, "Wang I-sun and His Yung-Wu Tzŭ", p.61；吳則虞，〈詞人王沂孫事蹟考略〉，收於華東師大中文系編《詞學研究論文集》（上海：上海古籍出版社，一九八二），頁四四三至四四九。

25 轉引自《樂府補題研究及箋注》，頁二六。

——不也是在寫楊貴妃嗎？然而，若不是讀了這組詞中的另一首，比如說王沂孫的詞[26]，我們也許就會忽略掉淹埋在周詞中的這種典故。我發現白蓮片語中的所有十首都用了楊貴妃——七首明白點出「環妃」，而其他三首（包括周密詞）則僅出以暗示[27]。這些典故在詞中形成固定模式，它們的重複出現把我們引向深層理解所需要的更多聯想。這種重複手法起著一種激發作用，迫使我們去探測複雜而又融為一體的詩詞意象系統。

當我們開始分析王沂孫詞時，我們發現，這首詞從頭至尾把楊貴妃和白蓮聯繫一處。「翠雲」，被用以描繪楊妃的秀髮，也做了蓮葉的隱喻。楊妃「娟娟出浴」，純淨、天然、「鉛華淨洗」，如芙渠出水，「盈盈解語」。確實，作為花兒，楊妃較之池中芙蓉更為光彩照人。據野史所載，唐明皇曾如此品鑑比較眼前這兩種「解語花」。

> 明皇秋八月，太液池有千落白蓮數枝盛開，帝與貴戚宴賞焉，左右皆歎羨。久之，帝指貴妃示於左右曰：「爭如我解語花？」[28]

如此說來，楊貴妃是因為她具有人情才較白蓮略勝一籌。這個典故強調了楊妃情感生活的一面。因此，在王沂孫筆下，楊妃作為「尤物」、「禍水」的傳統形象被擱置一旁[29]。代替這種形象，王沂

26 這類典故使我們想起James R. Hightower文章"Allusion in the Poetry of Táo Chién"所列第四類典故：「詩行具有完整意義；典故的出處與原意一旦搞清，便為詩歌加進寓意，從而增強了詩歌的字面意義。」

27 七首明白點出「環妃」的詞包括第二、三、四、五、六、七、十等。三首出以暗示的詞指第一、八、九等（轉引自《樂府補題研究及箋注》，頁二六至四二）。

28 原載《開元天寶遺事》，轉引自《樂府補題研究及箋注》，頁三五。

29 關於楊貴妃形象的固定模式；參閱David Lattimore, "Allusion and Táng Poetry"；Maggie Biokford, *Bones of Jade, Sold of Ice*, p.20。

孫在詞中強調楊妃對明皇生死不渝的愛情。白居易的《長恨歌》深切地敘述了這一齣愛情悲劇：明皇從都城出逃途中，楊貴妃死於明皇將士之手，玄宗讓道士召喚貴妃亡靈，得知她已成為海上仙山裡的太真仙子；道士至海上面謁楊妃，楊妃起誓，愛玄宗直至地久天長。然而，在人間，玄宗皇帝的悲哀卻無人可以慰藉：

歸來池苑皆依舊，太液芙蓉未央柳。
芙蓉如面柳如眉，對此如何不淚垂。

王沂孫詞的第六行至第八行，正是引用了這個感人的故事。「太液荒寒，海山依約，斷魂何許？」詩人苦苦詢問。問題簡單，內涵卻很複雜。無疑這斷魂人絕不止於兩位。有很多敏感的靈魂，通過情感的認同，來和楊妃、明皇分嘗這份愁苦。詩人自己會是這群斷魂人中的一員嗎？他和歷史上這一對誓不相忘的情人之間有何特殊的關係。在詩人眼中，這純淨如玉、默默沉思的蓮花，正是那綿綿長恨的見證：花兒因此也變得「芳心更苦」。同周密詞中的代言人一樣，詩人現在也化作了那位苦戀著的情人。眼睜睜看著他心愛的仙子倏然轉身，凌波而去，只遺下一雙明璫，他的心兒因痛苦而顫慄。

這樣，在這樣一朵小小的蓮花上，詩人感受到了所有這一切愛與恨。世上任何事物比這花兒，這生命的芳芬，更加美麗動人。通過蓮花這美的象徵，詩人發現了一條通往不朽的祕密通道——這就是藝術的不朽。確實，詩人成功地培養起了和花兒的共性——不僅於此，他還相信一本「花譜」（即藝術）的創立，將是他生命的最終勝利：

試乘風一葉，重來月底，與修花譜。

由此類推，可知詩人是通過詩歌和想像而領略了生命的全部意義。

讓我們把這樣的詠物詞稱做象徵主義詩歌，因為這種詩歌基本上是聯想的和間接的。我們的讀法僅是多種讀法之一，因為要窮盡詞中所含的全部象徵意義實際上是不可能的。在詠物詞錯綜複雜的象徵系統中摸索，讀者持續地受到啟發從而在本文中不斷發現新的涵義。

對於讀者和詩人自身來說，似乎象徵的概念更適用於前者（即讀者）。因為，正如馬爾賽·雷蒙德（Marcel Raymond）所示，詩人常是「有意識地求助於一種間接表現手法」，儘管他們使用的意象或許被「賦予十分確切的意義」[30]。在這種情況下，讀者就必須為自己找出象徵的趨向性涵義。由於這個原因，我作為一個讀者，將著手討論《樂府補題》諸詞的更具特徵性的托喻涵義。我將提出托喻在《東府補題》中賴以立足的幾個基點，然後考慮這些基點是以何種狀態在組詞中被結成相互附著交織的整體系統。

《樂府補題》須用托喻的方法來閱讀，這一點實質上為所有瞭解一二七八年毀陵事件的詩人和學者所證實[31]。確實，我們對於這些詞章寫作的政治環境的瞭解，迫使我們從上述象徵主義層面之外來考慮《樂府補題》。難題是，我在本文開頭也曾提到，西方批評家一般把象徵與托喻看得很不相同。諾斯洛甫·弗賴伊（Northrop Frye）寫道：

差別在於，一個是「具體的」導向象徵的方法，它開始於真實事物的意象，然後引出觀念和

30 參見Marcel Raymond, From Baudelaire To Surrealism, p.37。

31 見夏承燾《樂府補題考》，頁三七六至八一一。並參見Chia-ying Yeh Chao, "Wang I-sun and His Yung-Wu Tzú", pp.61-69。

意見；另一個則是「抽象的」方法，它開始於觀念，然後試圖找到具體的意象來代表這個觀念。[32]

然而，《樂府補題》詠物詞所使用的文學技巧與弗賴伊所總結的模式並不相合。這些詞章至少在兩個關鍵方法上是例外：第一，它們似乎在象徵和托喻之間同時具有雙重焦點；第二，它們以托喻方式指向一樁政治事件，而非指向真理或觀念的道德呈現，像西方托喻中所常做的那樣[33]。

但我們無疑可以接受弗賴伊關於象徵方法的定義。回到「白蓮」組詞上，我們會看到，不僅每首詞以「真實事物的意象」開頭從而引出純潔的觀念（主題），而且所有的詞都持續地指向中心象徵——白蓮，雖然各自帶有很不相同的暗示性涵義。我認為象徵與托喻的真正區別在於：對於象徵來說，我們關於（詩歌）意義的廣泛聯想是否確實符合作者的意向是無關緊要的；而在托喻中，作者的

32 Northrop Frye, Anatomy of Criticism(Princeton:Princeton University Press, 1957), p.89。不是每一位批評家都同意這樣來區分兩種不同的手法。例如浦安迪就這樣回應弗賴伊的意見：「這樣一種解釋具有對稱的好處……但它似乎牽涉到托喻的寫作與托喻的閱讀過程的混淆。例如：要想弄清但丁是要用他的天國玫瑰來作為通向神秘洞察力的跳板呢，還是用它的形象來實現一個早已信仰的上帝之誠的概念，就似乎是徒勞。」〔見其*Archetype and Allegory in the Dream of the Red Chamber*(Princeton:Princeton University Press, 1976), p.90〕。麥西康（Earl Miner）提醒我們托喻和象徵常是難以分清的，因為二者都是類型學的姐妹〔見他的"Afterword", *Literary Uses of Typlogy:From the Late Middle Ages to the Present*(Princeton:Princeton University Press, 1977), p.386〕。最近，J.Hillis Miller提出象徵和托喻是「兩種托喻」（"The Two Allegories", *Allegory, Myth, and Symbol*, pp.355-370）。

33 當然，政治托喻在西方文學中並不缺乏。例如在Spenser、Dryden和Swift的作品中就可以找到，應注意到Maureen Quilligan在她最近出版的書中批評托喻閱讀中對於政治涵義的普遍忽視〔見其Milton's Spenser:The Politics of Reading(Ithaca: Cornell University Press, 1983), p.160〕。Holly Wallace Boucher在他"Metonymy in the Typology and Allegory"一文中，也做了類似的，雖然多少有些附帶性的批評（*Allegory, Myth, and Symbol*, p.145）。然而，近期學者們發現有必要強調托喻的政治方面這一事實，正好說明了大多數西方文學批評仍將托喻看作一種表現其理或觀念的手法。

意向則是必要的。對此，弗賴伊的解釋頗有說服力：

> 對托喻的詮釋……開始於這樣的事實：托喻是敘述過程中的結構要素，它必須在那兒，而不是僅靠批評詮釋者附加上去的。[34]

最近，莫林・奎利根（Maureen Quilligan）詳細探討了對托喻的閱讀的真實性質：

> 這樣，托喻的閱讀（與附會式閱讀相反）。……必然地負有反覆質詢詮釋的複雜重任，但這種詮釋方法必須局限在「本文」文字（文體的）意圖之內。因此，我認為，這就是附會式閱讀與托喻的閱讀之間的最大區別。……在對待托喻敘述時，開頭不可以逃離「本文」（text）的歷史意圖。[35]

這一點把我們引向中國詩（詞）人和批評家予以首肯的第二詮釋層面：《樂府補題》諸詞的創作托喻性地呼應了發生於一二七八年的一樁真實歷史事件。作者的意圖儘管是出於暗示，確實存在於本文文字之中。我們從歷史和文學資料中得知，當吐蕃喇嘛毀辱六所宋代皇陵和一百零一座宋代高級

---

34 Northrop Frye, "Allegory", *Princeton Encyclopedia of Poetry and Poetics*, p.12。錢鍾書也在作者意向的基礎上把托喻的寫作與非托喻的寫作區別開來：前者像個有核（心）的蘋果，後者則像隻無心的洋蔥頭（《也是集》（香港：廣角鏡出版社，1984），頁一二一）。

35 Quilligan, Milton's Spenser, p.26。參閱她的早期著作*The Language of Allegory:Defining the Genre*(Ithaca:Cornell University Press, 1979), pp.29-131；"Allegry and Allegoresis, and the Deallegorization of Language", *Allegory, Myth, and Symbol*, pp.183-185。余寶琳（Pauline R.Yu）在其"Allegory, Allegoresis, and the Classic of Poetry"一文中採取了類似的研究手法，見HJAS 43.2(1983), pp.37-412。

官吏的墳墓時，所引起的創痛是如此深巨，以至於陵墓附近會稽郡內的每一位漢人知識分子都有所行動[36]。唐玨和林景熙是最積極人士中的兩位。唐玨在悲憤交加之下挑選了一批青年扮作採藥師，收集被拋散的帝后遺骨，改葬蘭亭山[37]，那裡曾經是王羲之和其他東晉名流的修禊場所。後來，這同一個吐蕃喇嘛又下令將在這一區域內發現的帝后遺骨和牲畜骨殖混埋在塔下[38]。此舉深深激怒了所有的漢人。不過，至少林景熙設法從原宋長朝宮移植了六株冬青樹到蘭亭山遺骨塚，以標誌已逝帝后的永恆存在。林景熙、唐玨，還有他倆共同的朋友謝翺，都曾作詩專詠此事[39]。下面這首詩，題作〈冬青樹行〉，是唐玨寫在雷電擊毀鎮埋帝后與牲畜骨殖的白塔以後：

冬青花，不可折，南風吹涼積香雪。
遙遙翠蓋萬年枝，上有鳳巢下龍穴。
君不見犬之年，羊之月，霹靂一聲天地裂。

在下一年（一二七九）的年初，當宋朝廷完全陷於元人之手以後，十四位詞人——包括唐玨、王沂孫、周密和張炎，舉行了五次祕密集會，填寫了三十七首詠物詞，後來被總稱為《樂府補題》。這些詠物詞都沒有明白提及這一歷史事件：從我們對周密和王沂孫詞的象徵主義閱讀中也可看到，詞中

36 據陶宗儀，〈發宋陵寢〉，萬斯同編《南宋六陵遺事》（臺北：廣文局，一九六八），頁一六下至頁一九上。參閱Shuen-fu Lin, The Transformation of the Chinese Lyrical Tradition,p.192；Chia-ying Yeh Chao, "Wang I-sun and His Yung-Wu Tzŭ", pp.73-74。

37 一說實為林景熙，而非唐玨，倡導了這場義舉，見《樂府補題研究及箋注》，頁九六至九七、一〇〇至一〇一。

38 參見羅有開，〈唐義士傳〉，《南宋六陵遺事》，頁七下。

39 參見《樂府補題研究及箋注》，頁一〇五、一一二；林景熙，《霽山集》（北京：中華書局，一九六〇），頁一〇三至一〇五。

意象並未明指此事。但是，我在下文將證實，恰恰正是這些謎一般的意象所具有的召喚力，給予詞的托喻框架以必要的粘合性。重要的是，作為創作依據的「六陵遺事」被有意識地處理得非常含蓄。這樣，詞的托喻涵義不僅包括那具代表性的卻缺乏連貫的意象本身，也包括對含蓄提及的歷史輪廓和政治基礎的理解。確實，這些詠物詩詞的機能有如小說，它們說的是一件事，指的是另一件。我們可以把這種類型的托喻稱做「意象型托喻」，因為托喻的傳達媒體依賴於詩詞意象及其共有外在結構之間的聯繫；而這種外在結構對於托喻的意義來說是必要的。

然而，托喻在這裡為什麼如此含蓄？在西方傳統文學中，如諾斯洛甫・弗賴伊所謂：

> 當詩人明白指出他的意象和實例及概念之間的聯繫時，我們便有了真實的托喻。[40]

而且，事實上，大多數西方的歷史和政治托喻，雖然不是占主導地位的托喻類型，「傾向於發展一種強烈的語調」，「因而在政治和歷史托喻與諷刺之間有密切聯繫」[41]。然而，在《樂府補題》的政治托喻中，政治背景是如此隱蔽，以致詞人們不可能明白地提出他們的政治批評，更不必說諷刺。元人的野蠻行為無疑激起相當數量的漢人學者與詩人的仇恨，導致他們在政治上的引退。所有十四位《樂府補題》詞人拒絕擔任元朝官職，僅有三位在他們一生中的某些時候被迫接受教職[42]。這一

---

40 Northrop Frye, "Allegory", *Princeton Encyclopedia of Poetry and Poetics*, p.12。直到最近，西方學者才開始對這一籠統的假設提出挑戰。例如J. Hillis Miller說：「托喻在暗示某件事件的同時又把它隱藏起來。因為，對於普通的眼睛和耳朵來說，托喻的可見性與可聽性愈強，它就愈能適應有限的目光，它因而也就愈發不能直接告知祕密。直接的詮釋只能使托喻變為虛妄。……」（J. Hillis Miller, "The Two Allegories", *Allegory, Myth, and Symbol*, p.358）

41 Northrop Frye, *Anatomy of Criticism*, p.90.

42 陳恕可與仇遠，《樂府補題》的兩位編者，分別於一二九〇年和一三〇五年在地方書院任教。王沂孫似乎是被迫於

代的學者詩人，無力恢復中華文化的光榮燦爛，憤怒失意之下，想出通過詩詞祕密聯絡的辦法。在詩詞中他們逐步發展起他們作為一個組合的自我形象：共同的經歷，和一種似乎超越朝代更替的文化使命意識，把他們連在一起。意識到他們本人的不確定的社會位置和與當世的疏遠隔膜，這批學者詩人希望給他們自己在歷史上的角色創造新的意義。因此，他們逐步培養起對後代的文化責任感——雖然他們不能公開地喊出他們的憤怒與痛苦，他們至少可以通過詩歌媒介祕密表達，並且希望後世人能夠解讀這些似乎朦朧不明的詩歌。

同時，中國的詞體在宋及元的朝代更替中經歷了若干關鍵性的變化——首要的便是加強了對詠物手法的重視，從而使得抒情自我前所未有地從外部世界退入獨立的小天地中去，並經由微小的自然物，如梅花、蓮花、白茉莉等，作為象徵而表現出來[43]。這個時期詩（詞）社的興起也促使了詠物詞的普及，特別是因為詩詞中的詠物手法總是與文人雅集密切相關[44]。無論如何，詠物詞興盛於宋朝廷即將崩潰之時，這一事實說明詠物詞確實是南宋遺民詞人表達其忠誠的完美詩歌手段。詠物詩詞的特殊作用不僅在於它的象徵意義，也在於它這種文體的詩歌要求——提倡含蓄的表達和多少有些不連貫的詩詞意象。在一個表現為個人和文化危機的時期，這種詩（詞）體迎合了詩（詞）人的意願。因為，除卻藉著自然物，有什麼更能表達這群遺民詩人的孤憤？他們的自我意識在增強，而他們的自我

一二八九年擔任很短時期的地方學政，然而很快便退休（見《樂府補題研究及箋注》，頁六、九）。正如葉嘉瑩所謂：「傳統儒家學者把接受元朝官職的宋代官員與接受元朝教職的宋代官員區別對待。」（見其"Wang I-sun and His Yung-Wu Tzu"）關於這一點，參閱吳則虞，《詞人王沂孫事蹟考略》，頁四四五至四四六。

43 見Shuen-fu Lin, *The Tranformation of The Chinese Lyrical Tradition*, pp.142-185；Grace Fong, *Wu Wenying and The Art of Southern Song Ci Poetry*, pp.118-147。

44 應該強調，《樂府補題》諸詞填寫於在會稽境內舉行的五次詞會。關於詠物詩與早期中國文學沙龍發展之間的關係，參閱拙著《抒情與描寫：六朝詩概論》第四章。

反省也日趨激烈，正是：

只有春風知此意，年年杜宇泣冬青。[45]

這些詩人是怎樣在他們的詠物詩詞中一方面給人以距離感和沉默感，而同時又將讀者引向他們試圖表達的意義上去？我以為取得這種效果的方法之一，是運用一些循環反覆的、與真實事件有直接聯繫的樞紐意象。這些樞紐意象運作如同暗碼，他們躲過「幼稚」的讀者的眼睛，卻在深諳歷史故實與語文學程式的人們前面顯露出來[46]。使用樞紐意象，不僅就寫作程式，而且就閱讀程式來說，都是重要的。而更重要的乃是對這個從對文化歷史的反應中發展起來的雙重作用之體認。

讓我們回到「白蓮」組詞中來：哪些是詞人與讀者共同認知的樞紐意象呢？要回答這個問題，我們還須對一二七八年辱陵事件的歷史環境有更為詳細的瞭解。

在《癸辛雜識》中，周密記載了一件於我們閱讀「白蓮」組詞有特別意義的故實。帝后遺骨被從陵墓中掘出並被拋撒荒郊以後不久，有位樵夫在墓所撿到一縷青絲，上面還簪著一枚翡翠釵[47]。這原是孟后的頭髮，痛苦地提醒人們被曝屍棄骨的所有宋朝后妃的悲慘命運。遺民詩人謝翱為此寫下〈古釵歎〉，其中包括以下數行：

45 林景熙，《霽山集》，頁一六三。據說蜀帝杜宇（望帝）在死後化為杜鵑，故杜鵑也被稱做「望帝」或「杜宇」。

46 余英時在他〈古典與今典之間：談陳寅恪的暗碼系統〉（載《明報》一九八四年二一六期，頁一七至二〇）一文中，討論了這一詩論的特別作用。

47 參見周密，《癸辛雜識別集》（學津討源版）冊一九，頁六；夏承燾，《樂府補題考》，頁三八七。

白煙淚濕樵叟來，拾得慈獻陵中髮。青長七尺光照地，髮下宛轉金釵二。[48]

詞中的主要意象——淚、黑髮和陵地金釵，似乎在回應白居易《長恨歌》中楊貴妃被賜死後的場景描寫：

花鈿委地無人收，翠翹金雀玉搔頭。君王掩面救不得，回看血淚相和流。

當然，楊貴妃的小名玉環，會自動提醒我們貴妃這些遺物的意義。但金雀釵的意象之重要，卻在另一層面上：按白居易的說法，金釵是貴妃與明皇愛情的信物。當玄宗特使到海上仙探訪楊妃（時為太真仙子）時，貴妃痛苦地取出她的頭飾——她和玄宗綿綿不盡的愛情的象徵：

唯將舊物表深情，鈿合金釵寄將去。釵留一股合一扇，釵擘黃金合分鈿。但教心似金鈿堅，天上人間會相見。

恰恰正是這些頭髮和頭飾的意象，以及其他類似的和楊貴妃有聯繫的意象，成為「白蓮」組詞中所謂的「樞紐意象」，這不是偶然的。但我們重讀「白蓮」組詞詩，我們再一次驚喜地發現，所有的髮釵和其他飾物的意象都和仙子有聯繫，這使我們想到太真仙子（楊玉環）。周密詞中的這一段是很典型的：

48 《樂府補題研究及箋注》，頁一一五。

應是飛瓊仙會。倚涼飆，碧簪斜墜。輕妝鬥白，明璫照影……

確實，周密和他的詞友們選擇「白蓮」作為一系列極其撲朔迷離的詠物詞的共同題目，是極有創見的。對美麗楊妃的描寫，顯然是托喻性地指向宋朝的孟后，她的頭髮被樵夫偶然拾到。這頭髮，如同蓮花一樣，未曾被汙泥所染，依然「青長七尺光照地」，如謝翱詩中所詠。重要的是，這種「蓮等同楊」、「楊等同孟」的明確指定，同時產生於象徵性和托喻性的閱讀。當然，某些詞語未必具有準確涵義，但在一起它們加強了詩詞的關鍵意象和整體氣氛，建立起一種強有力的組織衝擊力。我已經討論過循環重複如何變意象為象徵的手法。而且我相信，類似的因素也會將象徵轉變為托喻。例如，銅人流淚意象（皇朝覆落的象徵）的重複，毫無疑問地促使我們相信，「白蓮」組詞實際上是遺民祭詞，寫來表達人們對宋朝廷終生不渝的忠誠。詞中表達的愛情因而也就是愛國之情的托喻[49]。

這種托喻性的涵義同樣可以在《樂府補題》的其他四組詞中找到[50]。例如，第四組詠「蟬」詞中，包含有相當數量的「露盤」和「銅人」意象。蟬是一種吸風飲露的昆蟲，因而也就和露盤朝代覆亡的象徵——聯繫起來。此外，與透明蟬翼相彷彿的女子雲髻，這意象的不斷重複，似乎也特別指向

49　葉嘉瑩為中國詩詞中這類托喻的合法性辯護道：「情詩轉化為愛國聖歌是一種可以理解的現象，而且在某種意義上，情的表現愈熾烈，詩歌本身就愈適於做如此詮釋。若謂吾言過於誇謬，請試想西方文學中，於所羅門《雅歌》（*Solomon's Song of Songs*）又做如何對待？」"The Cháng-Chou School of Tzú Criticism", *Chinese Approaches to Literature from Confucius to Liang Chǐ-chao*, ed. Adele Austin Rickett (Princeton;Princeton University Press, 1978), p.186。有關最近對所羅門《雅歌》的托喻閱讀，參閱Prudence Steiner,"A Garden of Spices in New England:John Cotton's and Edward Taylor's Use of the Song of Songs", *Allegory, Myth, and Symbol*, pp.137-243)。當然我們應該注意，不要把「對托喻的閱讀」（reading of allegory）和「附會式閱讀」（allegoresis）混為一談。我對《樂府補題》的閱讀建立在文際交叉的參考資料之上，是一種托喻的閱讀而非附會式閱讀。

50　對於王沂孫「蟬」詞和「龍涎香」詞的詳細研究，參閱Chia-ying Yeh CHao, "Wang I-sun and His Yung-WuTzú", pp.66-84。

「拾髮」的故實。蟬與孟后的等同是特別地切題，因為蟬原本就是古代齊國王后死後的化身[51]。

至於第一、三、五組詞——分詠龍涎香、蓴和蟹——詞中的樞紐意象則特別與宋理宗的故實相關[52]。在毀陵以後，據說理宗的屍體是被野蠻的元兵倒吊在樹上的。根據可靠的資料，理宗的屍體在剛出土時，看起來像生前一樣，口中還含有一顆罕見的珍珠。因為這個原因，元人很看重皇帝的頭顱。他們把屍體倒吊起來，是希望能把皇帝體內的水銀——他們相信是真龍（皇帝）的元質——全部瀝乾，然後他們才能把那無價的頭顱割下來。三天以後，頭到底和身子分了家，被喇嘛楊璉真伽拿去做了飲器[53]。

像在「白蓮」詞中一樣，詩人們在這幾組詞中通過詩詞的象徵主義表達了他們的苦惱和憤恨。最有意義的是，傳說中只有龍王御前的鮫人能夠得到的「龍涎香」，被詩人用來象徵理宗口中的希罕珠寶，這樣便把珍珠和「龍涎」聯繫起來。同樣，詠蓴諸詞和詠蟹諸詞前後一致地召喚龍宮意象，因為蓴和蟹都是南方人喜愛的優質海產[54]。在所有這些詞裡，詞人們表達了他們搜尋海中珍品的願望，哪怕要冒生命危險，也在所不惜。

最重要的是，在所有這些組詞中，如「白蓮」組詞一樣，都有一個居支配地位的表示永恆意義的意象——縈迴難去的芳香（龍涎香）、經久不忘的滋味（蓴和蟹），或是綿綿無盡的憂愁（蟬）。此外，詞中的物體都善於變化——龍化為神，蓴化為絲，蟬與蟹蛻去皮殼[55]。但詩人們真正想說的是：

51 典出《古今注》，《樂府補題研究及箋注》，頁五八引。

52 參見夏承燾，《唐宋詞人年譜》，頁三七七。

53 參見周密，《癸辛雜識別集》卷一，頁四三。

54 蓴菜羹是中國南方吳地的珍饈之一。西晉時吳人張翰任職洛陽，因思念家鄉的蓴菜羹、鱸魚膾而棄官南回（見劉義慶《世說新語・識鑑》）。

55 參見《樂府補題研究及箋注》，頁四六、四九、七四。

他們自己也變化成了這些物體。他們對朝廷的愛（忠）有如龍涎香一般純淨，如蕁和蟹一樣美味，如蟬一樣持久。現在，作為覆亡朝廷的忠臣，他們好似孤獨的螃蟹，在泥沼裡無目的地爬行；他們的心碎了，像蟹一樣「無腸」[56]。

《樂府補題》總體上是一種托喻應該是很清楚的了。其中的詞章不是像通常的西方托喻那樣指向道德與宗教的真理，而是指向歷史與政治的事實。這種類型的托喻是中國文化價值的索引：通過它，人對於特定歷史形勢的旨意的敏感，被給予極高的評價。我以為，上文所討論的這種「意象型托喻」，是中國人為賦予其詩詞以獨立性的最好謀略。而《樂府補題》詠物詞僅僅是顯示了中國托喻傾向的一個主要方面。確實，創作托喻詩詞的傾向是如此強烈而根深柢固，以至於許多中國評注家的注意力似乎反被從詩詞本身移開，引向一些牽強附會的，與正文並不相干的歷史材料中去[57]。

就中國詩歌總體，就詠物詞特別來說，托喻與非托喻之間的界限是否要比西方來得鬆散、靈活、不確定、不嚴格一些呢？可能有人會說，《樂府補題》的這種托喻，建立在一種危險的假設上，即大多數文學偵探們在競相發現作者的中心意圖所在。而且，說實在的，即使是充分確實地詮釋、仔細周到地求證，也永遠不能捕捉到作者的全部意圖，至多不過是求其大概罷了。然而，這難題是不是只有中國人才會遇到呢？莫林・奎利根（Maureen Quilligan）曾經指出，例如西方性變態的托喻，一般便使用非常隱晦的語言[58]。這是因為——傑・赫黎斯・米勒（J. Hillis Miller）解釋到——托喻有一種「在公開某事的過程中保持祕密和用謎一般的象喻對人說話的傾向」[59]。事實上，現代西方研究托喻的學

56 參見《樂府補題研究及箋注》，頁七四至八一。蟹常被稱做「無腸公子」，見《樂府補題研究及箋注》，頁七五。

57 余寶琳（Pauline R. Yu）在其"Allegory, Allegoresis, and the Classic of Poetry"一文中討論了這一特殊難題。

58 見其"Allegory and Allegoresis, and the Deallegorization of Language", *Allegory, Myth, and Symbol*, pp.172-173。

59 見其"The Two Allegories", *Allegory, Myth, and Symbol*, p.357。

者們已開始抱怨，要取得對特定篇章的「正確」詮釋有多困難。撒母耳・利文（Samuel R. Levin）在他最近的一篇題作〈托喻語言〉的文章中，試圖用浪漫詩人濟慈的「負面能力」（negative capabili-ty）概念，來作為對於托喻閱讀中數不清的不確定點的一種解決方法：

我相信濟慈的「負面能力」概念至少在一個方面是支持這種托喻閱讀的。……這個詞語出現在濟慈給他的弟弟喬治和湯姆的一封信裡，他說：「那種品質深深打動了我，它會造成一位有成就的人（特別是在文學上的成就），例如它在莎士比亞身上有極大的體現——我說的是一種負面能力，它指一個人能生存於不確定、神祕、猜疑之中，沒有任何對事實和理智的過敏追求。……」對這段話貝特（Bate）解釋如下：「在我們不確定的生活中，沒有一個體系或是公式可以解釋每一件事——即使一個字，充其量也只是濟慈所謂有的『一個思想賭注』——所需要的是一種想像中的心靈的開放和對現實的全部多樣的具體事物的全力接受。……」……這種正面的、積極的意義乃在於其克服限制的絕大能力。[60]

確實，中國的詩人——學者一向採用一種「正面的」研究方法來證明他們「克服限制」的能力。他們就《樂府補題》所做的對於托喻的詮釋——如清代批評家和最近葉嘉瑩所演示的那樣——具有互補的兩個方面：首先，他們詮釋的目的在於闡明作者的托喻意向：其次，他們相信詮釋是本文的象徵意義的不斷展現。第一個方面可以比之於傳統的美國詮釋方法，它「從事於決定作者的意旨」。第二個方面至少在精神上和現代解構主義方法相近，它堅持讀者對於無盡頭的詮釋的發現[61]。這似乎矛盾

60 Samuel R. Levin, "Allegorical Language", *Allegory, Myth, and Symbol*, pp.31-32.

61 Steven Mailloux令人信服地從當代美國文學批評中總結出這兩種相對立的闡釋態度，一邊是以M. H. Abrams為代表的傳統學

的兩種方法何以能夠並行不悖？首先，《樂府補題》詞人提供給我們具有極大意象密度的篇章，這些篇章鼓勵我們去解開他們極其複雜的組織網絡。其次，這些篇章也提供給我們一些關鍵字語，引導我們進入相關的外部結構，幫助我們取得一定程度的解釋作者意向的合法性。這種方法把讀者放在一種細緻的、自覺的解碼工作中心，直至他相信他已經達到了對作者意圖的全部理解。簡捷一點說，理想的讀者是作者真摯無私的朋友；他不僅應該能夠欣賞作者明白顯示的內容，更重要的是，他也應該能夠欣賞作品那呼喚著同情理解的潛在涵義。由於中國文化和社會的特殊性質，這一托喻詮釋的程式成為沉默著的大多數學者——詩人最有力的闡釋策略[62]。

絕非偶然，直到清代，當漢人在異族統治下重受屈辱和痛苦時，「六陵遺事」才廣為人知，詞評家們也才最終確立了《樂府補題》的托喻解讀。首先，萬斯同著手收集有關一二七八年慘案的歷史與文學資料，編成一部博贍的六卷本選集，題作《南宋六陵遺事》。所收的著作，早期的如陶宗儀記錄的實證，晚期的有黃宗羲為宋遺民詩所做的評注[63]。也是在這段時期，傑出的學者、詩人朱彝尊設法搞到了一部《樂府補題》的手抄本，親自作序，將之刻印發行[64]。這樣，經歷了近四百年的冷落，這部重要的詞集終於引起了廣泛的注意。

清初學者們在文學和歷史研究上所做的這些努力，很快發展成一種以托喻法讀詞的主要趨勢。厲鶚（一六九二－一七五二），一位效法張炎「清空」體的著名詞人，便是這些刻意研究《樂府補

派，另一邊是以J. Hillis Miller為代表的解構主義學派。見Steven Mailloux, *Interpretive Conventions**The Reader in the Study of American Fiction*(Ithaca:Cornell University Press, 1983), pp.141-144。

62 陳寅恪的批評性著作是成功地顯示這種對於文學詮釋的補足方法的例證。見其《柳如是別傳》（上海：上海古籍出版社，一九八〇）。對於這一闡釋法的研究，參閱余英時，《陳寅恪晚年詩文釋證》（臺北：時報文化出版公司，一九八四）。

63 參見《南宋六陵遺事》，頁一六上、三六下。

64 參見朱彝尊，《樂府補題・序》，《樂府補題研究及箋注》，頁八一。

題》的學者、詩人中的一員。他甚至填寫了一組詞，題作〈龍涎香〉、〈蓴〉、〈蟬〉、〈白蓮〉、〈蟹〉——明顯是在仿效《樂府補題》[65]。此外，他還在一首〈論詞絕句〉裡評論了《樂府補題》的托喻涵義：

> 頭白遺民涕不禁，補題風物在山陰。殘蟬身世香蓴興，一片冬青塚畔心。[66]

厲鶚致力於詮釋作者的意向，而後來的批評家如周濟則有興趣於發現詞章中的意象托喻。認識到托喻閱讀有其自身理論上的困難，周濟發明了一種頗具說服力而又實用的閱讀理論：「夫詞非寄託不入，專寄託不出。」這種理論原本用於托喻寫作——詩人必須在詞中用到托喻，但又不可以給人一種印象，好像他被托喻所束縛[67]。通過這一理論，周濟暗示好的托喻不能過於顯露，因為讀者讀詩（詞）應如「臨淵羨魚」，猜度水中究竟是鯛是鯉[68]。可能是因為上述原因，周濟在他所編詞選中，偏好具有含蓄、寄託傾向的作品[69]。他明確推薦王沂孫為初學者的楷模，因為王似乎掌握了詠物詞中

---

65 厲鶚，《樊榭山房集》（上海：商務印書館，一九三六），頁六〇六至六〇八。

66 原詩見厲鶚，《樊榭山房集》卷七，頁一二七。必須注意，厲鶚的仿作和《樂府補題》原作很不相同：原作旨在讓讀者讀成含蓄的歷史托喻，仿作則僅能被稱做「典故」，它把詞題、地名和特定的自然物體熔為一爐——所有這一切均明白指向「六陵遺事」。典故，如麥而康（Earl Miner）所指出，是「熟悉事物的回聲同時又是與之有別、寓意豐富的成分」（見"Allusion", *Princeton Encyclopedia of Poetry and Poetics*, p.18）。

67 葉嘉瑩在"The Cháng-Chou School of Tzú Criticism"（pp.178-183）中談到這一概念的多種可能的暗示。

68 見周濟，〈宋四家詞選目錄序論〉，收於鄺士元注釋《宋四家詞選箋注》（臺北：中華書局，一九七一），頁二。有關常州詞派所特有的以托喻法讀詞的習慣（周濟為其主要代表），參見錢鍾書，《也是集》，頁一一七至一二二。

69 見《宋四家詞選目錄序論》卷一、二、五、六、七、八。

意象聯想的詩歌真味[70]。值得注意的是，周濟指出的《樂府補題》中幾個極重要的托喻意象，在早期批評家眼下卻被輕輕放過了[71]。

有趣的是，與《樂府補題》諸詞相比之下，那些有關「六陵遺事」的詩（無論是古詩、律詩或絕句）遠不能激起同等程度的興趣。讀一讀現存的幾首詠冬青詩，我們會發現這些詩有一個共同之處：過於直露。這些詩的直露不僅表現在對事物的描寫上，也表現在對情感的表達上[72]。此外，雖然冬青樹被視為聖物，在詩中卻未被作為象徵，因為他們指的就是那些實實在在種在帝陵上的冬青。很簡單，這些詠冬青詩是質直的。我相信這些遺民詩人和他們同時代的其他詩人一樣，腦子裡有一個清楚的文體界限——詠物詞意味著象徵性和托喻性的作品，而詩基本上是服務於直接的情感表露。對於像「六陵遺事」這樣一種傷心刺骨的主題，我們有理由推測這些詩人寧可選擇一種不必高聲說出的，而是間接的、有效的詩體來寫作。自由地沉浸於象徵和托喻的聯想中而不至於招致政治危險，有什麼會比這種做法更為有效有益？這就是為什麼他們有關六陵事件的詠物詞在數量上遠遠超過他們同樣主題的詩作。

有些現代西方讀者可能會覺得，《樂府補題》沒有托喻所必需要的足夠的「故事敘述」基礎。就西方意義來說，上述這些托喻策略不像真正的托喻。因為許多西方學者都認為，托喻必須和故事敘述進程交纏連接：這就是說，連續的雙重涵義必須貫穿在特定的虛構事件中。這個概念建立在下述事實的基礎上：在西方文學中，通常有一個明確定向的發展進程，貫穿於敘述文始終。是這種「連續性」

70 同上書，頁二至三。
71 夏承燾，《唐宋詞人年譜》，頁三七七。
72 《樂府補題研究及箋注》，頁一〇四、一一二。

——諾斯洛甫·弗賴伊（Northrop Frye）解釋道，「把托喻和含糊簡單的用典區別開來」[73]。那麼，從比較文學的觀點看來，我們是否還可以把《樂府補題》視為托喻呢？

為了回答這個問題，我們必須考慮西方文學中另一種區分托喻和象徵的方法——象徵表現特定本文內的某種單獨意象，而托喻則是一個較大的組織框架，籠罩敘述的整體。浦安迪在他的《紅樓夢的原型與托喻》一書中，把兩種手法清楚地區分開來：

> ……可能這樣說會更清楚：把象徵定義成為一個具有外部參照的單一的「本文」元素，而把托喻留給較大的敘述塊體；在這些敘述塊體裡，與「本文」交織在一起的結構模式曲折指向一種沒有直接呈現的理解模式。換句話說，在托喻中，我們對付的是「本文」與「模式」垂直的關係，這些「垂直」關係在虛構的故事敘述中支撐若干象徵或符號，並在他們中間得到發展。[74]

如果我們遵循著這個定義，我們大約就可以說得更準確些，把《樂府補題》中的每一首詠物詞稱做象徵性詩歌，而把整部詞集看作一部托喻作品，其中包含了許多象徵性詩歌，全部指向一樁在本文中沒有直接呈現的歷史事件。

關於托喻的連續性問題，最後還有一點可以談談，這關係到結構系統。《樂府補題》包含五組詞，分詠五件物體——龍涎香、白蓮、蓴、蟬、蟹。如上述對「白蓮」組詞的討論所示，同一組詞分享類似的意象，而且就總體而言，五組詞談及的是同一歷史現象。這樣一種結構設計從西方文學觀點看來，確實似乎缺乏真正的托喻所需要的敘述連續性。然而，很明顯，我們這裡是一種中國詩歌特具

73 Northrop Frye, "Allegory", *Princeton Encyclopedia of Poetry and Poetics*, p.14.

74 Andrew H. Plaks, *Archetype and Allegory in the Dream of Red Chamber*, p.91.

的托喻類型。即使在中國小說中，非線性的發展概念常支配著敘述結構[75]。南宋詞人在《樂府補題》中所提供的，只不過是通向連續性概念的一種中國抒情方式：每一首詞是同一主題的一個變體——是整體思想的一個意象性概,帶著一個模糊的開頭和一個模糊的結尾。同樣，每一組詞的整體性建立在重複意象的並列的基礎上。從一首詞到另一首詞之間是連續的，但是連續既不是時間性的也不是敘述性的。每一首詞，每一組詞，似乎在它們自身內便包含了一個小小的托喻。

作為總結，我願意把《樂府補題》稱做一部「托喻詞集」，但它包含了一系列類似西方象徵主義的詞章：這些象徵性的詞章總起來為整體提供了結構上的聚合力。如果說，我對《樂府補題》的研究是建立在一個基本的、方法性的設想的基礎上，這個設想就是：文學創作方式受著文化的制約，並且被不同的傳統使用於不同的目的，它們也就必然反映出一種特別文化的詩學所具有的獨特表達方式。

——錢南秀譯，原載《中外文學》一九九二年六月號。

75 見浦安迪，〈西遊記與紅樓夢的寓意探討〉，孫康宜譯，載《中外文學》一九七九年七月號，頁三六至六二。

重讀八大山人詩

——文字性與視覺性及詮釋的限定

讀八大山人詩與「讀」他的畫，其樂趣有部分相同——二者都牽涉到對象徵手法（symbolism）的解析。這種象徵手法，混沌無涯，典故中疊套著典故，往事裡蘊藏著往事，而其文情筆意，亦隨不斷的重複想像與重複體驗而改變。值得注意的是，讀八大山人詩我們側重於作品文字，而讀他的畫我們則不可避免地受制於自身的視覺功能。對於現代藝術史家來說，研究八大山人繪畫（或幾乎所有中國繪畫）的獨特之處，似乎在於他們須得持續地捲入兩股強烈而對峙的力量——文字的與視覺的。我們知道，中國畫大都含有題詩，題詩超越其文體界限而與畫面融為一體。由於這個原因，上述兩種力量的交織便顯得格外重要。一般說來，研究中國繪畫，必須首先辨析詩、畫兩種藝術之間的種種關聯——並且牢記題詩與畫面並非單純並列，而是互為補足，相得益彰[1]。當然，我並不知道是否所有研究中國繪畫的現代藝術史家都能做到這一點。而事實是，當今許多藝術家史家忘記了繪畫也會有「文字性」。誠如解構學派（Deconstruction）批評家保羅•德．曼在其《對理論的抗拒》一書中所說：

> 現在我們必須認識到繪畫與音樂中一種非感知的語言的必要性，並且要學著「閱讀」（read）

[1] 參見Hans Frankel, "Poetry and Painting:Chinese and Western Views of Their Convertibility", *Comparative* Literature 9. 4(1957), pp.289-301；饒宗頤〈詞與畫：論藝術的換位問題〉，《故宮季刊》一九七四年八期，頁三。

畫面而非只「想像」（imagine）其涵意。[2]

如果說，解構學派文學批評對當前的學術思潮施加了某種獨特影響，這種影響就在於它堅持跨學科的研究方式，以消弭由來已久的學科界限。

然而，儘管存在著跨學科的研究，我們這些研究詩歌批評理論的代表者們卻傾向把每一種文化產品看作一部單獨的「作品文字」（text），未曾意識到這樣一種研究方式人為地簡化了應有的詮釋方法。確實，通常把所有的東西都傳譯成「讀物」（reading），我們往往——甚而在藝術形象呼喚視覺欣賞的時候——把自己變成文字讀者。這個難題近來激發起一場大規模的文化論戰，吸引了美國多種知識領域的讀者。一九九一年三月份的《哈普雜誌》（*Harper's Magazine*）特輯，專題報導了卡米爾•佩格利亞（Camille Paglia）和尼爾•波斯特曼（Neil Postman）的辯論，正可作為這場文化論戰的例證：佩格利亞為視象文化（image culture）（反映在電視的視象世界中）辯護；波斯特曼則支援書寫文字（written text）的力量[3]。當然，我們必須記住，文化史上早已存在圖像和文字表達之間的競爭，[4]但像佩格利亞與波斯特曼之間這場極端式的論爭，對我來說似乎是出於誤導，至少是出於對

2 Paul de Man, *The Resistance to Theory*(Minneapolis:University of Minnesota Press, 1986), p.10.

3 見Camille Paglia and Neil postman, "She Wants Her TV! He Wants His Book! A (Mostly)Polite Conversation About Our Image Culture", *Harper's*(March, 1991), pp.44-55。值得一提的是，佩格利亞在《性之代喻》（*Sexual Personae:Art and Decadence from Nefertiti to Emily Dickinson*(New Haven:Yale University Press, 1990)一書中宣稱（或許僅為一面之詞），她所謂的「眼睛的專橫」（the tyranny of the eye）為西方文明提供了從古典時期到當代的文學藝術創作基礎。參閱派特•李（Pat Lea）對《性之代喻》的評論"The Eyes have It"', in *Yorkshire Post*(April 12, 1990)，及我對該書的中文評論《性之代喻》，刊《中國時報•人間副刊》（一九九六年十月三日）。

4 見W. J. T. Mitchell, *Iconology:Image, Text, Ideology*(Chicago:University of Chicago Press, 1986), p.43。張隆溪對這一問題的討論對我啟發甚多，見Longxi Zhang, *The Tao and the Logos:Literary Hermeneutics, East and West*(Durham:Duke University Press, 1992), pp.92-97。

視覺與文字的不必要的局限性定義。最近我很高興看見耶魯老同事米樂（J. Hillis Miller）出版《圖示》（*Illustration*）一書來討論美國文化中的文字文本和視覺文本[5]。我們今天所需要的正是跨學科的閱讀，同時追尋文學與視覺兩方面的意義。

確實，傳統中國批評家必然會同意我的看法，因為是文字的與視覺的力量的結合，為文人開創了藝術創作與知性詮釋的整體情境（唐以後尤其如此）。正如傅漢思所提出：中國文人歷代培養起來的這種詩畫合一、相交相長的狀況，西方文明中是難以匹敵的[6]。而且，更重要的是，詩、書、畫三者在中國傳統中被緊密聯繫起來，而有「三絕」之稱[7]。以書法作為「文學與繪畫之間的關係環節」——因為詩、畫二者均依賴著對毛筆的熟練掌握[8]，中國人對文字與視覺印象同等重視。他們稱畫為「無聲詩」，又愛像宋詩人歐陽修那樣，「讀詩如讀畫」[9]。傅漢思描述這兩種姐妹藝術之間的關係「可互換性」（convertibility），饒宗頤則稱之為「變位」（transposition）[10]。

本文目的並不在繼續證明中國詩畫是如何緊密相關——這種觀念已為大眾所接受，而是通過再讀八大山人的詩，來回答一些任何中國詩畫讀者遲早要提出的詮釋問題。最重要的兩個問題是：第一，出於何種原因，作者寫作（與繪畫）時要寓意言外，而讀者則須從字裡行間搜求言外之意？第二，題畫詩（或反之，詩意畫）是如何限定似乎無止境的詮釋的？

---

5 參見單德興，〈《圖示》的圖示：訪米樂談文化批評〉，載《當代》一九九三年十二月號，頁四九至七一。

6 參見Frankel, "Poetry and Painting", *Comparative Literature* 9. 4(1957), p.307。

7 參見Michael Sullivan, *The Three Perfections: Chinese Painting, Poetry and Calligraphy* (1974, rpt. New York: George Braziller, 1980)。

8 參見Frankel，"Poetry and Painting", *Comparative Literature* 9. 4(1957).p.302。

9 同前注，頁三〇五。誠然，這樣的觀點同樣見於古代歐洲文化。比如，塞瑪尼迪斯（Simonides of Ceos）稱繪畫為「無聲詩」（silent poetry），而詩為「有聲畫」（speaking painting），見前注，頁二九〇。

10 見Hans Frankel, "Poetry and Painting", *Comparative Literature* 9. 4(1957), pp.289-301；饒宗頤，〈詞與畫：論藝術的換位問題〉，《故宮季刊》一九七四年八期，頁三。

傳統的中國詩歌讀者一向以為應以朦朧和複雜作為詩歌的正面價值。讀詩時，讀者應期待「被不斷引向更多的衍生層面而把它們當作詩篇的真正涵義，直到窮盡所有可能的象徵意義為止」[11]。對於現代讀者，八大山人的詩篇（連同相關的書畫）提供一種特別的解謎樂趣——因為他的詩常常好似謎語，充滿生僻的典故和隱晦的指涉。王方宇和饒宗頤都曾極力嘗試闡明八大山人艱澀的詩意[12]。作為與八大山人深具共鳴的讀者，班宗華（Richard M. Barnhart）欣然負起揭開八大山人藝術中神祕涵義的使命。他在最近出版的《荷園主人》（*Master of the Lotus Garden*）一書序中指出：

> 八大詩極其艱深，但一如他之於書法，八大於詩也是一位嚴肅的學生，他並且把淵博的學識和對語言與字謎的迷戀，融入藝術之中。正像他的書法，八大詩中艱澀的語言和隱晦的用典有時重現黃庭堅的風格。許多現代學者把自己的無法理解八大語言歸咎於它內在的非理性，殊不知困難在我們自己，而不在八大。[13]

研究八大使人著迷之處，部分來自我們對於八大生平的不斷求索：作為明宗室後裔，身處文字獄及政治迫害高漲、明遺民安全深受威脅的清代初年，八大山人很可能以佯狂一法來求取生存[14]。閱讀

11 引自拙作"Symbolic and Allegorical Meanings in the Yueh-fu pu-t'i Poem Series"。

12 見王方宇〈八大山人詩試解〉及〈八大山人《世說新語詩》〉；饒宗頤〈八大山人《世說》詩解〉，均見王方宇編《八大山人論集》（臺北：臺灣編譯館，一九八四），頁三四五至三五五、三五七至三七七、一六九至一八一。

13 Richard M. Barnhart, "Introduction", *Master of the Lotus Garden: The Life and Art of Bada Shanren (1626-1705)*(New Haven:Yale University Art Gallery and Yale University Press, 1990), pp.15-16.

14 班宗華以「佯狂」來描述八大山人的實際情況，而高居翰（James Cahill）則相信八大山人是真誠，同上注，頁一三；及James Cahill,"The 'Madness' in Bada Shanren's Paintings", *Ajia Bunka Kenkyu* (Tokyo:International Christian University), No. 17 (March, 1989)，pp.119-143。

現存數種八大山人傳記（彼此多處互相矛盾）[15]，我們不可避免地陷入迷宮，茫然不知所從。然而，除了極為明顯的政治原因之外，八大山人作品之所以對現代人極具吸引力，自有其美學上的根據。比方說，班宗華認為八大山人作品中的「抽象性」，就使受到西方現代藝術影響的中國人悠然神往——因為「當中國藝術家為抽象性所吸引時，他們也從八大的作品中找到這樣的特性」[16]。

八大山人詩如其畫，深具奧妙的暗示性。他的作品可為闡釋學（**Hermeneutics**）——一種對詩人的個人語言持續進行解構解碼工作的學派——提供馳騁的場所。例如，我個人對於八大山人的興趣，就在很大程度上受到現代批評方法的激發：堅持反覆閱讀，堅持讀者對新的詮釋的持續發現。其實，中國傳統的闡釋方法，過程大致相同，也是在對作品文字的象徵涵義抽絲剝繭。事實上，傳統的中國作者，也刻意引導讀者貫注於某些關鍵的、可以幫助讀者有效地詮釋作品涵義的意象或典故，藉此限定詮釋的範圍。下文將通過對八大山人作品中可能採用的文字與視覺手法的調查，來探討取得某些詮釋限定（**determinacy of interpretation**）的方法。

當然，這並非意味著作者的措詞（**rhetoric**）是我們可以指派給作品的唯一合法涵義。作品中總有一些因素——用奧克特維亞・帕斯（**Octavio Paz**）的話來說，「閱讀中獲得的樂趣與驚異」——未必正好符合作者的「動機與目的」[17]。事實上，傳統中國詩人及批評家深切意識到讀者的重要作用，視讀者為作者與作品之間不可或缺的仲介。例如，清代批評家周濟便主張作品應以含蓄的寄託體為之，這樣讀者便能「臨淵窺魚，意為鯉魴」[18]。儘管讀者同樣感興趣於他們自己的闡釋，作者的措詞無疑

15 參見Mae Anna Pang, Zhu Da:the Mad Monk Painter (Melbourne: National Gallery of Victoria, 1985)。並參閱邵長衡、龔科實、陳鼎、張庚等人分別撰寫的八大山人傳記，被收錄於王方宇編《八大山人論集》，頁五二七至五三二。

16 Barnhart, "Introduction", *Master of the Lotus Garden*, p.19.

17 參見Octavio Paz, *Sor Juana*(Cambridge: Harvard University Press, 1988), p.3。

18 周濟《宋四家詞選箋注序》（臺北：中華書局，一九七一），鄺士元注，頁二。

也是許多讀者急欲解析的重要涵義之一。大多數讀者不願長久處於迷惑狀態：他們希望成為有特權的讀者，能夠接近文字意象（verbal icon）背後的手法策略。[19]

對於許多中國詩人及藝術家來說，詩畫結合是建立詮釋限定的一種有效途徑。因為他們知道讀者會詩畫並讀，並且在閱讀過程中，文字意義和視覺意象會通過象徵聯想可能性的擴大而相互加強。而這樣的閱讀最終會導向特定的詮釋限定。也或許因為如此，「『詩意』（一種用古詩作畫之題材的習慣）早已於漢代興起」[20]。就八大山人的情況來說，他的題畫詩多少有如密碼，它們註定要躲過「幼稚的」讀者的眼睛，只在深諳特殊政治故實與文學程式的人們面前顯示出來。這樣，所設想的詮釋設限（limits of interpretation）實際上只是對理想讀者的一種設限。如此，詩人一畫家便能一方面在他的藝術中創立距離感與含蓄效應，另一方面則引導讀者領略他的意圖[21]。是這種來自美學、政治考慮的雙重作用，最終幫助我們破譯八大山人作品中令人迷惑之處。八大山人的作品具有強烈的個人風格；我們難以忘懷，他筆下的鴨子怒目圓睜，而葡萄則「目光」冷漠，諸如此類。確實，八大山人是藉由他自己的意象來看這個世界，寄深意於言外。作為讀者，我們的任務則在於尋味字裡行間，以闡明他的晦義藝術手法，並弄清這種手法是如何運作於他詩畫合一的創作之中的。因為他的畫——作用如同寓意圖像（icon）——確實具有觀念的及語言的層面。

為說明之便，我將專注於八大山人《白茉莉圖》（約作於一六九四年）題詩[22]。一六九四年是八大藝術生涯中最多產的時期，也是他生命的轉捩點。大約在這一年前後，八大山人漸漸學習接受身為

19 「文字意象」（verbal icon）這一術語，當然是借自新批評派，見W. K. Wimsatt, *The Verbal Icon*(Lexington: University of Kentucky Press, 1954)。

20 饒宗頤，〈詞與畫：論藝術的換位問題〉，《故宮季刊》一九七四年八期，頁一三。

21 八大山人的手法使我們想起宋遺民詩人的寫法，見拙作"Symbolic and Allegorical Meaning in the Yueh-fu pu-t'i Poem Series"。

22 參見Barnhart, "Reading the Painting and Calligraphy of Bada Shanren" in Wang and Barnhart, *Master of the Lotus Garden*, pp.152-153。

明遺民的事實，並開始大幅山水畫的創作。在很多方面，他的〈白茉莉〉詩代表了一種個人危機與生命轉折之際的重要情感探索：

西洲春薄醉，南內花已晚。傍著獨琴聲，誰為挽歌版？[23]

此詩的關鍵意象——琴聲，立刻湧上讀者心頭。「琴聲」典出三世紀詩人向秀為悼念詩人、音樂家嵇康之死而寫的〈思舊賦〉；通曉琴律的嵇康被處死在政治黑暗之時，向秀曾經是嵇康的近鄰。嵇康死後，向秀途經舊居，聽到附近有人吹笛，猛然想起往昔與嵇康共度的美好時光，不禁悲從中來，愴然寫下這首悼念亡友的挽歌：

悼嵇生之永辭兮，顧日影而彈琴。
託運遇於領會兮，寄餘命於寸陰。
聽鳴笛之慷慨兮，妙聲絕而復尋。
停駕言其將邁兮，遂援翰而寫心。[24]

這末一行使我們想起八大山人〈白茉莉〉詩的語調。當八大山人寫道：「誰為挽歌版？」他是在追悼某位摯友的去世，還是在哀挽明朝覆亡時崇禎皇帝的自縊煤山——就像一千多年前的嵇康一樣

23 同上。
24 蕭統編《文選》（北京：中華書局，一九七七年影印清胡克家刻本），頁二三〇。

死於政治悲劇？我們當然無從瞭解八大山人的題詩環境[25]，但至少我們可以相信，八大作〈白茉莉〉詩與畫的那一年，不必與詩中所指事件同時。因為這首詩，就像向秀的〈思舊賦〉，明顯是一首憶舊詩。一六九四——《白茉莉》可能就創作於這時，並不只是八大藝術生涯中不尋常的一年。也正在這一年，八大山人開始採用新的題款：密碼「三月十九」[26]——即崇禎皇帝自殺的日子。明朝滅亡也就在一六四四年的這同一天。這條線索顯示八大山人喑啞的挽歌完全可能是為崇禎皇帝五十忌辰而作。題詩使得那些知情人士——特別是那些瞭解「三月十九」特殊涵義的明代遺民——能夠於詩、畫撲朔迷離的指涉中撥雲見日。對這項史實的瞭解，使我們得以更強的信心繼續「觀」詩「讀」畫。

由此，我們進入向秀賦中與本文相關的第二層涵義：向秀的〈思舊賦〉不但哀悼好友的殞逝，也同時感歎舊朝榮耀的衰落；雖然向秀本人並未經歷朝代的覆亡，他在賦中卻把自己置於傳統的遺民地位：

> 歎〈黍離〉之湣周兮，悲麥秀於殷墟。[27]

〈黍離〉、〈麥秀〉兩首古詩一向被看作是歌詠探訪故都廢墟的商、周遺民。儘管原詩未做明確提示，漢以來的學者卻堅持把它們理解為表現遺民喪國之痛[28]。向秀正是這批學者——詩人中的一

25 見方聞對八大山人在這段時期的藝術成長所做評論：「我們對八大在一六九〇年以後的生活幾乎一無所知，但由他這十年作品中呈現出的他的成長與發展，對一位古稀老人來說實在是非比尋常的。」見Wen C. Fong, "Stages in the life and Art of Chu Ta", *Archives of Asian Art* 40,1970, p.15。

26 參見Barnhart, "Reading the Paintings and Calligraphy of Bada Shanren", in Wang and Bamhait, *Master of the Lotus Garden*, p.153。

27 《文選》，頁二二九至二三〇。

28 參見Kang-i Sun Chang, *The Late-Ming Poet Chén Tzu-lung: Crises of Lave and Loyalism*, p.103。

員：他們試圖以古詩為史料，建立起忠貞懷國的文學傳統。

在這一切過程中中國詩人和批評家允許詮釋去創造作品，或將詮釋作為新文體的一個部分。通過對向秀〈思舊賦〉的影射——經由「琴聲」這一關鍵意象，八大山人顯示了他對遺民詩傳統的自覺意識。

但是八大山人的詩是以嶄新的方式寫成。不同於向秀的明確引用古遺民詩題，八大山人的〈白茉莉〉詩採用間接修辭，一種深曲委婉、不直接提及所詠事物的手法。首先，八大山人採用了絕句體，而絕句之為詩，往往餘音繞樑，不絕如縷[29]。這首詩的道德與美學意識，則產生於「文際相交」（intertextuality）——確切地說，是產生於本詩與遺民詩寫作閱讀傳統之間、本詩與其題畫之間的相互作用。那麼這首詩的涵義又是怎樣依賴於《白茉莉圖》所創造的視覺意象的呢？

是通過觀察畫本身，我們才得以瞭解茉莉花在詩中的核心位置。正如班宗華所說：「畫家作花的技巧耐人尋味：潮濕的紙面上，修長的花莖蜿蜒伸過中央，形成一種微妙的浴血效應……」[30]花兒的這一微妙「浴血」意象，正呼應了題詩的第二行：「南內花已晚。」圖畫意象與詩歌描述的並列，促使我們把全篇讀作詠物詩——以白茉莉作為所詠之物，而整首詩遂成為一種引發聯想的表達，能夠激起象徵（symbol）（即物）與被象徵（the thing symbolized）之間的共同特性。

作為象徵，白茉莉究竟意味著什麼？傳統上，茉莉以其花兒的甜美馨香著稱於世，並因此常被用作髮飾[31]。在中國文化中，茉莉是美好女性的象徵。從這個層面來看，八大山人這首詩可看作對情人

29 參見Yu-kung Kao and Tsu-lin Mei, "Ending lines in Wang Shih-chen's Chi-chüeh", in *Artists and Traditions: Uses of the Past in Chinese Culture*, edited by Christian F. Murck (Princeton:Princeton University Press, 1976), pp.131-135。

30 Barnhart, "Reading the Paintings and Calligraphy of Bada Shanren", in Wang and Barnhart, *Master of the Lotus Garden*, p.154.

31 參見C. A. S. Williams, *Outlines of Chinese Symbolism & Art Motives*, 3rd ed. (New York：Dover, 1976), p.238。

的哀悼。然而，當我們看到詩中的另一關鍵意象「南內」，便不得不把思緒導向這層詮釋之外，因為「南內」是明代（也是從前的南宋）皇帝寢宮的名稱。「南內」提供了重要的背景環境和文際聯繫，它把（畫面中的）花兒和（詩中的）其他有關細節與政治意義緊密結合起來。遵循詠物傳統的規則——這種規則要求詩中一切典故與意象服務於主導象徵，八大山人建立起以白茉莉為主的複雜象徵主義網絡。

八大山人以一種晦義手法，把隱祕的感情轉成象徵語言結構。一向作為女性情人氣質象徵的白茉莉，在這兒成為聯繫浪漫情愛與忠君情懷的密碼，因為忠君也可看作愛的一種形式。自《離騷》以來，便存在這樣一種傳統：如果我們要以托喻法（allegory）來表現忠君愛國的情感——即既要揭示它又要掩飾它，最有效而又包容最廣的意象，莫過於浪漫情愛了[32]。而且，最重要的是，愛與忠都為無常與失落所支配——這種情況最宜以嬌弱春花為象徵。於是，十世紀詞人南唐後主李煜這樣抒發他的亡國之痛：

林花謝了春紅，太匆匆。[33]

明詩人陳子龍也於明亡後寫道：

32 參見Kang-i Sun Chang, *The Late Ming Poet Chén Tzu-lung*, p.101；Chia-ying Yeh Chao, "The Gháng-Chou School of Criticism", in *Chinese Approaches to Literature from Confucius to Liang Chǐ-chao*, ed. by Adele Austin Richett(Princeton:Princeton University Press, 1978),p.186。

33 林大椿編《唐五代詞》（一九五六，重印為《全唐五代詞彙編》，臺北：世界書局，一九六七），頁二二四。

滿眼韶華，東風慣是吹紅去。[34]

而現在，明遺民八大則在他的〈白茉莉〉詩中說：

西洲春薄醉，南內花已晚。

上述詩人以情詩手法寫其忠悃，恰恰是因為他們懂得，已逝的戀情和淪喪的家園，所帶來的遺憾均給人一種失落感，而這種失落感正可以短暫的春花為象徵。這也說明了為什麼在中國傳統中，情詩與遺民詩之間的界限是極其模糊不定的。這條充滿流動性的界限，又反過來為讀者提供了經由作品文字、意象和背景資料來解讀隱晦涵義的手段。值得注意的是，詩與畫在這裡並非單純並列，而是相輔相成。八大山人的間接參照手法把我們從詩引向畫，然後，經由一連串的視覺典故，回到前輩詩篇的文字中，從而豐富了視覺意象的涵義。

為了說明在我們的詮釋過程中背景資料的重要，讀者只需要看看八大山人另一幅題為《雙鳥圖軸》的作品。這幅畫也作於一六九四年——而且，十分有趣的是，畫上也題了同一首〈白茉莉〉詩。顯然八大山人極愛此詩，故而要再次把它題在另一幅畫上。不過，在《雙鳥圖軸》中，〈白茉莉〉詩只占了題詩的前半部分：

西洲春薄醉，南內花已晚。

34 施蟄存、馬祖熙編《陳子龍詩集》（上海：上海古籍出版社，一九八三），頁五九六。

傍著獨琴聲，誰為挽歌版？
橫施爾亦便，炎涼何可無。
開館天臺山，山鳥為門徒。

我們的注意點現在從《白茉莉》轉向了《雙鳥圖》，而我們必須在第一首詩（絕句）的背景資料上來讀這第二首較長的詩（其實是組詩）。從組詩的下半部分，我們知道這圖中「雙鳥」並非常禽——牠們深居佛道聖地天臺山。正如六朝詩人孫綽在〈天臺山賦〉開篇一段中寫道：

天臺山者，蓋山嶽之神秀者也。涉海則有方丈蓬萊，登陸則有四明天臺。皆玄聖之所遊化，靈仙之所窟宅。[35]

很清楚，這組詩描述了從失落到超脫的進程[36]——前半部分（也就是〈白茉莉〉詩）暗寫詩人對故國的悲悼，後半部分則意味著對新舊世界交替的逐步接受。也許在詩人的想像中，崇禎皇帝業已飄然成仙，逍遙自在地雲遊天臺，而他的忠臣們現在則做了他的門徒（見下半首三、四行）。把雞、鳥視為遺民的象徵絕非牽強——事實上，這正是許多明清之際的詩人的主題。以詩人吳偉業為例，當他試圖表達自己對明朝不渝的忠誠時，他借用歷史典故把崇禎帝比作仙人，而他自己則是皇帝遺留下的一隻孤雛：

35 《文選》，頁一六三。
36 李慧淑曾撰文討論八大的藝術如何「超越時空甚至形體，自由地翱翔於宇宙之間」，她把這種特質比之於莊子的〈逍遙遊〉。見Lee Hui-shu, "Pa-ta Shan-jen's Bird and Fish Painting and Chuang Tzu: The Art of Transformation" (paper,1988), p.20。

浮生所欠只一死，塵世無緣識九還。我本淮主舊雞犬，不隨仙去落人間。[37]

然而，值得注意的是，《雙鳥圖軸》組詩的下半部分，也可解作是八大山人以天臺山人自居。當清兵入關，天下紛紛，世間炎涼無可逃避之際，八大山人願築隱廬於天臺，馴山鳥為門徒[38]。依照這樣的解釋，這首詩便成為八大山人自況，顯示了他重建生活於藝術「桃花源」的決心。他決心把自己的忠誠從政治活動上（以伯夷、叔齊為典範）轉向準道家式的對孤峰仙蹤的搜求。不過，無論怎樣詮釋，這一詩組都表達了超脫的觀念。

八大山人的《雙鳥圖軸》完成於重要的一六九四年；《白茉莉圖》大約也作於此時。同一年他開始畫山水。以某種激情的方式，八大山人試圖建立新的生活方向，而山水畫意外地成為他的重要表現形式。在他晚期的山水作品中，八大山人開創新的章法、構形和色調，以意味一種新的平衡感。在他的山水畫題詩中，他特別注重寧靜、平和的觀念。例如，八大山人在一幅大約作於一六九八年至一七〇〇年間的山水畫上題道：

春山無近遠，遠意一為林。未少雲飛處，何來人世心？[39]

詮釋八大山人的詩（與畫）充滿了似非而是的矛盾和驚異。如果我們以其繪畫的創新來評價他的

37 吳翌鳳編《吳梅村詩集箋注》（香港：廣智書局，一九七五），頁三七八。
38 感謝王仲蘭在一次私下交談中為我提供了這一種讀法。
39 Barnhart, "Reading the Paintings and Calligraphy of Bada Shanren", in Wang and Barnhart, *Master of the Lotus Garden*, p.184.

詩，或反之，以他的詩歌創意來評價他的畫，我們將會享受到直接面對八大山人作品中道德與美學價值的快樂。八大山人的「暗碼」（hidden signs）在我們的仔細考察下將最終變得明白易懂，而我們也能在相互矛盾的意義中選擇正確的或最有價值的詮釋。

——錢南秀譯，載《中外文學》一九九一年十二月號。

陶潛的經典化與讀者反應

著名文學批評家哈樂德・布魯姆曾說，偉大的作家總是那些「簡直就是壓倒傳統並包羅它的人們」[1]。陶潛這位曾多少個世紀以來激發起文學史家研究興趣的中國傳統中最早的詩人之一，正是這樣的一位詩人。陶潛一生才寫了約一百五十首詩、十篇文與賦，在當時的文壇上又是一個邊緣人物，他後來在中國文學史上居然能占有如此重要的經典位置，這真是一個引人注目的事實。在文學史上他的經典化的一個關鍵時刻，就在於蘇軾宣稱陶潛是一位空前的大詩人，以及方回稱讚陶潛和杜甫為兩位中國文學傳統中的至聖先師[2]。在清代，顧炎武和朱彝尊等人也都嘖嘖稱讚陶潛的成就。王士禎在其《古詩選》一書中還特別指出：「過江以後，篤生淵明，卓絕先後，不可以時代拘限矣。」可見其評價之高[3]。後來二十世紀初期著名散文家朱自清則將蘇軾也列入了這個偉大作家的行列，同時梁啟超遴選出陶潛和屈原（第一位有名有姓的中國詩人）為兩位發出詩人最強音的文學巨擘，王國維也在同時發表了類似的觀點。在他的《文學小言》中，王國維說：「屈子之後，文學之雄者，淵明其尤也。」[4]確實，不管這些經典作家的名單包含哪些人，陶潛的名字總會被列入。多少個世紀以來，有

1 Harold Bloom, *The Western Canon*(New York:Riverhead Books, 1994),p.27.

2 見方回的組詩〈詩思〉中的一聯：「萬古陶兼杜，誰堪配饗之？」

3 參見鍾優民，《陶學史話》（臺北：允晨文化實業股份有限公司，一九九一），頁一三六、一三九、一五五。

4 參見梁啟超，《陶淵明》（臺北：商務印書館，一九二三年一版，一九九六年重印）。近來葉嘉瑩也對此表示贊同，見葉嘉瑩，《陶淵明飲酒詩講錄》（臺北：桂冠圖書公司，二〇〇〇），頁一三七。

關陶潛的學術研究汗牛充棟，以至於一個特殊的術語「陶學」也被炮製出來，與「詩經學」、「楚辭學」和「紅學」遙相呼應[5]。直至今日，讀者閱讀陶潛的熱情絲毫不減，都在聲稱重新發現了詩人真正的聲音。

然而，究竟是什麼造成了陶潛的不朽，而事實上我們對於詩人卻又知之甚少呢？甚至在今天，我們仍無法確認他的本來的姓名。不幸的是，最早的有關陶氏的傳記都各自給出不同的名字——或是陶潛字淵明；或是淵明字元亮；或者就是元亮，又名深明。其中最有趣的是，《晉書》的編者乾脆就略去「淵明」這個陶氏所為人耳熟能詳的名字[6]。至於陶氏的生日，則更是撲朔迷離，正如一九九六年出版的一本題為《陶淵明懸案揭祕》的書一開頭所問的：「出生哪一年？」[7]儘管事實上大多數學者都贊成西元三六五年為其生年，仍有一些學者（如梁啟超）堅持三七二年應為定論[8]。還有一些學者給出了三七六年或三六九年等等，全在宣稱他們的理論都是建立在研究的基礎之上的[9]。具有反諷意味的是，正因為陶氏生平事蹟的確切日期的付諸闕如，才會有如此多的年譜應運而生，都在試圖將陶氏的平生與作品予以精確化。有關這些年譜的種類之繁多，大衛斯（A. R. Davis）——陶潛研究最知名的學者之一——這樣說：

> 這一奇特的中國治學法有著內在的過於精確的傾向……我所要反覆說明的是這是不正確的，而

5 參見鍾優民，《陶學史話》，頁七。

6 有關這一點，王國瓔有一段極富洞見的討論，見其《史傳中的陶淵明》，載《臺大中文學報》十二期（二〇〇〇年五月），頁二〇〇。

7 王定璋，《陶淵明懸案揭祕》（成都：四川大學出版社，一九九六），頁三至六。

8 見梁啟超，《陶淵明》，頁四五至七七。

9 據古直的說法，陶潛生於三七六年，終年五十二歲。見古直，〈陶淵明的年紀問題〉，載《嶺南文史》一九八三年一期。

且我之所以在此指出這種廣為人知的論點的缺失，並提出研究年代精確性的不可能，乃是因為我相信這樣做會為陶潛研究帶來一定的好處。[10]

不管怎樣，這一「繫年確定性」之闕如凸現出陶潛研究中最棘手的問題之一：詩人的名微反映了他在魏晉社會中的地位之無足輕重。在我的《六朝詩》一書中，我已經解釋了陶氏作品不為時人所賞且為後人所誤解的部分原因在於他的平淡詩風，從他那時代的風氣來衡量，缺乏華豔的詞藻[11]。不過，我以為陶潛的名微也可能是因為他在時人眼裡基本上是一位隱士，在仕宦生涯中是一個邊緣性的人物。在六朝時代，正如左思所言：「世冑躡高位，英俊沉下僚。」於是乎那些與朝中官宦殊無瓜葛的人士便註定了難以揚名。雖說陶潛的曾祖父陶侃也是建立東晉的有功之臣，但早在陶潛降世以前其家境便久已式微。當然，陶潛一生中的最後二十年也是在隱退中度過的，這也難以為他的社會地位增添榮耀。誠如陶潛在其傳記素描〈五柳先生傳〉所言：「先生不知何許人也，亦不詳其姓字。」

遺憾的是，顏延之的〈陶徵士誄〉一文——那是僅存的由當時人所寫的有關陶潛的篇什——很少留下有關陶潛生平的確切年代或事實資料。正如大衛斯所提出來的，這些人物逸事「或多或少有幾分誇張，有時刻意追求逼真的效果，反失之於可疑」[12]。同樣，王國瓔也注意到某些被保存在正史中的有關陶潛的重要逸事——包括有一則提到陶潛不願為五斗米折腰，都是基於一些不牢靠的記載[13]

10 A. R. Davis, *Tao Yuan-ming*(A. D. 365-427);*His Works and Their Meanings*(Cambridge:Cambridge University Press,1983),Vol.1,p.2.

11 見Kang-i Sun Chang, *Six Dynasties Poetry*,pp.3-14。

12 Davis, *Tao Yuan-ming*,Vol.1,p.2.

13 參見王國瓔，《史傳中的陶淵明》，頁二〇七至二〇八。

在。多數情況下，這樣的逸事只不過是傳聞而已，而沈約——《宋書·隱逸傳》的作者，拿它們主要用來增強戲劇效果。後來，《晉書》編者房玄齡和《南史》編者李延壽都在他們有關陶潛的傳述中沿襲了這種說法。事實上，他們又擅自在自己的篇目中添油加醋，也許是意在將陶潛塑造成一位高士。

應當指出的是，所有這些陶潛的傳記都出現在「隱逸」類目。也就是說，傳記編者自己更關注陶潛作為隱士的公眾形象（與《隱逸傳》中的其他人物一致），而不是陶潛作為詩人的私人的一面[14]。例如沈約的《隱逸傳》，對陶氏的文學成就隻字未提。陶氏作為一個詩人這一事實不知為何給遺忘了。顯然，陶潛的道德人格及其作為一個隱士的政治角色是這些官修史書的關注焦點。作為「潯陽三隱」之一，陶潛被拿來代表隱士的典型，代表堅貞不渝地拒絕出仕、棄絕世俗價值的典範人物。由此可見，通讀斷代史的《隱逸傳》，我們可以發現無數個遭遇和心態與陶潛相仿的個人事例[15]。事實上，陶潛家鄉鄰近地帶素來以隱士稱譽，世代相傳[16]。特別是陶潛在《桃花源記》中所稱頌的劉遴之，在《晉書》中幾乎與陶潛齊名[17]。劉遴之也像陶潛那樣，在原則上毫不妥協，拒絕出仕。劉氏的生活起居儉樸自立，不慕名利而怡然自樂，也頗似史傳中的陶潛。如此完美的隱士形象對傳統的中國人來說，具有特殊的價值，因為他們反映了中國人所面臨的人生出處的大問題，也就是：如何來看待正直的精神和汙濁的官場之間的關係？解決這一問題的一條途徑，自然是炮製出在汙濁的世界中始終能尋求心地平和、能體現歷史人物風範的這樣一個榜樣。於是，在史書記載中所發現的陶潛，充當了

14 參見同上書，頁二一六至二二八。
15 參見同上。
16 參見曹道衡，《南朝文學與北朝文學研究》（南京：江蘇古籍出版社，一九九九），頁一五一至一五五。
17 參見房玄齡等，《晉書》（北京：中華書局，一九八一），頁二四七七。

一個模範人物，其個體性與傳統隱士的典型性正相吻合。正如顏延之在追懷陶潛的〈陶徵士誄〉中所云：陶氏「廉深簡潔，貞夷粹溫。」這就說明了為什麼陶潛只被當作道德楷模而其文章卻鮮為人知——至少在他身後一百年裡還是如此。

然而，一旦閱讀陶潛的詩作，就會發現另一個略有不同的陶潛，他絕非傳統史書編纂者所塑造出來的單一人物。有好幾位現代學者指出了這一點。例如，大衛斯提到人們從陶氏作品中所獲得的印象很不同於從早先史書傳記的逸事中所得出的印象，因為在後者中詩人自己的「矛盾不一的姿態」常被扭曲[18]。宇文所安也注意到陶氏的詩歌「充滿了矛盾，而矛盾出自一個複雜而富有自覺意識的人卻渴望變得不複雜和不自覺」[19]。近年來，臺灣著名學者王國瓔憑其細讀陶潛，「發現」了遠比先前所體會到的更複雜而有趣的人格。她進而觀察到，儘管陶氏為他當隱士的慎重抉擇而引以為豪，他絕非沒有片刻懷疑過這個抉擇[20]。最顯著的是，在他的〈與子儼等書〉（據說是陶氏的遺囑）中，陶潛為他的子輩在孩提時代飽受飢寒表達了相當的內疚。詩人還痛心於他的妻子未能像老萊子之妻那樣全心支持她的丈夫的隱士理想，甚至勸阻他出仕[21]。陶潛的自白全然不同於蕭統的〈陶淵明傳〉將其妻描繪成陶氏的良伴[22]。而這樣富於洞見的比較始終未能引起關注，直至近來學者才開始細讀陶潛的作品。誠然，所有這些現代新讀法都在促使我們挖掘陶氏詩中的更深層次的意義，明瞭人性的複雜。我

18 參見Davis, *Tao Yuan-ming*,p.4。

19 Stephen Owen, "The Self's Perfect Mirror: Poetry as Autobiography", Shuen-fu Lin and Stephen Owen eds, *The Vitality of the Lyric Voice:Shih Poetry from the late Han to the T'ang*(Princeton: Princeton University Press, 1986).

20 參見王國瓔，《史傳中的陶淵明》，頁二一四。

21 參見王國瓔，《古今隱逸詩人之宗：陶淵明論析》（臺北：允晨文化實業股份有限公司，一九九九），頁二四五、二六四、三二三至三五〇。又見陳永明，《莫信詩人竟平淡——陶淵明心路新探》（臺北：臺灣書店，一九九八），頁七五。

22 參見蕭統，〈陶淵明傳〉，陶澍箋注《陶靖節集注》（臺北：世界書局，一九九九），頁一七。

們發現，與常規傳記所描繪的簡單化的陶潛形象有所不同，陶潛自己卻有意向他的讀者傳遞眾多有關他自己的信息——包括他一生中重要事件的具體日期、朋友的名字、解甲歸田的動機、個人的憂懼與困擾、自嘲的性情，等等。最重要的是，詩人內心世界的豐富多樣，就其詩歌所能把握的而言，總是將我們導向詮釋陶潛的不確定性。當現代學者鍾優民說「陶淵明說了一千五百多年，迄今仍是長議長新，永無止境」時，他所指的正是這種詮釋的不確定性，而這也構成了陶潛研究的一個特徵[23]。然而，這樣的認識，是經過了相當長的一段時間的解讀之後才達成的，它預示了從單純的道德評判向陶氏作品的文學性和整體性欣賞的逐漸轉型的完成——它包含了美學的、道德的和政治的解讀。

正是在這個意義上我們才說陶潛是為他的讀者所塑造出來的；如果我們採納哈樂德・布魯姆有關大作家影響力的理論[24]，或許我們甚至會說在某種程度上陶潛塑造了中國人。在過去的數世紀以來中國人通過解讀陶潛來塑造他們自身，以至於他們常常拿陶潛的聲音來當作他們自己的傳聲筒。而且，在陶潛身上有如此多的「中國性」，尤其是在漫長的解讀陶潛作品的過程中，以至於我們可以宣稱陶潛對於文化史的總體影響是難以估量的。無須說，要追溯陶潛經典化的漫長歷史以及陶潛作為一個經典化的詩人在中國文化中所扮演的角色，這超出了本文的範圍。在本文中我只想強調陶詩解讀史中幾個有助於揭開詩人面具的方面。誠然，假如我們把早期的傳記作品當作一種「面飾」——有鑑於它們傾向於過分強調陶氏作為一個隱士的單純，那麼我們也許會說後起的陶詩讀者在其根本上是揭開陶氏的面具。他們通常渴望發現陶氏的真正的自我——揭露他作為一個有隱情和焦慮的真正的個體，以便使他們更好地瞭解自己。毫無疑問，其中某些解讀並不完全牢靠，然而正是透過這些解讀（正確與

23 參見鍾優民，《陶學史話》，頁三八二。

24 參見Harold Bloom, *Shakespeare: The Invention of the Human* (New York: Riverhead Books, 1998)。在該書中他說在一定程度上莎士比亞「創造了我們」。

否），所謂的「陶學」才得以成形，最終構成了陶潛之謎。

陶潛最為人所喜愛的形象之一便是嗜酒之士。傳說每有賓客來訪，陶潛必邀之共飲。確實，據沈約的《宋書·隱逸傳》，若陶潛已醉在先，他便會直言告訴賓客：「我醉欲眠，卿可去。」沈約《宋書》所錄的另一則膾炙人口的逸事（可能是源於檀道鸞的《續晉陽秋》）則進一步說明了陶氏的飲酒以及他與江州司馬王弘的交誼。這則故事說陶潛於九月九日重陽節無酒，便出門在其宅附近的菊花叢中久坐。有頃王弘攜酒而至，兩人飲至酩酊大醉[25]。這些逸事只是謠傳而已，編造出來也許只是要強調陶潛作為一個隱士的任誕的性格。然而，正是這些不很可靠的來源才成為了最重要的背景，被後代的批評家拿來解讀陶潛作品。其中最引人注目的則是〈九日閒居〉一詩，批評家在箋注該詩時幾乎一致地援引王弘一事。這樣的一些解讀方法會被質疑，可是仔細對照陶潛自己的作品，我們當然也會產生一種詩人是酒徒的印象。在其自傳白描〈五柳先生傳〉中，陶潛不僅把自己描繪成嗜酒之士，而且在〈擬挽歌辭〉中他還表達了已不能再飲的遺憾。確實，這也就是為什麼陶潛作為一個嗜酒之士和「無憂無慮」的隱士為人仰慕的道理。唐代詩人王維稱頌陶潛性格的任真及其與酒的關係（「陶潛任天真，其性頗耽酒」）。宋代詩人歐陽修自稱「醉翁」，也顯然是受了陶潛的影響。偶爾有些批評家如清代的馮班等人，批評陶潛的嗜酒癖。不過，總的來說，陶潛作為一個淳樸的飲酒者的形象在中國詩的讀者心目中已牢固樹立。值得一提的是，傳統中國詩歌中所說的酣醉並不一定意味著酒鬼的貪杯，而更像是靈感的激發。

然而，與這些陶氏飲酒詩的字面閱讀相並行的是一種更強的隱喻詮釋的傳統，它最終有助於鞏固陶潛的經典地位。早在六朝時代，蕭統在他編輯的《陶淵明集》序中便已指出：「有疑陶淵明詩篇篇

25 沈約，《宋書·隱逸傳》（北京：中華書局，一九七四），頁二二八六。

有酒。吾觀其意不在酒，寄酒為跡也。」[26]究竟這「寄酒為跡」是指什麼，蕭統語焉不詳，但在蕭氏影響之下，後代的批評家開始將陶潛視作不是單純愛喝酒的詩人，而是某個以飲酒為面具掩飾深意的人。陶氏有名的二十首〈飲酒〉詩的情形便是如此，它並不真是關於飲酒本身而可能是意在政事，正如組詩的結句所傳達的信息：

終日馳車走，不見所問津。
若復不快飲，空負頭上巾。
但恨多謬誤，君當恕醉人。

這裡，詩人明顯是在以醉為藉口來傳遞某種嚴肅的意味。正如詹姆士・海陶瑋（James Hightower）所指出的，這些詩句一直是「儒家詮釋者所樂於稱道的」，因為詩人宣稱即使他放縱狂飲，「那也顯然只是對時代之險惡的絕望，而不是對禮教本身的棄絕」[27]。鑑於中國的箋注者多愛將詩「時代背景化」這一事實，可以想見他們多麼熱衷於將陶潛的〈飲酒〉詩在歷史事件中予以坐實。對於許多箋注者來說，陶潛詩中所暗示的所謂「時代之險惡」一定是指他拒絕出仕的劉宋王朝。在某種意義上，這樣的解讀可以被視作是沈約將陶潛塑造為晉朝忠貞不貳之臣的延伸。沈約在其《宋書・隱逸傳》中點明，儘管陶潛在晉安帝義熙年間（四〇五－四一八）之前採用晉代年號來紀年，而自劉

26 蕭統，《陶淵明集・序》，李公煥《箋注陶淵明集》（臺北：故宮博物館，一九九一），頁四。
27 參見The Poetry of T'ao Ch'ien(Oxford:Clarendon Press, 1970),p.115。有關這幾行詩的討論，參見葉嘉瑩，《陶淵明飲酒詩講錄》，頁二二五至二三三。

宋王朝之後便改用天干地支（甲子）來紀年——一個似乎為詩人之忠貞作見證的機關[28]。雖說沈約的話自有其偏見及自身的意識形態，並因此在某些箋注者看來並不牢靠，然而它自宋代以來成了詩評家解讀陶詩的基本依據。對於中國的批評家來說，再沒有其他的闡釋方式更令人信服的了。確實，後來此類隱喻解讀對於新朝的遺民來說是特別有效的闡釋手段。其中最有力的佐證是宋代愛國主義者文天祥，他在〈海上〉一詩中稱讚陶潛以醉為其忠君的幌子（「陶潛豈醉人」）——在當時文天祥自己也為王朝變遷這同樣的問題所迫。對文天祥而言，陶潛之飲代表了一種理想的手段或面具，使他在說某一事情時卻暗指另一件事，蕭統所說的陶氏之飲另有所指，在文天祥的反饋中找到了圓滿的答案。當然，也不是所有的批評家都同意這樣的隱喻解讀，然而在陶潛之飲的背後尋求深意的總的努力方向卻鼓勵了多少代學者將陶潛視作一個更複雜的人物，一個知道在其詩中如何在自我亮相和自我隱藏之間做出抉擇的人物。例如，現代作家魯迅在他的〈魏晉風度及文章與藥及酒之關係〉中，強調寧靜的超越與積極的政治參與兩者在陶潛身上並存。同樣，著名美學家朱光潛以為陶氏之飲對於當時腐敗的政局來說，既是逃避又是抗議[29]。然而，與此同時，許多現代學者——諸如梁啟超和朱光潛——開始對將陶潛看成是晉代遺民這種說法提出質疑[30]。某些學者甚至強調陶潛曾在劉裕（劉宋王朝的開國者）手下任過職這一事實，而這一事實排除了陶潛乃晉室忠貞不貳的遺民之可能性[31]。而另一些人則發現一些被當成政治隱喻來解讀的陶潛詩作居然作於晉室傾覆之前，這樣一來，它們就不能算作遺民之作

28 參見陶澍箋注，《陶靖節集注》，頁一六。

29 參見朱光潛，《詩論》第十三章。

30 參見梁啟超，《陶淵明》，頁五至六。

31 例如宋雲彬，〈陶淵明年譜中的幾個問題〉，載《新中華・副刊》六卷三期（一九四八年二月），引自鍾優民，《陶學史話》，頁一八三。

了[32]。所有這些對陶氏的新解讀都會使得人性的複雜性和藝術與現實間的溝壑明朗化。

另一個陶潛之謎是那個從不沾染女色的正人君子形象。也許是這個道理，陶氏挖掘性愛主題的〈閒情賦〉對許多傳統和現代學者來說便成了一個問題。問題之一便出自蕭統，陶潛作品的第一位編纂者，也是第一位批評〈閒情賦〉「白璧微瑕」的批評家[33]。儘管道德方面的考量在蕭統的褒貶中占了很大的比重，但我想這篇賦本身就像淫靡的宮體詩那樣包含了女性化的話語這樣一個事實，也可能因此導致了他的評價。不管怎麼樣，由於蕭統的批評，在長達數百年間無人敢再對此妄議，直到宋代的蘇軾（被公認為陶潛最大的追隨者），才開始重新審視這篇長期遭人冷落的作品。與但願〈閒情賦〉不曾存在的蕭統有所不同，蘇軾將它視作卓絕的篇什，其價值可與《詩經》和屈騷相比擬，於是蘇軾在他為《文選》所作的跋文中寫道：

> 〈閒情賦〉正所謂《國風》好色而不淫，正使不及《周南》，與屈、宋所陳何異？而統乃祝之，此乃小兒強作解事者。[34]

蘇軾的見解後來博得了清代著名學者陳沆的首肯，後者也稱陶氏的〈閒情賦〉是晉代最偉大的篇什[35]。蘇軾以為在〈《閒情賦》〉中最可貴的是「真」，這在蘇軾看來是陶潛詩藝的祕訣[36]。詩中求「真」意味著傳達心聲，雖說它也是通過假面的設置來達成的。而正是因為有了這份「真」，陶詩才

32 例如李辰冬，《陶淵明評論》（臺北：東大圖書公司，一九九一），頁二。
33 蕭統，《陶淵明集‧序》。
34 蘇軾，〈題文選〉，見鍾優民，《陶學史話》，頁六一。
35 參見陳沆，《詩比興箋》（北京：中華書局，一九六五）；鍾優民，《陶學史話》，頁一五一。
36 參見蘇軾，《書李簡夫詩集後》，見鍾優民，《陶學史話》，頁四六。

能開啟人的情感，它既真切又費解，既靜穆又狂放。確實，有了〈閒情賦〉，陶潛似乎才達到了一個練達的新境界，因而也就是一個高難成就的新境界。這樣一個「成就」包含了各種主題和風格實驗的成功糅合。也許這也就是為什麼蘇軾說陶潛之詩「質而實綺」[37]，這對常見的譏貶陶詩「質樸」之詞是一個絕妙的駁斥。好在許多現代學者都能領會蘇軾對〈閒情賦〉的重新評價，並繼續提供新的解讀方式。例如，梁啟超曾如此稱讚陶潛的「言情」技巧：

> 集中寫男女情愛的詩，一首也沒有，因為他實在沒有這種事實。但他卻不是不能寫。〈閒情賦〉裡頭，「願在衣而為領……」底下一連疊十句「願在……而為……」熨帖深刻，恐古今言情的豔句，也很少比得上。因為他心苗上本來有極溫潤的情緒，所以要說便說得出。[38]

此外，朱光潛在《詩論》的「陶淵明」一章中也為陶潛以傳神之筆狀「一個有血有肉的人」而深為折服。同樣，魯迅在〈題《未定草》〉中也褒獎陶潛有勇氣挖掘性愛各層面，使之讀上去幾乎像一篇自白。所有這些現代學者的評語都代表了一種軌跡：逐步揚棄隱喻解讀——包括揚棄蘇軾那種訴諸《詩經》的道德權威——而趨向更變幻莫測、更深入人意、更豐富、更實在的解讀。結果是，當我們欣賞文本本身時，一個更具人情、更可信的詩人陶潛的形象便浮現出來。不過，我在這裡應當補充的是，事實上，早在明朝，鍾惺之類的批評家已經開始探測陶潛詩藝的複雜性[39]。尤其是孫月峰聲稱陶

37 參見蘇軾，《與蘇轍書》；李華，《陶淵明新論》（北京：北京師範學院出版社，一九九二），頁二三一。
38 梁啟超，《陶淵明》，頁一三。
39 參見鍾惺，《古詩歸》中對陶潛〈癸卯歲始春懷古田舍〉一詩的批語。

詩「真率意卻自練中出，所以耐咀嚼」[40]，因而其平易的印象也只不過是假象而已。

與陶氏平淡詩風之謎緊密相連的，是一個為自己的小庭院和田園生活所陶醉而怡然自適的隱士。陶潛是否曾為他決定退居後悔過？他是否有時候也想過另外一種生活？我們已看到自清代以降，批評家開始質疑陶潛作為一個隱士的單純性——例如十九世紀詩人龔自珍在〈舟中讀陶詩〉（其二）中把陶潛當成有經世之抱負的豪傑之士，可與三國時代的諸葛亮相比：

> 陶潛酷似臥龍豪，萬古潯陽松菊高。
> 莫信詩人竟平淡，二分梁甫一分騷。

很顯然龔自珍並沒有把陶潛當作一個平淡的人。對龔氏及其同時代人而言，陶潛代表了一個典型的知識分子，有出仕的凌雲之志卻扼腕而棄之——都是因為生不逢時。他們相信在陶潛身上有一股孤立無援之感，儘管很微妙，而卻是報效無門的中國傳統士大夫的典型特徵。而這一微妙的落寞感正是陶潛對魯迅如此有魅力的地方。

有一點幾乎所有的陶學學者都忽略了——直到近來學者李華才提醒我們，那便是這樣一個事實：早在唐代，詩人杜甫便已對陶潛作為一個恬然自樂的隱士形象提出質疑。但不幸的是杜甫之言多少個世紀以來一直被誤讀，而他對於陶氏的見解也遭誤解。這也就是杜甫在其〈遣興五首〉之一中所說的有關陶潛的話：

40 孫月峰，《文選瀹注》卷一三。

陶潛避俗翁，未必能達道。
觀其著詩集，頗亦恨枯槁。

據李華所說，杜甫在這幾句中要傳遞的是這樣的信息：「陶淵明雖然避俗，卻也不能免俗。何以知之？因為從陶的詩集來看，其中很有恨自己一生枯槁之意。」[41]這裡，李華將杜甫詩中的「枯槁」解作「窮困潦倒」是很有理由的，因為陶潛在他自己的第十一首〈飲酒〉詩中用了同一個詞來形容孔子的得意門生顏回之窘迫：

顏生稱為仁，榮公言有道，
屢空不獲年，長飢至於老；
雖留後世名，一生亦枯搞。
…………

李華以為，陶潛在指出顏回為其身後浮名付出了高昂代價的同時，或許也在針對他自身的潦倒做自嘲。這也自然可以聯想到杜甫在提到陶潛時，也會有一副自嘲的口吻。因此，當杜甫在試圖揭開陶潛的面具時——以一個甘於清貧的理想隱士的面目出現的所謂「陶潛」，杜甫實際上也在做自我曝光。確實如此，杜甫終其一生窮愁潦倒，也自然而然會自比陶潛。有鑑於此，浦起龍在評解杜甫〈遣興〉時指出：「嘲淵明，自嘲也。假一淵明為本身象贊。」[42]這也就解釋了為什麼杜甫在他的詩作中

41 李華，《陶淵明新論》，頁二二七至二二八。
42 浦起龍，《讀杜心解》，引自李華，《陶淵明新論》，頁二二八。

一再提到陶潛，而實際上，正是杜甫第一個將陶潛提升到文學上的經典地位[43]。

然而問題是，正如李華所指出的，在過去的數世紀內批評家一直在誤讀杜甫，實際上這是對杜甫解讀陶潛的誤讀。由於批評家常將「枯槁」解作「風格上的平淡」，他們自然而然會認定杜甫以其〈遣興〉一詩來批評陶潛的詩風。這種誤解導致明代學者胡應麟在其《詩藪》中以為「子美之不甚喜陶詩，而恨其枯槁也」[44]。後來，朱光潛也沿襲了胡應麟的說法。直到一九九二年李華出版其專著《陶淵明新論》，學者才開始重讀杜甫。這一有趣的誤讀實例證實了我們的想法，即經典化的作者總是處於不斷變化的流程中的讀者反饋的產物。

據我們所知，陶潛其實是很在意讀者反饋的那樣一種人，正如他在其〈飲酒〉組詩序中所言，他讓朋友抄錄其詩作（「聊命故人書之」）。儘管陶潛在說這話時用了一副謙遜的口吻——不過是為博得朋友的「歡笑」而已，毫無疑問他還是很在乎他作品的流傳。而且，正如大衛斯所指出的，陶潛同其他許多中國詩人一樣，都在「營造自我的形象」。對讀者而言，陶潛自我形象中永葆魅力的一個側面就是他對自己的誠實，即便在他惶惑的時候他也沒有違拗自己的良心——甚至是在他飢寒交迫時：

……何則？質性自然，非矯厲所得；飢凍雖切，違己交病。（〈歸去來兮辭並序〉）

正是靠這份自我的挖掘，陶詩的讀者才使得他們自己與詩作間有親密無間之感。故而許多讀者在窘迫之際便自然而然地轉向陶詩求助，為他們個人的困苦找尋一個滿意的答案。於是，梁啟超抱病

43 參見鄧杜樑，《唐宋詩風——詩歌的傳統與新變》（臺北：臺灣書店，一九九八），頁一八。
44 胡應麟，《詩藪》，引自李華《陶淵明新論》，頁二二七。

在身時所讀的不是別的，而正是陶詩，因而拋出了他的著名的《陶淵明年譜》。一九三〇年代抗戰期間，李辰冬在自家田舍間勤勉地研究陶詩，結果完成了發人深思的陶學著作《陶淵明評論》。當然，也有讀者只是把讀陶詩當作消遣，諸如丁福保以日誦陶詩而自娛。丁氏為陶集編訂了二十多個版本，最終據宋珍本作《淵明詩箋注》而知名[45]。誠如宋代詞人辛棄疾在〈水龍吟〉中所言：「須信此翁未死，到如今凜然生氣。」

不錯，總的說來讀者對陶潛的生平頗感興趣，不過更準確的說法也許是，有更多的讀者著迷於陶潛對自己死亡的思索。事實上，沒有作家能像陶潛那樣帶著一份自覺意識來關注現實、達觀和死亡——像他的〈挽歌詩〉及〈自祭文〉。下面一段話應為陶氏臨終前不久的絕筆，它只能是出自這樣一個人之手，即他對人的有盡天年雖有疑惑，卻又找到了終極的答案：

> 樂天委分，以致百年……識運知命，疇能罔眷，於今斯化，可以無恨。（〈自祭文〉）

像這樣的一副筆墨，寫來為自己作「挽歌」，在陶潛那個時代恐怕是史無前例的。正如梁啟超所說：

> 古來忠臣烈士慷慨就死時幾句簡單的絕命詩詞，雖然常有，若文學家臨死留下很有理趣的作品，除淵明外像沒有第二位哩。[46]

45 參見丁福保，《陶淵明詩箋注》（臺北：藝文印書館，一九二七年版，一九八九年重印），頁三。

46 梁啟超，《陶淵明》，頁三八。

當然，陶氏之言，是否可做字面理解，即它是否確係他的臨終絕筆，恐怕永遠也無法肯定。但毫無疑問許多讀者仍然相信這是陶氏的絕筆。據信也正是在陶潛的影響之下，日本詩集《萬葉集》收錄了「挽歌」部以及其他一些像是模仿陶氏預見自己死亡的歌謠[47]。

有趣的是，也許正是在陶潛的臨終篇什中，讀者才發現修史者對詩人的傳記描述與陶潛的自我描述正相吻合。顏延之在〈陶徵士誄〉中所描述的陶潛的「視死如歸」也印證了詩人為自己所做的描繪[48]。這正是陶氏希望為後人所記取的他的自我形象。然而，他在這篇絕筆祭文的篇終還是禁不住向讀者流露出他的無奈感：

人生實難，死如之何。嗚呼哀哉！

確實，陶氏最後這番話是一位經典詩人複雜而隱祕的自我告白。

——陳磊譯，載劉東主編《中國學術》二〇〇一年二卷三輯。

47 參見王定璋，《陶淵明懸案揭祕》，頁二四四。有關陶潛對《萬葉集》的影響的實例，見《萬葉集》，頁四八六。

48 參見王國瓔，〈樂天委分，以致百年——陶淵明〈自祭文〉之自畫像〉，載《中國語文學》三十四輯（一九九九年十二月），頁三二三至三四〇。

女子無才便是德？

中國文學史上不乏專擅詩詞的掃眉才子，僅以明、清兩朝而論，刊刻所著者即達三千五百人之多。此事學界知之者固鮮，多數人卻深諳袁枚與章學誠為婦女文化地位所展開的爭辯。袁枚稱得上是開明派，他力排眾議，以為閨秀文機天巧，力可創新簡篇。章學誠則保守衛道，意中女輩皆從禮貞烈。兩造各執其詞，但是今人難免倒向袁枚，蓋其鼓勵女弟子創作與刊布所著，吾人聞之即心有戚戚焉。相反，章學誠泥古守舊，居然要求女流自限閨中，謹守正道禮法。這在今人聽來，哪能心服口服？

雖然如此，袁章爭議所在的婦女才德觀卻有其文學史上的承傳，源遠流長。才德問題不僅關乎閨闈，實為男女共具[1]，雖則多數爭辯往往亦因前者導發。明清之際乃歷史變革的關鍵，詩媛輩出，史無前例，看待才德兩極的角度從而多樣翻新。事實上，早在袁、章之前兩百年，才德之爭即已甚囂塵上，乃晚明婦教的議論焦點。當然，時人所論並未演變成為人身攻擊，而其火網之密亦不如章氏發表〈婦學〉後所引發的激辯。〈婦學〉完成於一七九七年，矛頭直指袁枚及其一班女弟子，因為就在此文面世前數月，後者合刊了《隨園女弟子詩選》一書。章氏之文不曾對袁枚指名道姓，但含沙射影三斥之為「無行文人」——門下女眾敗禮壞德、視古傳女訓如糞土皆其過也[2]。易言之，章氏以為世之

1 參見劉詠聰，〈中國傳統才德觀與清初四朝關於女性才與德之比論〉，刊香港大學《東方文化》（*Journal of Oriental Studies*,1998），頁九五至一二八。

2 參見章學誠，《章氏遺書》，劉承幹編《章學誠遺書》（北京：文物出版社，一九八五），頁四八。

無行文人往往「帶壞」才女，《詩經》頌揚的「靜女」典型不再。章氏最後為自己圓場道：他並非皂白不分，一味攻擊閨秀詩詞，像六朝詩苑英雌就深獲其心。依章氏之見，這些女詩家「非僅能調五言七字」，亦「自謝過於四德三從者也」。章氏甚且對唐代女校書心儀不已，嘗謂其時「名妓工詩，亦通古義，轉以男女慕悅之實，托於詩人溫厚之辭」。然而，降至當代，人稱的「才女」唯有慧無學，尤其不學三從四德，唯汲汲於「炫女」而已。她們以為其時「無行文人」慕其才，殊不知對方提攜獎掖之乃因「憐其色」。

當代文人——不論男女——或許「敗德壞行」，而章學誠嚴詞抨擊袁門弟子，更可能有鑑於此。不過，顯而易見的是：二十八袁門女弟也因此悻然不悅，駱綺蘭從而刊行《聽秋館閨中同人集》以對抗之。駱氏孀居持家，乃袁門女弟鋒芒最露的「女性主義者」，所撰《聽秋館閨中同人集》集序以為閨秀詩家薰染不易，其卓然有成者才調當在鬚眉之上[3]。換言之，駱氏反對女中詩才「不務正業」，自囿於米鹽瑣屑。

儘管如此，力足以一駁章氏之評者終非駱氏一類論調，而是閨闈家推出詩集、詞集，以才傲世。袁門女弟深信「性靈」乃詩詞正音，所刊合集或別集無不多方護衛。袁枚更誓言「性靈」的重要，謂作詩填詞應先蘊蓄於胸臆。他進而誇誇言之：詩詞自有其偏重，非說教之工具。就他而言，詩詞固不必為道德所役，亦應超乎學行之上。可想而知，章學誠不會容忍這種觀念。

袁枚百般回護閨秀，力陳其作詩填詞之權，又提醒大眾《詩經》各篇多出諸婦人之手，不可小覷：

> ……《三百篇．葛覃．卷耳》誰非女子之作？迂儒穴隙之見，誠不然也。[4]

---

3 參見胡文楷，《歷代婦女著作考》增訂本（上海：上海古籍出版社，一九八五），頁九三九。

4 袁枚，《小倉山房文集》卷三二，《隨園三十八種》（一九九二）卷四，頁八a。

當然，《詩經》多經纖纖素手譜成之論，明末即有學者提出，一百五十年後的袁氏固非其首議者也。明人此見，實為其提升閨詩的主要策略，明告世人閨才絕非異端。不用多說，章學誠不會屈從這種論調。至於袁枚，方之明人，至少在某方面已大大超越之：他以為著作權非關緊要，重要的是經典中充滿女性的肺腑之言。袁枚為異性代言，其時閨秀益知向上，以尋求自己的文學和社會地位。

袁枚對「才」的看重常人罕見，所以清代詩媛和他特別投緣。他嘗謂：「作詩如作史，才、學、識三者兼宜，而才為尤先。」他甚且以為不論出身，凡巾幗詩才都應加勖勉，令其暢抒胸懷，刊布所作，充分發揮稟賦。在某種程度上，袁枚大力提攜閨秀實則在延續晚明開明傳統。這一點，後文會詳予再探。

章學誠斥責袁枚為閨派首腦，助長女流氣焰。如此說詞，實為誤解，只要流覽相關書目，不攻自破。明清閨秀編纂合集，刊行所作，實已逾二百年，而令章學誠深感不快的，正是她們擬板鐫詩稿以獲致肯定的欲望。在所著《詩話》中，章氏指出此點，大加撻伐。依其所見，婦女出書意在「私立名字」；同門雖和，眉批互捧，亦然。當然，露才也是士君子大病，蓋晚明道學家呂坤早已從儒門正統如是補充。章學誠所以對沽名釣譽的閨秀嚴詞抨擊，乃因古來婦德皆以「內言不出閫外」為準。袁門二十八女弟刊布合集，章氏深感不悅，於此可知師出有名。

或許也是因此之故，章氏覺得有重釐「女人無才便是德」之意涵的必要。按此語首先流行於明末，句前另有「男子有德便是才」一語，反映出重男輕女的長久史實，也重挫了閨中志氣，令其有才難使。然而，章學誠自有一套翻案本領，他重新詮解此語，認為首議者並非厭惡「才女」，而是希望藉此警醒炫才驚俗的女流，免得她們為人利用而不自知。章氏繼而解釋道：「女子無才便是德」實指賢媛不以炫才為能事。

現代讀者或許會大吃一驚：終有清一代，肯定章學誠觀念的人，女性所占的比率可能大過男性。王貞儀乃大家閨秀，寫給某白夫人的信上，就曾痛斥當代婦女，尤其是急於刊布所作以沽名釣譽者[5]。王氏的例子乃上述史實最佳說明，也顯示清閨閣深受儒門影響，相信刊刻所著有逾身分。從王氏例子看來，清代閨禁文才的社會定位，和十八世紀英國女性確有巧合，十分有趣。費雯・瓊絲（Vivien Jones）觀察道：其時英倫極端派婦女認為，女人出版作品「形同失去貞操」，因為這樣做不啻「把隱私赤裸裸呈現在大眾目前；白璧蒙塵，有違閨內女誡」[6]。李察遜（Samuel Richardson）長篇名著《潘蜜拉》（*Pamela*）裡的女主人公還說過：女人有虧操守，惡於喪命[7]。就像這句話所形容的，清代許多「閨中道學家」都認為「賢妻良母」才是懿德令譽之所繫。

倘要瞭解清代婦女堅持此見的原因，我們得注意其時在道學圈內逐漸流行的一個觀念：「才可妨德。」孟子有「才本善」之說，宋代理學家的新見是才可以為惡為善，而後者的補正可能正是「才可妨德」一語的淵源。王貞儀受到宋儒浸染，難怪會認為「才非閨閣之正務」，抑且「足以淆其德也」[8]。此亦所以王氏——如同前文所示——怒控當時某些閨秀求名失「節」。

我們由此更可瞭解何以許多清閨秀一發現自己「蠢蠢欲動」，亟思刻印詩集，便乾脆焚稿自律，名儒黃宗羲的夫人葉寶林就是最明顯的例子：葉氏當聞悉閭內閨秀作詩結社，又和男士舉杯唱和，大

---

5 參見鍾慧玲，《清代女詩人研究》（臺北：里仁書局，二〇〇〇），頁二八九。

6 參見Vivien Jones, "Writing", in *Women in the Eighteenth Century: Constructions of Femininity*, edited by Vivien Jones (London: Routledge, 1990), p.140。

7 這一點我乃承南西・阿母絲壯（Nancy Armstrong）之啟迪，參見所著*Desire and Domestic Fiction: A Political History of the Novel* (Oxford: Oxford University Press, 1987), p.5。

8 參見王貞儀，《德風亭初集》（《金陵叢書》本，臺北：力行書局，一九七〇年重印）卷一〇，頁九a。

歎「此傷敗俗之尤也」，乃焚其手稿寄慨[9]。另一個類似例子是鍾韞。她在謝世前自焚詩稿，好在公子查慎行及時搶救，憑記憶還原並梓行原作。余繡孫的事例也相去不遠。她英年早逝，三十三歲即成北邙鄉女。臨終前數日開始焚稿，雖然乃父曲園老公仍就其未焚者鐫板結集。俞曲園當時是有數的閨秀知音，獎掖襄贊不遺餘力。不管如何，上舉例證在在顯示：清閨秀所為大半是章學誠之說的根據或再現，言談舉止與操守德行都若合符節。由此可知何以〈婦學〉變成章氏名作，何以其深入人心的程度在章著首屈一指。

事實上，今人錢穆早已指出，中國古來皆「重德不重才」，而且蔚為傳統，深入人心[10]。舉例言之，孔子掂秤才德輕重時便曾如此說過：「有德者必有言，有言者不必有德。」[11]宋人司馬光進而以彩筆對比才德，認為：「德勝才謂之君子，才勝德謂之小人。」[12]

這些言論道出章學誠一類道學家的「文化輕重感」（cultural priority）淵源斯在，也說明了章氏何以不齒袁枚單單重才。追根究柢，才德問題都關涉到傳統男性社會的價值觀，例如訪賢求才的標準與道德教訓在瞬息萬變的社會裡的角色等等。牽動觀念變革的因素包括教育程度的提高、都市化走向加劇與社會日益重商等等。對重才者而言，他們應可坦然接受這些巨變；至於重德者，則無時不在對抗之。然而，道學家的成見固深，袁枚也不是孤軍奮戰。他把「才」捧上了天，也說盡了好話，果然大儒戴震就站在他這一邊。戴氏極思重振《孟子》古義，曾發出「性善則才亦美」的議論[13]。雖然如

9 參見梁乙真，《清代婦女文學史》（臺北：中華書局，一九七九），頁二八三。
10 參見錢穆，《中國思想通俗講話》（九龍：求精印務公司，一九五五），頁四五至四六。
11 《論語・憲問》。
12 司馬光，《資治通鑑》（北京：中華書局，一九五六）卷一《周紀》，頁一四至一五；另參見劉詠聰，〈中國傳統才德觀與清初四朝關於女性才與德之比論〉一文。
13 戴震，《孟子字義疏證》（北京：中華書局，一九八二），頁三九。

此，我們仍得待乾隆皇帝提出「才德」說，方能見到「才」晉升為主流，和「德」並駕齊驅。弘曆名臣朱珪曾撮述乾隆聖旨，其〈御製才德說恭跋〉謂：

> 皇上鴻文淪啟，務使臣下不敢以無德之才自欺欺人，亦不敢以無才之德拘墟自安於無用。……皇上於用人行政之間，深知其難而發為才德之說。[14]

由此可知，對袁章及其同代人而言，才德之辯非唯見諸婦女問題。而儘管如此，我仍然相信研究女性地位乃解決袁章歧見的叩門磚，更是瞭解自古迄清才媛在似此爭論中角色的入門鑰。我認為中國婦女的文學文化生發於才德合一又互斥的弔詭中，要瞭解她們認同和消釋弔詭的方式，也唯有由才德問題下手。但是才／德之辯並非一日之寒使然，相關問題與思想牽連甚廣，我們必須走訪在歷史的脈絡中才能撥雲見日，澄清來龍去脈。

事涉女性的才／德問題演變史，當從班昭的《女誡》數起。實際上，章學誠的〈婦學〉一開始就提到班昭，並論及同文「婦行」一節拈出的婦行四目：德、言、容、功。章氏雖由此下手謂婦女身負道德大任，實則在稱頌班昭垂訓，以《女誡》所曉諭的大義為萬世婦德的象徵：「德」者「力」（power）也。

班昭所作率皆道德教訓，她又如何確保永垂不墜、萬世景仰？有趣的是，乍見之下，《女誡》的行文策略仍為慣套，堅持女性柔弱，先天不足的立場。此所以班〈序〉開篇即擺出低姿態：「鄙人愚

14 朱珪，《進呈文稿》卷二，《知足齋集》（學海堂刊本），頁三a至三b。另見劉詠聰，〈中國傳統才德觀與清初四朝關於女性才與德之比論〉一文。《才德說》的作者問題，我仍承余英時教授賜函指正（一九九二年八月十六日）。此文重要無比，然就我所知，似已佚亡。

暗，受性不敏。」措詞夠謙遜了，但也正因卑降以求，《女誡》才能為後人開說女範。世所周知，班昭曾為乃兄班固續補《漢書》，集學者與史家令譽於一身。然而，她雖博學多聞，卻也不讓鬚眉，具有儒士虛懷若谷的風範。職是之故，能在閨閣萬世為人師表者，捨班昭不做他想！據說班氏妯娌曹豐生性傾於開明，曾撰文批駁《女誡》的婦德觀，然而不卑不亢曉世人以大義的「婦德之力」，卻也是史不絕書，廣受讚譽。不管如何，班氏《女誡》已經登堂入室，成為文學史的一環，而曹氏評文反而逸失在時間的洪流裡。

班昭自謂《女誡》之作意義重大。她語調堅定，以所出諸女為牽心懸念，命意則遍寄宇內女身，強調婦行不可不慎，其淪啟亦不可疏違：

> 男能自謀矣，吾不復以為憂也。但傷諸女方當適人，而不漸訓誨，不聞婦禮，懼失容它門，取恥宗族。吾今疾在沉滯，性命無常，念汝曹如此，每用惆悵。間作《女誡》七章，願諸女各寫一通，庶有補益，裨助汝身。

班昭對道德禮法的力量深信不疑。後世宋若華、宋若昭姐妹（著稱於約西元七九〇年）也認為道德乃人生最高指導原則，故此序其合著之《女論語》曰：婦家若依文中所言，「是為賢婦，罔俾前人，獨美千古」[15]。「女誡」二字所指不僅指戒律，也包含守戒的好處。《女誡》能深入閨禁，並經閫內許為力作，其所高論之守戒報償無疑是主因。

我們也必須注意，班昭的「戒律」不一定囿於婦道瑣事。所謂德、言、容、功等婦誼，當然源自

15 胡文楷，《歷代婦女著作考》，頁二二。

《周禮》相關章節[16]，但班昭的說詞其實更讓人想起《左傳》。據後者，立德、立功，與立言乃人生三不朽。漢及後世「學而優則仕」的統治階級，對此說法無不拳拳報膺。是以在某種意義上，我們可謂班昭試圖把婦德大義附會到《左傳》的生命不朽觀。傳統儒士視「德」重於「功」與「言」，班昭認為這是不朽的第一要義，故在賦予東征的〈東征賦〉裡反覆思索其感人之力：

惟令德為不朽兮，身既沒而名存。
惟經典之所美兮，貴道德與仁賢。

正因此故，在後出的《女誡》中，班昭對定義「德」字就持謹慎態度，務求諸女盡其婦道所宜。其時班昭顯然也陷入才德抉擇的窠臼，不過對她而言，所謂「婦德」當以嫻淑貞潔為重，「不必才明絕異也」。

話雖如此，班昭對德的強調卻也不過是其時一般思潮。到了漢末，「才」方才變成中國文人的主要關懷，究其緣由，曹氏父子的推動當係主因。他們篤好斯文，建安彬彬之盛於焉形成，一時俊才雲集。曹操乃鄴下文學沙龍的掌舵者，他用人的標準是不拘品行，唯才是求。操子丕名作《典論‧論文》則堂皇公認文學為「不朽之盛事」，建安時代因而特重文才，眾望之殷史無前例。班昭故去後兩百年，中國歷史進入六朝初期，時人如何斷定詩才呢？下引有關謝安姪女謝道韞的逸史，最足以提要鉤玄：

（謝宅）……嘗內集，俄而雪驟下。安曰：「何所似也？」安兄子朗曰：「散鹽空中差可

16 見《周禮注疏》卷七，《十三經注疏》本（北京：中華書局，一九八〇），頁六八七。

擬。」道韞曰：「未若柳絮因風起。」安大悅。[17]

謝安係名相並儒將。他「大悅」乃因道韞詩才出眾，連同堂兄長都不敵。顯而易見，謝安閱人的依據是美學原則而非道德考量，道韞句特具詩意，故而深受賞識。換言之，謝府其時人才輩出，非唯文壇奉其男俊為主流，如今又錦上添花，瓦礫之中奮起掃眉詩才，謝安安能不睥睨自豪？道韞後果以文名詩才見重於世。

謝道韞的例子確實特出，但非孤例，因六朝時閨秀詩才深受敬重，論之者不乏其人。鍾嶸以「品」字為男詩人定高下，時人亦以此評比閨秀、梳理等第。此所以劉宋孝武帝請鮑照論其令妹令暉時，鮑氏鑑於六朝典型的品才論人之法，亦即方令暉於名詩人左思之妹左芬：

臣妹才自亞於左芬，臣才不及太沖爾。[18]

同樣，也有人拿謝道韞並比同時女傑顧氏：

謝遏（玄）絕重其姐（道韞），張玄常稱其妹（顧氏），欲以敵之。有濟尼者，並遊張、謝二家，人問其優劣，答曰：「王夫人（道韞）神情散朗，故有林下風氣；顧家婦清心玉映，自是閨房之秀。」[19]

---

17 《晉書・烈女傳》，引自胡文楷，《歷代婦女著作考》，頁一〇。
18 陳延傑，《詩品注》（香港：商務印書館，一九五九），頁六九至七〇。
19 劉義慶，《世說新語・賢媛》，見楊勇，《世說新語校箋》（香港：大眾書局，一九六九），頁五二八。

濟尼評比二人的話甚有意思，大抵觸及其時新「才」觀與舊「德」說的基本分野。道韞「散」而不羈，擬之「林下風氣」甚是；顧夫人嫻慧盡職，宜乎「清心玉映」之美譽。然而，更有趣的是說道韞才配「竹林七賢」，有「林下」之風。在中國詩史上，「竹林七賢」素以徜徉自適、不隨俗同久負盛譽。道韞則任性使才，雅尚清言，頗類七賢風範。最緊要的是她有主見，好論人。《世說新語》載，她甚至黜薄其夫王凝之，以其才不及同門長上兄弟。凡此種種，當不類傳統婦賢媛所為。她目無餘子，想是恃才傲物使然。

到了唐代，「婦才」觀更為普通。《全唐詩》輯有百餘詩苑名媛六百首左右的作品[20]，其首要特色在種類繁多，不一而足，包括宮闈、青娥、名媛、后嬪、棄婦、歌伎與女冠所作。有趣的是，唐代以大詩人自期的才女多屬歌伎與女冠。她們也頗有刊刻詩集、垂芳後世的雄心。無論是生活方式或職業要求，歌伎、女冠受到傳統的規範都較少，難怪素行也異於凡婦。她們打破男女界限，常與男詩人或儒官往還。

環境與風氣既然如此，歌伎薛濤、女冠李治及魚玄機等人出類拔萃，乃相繼變成有唐一代詩名最著的秦樓粉黛。她們也是當時少數刊刻過詩集者，和男詩人又互有往來，每每定期酬答，像薛濤和無積或魚玄機與溫庭筠就時常贈詩唱和。易言之，這些女詩人皆因文才而深受敬重；王建曾獎譽薛濤為「掃眉才子」，而李治詩名藉甚，當時皇帝聞其名甚至詔請入宮。最重要的是，她們開始注重形象，刻意以「才女」的面貌周旋在「才子」陣中，酬詩唱和常見得很。然而，她們雖可以「才」和男性平起平坐，卻不能以此晉身，因為科舉仍有閨闈之限。魚玄機為此深感不平，故有「自恨羅衣掩詩句，

20 值得注意的是，據學者陳尚君的研究，「在今知有名錄記載的近一百五十位唐女詩人中，可以確認唐代實有其人的女性作者為七十六人，在傳聞疑似之間者凡十九人，可以確認虛構、誤認或後出者為四十二人」。參見陳尚君，〈唐女詩人甄辨〉，《文獻季刊》第二期（二〇一〇年四月），頁一〇至二五（孫康宜補注，二〇一五年六月）。

舉頭空羨榜中名」之句。辛文房《唐才子傳》推許魚氏擬與男子相埒的雄心，認為真婦才會捨此無他。魚氏在豆蔻年華即因故身受極刑，多少朝士同聲一歎，此皆因唐人重才有以致之。

校書女冠不為「四德」所羈，贏得許多男士讚賞。雖然如此，斥之「敗德」者也不少。衛道之士認為逾越「四德」必無好下場；他們人多勢眾，從之者逐漸認為「才」就是「無行」的代名詞。傳說李治髫髮即具詩才，乃父知悉後懼其及長必成「失行婦」。同樣，薛濤也是幼善綴句，父聞之憮然良久。事實上，許多歌伎甚恥於受封為「才子」，徐月英就是例子。她曾在一首詩裡自歎命乖，無緣效常人恪守「三從」之德[21]。徐月英的自憐是意料中事，蓋歌伎生涯付出的代價甚高：她得忍受知音難覓之苦，還得像同行詩中每見自況的落絮一樣漂泊在天地之間。前及六朝謝道韞的「柳絮因風起」一句，不就是唐代校書的最佳寫照？

方之歌伎，唐宋大家閨秀比較安於針線女紅，不過也因此不能縱情詩賦。薛濤和徐月英隨時都可以詠月吟風，管笛笙歌，但大部分的閨秀不然，只能在織造之餘尋章摘句。班昭《女誡》指出織機唧唧是婦功法門，古來女訓、女則亦時時強調之，多數婦女認為織室勞作乃家務本分。對她們來講，勤於織機可以累「功」，寫詩就算於德無妨，亦無益婦德。這種看法已經變成共識，唐宋閨秀的意識形態就此塑成。

異調歧見不是沒有，朱淑真就不信這一套。她當著時人的面委婉諷刺：「磨穿鐵硯非吾事，繡折金針卻有功。」[22]朱氏吐盡苦水，我們卻也因之想起美國殖民時期女詩人布拉茲崔特（Anne Bradstreet, 1612-1672）的兩行詩：「婦家長短煩透了／誰謂我手只合針？」[23]像布氏一樣，朱淑真堅

---

21 參見《全唐詩》，頁九〇三三。

22 張璋、黃佘，《朱淑真集》（上海：上海古籍出版社，一九八六），頁一五四。

23 Anne Bradstreet, "The Prologue" in Katharine M.Rogers, ed., *The Meridian Anthology of Early American Women Writers: From Anne Bradstreet to*

稱寫詩才是本分，最後也變成詩作最豐的閨秀大家。朱氏出身書香門第，自幼工詩，只可惜嫁了個市儈！更糟糕的是，去世後她父母把她多數詩稿一焚之，唯恐其中情詩落人口實，誣之為不守婦道。好在半世紀後，有魏仲恭者搜其殘稿為一帙，合鄭元佐箋注別刊《朱淑真集》。朱氏心血自此公諸於世，而她也博得大詩人之名[24]。

和朱淑真相形之下，另一宋代閨秀詩詞大家李清照無疑幸運得多，族內男親對其文學大業多半勖勉有加。她和丈夫趙明誠更是後代「夫才婦巧」的典型。同儕閨秀，罕見匹敵。實際上，李清照從不認為自己是「閫內」詩人詞客，也不覺得婦行和婦女藝文有何牴牾。她反而在文「士」中找到自己的定位，而且膽敢挑戰他們，評比高下。復案所作《詞論》，上文不虛。從她獨一無二的行文看來，李清照倒是很像「神情散朗」的謝道韞。後者非但敏於論人，抑且自覺才高八斗，足以抗衡男性傳統。惜乎，李清照到底是異例，同代女輩舉不出第二人。

逮及明代，「才女」演成生活理想，是俗眾注目的焦點，也是此刻許多文化思想的指標。明代歌伎係其濫觴，而歌伎又是唐代青樓唱和的校書的隔代翻版，雖則其所強調的「情觀」有異前朝。明初有才伎張紅橋（著稱於十四世紀），她和閩中十大才子之一的林鴻是一對神仙眷侶，和詩無數，互訴不渝衷情，佳話流傳至今。明代中期，武陵春（即齊慧貞，又名齊錦雲）崛起北里，鶴立雞群。她

Louisa May Alcott,1650~1865(New York:Meridian,1991),p.13.

24 近年來有不少美國漢學家懷疑朱淑真此人的真實存在，以為她的故事可能是男性文人的想像和虛構。見Wilt Idema,"Male Fantasies and Female Realities: Chu Shu-chen and Chang Yu-niang and Their Biographies",in *Chinese Women in the Imperial Past:New Perspectives*, edited by Harriet T. Zurndorfer (Leiden: Brill, 1999), pp. 19-52。並參見Ronald Egan, *The Burden of Female Talent: The Poet Li Qingzhao and Her History in China* (Cambridge, MA: Harvard University Asia Center, 2013), pp. 32-36（孫康宜補注，二〇一五年六月）。

對所愛之情至死不移，時儒徐霖感佩之餘讚不絕口[25]。到了明末，才伎並起，史無前例。她們刻印詩集，書畫雙絕，還是宮徵善才。她們可與男士一比，但彼此敬重。在生活上，她們寧為才子妾，不為俗人妻。後一點恰和唐代校書遭遇相反。薛濤之流雖曾與名士公卿遊，卻從未得人眷顧而迎娶之，詩中故而幽怨連連。唐伎魚玄機曾有「易求無價寶，難得有心郎」[26]的感歎。晚明金粉卻多能覓得如意郎，找到好歸宿。她們一方面福星高照，另方面也是晚明才子佳人說曲的實況借鏡。後者裡的女主人公率皆才貌雙全，最後也都能訪得才子歸。此外，「成雙配對」的觀念在才子佳人說部的鼓吹下，也反映在晚明社會裡，於是出現了一對對的「文士歌伎配」，例如侯方域與李香君、冒襄與顧媚、楊文驄與馬嬌、葛徵奇與李因以及錢謙益與柳如是等等。就像說部中的才子佳人一般，這些明末絕配都有某種浪漫的一廂情願，以為他們的因緣不但前世註定，而且還是一齣齣「傳奇」的好材料，足可傳唱千秋萬世，垂範後代。他們的情史確實也令中國人著迷，後世詩人、批評家與讀者無時不回頭細味。後人甚至評論這些絕配是否夠「絕」，例如袁枚愛徒席佩蘭就曾對柳如是下嫁錢牧齋失望不已，認為她應該和善詩詞的晚明英烈陳子龍共效于飛：「當時若嫁雲間婿，償許貞魂配國殤。」[27]

有待細索的一個更重要的問題是：明末文人何以垂青於其時歌伎，不吝月旦品評？首先，我們得瞭解，明末人士對「才」情有獨鍾，視之為生命理想，而歌伎能詩善畫，時而精於曲文扮相，焉能不令人為之傾心？！話說回來，許多歌伎也都有人從旁導啟，獨樹詩風，更因鼓勵者不乏其人而得刊刻所作。當代詩詞合集通常會收錄歌伎之作，而卓然有成的詩媛如王微與柳如是等，更已經人公認是其時大家。竟陵派詩人鍾惺甚至獨美王微，譬之為不世出之才：「其詩娟秀幽妍，與李清照、朱淑真相

25 參見周暉，《續金陵瑣事》（一六一〇年完稿）卷二，重刊於《金陵瑣事》（北京：文學古籍刊行社，一九五五）「劉錦雲」條，頁一五七b至一五八a。

26 《全唐詩》，頁九〇四七。

27 席佩蘭，〈陳雲伯太令重修河東君墓紀事〉，《長真閣詩集》（上海：掃葉山房，一九二〇年重印）卷六，頁一一a。

上下。」[28]另一時儒陳繼儒續謂王氏之詞「無類粉黛兒，即鬚眉愧煞」。稍後到了一六五〇年代，鄒斯漪則獨稱柳如是，以其為斯時詩苑魁首，尊為「詩博士」[29]。明清之際的中國文人確實敬重當代歌伎，甚至愛屋及烏，連「聲名狼藉」的唐校書魚玄機都獲平反，而且水漲船高，贏得「才媛中詩聖」的美譽[30]。

然而，明末在詩苑力爭上游的歌伎並不以才炫人，強調的反而是「德」。這是她們晉身的策略，唐代校書就沒有想到。「德」相對於「才」，而且更難兼具。考明伎耀德，可能因其對自己之「才」深具信心。柳如是不僅是名伎，也是其時閨秀的言行表率，當然深知「德」字的重要。錢謙益《列朝詩集‧閨集》（注意：不是「閨集」）乃柳氏所纂，所收皆閨秀傑作，對才德問題亦有獨到之見，甚且據之為評比的標準。舉例言之，晚明歌伎王微與楊宛皆經柳氏評為詩才出眾，但柳氏最後以其德蓋棺論定之。王微和楊宛是女兄弟，分別委身儒官許譽卿和茅元儀，但二人之行則大異。王微有膽識，有婦德，事夫忠心不二。楊宛恰好相反，不但舉止輕佻，而且常鬧紅杏出牆的醜聞。柳如是細察人品，對她們的斷語形同天壤：

> 道人（引者按：指王微）皎潔如青蓮花，亭亭出塵；而宛終墮落淤泥，為人所姍笑，不亦傷乎！

柳如是的王微〈小傳〉進一步印證王氏之德曰：其人亦晚明忠魂也！據柳氏所言，明亡以後，王微偕夫婿許譽卿矢志討滿，「相依兵刃間，間關播遷，誓死相殉」。柳氏以志士仁人之身說明王微之

---

28 胡文楷，《歷代婦女著作考》，頁八八八。
29 見鄒斯漪編《詩媛八名家集》（序於一六六五年）中的《柳如是集》序。
30 參見鍾惺編《名媛詩歸》卷一一，頁六b。鍾惺是否真是《名媛詩歸》的編者，曾引起一些清代學者的爭論。

德，不啻在暗示明清之際歌伎形象演變的一大關目。對十七世紀中葉的中國士子來講，才伎絕非有德者避之唯恐不及的紅粉骷髏（femme fatale），相反，她們和隨後委身的男友都曾獻身民族大義，許多人甚至為國捐軀。柳如是勇而有湖海豪情，類如其人的巾幗英雄則在亡國後潛入地下，隨義軍奮戰多年。就在此刻，中國文人圈突然對慧而有義風的歌伎特感興趣，相關的說曲紛紛出現，足資佐證的是講史傳奇《桃花扇》。這一齣戲裡的歌伎李香君智能雙全，不斷對抗政治上的惡勢力，最後還力阻所愛侯方域變成奸臣阮大鋮的羽翼。相形之下，唐代校書雖然才華橫溢，但每有素行不良之譏，是以才德一體的最佳範例仍得俟諸明代歌伎出，唐人萬萬不能望其項背。

有趣的是，晚明才伎紛紛以婦德自期之際，大家閨秀卻汲汲自許為「才女」。她們一有所作即付之剞劂，女作家的人數因而暴增。十七世紀初期可謂閨秀合集的年代，各方所布紛至沓來。凡此都可想見閨闈新潮為何。魏愛蓮（Ellen Widmer）早已指出文才與家務的新結合可見諸此時的世學家女[31]，包括文名藉甚的商景蘭與王端淑。她們「內與詩書為伍，染翰濡毫」，外則結社吟詠，刊布所作，或另有所學。不過值得細玩的是，這些閨秀識字原是為讀女訓列傳，最後反因此而得以作詩填詞。不論她們讀的是班昭《女誡》或呂坤的《閨範》，她們更常是言情說曲的信徒，必然以為才子若乏才女伴，生命一定殘缺不全。「才女」這種固定角色對當代讀者的衝擊相當大，連呂坤一類的腐儒都要畏懼三分，恐其有害嗜讀白話小說的女讀者。章學誠亦因此而戒慎異常，乾脆宣布才子佳人的死刑，剔除相關說曲於自己的「文學共和國」之外。

雖然如此，才子佳人等理想化的人物類型並不能完全解釋明清之際名門閨秀的創作行為。她們朝嚴肅的文學領域邁進，實則都經過漫長的探索與仔細的考慮。像陸卿子與吳綃等閨秀大家就都賦有宿

---

31 參見Ellen Widmer,"The Epistolary World of Female Talent in Seventeenth-Century China," *Late Imperial China*,10.2(Dec.1989),pp.1-43。

世詩才，而且經眾所公認，自己亦覺高人一等，所以陸氏敢於發出「詩固非大丈夫職業」的豪語，也勇於自任，謂詩「實我輩分內物也」[32]。吳綃談到詩詞大業更是意氣昂揚，毫無忸怩之態：

> 余自稚歲，僻於吟事，學蔡女之琴書，借甄家之筆硯，緗素維心，丹黃在手二十餘年。冬之夜，夏之日，驩虞愁病，無不於此發之。竊以韓英之才，不如左嬪；徐淑之句，亞於班姬。假使菲薄，生於上葉，傳《禮》經，續《漢》史，則余病未能；一吟一詠，亦有微長，未必謝於昔人也。[33]

吳綃等思想進步的詩媛，同時也受到當代文士的讚譽，取而比諸六朝頗得「林下風氣」的謝道韞，名儒鄒斯漪即在所纂《詩媛十名家集》弁言謂：吳琪、吳綃姐妹皆負奇才，「瀟灑淑郁，有林下風致」。同樣，陳維崧《婦人集》也用「林下之風」形容才智出眾的閨秀素草，而周銘甚至逕採《林下詞選》以題其才媛集。周編意在頌揚謝道韞開啟的閨秀詩風，而尤侗認為這種歷經數代的風格大異於《女論語》、《女孝經》一類著作，蓋後者「未免女學究氣」[34]也。

由於文士對詩媛敬重有加，蔚為潮流，閨詩奇才葉小鸞之父葉紹袁乃覺得有必要重新定義《左傳》之「三不朽」。其所輯《午夢堂全集》收其婦及千金共四家多數作品，嘗於自序謂是時認同的閨闈三不朽應推「德」、「才」與「色」。不過，他也感歎以「德」名世者雖然多，卻只有少數能發揮天賦，以文名著稱於時。她們甚至連《詩經》裡的閨派都不如，後者可是深受孔夫子敬重！當代文士

32 胡文楷，《歷代婦女著作考》，頁一七六。
33 同上書，頁一〇〇六。
34 同上書，頁八九六。

同情葉氏者甚夥，包括沈荃在內的某些人還辯稱女性生而宜於詩詞：「婦人之不可……無才也，譬之於山，凝厚首固其質，……譬之於水，澄泓者是其性。」[35]類如葛徵奇與趙世傑等儒士，則以為詩有「靈秀之所」，適為「婦女表徵」[36]，是以趙氏序其所纂《古今女史》云：

……海內靈秀，或不鍾男子而鍾女人，其稱靈秀者何？蓋美其詩文及其人也。[37]

應該順便一提：閨闈獨占天地「靈秀之氣」的觀念，在十八世紀時演變成為《紅樓夢》的大主題，小說亦以此稱頌貌美而綽約的才媛。

毫無疑問，此一新的閨秀觀在晚明首次出現時，確實牽動了許多婦女的創作欲，對既存的社會文化勢力也是大挑戰。各家閨秀首先攻擊其時流傳甚廣的說法：「女子無才便是德。」她們窮追猛打，毫不留情；她們認為作詩填詞與刊刻所著都是天理所容，再也不願以家庭順民自滿，或變成社會上「沒有聲音」的一群。像徐媛就是顯例，她汲汲追求詩名，寧可為詩而摒絕女紅，〈七夕〉一詩更放言道：「機絲隔斷須拋擲。」[38]志大才高的閨詩評選家王端淑也約略如是：她認為過往詩媛之所以文名不彰，全因自囿於「內言不出閫外」的迂見使然。遠古以來便由《周禮》封聖的傳統婦德，自此受到強烈的質疑。然而，最重要的是，對婦女問題有興趣的男女也已開始意識到文才不但不會妨德，抑且益德。他們提出這個觀念，當然是要掃除古來懼才、疑才的心理。

35 鄒斯漪編《詩媛八名家集》，沈荃序，頁二a。
36 胡文楷，《歷代婦女著作考》，頁八八七。
37 同上書，頁八八九。
38 見鍾惺編《名媛詩歸》卷三三，頁一六a。

舊式閨秀的生活不外米鹽瑣屑與女紅織繡，但徐媛與王端淑一類的詩媛卻交遊廣泛，並常與異性交友互贈詩詞。此外，這些掙脫束縛的婦女恰好也都同屬一代——這一代的特點是產生了不少鬻畫為生或寫詩營生的女強人。她們獨立性強，孀婦或失寵的妻妾尤然，最著名的兩位是黃媛介與吳山。她們皆可謂「職業藝術家」，而對許多閨秀來講，她們更是婦女尋求自由的成功典範。她們不為居家俗務所羈，闖起事業來更不讓鬚眉。黃媛介有竹林風韻，令人心折。她更是世學家女和北里校書的溝通橋樑，與雙方詩才如王端淑與柳如是都稱莫逆。這個現象重要無比，反映出名門餘緒與歌伎傳統漸有統合之勢，也顯示曩前對立的才德兩極如今確有妥協之可能。正因兩相浹洽，新傳統從而生焉。

最後，到十八世紀，袁枚的一班女弟子變成開明閨秀的女言人。她們踵繼明末清初的才女，名正言順，各有所長。此時閨秀總數更勝前代，在袁枚等人影響與鼓勵下，紛紛走出閨房，和公卿名士往來談藝。由於思想進步，閨秀甚至取代了晚明校書的文化地位，結果是當代歌伎淪為邊緣人，她們的詩詞不再受到重視。此外，這些閨秀自視甚高，也自覺道德優於秦淮金粉。出乎我們意料的是，清初盛世的文君、相如數量真多：袁枚愛徒席佩蘭、金逸與吳瓊仙都貴為才子妻，是最令人豔羨的幾對。這些「才子才女配」也會互相切磋詩藝，琢磨書畫金石，我們如見晚明文士歌伎配對的才子佳人再世。此時才媛一面步武晚明餘韻，一面側開創新猷，視之如至寶。這個時代確是閨秀自信滿滿的時代，是她們繼往開來振興婦學的時代。

正因隨園女弟個個神采飛揚、信心飽滿，章學誠才按捺不住，強烈攻擊當代「才女」，甚至暗示她們應退回家園，日與針織、油米為伍。章氏之見似乎代表十八世紀末中國腐儒的道學觀，但是類似態度在其生前即已囂張跋扈，受其荼毒者不知凡幾，《紅樓夢》第四十二回薛寶釵的話足可印證：「連作詩寫字等事，這也不是你我（女流）之分內事。」前文提過，某些閨才甚至焚稿表明未曾忽視家務，所以題其詩集詞集為《繡餘草》、《紅餘草》或《織餘草》等等。胡文楷《歷代婦女著作考》

一書，便載錄了不下一百七十部的明清類例。當然，如此擇題也可能因社會上以虛為尚使然，用以謙稱所作乃操持家務之餘的小玩意，自己算不得詩人。然而，眾閨秀的自我謙抑往往卻造成欲虛反實的效果：閒情偶寄都這麼傑出，專心矻矻豈不成就更大？不管答案為何，事實顯示：這些閨秀確有道德顧慮，為免逾矩罵名，乾脆虛懷處世。雖然如此，孔門的浸染力到底不小，許多清詩媛都像儒生一般，打心底相信詩詞優劣繫於道德見識，創作力弱反而不是考慮重點。某些閨儒進而倡言：女性貴在可以德化人。我們初聞此說，奔到心頭的即是章學誠的論調：相夫教子才是女輩應為！清代同持此見的閨儒，最具代表性者或許應推「女中之儒」惲珠。她所修纂的《國朝閨秀正始集》（一八三一）開宗明義就指出：是書之編選概以道德為原則，冀可為人蒙訓。袁枚認為性靈重於詩的說教功能，惲珠所為適相牴牾。她從先賢之說，以為《詩經》「不斥閫內之作」，所見雖與袁枚略同，然就其重詩教而輕巧思者觀之，卻與儒門正統一般無二。頗值得注意的是：惲珠所用集題中的「正始」二字實採自《風》、《雅》二編的《詩・序》。當然，「正始」乃〈關雎〉別名，後者所重繫「后妃之德」，是以惲珠和章學誠一樣，都是從托喻風教的角度詮釋《詩經》情詩。雖然袁枚以詩論詩，不多做道德聯想，惲珠卻反其道而行，擬藉「正始」寓意以鼓吹賢婦摯而有別的性情。

此一態度的結果是：惲珠變成史上對歌伎最不寬容的編纂家，認為她們乃「失行婦人」，是婦德殺手，罪莫大焉。她因此關起大門，不讓她們進入《正始集》內，並為此洋洋自得（〈例言〉）。唯一例外是幾位來得及「改邪歸正」的才伎，諸如力振「晚節」的柳如是、王微與卞玉京等等。即使如此，惲珠還是貶諸人於附編，而且僅收柳詩二首、王詩二首以及卞詩一首。不錯，在惲珠的時代，歌伎已是純文學圈內的弱勢團體，但她也不應忘記她們在清初乃「才女」表率的史實。雖然如此，惲珠嚴斥歌伎失行卻也顯示了清朝中葉閨秀道德觀之一斑。這些閨媛甚至比道貌岸然的章學誠還要迂，蓋章氏雖一介丈夫，至少懂得尊重唐代校書，稱許其傳揚婦女古學所用的心血。

和衛道派並世而立的，還有許多開明派詩媛。她們反對道學家之見，像十九世紀初的夏伊蘭就覺得重德輕才是閨闈桎梏，揮之不去。她寫了一首詩大表不滿：

人生德與才，兼備方為善。
獨自評閨材，持論恆相反。
有德才可賅，有才德反損。
無非亦無儀，動援古訓典。
我意殊不然，此論殊褊淺。
不見《三百篇》，婦作傳匪鮮。
〈葛覃〉念父母，旋歸忘路遠；
〈柏舟〉矢靡他，之死心不轉。
自一篇什中，何非節孝選？
婦言與婦功，德亦藉此闡。
勿謂好名心，名媛亦不免。

夏伊蘭年僅十四就撒手人寰，是閨秀奇才的典型，也是我們在明清說曲與社會上常可聞見的人物。她們給人的印象好惡兼有，而我們除了佩服外也覺得親近不易。她們總有沉魚落雁之貌，而且才如江海，只可惜個個命如游絲，都彷彿誤入凡塵的天人，註定不久就得「駕返瑤池」。從晚明實有其人的葉小鸞到《紅樓夢》裡的林黛玉，我們看到「閨秀奇才紅顏薄命」閨派鏡鑑，既能使人見賢思齊，也令人有棋逢對手之感。她們通常出身大戶，正好取代了才伎的文化地位。明清之際，閨秀奇才不斷在歷史現身，以詩名世者人數空前，社會上因此興起一股澎湃熱潮，雖然隨之而來的焦慮也不少。葉小鸞式的才女常被刻畫在小說、傳記或批評文獻中，和袁枚、章學誠之爭的文化環境也有特殊的關係。尤具意義的是：隨園女弟中甚得袁枚喜歡與同情的金逸不僅是薄命紅顏（二十四歲即見背），而且是天賦奇才，簡直就是小說裡的林黛玉。事實上，金逸也愛自比才高傷感的瀟湘妃子。我們由所作詩〈寒夜待竹士不歸讀《紅樓夢》傳奇有作〉可以看出此點，也難怪袁枚〈金纖纖女士墓誌銘〉開篇即目之為閨才典型：

> 蘇州有女士曰金纖纖，名逸生而婀娜，有天紹之容，幼讀書辨四聲，愛作韻語，每落筆如駿馬在御，蹀躞不能自止。[39]

金逸死非其時，袁枚傷而悼之曰：

> ……余閱世久，每見女子有才者不祥，兼貌者更不祥，有才貌而所適與相當者尤大不祥。纖纖兼此三不祥而欲其久居人世也，不亦難乎？余三妹皆有才，皆早死。女弟子中，徐文穆公之女孫裕馨最有才，最早死。……今纖纖又死，方知吉耦永諧，福比將相王侯，天猶靳惜。此固造物之結習故智牢不可破者也，而又奚言？

在袁枚的想像中，多才多藝的金逸最後羽化登仙，「去九疑而訪英皇」——或者說，她到了傳說

[39] 袁枚，〈金纖纖女士墓誌銘〉，《小倉山房文集》卷三二，收於《隨園三十六種》四卷，頁七b至八a。

中「詩骨所藏」之地。袁枚的奇想煞似葉紹袁，後者在小鸞去世後也安慰自己道：她實則「仙歸」去也——這倒讓人想起《紅樓夢》裡林黛玉的生前生後事。種種事例又顯示：史上閨秀奇才顯示都已被塗上神祕色彩，甚至托喻化為詩魂表徵。我們或可另謂：不論實際生活或當代批評意見如何「書寫」之，這些女中異稟早就在設法走出定命，重尋定位。在某種意義上，她們已經衝破才德之限，翱翔乎各方辯舌之上。

雖然如此，才德之辯仍然是明清文化上悠悠眾口之所繫，只要有人談起閨秀作家或婦教問題，就不可能不提起。清代這種現象尤其明顯，有關婦女文學與社會地位的爭執故而層出不窮。打開一部中國閨秀詩史，我們發現明人、清人在討論「女性」問題時，雖然語言仍然不出舊套，但說詞的意涵卻變得很詭譎：讀者若心念唐代校書、明代才女或清代的閨秀詩媛，就會發現不論重德輕才或重才輕德都會大大改變婦女的形象。現代學者多半習焉不察，老以為男人自古就認定「女子無才便是德」，從而相信自己才是反「男性欺壓」這個老掉牙的問題的發難者。且不說別的，如果有所謂「欺壓」的話，這個問題也是男女共同造成，彼此營塑傳下。這種現象，復案前文，不辯自明。

「欺壓」乃相對於「自由」或「自主性」，然而清閨秀每堅持自己才德兼備，意味著可以隨興寫詩或刊布所作。由此益發可知，今人應審慎檢討往昔女性文學，切莫以偏概全。現代女性主義者尤應注意：所謂「男女分野」的觀念，不一定吻合明清文化實情，更何況其時種種意識形態也不是用「男女問題」即可概括。就才德觀念而言，古人——不論男女——之見因人而異：有人認為才德對立，有人覺得此說有待補正，更有人以為兩不相悖。不管孰是孰非，我們目前亟需一探的問題應該是：各種論調的立足點與觸媒為何？我有鑑於此，乃有本文之作，希望歷史能站出來講話，廓清古來婦才婦德之爭的來龍去脈。

——李奭學譯，原載《中外文學》一九九三年四月號，今稍作更正。

陰性風格或女性意識

柳如是和青樓伎師傳統
徐燦與名門淑媛傳統

柳如是（又名柳是）和徐燦是中國明末清初兩位具有代表性的傑出女詞人。兩人的身世背景極端不同，所受的教育亦各有差異，但她們在詩文的成就上卻難分高下。在許多方面，她們為當時女性的文學事業樹立了一個與先前截然不同的範式。在當時，女詞人大致可區分為以柳如是為代表的青樓伎師傳統，以及以徐燦為代表的名門淑媛傳統。這二人在詞的發展史上之所以受到特別的關注，主要是因詞這一文類在十七世紀初已沒落了近三百年。而青樓女詞人柳如是，則協助她的情人陳子龍創立了雲間詞派，促成了詞風的再興。有趣的是，雖然許多明代男性的文人並未受這股運動的影響，詞似乎是在頃刻之間成了許多明末婦女抒發情感的主要工具——徐燦是最著名的例子，她主要是以詞而非詩著稱，許多學者讚譽她是中國帝制末期的最佳女詞人。顯然，柳如是和徐燦這兩位女作家為十七世紀的中國豐富了色彩，同時大大地提升了詞在文學上的地位。

欲瞭解詞的復興運動中婦女所扮演的角色，首先我們必須先瞭解何以在晚明會出現前所未有的眾多女性文學人口（單就詞而言便有超過八十位女性的作品被收錄於現有的文集中）。一個明顯的原因是自十六世紀以來婦女識字率的不斷提高，無疑地提供了女性從事文學創作的知識和工具。隨著人數的增多與信心的增強，女詞人開始在作品展現各種不同的風格，她們作品的流傳亦造成了當時女性詩詞選集的大量出現。不過，我認為更重要的一個原因是當時「男性的女性主義者」所做的努力：他們不單是許多女性詞選集的主要編輯或指導贊助者，同時他們更藉著尋找這些作品與《詩經》和《離騷》等古代經典之間的傳承關係，意圖將女詞人的作品納入典律（canonize）。許多男性的詩詞選集編者——著名的如鄒漪（又名鄒斯漪）和趙世傑——認為女性是由「靈秀之氣」所構成，故女性的作品優於男性的作品[1]。有些學者甚至認為，由於女性的作品創自於純潔無染的靈氣，無任何政治上的喜好與偏愛，故對明代文學流派各種紛亂爭執具有匡正的效用。或許是這種對女性作品之矯正改良功能的信念，大部分明清的詩詞編輯者往往強調收錄「當代」女性的作品，這種看法與傳統上認為選集必得收錄不同於時尚，甚至與時尚相抗衡之作品的觀念大相逕庭[2]。特別值得一提的是，周之標曾收錄十四位晚明女性詞人的作品，結集成二本詞選集，而這兩本詞選均題名為《女中七才子》——顯然編者意圖將當時的女詞人拿來與明代文學史中著名的「前七子」與「後七子」相比擬[3]。這些都說明了柳如是和徐燦這類的中國女性文人，至少有一方面是極其幸運的：不同於英美的女詩人，她們在文藝創作上並未受到男性文人與評論者的排斥。事實上，如柳如是和王端淑等晚明女性便是在男性的鼓勵下從事詩集的編纂，進而對各個作家的作品提出她們的論評——宋代的李清照可說是第一位（不論男性或女性），對詞作以自信的口吻進行評述的文人，而這些女評論家顯然自信於承襲了李清照的傳統。李普金（Lawrence Lipking）抨擊西方文學批評中性別主義之傾向的論述——以為在歷史上男性對

1 參見趙世傑，《古今女史》（一六二八）；鄒漪《紅蕉集》，見胡文楷，《歷代婦女著作考》（上海：上海古籍出版社，一九八五），頁八八九至八九七。

2 參見Pauline Yu, "Poems in Their Place", *Harvard Journal of Asiatic Studies* 50. 1 (1990), pp.188-194。

3 參見胡文楷，《歷代婦女著作考》，頁八四四。

女性的詩藝從未顯露絲毫的興趣——似乎不適用於中國的文學傳統[4]。各種資料顯示明、清兩代的男性對女文人的作品充滿了研究的興趣。如魏愛蓮所述：「當時的女作家努力使自己的作品躋身女性的詩詞選集中，而這類的選集在當時同受男性和女性讀者的閱讀欣賞。」[5]

一、柳如是和青樓伎師傳統

男性對女詞人作品之熱衷支援與研究，主要乃是基於傳統中對「才」之尊重。中國女性，雖在社會中或遭受壓抑與歧視，她們所創作出的文學作品（特別是詩與詞）仍總被認真嚴肅地看待。唐代以來「才女」的概念，正說明了文壇詩人有意塑造之女性特定形象。青樓中的伎師正是這類「才女」的夙型。她們容貌姣好，兼擅詩詞歌賦，令青樓中的男客感受猶如置身綺麗仙境——是以唐代之後妓女被泛稱為「神女」。白居易和元稹在詩作中便刻畫了青樓女子感動人心的神祕感[6]，而他們詩中所述的女子薛濤，不單僅是詩人筆下的象徵人物，本人亦是一位女詩人。晚唐與宋代的詩人往往將自己的作品交給伎師們吟唱，因而作品內容充滿了瑰麗豔情。在十七世紀時，青樓伎師的社會地位大大地提高，主要是因這行業中許多人真正成了在書畫、詩詞或是戲曲方面有所專精的藝術家。這些伎師是值得尊敬的才女，而她們的作品也常結集成冊或是被收錄在當時的詩詞選集中[7]，她們出入於江南各大城中各個文人薈萃之所，亦常與男性的文人結下浪漫的姻緣。當時流傳的小說和戲曲中，伎師的角色

4 參見Lawrence Lipking, *Abandoned Women and Poetic Tradition*(Chicago: University of Chicago Press, 1988),p. 211。

5 Ellen Widmer,"The Epistolary World of Female Talent in Seventeenth China", *Late Imperial China* 10.2(1989),p.22.

6 參見康正果，《風騷與豔情》（鄭州：河南人民出版社，一九九八），頁二一六至二一九。

7 參見胡文楷，《歷代婦女著作考》，頁八四四

往往是與才子們結成良緣的佳人——儘管在現實生活裡她們常不過是男性的情婦或小妾。

柳如是在許多方面都符合一般人眼中才女的形象。她十多歲便以書畫詩詞而知名，江南許多文士對她的文學造詣均極為推崇。她的第一本詩集《戊寅草》（一六三八）出版時她年方二十，而她的文才與容貌使她成了名聞遐邇的名妓。她與年輕詩人陳子龍的情誼，及後來與文壇大師錢謙益的婚姻，更使她成了文壇上的一位傳奇人物。更重要的是，她為陳子龍所作的多首情詞（及陳子龍為她作的詞），為詞這個特別強調濃烈情感與凝練文字的文類，開拓新的格局。傳統上，詞曲的創作便與青樓文化有著密切的關係，故我們不難想像柳如是對詞風的復興有著巨大的影響力——不僅是因著她的作品，也因她本人已成了一種象徵。

柳如是和陳子龍振興填詞的風氣，正發生在晚明在文化上對「情」的概念進行重新評估的時候。這兩件事發生在同時並非偶然。晚明小說和戲曲中，才子與佳人互相饋贈詩詞往往被寓意為受情欲折磨的戀人因為彼此不渝的至愛奉獻而終成良人美眷。情成了擊潰死亡和時間的最高力量（如《牡丹亭》）；它賦予情人德行（如《紫釵記》），晚明詞人創先在作品中將寓意式愛情（allegorical love）轉化成建立於男女相互施予奉獻基礎上的真情實愛。湯顯祖在《紫釵記》開頭便提到：「人間何處說相思？我輩鍾情似此。」正說明了當時對「情」的新看法[8]。

柳如是與陳子龍的作品清楚地反映了晚明認為情愛應是相互交流施予的看法。柳與陳互贈的詞有如私人書信的形式，兩個各具文采的詩人彼此訴說他們感受到不易為人知的情緒。柳如是不再如宋代歌伎一般，只是為男性顧客表演吟唱。她本身具備才華，以自己的聲音吐露出「靈秀之氣」——同時，以平等的地位獻詞給她的戀人。在她最優秀的作品〈夢江南〉（共二十首）中，她訴說她與陳子龍之間的動人故事，敘說在狂愛激情所帶來的折磨苦楚，亦描述了戀愛時如置身夢境的感受。在最末

[8] 參見錢南揚編《湯顯祖集》（上海：上海人民出版社，一九七三），頁一五八七。

一闋詞中她明白地揭示了自身的情愛：

> 人何在？人在枕函邊，只有被頭無限淚，一時偷拭又須牽，好否要他憐。

在其他作品中，她也用了同樣平直而洋溢情欲的文字分析自我如浪漫之戲曲之女主角般的景況。事實上，自我表意鋪陳正是柳如是詞藝創作的核心。在〈金明池・詠寒柳〉詞中，她借用了湯顯祖《紫釵記》劇中梅樹和月光的意象，刻畫出個人對情愛的夢想：

> 待約個梅魂，黃昏月淡，與伊深憐低語。

如此真摯且充滿情感的詞，自然地也需要一個感受到情愛渴望之苦的人——她的「男性對應者」（male counterpart）做出回應。陳子龍在他的〈江城子・病起春遲〉詞中亦坦承了他所受的相思之苦。顯然，柳如是和陳子龍藉著運用當時戲曲中格式化的文學規例（literary convention），將自身轉化成了作品中互贈情詩的男女主角。這在詞的傳統中是一項大膽的創新。同時，柳如是與陳子龍亦可說是挽救了詞這個沒落的文類，而他們所創的雲間詞派亦成了當時文士所類比的範例。

我個人認為明末柳如是這類的伎師詞人可以視為詞文學的終極象徵——因為詞之本質乃情感之自我定義。對青樓伎師而言，愛情即是力量；個人之意義取決於親密的男女關係。因此，伎師王微（修微）與鄭妥（如英）在詞中描述熾烈的激情，誓言不滅的真情與恆久的等待；楊宛在詞中塑造如夢似真的幻境，夢想與情人攜手同行的喜悅；馬守貞回想離去的戀人所贈瑰麗的詞，繼續在孤寂中等待情愛；趙彩姬的〈長相思〉則述說情愛所予人的折磨，運用「相思」和「情」等字來強化溫柔、貞潔、奉獻等情感[9]。

無疑，詞作中濃烈情感的描述使得詞成了一個陰性的文類。不過，陰性並非即代表女性[10]。在中國詩詞裡陰性是具凝練優雅與溫柔感受的美學價值——如宋代婉約風格之男性詞人所具備的特質。詞的陰性屬性並非女性所創，而是由男詞人所創。因此，詞雖長久被視為陰性的文類，在明代之前，除了李清照與朱淑真兩個著名的特例之外，大部分的重要詞人均為男性。但到了十七世紀男性文人熱切期望提升女詞人的地位之時，他們便試圖論證女性因具有女性特質而有創作出更好的作品的能力[11]。「女性」與「陰性」兩種觀念的混淆（或說結合），無疑地鼓動了更多明清的婦女從事詞的創作，也因此再促成了填詞風氣的復興。

然而，大部分十七世紀的女詞人都瞭解到詞的陰性屬性僅是它在文類上的特色。因此，她們的詞雖多以凝練意象和秀麗的詞藻見長，她們的詩作中卻多述及儒家道統、社會不義、政治危機以及歷史事件。特別是在柳如是的作品中，我們可清楚辨識出作者文類分野的意識——她的詞作多強調個人的真摯感受與熱切的情愛，而她的詩作則帶有悲壯的色彩與哲學的沉思，有時她的詩作甚且因帶有男性的豪放風格而受到稱譽[12]。這類文類的意識正好適切地融入了較早的文學批評傳統。如宋代文人沈義父在《樂府指迷》中便曾提到：「作詞與詩不同，縱是花卉之類，亦須略用情意，或要入閨房之意。」[13]

9 鄭妥、馬守貞、趙彩姬的詞被收錄於十七世紀的選集《秦淮四姬詩》之中。參見胡文楷，《歷代婦女著作考》，頁八四四。

10 Camille Paglia在其*Sexual Personae: Art and Decadence from Nefertiti to Emily Dickinson* (New Haven: Yale University, 1990)中對「陰性」（femininity）與「女性」（femaleness）做了明確的分野。

11 如尤侗在《林下詞選》（一部成於一六六二年之後的女性詞選）序言中便以諸多明代文人為例說明女性詞作的優越性，參見胡文楷，《歷代婦女著作考》，頁八九五。

12 參見陳寅恪，《柳如是別傳》（上海：上海古籍出版社，一九八〇），頁七一二。

13 唐圭璋，《詞話叢編》（北京：中華書局，一九八六），頁二八一。

二、徐燦與名門淑媛傳統

詞的每一個重要成分都是「閨閣」的主題。不同於青樓伎師們通常是透過身旁的名士友人來建立自我意識，晚明的閨閣詞人往往視女性為一個群體，具女性相互依屬的觀念。這些女性經常和家族中的親屬共組詩會，彼此互相提升文學的興趣和造詣，而成員往往僅限於女性親屬或親友——相對於青樓伎師們常穿梭於「復社」「幾社」等男性文人的文學會社顯然有明顯差異。這些士紳階級的閨女們往往互為師徒的關係，援用相同的詞牌來填詞。徐燦便是浙江當時最著名的女性文社「蕉園詩社」中的「五子」之一[14]。男性文人對於名門淑媛的詩詞作品是否應出版印行似乎有著矛盾的看法。在這一方面，晚明女性的詩詞選集數目之眾多可謂前所未有，似顯示閨閣詩人們受到男性親友的鼓勵而將自己的作品印行，最好的例子是葉紹袁（一五八九–一六四九），他為自己的妻子沈宜修（一五九〇–一六三五），及他三個各具才華的女兒葉紈紈（一六一〇–一六三二）、葉小紈（一六一三–一六五七）和葉小鸞（一六一六–一六三二）出版了詩詞選集。但在另一方面，亦有一些男性不願見他們自己的女兒、妻子或母親在文學上有過高的成就——儘管這些男性樂於見到青樓的伎師們享有文學的聲名[15]。再者，在傳統上——雖然到晚明已是一個近乎過時的傳統——名門的閨女習慣將自己的作品焚毀，以避免自己的文才外顯於世。不論如何，與同時代的伎師們相比，名門的閨女在教育上似乎受到較多的限制——她們必須先學習一些指定的古籍如《女四書》以便瞭解如何「進德」和「治家」。或因這緣故，著名的閨閣詩人徐媛（亦是徐燦的姑婆）便因「好名無學」而遭批評。一個有趣的現象

14 其他四人是柴靜儀、朱柔則、林以寧、錢雲儀。參見鍾慧玲，《清代女詩人研究》，頁一三六。

15 參見Ellen Wilmer, "The Epistolary World of Female Talent in Seventeenth Century China", *Late Imperial China* 10.2 (1989),pp.29-30。

是，性情溫厚且才華超卓的伎師柳如是，雖試圖為徐媛辯護，但對於文人對徐媛的嚴苛指責卻也抱持著幾分贊同的態度[16]。

不論如何，受父親寵愛的徐燦，自孩提時代的教育便享有不同於一般人的特權。她在明末的文化重鎮蘇州成長，年少便精嫻於詩詞和藝術。有良好的身世背景與教育環境，因此有理想的婚姻（她的丈夫陳之遴出身海寧的望族，後來並曾在朝為官），徐燦可以說是當時眾多女性所欽羨的對象。

但是不幸的是，徐燦也須面對中國自古以來名門仕女所經常遭受的苦惱。在約一六四〇年代初期，她的丈夫陳之遴納了一位新妾。當徐燦回到南方家中時，陳仍與他的小妾同住在首都北京。中國女性在這種情況下，往往被要求做一個賢慧寬容的妻子。在明末我們可發現許多這類典型的妻子，冒襄（當時人稱「四公子」之一）的妻子可能是其中最為現代讀者所熟知的例子。冒襄在《影梅庵憶語》中談到他德行美好的妻子甚至為他而將董白（一位冒襄所深愛的名伎，後來並成了他的妾）接回家中，以便讓他們能在名分上正式地結合。不同於冒襄之妻，徐燦並不願默默地接受這種命運。在許多詞作中她直率地表達了她內心的怨懟，這在強調女性必須含蓄婉約的中國文學傳統中是極罕見的。徐燦將自身比擬為「棄婦」，因妒忌、失望與無助退讓而飽受心靈創痛，這種敘述可上溯至《古詩十九首》的傳統。在寫給丈夫的〈憶秦娥・春感次素庵韻〉一詞中，徐燦怨悔自身遭「拋別」心中充盈苦痛：

淒淒似痛還如咽，還如咽，舊恩新寵。

16 參見胡文楷，《歷代婦女著作考》，頁四三三。

具諷刺意味的是，在徐燦詞選集《拙政園詩餘》序中，陳之遴卻援引前人對《詩經》的評述，讚美他妻子作品中表達了「溫柔敦厚」的特質。顯然，和所有傳統文人一樣，陳之遴似過於急著要找出包括他妻子作品在內的所有棄婦詩中那種「哀而不怨」的情韻。傳統中的中國女性總是被要求做一個寬容而體貼丈夫的妻子，如著名的〈關雎〉一詩便闡明賢明的王后因她溫柔地為丈夫尋覓合適的年輕伴侶而受讚揚的故事（這是一些儒學的注釋者可能的讀法）。事實上，最有趣的一點是，陳之遴似乎全然未能理解到徐燦的詞中抗議與反抗的語氣。

一般而言，將作品以棄婦詩視之而予以評價時，首先我們應研究其文字究竟是個人式自發的表現，抑或是公式化的衍承效仿前例。這個問題之所以如此關鍵，主要是因為自屈原、曹植以來的中國詩人，當遭受罷黜或放逐時，已習於通過棄婦這種女性的口吻來說話，意圖被解讀成寓意於政治的詩作。事實上，中國詩詞中棄婦主題之風行主要仍靠男性的詩人。那麼，當女詩人以棄婦為主題來作詩填詞時又會是什麼情況？大致來說，自鮑令暉（五世紀）以降的女詩人都試圖摹效男性詩人的作品（因為女性詩藝傳統尚未建立所必然造成的現象）。但是女性詩人的棄婦詩，受個人經驗與女性特有之敏銳感受能力的引導，往往為中國詩詞開展出一片新的向度——它們更為具體地吐露了個人內心感受，同時經常充滿了日常生活的細節描寫。最重要的是，她們是以本身自發式的、真誠的、不蘊含其他寓意的語言所寫出。特別是在詞作中，我們可發現如李清照等女詞人，其作品往往可達到文學傳統與個人原創力，以及女性傳統和男性傳統之間詩藝的美妙融合，而這也正是徐燦與其他幾位明清女詩人所試圖做到的——嘗試著融入男性的文學傳統之中，同時致力表達女性真摯、個人而直接的感受。

徐燦和其他閨閣詞人作品中多強調棄婦的哀怨和自憐，這與柳如是等青樓伎師以浪漫情愛為詞之基本主題成了尖銳的對比。顯然，青樓伎師必也常是遭男性拋棄的對象，但在她們的詞中所描述的往往是愛情的偉大力量與昔日恩寵的鮮明回憶。與此相對，閨閣名媛則強調她們處身景況的無奈及被拋別的感受（甚至當她們嚴格說來並未遭棄，僅是與丈夫分離）。這種詩詞風格的強烈差異有其真實生活上的基礎：不同於青樓的伎師，已婚的名媛淑女並不能自在地填寫描述激切情愛的詞，否則她們會被視為與其他男性有染而受責（而未婚的閨女亦須維護自己的名節）。自古以來便有不成文的規矩，當丈夫遠遊時，貞潔的妻子就不應該過於裝扮自己，或是佩帶各種華麗的飾物[17]。再者，女性在感受遭拋棄時往往亦會忽視自己的外貌。這解釋了何以在棄婦詩中常見的主題是女性審視自我年華老去的容貌（透過鏡中的映射而察覺）及她們無心梳理頭髮（在較早的李清照詞中亦常見此主題）。透過這些行動，她們可以揭露自身所受之不平等待遇以及她們對於禮法的執著。

這裡應附帶說明一點，隨各種社會壓力和詩文中節制的要求加諸中國的傳統妻子身上，明清時期的閨閣女詩人似乎尋得了一個受抑情感生活的抒發管道。她們以浪漫愛情的方式在作品中陳述了女性之間彼此的友誼。在她們致獻女性友人的詞作中，經常可見「相思」、「斷魂」、「戀」等字眼。同時，她們也常引用《詩經》中男女彼此愛慕的文字典故，表露與相愛之人分離時的沮喪。在這類作品中，往往充斥著盈溢情欲的詞彙，現代讀者可以很容易將它們解讀成表達同性戀情愛的作品[18]。

然而，徐燦卻是以另一種方式表達相思苦痛的感受，因為她似已將個人情愛轉移到對國家的忠誠：

故國茫茫，扁舟何許，夕陽一片江流去……

17 參見康正果，《風騷與豔情》，頁四二至四三。

18 顯然傳統中國女性之間的同性戀並非罕見（參見陳東原，《中國婦女生活史》，臺北：商務印書館，一九七七，頁二一二、三〇〇）。然而，同性戀的愛情雖曾出現在十七世紀之後的小說和散文中，卻並不是詩詞創作的一個主題。到了十九世紀，女詞人吳藻首先打破禁忌，在詞作中頌揚女同性戀並引錄性行為的坦率描寫——她寫給一位名叫青林的妓女的詞便是最好的例子（參見《詞學小叢書》冊九，頁四一至四二。亦可參見鍾玲與Kenneth Rexroth合譯的*Women Poets of China*，該書中譯者稱吳藻為「史上最偉大之女同性戀詩人」，頁一三五）。

這幾行詞很容易讓我們回想到李煜的詞作中對南唐故國淪陷所表達的悲歌。不過，更有趣的或許是在徐燦的詞中，她有意將兩種情感——個人的失落與亡國的悲憤——並置。巧合的是明朝的淪亡與陳之遴的納妾約發生在同一時期。同樣是遭棄的感受，卻有兩樣的失落，雙重的悲歌。女詞人同時感到自己遭國家與丈夫的遺棄。在〈少年遊・有感〉裡，徐燦先是表達了對「前朝」的思慕眷念，而隨後更巧妙地轉移成描述自身令人悲憐的棄婦命運。而她另一首意境更精妙的詞〈滿江紅・將至京寄素庵〉中，也是以類似手法，先描述山河勾起她對國土淪亡的痛楚（「滿眼河山牽舊淚」），隨後又轉而責怪丈夫的背棄誓約（「又還負卻朝來約」）。

而徐燦的丈夫所背棄的並非僅是私人的盟約：陳之遴投降了清朝，並自一六四五年起在清廷的北京朝中任官——這顯然是令妻子不齒的背叛行為。在〈青玉案〉詞中徐燦寫道：

煙水不知人事錯，戈船千里，降帆一片，莫怨蓮花步。

這幾行詞說明了徐燦的詞風已然超脫了閨閣詞人的格局，這在過去的女性文人作品中是極少見的。在徐燦感懷故國的詞作中，她原本的陰性文風已經融入了豪放派詞作的陽性、雄壯語調。宋代李清照在詩作中亦曾表露個人愛國之情，但她的詞則純然與詩作有著涇渭分明的不同風格。至於柳如是，雖然在明朝淪亡後致力於反清復明的運動，個人並以勇敢且具俠義精神而知名，但她的詞作則未曾涉及過有關愛國的主題。徐燦和這些女作家形成強烈的對比，她運用不尋常的策略，試圖彌合詞作中婉約陰性與豪放陽性兩種風格之間的鴻溝。如此一來，她似乎已打破了詩詞創作中文類與性別的界限。正如詞的陰性風格並不專屬於女性，徐燦似意圖說明豪放派詞人的陽性風格亦僅是一個詞藝上的策略，而非專屬於男性。就此點而論，徐燦這類女性或可稱是詞中的女性主義作家[19]，而柳如是和其他青樓伎師的作品則代表了婉約的陰性風格——儘管在實際生活中她們所扮演的角色正好恰恰相反。

在徐燦的愛國詞作中，她有意選擇在傳統上易與忠君愛國思想產生聯想的詞牌來填詞，諸如〈滿江紅〉（因抗金英雄岳飛而知名）及〈永遇樂〉（愛國詞人辛棄疾的典型風格）。在這些主題的探索過程中，徐燦達到了陽性與陰性之間的調和，因此她的詞似是加入豪放風格的女詞，較原本的陰性風格更為自由且更加具體。例如在〈滿江紅〉裡，她同時提到了「英雄淚」與「斷腸悲」，將極陽性化的意象以陰性柔情的文字表達出來，至此，女性（femaleness）幾已等同於具有創造力的自我解放。在徐燦的愛國詞作中，她往往在第一段先運用豪放的風格，而隨後在第二段則轉成較溫柔婉約的私人情感表達。〈永遇樂・舟中感舊〉便是其中的例證，在第一段裡她談到：

> 龍歸劍杳，多少英雄淚血；千古恨，河山如許。

但第二段又回歸到較小而較為精緻的意象：

> 世事流雲，人生飛絮，都付斷猿悲咽。

徐燦的詞作似全然未獲得陳子龍（雲間詞派的領袖）的注意，因為對陳子龍而言，婉約風格遠比

19 某些現代的批評家會認為徐燦援用隸屬於男性文學傳統中的豪放風格，並不足以使她被稱為女性主義者，因為女性主義（就現今我們所理解的定義）似寓意著對男性之權力結構之挑戰，而非單是參與其權力結構之中。不過，就歷史的角度觀之，無疑徐燦的詩藝代表了十七世紀女詞人的婦女解放運動。她的作為確實是超越當時既定之價值系統的瞻望，這正是女性主義的意義所在。

豪放風格更適於詞的創作，陳子龍甚至認為愛國詞亦應從頭至尾如情詞一般，以精緻瑰麗甚至流露青玉的意象來表達激切的眷慕。不過，或許正由於徐燦的文才已超越了閨閣詞人婉約秀麗的格局，故後來以豪放風格見長的文人陳維崧對她推崇備至，譽她為「本朝第一大家」[20]。徐燦的丈夫陳之遴亦認為，徐燦與另一著名女詞人徐媛二人之間最大的差異，在於徐燦曾是亡明遺民的經驗，以及她在詞中正確地刻畫此一經驗的能力。就此點而言，徐燦可說為當時的名媛詞人創立了一個供追尋效法的範例——例如吳山便自稱是「女遺民」，並在詞中流露出她思念故國的情懷。值得玩味的是，正是十七世紀這些女詞人「陽性」風格的部分，對清末秋瑾、沈鵲應等女詩人產生了重大的影響。

結語

我們在此是否可以下斷語，判定十七世紀青樓伎師們與名門淑媛兩個文學傳統之間有絕對明確的分野？下斷語之時會牽涉到的問題是，明清女性在生命歷程中，她們在婚姻中的地位與在社會的依屬關係並非一成不變。舉例來說，柳如是在一六四三年與錢謙益結婚之後，已成了士紳階級的女子，而她與其他的名門淑媛（如黃媛介）和著名的伎師（如林雪）都維持良好的友誼。同樣的情況亦發生在原是秦淮名伎與書畫家顧媚身上，她後來與著名的文人龔鼎孳成婚。正如魏愛蓮所指出，青樓伎師在文學藝術方面的成就，常使她們達到與文人士紳成婚這個令人渴望的目標[21]。不論如何，我們仍可純粹就詩詞的風格來對青樓伎師與名門淑媛的傳統做出大致的分野——這是本文所欲力陳的看法。陰性婉約與女性意識這兩種風格，是建立於十七世紀詞學中兩種不同的文學結構，它對後世女性的詞曲作

20 參見陳維崧，《婦人集》集七四，頁一八三三至一八四四。

21 參見Ellen Widmer,"The Epistolary World of Female Talent in Seventeenth Century China", *Late Imperial China* 10.2 (1989),p.30。

品仍有關鍵性的影響，研究此兩種詞風差異的過程中，一個令人訝異的發現是，不論就文類或主題而言，青樓伎師都遠較名門淑媛的女詞人更加含蓄而內斂。

最後仍須討論的一點是，青樓伎師與閨閣詞人的作品在十七世紀似享有同等重要的地位，但到了十八世紀，青樓伎師卻基本上全然被隔絕於文學界之外。她們的詞作往往不被收錄在比較重要的文學選集。這與晚明如周之標等男性詩詞編者熱衷收錄伎師的作品，並尊她們為「女才子」的做法，成了尖銳的對比[22]。清代對伎師文學的壓抑顯然與當時新理學的興起有關。對大部分男性詩詞編輯者而言，編印這些「放蕩」女子的作品是不合道德的事。很自然，一些男性文人對明末陳維崧等人「倡樓佚蕩、漫與談詩」的行為說開始提出抨擊[23]。更有甚者，女性們也開始沿用這類的道德觀（顯然是不可避免的，因為大部分女文人多有丈夫可能被青樓女子迷惑吸引的威脅感——這與同性之間對立或團結的問題無關）。舉例來說，編集重要的詩選集《國朝閨秀正始集》的女文人惲珠，便宣稱她單就這道德上的因素而將所有伎師的作品排除她的選集之外（該選集收錄了近千名名門女子的作品）。而文人許世溥的妻子，則因擔心自己的詞作若被收錄在選集中，自己可能被誤會為青樓女子，因而意圖要焚去自己的作品[24]。不難理解的是，柳如是這位十七世紀最受尊崇的青樓女詞人，而今已被排除於大部分的詩詞選集之外。

具諷刺意味的是，雖然柳如是被十八世紀的理學家貶抑排斥，她的作品卻在私下風行，並成了具詩詞才華的名門女詞人所摹效的對象。例如女詞人葉宏湘便以柳如是〈望江南〉為範本，使用幾乎完全相同的文句結構和意象來填寫她自己〈望江南〉的作品。就實際而言，青樓伎師的文學傳統並未死

22 參見胡文楷，《歷代婦女著作考》，頁八四四。
23 參見胡文楷，《歷代婦女著作考》，頁八四四。
24 參見康正果，《風騷與豔情》，頁三二六。

亡，不過是被納入了名門淑媛的傳統之中。在同時，有幾個因素使十八世紀的士紳階級女子成了晚明伎師們正統的繼承者。第一，在袁枚等文人的影響下，許多名門的女子也開始外出並與其他男性文人有社交上的往來，這種自由原本僅局限於青樓的伎師或是女道士。第二，對守寡或與丈夫離異的名門女子而言，她們開始能靠自己的書畫或詩詞才華來維持生活，而在過去這類有才學而自力更生的女子往往淪為青樓的娼妓[25]。第三，丈夫和妻子之間如才子佳人般彼此互饋詩詞的情形愈來愈尋常，夫妻之間不論在文學或情感上都有相互提攜的作用，這種關係近似於晚期文士與伎師配對的模式[26]。到了這個時期，士紳階級的女子開始有信心可以宣稱本身已同時承繼了兩種不同的女性文學傳統，同時她們也試圖保存晚明的詩藝，並評價自身對詩藝的創新與改良。

在這種多元化的趨勢之下，終於促成了女性詞人由原本的邊際角色躋身入正統的地位。愈來愈多由女性編纂的女性詞人選集無疑是這種發展的一個助力。事實上，在柳如是與徐燦去世不久，四位清代著名的女詞人便合編了一部工程浩大的詞選集《古今名媛百花詩餘》（1685），她們將自宋至清的女詞人，依四季時令加以編排，象徵著女性正如春、夏、秋、冬四季時節所開放的「百花」[27]。這四位編者（歸淑芬、沈栗、孫惠媛、沈貞永）本身亦代表詞的各種不同特質，如「高雅」、「清華」等等，這些特質使詞成了女性尋求自我表現的最精粹工具，正如評論者云：「詞韻而人韻者也。」[28]回顧柳如是和徐燦，雖有明顯不同的差異，但兩人俱是詞文學豐富而不竭的資源中重要的女性人物。

——謝樹寬譯，原載《中外文學》一九九三年十一月號，今稍作更正。

25 參見Ellen Widmer, "The Epistolary World of Female Talent in Seventeenth Century China", *Late Imperial China* 10.2 (1989),p.33。

26 參見康正果，《風騷與豔情》，頁三四一。

27 參見胡文楷，《歷代婦女著作考》，頁八九九至九〇〇。

28 參見胡文楷，《歷代婦女著作考》，頁九〇〇。

柳是對晚明詞學中興的貢獻

前言

欠陳幼石教授這篇稿子已經有好些年了，心中頗感慚愧。這些年來我一直在研究陳子龍及柳如是（柳是）的詩詞。當《女性人》創刊之時，陳幼石就催促我撰一篇有關明末女詩人的文章。但因為忙於趕寫陳、柳一書（英文書稿），卻無形中疏忽了中文寫作。有負陳幼石之期許，衷心遺憾。現已完成英文書稿，仍念念不忘欠稿一事。姑且將暑期間參加緬因詞學大會宣讀英文稿之中文摘要改訂重錄於此[1]，以就教讀者。

當明代詞學衰微之際，陳子龍與幾社諸名士致力為詞，形成雲間詞派，因使那被忽視了三百年的詞學重新見中興之盛。在這期間，女詞人的成就尤為突出，諸如王鳳嫻、陸卿子、沈宜修、葉小鸞，王微（修微）、徐燦、柳是等都是詞中之佼佼者。這些女詞人對文學的貢獻頗被當時學者們重視，即如《四庫全書總目提要》中所言：「閨秀著作，明人喜為編輯。」實際上，不論是閨秀詩人或是名妓

1 緬因詞學大會係加州大學余寶琳教授（Pauline Yu）向北美高等研究基金會（ACLS）申請專款而組成的一個北美研討會。被邀請之學者除去本人之外，尚有高友工、宇文所安、林順夫、魏世德（Tim Wixted）、楊憲卿（楊澤）、方秀潔（Grace Fong）、白潤德（Daniel Bryant）、Stuart Sargent、艾朗諾、葉嘉瑩諸位教授。此外，另從中國大陸邀請了三位詞學專家——上海古籍出版社的陳邦炎先生、中國社會科學院的施議對博士，及蘇州大學楊海明教授。

（如柳是及王微等）均得到時人之支援與鼓勵。例如，冒愈昌曾輯《秦淮四姬詩》，其中包括馬守貞（月嬌）、趙彩姬（今燕）、朱無瑕（秦玉）、鄭妥（如英）諸位名妓的作品。而周之標更是竭盡畢生之力，勤搜當時婦女別集，其所編之《女中七才子蘭咳集》頗能並重名妓及閨秀詩詞——例如其中卷二及卷三乃是收集名妓王微[2]的《未焚稿》、《遠遊篇》、《期山草》等。又支如璔在《女中七才子蘭咳二集》序曰：「予謂女子之文章，則月之皎極生華矣。」足見當時男士頗能欣賞婦女之才氣[3]，而明清之際婦女普遍識字，更加強才女的自信。雖然婦女的社會地位低落，但其文學地位不可抹殺。據胡文楷先生考證，僅只清朝一代，婦女之總集及別集數逾三千。我個人研究心得所獲之結論是：不是明清男士忽視女性之作品，而是近代二十世紀以來學者們（無論是男是女）普遍忽視了傳統女詩人的地位。以至於使一般研究中國詩詞者得不到全面的認識，也導致許多重要婦女選集的亡佚，殊為可惜[4]。

限於篇幅，拙文只從柳是詞作的藝術性來看一般明末女詞人創作的梗概。關於柳是不凡的生平事

2 王微是揚州人，原是秦淮妓，後流轉至松江（與柳是生平經驗頗似）。最後嫁松江名人許譽卿，入清後才下世，自稱「草衣道人」（關於王微之生平事蹟，有賴上海施蟄存教授供給寶貴資料，在此特別申謝）。

3 見胡文楷，《歷代婦女著作考》（上海古籍出版社，一九八五年增訂本），頁八四六。有關後來清代妓女詩人逐漸稀少的原因，我已另撰一文說明（英文稿，尚未發表）。一般學者認為這是因為理學之興起，使得十八世紀以來的文人及閨秀才女對妓女產生歧視。姚品文所云頗有見地：「就是在明末，秦淮河畔也還有一批文學修養很高的名妓，如馬湘蘭、鄭如英等。到了清初她們當中如顧橫波、董小宛、柳如是等成了名人侍妾的，詩名也很響亮，但後來以詩名傳名的妓女就很少了……由於理學的壓制，妓女們即使有作品也難以流傳。」〔見姚品文，〈清代婦女詩歌的繁榮與理學的關係〉，《江西師範大學學報》（哲學社會科學版）一九八五年第一期，頁五七〕

4 就詞而言，徐乃昌所輯之《閨秀詞鈔》（小檀欒室刊本，一九〇六）尚還完整易得，但其他選集大都已不全（甚至亡佚）。如《眾香詞》有一九三〇年代的大東書局影印本，《名媛詩歸》有一九二〇年代有正書局石印本，但除了少數圖書館以外，已不易看到。而《名媛詩緯》（文人王思任之女王端淑編，收輯明末清初女詩人作品，皆不見於其他種選集者）。現在只剩原刻本，北京圖書館及臺灣中央圖書館各有一部。

蹟，陳寅恪先生在《柳如是別傳》中已詳細討論過。故拙文只專重於柳是的豔詞，擬從柳是「和」陳子龍的詞作中進一步探討女詞人的藝術成就，並肯定其在雲間詞派中的重要地位。

首先必須指出的，就是柳是與陳子龍在模擬前代詞人（Poetic models）一事上互相影響，故在宗法方面，二人的選擇十分一致。例如，在古詩方面，陳、柳共同推崇曹植；而在詞作方面，則都力學秦觀，因此在婉約詞派的推動上起了積極的作用。這都說明陳、柳二人對雲間詞派之建立有著同等的貢獻。而柳是以一青樓才女精通音律，對陳子龍的影響自不待言。個人以為陳、柳所以偏好秦觀詞風，除了二人一致推許秦觀詞的婉約格調之外，乃因他們亦賞愛秦觀對「情」的專注。而晚明正是情的觀念特別流行的時代，加以馮夢龍所輯有關秦觀的一段愛情佳話《蘇小妹三難新郎》適在晚明期間風行一時，欣然自比為才子、才女的陳、柳也自然對秦觀之詞更深為推許。尤可注意者，陳、柳二人對情這方面的重視則無形中促成了詞之中興及發展，因為詞之為體，實以「情致」為主。

但是，陳、柳最大的貢獻，乃是一方面在形式上追求婉約派的復古，另一方面又吸取了明傳奇對情之戲劇性描寫。因此他們都能在思想感情上表達出一種傳奇式的深情愛戀。例如，柳是的〈金明池〉不但效法秦觀詞（與秦觀〈金明池〉同一韻），而且廣採湯顯祖《紫釵記》及《牡丹亭》劇中之用語及意象，蓋女詞人實以劇中女主角自比也。僅從這些愛情詞觀之，稱柳是為明末詞學中興之一員大將，洵非過譽。

後記

以上僅為我在會中演講之摘要。詞會結束以後，我立即將此摘要郵寄上海的施蟄存教授，請他批評指正（我很感激施教授的不斷教誨，自一九八六年以來，凡涉及明末清初的文學研究，我一直請教他，自以為有如入室之弟子一般）。不久施教授即來信，他在信中說：「我覺得你對柳如是評價太高了，她的詩詞高下不均，我懷疑有陳子龍改潤或捉刀之作。」閱函至此，我暗自心想，莫非施教授也是個大男人主義者，故意貶低柳如是的文才？但當我把全信閱畢，才瞭解施教授的評語終是有其莫大的啟發性的。他說：「當時吾們松江還有一位草衣道人王微（修微），文才在柳之上。」關於王微的詩詞，我一向讀得不多[5]。經施教授一指點，我開始細心追查。其《期山草》惜已亡佚，但我零碎找到數首，有二首小詞我特別賞愛，今錄於此[6]：

搗練子

心縷縷，愁踽踽，紅顏可逐春歸去。夢中猶是惜花心，醒來又聽催花雨。

憶秦娥

多情月，偷雲出照無情別。無情別，清暉無奈，暫圓常缺。傷心好對西湖說，湖光如夢湖流咽。湖流咽，離愁燈畔，乍明還滅。

聽說明末施子野特別讚許王微詩詞，而尤喜以上所錄〈憶秦娥〉之首二句：「多情月，偷雲出照無情別。」以為其風流蘊藉不減李清照。從各方面看，王微確是一位具有特殊才華的女詩人。最近

---

5 從前唯讀過謝無量先生《中國婦女文學史》書中所錄王微作品（中華書局，第三編第九章，頁六〇至六二）。其中一首七律〈舟次江滸〉早已有英譯（見鍾玲教授及Kenneth Rexroth合作之*Women Poets of China*, *New Directions*，一九八二年，頁六五）。

6 見裔柏蔭，《歷代女詩詞選》（臺北：當代圖書出版社，一九七一），頁一五四。

施蟄存教授告訴我，他已輯得王微詩詞各一卷，皆有百篇，附二卷為各種記錄資料，書名《王修微集》，希望明年可印出。這消息頗令我喜出望外。

將來我擬撰文比較明末名妓柳是與王微二人之詞。我以為二妓均堪稱難得之才女。在來日之研究中，我希望強調柳是是一位象徵性人物（symbol），她的生活範例代表中國文人所嚮往之才女——既纏綿癡情又敢於賦詩明表鍾情之意。例如其〈夢江南〉二十首可謂此方面之代表作，末闋尤為大膽[7]：

人何在？人在枕函邊。只有被頭無限淚，一時偷拭又須牽。好否要他憐。

這一首陳寅恪先生以為是〈夢江南〉全部詞中「警策」之作[8]。我認為他所以如此看重此詞，並非詞中語句優雅（從語句看，倒有些粗俗），而是因為女詩人之無限鍾情。另一方面，王微詞中則表達一種較為超越的清才，蓋王微自號草衣道人，頗致力於詞之雅化，即便是豔情，也以淡雅之意表出。關於這一方面的思考，尚有待於進一步的探討。

——原載於《女性人》一九九一年九月號。

編者按：孫康宜所撰有關陳子龍和柳如是的英文本於一九九一年二月由美國耶魯大學出版社出版，中文譯本由李奭學翻譯，於一九九二年由臺灣允晨文化公司出版。中譯本修訂版於二〇一二年由北京大學出版社出版，題為《情與忠：陳子龍、柳如是詩詞因緣》。

7 《戊寅草》（一六三八），頁三八，見浙江圖書館存本，《柳如是詩集》。

8 陳寅恪，《柳如是別傳》（上海：上海古籍出版社，一九八〇）卷一，頁二六五。

一位美國漢學家的中西建築史觀

最近，由於準備一門有關中國文化的課程，又把恩師牟復禮教授有關中國傳統城市建築的理論，重新做了一番思考[1]。自表面觀之，牟教授的立論頗不切人生，亦不合時宜。然明察其根由，咀嚼其意味，則如倒吃甘蔗，最能發人深省。蓋他所關注者非建築本身，而是中西文化之根本差異，其內涵頗有涉及中國知識分子之前途與命運者。故本文擬將牟教授的觀點簡略陳述，以饗讀者。

一九七三年牟教授發表了一篇有關蘇州城的文章：〈千年來之中國都市——蘇州城的建築構型與時空概念〉[2]，又於一九七七年發表〈南京的沿革，一三五〇至一四〇〇〉一文[3]，文中尤重中國傳統城市之象徵意義，而於其歷史沿革又多方舉例發凡。首先，牟教授指出中國建築的一個最顯著特色，那便是：不求外形之恆久性，不重材料之堅固性。建築之為物，尤自知識分子眼光衡之，並非不朽文化之象徵。因此，傳統國人絕少傾注一生所有於峻宇雕牆者。即便為之，亦不以此為永恆價值之所在。中國史料除宋朝的《營造法式》及清朝的《工部工程做法則例》外，幾無片文隻字記載建築技巧。反觀中古歐洲，建築之威勢卻為百物之冠。據歷史記載，歐洲自始視建築之輝煌為人生價值之表

1 牟復禮教授已於二〇〇五年逝世（孫康宜補註，二〇一五年六月）。

2 "A Millennium of Chinese Urban History: Form, Time, and Space Concepts in Soochow", *Rice University Studies*, Vol. 54, No. 4, 1973, pp. 35-66.

3 "The Transformation of Nanking: 1350-1400", *The City in Late Imperial China*, ed., by G. William Skinner, Stanford University Press, 1977, pp. 101-153.

徵，歷史之地位、個人之成就皆似由建築之實物得以不朽。

自表面看來，這種立論似乎隱含著一種結論，那便是：在內涵上中國建築不如西方發達。其實不然。牟教授特別指出，中國建築技巧自古有極高之成就，其城市發展亦較西方為早，規模更大。譬如，十三世紀的蘇州比維也納大三倍。又據城市專家之考察，於一八〇〇年以前，全球三分之一以上的大都會皆在中國。馬可波羅東游時，對中國城市之繁華及其建築技巧之高超尤表驚異。

然而事實上，有許多人誤以為中國建築自古落後，此或由於中國建築於外在形式（style）上歷千年而少有變化之故。牟教授以為此「缺乏變化」一現象實與我國人不視建築為不朽象徵一點有關。中國之詩文潮流，代代格式標新立異，詩人文士爭長競短，尤求時代精神之彰顯；而於建築格式卻不重時代之變化，不論唐式也罷，宋式也罷。一旦年久未修，便著手從事翻修。建築物遂因此失其時代性，然而日久天長而全形結構少變。以南京城為例，除那道著名的堅固石牆外，今日之南京幾難找出一座「外殼」足以代表明朝之建築，然全城基本架構自明以降卻無巨變。

相形之下，中古歐洲則特重建築格式之時代精神。譬如，哥特式建築一望即知不同於羅馬式拱門建築。自其外觀，極易看出時代之流轉與變遷，歐洲都市史權威毛姆福特（Lewis Mumford）在《城市的文化》（*The Culture of Cities*, New York, 1983）一書中曾說：「城市是時間的產物」——因為建築較諸文字顯明易見，故更能明示時間之變化，城市建築尤能代表歷史之足跡（頁四）。以此來說明中古歐洲城市建築之特色，最恰當不過。

中國人對建築之看法特殊，故古來中國城市之發展自有別於西方。中國歷代建築格式既少變化，故城市構型亦因之日久不變——此點是牟教授最感意味深長的。他以一九四五年之蘇州城全圖和一二二九年之舊圖比較，發現七百年間，城池構型仍大略依舊——外城牆、街道、運河、壕溝一切未變，橋樑大都保持原形，連建築物名稱亦因仍舊制。唯一顯著的不同是：原有的一道「內城牆」已被拆除。根據史實，該城牆於一三六八年由明太祖朱元璋下令毀去。蓋明太祖初平天下，於勁敵張士誠統領過之蘇州內城居民尚具戒心，故有此決定。然數百年間，時過境遷，而蘇州城外觀僅此一變更，若自西方人觀之，不可不謂之奇蹟，但豈知這本是中國城市發展之一大特性！在中國，歷史有如百代之過客，不願於城市建築上永留痕跡。

此外，某教授又指出另一點中西不同之處，那便是：中國傳統之城市不似歐洲城市之絕對獨立。中古歐洲大城多為一國之行政、宗教、經濟、文化中心。一座城池宛如一條獨駛的船，其行政機體、宗教組織等皆與鄉間迥異。城裡居民同舟共濟，與城外界限分明。一般規模宏大之教堂多設在城內，城市之地位亦建立在宗教的基礎上。易言之，中古歐洲基本上是「城鄉分明」的。然而，中國傳統之城市與鄉間界限不清，城裡、城外建築格式少有差異。中國無聖城一類之宗教中心，鄉間廟宇及祭壇多較城內者為大。譬如，南京的天壇、地壇均在城郭之外，皇陵亦遠在鄉間。即以文化、經濟著稱之蘇州城，也是「城鄉不分」——其商業據點多集中於城外之運河沿岸，棉織工業分散四處，專售蔬菜、魚蝦之特別市場亦在十餘里外，城內居民非全然獨立，乃必然之勢。

中國之「城鄉不分」有其特殊的歷史背景。據牟教授分析，此現象實與中國知識分子的活動有密切之關聯。一般規模較大之圖書館多為鄉紳私有，印刷業則始終以盛產紙墨的鄉間為基地。尤自宋朝以降，以知識活動為主的書院皆設於荒山僻野間。直至清朝中葉，文人始漸聚集於城中，然多於城、鄉兩地輪住。誠如何炳棣《明清社會史論》（*The Ladder of Success in Imperial China*, New York, Columbia University Press, 1962）一書中所述，明清之際，凡有抱負者皆隨城市商業之興起而遷往城內，以求進身之階，然一旦功成名就即回鄉間居住。這樣看來，中國城鄉界限不明，乃必然之理。

牟教授探索中西城市之差異，又有進一步的領悟。他以為中古歐洲大城原藉中央集權政治之產生而勃興。羅馬、君士坦丁堡諸大城之演成一國的文化中心乃緣此而起。但中國之集權政府始終未能發展出一個總括全國文明的都城。譬如，明太祖竭盡三十年之心力方將「龍蟠虎踞」的南京建成「順應天命」的帝王之宅，但在伊之政權下，首都南京並未形成中國的文化中心。而後明室北遷，南京降為陪都，卻一躍而為江南之文化基地，成為明末文人、藝術家、藏書家的地盤。此「反常」現象如何解釋？牟教授以為南京後起之繁榮與政治因素息息相關——當初明太祖對文人施以高壓手段，有志之士及文人多隱逸他去。致使南京陷入文化不振之現象。待永樂皇帝遷都北上，南京以一陪都之地位，始漸遠離中央集權之勢力，成為知識分子之天堂。一般詩人名士既可擁有南京之官職，又可免於捲入北京宮廷裡的政治漩渦，何樂而不為？故南京從此雅人群聚、文風乃盛。

由此觀之，以「立言」為不朽的知識分子乃主宰中國歷史潮流者。雖然城市建築與文人生涯並無顯著的關聯，但探本窮源，牟教授的觀點卻深刻地闡明了中國文化精神之價值所在。一九六〇年代牟教授曾著《詩人高啟》一書[4]，其匠心匠意，慘澹經營者，乃為表揚中國文人以立言為不朽的精神境界，蓋詩文足以使人名垂後世。縱是生前潦倒，死後蕭條，若能立一文名，則必流芳百世。古來文人於「立德」、「立功」、「立言」三不朽中，獨愛立言，故值命運多舛、家破人亡之際，尤能發憤著作，以為千載不朽之道。高啟乃此傳統下得以獨善其身之一詩人。他是明初最富才情之詩人，與宋濂並稱「詩文二傑」。可惜一生宦途坎坷，時運不濟，在朱元璋集團統治下受到無數次迫害，三十九歲時即被斬腰處死[5]。但他很早就已看破人間榮辱得失，毅然退隱蘇州。故高啟終究「以詩言志」。

牟教授描寫高啟自蘇州赴金陵一段最能感人肺腑——一日高啟夜過楓橋，舟上忽聞遠處寒山寺鐘聲。頓然離情別緒難耐，不禁憶起唐人張繼「月落烏啼霜滿天」一首絕句來。時隔千年，然詩人心靈相通，如傾心知己，高啟遂取張詩原意，撰詩詠情，寫盡一段千古羈愁：

---

4 Frederick W. Mote, *The Poet Kao Chi: 1336-1374,*（Princeton‥Princeton University Press, 1962）.

5 一三七四年，高啟因贈詩蘇州太守魏觀而遭誣受刑。

烏啼霜月夜寥寥
回首離城尚未遙
正是思家起頭夜
遠鐘孤棹宿楓橋

蘇州三百餘座石橋中，獨此楓橋名聞後世。牟教授認為此點耐人尋味——蓋楓橋本身於建築史上並無重大意義，然其名著皆因歷代流傳之「楓橋詩」而起。據考證，楓橋屢經改建，已失原貌。又，《蘇州方志》有關楓橋一節，於橋之構形全無記載，唯於張繼詩百代傳聞一事特加說明，並集錄唐人以來所有的「楓橋詩」。然歷來「楓橋詩」皆為遊途感懷之作，竟無一首直詠橋形之美的。推本溯源，是詩不朽，非橋不朽，其理甚明。

楓橋一事令牟教授更加肯定詩歌在中國文化中所占之首席地位——建築外觀縱易改貌，詩歌卻歷千百年而不壞。中國人寓精神價值於詩的態度自與中古歐洲之偏重建築外形的恆美絕然不同。如何善用我國文化的優點而對傳統的失敗處加以改正，乃是我們當前知識分子最重要之任務。

——原載於《文學雜誌》季刊一九八二年十二月。

《劍橋中國文學史》簡介

——以下卷一三七五至二〇〇八年為例[1]

有關《劍橋中國文學史》的宗旨
以下卷一三七五至二〇〇八年為例

一、有關《劍橋中國文學史》的宗旨

《劍橋中國文學史》（已於二〇一〇年四月出版）當初是由劍橋大學出版社向我約稿，考慮到卷頭浩繁，我進而約哈佛大學的宇文所安教授與我共同主編該書，同時邀請其他十多位歐美漢學家分別撰寫書中各章，前後歷時，共五六年之久（見圖片）。大致說來，宇文所安負責主編上卷，我則負責下卷，但在編撰過程中兩人不斷討論並隨時互相參照，其過程十分瑣碎。不用說，對於兩位編者和其他作者們，這是一件極其辛苦的大工程。大家之所以願意任勞任怨地為這部新的文學史努力耕耘，主要因為在西方的中國文學研究的發展史上，這幾年算是一個非同尋常的時刻。哥倫比亞大學出版社

1 本文乃根據本人所負責主編的《劍橋中國文學史》下冊（Volume 2）之序文增補改寫而成〔參見Kang-i Sun Chang and Stephen Owen, eds., *The Cambridge History of Chinese Literature*, Vols 1 & 2 (Cambridge: Cambridge University Press, 2010); Volume2: 1375 to the Present, edited by Kang-I Sun Chang.〕本文初稿的寫作承耶魯同事康正果先生大力協助，在此表示感謝。

於二〇〇一年剛出版了一部大部頭的、以文類為基礎的中國文學史[2]。而且，最近荷蘭的布瑞爾公司（Brill）也計畫出版一部更龐大的多卷本。那麼，為什麼我們還要撰寫一部劍橋中國文學史呢？《劍橋中國文學史》到底有何特殊性？

首先，《劍橋中國文學史》乃屬於劍橋世界文學史的系列之一。與該系列已經出版的《劍橋俄國文學史》、《劍橋義大利文學史》、《劍橋德國文學史》相同，其主要對象是受過教育的普通英文讀者（當然，研究文學的學者專家們也該會是本書的讀者）。但不同的是，劍橋文學史的「歐洲卷」均各為一卷本，唯獨《劍橋中國文學史》卻破例為兩卷本，這是因為中國歷史文化特別悠久的緣故。巧合的是，《劍橋中國文學史》的下卷在年代上正好大致與劍橋世界文學史的歐洲卷相同，且十分具有可比性。

同時必須強調的是，《劍橋中國文學史》的主要目的不是作為參考書，而是當作普通的書來閱讀。因此該書盡力做到敘述連貫諧調，有利於讀者從頭至尾地通讀。這不僅需要形式與目標的一貫性，而且也要求撰稿人在寫作過程中要不斷地互相參照，尤其是相鄰各章的作者們。這兩卷的組織方式，是要使它們既方便於連續閱讀，也方便於獨立閱讀。上卷和下卷的引言也就是按照這一思路設計的。

所以，除了配合在歐美世界研究中國文學的讀者需要之外，《劍橋中國文學史》的目標之一就是要面對研究領域之外的那些讀者，為他們提供一個基本的敘述背景，以使他們在讀完之後，還希望進一步獲得更多的有關中國文學和文化的知識。換言之，《劍橋中國文學史》要利用這個凡事追求全球化的大好機會，來質疑那些長久以來習慣性的範疇，並撰寫出一部既富創新性又有說服力的新的文

2 *The Columbia History of Chinese Literature*, edited by Victor H. Mair (New York: Columbia University Press, 2001).

學史。

此外，《劍橋中國文學史》還希望呈現以下一些與眾不同的特點。首先，它盡力脫離那種將該領域機械性地分割為文類（genres）的做法，而採取一種更具整體性的歷史方法：即一種文化史或者文學文化史（cultural history or the history of literary culture）。這種敘述方法，在古代部分和漢魏六朝以及唐、宋、元等時期還是比較容易進行的，但是，到了明清和現代時期則變得愈益困難起來。為此，需要對文化史（有時候還包括政治史）的總體有一個清晰的框架。易言之，唐朝那一章不被機械分割為「唐詩」、「唐散文」、「唐小說」，甚至「唐詞」；相反，將有「玄宗統治時期的文學文化」，或者「九世紀早期的文學文化」，以處理詩、散文、傳奇（anecdote books）、故事等等。當然，文類問題是絕對需要正確對待的，但是，文類的出現及其演變的歷史語境將首先澄清文類所扮演的角色，而這在傳統一般以文類為中心的文學史中是難以做到的。

分期是必要的，但是也必然問題重重。《劍橋中國文學史》並非為反對標準的慣例而刻意求新。但最近許多中國學者、日本學者和西方學者也已經認識到，傳統的按照朝代分期的做法有著根本的缺陷。但習慣仍常常會勝出，而學者們也繼續按朝代來分期（就像歐洲學者按照世紀分期一樣）。在此，《劍橋中國文學史》卻以一種不同的方式進行分期，並且以不同的方式去追蹤不同時期思想所造成的結果和影響[3]。一般來說，人們早已認識到，唐太宗的統治是六世紀傳統的繼續，是一個更大的

[3] 比如說在第一冊裡，宇文所安寫的是唐代文學文化史，但那章所涵蓋的時期則是六五〇至一〇二〇年，與一般以朝代的分期法不同。此外，普林斯頓大學的柯馬丁（Martin Kern）所寫的是古代一直到西漢。西雅圖華盛頓大學的康達維（David Knechtges）寫的是東漢到西晉。哈佛大學的田曉菲寫的是三一七至六四九年。加州大學的艾朗諾寫的是一〇二〇至一一二六的那段。另一位加州大學的傅君劢（Michael Fuller）和密西根大學的林順夫合寫第十二至十三世紀那章（包括那段時期的南北文學史），亞歷桑那大學的奚如谷（Stephen West）則寫一二三〇至一三七五的那段。在第二冊裡，我寫的那一段就是明代的前中期，大約從一三七五至一五七二年。我的耶魯同事呂立亭Tina Lu寫的是從一五七二至一六四四年。

歷史進程的一部分，在這一進程中，北方（北齊、北周、隋以及初唐）吸收了南方那種複雜精製的文學文化。按照這一思路，《劍橋中國文學史》在撰寫時就特別認真參考幾個世紀以來批評家們的意見——儘管現存的文學史還是不可避免地要以隋朝或者唐朝建立之時作為斷章之處。此外，《劍橋中國文學史》不是將「五四」置於「現代性」的開端，而是把它放在一個更長的進程中。這是認真參考最近學術成果，並重新闡述「傳統」中國文化在遭遇西方時的複雜轉化過程的一種方法。在每一卷的引言中，對分期的理由都做了說明。

另一個隨著文學文化的大框架自然出現的特點是：《劍橋中國文學史》盡力考慮文學過去是如何被後世所過濾並重建的（Chinese Literature is a constant rereading of the past）。這當然要求各章撰稿人相互之間進行很多合作。重要的是，過去的文學遺產其實就是後來文學非常活躍的一部分。只有如此，文學史敘述才會擁有一種豐厚性和連貫性。當然，將「文學文化」（literary culture）看作是一個有機的整體，這不僅要包括批評（常常是針對過去的文本），也包括多種文學研究成就、文學社團和選集編纂。這是一種比較新的思索文學史的方法。正是從這一關注出發，我們決定什麼東西可存留下來以及如何和為什麼將其存留下來。同時，也要討論為何許多文學作品（尤其在印刷文化之前的時期）都流失的原因。

總之，這個兩卷本的《劍橋中國文學史》既要保持敘述的連貫性又要涵蓋多種多樣的文學方向。

哈佛大學的李惠儀（Wai-yee Li）寫的是清初到一七二三年。哥倫比亞大學的商偉寫的是一七二三至一八四〇年。哈佛的王德威寫的是從一八四一至一九三七年。加州大學的奚密(Michelle Yeh) 則寫的則是由一九三七至二〇〇八年的文學（其中還有耶魯的石靜遠〔Jing Tsu〕和英國倫敦大學的賀麥曉〔Michel Hockx〕個別撰寫的篇章）。

二、以下卷一三七五至二〇〇八年為例

如上所述，《劍橋中國文學史》共分兩卷，僅就下卷所跨越的年代而言，即相當於該系列歐洲文學史中任何一卷的長度。迄今為止，幾乎所有的中國文學史都採用按朝代分期的方式，本書自然也難能免俗。若按照常規，本應以明朝的開國年一三六八年（明洪武元年）劃分上下兩卷，但本書選擇了一三七五年。這是因為相比之下，一三七五年更引人注目，更有歷史意義。截至一三七五年，像楊維楨（一二九六－一三七〇）、倪瓚（一三〇一－一三七四）和劉基（一三一一－一三七五）等生在元朝的著名文人均已相繼去世。更為重要的是，這一年朱元璋處決了大詩人高啟（一三三六－一三七五），開啟了文禁森嚴、殘酷誅殺的洪武年代，從元朝遺留下來的一代文人基本上被剪除殆盡。

直到永樂年間，明成祖開始獎掖才俊，重振宏業，明朝文學才在一度禁錮後有了起色。這樣看來，以一三七五年作為本書下卷的開端，不只顯得分期明確，而且也確立了一個具有本書特色的分期原則，可作為沿用於其後的慣例。比如，在第六章王德威所編寫的現代文學部分，「現代」的開始便定於一八四一年，而非通常所採用的一九一九年「五四」運動。我們寫的是文學史，而非政治史，一個時期的文學自有其盛衰通變的時間表，不必完全局限對應於朝代的更迭。

本卷的編寫特別重視從明清直到今日的文學演變。在目前常見的大多數文學史著作中，往往表現出重唐宋而輕明清的傾向，而對於現當代文學，則一概另行處理，從未與古代文學銜接起來，匯為一編。中國的傳統文評大都重繼承和崇往古，因而晚近年代的作家多受到忽視。本卷的編寫一反往常，在作家的選擇及其作品的評析上，力圖突出晚近未必就陷於因襲這一事實，讓讀者在晚近作家的優秀作品中看到他們如何在繼承傳統的同時有所創新和突破。讀完了本卷各章，你將會看出，從明清到現

在，文學創作的種類更加豐富多彩，晚近的文學已遠遠超出了詩詞歌賦等有限的傳統文類。

與上卷的原則一樣，本卷的著重點不以個別作家或人物為主，而是偏於討論當時寫作形式和風格的產生和發展，特別是對文學多樣性的追求。當然，我們仍然堅持敘述方式要按時代先後（即所謂historical的）來決定各章的先後順序。唯一的一個例外是伊維德（Wilt Idema）所寫的有關彈詞寶卷那一章，其中所收多為通俗文學的材料，時間跨度較長，有些作品，很難判定屬於哪一個具體的歷史時期。此類作品較晚才出現在文獻記載中，且多數均無明確的作者，即使極少數有作者署名的作品也難以斷定創作和出版的時間和地點。基於這個理由，伊維德所寫的那一章並不按時代先後順序來排列。但由於伊維德很照顧到其他各章的內容與其相互間的關聯，所以在很大程度上，他的那章對其他章節起了相輔相成的作用。

此外，凡在日本、韓國和越南出版的中文作品，一般均不予討論。一因受限於本書的編寫體例，二因已有其他書籍——如《哥倫比亞中國文學史》——提及相關的資訊，無須本編再做重複。但我們的《劍橋中國文學史》下卷的第一章（由我本人執筆）則有所例外。從明初到明中葉，某些作品在中國本土與東亞各國間流傳甚為頻繁，這與當時的文禁（ceonsorship）及作者本人的有意迴避（self-censorship）有一定的關係。也只是在此一特殊情況下，中國與鄰近各國的相互影響才成為中國文學史應予關注的一個問題。例如瞿佑的《剪燈新話》曾被明朝政府查禁，但該書卻在韓國、日本、越南廣泛流行，並引起很深刻的跨國界文化影響。藉研究此一文學交流的現象，可看出作家的生花妙筆的確有跨越國界的感染力。也就是在這一時期，隨著中國與東亞各國交往增多，不少作家寫起了異域遊記之類的作品。直至清代中葉，如商偉在他所寫〈文人時代及其衰退：一七二三至一八四一〉一章中所敘，中國及其鄰國在書籍的出版和流通上仍維持著密切的關係。

地緣文學（regionalization）的現象也饒有興味，但本書所謂「地緣文學」的內容則大都只限於中國本土的範圍之內。在本卷的每一章中，均討論到重要的地域性文學團體或流派，特別是那些在全國範圍內深具影響的團體或流派。例如在我所執筆的那一章所指出，原來在明代中葉，由李東陽和號稱「復古派」的「前七子」（即李夢陽、何景明等人），其文學活動範圍主要集中在北方，但到了十六世紀初期，文學中心則漸漸轉至江南一帶。這一轉變是隨著江南地區早在十五世紀末就成為經濟文化中心的情況而突現出來的。尤其值得關注的是，與北方的復古派文人都在朝廷位居高官的情況完全不同，江南——特別是蘇州——的詩人和藝術家則多半是靠賣詩文和書畫為生的。此後，蘇州更以女詩人輩出和文人扶持才女的持久傳統而著稱於世。蘇州文化的陰柔氣質體現了風流唯美的特徵，與北方文學的陽剛風格形成迥然不同的對比。

印刷文化也是本卷另一個特別關注的內容，諸如文本製作與流傳的方式，乃至讀者群的複雜成分，均在各章的討論範圍之內。特別是在呂立亭所寫的〈晚明文學文化〉一章中，對萬曆年間印刷業飛速的商業化發展做出了專門的描述。僅在此一時期，所印製的商業印刷品比前五十年就要多六倍。因此，文學作品的讀者在當時不只人數劇增，而且成分多樣。正如呂立亭所解釋，墨卷、曲本和內訓等出版物前所未有地充斥書肆。也正是在這一時期，大量的青樓女子賦詩填詞，與文人聚會酬唱。與此同時，像臧懋循（一五五〇－一六二〇）《元曲選》之類重新編排的元雜劇也大量出版，儘管在此前劇作家李開先（一五〇二－一五六八）改編的很多元雜劇文本已出版問世。由這些晚明的事例即可看出先前的文學作品在後來被賦予新解和加以創新的情況。

雖然本書基本上不採取嚴格的朝代分期，但明清之際的改朝換代不同以往，在此應予以特別的關注，因為清初的文學深受世變的影響，而且具有濃厚的晚明遺風。在這一江山易主期間，湧現了很多悼念前朝的作品。因而儘管有關清朝起始之年的記載眾說紛紜，本卷還是以一六四四年，即順治元年作為第二章和第三章的劃分。按照李惠儀在第三章〈清初到一七二三年〉的說法，「晚明」這一標籤基本上是個「清人話語」，如果說清初的作家「發明」了晚明，那正是因為他們一直要「確認他們所遭遇的歷史時刻」。在這一重新確認身分的壓力下，清初作家常常面對著以明遺民自居還是歸順新王朝的艱難抉擇，儘管兩個陣營之間的區劃尚有諸多含混不清之處。因此，這一時期以政治和地區歸屬為取向的文學團體空前繁多，從而也導致了文學形式的新變。比如曾作為復社名流大本營的江南地區，後來就成為清代戲劇文化——特別是政治性的戲劇——的中心。

晚明的名媛傳記——特別是其逸事多與朝代興衰相關的名妓，同樣盛傳於清代。從余懷《板橋雜記》和冒襄《影梅庵憶語》等作品的流傳不但可以看出晚明風流佳話入清後的流風餘韻，而且通過豔傳風塵女子的本事，文人也寄託了他們對先朝的懷念之情。與之相反，像李漁（一六一〇－一八一〇）這樣的作家則致力於創新，不再以懷念晚明為主。可以說，在其標新立異的小說中，李漁大都以「明哲保身和世俗的實用自利」為主題，即李惠儀所謂的「compromises, pragmatism, and self interest」。

在滿清統治下的漢人特別面臨著文禁森嚴的問題，從康熙年間（一六六二－一七二二）開始，嚴酷的文字獄一直威脅著舞文弄墨之士。在這一時期，忠於先朝的詩人只好以婉轉幽深的比興手法寄託自己的懷抱，以免招惹文禍。然而，即使如此曲筆隱晦，也未必能避過文禍，比如兩位《明史》編修即因觸犯禁條而在康熙初年被判處了死刑。在康熙末年，戴名世因《南山集》語涉違礙而遭到滿門抄斬一案更為駭人聽聞，成為清代文字獄最血腥的案例。

乾隆年間（一七三六－一七九六）的文字獄甚至更為慘烈，諷刺的是，這位製造文字獄的皇帝同時又最熱心於編纂圖書，中國最大的圖書集成工程——《四庫全書》的編纂——就是他在位期間完成的。漫長的乾隆盛世儘管文采斐然，卻也不無矛盾衝突。在商偉所寫的一七二三至一八四〇年一章中，重點討論了吳敬梓《儒林外史》和曹雪芹《紅樓夢》的成書及相關問題。與成書於明朝的《三國演義》、《水滸》、《西遊記》和《金瓶梅》的商業營利取向截然不同，這兩部在乾隆年間那種特殊環境中成書的文學名著則完全與出版贏利無關。當然，這一現象並不意味著商業性的出版在清朝不重要，而是表明像吳敬梓和曹雪芹這樣的邊緣文人既遠在官場之外，又與當時的書肆和地方戲曲文化無緣，因而他們在世時寂寞無聞，他們的作品埋沒多年後才為世所知，只是十九世紀以降才產生了巨大的影響，經過現代讀者的推崇，這些成書於十八世紀的文人小說才成為經典之作。這一有趣的接受史個案不只涉及到接受美學的問題，也關係到文化和社會的變遷。

在十八世紀後半葉，女作家人才輩出，在文壇上群星燦爛，成為中國文學史上引人矚目的景觀，被視為婦女文學史中的第二次高潮。與十七世紀的第一次高潮相比，十八世紀的女作家在寫作種類上更加多樣，除了傳統的詩詞創作，還有不少人從事敘事性彈詞和劇本的創作。她們大都出身仕宦人家，與晚明時期青樓才女獨領風騷的情況已有所不同，及至十八世紀末，所謂的「名妓」在文壇上已聲價大減。

但這並不意味著青樓才媛此後便永離文壇，再也與文人無緣。在王德威所寫的〈一八四一至一九三七年中國文學〉一章中，我們可以看到，歌妓在現代文學作品中依然是一個常見的人物原型，很多晚清作家的小說都大寫特寫這些花街柳巷裡賣笑的尤物。其中最有代表性的作品就是韓邦慶的《海上花列傳》，該書先是由張愛玲譯為英文，後來又經Eva Hung修訂，已於二〇〇五年由哥倫比亞大學出版社出版。據王德威所見，晚清時期有關妓女的敘事作品與前此的同類作品有著根本的區別：晚明文人寫風塵香豔，多含有象徵意味，而清朝的狹邪小說則實寫嫖客與婊子的調笑狎昵之私，標誌了現實主義文學新方向的濫觴。

誠如王德威所說，現實主義的實踐和話語構成了「現代中國文學主體最引人注目的特徵之一」。因為反映現實的需求已被提上了議事日程，特別是在那個國難當頭，而文人群體也面臨生存危機的年代，像《官場現形記》之類的譴責小說已預示了魯迅、老舍和張天翼等作家在他們的新小說中寫實傳真的追求。正是在這一方向上，現實主義為這些現代作家提供了觀察生活的新角度，而與此同時，隨著女作家走上新文壇，更以她們女性的新聲擴展了現實主義的領域。需要強調的是，除了現實主義的範式，現代中國作家還嘗試了各種各樣的體裁和風格，諸如表現主義、自然主義和抒情主義，在不同作家的作品中都有所涉獵，蔚為大觀。即使是在現實主義的旗號下，不同的作家也風格各異，均以各自獨特的聲音而取勝。正是這一眾聲喧囂的動力在晚清到「五四」後幾十年間促使了中國文學的現代化發展。

中國文學有一個生生不息的特徵，那就是現在與過去始終保持著回應和聯繫。即使在現代文學創作中，作家也沒有切斷他們與以往文學的關聯。從某種意義上說，中國的「現代性」就是從重新讀解漢魏樂府、唐詩宋詞和古文開始的。正如王德威所說，中國人今日所理解的「文學史」是直到晚清才出現的一個新的概念。一九〇四年，隨著第一部中國文學史的出現，文學史的研究和編寫才被列入學術的範疇。正因建立了文學史這一新的學科，在現代作家和讀者的眼中，文學的源流才如一江春水滾滾而下，將往古的生命輸送到了未來。

現代中國文學另有一必須一提的方面，那就是十九世紀至今對西方文學及其話語的譯介。之所以特別要提說這一方面，是因為這一誘人的課題一直為文學史編寫者所忽略，我們有意要填補這個學術空白。隨著各種翻譯作品——從基督教經文到文學作品——的重新發現，不僅修正了我們對現代中國文學規模的理解，也增進了我們對印刷文化的認識。正如賀麥曉在其〈印刷文化和文學社會〉一文（見第六章第四節）中所說，最早的現代印刷出版是由傳教士從西方帶入中國的，而且首先是用於出版翻譯作品的，其出版物的內容以宗教和文學為主。只是到後來，中國的商業性書局才採用了洋人帶來的新技術。為迎合城市中新讀者群日益增長的需求，正是此類文化交流的新方式豐富了世紀末的文化景觀。

最後必須一提的是，與大多數常見的中國文學史不同，本書的編寫更偏重文學文化的概覽和綜述，而不嚴格局限於文學體裁的既定分類。體裁的分類固然很重要，但應置於文學文化宏大的系絡中予以通觀。因此，奚密在其所寫的一章（即《劍橋中國文學史》的最後一章）中並未沿用「現當代小說」和「現當代詩歌」這類通行的分類，而是以「抗戰（一九三七－一九四五）及內戰」和「戰後和新時期（一九四九－一九七七）」這樣的標題統領全章的內容，將各種文學景觀按不同的地域分別介紹和討論。按地域分述的方式顯然更為生動，有助於讀者理解當時的文學景觀，由於戰爭造成的分割——如國統區與解放區或淪陷區之分，以及大陸與港臺之分，中國文學再也難以籠而統之地講解給讀者了。戰爭造成的分裂使中國作家陷於日益離散的複雜境地，同時也催發了新的文學形式。在這一過程中，各種危機致使不同區域的作家做出了各不相同的選擇，特別是在中國大陸的文革期間和臺灣的白色恐怖期間。

本書最後一部分綜述了一九七八年至今的文學。就如奚密所述，這一時段標誌著中國文學研究領域的新方向。這一時期所關注的一個重大問題是作家們在對區域和全球的的變化做出反應時如何界定他們自身以及他們的創作。在這一時期，由於中國作家——如諾貝爾獎獲得者高行健和著名小說家哈金——愈來愈多地移居國外，因而出現了作家國籍歸屬的問題（見石靜遠（Jing Tsu）為本卷所撰寫的〈後記〉（Epilogue）部分）。此外，臺灣的「二二八」事件後，更出現了身分認同的分化現象，如有人被視為「外省人」，有人則以「本省人」自居，更有人高舉反殖民旗號。香港的身分歸屬則更為複雜，在外國人眼中，香港乃中國人的天下，但在某些中國人的眼中，那裡不啻為外國。諸如此類的問題使得我們在論及新文學時不能不考慮到如何劃界和歸類的紛爭。

最近十多年來更有網路文學的興起。正如賀麥曉在他所寫的章節「印刷文化最近的變化和新媒介的來臨」（見第七章第四節）中所述，由於互聯網登陸中國大陸為時略晚，最早的中文網路文學是在大陸以外製作的，臺灣的網路文學就比大陸領先十年之多。早在一九九〇年代中期，在美國和其他西方國家，就已出現了各種中文的網路文學作品，由此也導致文學網站於一九九七年左右在大陸出現。但誠如賀麥曉所云：「要控制網路文學，得在很大的程度上依靠作家的自我審查，並假定那些發表文學作品的網站因怕招惹麻煩而履行嚴格的管理。」

時至今日，尚無任何通行的中國文學史討論網路文學，本書可謂早鳥先鳴，開啟了此一最新的研究領域。我們的首要目標是對中國文學史做出包羅萬象的綜述，在當今日益全球化的年代，為具有文化教養的普通讀者提供對口的讀物。

——原載於北京大學國際漢學家研修基地主辦的《國際漢學研究通訊》第二期，北京中華書局出版，二〇一〇年。

漢學研究與全球化

最近二十多年來，全球化的趨勢已使美國傳統的漢學研究受到了極大的挑戰。有關全球化，有些漢學家從一開始就十分贊同，但也有人持批判的態度。在這篇文章裡，本人不想做任何理論上的判斷，只想從自己的親身體驗出發，發表一點我個人的意見。

我是一九八〇年代初開始在耶魯大學執教的。在耶魯，我發現「漢學」的系科歸屬有別於美國的其他大學。在其他學校裡，「漢學」（sinology）研究及教學大都籠統納入一個「區域研究」（所謂的area study）的系中——一般說來，在美國，有關中華文化的課程（無論是中文和中國文學還是中國歷史和人類學）全部歸東亞系；它有時被稱為「東亞語文和文明系」（如哈佛大學），有時被稱為「東亞語文和文化系」（如哥倫比亞大學），有時被稱為東亞研究系（如普林斯頓大學）。獨有耶魯與眾不同，這裡不以「區域研究」劃分系科，而是按「學科研究」（disciplines）瓜分所謂「漢學」。這就是說，教中國文學和語言的人——如傅漢思及本人都屬於東亞「語言文學系」。教中國歷史的人——如Jonathan Spence（史景遷），及余英時（一九八〇年初余教授仍執教於耶魯）——屬於歷史系。教社會學的Deborah Davis屬於社會學系。而教人類學的Helen Siu（蕭鳳霞）則屬於人類學系。同時，耶魯圖書館中書籍的排列也大都反映了這種按「學科」區分的歸類方式。比如，只要是有關陶淵明的書，各種語言的版本都擺在一處，而在哈佛燕京圖書館和普林斯頓葛思德圖書館，則把所有的中文書籍單另編目和上架收存。

記得初到耶魯，對這種以「學科」分類的方式，我還不太適應。這是由於從前在普林斯頓大學博士班受了正統的「漢學」教育，一直把「漢學」看成一個獨立的領域，而現在得重新調整「領域」的界定，頗有離散孤立之感。從前在母校，東亞系的大樓裡積聚了各種漢學科目的教學研究人員，文史哲不分家，經史子集，教授們各顯其能。但到了耶魯，我走出自己的辦公室，只見到少數教中國文學的兩三位同事，走廊上所遇者多為英文系、俄文系、阿拉伯文學系等其他語種的教授。若要找研究中國人類學和社會學的教授，還得找到校園的另一角，實在讓人感到不便（當然，耶魯設有一個「東亞研究中心——稱為Council on East Asian Studies，那是讓不同科系的老師和學生們申請有關東亞研究方面的經費，以及舉辦各種活動的大本營；但它並不是一個所謂的系）。

後來在耶魯教書久了，才逐漸發現，這種以「學科」為主的教學方式也有它意想不到的好處。就我個人的體驗來說，首先有益於廣泛瞭解其他語種的文學。許多不同領域的新朋友都不斷給我新的啟發，而我從前又學的是英國文學和比較文學，本來就有基礎，如今正好更上一層樓，更加擴展了視野。後來，我應邀加入比較文學的「文學科目」（literary major）講座，更熱心投入「性別研究」（gender studies）的跨系活動，與校園裡許多不同科系的人都常有見面討論的機會。

不知不覺中，才開始意識到自己的學術道路已邁向「全球化」的方向。與此同時，我也注意到其他許多美國大學的東亞系——雖然並沒改變它們原來的結構——也慢慢發展出不少跨系的新研究領域了。當然，我並不是在說，耶魯那種以「學科」為主（而不以「區域研究」為主）的傾向直接造就了美國漢學的新方向；但耶魯的特殊教育結構顯然與美國漢學這二十多年來的全球化趨勢不謀而合。

據我個人的觀察，從前美國（和歐洲）的傳統「漢學」是把中華文化當成博物館藏品來鑽研的。在那樣的研究傳統和環境中，凡用中文寫的文本都成瞭解讀文化「它者」的主要管道，所以早期「漢學」大都以譯介中文作品為主，「音韻學」（philology）尤其是漢學家們的主要研究科目——因為他們想知道從前唐人是如何朗誦唐詩的，宋人是如何吟唱李清照詞的。總之，那是一種對「過去」的東方抱著獵奇的求知興趣。可想而知，當時漢學家們的學術著作只在漢學界的圈子裡流行，很少打入其他科系的範圍。但隨著美國比較文學範圍的擴大，約在一九八〇年間，美國漢學漸漸成了比較文學的一部分；因此有些漢學家一方面屬於東亞系，一方面也成了比較文學系的成員。尤其是，一向享有盛名的Modern Language Association（MLA；現代語文學會）開始設立「東亞語文分部」（Division on East Asian Languages and Literatures）。這樣一來，「漢學」也就進入了比較文學的研究領域。然而，剛開始時，所謂中西比較還是以西方文學的觀念為基礎，因此有關這方面的研究大都偏重中西本質「不同」的比較；例如研究中國文學是否也有西方文學中所謂的「虛構性」（fictionality）、「隱喻」（metaphor）、「諷喻」（allegory）等課題。另外，有些年輕的比較文學兼漢學家，他們則向這種「比較」的方法論提出挑戰，因為他們認為，強調本質差異很容易以偏概全。

自從一九九〇年代以來，全球化促使中西文化交流日漸頻繁，許多美國大學所舉辦的國際會議都開始邀請來自中國大陸、臺灣、香港、日本等地的學者。而來自這些東亞地區的長期「訪問學者」（visiting scholars）也逐漸在美國校園裡多了起來。他們在美國的圖書館藏書中看到了許多國內已失傳的資料，因而大開眼界，在學術研究上多有創獲。他們也對美國漢學家們的嶄新視角發生了興趣，把大量的漢學論著譯介到大陸，編輯出版了一系列「海外中國研究叢書」之類的譯叢（其中《北美中國古典研究名家十年文選》由樂黛雲、陳玨主編，一九九六年由江蘇人民出版社出版）。同時，在中國大陸、臺灣、香港等地則開始了一連串的漢學會議，陸續邀請國際漢學家參加。不用說，這些會議文章出版後，對文化交流都十分有用。此外，這些年來，在美國出版的許多英文漢學專著也先後被譯成中文，在東亞各地流行。值得注意的是，也就在這同時，美國漢學家們開始踴躍地到東亞地區做研究，屢次和中國大陸和臺灣等地的同行有深入交流的機會，於是就有了共同的語言（當然這也跟美國政府和基金會逐漸增加這一方面的研究經費有關）。事實上，東亞地區同行的研究成果在近年來已成了美國漢學家們的必要參考資料，所以著名的刊物——如*Journal of Asian Studies*（《東亞研究學刊》），也開始登載有關漢語著作的書評。在這一方面，耶魯大學出版社和西雅圖的華盛頓大學特別做出了貢獻，因為它們先後將中國學者的著作翻譯成英文出版，使得中國學者的研究成果能開始在西方漢學界中以英文的形式流傳（當然，這種英譯的中國學術作品，在美國的讀者群還是極其有限的。相較之下，國人對於英文漢學著作的中譯更加看重，甚至到了爭相出版和購買的程度）。

但無論如何，近年來由於中西方深入交流的緣故，人們所謂的歐美「漢學」，已與大陸和臺灣（或香港）的中國文學文化歷史研究愈走愈近了——可以說，它們目前已屬於同一學科的範圍（field）。特別是這十多年來，美國各大學的東亞系的人員組成更發生重大變化，華裔教授的比例愈來愈多（必須附帶一提的是：二三十多年前，當筆者開始在美國執教時，華裔教授只是教授群中的少數之少數，而且大都是來自臺灣的移民。但這幾年來，來自大陸的傑出年輕學者，在獲得美國「漢學」的博士學位之後，經常成為美國東亞系爭取應聘的對象）。這無疑反映了中國人逐漸走向世界舞臺，以及西方人更加看重東方人的新趨勢。尤可注意者，在《劍橋中國文學史》（*Cambridge History of Chinese Literature*）的十七位執筆人中，就有八位是移民自中國大陸、臺灣及香港的華裔「漢學家」，另有一位則是土生土長的美國華人。這在二三十多年前，是絕對無法想像的事情。

然而，從不久前《南方週末》的「漢學」專輯中（二〇〇七年四月五日）可以看出，國人（至少是中國大陸的讀者們）對於美國漢學的新趨勢似乎所知甚少。他們仍然是以一種仰視「洋人」的態度來評價美國的漢學家，以為美國漢學「無論是方法論還是結論」都與中國國內的研究「不一樣」，似乎二者有著本質上的不同。其實，如上所述，今日的全球化已使我們進入了一個多元的時代，同是研究中國文學文化和歷史，每個學者（不論在中國大陸、臺灣、香港或是美國）都代表著各自不同的聲音，中西之間固然還有區別，但同時也在出現新的融合。對於西方的「漢學家」，國人只須以平常心對待，不必特別抬高他們的身價，也不應出於自衛的排斥心理而妄加輕視。

——本文初稿原載於中央研究院文哲所《中國文哲所通訊》，「二十一世紀的漢學對話」專輯，二〇〇七年十二月，頁九五至九八。

試論一三三三至一三四一年元史闡釋的諸問題

關於《庚申外史》
關於《元史》
關於《元史紀事本末》
關於《續資治通鑑》
關於《新元史》

近來重讀John Dardess所著*Conquerors and Confucians*一書[1]，其中討論一三二八年武宗（Qaishan）皇統恢復元室繼承之事，並就順帝年間伯顏與脫脫之間的關係，提出新穎的見解，這使筆者再次想到元史本身的特殊性格，並且認為站在求真的立場上，對這一時期的歷史記載有重新查考的必要。最早的元史資料當推權衡編輯的《庚申外史》，本文擬取其中一三三三至一三四一編年紀事部分，以伯顏、脫脫為中心，參較其他元史著作，檢討歷史闡釋的各種可能性。

西元一三三三年是順帝即位之年，因而代表伯顏政治生涯的起點，一三四一年則是伯顏失勢與脫脫抬頭的轉捩點。《庚申外史》雖常被認為是民間傳說之類，但有關順帝在位一段史實，該書提供

[1] John W. Dardess, *Conquerors and Confucians: Aspects of Political Change in Late Yuan China*, New York: Columbia Univ. Press, 1973.

了重要的原始資料。在敘事技巧上，《庚申外史》似乎特別著重其戲劇性的效果；這一點，與其他元史材料相比，是該書的一大特色。關於本文所研究的這段時期，作者權衡以小說筆法，自文宗臨終的吐露隱情開始，寫到元朝覆亡為止，一氣呵成，引人入勝。而對其中重要紀事稍加研究，學者即不難窺見後世元史深受其影響的蛛絲馬跡。以下節錄《庚申外史》有關各段，以為印證。

（一）

癸酉元統元年。先是歲壬申秋，文宗車駕在上都。八月，疾大漸，召皇后及太子燕帖古思、大臣燕帖木兒，曰：「昔者晃忽義之事，為朕平生大錯，朕嘗中夜思之，悔之無及。燕帖古思雖為朕子，朕固愛之，然今大位，乃明宗之大位也。汝輩如愛朕，願召明宗子妥歡帖木兒來，登茲大位。如是，朕雖見明宗於地下，亦可以有所措詞而塞責耳！」言訖而崩。晃忽義者，乃明宗皇帝從北方來飲毒而崩之地。燕帖木兒大懼，為之躊躇者累日，自念晃忽義之事，己實造謀，恐妥歡帖木兒至，究治其罪。姑祕文宗遺詔，屏而不發，因謂文宗后曰：「阿婆權守上位，安王室，妥歡帖木兒居南徼荒瘴之地，未知有無，我與宗戚諸王，徐議

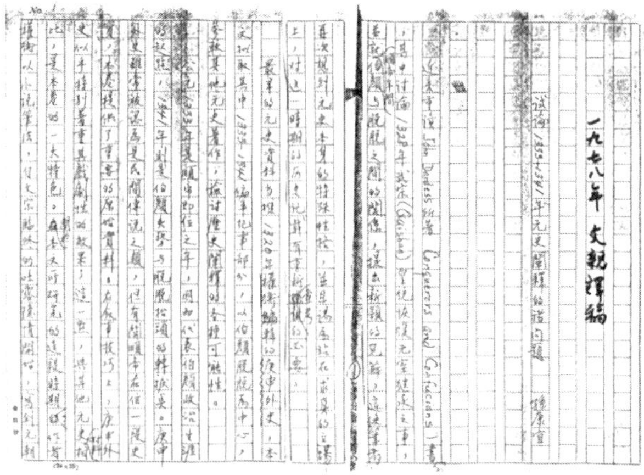

父親孫保羅於1978年為我所作的譯稿*

＊三十多年前，家父孫保羅將此文的英文稿譯成中文，最近終於得到趙鵬飛女士的幫忙，將父親手稿整理列印出來，特此紀念。

之可也。」是時，燕帖木兒以太平王為右相，禮絕百僚，威焰赫赫，宗戚諸王，無敢以為言者。逗遛至至順四年三月，上位虛攝已久，內外頗以為言，燕帖木兒始迎明宗皇帝幼子懿璘只班登寶位，不發詔，不改年號，逾月而崩，廟號寧宗。繼而燕帖木兒建議，欲立燕帖古思，文宗后因辭曰：「天位至重，吾兒恐年小，豈不遭折死耶？妥歡帖木兒在廣西靜江，可取他來為帝，且先帝臨崩云云，言猶在耳。」於是燕帖木兒知事不能已，遂奉太后詔旨，遣使去廣，取妥歡帖木兒太子來京。太子行至良鄉，以郊祀鹵簿禮迎之，蓋燕帖木兒欲以此取悅太子之意。既而燕帖木兒驅馬與太子並行，馬上舉鞭指示，告太子以國家多難，遣使奉迎之由。太子訖無一言以答之。燕帖木兒心疑懼，留連至六月，方始使登位，改元元統元年，尊文宗后為皇太后，丞相燕帖木兒加太師、左丞相，撒敦為右丞相，伯顏為樞密院知院，唐其勢為御史大夫。撒敦者，燕太師之弟也。唐其勢者，太師之子也

（二）

甲戌元統二年。太師太平王燕帖木兒，自帝即位以來，不復留心政事，惟日溺於酒色，收晉邸后為妻，諸公主嫁之者四十餘人。……由是酒色過度，體羸溺血而死。太尉伯顏升為右相。當帝自廣西來京師，宿留汴梁，心方不測朝廷權臣意。其時，伯顏適為汴梁省左平章，提所有蒙古漢軍扈從入京，帝深德之，既以扈從功封太尉。至是一旦為相，居唐其勢上。唐其勢忿曰：「天下者，本我家天下也。伯顏何人，位居我上！」或時裹甲帶刀至伯顏家，或夜入都人家飲，然猛憨無術，實無異謀也。

（三）

乙亥至元元年。四月。右丞相伯顏奏曰：「御史大夫唐其勢，與其弟答剌海，為文宗義子者，謀為不軌，將不利社稷。」有詔捕之。唐其勢攀檻不肯出，答剌海匿皇后袍下。右丞相復奏

曰：「豈有兄弟謀不軌，而姐妹可匿之乎？」並執皇后以付有司。后呼曰：「陛下救我！」帝曰：「汝兄弟欲害我，我如何救得你？」亦絞死於東門外。唐其勢既死，命撒迪為御史大夫，立翁吉剌氏為皇后。后乃世祖後察必之曾孫也，性莊厚，寡言笑，號正宮皇后，復立祁氏為次宮皇后，居興聖宮，號興聖宮皇后。二宮並為后，自此始。伯顏奏曰：「陛下有太子，休教讀漢兒人書，漢兒人讀書，好生欺負人。往時我行有把馬者，久不見，問之，云：『往應舉未回。』我不想科舉都是這等人得了。」遂罷今年二月禮部科舉。

（四）

丁丑至元三年。以伯顏為太師，答剌罕左丞相，封秦王。伯顏本郯王家奴也，謂郯王為使長，伯顏至是怒曰：「我為太師，位極人臣，豈容猶有使長耶？」遂奏郯王謀為不軌，殺郯王，並殺王子數人。……時天下貢賦多入伯顏家，省臺院官皆出其門下，每罷朝，皆擁之而退。朝廷為之空矣。禁漢人、南人不得持寸鐵。……伯顏數往太皇太后宮，或通宵不出。

（五）

戊寅至元四年。……伯顏與太皇太后謀立燕帖古思而廢帝，其侄脫脫頗聞其謀。

（六）

己卯至元五年。冬，皇太子生，名愛育失黎達臘，實興聖宮祁氏之子也，乳脫脫家，呼脫脫為奶公。其後脫脫因奏令正宮皇后子之。十二月，伯顏請帝飛放，帝疾不往。伯顏固請燕帖古思太子同往，遂獵於柳林。脫脫竊告帝曰：「伯顏久有異志，茲行率諸衛軍馬以行，往必不利於社稷，帝幸不與之俱往，無奈太子在柳林何？」其夕，即召高保哥、月怯察兒，與之謀討伯顏，卸其軍權。於是，先令月怯察兒夜開城門，星馳往柳林，竊負燕帖古思太子入城……使只兒瓦及平章沙只班齎詔向柳林，先卸其軍權。天明閉大都，詣城上開讀詔書畢，。御史大夫脫脫踞坐城門上，傳聖旨曰：「諸道隨從伯顏者並無罪，可即時解散，各還本衙，所罪者惟伯顏一人而已。」伯顏養子詹因不花知院、答失蠻尚書，謂伯顏曰：「擁兵入宮，問奸臣為誰，尚未晚也。」伯顏卻之曰：「只為汝輩嘗時與脫脫不和，致有今日，尚欲誤我也？情知皇帝豈有殺我之心，皆脫脫賊子之所為也。」言未既，又有詔到柳林，命伯顏除河南省左丞相。伯顏請入辭帝，使者不許，曰：「皇帝有命，命丞相即時起行，無入辭。」伯顏至河南，又有詔，令伯顏陽春縣安置。初，伯顏過真定時，父老捧獻果酒。伯顏謂父老曰：「爾曾見天下有子殺父之事乎？」父老曰：「不曾見子殺父，但見奴婢殺使長。」蓋暗指伯顏殺剡王之事。伯顏聞之，俯首不語，殊有慚色也。臺臣奏曰：「太皇太后非陛下母也，乃陛下嬸母也。前嘗推陛下母墮燒羊爐中以死，父母之仇，不共戴天。」乃貶太后東安州安置，太子燕帖古思瀋陽路安置。乃遣雲都赤月怯察兒押送瀋陽。太子忽心驚，知其將殺己矣，飛馬渡河而走。月怯察兒追之，拉其腰而死。雲都赤者，帶刀宿衛之士也。初，太后每言帝不用心治天下，而乃專作嬉戲，嘗忤帝意。故此舉雖出於權臣，實亦帝心之所欲也。尚書高保哥奏言：「昔文宗制詔天下，有曰：『我明宗在北之時，謂陛下素非其子。』」帝聞之大怒，立命撤去文宗神主於太廟……

（七）

庚辰至元六年。伯顏行至江西豫章驛，飲藥而死。殮以杉木棺，置棺上藍寺中（一云北塔寺），屍水流出戶外，人皆掩鼻過之……。命脫脫為左丞相……

以上所引各段便是權衡筆下元室（一三三三－一三四一）的寫照，從他對伯顏慘遭失勢與脫脫幸運得勢的戲劇性描寫中，我們很難看出有任何跡象，足以支持達爾迪斯(J. W. Dardess)所提「儒教的－非儒教的」對立觀。伯顏之所為不能說沒有「反漢人」的一面，何況他又曾決意廢除象徵漢族文化傳統的「科舉」，不過，即使如此，也似乎沒有充分理由，認為脫脫是「儒教的」。據蘭德彰(J.D.Langlois）的意見，伯顏垮臺後，脫脫所行「儒教」措施，很可能是為了保持元人對漢人的優勢，而圖促進政府效能之一方策[2]。其實，元室一三三三至一三四一年間政情的真正癥結，乃在於「繼承」與「奪權」鬥爭。一連串的陰謀與殺害似乎永無止息，而且愈演愈厲，卒致不可收拾。同時繼承問題與當時政治社會諸般事件互相糾纏，錯綜複雜無以復加，局外人實難以窺其全貌；在這種背景之下，伯顏的形象深受個別史家不同觀點的左右，自是理所當然。此外，史書作者對一個人物或事件，有意無意地加以重視或予以貶抑，乃是作者本身文化背景和所處的時代環境之強烈反映。

因此，關於本文所論的這一時期的史實，我們必須就各種史料，參照其治史方法，對各個史家的不同觀點加以探討。以下按《庚申外史》、《元史》、《元史紀事本末》、《續資治通鑑》、《新元史》之順序，就筆者管見所及，稍加論列。

[2] 見John D. Langlois 在*Journal of Asian Studies* (34, No.1, 1974, pp. 218-220)中對Dardess該書的評語。

一、關於《庚申外史》

（一）

在中國歷史小說裡，奸臣當政、禍國殃民之類的情節一向是最引人入勝的故事主題，在這一點上，《庚申外史》充分表露了其「外史」的特性。為了把奸臣弄權描寫得更淋漓盡致，作者不惜穿鑿附會，節外添枝，其結果顛倒事實，張冠李戴，遂成為不可避免的缺點。例如：《庚申外史》記載燕帖木兒在順帝即位之年（一三三三）才升為太師；但按《元史》，燕帖木兒在文宗朝（一三三一）即已位居太師，而且燕帖木兒死後，順帝才有登極的機會[3]，其他各「正史」也都以順帝即位為燕帖木兒一派失勢的標記。又，伯顏當權，據《元史》為一三三三年（順帝即位之年）[4]，《庚申外史》則記在一三三四年燕帖木兒因荒淫無度致死之後。《庚申外史》之作，主要不在歷史事實的精確記錄，而是強調作者對奸臣的深惡痛絕，於是伯顏成為作者口誅筆伐的大好對象，塑成燕帖木兒般窮凶極惡的奸臣典型，加以作者多方利用民間流傳虛構故事，對人物事件予以渲染，於是「國之將亡，必有妖孽」的氣氛更躍然紙上了。

當然，把伯顏刻畫為亂臣賊子的，並不只權衡一人，此外如長谷真逸（筆名）所著《農田餘話》[5]，陶宗儀的《輟耕錄》，都有類似的看法。《輟耕錄》作者並憶歌詞一首，以示伯顏身後為人

[3] 《元史》卷一三八〈燕帖木兒傳〉。

[4] 《元史》卷一三八〈伯顏傳〉。

[5] 見《農田餘話》，百部叢書集成本，卷一，頁九。

譏諷之一斑，詞曰：

百千萬定猶嫌少，
垛積金銀北斗邊。
可惜太師無運智，
不將些子到黃泉。[6]

（二）

中國歷史上一脈相承的一個重要傳統，乃是史家把朝政紊亂國勢衰竭的責任，一概歸罪於當時權臣的寫作態度。在這個背景之下，《庚申外史》也不例外。元末以皇室繼承問題為中心的一切明爭暗鬥，互相傾軋，以致公開謀殺，可能多為皇帝所默許，甚或其本人與謀其事，權臣只是下手執行而已，但在《庚申外史》之中，一切罪過既諉之於奸臣，皇帝是毫無責任的。若說順帝也有缺點，也不過是他對宮廷大臣主使的仇殺充耳不聞而已；何況作者偏袒順帝顯而易見，即連貶太后、除太子一事，順帝的行動也被敘述為「合理」的（理由是順帝獲悉太后曾謀害其親母），而對於明宗遇害的原委，作者又規避不提，以致在《庚申外史》中的順帝，便顯得比一切正史都更加有理了（根據《元史》，順帝曾頒詔以貶太后、太子，理由是文宗有殺明宗之罪；順帝使太后負亡夫之罪責，顯然是無理的）[7]。在這種意義上，《庚申外史》正是傳統思想左右歷史記載的一個明證。

---

[6] 見《輟耕錄》卷二七。
[7] 見《元史》卷四〇〈順帝本紀〉。

二、關於《元史》

（一）避重就輕的含蓄敘事法

《元史》作者或許由於「正史」意識過於強烈，以至於對歷史敘述的態度，顯得過分拘謹。決定作者採取這種態度的因素，主要是由於作者們個人的背景（曾在元順帝朝為官）和時代的環境（當時為明太祖的禁忌所限），其結果，《元史》作者一方面不願做違心之論，另一方面又格於環境，不得不避免對人物做公開褒貶。在這樣進退維谷的處境之下，他們似乎選擇了妥協的中間路線（《元史》「列傳」的序言中說：「歷代史書紀、志、表、傳之末各有論贊之辭，今修元史，不作論贊，但據事直書，具文見意，使其善惡自見，準《春秋》及欽奉聖旨事意。」）。例如《元史》中一方面有所謂「奸臣」、「逆臣」的類別，顯然帶有濃厚的傳統倫理意味，而且對脫脫其人，推崇備至，甚且視之為除伯顏、定安危的英雄式人物（「設使脫脫不死，安得天下有今日之亂哉」），可是另一方面，伯顏的傳記卻未排在「奸臣」、「逆臣」之列。當然，當我們發現《元史》作者竟把伯顏與脫脫歸入同一列傳（卷二十五）之中的時候，其詫異是不言而喻的。而且，在列傳的〈伯顏傳〉裡，作者也未曾提起「反漢人」行動一節。不過，因此若謂《元史》作者不辨是非，卻言之過早，當讀者翻讀脫脫傳記時，忽欣然發現作者貶抑伯顏之意，竟隱寓於此（例如「反漢」政策，在脫脫傳中才成為主要論點），字裡行間，暗示二人之賢佞。

又，〈燕帖木兒傳〉（「類傳」卷二十五）中，對燕帖木兒曾與聞明宗命案一節，也僅僅有極簡略的暗示（「……明宗之崩實與逆謀」）。此外，明宗遇害之事，在〈文宗本紀〉、〈明宗本紀〉中均不得見（提到文宗時只說：「皇太子入哭盡哀」）；但在〈順帝本紀〉中卻毫無掩飾地，藉順帝詔書揭發了文宗罪狀，關於此點，趙翼在《二十二史箚記》中特別提出，認為係元史作者「回護」之一例。

可見，這種對傳記人物的劣行敗績諱莫如深，對人物性格影射暗喻的技巧，乃是《元史》的獨特筆法，也是其他若干傳統史書治史方法的一大特徵。

（二）外史也有可取，正史不盡可信

《元史》之受當代各種資料與傳聞的影響，是不容置疑的，《庚申外史》之作早於《元史》，試就二者加以比較，可知《庚申外史》對後來各種元史材料的影響，是不能抹殺的。而且《庚申外史》中有些記載反令人覺得更合情理；例如，文宗死後，順帝之弟懿璘只班登帝位一事，在《庚申外史》說是出乎燕帖木兒，而《元史》則以為主其事者為伯顏，但因此事發生於燕帖木兒較伯顏尤為顯赫得勢之際，我們有理由相信，《庚申外史》關乎這件史實提供了比《元史》更可信的史料。總而言之，外史的價值不容忽視，正史也不可盡信。

三、關於《元史紀事本末》

（一）道德至上的觀點

《元史紀事本末》的編排穿插與敘事方式，又顯出一種截然不同的作風。在這本史書中，明顯地

強調善惡對比的觀念，隨處可見。例如，論脫脫之事，先從伯顏失敗敘起，接著說：「脫脫既秉政，悉更伯顏所行，復科舉取士，行太廟四時祭，雪剡王之冤……」（卷二十三）關於本書，最令人注目的，莫過於明學者張溥在每卷之後所加的贊語。依張氏看來，元朝的覆亡，基本上是一種不道德的、「夷狄的」統治之結果，一切奸臣（包括伯顏在內）都不過是這種反道德的、夷狄入主之必然表現。張氏在論《易經》時曾指出，一家一國之淪亡，俱有其「不道德」的原因在，他說：「蓋自古亡家覆國，反道敗德，無所不至，其源起於一念之微，不能制遏之爾。」[8]在他看來，甚至《元史》之無「贊」、「評」，也是以表明作者粗漏以及「非道德」的態度。

（二）文化主義的色彩

這樣的「善惡」，「道德、不道德」的對比思想，並非限於絕對的倫理概念，而是與「文化主義」直接相關的。「華夏」、「夷狄」這類字眼兒，是張氏在紀事本末中所常用的，我們可以說，「道德—不道德」、「華夏—夷狄」這一雙相對應的論點，是張氏評《元史》的總綱。在《宋史紀事本末》的評語中，張氏以為，不道德的外賊（元人）加上不道德的內賊（宋室奸臣），卒使宋室河山變色。張氏這種內奸外賊的斷然劃分，是他奉之不渝的信條，也是中國歷史上悠久的傳統。張氏這種強烈的文化主義觀念，在宋元史的題材上正好暢所欲言：「中國之所以失，則夷狄之所以得，夷狄之所以失，則中國之所以得也。」[9]

8 見張溥，《易經注疏大全合纂》卷二四，「復卦」。
9 《宋史紀事本末》序言。

四、關於《續資治通鑑》

《續資治通鑑》的作者畢沅，生於清代，因為清代本身也是異族統治，所以在本書中沒有「華夏—夷狄」二分法的色彩。畢氏著《續資治通鑑》，全循客觀方法，效法司馬光，以偉大史家為己任，因此這本編年史的特色，在於小心求證與建設性的質疑。

因《元史》在論明宗被害與繼承問題，含糊其詞，畢沅懷疑《元史》記載的可靠性[10]。關於明宗遇害之事，他以為外史資料似更可信。關於元朝的「反漢政策」，畢氏並未歸罪於伯顏一人，他的看法認為是元代政權的一般國策，從這一點可以看出，史學家之免於傳統偏見束縛者，畢氏可當之無愧。

五、關於《新元史》

在史學方法上，《新元史》的特點在於藉綜合、分析之法，求得條理系統。例如：在《元史》中，對所論人物之過非，概行規避；《新元史》恰與相反，於各人功過各節，一一羅列。作者生於晚清，故小心避免「華夏—夷狄」對比的觀點，此與張溥之堅持文化主義的態度大不相同。在另一方面，《新元史》的作者柯劭忞卻也是位堅定的道德主義者，因此，伯顏在《新元史》中遂被列入奸臣傳記之中（卷二十四）。此外，柯氏因受傳統觀念的影響，也將帝王之過，一概諉諸奸臣，在作者心

10 《續資治通鑑》卷二〇六，一三三二年紀事。

目中，皇帝是整個正統的化身，因此在《新元史》中，順帝被稱為「惠宗」[11]，充分流露其正統主義的思想。同理，作者將世情紊亂與官場敗德，一概歸咎於權臣與太后，是不難理解的。

不過，值得一提的，是作者凡事均詳查因果，記其原委，因此即使關於脫脫這樣的理想人物，也不漏略細節：「元統以後，宰相互相傾軋，成為風氣，雖以脫脫之賢，亦不免於任愛憎、售恩怨，此其所以敗也。」（卷二〇九）又如懿璘只班登帝位一事，在《庚申外史》以為是燕帖木兒之所為，《元史》則認為伯顏主使，但按《新元史》所記，燕帖木兒與伯顏兩人均曾參與其事（卷二二四），其審慎研究的態度，於此可見。

以上走馬觀花，對元史各種現存資料，做一鳥瞰，深覺元史與其他時代歷史相比，顯然有其特殊性格。我們既乏一手的資料可資憑信，各種史書之間，主要脈絡固有蹤跡可尋，記述又多齟齬，因此學者於某人某事的論斷，最多只能提出假說而已。例如，關於伯顏與脫脫的關係，筆者感覺事實上恐遠比達爾迪斯的觀點複雜甚多。

總之，由於史料的限制，時代精神與環境的影響，以及作者個人文化背景、哲學思想、治史方法各不相同，加以各個寫作動機與目的的差異，一偏之見又所難免，種種因素互相作用，遂使元史呈現出特殊的困難。歷史可有不同的闡釋，元史尤然。至於如何以客觀方法剖析元史宮廷的真實面目，當屬今後元史學者的重要課題。

（孫保羅譯，載於《國際漢學研究通訊》，北京大學出版社，第五期，二〇一二年，六月號。）

[11] 蓋元室「世祖」以下諸帝除泰定帝（Yesün Temür）外，均有「宗」的稱號：成宗（Temür）、武宗（Qaishan）、仁宗（Ayurbarwada）、英宗（Shidebala）、明宗（Qoshila）、文宗（Tugh Temür）、寧宗（Irinjibal）。

中國文學作者原論

儒家經籍的作者問題

現代漢語之「作者」（author）一詞源自古漢語「作」字，含義為寫作，實施，參與等，皆涉權力（power）、權威（authority）之觀念。若將有關「作」之語義學諸端緒集合起來看，莫不在支撐一个行世已久的觀點：中文著作之有作者，自孔子始。孟子（前三九〇-前三〇五）最先指出《春秋》的作者是孔子：「世衰道微，邪說暴行有作。臣弒其君者有之，子弒其父者有之。孔子懼，作《春秋》。」（《孟子．滕文公》）。[1]漢代史家司馬遷（前一四五？-前八六？）承之，稱「孔子戹陳蔡，作《春秋》」（〈太史公自序〉）。[2]不僅如此，司馬遷還首先提出孔子編定《詩經》，謂其從三千餘篇作品中刪定為三百零五篇；[3]又稱孔子作《易》傳。[4]其後兩千多年來，中國人一直沿承司馬遷之說，皆深信孔子編訂《六經》之說。但自二十世紀初，一些學者開始質疑孔子的經書作者身分及在經籍編訂中之角色。[5]

1 *Mencius*, translated by D.C. Lau (London: Penguin, 1970), p. 114.

2 司馬遷，《史記》，（北京：中華書局，一九五九），卷一三〇，第三三〇〇頁。

3 司馬遷，《史記》，卷四七，頁一九三六。

4 司馬遷，《史記》，卷四七，頁一九三七。

5 Wai-yee Li, *The Readability of the Past in Early Chinese Historiography* (Cambridge, MA: Harvard University Asia Center, 2007), p. 31; Edward L. Shaughnessy, *Before Confucius: Studies in the Creation of the Chinese Classics* (Albany, NY: State University of New York Press, 1997), pp. 1-2.

然而考古學家及古文字學家依然繼續考證經籍的傳承，近年來多聚焦於一九九〇年代初期中國出土之簡帛書；西方漢學家則尤關注〈孔子詩論〉（大約寫於公元前三七五年）[6]、〈緇衣〉（據信是孔子之孫子思所作[7]）之類新發現的文獻。與此同時，一些年輕學者，如胡明曉（Michael Hunter），亦在質疑《論語》成書之舊說，認為《論語》之成書不早於西漢初期（即前一五〇-一三〇），乃是其時代「政治、思想及文獻條件之產物」。[8]以上之研究皆表明，學界之新興趣波瀾已成，直指古代儒家典籍的作者問題。

現代學者儘管觀點各異，然大都認為，西漢以前，作品之流傳多是口頭。[9]然而，正如現代批評家蘇源熙（Haun Saussy）所言，口頭之傳統自有其存在的道理，乃另一形式的刻之金石，非如書寫之傳統，形於文字，載之竹帛，已成陳跡。[10]總體說來，大多數西方漢學家以為，早期中國著作之傳，積思聚智，往往非止一代，故其作者概念變動不居，難以確陳。一些現代學者，如史可禮（Christian Schwermann）和Raji Christian Steineck稱此類作者為「複合作者」（composite authorship），謂其著作之成，乃出眾手，各有其用，譬猶織錦，分工協作，共成錦繡。[11]無獨有偶，畢善德（Alexander

---

[6] Alexander Beecroft, *Authorship and Cultural Identity in Early Greece and China: Patterns of Literary Circulation* (New York and Cambridge: Cambridge University Press, 2010), pp. 177-178.

[7] Edward L. Shaughnessy, *Rewriting Early Chinese Texts* (Albany, NY: State University of New York Press, 2006), pp. 63-64.

[8] Michael Justin Hunter, "Sayings of Confucius, Deselected," Ph.D. dissertation, Princeton University, 2012. See also Hanmo Zhang, "Models of Authorship and Textmaking in Early China," Ph.D. dissertation, UCLA, 2012.

[9] David Schaberg, "Orality and the Origins of Zuozhuan and Guoyu," in his *A Patterned Past: Form and Thought in Early Chinese Historiography* (Cambridge, MA: Harvard Asia Center, 2001), pp. 315-324; see also Li, *The Readability of the Past in Early Chinese Historiography*, p. 49.

[10] Haun Saussy, *The Ethnography of Rhythm: Orality and Its Technologies* (New York: Fordham University Press, 2016). Quoting from the synopsis on the back of the book.

[11] Raji C. Steineck and Christian Schwermann, "Introduction," in *That Wonderful Composite Called Author: Authorship in East Asian Literatures from the Beginnings to the Seventeenth Century*, edited by Christian Schwermann and Raji C. Steineck (Leiden and Boston: Brill, 2014), pp. 20-

Beecroft）稱《詩經》之作者為「表演作者」（authorship in performance），因在古代，詩之本質意義非以寫而顯之，實以演而出之。[12]

儘管如此，中國古代典籍之經典化仍肇始於孔子之權威，聖人之地位。例如，儘管一些現代學者，包括《詩經》的英譯者理雅各（James Legge），質疑孔子編訂《詩經》之貢獻，[13] 然《詩經》選本在文化上的合法性，長期以來端賴孔子之解釋傳統得以確保。柯馬丁說：「孔子編詩，無論是否確有其事，然孔子解詩——載於公元前三百年之楚簡（指最近的古文字發現，上博簡《孔子詩論》），對於《詩經》選本之進入早期帝國，具有決定性之作用。設若無此，則「詩三百篇」，恐如前帝國時代之所有其他詩歌，早已湮沒無聞。」[14] 此論可謂精當。

史傳與詩歌的作者問題

在古代中國，汲汲於作者觀念者，司馬遷可謂第一人。他相信，書寫的力量對於個體作者來說，具有終極救贖之作用。在〈太史公自序〉及〈報任安書〉中，司馬遷論證個體作者如何通過寫作既見其個人之患難，亦證其文章之成功。他說：

> 昔西伯拘羑里，演《周易》；孔子厄陳蔡，作《春秋》；屈原放逐，著《離騷》；左丘失明，

22.

12 Beecroft, *Authorship and Cultural Identity in Early Greece and China*, p. 3.

13 James Legge, *The She King*, Vol. 5 of *The Chinese Classics* (Oxford: Clarendon, 1871), p.4.

14 Martin Kern, "Early Chinese Literature, Beginnings Through Western Han," in *The Cambridge History of Chinese Literature*, edited by Kang-i Sun Chang and Stephen Owen (Cambridge: Cambridge University Press, 2010), Vol. 1 (edited by Stephen Owen), p. 39.

厥有《國語》；孫子臏腳，而論《兵法》。[15]

重要的是，司馬遷以為享有著作權的作者皆生於憂患，此一觀念實源自他個人的親身體驗。公元前九八年，司馬遷由於為其友人李陵將軍辯護而觸怒武帝，下蠶室，受宮刑，此種屈辱足使司馬遷捨棄生命，然其最終含垢忍辱以生者，全為完成其《史記》之寫作。

中國最早之詩人乃屈原（前三四〇？－前二八七），而司馬遷則是為其作傳之第一人，此事殆非巧合。儘管賈誼（前二〇〇－前一六八）最早在其作品中提及屈原（〈弔屈原賦〉），劉安（前一七五－一二二）最早為屈原〈離騷〉作傳，但正是司馬遷，才確立了屈原作為中國第一個詩人之地位。司馬遷在屈原與賈誼二人合傳中，敘述屈原之故事，充滿同情；他申明，正是悲劇式的環境使得屈原慘遭放逐，乃至沈江自殺。[16] 依司馬遷之說，屈原被讒，遭楚王疏遠解職，繼之放逐，於是「疾王聽之不聰也，讒諂之蔽明也，邪曲之害公也，方正之不容也，故憂愁幽思而作〈離騷〉」。司馬遷又稱，屈原自沉汨羅江之前，寫下了絕筆之作〈懷沙〉。在整個中國歷史中，屈原〈離騷〉都一直被視為放逐文學及殉道話語之典範。中國的最早詩人成為永遠的文化英雄；即便是在當代，中國人也視屈原為「人民詩人」。[17] 幾乎所有中國讀者都認為自傳體詩歌〈離騷〉是屈原本人的作品，不過也有一些現代學者認為，司馬遷列為屈原作品的〈招魂〉、〈哀郢〉、〈懷沙〉實非屈原所作，乃出後人模仿。[18] 直至最近，一些學者，尤其是西方漢學家，還在質疑屈原作為〈離騷〉作者的真實性，也在質

[15] 司馬遷，《史記》，卷130，第3300頁。

[16] 司馬遷，《史記》，卷八四，第二五〇三頁。

[17] David Hawkes, trans., *The Songs of the South: An Ancient Chinese Anthology of Poems by Qu Yuan and Other Poets* (Harmondsworth, Middlesex: Penguin, 1985), p.64.

[18] Hawkes, trans, *The Songs of the South*, pp. 36-51.

疑「傳記式閱讀其文本的方式」。[19]但是，對於這些被質疑的作品，絕大多數中國讀者寧信其真出屈原，而不願致疑乎舊說。此種態度誠可理解。因為屈原在中國，乃是第一位有姓名可稱的詩人，為後來詩人確立了可供仿傚的文化典範。不唯如此，當今讀者也愈來愈接受作者概念的變動性。對他們來說，「作者」並不必然意味著僅是一個人，同樣可以被視為「假定的身分」（posited identity）。作者寒山之名（約七-九世紀）乃是若干匿名作者的合稱，正是如此。[20]

司馬遷閱讀屈原作品的方式，為後來中國讀者和批評家創造了閱讀範式：詩歌作品應被作為自傳解讀。劉勰（四六五？—五二二）在《文心雕龍》中解釋了這種閱讀方式的原理，他說：「夫綴文者情動而辭發，觀文者披文以入情，……世遠莫見其面，覘文輒見其心。」[21]而早在劉勰之前數百年，孟子（前三九〇-三〇五）就說過「以意逆志」。[22]此種讀者反應理論與中國的詩歌寫作觀念「詩言志」密切相關。詩言志之觀念代代相續，因而作者總可寄期望為未來讀者所理解，無論是地隔萬里之遙，還是時距千年之久。故古代詩人屈原儘管不為其同時人所賞，然而劉勰作為一個知音的讀者，卻能夠「見」屈原之「異」。[23]

中國作者常常推崇前代之典範，尤其通過用典，事關前賢，汲取精華。其所以如此者，前引劉勰之論述乃是最好的解釋。作者相信，當其為後來讀者所知，其作品被未來讀者用以界定自己的作品

---

19 Kern, "Early Chinese Literature, Beginnings Through Western Han," in *The Cambridge History of Chinese Literature*, edited by Chang and Owen, vol. 1 (edited by Owen), p. 79.

20 Paul Rouzer, *A Buddhist Reading of the Hanshan Poems* (Seattle and London: University of Washington Press, 2016), p. 10.

21 Stephen Owen, *Readings in Chinese Literary Thought* (Cambridge, MA: Council on East Asian Studies, Harvard University, 1992), p. 290. For the complete translation of *Wenxin diaolong*, see Vincent Yu-chung Shih, trans. and annotated, *The Literary Mind and the Carving of Dragons: A Study of Thought and Pattern in Chinese Literature* (Hong Kong:The Chinese University Press, 1983).

22 *Mencius*, translated by D.C. Lau, p. 142.

23 Owen, *Readings in Chinese Literary Thought*, p. 291.《文心雕龍．知音》：「見異唯知音耳。」

時，其便可獲文學上之不朽。與此同時，中國詩人也培養出一種作詩習慣，相互分享其「詩言志」，藉以建立友情，確立文學身分認同。[24]

前現代的中國作者常常會採用各種角色扮演的模式寫作。屈原運用譬喻的形式以女性口吻抒發其政治牢騷，千百年來已成為文士競相仿效的極為重要之傳統。正如李惠儀所指出，「當〈離騷〉中的詩人『我』稱『眾女嫉余之蛾眉兮，謠諑謂余以善淫』之時，大多數讀者就已然解碼為屈原意在表達一種哀歎：嫉妒的政敵阻礙其接近君主。」[25]自此以降，中國男性詩人莫不學習屈原，用棄婦之語以抒己情。陳思王曹植（一九二－二三二）在其〈棄婦篇〉、〈七哀詩〉等詩作中描寫棄婦之悲狀，讀者即可以視為政治隱喻，意在表現作者受到其兄曹丕（魏文帝）排斥、「被逐出宮」之悲哀。[26]其後無數男性作者同樣用運命不濟之美人隱喻其政治之失意。

在充滿慘痛的明清易代之際，一些男性詩人甚至借用女性之名，偽作女性作者身分以敘寫女性之苦難。其顯例之一，便是吳兆騫（一六三一－一六八四）。他曾以女性身分寫作組詩，分署不同女性之名，以詩之形式見證受難的女性，其中多人在易代之際的戰亂中被擄。他將這些詩作張貼於蘇州及河北涿州等地附近的城牆，其中一張包括上百首絕句。[27]無論男女讀者，都相信這些詩作出自女作者之手，反響強烈。[28]吳氏的題壁詩借用女性的聲音，包括假借女性之名，固可視為易代之際邊緣化士子試圖掩飾其沮喪之心情，然更可看作跨越性別的絕佳範例。總體而言，傳統中國的男性作者，尤其

24 Anna M. Shields, *One Who Knows Me: Friendship and Literary Culture in Mid- Tang China* (Cambridge, MA: Harvard University Asia Center, 2015).

25 Wai-yee Li, *Women and National Trauma in Late Imperial Chinese Literature* (Cambridge, MA: Harvard University Asia Center, 2014), p. 13.

26 Lawrence Lipking, *Abandoned Women and Poetic Tradition* (Chicago: University of Chicago Press, 1988), p. 133.

27 Li, *Women and National Trauma in Late Imperial Chinese Literature*, pp.14-24.

28 Li, *Women and National Trauma in Late Imperial Chinese Literature*, pp.17-24.

在帝國後期，並不視女性為「他者」（other），他們乃是借用女性聲音創造出超越性別界限的男性的偶像。

在前現代的中國，作者的角色扮演並不限於借用女性聲音。一些詩人甚至設身為前代著名人物，尤其是那些曾為後人留下若干作品的「名人」。《漢書》所載描寫李陵、蘇武離別的詩作最為人熟知。題為李陵所作的〈與蘇武三首〉過去一直認為是告別蘇武時所寫，但絕大多數現代學者都認為，此三詩乃後人冒題，很可能出自東漢作者之手。

女性詩人與作者

論作者問題，若不及女性作者，便不完備。女性作家（尤其是女詩人）自古以來就是中國文學之十分重要的組成部分。千百年來，人們持續不斷地閱讀、引用及品評女作家之作品。[29]古代中國產生如此眾多之女性詩人，任何其他文明都難與匹敵。單是在明清兩代，女作家別集與總集（包括古代及當代女性作家作品）的增長令人震驚，竟達三千種以上。所可惜者，其中三分之一已經散佚不存。在傳統中國，很多知識女性與男性共享同一世界；她們不是男人世界之附庸點綴，而是翔集文苑，成為文學傳統的有力參與者，乃至定義了更大範圍的文化、社會脈絡。若干類型的卓越女性作家——即所謂「才女」——成為後來女性甚至男性的典範。東漢的傳奇人物班昭乃以史家、教育家及宮廷詩人著稱。她被召入宮之後，依然續寫《漢書》，以完成其兄班固（卒於公元九二年）未竟之業。在宮中，她教授男性學生以及鄧皇后。其作品如〈東征賦〉、《女誡》，成為教育兒女的「家訓文學」的典

[29] See Haun Saussy, "Introduction: Genealogy and Titles of the Female Poet," in *Women Writers of Traditional China: An Anthology of Poetry and Criticism*, edited by Kang-I Sun Chang and Haun Saussy (Stanford: Stanford University Press, 1999), pp.1-14.

範，作為官方認可的工具，推進了道德教育。[30]李清照（一〇八四－一一五五？）乃以最傑出的女詩人見稱，在〈詞論〉一文中，她更充滿自信地評論了北宋時代主要的男性作家，而暗示自己之詞作何以得詞之體，遠過男性作家之作品。[31]王端淑（一六二一－一六八五前）在其所選編的著名女詩人集《名媛詩緯》（一六六七）之序中稱[32]：「（詩緯）可羽翼三百以成經，可組織六經而為緯」。正如班昭與李清照，王端淑及其選集中之入選作家皆是因文不巧的女性典範。

這些女性與其時男性一樣接受古典教育，其詩中往往引用故實，以與前代文學典範建立關聯。班昭之祖姑母班婕妤（前四八？－前六？）因失寵於成帝，而作〈自悼賦〉，其開首之意象便立刻引人聯想到屈原〈離騷〉開頭的詩行。屈原開頭先述祖德：「帝高陽之苗裔兮」；班婕妤則云：「承祖考之遺德兮，何性命之淑靈。」[33]但屈原的音調是反抗，而班婕妤的音調則是節制、認同和堅守。她的詩作敘述道德之力量，追憶自我修進之階段歷程。作者的權力允許她敘述本人以道德之態度對待被棄之境遇，而這最終將她經典化了。在傳統中國，儒家之婦女教育的標準教本乃《列女傳》，而班婕妤之被載入其中，此其故也。有德性之美與又能忍辱負屈，班婕妤的棄婦故事贏得了後世讀者的廣泛同情，竟至有一位讀者（大約生活在班婕妤後一個世紀）冒用班婕妤之名，寫了一首〈怨歌行〉。在此詩中，棄婦自比於皎潔如雪的紈扇，當夏熱已過，秋涼既至，便被棄之不顧。儘管此詩應歸入「無名氏」之列，但卻一直被列為班婕妤的作品。作者之真確與假託之功能，兩者之間具有一種緊張關係。

---

30 Wilt Idema and Beata Grant, *The Red Brush: Writing Women of Imperial China* (Cambridge, MA: Harvard University Asia Center, 2004), p. 26.

31 Ronald Egan, *The Burden of Female Talent: The Poet Li Qingzhao and Her History in China* (Cambridge, MA: Harvard University Asia Center, 2013), pp. 75-90.

32 Haun Saussy, trans., "Wang Duanshu and her anthology *Mingyuan shiwei*," in*Women Writers of Traditional China*, edited by Chang and Saussy, p. 693.

33 David R. Knechtges, trans., "Rhapsody of Self-Commiseration," in *Women Writers of Traditional China*, edited by Chang and Saussy, p. 19.

宇文所安(Stephen Owen)說：「讀者雖然確信此詩非班氏所作，但依然期待在歷代詩集目錄中，其時有其名，其名下有此詩。」[34]此言正道出了以上所說的微妙關係。換言之，按照時序，以人編詩，此種方法力量強大，既是存詩之機制，亦為經典化之途徑。

中國文學文化之另一突出現象是男性文士普遍支持女性詩人。尤其在明清時期，隨著男性作者日益不滿於政治制度，便逐漸從政治世界抽身，無心仕宦。這些「邊緣化」的男性往往以經典化女性作家為己責，刊行女作家的著作，數量空前。眾多女性作家的著作集由男性文人編輯或出資印行，他們甚至付出畢生精力以支持女性創作。當然，女性出版熱潮也是明清女性自身造成。「她們渴望保存自己的文學作品，熱情空前。通過刊刻、傳抄、社會網絡，她們參與構築了女性文苑。」[35]不過，男性文人們熱衷於閱讀、編輯、蒐集、品評女性作品，確實有助於創造「女性研究」之第一幕，若缺少這些，「中國作者」概念的基礎會薄弱很多。男性文士經典化女性作品的策略之一是將女性著作集與《詩經》相比；他們亦同樣視屈原〈離騷〉為女性作品之典範。蘧覺生甚至名其所編女性詩集為《女騷》（一六一八）。

明代婦女作品出版之興盛亦有其他因素：印刷的傳播；女性及商人階層文學圈的出現；商業出版的需求等。高彥頤（Dorothy Ko）在其《閨塾師》（*Teachers of the Inner Chambers*）一書論到，在明代後半期即十六世紀中期，「書籍的供需驟升」，出現了空前的商業出版熱潮，以及新的閱讀公眾。[36]在此背景下，商業出版藉由大量印行女性作品而使女性作家得以流行，從而將女性作品之閱讀提升到空

34 Stephen Owen, *The Making of Early Chinese Classical Poetry* (Cambridge, MA:Harvard Asia Center, 2006), p. 2.
35 See Saussy, "Introduction: Genealogy and Titles of the Female Poet," in *Women Writers of Traditional China*, edited by Chang and Saussy, p. 8.
36 Dorothy Ko, *Teachers of the Inner Chambers: Women and Culture in Seventeenth Century China* (Stanford: Stanford University Press, 1994), pp. 34-41.

前的水平。

另一方面，女性著作集的選編標準也失之鬆馳，遂致後來學者質疑明人所編某些作品的真實性。由於商業出版的競爭，很多書商或感到有必要在編集作品中加添新的材料。即便是宋代著名詞人李清照，生活在明代中期以前四百年前，一旦明代學人無法確定其某些詞作的真偽，其作品也經歷了戲劇化的文本重建過程。原有版本的李清照作品集到明俱已亡佚，確認出自李氏的作品僅二三首。然自明代始，書坊一直增補李氏作品。其故正如現代學者艾朗諾所指出者，「若作品集中有李清照的『新』作，則必然引人注目，亦會吸引潛在的買者」。[37]職此之故，「在現存南宋詞文獻中，李清照名下的作品共三十六首，到清末，則達到七十五首，膨脹了兩倍以上。」[38]直至今日，李清照一些作品的真實性依然受到質疑。

當整個書籍出版業沉溺於「女性著作」這種新題材，歸入當代女性名下的詩作也時時出現。例如，鍾惺（一五七四-一六二四）《名媛詩歸》收有一些冒題詩作。[39]鍾氏以標舉女性之「清」著稱，在該書中，鍾惺特別強調讀者要注目於女性詩作之獨特力量——「清」。[40]在他看來，女子天賦此性，而當代男詩人追求工巧，欲名滿天下，已失去此一詩性感覺。其後，另一明代作家鄒漪（《紅蕉集》編者）竟稱：「乾坤清淑之氣不鍾男子，而鍾婦人。」[41]這些有關女性的評論，尤其是出自像

---

37 Egan, *The Burden of Female Talent*, p. 99.

38 Egan, *The Burden of Female Talent*, p. 92.

39 Kang-i Sun Chang, "Literature of the Early Ming to Mid-Ming," in *The Cambridge History of Chinese Literature*, edited by Kang-i Sun Chang and Stephen Owen; Vol. 2(edited by Kang-I Sun Chang), p. 49.

40 Longxi Zhang, trans., "Zhong Xing's Preface to *Mingyuan shigui*," in *Women Writers of Traditional China*, edited by Chang and Saussy, pp. 739-741.

41 Kang-I Sun Chang, "Gender and Canonicity: Ming-Qing Women Poets in the Eyes of the Male Literati," in *Hsiang Lectures on Chinese Poetry*, vol. 1, (Montreal: McGill University, Centre for East Asian Research, 2001), p. 5.

鍾惺之類著名的詩人學者之口，當會激勵書坊搜求刊印更多女性詩作，即便詩人的作者身分成疑，也在所不顧。

戲劇小說作者的新概念

在明末清初，戲曲與小說之重寫與重新包裝成為常態，因而相較於詩歌的作者問題，戲曲、小說的作者問題更加變動不居，幅度亦更大。夏頌（Patricia Sieber）在其《慾望之劇場》（Theater of Desire）一書中討論了明初以來學者與編者如何重寫戲曲文本，造就了其所謂「再生產作者」（reproductive authorship）。[42]此類作者並不強調「原創性」（originality），不像當今作者那樣因為版權及智慧產權之故珍視原創。例如明代作家李開先（一五〇二－一五六八）幾乎畢生都在改寫前代的「北曲」，並刊行所改寫之十六種——《改定元賢傳奇》。[43]明代讀者都認為李氏是這些改編作品的部分作者。至於李開先本人，則自以為「改寫」元曲乃其一生最重要的貢獻之一，並以自己被視為當代最偉大的戲曲文本專家而自豪。其所掛懷者，並非「原創性」，而是其在文本傳承上之貢獻。

金聖嘆（一六〇八－一六六一）乃是小說領域之例。金氏改寫了《水滸傳》，將原來的一百二十回本改編成七十回本，並在明末刊行他評點的「新」《水滸傳》，若干評點文字甚至長過「原來的」（original）文本。同樣是金聖嘆，第一次將原本小說《水滸傳》的作者變為單一作者施耐庵（生卒年

[42] Patricia Sieber, *Theaters of Desire: Authors, Readers, and the Reproduction of Early Chinese Song-Drama, 1300-2000* (London: Palgrave Mcmillan, 2003), p. 84.

[43] Kang-i Sun Chang, "Literature of the Early Ming to Mid-Ming," in *The Cambridge History of Chinese Literature*, edited by Chang and Owen, vol. 2 (edited by Chang), p.57.

未詳）。此前，這部小說同樣標題複數作者，包括羅貫中（生活在一三三〇－一三四〇年間）。依現代學者呂立亭之說，「金聖嘆的評點在各種意義上都是創造性寫作活動」。[44]金氏不僅在評點中直書己名，而且將其增補內容視為原來本文的「復歸」，如此以來，他的評點就成為「有意的寫作」。[45]近來，安如巒（Roland Altenburger）呼吁關注金聖嘆改寫與評點的商業性之面向：「（金氏）將《水滸傳》作者單一化，乃是一種將其據為己有以贏得學術聲名的策略，或許更重要的是獲得商業上的成功。」[46]鑒於金氏乃蘇州人，蘇州乃書籍出版的主要中心之一，此說金氏有「商業的」企圖，是有說服力的。

《紅樓夢》的作者問題

如果說金聖嘆以公開的商業的方式印行《水滸傳》，與之形成鮮明對比的是，十八世紀小說《紅樓夢》（又名《石頭記》）的作者卻偏愛以私密的、非牟利的方式，在親友之間傳抄其作品。直到作者去世三十年後（假定後來建構的作者曹雪芹沒錯），此書被出版商與編者刊印，這部小說才得以廣泛流傳，並被認定為中國最偉大的小說。[47]

---

44 Tina Lu, "Literary Culture of the late Ming (1573-1644)," in *The Cambridge History of Chinese Literature*, edited by Chang and Owen, vol. 2 (edited by Chang), p.113.

45 Lu, "Literary Culture of the late Ming (1573-1644)," in *The Cambridge History of Chinese Literature*, edited by Chang and Owen, vol. 2 (edited by Chang), p.114.

46 Roland Altenburger, " Appropriating Genius: Jin Shengtan's Construction of Textual Authority and Authorship in His Commented Edition of *Shuihu Zhuan* (The Water Margin Saga)," in *That Wonderful Composite Called Author: Authorship in East Asian Literatures from the Beginnings to the Seventeenth Century*, edited by Christian Schwermann and Raji C. Steineck, p. 78.

47 Cheow Thia Chan, "Readership, Agency in Mass Distribution and Fiction as a Literary Field: The Case of the Story of the Stone," unpublished

《紅樓夢》第一回楔子暗示，此小說在某種程度上乃是個人化的自傳式作品，意在記錄年輕時認識的幾個「異樣女子」之行止：

> 今風塵碌碌，一事無成，忽念及當日所有之女子。一一細考較去，覺其行止見識，皆出我之上。我堂堂鬚眉誠不若彼裙釵，我實愧則有餘，悔又無益，大無可如何之日也。……知我之負罪固多，然閨閣中歷歷有人，萬不可因我之不肖，自護己短，一並使其泯滅也。[48]

這部小說的作者是誰，是誰用這種自白式的口吻？儘管作者在第一回中提到了曹雪芹，其在悼雲軒中批閱十載，但人們並不能確定曹雪芹是否就是作者的真名，因為依其語氣，曹雪芹只是轉述了故事。那麼，作者的真正身分如何？

一七九一年，高鶚、程偉元首次刊印了一百二十回本（即程甲本），程偉元序稱「究未知出自何人」，而讀者則瘋狂探究作者之身分。[49]直到一百三十五年後的一九二七年，隨著一個重要的脂硯齋本的發現，前八十回的作者問題才算大體解決。此本明載脂硯齋的批語：「壬午除夕（一七六三年二月十二日），書未成，芹為淚盡而逝。」[50]脂硯齋之名亦出現在小說第一回，其人與作者關係密切。在前八十回本中，脂硯齋與另一評點者畸笏叟，時而憶及作者生平，甚至要求作者改動情節以寬恕某

---

paper, pp. 9-21.48 David Hawkes, trans., *The Story of the Stone: Volume 1*, by Cao Xueqin (London:Penguin), p. 20.

48 David Hawkes, trans., *The Story of the Stone: Volume 1*, by Cao Xueqin (London: Penguin 1973), p. 20.

49 Haun Saussy, "Authorship and the Story of the Stone: Open Question, " in *Approaches to Teaching the Story of the Stone (Dream of the Red Chamber)*, edited by Andrew Schonebaum and Tina Lu (New York: Modern Language Association, 2012), p. 143.

50 Hawkes, trans., *The Story of the Stone*, vol. 1, p. 35.

一親戚。評點者與讀者可視為「共同作者」（co-authors），這部小說恰是其例。事實上，在小說的開頭部分，就以作者的身分暗示了這種觀念，作者敘述了讀者包括他本人如何連續改變小說的書名，從《情僧錄》到《風月寶鑑》，再到《金陵十二釵》。最後，「當脂硯齋重抄此書，補入第二部批點」，[51]又改回其原名《石頭記》。這些說法雖然出現在虛構的內容中，卻明確顯示出，有一個親密的讀者群（或者說共同作者）一起推敲小說的題目與內容。

直到今天，小說後四十回的作者依然成迷。迄今為止，已發現的所有脂評本都只有八十回。最令學者頭痛的是，一百二十回本在曹雪芹死後近三十年才刊行，高鶚自稱做過編輯，若是按照脂評中有關原書結局的說法，後四十回的情節嚴重偏離了原書的構想。那麼，高鶚的後四十回究竟是偽作，還是按照高鶚一百二十回本序所說，他只是在友人程偉元所得殘稿基礎上加工？[52]事實上，後四十回最可能就是曹雪芹的原稿。最近白先勇在其《細說紅樓夢》一書中就說道：「我完全是以小說創作、小說藝術的觀點來評論後四十回。首先我一直認為後四十回不可能是另一位作者的續作……《紅樓夢》人物情節發展千頭萬緒，後四十回如果換一個作者，怎麼可能把這些無數根常常短短的線索一一理清接榫，前後成為一體……後四十回本來就是曹雪芹的原稿，只是經過高鶚與程偉元整理過罷了。」（《白先勇細說紅樓夢》，桂林：廣西師範大學出版社，二〇一七年重印本，第一六－一七頁）。因無明確的證據，我們或許永遠無法解開這一作者之迷。或許這些問題也是作者的虛構設計之一部分。整部小說當中，作者非常清楚地運用「小說」的設計，將記憶的事實與虛構的框架熔合起來。他說：「假作真時真亦假，無為有處有還無。」他已經引到我們進入到一個亦真亦幻的境界了。[53]

51 Hawkes, trans., *The Story of the Stone*, vol. 1, p. 51.
52 Hawkes, trans., *The Story of the Stone*, vol. 1, p. 41.
53 Hawkes, trans., *The Story of the Stone*, vol. 1, pp. 44-45.

西方漢學家對於作者問題的檢討

或許受到「真」與「幻」這對概念的啟發，西方漢學家熱烈關注並究心於中文著作的作者問題，並運用歷史主義的方法加以檢討。羅溥洛(Paul Ropp)即其一例。其興趣在史震林（一六九三－一七七九）之《西青散記》。此書追憶農家才女詩人雙卿，羅溥洛乃探尋雙卿故事之演變，從史氏之書初版的一七三七年直至今日。在研究過程中，他逐漸對雙卿其人的真實產生了懷疑，因為史震林在《西青散記》中有關才女詩人的回憶，其人與史氏的互動，以及與史氏友人之間的關係，不太令人信服。甚至史震林所引雙卿之詩究竟是否真出本人，亦有疑問。

羅溥洛並非質疑雙卿身分之第一人，早在一九二〇年代，胡適就稱雙卿其人或是史震林偽造。[54] 一九九〇年代前期，另一中國學者康正果深入研究了有關雙卿形象之曲折的文本演變。但在現代的中國文學史中，雙卿依然是一文化偶像，被稱為中國唯一的偉大農民女詩人，亦是十八世紀最偉大的女詩人，廣受讚譽。與此同時，雙卿也頻繁出現在各種女詩人選集當中，就連美國詩人王紅公（Kenneth Rexroth）與鍾玲（同譯者）所編的現代英語詩集也收錄了其詩作。[55]

羅溥洛感到雙卿問題依然未有定論，遂於一九九七年，同兩個中國學者杜芳琴、張宏生一道，對雙卿所應生活的地區——江蘇金壇、丹陽鄉村，展開了歷時三月的探尋之旅。其主要目的在於探求雙卿究竟是一個真實的歷史人物，還是史震林虛構的人物。為達成目標，羅溥洛甚至依據史震林的描

---

54 Paul Ropp, *Banished Immortal: Searching for Shuangqing, China's Peasant Poet* (Ann Arbor: The University of Michigan Press, 2001), pp. 252-256.

55 Kenneth Rexroth and Ling Chung, *Women Poets of China* (New York: A New Directions Book, 1972), pp. 66-67, 124-125.

述畫出了書中所及金壇各地的地圖。在探訪金壇、丹陽兩地期間，他與兩位中國學者走訪了多位當地人士，蒐集有關雙卿的口頭傳說。羅溥洛的著作《女謫仙：尋找雙卿，中國的農民女詩人》（二〇〇二）大都依據其探訪之旅的所見所得。最終，對於是否實有雙卿其人，羅溥洛更加懷疑。在羅溥洛看來，其足跡所至，無一處地方，其搜求所得，無一個傳說，能夠證明雙卿其人乃是一個真實存在的歷史人物。

相反，中國學者杜芳琴卻得出了完全不同的結論。杜氏是中國有名的雙卿研究專家，編有《賀雙卿詩集》（一九九三）。與羅溥洛不同，杜芳琴在探訪之旅後，愈發強烈地感到雙卿乃是真實的歷史人物。按照她的說法，即便農民女詩人的名字不是雙卿，其作為才女詩人的形象一定基於某一真實的人物，因為教育發達的金壇地區產生了眾多的當代女詩人。[56]杜氏並不懷疑那些歸入雙卿名下的詩作之真實性。她根據史震林回憶的寫作風格判定，史氏沒有能力寫出雙卿那些高水平的作品。杜氏受此次金壇、丹陽之旅的啟發，寫出《痛菊奈何霜：雙卿傳》。此書頗受歡迎，一九九九年在中國互聯網上連載。（二〇〇一年出版）。

雙卿作者身分重建的故事讓我們聯想到中國文學中眾多相似的例子。中國人認為朱淑真（一一三五？－一一八〇？）是宋代兩位最偉大的女詩人之一（另一位是李清照）。其詩作一直在中國讀者中流行。但近年，西方漢學家艾朗諾與伊維德做了許多「考古」的工作，因而質疑朱淑真的歷史真實性，指出「朱淑真名下的詩作，若非全部，至少大部分都可能為男性所寫」。[57]西方漢學家有關作者問題的洞見與質疑，其勤勉研究之成果受到當今很多中國學者的欣賞。但是，質疑中國文學傳統中佔有重要位置的作者之存在，大多數中國讀者難以接受。對他們來說，關鍵的是與「作者」相關的聲

56 Ropp, *Banished Immortal*, p. 255.
57 Egan, *The Burden of Female Talent*, p. 35.

音、人格、角色及能量。即便是作者問題充滿懸疑，但有個作者依然是重要的，因為作者的名字乃是促使某種「組織」之動力。米歇爾．傅柯的「作者」具有「分類的功能」（classificatory function），允許人們「類聚一定數量的文本，界定它們，將它們與其他文本區別開來，加以對照」[58]。此一觀念恰好可以完美詮釋中國傳統的「作者」觀。

——張健譯，載於《中國文學學報》，二〇一六年十二月號

[58] Michel Foucault, "What is an Author," *Textual Strategies: Perspectives in Post-Structuralist Criticism*, edited by Josue V. Harari (Ithaca, NY: Cornell UniversityPress, 1979), p. 147.

輯三

漢學研究序文、書評、贈詩

序《中國古典文學研究的新視鏡——北美漢學論文選譯》

能為卞東波編譯的這本《中國古典文學研究的新視鏡——北美漢學論文選譯》的集子寫序，令我甚感欣喜。

前些時候有朋友告訴我，南京大學有位卞東波教授，他把蘇源熙的第一本專著*The Problem of a Chinese Aesthetic*（《中國美學問題》）譯成了中文。聽到這消息，我不由得發出驚歎。早在二十多年前我就對蘇源熙說過：「閱讀你這本書是一種持續的探險，因為你的理論知識浩瀚如海，思路也十分艱深細密，不知將來有誰能把這本書成功地譯成中文。譯你這本書，譯者不但要中英文俱佳，還得知識淵博，理解力強，否則，很難用精彩的中文準確傳達你那些精深的見解。」

也許正是存在著上述的困難，二十年過去了，蘇源熙的書一直沒有中譯本。現在卞君居然把該書譯出（於二〇〇九年出版），而且聽說大陸的讀者反應甚佳。我因此感到好奇：卞東波真的把那書譯好了嗎？

最近，我終於有機會把卞君的中譯本《中國美學問題》認真從頭閱讀了一遍。令人讚賞的是，儘管這是一本理論性很強的書，讀起卞君的中譯本，我覺得不但語言生動，文筆順暢，而且原著中很多深奧的理論問題都能明白準確地傳達過來，足見卞君在信、達、雅上功夫還是很到家的。

現在，卞東波又編譯了這部題為《新視鏡》的論文集，真乃可喜可賀。卞君的目的是要譯介北美的中國古典文學研究，特別是明清以前文學研究的最新成就。以前出版的漢學研究選集（例如樂黛雲教授編選的《北美中國古典研究名家十年文選》，於一九九六年出版）多偏重收錄某些老一代「名家」，卞君這本選集則大量選入了晚輩漢學家見解新銳的論著。雖然卞君的選集中仍收有幾位「老當益壯」的漢學家之作品（如宇文所安、艾朗諾和本人的作品），但其重點已經從討論中西文學本質的「不同」（如「虛構性」、「隱喻」的不同）轉移到有關文學文化（literary culture）的全面闡釋——如抄本文化、注釋文化、邊緣文化、空間文化、性別文化等。清代作家趙翼曾說：「詩文隨世運，無日不趨新。」又曰：「江山代有才人出，各領風騷數百年。」套用趙翼的名句，可以說今日北美的漢學界是「學院代有學人出，各領風騷三十年」了。

一本選集的編訂首先基於編者的主觀選擇，其次也受限於編者所處的客觀條件。有不少研究中國古典文學的北美漢學家們都在不斷發表「新」的作品，但因為有些漢學家的作品早已有人翻譯過——例如康達維教授的作品已由蘇瑞隆先生譯出——所以我猜想，卞君的選集也只得割愛。有時，或許因為卞君的時間和精力有限，無法翻譯更多的文章，因而也只好給自己做出一個限定的範圍。與其他許多選集不同，卞君這本選集只收他自己的譯作以及與其他人合譯的作品。這樣更能體現編譯者自己的關注和取向。因為卞君是研究宋代文學的專家，著有《南宋詩選與宋代詩學考論》（二〇〇九）和《宋代詩話與詩學文獻研究》（二〇一三）等書，所以他的《新視鏡》選集就特別精選了不少有關宋朝文學文化的文章。尤其是，此書收有兩篇蔡涵墨（Charles Hartman）所寫有關蘇東坡的文章（同時必須一提的是，這裡存在著一個有趣的巧合——卞東波的名字與蘇東坡有些相似）。

因為我自己也研究宋代文學，所以自然對這本書有所偏愛。盼望讀者在閱讀的過程中，也能以同樣偏愛的心懷來欣賞卞君所編譯的這部選集。

二〇一五年三月十日寫於耶魯大學

介紹一位新一代的歷史學者

李紀祥教授告訴我，他的大作《時間、歷史、敘事》一書將有再版[1]。我有機會把這本書介紹給讀者，感到十分榮幸。

我第一次遇見紀祥是二〇〇〇年的一個八月天，地點在臺北南港中央研究院的咖啡廳。那次我專門到臺灣去開國際漢學會議，想順便認識一些新朋友，所以熊秉真教授特地把紀祥請來——那天老朋友王德威教授和王瑷玲博士等人也在場。記得，我們每個人都叫了一杯冰咖啡，就天南地北地聊起來了。我正巧坐在紀祥的身旁，就開門見山地問道：

「李教授，你平常除了教書以外，還有什麼嗜好？」

「啊，」他微笑道，似乎對這個問題很感興趣。「我的嗜好就是咖啡和寫作……」

他的回答頓時令我感到驚奇，因為我知道他是一個專攻歷史的傑出學者；在我印象中，一般的歷史學者都不會如此回答。然而，也正因為他這個不尋常的答覆，引起了我的好奇心。我發現，他的文學功力很深，頗有「文人」的氣質。在短短的兩個鐘頭之內，我們從明末才子陳子龍談到吳梅村，再從清朝的文人袁枚談到龔自珍。我們同時也互相交換了個人讀書和寫作的心得和計畫，覺得許久以來已經沒碰過這樣有「趣」的學者了。

[1] 李紀祥教授，現任中國歷史學會（台灣）會長、佛光大學人文學院院長；李教授畢業於中國文化大學史學系、東海大學歷史所、文化大學史學所博士。為國學大師錢穆先生最後指導之博士生。

紀祥的「趣味」使我想起了晚明文人所提倡的風氣——那是一種「才」和「趣」融合在一起的非功利的人生品味。張潮就曾在他的《幽夢影》一書中說過：「才必兼乎趣而始化。」意思是說，一個人的才華一定要兼有率真的「趣味」才能達到「化」的高境界。

另一方面，我發現，紀祥對咖啡和寫作的愛好幾近於「癡」。我告訴他，這樣的偏好也很有晚明的特質，因為當時的文人相信，唯其有「癡」，一個人才有性情。張岱曾說：「人無癖不可與交，以其無深情也。」其實，那個「癖」字也是「癡」的意思。因此，我提醒紀祥，他既然對寫作有那麼大的興趣，就必須努力堅持下去。有很多人以為研究歷史就不能從事寫作，但我認為那是錯誤的想法。能用生動的筆調把歷史再現出來，並能寫得引人入勝，才是高明的歷史家，我特別舉出我的耶魯同事史景遷作為範例。

不久之後，我和紀祥成了筆友，也隨時交換寫作的成果。第二年春天，我們又一同在加州斯坦福大學開過一次學術會議。散會後幾天，我就接到了他的來信：

> 會議結束後，一個人在舊金山又留了三天，天天喝咖啡，看來往行人，寫行遠筆記；街邊也喝，陽光下更是不能少，晃到海邊，遙遙對著惡魔島、天使島，也不能不喝；喝了就可思可想可念，懶洋洋的筆下，隨著年紀，天空的藍也多層次起來……望著天使島，竟不知不覺想起您文章中已表出的華人華工華史，中間已是多少映照……

後來，紀祥轉往佛光大學執教，在學術上進了另一個階段。接著，他又來了一封信：

> 今紀祥已至宜蘭，小朝在山，心可以遠，意可以收，可以望海，可以依山，可以細思量……於

是知人之生命經歷，皆是文章筆下自返而原心之運動……

這些年來，我發現紀祥是我所認識的新一代歷史學者中比較富有文人氣息的人。我特別欣賞他把學問和生命融合在一起的態度。他曾說：「無論是哪一門學問，如果與自家不貼切，也終是枉然。」「唯有生命的『躍出』自己，才能『呈示』自己，才能在大化與時間的遷逝之流中，繼續領略文字與書寫。」此外，他在信中時常談到歷史形上學，也談到亞里斯多德的「詩學」；不但有議論，而且字裡行間總是充滿了詩意。我特別喜歡他這種富有「詩意」的人生觀——對他來說，詩即人生，人生即詩。但他絕不是一個把自己關在象牙塔裡的人，他廣泛涉獵，充滿了好奇；而且對於所讀到的新理論和形象思維，總是設法用自己的語言再現出來。他有關這一方面的想法，有時流露在學術文章裡頭，有時流露在信件中。作為一個文學研究者，我一向精讀海德格爾（Heidegger）、保羅．利柯（Paul Ricoeur）、托多諾夫（Todorov）、傅柯、伽達默爾（Gadamer）、哈貝馬斯（Harbermas）等人的作品，總覺得這些理論大師的聲音有如磁鐵一般地吸引著我。現在看見新一代的歷史學者李紀祥居然能用一種富有詩意的語言把這些理論和生命銜接在一起，怎麼不令我感到興奮呢？

在紀祥著手撰寫《時間、歷史、敘事》這本書的那段期間，我有幸先看過其中的幾章，因而特別感到欣慰。我認為，他書中的章節，不管是內涵或形式都相當突出，為歷史的「書寫」寫下了一個重要的里程碑。其中，他一個最大的成就就是把「歷史敘述」和「文學敘述」的關聯做出了深刻的探討，此外還把傳統意義上所謂史實之「真、假」進行了令人十分信服的「解構」。記得當初剛接到〈趙氏孤兒的「史」與「劇」〉那一章時，我就衷心佩服紀祥的功力，覺得那是重新檢視「歷史」定義的一篇難得的佳作。這篇文章主要在討論歷史上「趙氏孤兒」的故事之演變，全篇寫得十分生動而有趣。原來，根據《左傳》的記載，這個故事本來只是有關趙氏家族由於私通亂離而產生的流血事件。一直到太史公司馬遷的筆下，該主題才漸漸涉及趙氏孤兒的復仇故事。但最後真正把焦點變成「趙氏孤兒」、而又開始關注女性角色趙莊姬者，卻是元代的劇作家紀君祥。可以說，「趙氏孤兒」的故事後來之所以在中國民間占有如此重要的位置，實與紀君祥的《趙氏孤兒》劇本不斷被搬上舞臺一事息息相關（請注意，這裡存在著一個有趣的巧合——李紀祥的名字與元代劇作家紀君祥頗為相似）。重要的是，紀祥在此利用了「趙氏孤兒」的故事演變來說明歷史「真相」的無法捕捉——事實上，任何敘述都是一種更動，一種新的解釋。即使作為第一個「文本」，《左傳》並不一定比《史記》來得更接近歷史真相。所以，其關鍵「並不是史實真假的問題，而是本事與新編的對待」。換言之，既然歷史都是由人一再敘述出來的，它已經無所謂真假了，歷史本來就充滿了某種「詩性」。

我認為紀祥的書中所處理的主題就是今日西方文學批評界裡最為關切的「representation」（再現）和「performance」（演述）的問題。本來，「再現」和「演述」既然都涉及到語言的敘述，它們就無可避免地會產生歧義和「漏洞」（gap）。據著名文學批評家湯姆．米歇爾（W.J.T. Mitchell）所說，這種「漏洞」其實說穿了就是所謂的「文學」。

在這裡，我必須強調的是：紀祥一直所希望做到的，就是把這種充滿「漏洞」的文學敘述性推廣到歷史的研究領域中。而這也就是他撰寫這本《時間、歷史、敘事》的主要目的。有趣的是，這本書的緣起涉及到作者個人的一種「困惑」，一種對歷史研究本身的困惑。於是，他就把書寫本書的經驗形容為一個「惑史的心路之旅」，他希望他的書能終究「貫穿其間之『惑』，撐開來說其所惑之世界」。

紀祥以「不惑」之年而能進行他的「惑史」之旅，也算是性情中人了。盼望讀者在閱讀本書的過程中，也能以充滿情趣的心懷欣賞本書中的言外之旨。

二〇〇六年十月二十六日寫於耶魯大學

介紹一部有關袁枚的漢學巨作

——施吉瑞，《隨園：袁枚的生平、文學思想與詩歌創作》

袁枚是一個令人矚目的文學主體。作為一位生活軌跡幾乎貫穿了整個十八世紀的文人，他擁有驚人的創作力：他創作了多達數百卷的文學作品，其中包括律詩、古體詩、詩話、散文，乃至鬼故事等多種體裁。即使花上很多年，我們也未必能讀完他的全部作品。幸運的是，袁枚的文風相當明白曉暢，而且他的很多作品中體現了一些我們當下仍然關心的問題。也許正因如此，亞瑟・韋利（Authur Waley）的那本《袁枚：十八世紀的中國詩人》（*Yuan Mei, eighteenth century Chinese poet*）雖然篇幅不長且內容簡略，但直到今日仍在西方讀者中激起一種特殊的共鳴[1]。

施吉瑞（J.D. Schmidt）關於袁枚的新著，則與韋利那本簡明扼要的著作截然不同。它的篇幅很長（共七百五十八頁！），在內容上則無所不包。除此之外，雖然可能一些普通讀者會認為這部書頗具新鮮感乃至挑戰性，但它的主要受眾是學者型讀者。施吉瑞是不列顛哥倫比亞大學的中國文學教授，他對袁枚的詩歌有著深刻而全面的瞭解。不僅如此，他還幾乎將所有相關資料都收集殆盡，這也是一項前無古人的工作。因此，在閱讀施吉瑞的這本著作時，我們可以知道袁枚究竟是怎樣一個人。正如施吉瑞所說，袁枚生活在一個「以政治穩定、社會普遍繁榮為特徵」的時代（頁四二九）袁枚歷經了康熙、雍正和乾隆這三位皇帝的統治，而這幾十年，正是清朝最為重要的一段時期[2]。

1 Waley, Arthur, *Yuan Mei, Eighteenth Century Chinese Poet* (London: G. Allen and Unwin,1956; Stanford: Stanford University, 1970)

2 袁枚出生於一七一六年，其時康熙在位。雍正皇帝於一七二四年即位時，袁枚年方八歲。而在乾隆元年（一七三六），袁

從某種角度來講，施吉瑞的這本書讓人聯想到詹姆斯・鮑斯威爾（James Boswell, 1740-1795）的《詹森傳》（*Life of Johnson*），因為他對袁枚的一生似乎具有一種無所不知的掌握。總體來說，他對細節的詳盡描述和事無巨細、無所不包的寫作原則，都令人聯想到鮑斯威爾的寫作方法。然而，在本書，尤其是第一部分，即袁枚傳記章節中，施吉瑞那種按年代先後記錄袁枚生平事蹟的方式，又與中國古代所常見的年譜極其相似。在我看來，這種形式雖然比較傳統，卻是重新審視袁枚一生的最佳管道。它將這位詩人置於時代大背景之下，為我們提供了新的思考角度。於是，我們得以瞭解袁枚的經歷：一七三九年，二十四歲的袁枚在考中進士後不久，與妻子王氏成婚；一七四三年，他納陶姬為妾，陶姬日後生下一個女兒，並在此後不久便不幸離世；一七四八年，他在小倉山附近買了一處園子，命名為「隨園」；一七五一年，乾隆皇帝南巡至蘇州，袁枚向他呈上一組詩歌；一七五三年，袁枚辭官歸隨園，並立誓不再仕宦；一七五九年，袁枚極具才華的胞妹袁機去世。他寫了一系列詩文哀悼她，其中包括著名的〈哭三妹五十韻〉；一七六二年，乾隆皇帝再下江南，袁枚於淮上接駕；一七六五年，袁枚在南京郊外的一艘船上慶祝了他的五十歲生日。但是，在此之後不久，不幸便接二連三地降臨在這個家庭：首先，深得袁機鍾愛的外甥陸建去世，隨後，袁枚的兩個女兒也相繼離世；一七六七年，在當時尚較為年輕的詩人蔣士銓的協助下，袁枚開始編纂自己的詩集；一七七二年，被視為袁枚一生摯愛的寵妾方聰娘去世，對這位詩人來說，這幾乎是壓斷駱駝背的最後一根稻草（不過，在隨後的幾年中，袁枚又納了其他四位妾室）。一七八四年，袁枚遊歷九江一帶，在此謁靖節先生祠，作詩讚頌陶淵明；一七九〇年，袁枚完成了他的不朽著作《隨園詩話》，並為自己寫了一首很長的挽詩，這可能同樣是因追慕陶潛而作。一七九五年，袁枚十七歲的兒子阿遲娶苕溪沈氏為妻，沈氏能

枚恰巧年滿二十。乾隆在其統治的第六十年（一七九五）遜位，這時袁枚虛歲八十。袁枚去世於一七九八年，當時的皇帝是嘉慶，但乾隆仍以太上皇的身分掌控著朝廷大政。袁枚的生活時代與乾隆皇帝（一七一一－一七九九）相差無幾。

詩，這使得年已八十的袁枚感慨道：「豈吾家詩事，將來不傳於兒，要傳兒婦耶？」（頁一二〇）；一七九六年，他繼續為自己編纂詩集，此時集子裡的詩作已經多達四千四百八十餘首。不久之後，袁枚患病，並於一七九八年離世，享年八十二歲。他隨即被葬於位於小倉山的家族墓地中。

如此看來，這種逐年紀事的關鍵在於，袁枚所做的每件事都具有相當重要的意義。雖然從本質來講，這種手段可以被稱為「中國傳統方法」，而在當今的西方讀者眼裡，這也許是有點老套過時的。然而，考慮到袁枚漫長的一生和豐富的經歷，施吉瑞所做的徹底搜羅材料的工作是非常重要的，因為只有這樣，才能為重讀袁枚的作品打下基礎。

在該書的第二部分，施吉瑞詳細論述了袁枚的文學理論和文學創作。可以想見，袁枚的詩話是這一部分所討論的主要問題，不過，書中同樣涉及到袁枚以續寫司空圖《二十四詩品》為目的而作的《續詩品》[3]和仿照元好問《論詩絕句》而做的一系列《論詩絕句》。袁枚最為人所熟知的文學理論是其「性靈說」。長久以來，研究者一直認為所謂「性靈」，指的是不受拘束，自然地表達真情實感，而施吉瑞卻指出，這種觀點是存在誤解的。施吉瑞有力地挑戰了這個存在已久的觀點，而我認為，他最大的貢獻，正在於他提出了一個新的觀點，強調了袁枚對修辭手段的重視。實際上，雖然袁枚提倡自然清新、平易流暢詩歌語言，但他其實相當重視詩人對詩歌創作技巧的培養，並提出遣詞造句對於詩歌創作至關重要：「詩宜樸不宜巧，然必須大巧之樸；詩宜淡不宜濃，然必須濃後之

---

3 過去人們，包括袁枚，都認為《二十四詩品》是晚唐的司空圖所作。但近年來有不少學者提出，作者不是司空圖，或許是明代人懷悅；但張健曾發表論文，考證《二十四詩品》非明人所作，其產生當在元代，作者可能是虞集，待考。請參見張健的兩篇論文：〈《詩家一指》的產生年代與作者——兼論《二十四詩品》的作者問題〉，載《北京大學學報（哲學社會科學版）》一九九五年九月，第五期，頁三三至四四；〈從懷悅編集本看《詩家一指》的版本流傳與篡改〉，《中國詩學》第五輯（南京：南京大學出版社，一九九七），頁三一至四〇。

淡。」[4]可見，對袁枚來說，所謂的「樸」只是運用必要修辭手段所達到的效果，而這些手段則與修訂文章的藝術密切相關。就這一問題，施吉瑞引用了《漫齋語錄》中那句著名的「詩用意要精深，下語要平淡」（頁二一一）。需要附帶說明的是，《漫齋語錄》的作者至今不詳，不過大部分研究者認為這部著作成於宋代，最先引用其內容的是宋代文學批評家何汶的《竹莊詩話》[5]。

那麼，為什麼當代學者往往過分強調袁枚的性靈說，卻忽視他的文學理論中對詩歌遣詞、形式乃至修辭等問題的關注呢？在施吉瑞看來，原因大概在於這種「自然地流露性情」的觀點看起來「與他們受西方影響的浪漫主義觀點一致」（頁二二七）。然而，我卻認為，這更可能是因為當今的讀者往往將袁枚的「性靈說」與晚明詩人袁宏道的「性靈說」混為一談，而正像施吉瑞在書中已準確指出的那樣，袁宏道對詩歌技巧是不甚措意的。這個理由同樣可以解釋為何人們往往錯誤地認為袁枚不重視學養。實際上，袁枚始終認為，學問對詩人來說是必不可少的，一位完美的詩人，必須要飽讀儒家經典、歷代史書，以及先人的詩作（頁一七五）。在十八世紀，中國的很多文學批評家只關注前代詩歌，而袁枚與他們不同，他更著意於當時的詩歌，並不認為它們劣於前代。同時，他也反對囿於派別偏見，而認為作為詩人，應該熟悉各個不同體裁和派別的詩歌（頁二四四至二四五）。因此，我同意施吉瑞的主要觀點，很明顯，很多研究者沒有整體把握袁枚的文學思想，而是誇大了其中關於「性靈」的部分。不過，我也希望施吉瑞可以參考一些目前中國學者們的研究成果，例如嚴迪昌、王建生及張健等學者的著作，他們都重新審視了袁枚的性靈說，並提出了一些有趣的觀點[6]。

4 袁枚，《隨園詩話》卷五，第四十三條，見王英志編《袁枚全集》（南京：江蘇古籍出版社）冊三，頁一四五。

5 見何汶，《竹莊詩話》（北京：中華書局，一九八四）冊一，頁一。

6 嚴迪昌，《清詩話》（臺北：五南圖書出版公司，一九九八）冊二，頁七一一至七九三；王建生，《袁枚的文學批評》（桃園：聖環圖書股份有限公司，二〇〇〇）；張健，《清代詩學研究》（北京：北京大學出版社，一九九九），頁七二六至七八一（按，此處的張健為原北京大學中文系教授，現香港中文大學教授，並非臺灣大學中文系張健教授）。

在詩歌創作方面，袁枚對於多種體裁和題材都非常擅長。因此，施吉瑞將袁枚的詩作分為六類，即：普通體裁的詩作、說教詩、敘事詩、怪異詩、政治詩，以及詠史詩。不得不承認，我曾認為這一分類甚為牽強。因為這六種類別，並不是基於同一個標準而劃分出的。例如，「敘事詩」所對應的是一種文學類別（與其相對的應為「抒情詩」等），而「說教詩」之名所針對的則是詩歌的主題。然而，在對施吉瑞這一分類所特有的系統性逐漸熟悉之後，我便開始欣賞其中多層面的涵義。我覺得「怪異詩」這一類作品尤為有趣。所謂「怪異」，並不是僅僅指這些詩的形式獨特，也是因為其內容中的一些奇特的意象。一個典型的例子是袁枚在蘇州虎丘見到一個巨大的死魚頭，因而所作的〈虎丘懸一魚頭，長三丈，詢其被獲情節，為作巨魚歌〉一詩，詩中寫道「巨魚騎浪遊人間，意欲來吞一城去」云云（頁四七九）。另一首題材罕見的「怪異詩」〈草鞋嶺觀仙蛻，手按之，頭尚搖動〉所描寫的則是一個去世已久卻肉身尚在，仍舊「魁踽坐」的「仙人」。這首詩的末尾寫到了這具「仙蛻」如木乃伊一般的頭顱：「仙雖不言如解語，風吹頸動搖頭顱。」（頁四八〇）

袁枚的另一類詩作，稱得上感人至深，但是卻往往被當代研究者所忽視，那就是他早期創作的一些關於家庭生活的敘事詩。他在三十三歲那年創作的〈歸家即事〉就是一個很好的例子。詩中寫道：「阿母留兒子，一日如千場。……人生天地間，哀歌殊未央！」（頁五七〇至五七一）

袁枚具有一種準確把握其所處時代精神的能力，而這一能力最明顯的表現就是他被稱為「政治詩」的詩作。這一類作品中很大一部分都與當時的文字獄事件有關。施吉瑞分析了袁枚的一首五言絕句體政治詩〈避暑〉，這首詩中「紅日」的意象巧妙地影射了乾隆皇帝：「避暑無他法，安身有祕方。只離紅日遠，自覺碧天涼。」（頁三七一）袁枚的這種遠離皇帝的能力，使得他的命運與沈德潛大相逕庭：沈德潛原本是乾隆皇帝最為敬重的詩壇耄宿，但最終卻被削奪了所有官職、封號以及死後的贈官與謚號。而與沈德潛不同，袁枚幾乎得以從政治危險中全身而退。人們也許會認為，袁枚正值盛年便辭官歸隱隨園之舉，為他提供了必要的保護。然而，在當時的時代環境中，即使是隱居在野者，有時也難逃文禍——徐述夔的悲慘經歷正可證明這一點（頁三七〇）。由此看來，袁枚也許只是分外幸運，因為他其實並非從始至終都謹小慎微。例如，袁枚的朋友齊周南因被牽連進齊周華的文字獄而遭清廷處死，而在一七八二年，袁枚竟然敢於為他編纂文集並撰寫碑文，且在碑文中描述了齊周南所遭受的不公正待遇，這本可能會為袁枚帶來極大的麻煩（頁三六九）。更有甚者，正如施吉瑞所指出的那樣，當袁枚以七十餘歲的高齡撰寫《隨園詩話》時，他已經「不憚於讚揚那些因抵抗滿族統治者而殞命的文人」（頁三八一）。

施吉瑞書中最為有趣的章節，是附錄中名為「隨園之行」的一部分。在這一章中，施吉瑞假託王管家之名，帶領讀者在袁枚的這座著名的私家園林中進行了一次虛擬之旅。雖然也許會有人質疑說，這次旅行的具體內容主要來源於蔣敦復的《隨園軼事》[7]，但最終賦予它壯美睿智之感的，卻無疑是施吉瑞（這個旅行只可能在虛擬中進行。正如施吉瑞已經在書的前文中所提到的，在一八五三年左右的太平天國起義中，隨園就已基本上被夷為平地。袁枚及其家人的墓地直至一九六〇年代仍存，但在文革中不幸被毀）。施吉瑞的博學多聞給人留下很深印象，而他對袁枚那種包羅萬象的生活方式的喜好則成為這一次虛擬旅行的主要特點。在完成了這次旅行之後，讀者們將永遠不會忘記小倉山房裡所陳放的幾張方丈高鏡，以陶潛的名句命名的「悠然見南山閣」，以及用來陳列全國各地的名士詩人所贈的數千首詩的「詩城」。

施吉瑞這部著作的內容已經非常詳盡完備，想要對這樣一本書吹毛求疵，無疑是很困難的。不過，如果我有幸可以為未來的修訂版提出一二淺見的話，我建議作者首先在袁枚與其女弟子的關係這

[7] 蔣敦復，《隨園軼事》為王燕志編《袁枚全集》附錄四，見《袁枚全集》冊八，頁一至九九。

一問題上增補一些材料。袁枚在後半生中將女詩人金逸視為他的「十一知己」之一（見袁枚〈後知己詩〉[8]），這便是一個具有代表性的例證。甚至可以說，在其生命的最後幾年中，與女弟子的詩歌唱和往來稱為袁枚日常生活的一個重要內容。尤為值得注意的是，在一七九六年，也就是袁枚八十歲這一年，他為他的女弟子們所編纂的詩集《隨園女弟子詩選》最終完成，而他也一直為這一工作倍感驕傲。

另一個值得關注的問題，是在袁枚詩作中頻繁出現的「病」這一主題。袁枚經常會對他的病進行描繪，頻繁得彷彿他一直在纏綿病榻。而對他的詩歌創作來說，病的症狀通常是一種不同尋常的誘因。疾病似乎為這位詩人提供了重要的心理空間，我們可以從〈姑蘇臥病〉、〈病中謝薛一瓢〉、〈病中不能看書，唯讀《小倉山房詩集》而已〉等一系列作品中看出這一點。而在另一首臥病詩〈病中贈內〉中，袁枚表達出了一種微妙的愧疚感，而愧疚的原因可能是他與眾多女子的韻事[9]。總之，在病中作詩，似乎是袁枚反省自身的一種方式。

另一個值得重視的問題是袁枚的科舉考試經歷。施吉瑞在書中已經論及這一點，但我認為有必要針對它進行更為透澈的進一步研究。正像施吉瑞所寫到的那樣，袁枚在一七三五年參加博學鴻詞科預考，考試內容是以〈春雪十二韻〉為題創作詩歌。而在第二年的博學鴻詞科考試中，雖然這門考試旨在考察應試者的詩歌創作能力，袁枚卻不幸落第。在一七三九年，袁枚終於通過朝考，登進士第（頁一二至一五）。確實，上文所概述的這段經歷對於熟悉清代科舉制度史的專家來說已經足夠清楚，但是對於在中國文學這一學科剛剛入門的學習者來說，卻容易造成困惑。有一些第二手材料（例如商衍鎏的著作和本傑明・艾爾曼（Benjamin Elman）的論文）曾經提到，在一七五七年乾隆皇帝重新恢復

8 袁枚，《小倉山房詩集》卷三七，見《袁枚全集》冊一，頁九二五。
9 王建生，《袁枚的文學批評》，頁七七。

試帖詩這一考試專案之前的近七百年歲月裡，詩歌都被摒除在中國科舉考試的內容之外[10]。看過這些材料的初學者會尤為感到困惑：在一七三〇年代，詩歌尚未被恢復為科舉考試內容，為什麼袁枚卻參加了以詩歌創作為試題的考試呢？我希望施吉瑞能夠藉本書的契機，對袁枚參加這一系列考試的時代背景進行更為詳細的論證，並提供更為充分的原始材料。

事實上，袁枚在一七三〇年代參加的這幾門考試，都是非常特殊的，參加這幾門考試的文人學者，無不是經過官員提名和精挑細選。因此，它們不能與普通的科舉考試混為一談。博學鴻詞科的競爭尤為激烈，其科目中包括詩歌創作，且詩歌的題目和用韻都經嚴格規定。其實，縱觀整個清朝，這一門特殊的考試只是在皇帝的特別授意下舉行過兩次，分別在一六七九年和一七三六年。袁枚得以參加一七三六年的博學鴻詞科考試，可謂是生逢其時。根據他自己的記載，袁枚於一七三五年在杭州參加了預考，並且通過了考試，因此有幸被提名參加第二年在北京舉行的博學鴻詞科試[11]。一七三六年考試的詩題是「山雞舞鏡」，而袁枚最終名落孫山[12]。在一七三九年，他通過朝考，得以登進士第。所謂「朝考」，也是由清政府舉行的一種特殊的科舉考試[13]。這門考試同樣包括特殊的詩歌創作科目，這一年的詩題是「因風想玉珂」。由於一些考官認為袁枚的作品失於華麗放浪，「語涉不莊」，他在這一次考試中又險些落第[14]。不過，正如施吉瑞在書中所提到的，一位名為尹繼善的滿族官員成

10 商衍鎏，《清代科舉考試述錄》（北京：三聯出版社，一九五八）。我要在此感謝余英時教授和我討論本書中的重要觀點。此外，又見於本傑明・艾爾曼，《詩歌與古典主義：乾隆朝科舉考試中的詩歌復古風潮》，發表於二〇〇三年五月一至四日在耶魯大學召開的「傳統中國的詩歌思想與闡釋學：一個跨文化的角度」學術研討會。

11 《隨園詩話》卷一四，第二十九條。見《袁枚全集》冊三，頁四五九。

12 《隨園詩話》卷五，第七十三條。見《袁枚全集》冊三，頁一五七。

13 在此，我要感謝中山大學的吳承學教授啟發我注意到「朝考」的特殊涵義。

14 葉衍蘭、葉恭綽，《清代學者像傳》（上海：上海書店出版社，二〇〇一）冊一，頁一六六。

為袁枚的救星。

我非常能夠理解，施吉瑞為何不願用過多筆墨詳論清代考試制度。這本書的主題畢竟是袁枚其人、其文學思想，及其文學創作。總體來說，施吉瑞的這本著作內容非常詳盡，且具有非常強的說服力。而他對袁枚詩歌的翻譯也可謂兼具信達雅。我真心希望，在當今的漢學研究領域中，能夠湧現出更多像本書一樣具有很高學術價值的研究著作。

＊金溪譯自作者的英文評論文章：Kang-i Sun Chang, "Review on *Harmony Garden, The Life, Literary Criticism, and Poetry of Yuan Mei* (1716-1798) by J.D. Schmidt", *Harvard Journal of Asiatic Studies*（《哈佛亞洲研究學報》）。

——譯文曾刊載於北京大學國際漢學家研修基地主辦的《國際漢學研究通訊》第四期，二〇一一年十二月

評吳妙慧《聲色大開：永明時代（四八三－四九三）的詩歌與宮廷文人文化》[1]

永明時代（四八三－四九三）是中國古代歷史上最輝煌，然而也是極受誤解的時代。可惜的是，文學史家長久以來一直忽視永明詩人，而他們可謂中國宮廷文人文化在一個重要節點上的主角，亦是一種全新詩學的先驅。如今，我們記得他們，主要因為他們在「聲律」技巧上的實驗，然而他們在創新聲律時更重要的文化意義則非常遺憾地被忘卻了。人們好奇：何以在文學接受史中會有這樣的差距？在《聲色大開》這本書中，吳妙慧教授解釋了這種現象：「很顯然，我們無法親聞永明時代詩人們曾聽到的『四聲』或其他韻節」，「永明詩歌的感覺世界並不是以一種自然的方式呈現給現代讀者，或經學傳統中的古代批評家感知的」。此書也解決了一個問題，即為何永明文化現在「消解於抽象概念中，只在一些『無聲的文本』（mute texts）中留下一絲痕跡」。

吳教授這本書為我們成功揭示了，在南朝前半期那種特別的宮廷文人文化氛圍中，永明詩學成為了一種感受「聲色」的新方式。在此語境中，「聲」意味著人們具有敏感的聽覺，而「色」則指敏銳的觀察能力。根據吳教授的看法，這種「新」的「聲色」詩學是對當時劇烈的社會政治結構轉型的回應，甚至直到今天其衝擊力還是決定性的。實際上，閱讀這本書的愉悅之一就是，學習如何打開我們的耳目去瞭解永明時代「新」的感受方式，因為它對我們理解長期被遺忘的宮廷文人文化非常關鍵。

1 本文原載《東方經濟社會史學報》（*The Journal of the Economic and Social History of the Orient*）二〇一三年第五十六卷，頁三一二至三一四。

這樣，吳教授大作的真正意義不在於為我們重現了一段塵封已久及誤解多多的歷史時刻，而在於將中國中古時期的眾多「無聲的文本」變得「聲色大開」。

吳教授在她的大作中，多次強調她的靈感主要來自於佛教思想，因為永明時期的中國宮廷文人文化浸潤佛教甚深。當然，吳教授並不是提出「四聲」受到佛教影響的第一人，海外漢學家如梅維恆（Victor Mair）與梅祖麟教授數年前已經找到中國的詩律學的梵文來源[2]。不過，吳教授主要關注的不是詩律創造上的特別之處，而更多的是「佛教的觀照方式」如何在個體的詩人感知世界時發揮作用。要言之，吳教授觀察到，像沈約（四四一－五一三）、王融（四六七－四九三）、謝脁（四六四－四九九）等宮廷詩人以及當時的藩王（他們正好都是虔誠的佛教徒）在佛教唱唄[3]（以及佛教成實宗）的影響下，積極從事「轉讀」，從而從傳統的「對詩歌形式與技巧的輕蔑態度中」跳脫出來。這些詩人非常敏感地從最細微之處感知聲音，以至於他們都重新定義了「知音」的概念（「知音」，原來指「懂音樂的人」，現在開始指「真正知道聲音」的人）。吳教授援引了許多永明詩人詩歌中的例子來說明，在這種反思聲音與形式的氛圍中，如何產生一種在詩歌中表現感知力的新方法。最能說明問題的例子是沈約的「聲詩」（典型的「知音」），使用了一連串諸如m, n, ny, ng這樣的鼻音來表現猿的哭聲[4]。

2 譯者注：Victor H. Mair, Tsu-Lin Mei, "The Sanskrit Origins of Recent Style Prosody", *Harvard Journal of Asiatic Studies*,Vol.50,2,(1991): 375-470。中文版可參王繼紅譯本，載張西平主編《國際漢學》第十六輯（鄭州：大象出版社，二〇〇七）。

3 早在一九三四年，中國學者陳寅恪就指出了「四聲」之創製就是受到佛教唱唄方式的直接影響。但最近中國大陸的學者開始質疑這個觀點，他們認為「四聲」受到的佛教影響實際上來自佛經翻譯的程序，而非佛教的唱唄。他們指出，「四聲」之創製也受到建康（今南京）當地吳語的極大啟發。參見王小盾、金溪，〈經唄新聲與永明時期的詩歌變革〉，《文學遺產》二〇〇七年第六期，頁二五至三八。

4 Meow Hui Goh, *Sound and Sight:Poetry and Courtier Culture in the Yongming Era*(483-493),(Stanford: Stanford University,2010).

感受聲音的同時，永明詩人觀察事物的方式也受到佛教觀的影響——即所觀之物一直處於變動不居的狀態中。換言之，這些宮廷詩人們相信，所見之物不是永恆的，因為任何所見之物只屬於這個特殊的「時刻」，自然也隨這一刻而逝[5]。非常有意思的是，吳教授將這種佛教觀比作「用慢鏡頭播放的電影」。另一個引人注意之處是吳教授對謝朓〈紀功曹中園〉一詩的解讀，詩人寫道：「永志能兩忘，即賞謝丘壑。」[6]吳教授將「兩忘」解釋為佛教的「空」（**sunyata**，即一種絕對而完全的空無狀態），在「空」的狀態中，詩人謝朓在這樣的「一瞬」中，既看到了丘壑，同時也是丘壑的一部分。在佛教盛行的時代，這種詩歌確實顯現了人們感知方式與佛教觀之間的密切關係。

但並不是吳教授書中所有的例子都同樣具有說服力。正因為佛教在當時代表了宮廷文人文化中的一種新力量，所以這並不意味著詩人所寫的任何一個字都必須有佛教的意涵。譬如，吳教授從謝朓的另一首詩中看到「空」的觀念，就因為這首詩中的一句出現了「空」這個字：「戲鮪乘空移。」[7]確實漢語中的「空」字經常在佛教詩中是**sunyata**的意思，但這首詩中的「空」字更可能形容的是景物的一部分。總之，這個例子向我們提出一個貌似簡單實則非常難以回答的問題：我們能將佛教的影響推多遠？以及我們怎麼知道我們的闡釋過度了？

同時，還有一些對佛教思想解讀不到位的例子。通觀全書，吳教授多次提到早期山水詩創作大家謝靈運（三八五—四三三），並將其與年輕一輩的永明詩人比較。總體而言，吳教授令人信服地指出，永明詩人關於「念」的佛教觀念迥異於謝靈運「莊子式」的「道」的觀念（如頁一〇七所揭示

---

5 亦參見田曉菲關於佛教觀念「念」的分析，這個術語也許可以譯為「思緒的演進」（a succession of thought-instants）：Xiaofei Tian, *Beacon Fire and Shooting Star: The Literary Culture of the Liang(502-557)*，(Cambridge : Harvard University Press, 2007)。吳教授關於「念」的評論，見《聲色大開》，頁二〇。

6 Meow Hui Goh, *Sound and Sight:Poetry and Courtier Culture in the Yongming Era(483-493)*,p70.

7 Meow Hui Goh, *Sound and Sight:Poetry and Courtier Culture in the Yongming Era(483-493)*,p114.

的）。但奇怪的是，吳教授講到謝靈運時，一次都沒有提到謝氏受到佛教之影響，特別是頓悟說的影響。謝靈運是最早研究梵文與漢語語音、韻律等方面比較的中國佛教學者之一。他也曾協助潤色佛經譯文。實際上，關於「四聲」說引用最多的文獻就出自沈約所撰的《宋書・謝靈運傳論》。很顯然，在聲律創新上，謝靈運與永明詩人之間應有其延續性。我們期待，吳教授至少也要討論一下永明詩人的佛教觀在哪些方面是有別於謝靈運的。如果能做到這一點，吳教授的這本書就接近於完美了。總而言之，吳教授致力於為我們呈現對過去歷史的新理解，而且她也成功地做到了這一點。

——卞東波譯，作者本文原載*The Journal of the Economic and Social History of the Orient*，二〇一三年第五十六卷，頁三一二至三一四。

評艾朗諾《才女的累贅：詞人李清照及其接受史》

艾朗諾關於中國最偉大的女詞人李清照的新著無疑是一部傑作。本書在各個方面顯著擴展了我們關於這個課題的知識。近來年，李清照又成為中國學術界關注的熱點，出版了眾多研究著作，如陳祖美的《李清照新傳》（北京：北京出版社，二〇〇一）、諸葛憶兵的《李清照與趙明誠》（北京：中華書局，二〇〇四）及鄧紅梅的《李清照新傳》（上海：上海古籍出版社，二〇〇五）。但這些著作都沒有採用艾朗諾的研究方法，我堅信艾朗諾是在所有語種中，如此澈底而細緻研究李清照的第一人。本書在專題研究和宏觀論述上都取得了可喜的成績。

首先，本書對李清照進行了全新的解讀，從而將改變我們對女性詞人的傳統解讀。艾朗諾向我們揭示了這位獨特的女詞人是如何致力於在她的作品中刻錄她的經歷的，要知道當時的貴族女性只被教習讀書認字，而不被鼓勵寫作。最重要的是，艾朗諾極具洞察力地將李清照的《金石錄·後序》（這是李清照為她的丈夫趙明誠所收集的金石銘文題跋集所寫的後記）解讀為，李清照在短暫改嫁與離婚之後的「重塑自我」，以及「重申自己的作家身分」（頁一九一）。李清照離婚之後，是她作為作家一生中最多產的歲月，這也是艾朗諾為學術界新揭示出來的重要事實。這種新的解讀必然改變我們對李清照的認知。中國學者過去習慣性地認為，李清照在她晚年過著漂泊無定的生活，但艾朗諾的研究告訴我們，暮年的李清照在社交場上很活躍，與一些名流接觸頻繁，甚至還與皇室有聯繫。

艾朗諾援引大量文獻，展示了李清照的形象是如何在中國宋代以降被建構和改造的。他認為，將李清照的文學表達（特別是詞）等同於詩人的生平資料，這種慣常的研究理路大有問題。他指出，這種「自傳式解讀」的最難通之處就是批評家自我推理的循環闡釋。更糟糕的是，李清照的文集在後世散佚嚴重，這也使得闡釋變得問題重重。不過，拜艾朗諾精細的研究之賜，我們終於對中國歷代所編的詞集中收錄的李清照寫的詞（或歸於其名下的詞）有了概觀的瞭解。在處理作者問題時，艾朗諾常常對討論的對象提供充分的證據——包括正反兩方面的資料。譬如，書中討論了一些所謂的「調情詞」，不少這類詞被歸到李清照的名下，艾朗諾在評論這種署名如何折射晚明的文學趣味時說：「恰恰因為明清時期產生了一種新的女性形象和偶像，女性受到推崇不僅僅是因為美貌，而更因為才華……李清照就是古代女性詩人中的標誌性人物。」（頁三六〇）而且，明代的夫妻交流，如黃峨與其夫楊慎之間的互動，可能也鼓勵了當時的選家認為類似的詞是李清照所寫的，這些所謂李清照的詞「被想像為寫給她丈夫趙明誠的」（頁三六二，順便說，黃峨的名字在頁三六二被誤植為「黃娥」）。另一方面，正如艾朗諾所言，如果我們認為李清照「是對詞特別講究的人」，注重詞體「聲律的使用」和「風格的多樣」，那麼她自己也不是「沒有可能」寫這種詞的（頁三六四）。

通觀全書，艾朗諾認為，性別建構的觀念是解讀李清照的關鍵因素。艾朗諾主要關注的是，李清照作為女性詞人如何在男性文學世界取得一席之地的。他特別指出，李清照的詞學名篇〈詞論〉不但表達了女性詞人奮力克服性別偏見，這也是充滿抱負的李清照一直遭遇到的；而且也是為了「她的作品能夠贏得某些文學品味和文學成就裁斷者的認可」（頁七五）。這種解讀完全不同於傳統對李清照〈詞論〉的解讀。

每一位中國古典文學的研究者都應該讀一下本書，因為本書向讀者傳遞了互文性與重讀經典的神奇力量

（卞東波譯，作者本文原載*The Journal of Asian Studies*
二〇一四年第七十三卷第四期，頁一一〇五—一一〇六）

評艾朗諾《歐陽修（一〇〇七－一〇七二）的文學作品》

在中國歷史上，歐陽修是最傑出的作家之一，同時也是一位文學上的多面手。他是一位偉大的儒家政治家、歷史學家、經學家以及詩人。他在生活與文學中極其成功地扮演了多種角色，這使得他得以成為中國傳統文化中最出類拔萃者之一。不過，正如劉子健所說的，歐陽修「在某些方面被低估了」，因為「他在不同的領域內都有傑出的成就」，所以學者們無法「展示他的全人」[1]。

如果歐陽修作為「全人」的形象最終被西方讀者知曉，這很大程度上要歸功於艾朗諾教授這部博學而思深的大作。本書是由一位漢學家、一位一流文學研究者奉獻給學界的，旨在將歐陽修這個人（極其活躍於他的文學中）與他的時代更廣闊的語境聯繫起來加以論述。艾朗諾同時描繪了歐陽修生命的各個方面——他的事功、政治、文學、靈感的來源，以此來展示，他理解的「全人」的形象應該怎麼樣被重建起來。

本書主要關注於四種文體——文、詩、賦和詞，藉此四種文體，歐陽修奠定了他在文學史上的地位。這種看似簡單的研究方法實際上是經過深思熟慮的，他的想法是，應該試圖理解這位具有「獨特個性」（single personality）的天才，儘管他作品的文體非常多元，但他的獨特個性一定能在他所有作品中被他人強烈感知。因此，作者在本書的導論中說：「每種文體作品之間都有其相關性，我希望這種想

[1] James T. C. Liu, Ou-yang Hsiu: An Eleventh-century Neo-Confucianist, (Stanford: Stanford University Press, 1967) ,p.173.

法能夠漸漸在下面的各章中得到展開，我將會依次討論每一種文體。」[2]採用了這種分體研究的方法，艾朗諾才能系統而極具洞見地解釋了：北宋初年那場極其重要的文學革新與改良是如何發生的？為何歐陽修的貢獻值得我們特別關注？他革新文學的資源來自何處？在他各種各樣的著作中，我們要找尋何種特質？在多大程度上，我們能將他的文學成就與當時的社會與政治背景聯繫起來？本書最終表明，分體研究確實解釋了歐陽修的一切——在生活和創作上，歐陽修都為自己設定最嚴格也最高遠的理想。事實上，具有多方面天資及成就的歐陽修打破了威廉・薩默塞特・毛姆（W. Somerset Maugham）的著名論斷：「中人之資，臻於至善。」（only a mediocre person is always at his best）

這本書把我們帶到中國的十一世紀初，華麗而晦澀的駢文（當時稱為「時文」）占據著當時文壇，同時也是科舉必考的文體。這種不良的文體鼓勵舉子強調文辭的華美，而不惜犧牲掉文章的內容，時文變得非常流行，並且決定著所有舉子的命運。意識到這一點後，歐陽修和他的一些朋友開始想辦法向這種流行的駢文宣戰。歐陽修對抗時文的方法就是搬出長期被遺忘的「古文」。唐代文章大家韓愈（七六八－八二四）曾力推古文，這種文體要求用平實的言詞來表達個人的思想。歐陽修曾描述，他在做窮學生時，第一次發現韓愈文集時的經歷：

> 予少家漢東，漢東僻陋無學者，吾家又貧無藏書。州南有大姓李氏者，其子堯輔頗好學。予為兒童時，多遊其家。見其敝筐貯故書在壁間，發而視之，得唐《昌黎先生文集》六卷……讀之，見其言深厚而雄博……是時天下學者，楊、劉之作，號為「時文」，能者取科第，擅名聲，以誇榮當世，未嘗有道韓文者。予亦方舉進士，以禮部詩賦為事……徒時時獨念於予心，

2 Ronald C. Egan, The Literary Works of Ou-yang Hsiu(1007-72), (Cambridge: Cambridge University Press, 1984), p.2.

以謂方從進士干祿以養親。苟得祿矣，當盡力於斯文，以償其素志。[3]

歐陽修期望將古文作為當時的標準文體，這一理想終於在嘉祐二年（一〇五七）戲劇性地實現了。當時，他任權知貢舉，主持當年的科舉考試。他黜落了寫作時文的舉子，或寫某種險怪文體（這種文體當時被稱為「太學體」）的考生。歐陽修不顧這些落第舉子的激烈抗議。他的大膽舉措終於扭轉了北宋文壇的潮流，使得此後古文成為中國大部分時間占統治地位的表達形式。

當然，艾朗諾並不是第一個研究歐陽修在嘉祐二年科考中起關鍵性作用的學者[4]。不過，他是第一個揭示如此多細節的學者。艾朗諾討論了古文家歐陽修的文學理論是如何與他的實際行動聯繫起來的，如他的文學理論也反映在他主持的科舉政策中[5]。

一種流傳甚廣但卻錯誤的印象認為，歐陽修養成了一種接近於韓愈的文風。與此相反，艾朗諾令人信服地指出，兩位作者的風格實際上大異其趣。儘管歐陽修奉韓愈為學習的榜樣，但他肯定不會對這位唐代的古文大師亦步亦趨。故而他給王安石（一〇二一－一〇八六）的建議是：「孟韓文雖高，不必似之也。」[6]總之，歐陽修的散文在表意時，其語氣是個人化的、抒情性的和高密度的，也與表達日常的感情相一致——與韓愈形式化的以及誇張的文風頗不一致。

艾朗諾討論了「墓誌銘」這種文類，墓誌銘占了歐陽修文集很大的一部分，令人印象特別深刻。他解釋了歐陽修為他的朋友所寫的墓誌銘為何如此大地偏離常見的祭文傳統，以及為何這類作品對歐

3 Ronald C. Egan, The Literary Works of Ou-yang Hsiu(1007-72), p.14.

4 James T. C. Liu, *Ou-yang Hsiu: An Eleventh-century Neo-Confucianist*,pp.150-151.

5 陳幼石（Chén Yu-shih）更關注歐陽修古文的理論面向，參見其〈歐陽修的文學理論與實踐〉，載Adele Austin Rickett, *Chinese Approaches to Literature from Confucius to Liang Chi-Chao*, Princeton: Princeton University Press, 1978）,p.67-96。

6 Ronald C. Egan, *The Literary Works of Ou-yang Hsiu*(1007-72),p.20.

陽修也有特殊的自傳性價值。值得注意的是，歐陽修經常將他自己融入到所寫逝者性格的文句中。比較一下歐陽修與韓愈分別為他們的摯友梅堯臣、孟郊所寫的墓誌銘，就可以明顯看出這兩位大師在風格上的差異——歐陽修在語調上力圖表現出個人化和輕鬆的傾向；而韓愈的語言在修辭上更加「高雅」[7]。這種可感的文風比較，對中國文學的學習者來說特別有幫助。

初看關於歐陽修「詩」那一章似乎沒有本書其他章節具有原創性。我之所以肯定我的第一印象，部分因為之前吉川幸次郎（Kojiro Yoshikawa）似乎都已經討論過艾朗諾在書中引發我們關注的一些關鍵性論題了[8]。但更重要的是，這可能是最難寫的一章。首先，詩歌在唐代被認為是高雅地表達內心情感的基本形式，但到宋初突然變得平常和普通，正如我們在歐陽修八百首詩歌中可以看到的。許多傳統和現代的學者都喜歡唐詩的抒情風格，因此就有意低估有點「散慢的」（discursive）宋詩的詩學價值。艾朗諾是否對這種偏見不以為然，我不得而知。但他稱歐陽修的詩「是他多種文學遺產中最令人印象不深的」[9]，這一論斷並不能說服我。

艾朗諾認為歐陽修詩歌相對不重要可能並非完全不準確。因為歐陽修自己也聲稱「詩於文章一浮塵」[10]。像中國大多數君子對他們的朋友那樣，歐陽修曾謙虛地說，他的友人梅堯臣在寫詩上超過他。不過，幾乎所有標準的中國文學史都認為歐陽修的詩是這個時代最好的詩之一[11]。許多傳統的學者讚揚歐陽修是中國文學史上少有的巨匠之一，他在文與詩上都是第一流的，可稱得上「雙美」[12]。

---

7 Ronald C. Egan, *The Literary Works of Ou-yang Hsiu*(1007-72),pp.62-63.

8 Kojiro Yoshikawa: *An Introduction to Sung Poetry*, translated by Burton Watson,(Cambridge: Harvard University Press,1967).

9 Ronald C. Egan, *The Literary Works of Ou-yang Hsiu*(1007-72),p.20.

10 Ronald C. Egan, *The Literary Works of Ou-yang Hsiu*(1007-72),p.20.

11 James T. C. Liu, Ou-yang Hsiu: *An Eleventh-century Neo-Confucianist*,p.132.

12 江正誠，《歐陽修的生平及其文學》（三冊，臺灣大學博士論文，一九七八）冊二，頁三七二。

現代學者錢鍾書相信，就詩歌語言的使用而言，歐陽修在詩歌上的成就高於梅堯臣[13]。

但實際上，艾朗諾對歐陽修詩歌有著細緻而深刻的研究，準確地肯定了歐陽修對中國詩歌獨特而重要的貢獻。正如他在這一章中令人信服地揭示的，歐陽修新的詩歌風格（在後世被稱為「宋調」）的意義應該等同於他在推動古文上的意義。有意識地建立這種新詩風就是為了糾正當時流行的「西昆體」（相當於古文中的時文）。艾朗諾別出心裁地稱這些新體詩歌為「古文詩」（"ku-wen" verse），因為它看起來具有古文的許多特質，其中最主要的就是使用直白的語言，描寫日常的感情。然而，它也不是真正的古文，也有別於高貴典雅的唐詩，它只是一種新的詩體[14]。

艾朗諾真正的貢獻在於，他將歐陽修平和而快樂的詩風與理學思想聯繫起來。他相信，歐陽修決意「節制寫一些哀傷的詩」，就是受到理學要求詩人修養自我心性的直接影響[15]。這個觀點為吉川幸次郎的理論增加了一個新的維度，吉川氏認為歐陽修的詩歌風格只是對唐詩哀愁之音，以及「籠罩漢至六朝詩歌之悲哀」的回應[16]。艾朗諾認為，歐陽修在革新詩歌時，考慮更多的是道德與哲學的面向，而非美學的：「歐陽修關心的是，人們在受到壓力時是如何表現自我的……悟道的人應該樂天平和，因為他的內心修養讓他能夠超越世俗的障礙……」[17]

這種新的解釋，闡明了歐陽修作為詩人與作為普通人的不同關切——道德與藝術的關切應該是分離的。我們在讀完這一章後，發現本章也解釋了，為何深藏在文本之後的，詩人的生活與性格疊加在一起的形象會如此明晰起來。

---

13 錢鍾書，《宋詩選注》（第二版，北京：人民文學出版社，一九七九），頁二七。

14 徐復觀，〈宋詩特徵試論〉，《中華文化復興月刊》第十一卷第十期（一九七八），頁二七至四〇。

15 Ronald C. Egan, *The Literary Works of Ou-yang Hsiu* (1007-72), p.20.

16 Kojiro Yoshikawa: *An Introduction to Sung Poetry* ,p.64.

17 Ronald C. Egan, *The Literary Works of Ou-yang Hsiu* (1007-72), p.94-95.

「賦」的那章有點短——僅有九頁，但他比較恰當地反映了歐陽修賦作在抒情上的自發性。正如本章結尾的部分所寫的：「〔歐陽修〕用賦這種文體以其自身的方式抓住激烈而又轉眼即逝的瞬間。」艾朗諾解釋歐陽修賦作的抒情聲音時說：「這是他在非正規古文（informal prose）領域革新的餘響。」[18]雖然這一章比較簡短，但部分吸引人之處就在於艾朗諾高品質的翻譯。正如下面引用的〈鳴蟬賦〉段落顯示的，原賦中大段的鋪陳與抒情的強度非常優美地傳遞到了英文翻譯之中：

I sang a single note impossible to name
And embodied the natural harmony of the five pitches.
"I do not know what creature it could be."
"It is called cicada."
Cicada, are you not he who
Takes his body from others and metamorphoses?...
Delights in pure seclusion on tall luxuriant trees?
Drinks in the wind and dew and discards his worldly form?...
Yet soon the time for transformation comes:
The creature lie silent, singing no more.
Alas!
The enlightened scholar treats as equal

18 Ronald C. Egan, *The Literary Works of Ou-yang Hsiu (1007-72)*,p.124.

The myriad things of the world.
But man among them
Holds a unique place of honor...
He sings of his adversity and sorrow,
Or he nobly proclaims grand ambitions.
Man dies together with other creatures
But his song echoes for a hundred generations...

（吾不知其何物，其名曰蟬。豈非因物造形能變化者邪？……嘉木茂樹喜清陰者邪？呼吸風露能屍解者邪？……忽時變以物改，咸漠然而無聲。嗚呼！達士所齊，萬物一類。人於其間，所以為貴……或吟哦其窮愁，或發揚其志意。雖共盡於萬物，乃長鳴於百世。）

如果這一章有什麼問題的話，我認為，艾朗諾可能試圖有意誇大歐陽修賦作中抒情聲音的原創性。他說，「賦向來是高度鋪陳且非個人化的」[19]，所以歐陽修賦中的個人聲音在打破傳統賦學程式上顯得令人矚目。這個觀點不能說完全不對，因為漢賦以及唐代的律賦確實是「鋪陳」至極且「非個人化的」。不過，也應該注意到從東漢末年開始流行的抒情小賦變得愈來愈重要，在六朝時期，其依舊是一種重要的自我表達形式，我們可以從曹植、陶潛、向秀以及鮑照的賦中看到這一點[20]。

我相信，歐陽修在作賦時，一定會奉陶潛（三六五？－四二七）為圭臬。這一點可以歐陽修評陶

[19] Ronald C. Egan, *The Literary Works of Ou-yang Hsiu(1007-72)*,p.123.
[20] *Chinese Rhyme-Prose: Poems in the Fu Form from the Han and Six Dynasties Periods, translated and with an introduction by Burton Watson* （Unesco collection of representative works, Chinese series, New York: Columbia University Press, 1971）p.52-109

潛之語為佐證[21]：

晉無文章，惟陶淵明〈歸去來兮〉一篇而已。

認為陶潛的〈歸去來兮辭〉是晉代（二六五－四二〇）唯一的文章，當然是一種誇張的說法。然而，這也表明歐陽修對陶潛在賦體文學創作上所達到高度的認可。所以，認定正是陶潛賦中的抒情特質抓住了歐陽修的想像力，並不是空穴來風。正如海陶瑋（James Hightower）所言，陶潛「擅於利用傳統的體裁作為表達個人獨特感情的媒介，他以此取得的成就值得高度讚揚」。特別是在〈歸去來兮辭〉中，陶潛創造了一個綜合體，「其中有些地方表現了現世的愉悅，死亡只是另一種自然而發的表現形式」[22]。事實上，我們可以發現陶潛的聲音在歐陽修〈鳴蟬賦〉與〈秋聲賦〉中的迴蕩[23]。

這裡要提出的問題是：陶潛對歐陽修的影響是否也能擴展到其他文體上？我認為是可以的。歐陽修著名的古文〈六一居士傳〉[24]正是一個很好的例證。歐陽修自稱「六一居士」，因為他知道如何去享受他的六件所有之物：藏書、金石遺文、琴、棋局、酒，還有他自己。這很容易讓我們想到陶潛，他說酒與（無弦）琴給他帶來了生活中的至樂。在一篇早年的文章《歸田錄・序》[25]中，歐陽修流露出陶淵明式的人生態度。

21 見尤侗的引用和評論，載〈讀《東坡志林》〉，《昭代叢書》本，12.13a。

22 James Robert Hightower,"The Fu of Táo Chién", edit by John L. Bishop, *Studies in Chinese Literature*,(Cambridge: Harvard University Press,1976),p.105.

23 Ronald C. Egan, *The Literary Works of Ou-yang Hsiu*(1007-72),p.125-129.

24 Ronald C. Egan, *The Literary Works of Ou-yang Hsiu*(1007-72),p.124,p.223.

25 Ronald C. Egan, *The Literary Works of Ou-yang Hsiu*(1007-72),p.222.

但陶潛對歐陽修的影響可能在詩歌方面更明顯。「平淡」的特質是歐陽修與梅堯臣詩學的核心，與陶潛的詩風直接相關。與這兩位宋代詩人一樣，陶潛也選擇以一種簡單直白的方式寫詩，而與當時流行的雕飾而精緻的詩風不同。因此，正如齊皎瀚（Jonathan Chaves）指出的，「特別引人注目的是，梅堯臣兩次將陶潛與他自己平淡的詩學理想聯繫在一起」[26]。比較奇怪的是，艾朗諾在他的書中一次都沒有提到陶潛。

讓我覺得真正精彩的是本書的最後一章，討論的是歐陽修的詞。正是在這一章中，艾朗諾表現得像一位極好的「文學偵探」（literary detective）。他的研究令人矚目地改變了我們心目中歐陽修作為詞人的形象，而且他的發明之功也是值得信賴的。

關於歐陽修詞學研究最困擾學界的是他頗有爭議的六十六首詞，這些詞都用大膽而直白的語言寫豔情。早期的詞選家和詞學家都相信這些詞是偽作，是由一些滿腹怨恨的舉子寫的，他們在嘉祐二年（一〇五七）的進士考試中被歐陽修黜落，寫這些詞就是為了敗壞歐陽修的名譽。直到二十世紀，才有人指控這些詞是偽作，但並沒有拿出確實的證據[27]。

誰是對的？為了回答這個重要的問題，艾朗諾開始做起真正的「文學偵探」：他闡明了這些有爭議的詞寫作時可能的文學與政治環境，並根據作者的生平和著作，釐清了這些詞的意義和重要性。他的一些觀點不可否認是推論性的，但非常具有說服力，很難被推翻。在我來看，他的結論是到目前為止，最令人滿意的。

根據艾朗諾的觀點，真實的情況是：歐陽修確實寫了六十六首詞中的大部分，但有些詞，如〈醉蓬萊〉是偽作。他考證的線索來自於宋代筆記《湘山野錄》中的一則旁證史料，而迄今很多詞學研究

---

26 Jonathan Chaves, *Mei Yao-ch'én and the Development of Early Sung Poetry*(New York: Columbia University Press, 1976), p.105.

27 James J. Y. Liu, *Major Lyricists of the Northern Sung: A.D.960-1126*(Princeton: Princeton University Press, 1974),p.48.

者都忽視了這條資料。從這條有價值的文獻入手，艾朗諾察悉了以下細節：歐陽修的朋友、《湘山野錄》的作者文瑩曾抱怨「憸人」編造了「淫豔數曲」，並嫁名於歐陽修，而文瑩自己一〇四九至一〇五四年間在都城時就聽到有人唱這些偽造的詞作了，但二十年間「不能為之力辨」。

這是線索，而非答案。對於其整體的意義，應該從一個更深的層次來解釋。文瑩在京城聽到的「淫豔數曲」是什麼？這些詞有多少？是誰又為何編造了這些詞？

下面就是關於偽造問題最有啟發意義的答案：其與一〇四五年的一樁公案有關，在此案中，歐陽修是某醜聞的攻擊目標，他被控告與其張姓外甥女有不正當的關係。這種指控據信是他的政敵釋放出來的，但只有在歐陽修的名譽受損之後，歐陽修才最終洗刷了這項指控。根據這條資料，艾朗諾得出結論：「如果文瑩（歐陽修的朋友）一〇五〇年左右在都城聽到這些詞（歐陽修一〇四六年離京，直到一〇五四年才返回），那麼最有可能是的，之後有人編造這些詞來證明一〇四五年歐陽修與張姓外甥女有染的指控。」[28]因此，他相信這些偽造的，又損害了歐陽修名譽的詞，必然包含一些描寫男子迷戀年輕女色的字句。他又證明了只有〈醉蓬萊〉一詞符合這個判斷——這首特別的詞恰好是唯一一首可以被更早的沒有爭議的史料證明是偽作的詞，儘管理由是錯誤的。還有其他兩首詞尚有爭議，似乎也可以歸到這類中。不過，事實證明歐陽修確實填了這六十六首有爭議詞中的絕大部分。

這些受質疑的詞原本收錄於歐陽修詞的全集《平山集》及《六一詞》。然而，後世的詞選家，如曾慥和羅泌在編選他們的詞選、詞集時[29]，有意選一些更高雅的詞，而排除了通俗的豔詞，它們被認為有損於歐陽修作為受尊敬的及正直的儒家政治家的形象。因為這個原因，許多真的出自於歐陽修之手的豔詞連同這些偽作被混在了一起，並被當作偽作。

28 Ronald C. Egan, *The Literary Works of Ou-yang Hsiu (1007-72)*,p.169.

29 注意：艾朗諾原書頁一九三有一處筆誤。曾慥所編的詞選《樂府雅詞》編於一一四六年，而非一〇四六年。

但真正的問題不是著作權的問題，而是關係到歐陽修詞風格總體評價的問題。文學史家關於歐詞的主流意見是歐陽修和晏殊這兩位宋初詞家的詞有相似的風格特徵——如他們都用意象化的語言、含蓄的抒情和典雅的措詞。現在，艾朗諾新的發現將改變這一切：它證明了歐陽修的詞風很廣，也寫了一些通俗的小詞，其典型風格是直率的抒情和對豔情的直白表達。這種風格被士大夫目為鄙俗。

澄清這些觀點花費了數百年時間。好處在於，有了這些新的發現，我們對歐陽修並沒有什麼負面的看法。事實上，他的聲譽還會繼續上揚，變成一位更加傳奇的人物——一個擺脫虛飾的真正的詩人形象，一個多才多藝的完美象徵。艾朗諾的刻畫已經非常切近這位複雜的文化巨人的真實形象了，這是極值得稱讚的。

——卞東波譯，作者本文原載*Harvard Journal of Asiatic Studies*，第四十六卷第一期，一九八六年，頁二七三至二八三。

評李惠儀《明清之際文學中的女性與國族創傷》

李惠儀教授這部里程碑式的大著向我們講述了中國明清易代之際的記憶，並且這些記憶至今依舊鮮活。在經過不斷的創造與改編之後，明清之際這悲情時代湧現出來的人物故事，特別是女性故事，「持續地被重塑以適應不同時代的需要和禁忌」[1]。關於這本書的寫作目的，李教授希望闡明「在探究具有挑戰性甚或有時比較悲慘的經驗時，性別修辭（gender tropes）為何可以發生作用，以及如何發生作用的」，它們又是如何推動作者「去記憶和遺忘，去想像抗爭和屈服，去爭取自我的認同和建立社會的聯繫」的[2]。

性別的視角肯定加強了本書學理上的意義，但李教授這本書最與眾不同之處實際來源於她所利用的另一種學術資源——中國詩學的解釋傳統。對她書中所引用的每首詩，李教授都極其詳盡地解釋了詩中的歷史典故，以及可能的主題出處，這讓我們想起陳寅恪先生百科全書式的巨著《柳如是別傳》。儘管李教授說她的研究方法不同於陳寅恪先生的，因為她的研究方法，在處理文學與歷史之間關係時「完全更流動和更開放」——但她討論書中的作品時援引了大量的原始史料，不管熟悉不熟悉陳寅恪先生的路子，給我們的感覺依舊是，她屬於陳寅恪的解釋傳統。並且，李教授大著討論的文類跨度極大，包括詩、詞、曲（雜劇和傳奇）、文言小說、白話短篇小說、長篇小說、說唱文學、回憶

[1] Wai-yee Li, *Women and National Trauma in Late Imperial Chinese Literature* (Cambridge: Harvard University Asia Center ,2014),p.203.

[2] Wai-yee Li, Women and National Trauma in Late Imperial Chinese Literature, p.580.

錄、筆記、方志、傳記等等——這與陳寅恪先生竭澤而漁式的研究範式非常相似。

可以這樣說，李教授的大著不僅是性別研究之作，而且是一部博學之作。在此書中，對於這個時代複雜而迷人的主題，李教授採用了一種極具雄心和思想深度的研究方法。近年來，在中國研究中，明清時代的女性研究成為一個重要的課題。然而，最近涉及這個課題的專著鮮少採用與李教授相同的方法。李教授前所未有地大量運用了第一手原始資料，結合了文化與美學的分析方法，精心英譯數百首明清詩歌，同時細緻入微地對文獻進行解讀。

她沒有採用時下通行的學術寫作程式，即貫穿全書有一個基本論點，而是在各個章節中呈現了一系列不同的表述，這反而給讀者一個機會，去反思明清易代之際有關女性問題的複雜性。要之，本書的展開並不是建立在某種觀點的一以貫之的線性延展上，而是章節間的有機聯繫之上。作者時常提醒我們注意隱藏在文本背後的東西，如詩人「未明言的志向、隱晦的典故、隱藏的政治壓力」[3]。我認為，讀者一定能從這類著作中得到很多有益的啟發，因為它讓我們可以注意到：人們是如何運用文學作品作為窺探傳統（以及現代）中國各個面向的窗口的，以及人們在改造他們記憶中的過去時，是如何有意識地融合歷史與文學的。讀者也時常可以在各章中看到各種「界線流動」（unstable boundaries）的實例——例如，英雄與受難者之間界線總是模糊和流動的。我相信，李惠儀這本大著最傑出的部分就是討論這種「界線流動」的章節。在我心中，第五章、第六章是這本書令人印象最深的兩章。第五章〔〈受難與主體性〉（Victimhood and Agency）〕討論的是，在明清易代之時，很多女性被擄掠到北方的詩歌和故事。據說當時有很多題壁詩出自這些受難的女子之手，哀歎她們悲慘的命運。其中一首是宋蕙湘（可能是南明弘光小朝廷中的宮女）所寫，她的詩也引發了無數同情她的讀者

3 Wai-yee Li, Women and National Trauma in Late Imperial Chinese Literature, p.580.

唱和其詩，其中包括著名女詩人王端淑（一六二一－？一六八五）。有趣的是，宋蕙湘等人的詩歌被賦予了很多的政治意蘊，以至於晚清時的民族主義者稱讚這些貞婦為政治上的英雄。特別是秋瑾（一八七五－一九〇七）亦視宋蕙湘為英雄，「她的精神將引領中華女兒走出蒙昧與消極」[4]。第六章（〈判定與追懷〉（Judgment and Nostalgia））中，我們又看到另一個更富戲劇性的有關「界線流動」的例子。陳圓圓原來在歷史上被認為是導致明王朝滅亡的紅顏禍水，但最終在近現代文學中，她變成了一個「受害者、目擊者、懺悔者，政治上有先見之明的人和宗教上的超脫之人，英雄以及潛在的復仇者」[5]。最值得注意的是，在一些晚清民族主義者的作品中，她則完全以前明遺民的形象出現；而在一九三〇年代的中日戰爭中，她又被讚為偉大的民族英雄。當然，陳圓圓這種形象的轉變，是十七世紀明清易代以來所形成的歷史與文學記載累積的結果。然而，正如李惠儀所闡釋的，陳圓圓之所以能夠脫離紅顏禍水的命運，最主要的原因在於吳偉業（一六〇九－一六七二）為陳圓圓所寫的最著名的文學作品〈圓圓曲〉「迴避了所有針對陳圓圓的指控，而將嚴厲的批評全部指向吳三桂」[6]。換句話說，正是吳偉業第一個將陳圓圓刻畫為偶然的歷史變亂的受害者，而那次歷史事件無意中使得陳圓圓成為「紅顏禍水」[7]。正如李惠儀向我們展示的，很多類似的記載、重寫的文本、重複的文本以及（不同角度的）判斷貫穿於整個明清以及近現代文學之中。到目前為止，李教授在第六章（也是全書最末一章）中的結論，是我寓目的關於歷史評判之流動性最具洞見的看法之一：

---

4 Wai-yee Li, Women and National Trauma in Late Imperial Chinese Literature, p.478.
5 Wai-yee Li, Women and National Trauma in Late Imperial Chinese Literature, p.578.
6 Wai-yee Li, Women and National Trauma in Late Imperial Chinese Literature, p.561.
7 Wai-yee Li, Women and National Trauma in Late Imperial Chinese Literature, p.563.

……所有這些形象都排斥簡單化的判斷——相反它們以不同的方式補充、表達某種需要，以此來尊崇大明或哀悼大明的覆亡，指出假定的歷史角色與個體境遇之間的鴻溝，去想像在另一種備選的歷史中「可能會發生什麼」……[8]

實際上，李教授這本大著所收的故事常常需要讀者深入思考。在許多例子中，故事本身就能說明問題；但大多數例子中，最扣動我們心弦的則是李教授引人入勝的分析。

如果說我對這本書有什麼批評的話，就是對第一章〈以女辭作男音〉（Male Voices Appropriating Feminine Diction）有點意見。這一章講的是男性詩人吳兆騫（一六三一－一六八四）如何借用女性的角色寫了一系列詩歌（並且在這些作品之上署了不同的女子之名），然後他又將這些詩題於壁上——其中一組詩包含一百首絕句，假裝這些詩是明清易代戰爭中一些被擄掠女子命運的詩歌紀實。當時，吳兆騫的題壁詩所引發的各式各樣讀者的反應也別有啟發。吳兆騫借女性的聲音作為面具，想像他自己作為一個流放者的命運（後來不幸一語成讖），這件事也非常有意思。李惠儀當然很聰明地利用了吳兆騫生命中這段插曲來展開她大著的首章。不過，如果第五章（這一章講了無數被擄掠婦人的軼事，她們在壁上題詩以紀實，作為表現她們受難經歷的方式）立即接到吳兆騫插曲的後面，可能效果會更好，因為這可以更好地服務於全書設定的基調。畢竟，「性別交錯」（「gender crossing」，本書的重要話題之一）意味著跨越性別的界線——例如，男性用女性的聲音來寫自己，以及女性在寫作中採用男性的模式。第五章舉出了眾多烈女以經典的男性詩人屈原（他被認為是為盡忠而死）為其樣板的例子，這可見於談遷（一五九四－一六五七）所序的〈辰州杜烈女詩〉中。第五章也描繪了諸如黃

8 Wai-yee Li, Women and National Trauma in Late Imperial Chinese Literature, p.578.

周星（一六一一－一六八〇）這樣的男性詩人也將這些女性比作屈原，他寫了很多有趣的文字來應和這些烈女詩人——儘管沒有證據證明這些女性是真實存在的[9]。完全可能是黃周星根據他自己後來的命運，用詩歌唱和的方式來表達他對這些受難女子的認同。無論如何，第五章的內容可以使第一章的內容更完善。

可惜的是，現在第一章的後半部分相較而言顯得有點遜色。首先，不值得在這本書中用這麼多的篇幅——總共六十三頁，對一本書而言也已經顯得太多了——重複我們已經習以為常的觀念，即中國男性作家程式化地使用「香草美人」作為政治諷寓。某些讀者讀到這一章可能早就有預感知道要說什麼了，因為（基於這一章的特性）一些反覆出現的觀念在其他更早的研究著作中已經被討論過了。更糟的是，一些見多識廣的讀者可能看到書中這部分時就已感到厭倦了。最好的方式就是把這一部分直接從第一章中拿掉，然後將這一部分的主要觀點整合到其他有關女性章節必要的部分中去，這樣至少可以強化關於性別話題的比較視角。畢竟，這本書是關於「女性與國族創傷」的，比較有策略的做法是，在這本書的一開始就以女性的故事為主。

另外，李惠儀在第一章使用的「feminine diction」這一術語可能也會誤導一些讀者。一般說來，「feminine diction」與中文術語「婉約」的意思略同——「婉約」這個詞我從前曾譯作「delicate restraint」，與此對應的是「豪放」（heroic abandon）[10]。當然，方便起見，使用術語「feminine」也沒有太大的問題。然而，「feminine diction」一詞實指文體上的特性，而不是性別上的指稱。甚至最偉大的女詞人李清照（一〇八四－？一一五五）也充分認識到作為一種陰性風格的「婉約」最早是由男性創造出來的（儘管她嚴厲地批評他們），她絕不會認為「婉約」是女性專有的書寫風格。這樣看

9 Wai-yee Li, Women and National Trauma in Late Imperial Chinese Literature, pp.414-425.

10 參見拙作*The Evolution of Chinese Tzú Poetry:from late Táng to Northern Sung*, (Princeton: Princeton University Press,1980).

來，區分「陰性氣質」（femininity）與「女性特徵」（femaleness）還是很重要的（事實上，在西方文學中，這種區分亦很重要[11]）。中國詩歌中的「陰性氣質」是一種美學特質，是指一種精緻優雅以及感情纖弱的風格，男性詞人寫的大多數詞都是這種風格。但是到後來，一些女性詩人對所謂的「陰性氣質」也拿捏得很好。譬如，李清照著名的〈詞論〉主要討論的是美學標準：就像男性歌唱家李八郎（李衮）在唐朝比任何女性歌唱家都要傑出一樣，她李清照作為詞人所填之詞在協律和文雅（即理想的婉約詞特質）方面都是極好的，也優於男性詞人。換言之，李清照爭取的是風格上的純粹性，而不是性別上的優越性。

然而，李惠儀大著的開頭部分或許會誤導一些讀者。首先在〈導論〉中，李惠儀特別強調了「性別交錯」的重要性：「本書一開始就應該探討性別與邊界之間的關係，這是很合適的。」同時，第一章的標題〈以女辭作男音〉也很容易讓讀者誤以為該章講的是「性別交錯」，但其實更多地指的是這一章的後半部分（關於男性作家發出的婉約之音）。如上所述，「婉約」之音指的是一種陰性的文體風格，並不指「性別交錯」。相較之下，在該章的前半部，吳兆騫用「女性聲音」寫他的題壁詩——儘管沒有特別用「婉約」的風格，卻是「性別交錯」的一個極好範例。因此，我建議最好是將第五章相關內容（基本關於女性和性別交錯的內容）與第一章吳兆騫的部分整合在一起。

儘管我對第一章持保留意見，但李惠儀認為明清易代之際，男性喜歡「男子作閨音」，而女性在同一時代則更喜歡直爽地發出富有英雄氣概的聲音，這樣的總體觀點，我也基本贊同。實際上，本書中大部分章節都極其吸引人。李惠儀既是一位扎實的學者，也是一位傑出的作家：她知道如何設置場景，如何吸引讀者的眼球。

11 參見Camille Paglia, *Sexual Personae: Art and Decadence from Nefertiti to Emily Dickinson* (New Haven: Yale University Press,1990)

考慮到此書的篇幅（長達六百三十八頁），我發現的錯誤並不多，這很值得稱讚。大部分錯誤主要是中文轉寫時的筆誤——如，頁ix，「王英志」誤作「王志英」；頁五〇四，「卞壼」（Bian Kun）誤作「卞壺」（Bian Hu）；頁五八六「李豐楙」誤作「李豐懋」；頁五八九，《南明史》作者「顧誠」誤作「顧城」；頁五九七的「凌蒙初」誤作「凌夢初」；頁六〇一的「錢鍾書」誤作了「錢鐘書」；頁六〇二的「唐圭璋」誤作了「唐圭章」；頁六三四，「吳芳華」條的〈逆旅題壁〉誤作了〈逆旅體壁〉；頁六三四，「吳偉業」條的〈琴河感舊〉誤作了〈琴河感就〉；頁六三五，「徐燦」誤作了「徐粲」。這些小的筆誤對於這本故事講得很漂亮的書來說，當然是瑕不掩瑜，不足稱道的。

——卞東波譯，本文摘錄原載*Harvard Journal of Asiatic Studies*第七十五卷第一期，二〇一五年。

《劍橋中國文學史》中譯本前言

《劍橋中國文學史》的中譯本簡體字版即將出版。首先，我們要感謝各位作者的努力，同時必須感謝幾位細緻嚴謹的翻譯者：劉倩、李芳、王國軍、唐衛萍、唐巧美、趙穎之、彭懷棟、康正果、張輝、張健、熊璐、陳愷俊。他們的譯文大都經過了作者本人的審核校訂。此外，對於兩位在百忙中還努力堅持自譯的作者——李惠儀和奚密，我們也要獻上謝忱。當然，還要感謝三聯書店，是他們的精心籌畫使得本書得以順利在中國大陸出版。

必須說明的是，當初英文版《劍橋中國文學史》的編撰和寫作是完全針對西方讀者的。因此，其書寫的角度和目前國內學者所採用的方法有所不同。而且，我們請來的這些作者也都是同時接受東西方傳統教育的人，所以很自然就會用不同的觀點來寫，跟中國傳統的觀點也有相異之處。以下，我希望能把原來《劍橋中國文學史》的主要出版構想和原則簡單介紹給中國讀者。

《劍橋中國文學史》（*The Cambridge History of Chinese Literature*）的最初構想是由英國劍橋大學出版社（CUP）文學部主編琳達．布瑞（Linda Bree）於二〇〇三年底直接向我和哈佛大學的宇文所安教授提出的。在西方的中國文學研究發展史上，這是一個非同尋常的時刻。當時，美國的哥倫比亞大學出版社剛（於二〇〇一年）出版了一部大部頭的、以文類為基礎的中國文學史。同時，荷蘭的布瑞爾公司（Brill）也正在計畫出版一部更龐大的多卷本。就在這個時候，劍橋大學出版社邀請我們出版一部具有「特殊性」的《劍橋中國文學史》。正巧，我們當時也正在考慮著手重寫中國文學史，所以我們的研究方向與劍橋大學出版社的理想和目標不謀而合。

《劍橋中國文學史》乃屬於劍橋世界文學史的系列之一。與該系列已經出版的《劍橋俄國文學史》、《劍橋義大利文學史》、《劍橋德國文學史》相同，其主要對象是受過教育的普通英文讀者（當然，研究文學的學者專家們也自然會是該書的讀者）。然而，劍橋文學史的「歐洲卷」均各為一卷本，唯獨《劍橋中國文學史》破例為兩卷本，這是因為中國歷史文化特別悠久的緣故。巧合的是，第二卷的《劍橋中國文學史》在年代上大致與劍橋世界文學史的歐洲卷相同，且具有可比性。

與一些學界的文學史不同，《劍橋中國文學史》的主要目的不是作為參考書，而是當作一部專書來閱讀。因此，該書盡力做到敘述連貫諧調，有利於英文讀者從頭至尾地通讀。這不僅需要形式與目標的一貫性，而且也要求撰稿人在寫作過程中不斷地互相參照，尤其是相鄰各章的作者們。這兩卷的組織方式，是要使它們既方便於連續閱讀，也方便於獨立閱讀。第一卷和第二卷的導論就是按照這一思路設計的。

所以，除了配合在西方研究中國文學的讀者需要之外，《劍橋中國文學史》的目標之一就是要面對研究領域之外的那些讀者，為他們提供一個基本的敘述背景，讓他們在讀完本書之後，還希望進一步獲得更多的有關中國文學和文化的知識。換言之，《劍橋中國文學史》的主要目的之一是要質疑那些長久以來習慣性的範疇，並撰寫出一部既富創新性又有說服力的新的文學史。

此外，《劍橋中國文學史》還有以下一些與眾不同的特點。首先，它盡力脫離那種將該領域機械地分割為文類（genres）的做法，而採取更具整體性的文化史方法：即一種文學文化史（history of literary culture）。這種敘述方法，在古代部分和漢魏六朝以及唐、宋、元等時期還是比較容易進行的，但是，到了明清和現代時期則變得愈益困難起來。為此，需要對文化史（有時候還包括政治史）的總體有一個清晰的框架。當然，文類是絕對需要正確對待的，但是，文類的出現及其演變的歷史語境將成為文化討論的重點，而這在傳統一般以文類為中心的文學史中是難以做到的。

分期是必要的，但也是問題重重。《劍橋中國文學史》並非為反對標準的慣例而刻意求新。最近，許多中國學者、日本學者和西方學者也已經認識到，傳統按照朝代分期的做法有著根本的缺陷。但習慣仍常常會勝出，而學者們也繼續按朝代來分期（就像歐洲學者按照世紀分期一樣）。在此，《劍橋中國文學史》卻以一種不同的方式進行分期，並且以不同的方式去追蹤不同時期思想所造成的結果和影響。例如，初唐在文化上是南北朝的延伸，因此《劍橋中國文學史》把初唐與唐朝其他階段分開處理。」此外，《劍橋中國文學史》不是將「五四」置於「現代性」的開端，而是把它放在一個更長的進程中。這是認真參考最近的學術成果，並重新闡述「傳統」中國文化在遭遇西方時的複雜轉化過程的一種方法。在上、下兩卷的導論中，我們都對分期的理由做了說明。

另一個隨著文學文化的大框架自然出現的特點是：《劍橋中國文學史》盡力考慮過去的文學是如何被後世所過濾並重建的（Chinese literature is a constant rereading of the past）。這當然要求各章撰稿人相互之間進行很多合作。重要的是，過去的文學遺產其實就是後來文學非常活躍的一部分。只有如此，文學史敘述才會擁有一種豐厚性和連貫性。當然，將「文學文化」（literary culture）看作是一個有機的整體，這不僅要包括批評（常常是針對過去的文本），也包括多種文學研究成就、文學社團和選集編纂。這是一種比較新的思索文學史的方法。其中一個關鍵的問題是：為什麼有些作品（即使是在印刷文化之前的作品）能長久存留下來，甚至成為經典之作，而其他大量的作品卻經常流失，或早已被世人遺忘？

有關過去如何被後世重建的現象，還可從明清通俗小說的接受史中清楚看出。例如，現代的讀者總以為明朝流行的主要文類是長篇通俗小說，如《三國志演義》、《水滸傳》、《西遊記》、《金瓶梅》等等，但事實上，如果我們去認真閱讀那個時代各種文學文化的作品，就會發現當時小說並不那麼重要（至少還沒變得那麼重要），主要還是以詩文為主。小說之所以變得那麼有名，是後來的讀者們喜歡上那種文體，並將之提攜為經典作品。有關這一點，北師大的郭英德教授也大致同意我的意見，他認為至少在明代前中期，文人最注重的還是詩文的寫作。

還有一個有趣的主題，就是有關文學的改寫。人們通常認為，《漢宮秋》、《梧桐雨》是元朝作品。但很少有人知道，這些作品的大部分定稿並不在元朝。根據伊維德的研究，許多現在的元雜劇版本乃是明朝人「改寫」的。至於改寫了多少，很難確定，因為我們沒有原本可以參照。當然，西方文學也有同樣的情況，比如有人認為莎士比亞的成就，主要來自於他能把前人枯燥乏味的劇本改寫得生動傳神，其實他自己並沒有什麼新的創造發明。對於這種所謂創新的「改寫」（rewriting）跟作者權的問題，我們自然會想問：到底誰是真正的作者？後來改寫的作者貢獻多大？版本之間的互文關係又如何？這一類的問題，可以適用於不同國家、不同時代的文學。

此外，必須向讀者解釋的是：我們這部文學史後頭所列出的《參考書目》只包括英文的資料，並未包含任何中文文獻。首先，「劍橋文學史」乃是一個特殊情況的產物，前面已經說明，當初這部文學史是劍橋出版社特約的書稿，所以有關讀者對象（即非專業英語讀者）有其特殊的規定，同時出版社對我們的寫作也有特別的要求。所以，我們所編寫的「英文參考書目」也為非專業英語讀者而準備，其目的也只是為了說明有興趣的讀者將來能繼續閱讀一些其他有關的英文書籍。同時，我們要強調的是：寫作文學史首先要參考的是原始文獻，其他才是二手文獻。當然，這並不表示我們這部文學史的寫作沒有受二手中文文獻的影響。事實上，在撰寫每一章節的過程中，我們的作者都曾經參考了無數中文（以及其他許多語文）的研究成果，如果要一一列出所有的「參考」書目，其「浩如煙海」的篇幅將無限增大，同時也不符合實際的考慮，所以當初劍橋大學出版社也完全支持我們的計畫——那就是，只準備一個有選擇性的英文書目，不包括中文及其他語文的書目。但目前為了出版這個中文版，北京三聯書店的編者又向我們提出一個請求，希望每位作者能羅列一些自己覺得比較重要的中文研究文獻（包括文章和專著），以方便於中文讀者查考。不用說，我和宇文所安先生都慎重考慮了這個建議，但最終還是決定不開列中文參考書目。這是因為，我們認為中文版的《劍橋中國文學史》應當反映英文原著的面貌——我們這部書原來就是為了非專業英語讀者而寫的。當初，如果我們是為了中國讀者而寫，我們的章節會用另一種角度和方式來寫，同時也會開列很長的中文書目。現在，我們既然沒為中文讀者重寫這部文學史，我們也沒必要為中文版的讀者加添一個新的中文參考書目。我們很感激三聯書店的理解，也希望得到中文讀者的諒解。

總之，《劍橋中國文學史》的一貫宗旨和理想是既要保持敘述的連貫性又要涵蓋多種多樣的文學方向。然而，遺憾的是，由於各種原因，我們這個中文簡體字版的下限時間只能截至一九四九年，故原來英文版中所涉及的一九四九年之後的文學文化狀況，本書只得割愛了。需要說明的是，臺灣的聯經出版公司不久將出版「全譯本」，這是對簡體中譯本的很好補充。

孫康宜

二〇一三年六月六日

介紹耶魯第一部中文古籍目錄

寫這篇推薦序，內心有很多感觸。這是因為自從三十五年前開始到耶魯大學執教以來，我就一直期盼著這樣一部有關耶魯大學圖書館中文古籍目錄的出版。在過去漫長的時光里，每當想起耶魯大學圖書館是北美最早收藏中文書籍的大學圖書館，卻一直遲遲沒見它出版過一部中文古籍目錄，總是感到十分遺憾。

現在耶魯大學圖書館中文部主任孟振華先生終於完成了這樣一部卓越的古籍目錄（將由中國大陸中華書局出版），令我感到十分興奮。該目錄共有兩大冊，一冊是收大約三百幅彩色書影，另一冊則是目錄文字。《目錄》共收錄約二千六百種、三萬六千餘冊。另有一個三二〇種的《附錄》，收錄館藏一九一二年以前刊印的報紙期刊、碑帖拓本、攝像簿、單張輿圖、域外刻本（僅收馬六甲與新加坡兩地刊印者，無和刻以及高麗刊本）。另外，寄存在耶魯圖書館內的美國東方學會（American Oriental Society）圖書館所藏中文古籍亦列入《附錄》中。從各方面看來，這真是一部傑出的古籍目錄。令人佩服的是：孟先生轉到耶魯大學圖書館工作還不到五年，在如此短短的幾年間他居然有如此大的成就，真是了不起。

孫康宜攝於耶魯大學圖書館，背景為十九世紀末耶魯第一批女博士生的畫像。（畫像作者為Brenda Zlamany）

重要的是，這是一部有別於一般傳統的古籍目錄。這是因為各書著錄款目除了包括書名、卷數、著者時代、著者姓名、刻印年代、行格、冊數、館藏索書號、附註等資料以外，孟先生還特別在附註裏說明了書的來源（如有可靠記錄可以查考者）——例如有關贈書人、個人收藏、藏書票、書店或是入藏的時間。不用說，這樣的寫作和編纂方式極其耗時耗力，但卻十分值得。那就是說，除了向讀者提供「書」的明確「身份」（identity）以外，孟先生還特別介紹了不少古籍的來歷以及它們如何被收藏到耶魯圖書館的背後故事，這些都足以讓讀者產生共鳴、深思的歷史感。這些有關「書」的精彩故事，其實也就是耶魯歷史的縮影。當初一七〇一年耶魯大學之所以建立，乃是由於十位虔誠的神職人員無私地捐出了四十本書。而三百多年以來，那個「贈書」的創校故事就不斷地被重複，時時提醒耶魯人有關這段寶貴而悠久的「贈書」歷史。

孟振華先生所編纂的這部《古籍目錄》正好涉及許多與耶魯大學的歷史息息相關的「書」的故事。在他那篇題為「美國耶魯大學圖書館中文古籍收藏史」的章節里（該文即將出版於二〇一八年的《中華典籍與文化叢刊》），孟先生很清楚地標示了幾個重要的里程碑——例如（一）一八四九年，耶魯大學圖書館成為北美第一個開始收藏中文書籍的大學圖書館；（二）一八五〇年，耶魯校友梅西（William Allen Macy）親自從中國帶回一批珍貴的古籍（以道光年間版本為主，例如《增補四書人物聚考》），全贈給了耶魯圖書館，後來他不幸於一八五九年去世，死時才三十四歲，他個人的大批遺產也就全部捐給了母校耶魯；（三）一八五四年容閎成為第一位獲得北美大學本科學位的中國人，他後來又把大批的個人藏書陸續地贈給母校，包括那部著名的《顏家廟碑集》，其中的部分碑文直至今日仍出現在耶魯總圖書館（即斯特林圖書館Sterling Memorial Library）的正門上楣；（四）一八七一年，耶魯圖書館館長范念恩（Addison Van Name）成為第一位在北美大學開授中文課程的教授，在他的任上他特別鼓勵中、日文的收藏，甚至把自己大量的中文古籍也捐給了耶魯圖書館（包括乾隆十三年「一七四八」龍江書屋刻本《新刻官音滙解釋義》），其功非淺，直到今日，他的頭部石雕像仍被展現在斯特林圖書館大堂的一側；（五）一八七七年衛三畏（Samuel Wells Williams）成為第一位在北美被聘任的漢學教授，但他早在一八四九年就在廣州為母校採購為數九〇冊的中文古籍（其中包括乾隆刊《欽定四庫全書簡明目錄》十冊），並將這一大批書籍直接從廣州運抵紐約，最後又安排轉至耶魯所在的紐黑文（New Haven）；（六）進入二十世紀後，耶魯大學繼續得到許多人踴躍捐贈他們珍貴的藏書。其中有不少贈書來自耶魯日本學會，例如《文選》六十卷（明成化二十三年「一四八七」刻本），《康熙帝告身》（清康熙十四年「一六七三」印本），《列女傳》十六卷（明萬曆間刻、清乾隆四十四年「一七七九」印本）等。此外，幾乎耶魯大學圖書館所有的宋、元藏本都來自日本學會所捐贈的佛經零卷。（七）後來，尤以耶魯大學歷史系的兩位教授芮沃壽（Arthur Frederick Wright）和芮瑪麗（Mary Clabaugh Wright）的贈書數量是耶魯圖書館有史以來所收過為數最多的贈書，他們的贈書包括二〇二種、一二五三冊的珍貴中國地方志，其中有三十二種山西方志居然是美國國會圖書館所沒有的，但他們早已於一九四九年（在來耶魯之前）將這批山西方志借給了國會圖書館複製成縮微膠捲；（八）一九六〇年代耶魯東亞圖書館館長萬惟英對於圖書館制度的建立以及館藏的發展做出了極大的貢獻，可惜他只在耶魯短暫服務三年（一九六六－一九六九）。然而雖僅三年，「在萬先生的主持之下，耶魯中文館通過採購、捐贈、交換等各種途徑，先後自香港、台灣、日本和北美等地大批入藏中文古籍」。

按理說，這樣一個歷史悠久又頗具特色的中文古籍館藏應當早就聞名於世。然而，就如孟先生所指出，編目問題一直是個頗為困擾的問題。耶魯大學圖書館自一八四九年入藏中文書籍以來，圖書館員對於如何處理中文書籍編目「一直爭論不休，從無定論」。其中尤以上個世紀的前半期東亞圖書館館長朝河貫一與中文館藏副館長金守拙（George Alexander Kennedy）在中文書籍編目方面的爭論最為嚴重，以至於「此後近二十年間，耶魯的中文館藏經歷了一個停滯不前的黑暗時期」。所謂「黑暗時期」，其實一直持續到數十年之後。朝河貫一和金守拙都是對耶魯東亞館藏特別有貢獻的人，但可惜由於兩人在編目方面的爭論，終於導致了如此不良的影響。所以在很長的一段期間，耶魯東亞圖書館一直無法提出中文古籍館藏的實際數量。就以一九七九年度和一九八七年度的館藏中文善本編目清單為例，這兩份統計所列出的數字，都與實際館藏善本數量有著很大的懸殊。難怪耶魯大學許多珍貴的中文古籍一直不為人所知！（我自己也要到最近幾年才發現耶魯在古籍方面收藏之豐富。回憶八十年代初，我還一直依賴普林斯頓和哈佛燕京圖書館的古籍來做研究，後來才發現耶魯圖書館本來就有許多珍貴的古籍，只是尚未整理出來而已。）

可喜的是，近十年來耶魯的東亞圖書館終於針對館藏的中文善本開始進行了有系統的整理。例如，二〇〇八年左右，當時中文館藏的主任Sarah Ellman陸續邀請了幾位來自復旦大學的古籍專家（如楊光輝等人）來到耶魯大學協助古籍編目的事項，並首先建立了收有四三九種善本目錄的資料庫。後來雖然由於經費不足和其他原因而中斷，以致於無法完成所有的古籍編目工作，但至少已經開了一個頭。

孟振華先生於二〇一三年初開始接掌耶魯大學圖書館的中文部。他的到來正好給耶魯中文館藏帶來了新的希望。首先，能聘請到像孟先生那樣中英文俱佳，有扎實的學術根底、有深厚的圖書館工作經驗（他曾擔任過密歇根大學、西雅圖華盛頓大學、和萊斯大學圖書館中文與亞洲館長主任）又是年輕有為的專業人才誠屬不易。所以孟先生剛到耶魯上任，就得到師生們的信任。當時班內基善本圖書館（Beinecke Rarebook Library）正在開始執行懸置多年的善本轉藏計劃，需要把一批為數超過四五〇種的中文善本從耶魯圖書館斯特林總館轉移到富有完善保存設備的班內基圖書館裡。也就在這段期間，孟先生以其堅強的毅力開始對那歷史悠久（有一七〇年歷史）的大量耶魯中文古籍做了一番徹底的研究，其敬業負重的精神令人感動。最近他又請到北大古文獻中心的楊海峥教授來協助整理耶魯館藏的明清小說善本。（但楊教授臨時因緊急事故而無法成行，殊以為憾。盼望她來日能有機會來耶魯大學從事中文善本的整理工作。——孫康宜補註，二〇一八年一月二十六日）。

同時，孟先生在百忙中（他不但負責中文部的經費預算、也處理與中文館藏有關的一切事項），還得研究散置在校園各處分館的中文古籍。一般說來，研究耶魯的中文古籍最大的挑戰之一，就是那些古籍經常分散在耶魯校園各處的分館內——如神學院圖書館、醫學院圖書館、法學院圖書館、以及美國東方學會寄存的古籍館藏等。這樣的圖書館分散 制度其實反映了耶魯大學與眾不同的漢學研究方式。在其它大學裡，「漢學」（sinology）研究及教學大多籠統納入一個「區域研究」（所謂的area study）的系裡。一般說來，在美國，有關中華文化的課程（無論是中文和中國文學還是中國歷史和人類學）全部歸東亞系；它有時被稱為「東亞語文和文明系」（如哈佛大學）、有時被稱為「東亞語文和文化系」（如哥倫比亞大學）、有時被稱為東亞研究系（如普林斯頓大學），而這些學校也都有他們獨立的「東亞圖書館」大樓。獨有耶魯與眾不同，這裡不以「區域研究」劃分系科，而是按「學科研究」（disciplines）瓜分所謂「漢學」。這就是說，教中國文學的教授（如筆者本人）屬於東亞「語言文學系」，教中國歷史的人（例如史景遷Jonathan Spence）屬於歷史系，教社會學的人（例如Deborah Davis）屬於社會學系，教人類學的教授（例如蕭鳳霞Helen Siu）屬於人類學系，而教神學的教授（例如Chloe Starr）則屬於神學院。我以為耶魯這種以「學科」分類的方式乃是為了促進漢學的跨學科研究。在某一程度上，耶魯大學圖書館藏的「分散」制度似乎也反映了這種以「學科」分類的思考方式。

我以為孟振華最大的貢獻就在於他「跨學科」的綜合能力。他不但照顧耶魯大學斯特林總圖書館的中文館藏，也參與神學院圖書館藏的發展，同時還花許多時間研究醫學院圖書館、法學院圖書館、以及美國東方學會寄存在斯特林總館的古籍收藏。現在孟先生終於完成了這部有關一九一二年以前耶魯大學圖書館中文古籍的《目錄》，實在令人敬佩不已。這部古籍目錄記載了書的歷史，也記載了時光。這真是一部值得久等的古籍目錄。

二〇一七年十二月二十九日

孫康宜

寫於耶魯大學

祝賀宇文所安（Stephen Owen）榮休[1]

吐霧呑煙吟劍橋，
唐音北美逞風騷。
癢搔韓杜麻姑爪，
喜配鳳鸞弄玉簫。
舌燦李桃四十載，
筆耕英漢萬千條。
感君助我修詩史，
恭賀榮休得嬉遨

1 我要特別感謝耶魯同事康正果，在我構思及起草此詩的過程中，他給了我莫大的幫助。（孫康宜補註，二〇一八年）。

2 宇文所安一九八二年從耶魯到哈佛執教至今。據說，宇文性嗜煙，校方特許他在辦公室抽菸。見http://book.ifeng.com/shuhua/detail_2014_04/03/190515_0.shtml）

3 杜牧詩：「杜詩韓筆愁來讀，似倩麻姑癢處搔。天外鳳凰誰得髓？無人解合續絃膠。」（見杜牧《讀韓杜集》）。宇文所安尤精於韓愈和杜甫的作品。他的博士論文題目是《韓愈與孟郊的詩》，晚年翻譯杜甫全集，認為「杜甫在中國文學史上獨一無二」。

輯四

漢學研究訪談

經典的發現與重建

——訪耶魯大學東亞語文系教授孫康宜

採訪者：張宏生（以下簡稱「張」）。
受訪者：孫康宜（以下簡稱「孫」）。

張：耶魯大學和哈佛大學齊名，同為北美漢學研究的重鎮。耶魯大學的漢學研究歷史很悠久，一直可以追溯到上個世紀的傳教士，此後一直備受世人矚目。作為東亞語言文學系的幾位中國文學教授之一，人們對你的名字早已很熟悉，但對你的「半路出家」卻可能還不大瞭解。

孫：我大學的專業是英國文學，後來到臺灣大學上研究所，改為研究美國文學。那些東西很新鮮，為我打開了一扇新的窗戶，通向了一個新的世界。後來，到了美國攻讀比較文學，就發現自己更喜歡中國文學，這種喜歡完全是發自心靈深處的，而不帶一點兒獵奇色彩。英文系的人往往都喜歡做一些比較研究，在我看來，那樣可能兩方面都只懂一些皮毛，不夠深入。有鑑於此，同時也是個人的興趣所在，我決定乾脆完全轉過來，於是就在普林斯頓大學攻讀了中國古典文學的博士學位。

張：讀你的書，覺得你的研究對象跳動很大，而且和美國當代的文化思潮似乎有一定的關係。

孫：我的博士論文本來準備做六朝文學研究，已做了不少材料準備，也寫了一些，但自己總覺得不甚滿意，相反，似乎對唐宋詞更有靈性，因而徵得指導教師的同意，改做唐宋，即對晚唐五代詞進行研究。當時，美國流行文體研究，我也嘗試從這個角度考慮問題，去探索作家怎樣在詞這種特殊的文體中去發揮自己，建構獨特的風格。例如，韋莊多用情態語詞，李煜不僅受其影響，而且變本加厲，更不斷讓否定情態動詞在詞中出現，這都使他們的創作別具一格。還有柳永，這位開創發展了慢詞表現手法的詞人，在創作中對「領字」的傑出運用，使得雅與俗在語言上互相滲透，「詩的動作」更加繁複，直觀表達和意象呈現有機結合起來，說明把他視為一個劃時代的人物，並非偶然。布魯姆曾經說過，強勢詩人的風格經常發展為創作成規，進而轉化其特性，而一般詩人則只能在時代的成規裡隨波逐流。我的這本後來中譯名為《晚唐以迄北宋詞體演進與詞人風格》的書，所討論的實際上就是這個問題。當然，我也沒有放棄對六朝詩的研究，不過那已是應聘到了耶魯以後的事了。我對以往的六朝文學研究一直有一種看法：當然，可以用社會歷史的方法去做文學，但那既不是唯一的方法，也不是最終的方法。我感到學者們似乎對政治說得太多了，多到這種程度，以至於文學好像變成了政治史料。文學的魅力果然只是如此嗎？所以，我想擺脫人們常走的路子，徑直從美學的角度切入。這樣做的結果，就能發現原來還有別一種思考問題的方法。比如說，有人認為謝靈運和謝朓的山水詩風格不同，這是由於大謝多遊永嘉山水，所以雄渾；小謝居於宣城，所以清秀。這當然也不無道理。但據我看來，與其說他們受山水的影響，不如說他們受所接受的文化資源的影響。大謝的時代玄言詩盛行，屈原一定程度上成為典範，而小謝的時代律詩已經起來了，自然就導向一個比較小的東西。當然，這裡也不可忽視性格的因素。文學和人生有關係，但並不能相等，所以王爾德說，與其說藝術受生活的影響，不如說生活受藝術的影響。清代，不知有多少女子，寫詩想像自己是林黛玉，這不就是模仿藝術嗎？所以，生活和藝術的關係實在是互動的。其實，我關心的，並不是到底生活第一還是藝術第一，而是希望人們不要被某種成見限制住了，就不敢放開思想。另外，還有宮體詩。在激進的女性主義者看來，宮體詩最糟糕，就像是男人在窺視，顯示出對弱勢族群的權力欲。我不排除裡面有色情的東西，但從美學的角度看，宮體詩裡的美人實際上是詠物的對象，是一種美感的東西，這是和當時整個時代的審美發展分不開的。所以，我在《六朝詩》裡就把山水詩、詠物詩和宮體詩放在一個層面來談，從山水到美人，物愈變愈小，但從美感上屬於一個類型。

張：你在一九九一年出版了一本書*The Late-Ming Poet Chén Tzu-Lung:Crises of Love and Loyalism*（中譯名《陳子龍柳如是的詩詞情緣》），記得耶魯大學研究中國歷史的名教授史景遷曾評價它富有創見，「以生動的史料，深入考察了在十七世紀這個中國歷史上的重要時期，人們有關愛情和政治的觀念，並給予了深刻的闡述。」你的研究領域為什麼又轉到了明末？

孫：從一九八〇年代初，我就特別注意文學的經典化。儒家的一些典籍如《論語》、《尚書》、《周禮》等在漢代就已經確立了經典的地位，以後基本上沒有什麼變化。文學就不一樣，各個時代的經典往往不同，而且還有可能創造新的經典。我曾注意到劉勰對《離騷》的看法。他提倡儒家，同時又把《離騷》的地位抬得很高，看得出，他是把《離騷》和儒家結合在一起的，因為若不和聖人連在一起，就不夠權威，也沒法經典化。但是，在對《離騷》進行評價時，他尊重的是文，而不是道德，這就開闢了一個方向：聖人的東西在文的方面也能經典化。「經典化」是個動詞，是把作者經典化，就像西方第一個被經典化的是荷馬一樣，中國文學第一個被經典化的是屈原。實際上，劉勰是在文學批評的領域中，把自己經典化了。如果說《文心雕龍》是劃時代的著作，這是非常重要的一方面。正是從劉勰起，開始了重寫文學史。不過，總的來說，到了現代，古代文學的經典也有漸趨定型的勢頭，人們在文學史的研究中似乎只是要對以往認定的經典進行闡釋，有時「重視二三流作家」的呼聲，也不過是要填補文學史的某些環節，而不是重新清理文學史。可是文學史要有生命力，就必須不斷通過經典化，讓它鮮活起來。我所選擇的切入點是婦女文學。在我看來，柳如是和陳子龍之間的詩詞往還，不僅是個人情觀的體現，而且對明清之際的詩詞復興有一定的作用。柳如是詩詞的這種作用，是以前人們未能認識或認識不清的。另外，從當時美國的學術批評背景看，一方面是解構主義，一方面是女性主義，我的書是在這個背景中產生的，但卻是對解構主義的一個反動。因為解構主義要求打破文體，我則認為文體很重要，詩和詞就是不同的。我處在解構主義的大本營，卻唱了反調，也算一點小小的不諧和音。

張：你從很早就開始專門研究中國的女作家，還主持編了一本中國歷代女詩人的選集，是否也是出於同樣的目的？

孫：編纂一部中國女詩人的選集，並把她們的作品譯成英文，介紹給西方讀者，是我多年來夢寐以求的願望。所以，差不多從一九九〇年開始，我就和全美許多學者通力合作，進行編纂，現已全部完成，由斯坦福大學出版社出版。整部書分兩部分，前一部分是翻譯，後一部分是評論。評論也分兩部分，前一部分是女人評女人，後一部分是男人評女人。為這些作品作翻譯的，差不多包括了全美研究中國古代詩歌的學者。讓我非常高興的是，有的學者本來不是專門研究女性文學的，可是通過這次工作，竟然產生了濃厚的興趣，專門搞起了婦女文學研究。當然，我請這麼多人來幹，還不僅僅是需要他們的翻譯，更重要的是有一個重新認識文學史的願望。這本書出來以後，全美不少大學會用它來做教科書，而這些人都是老師，也會帶動他們的學生讀一些婦女文學。所以，通過這一工作，等於是把婦女作家經典化了。長期以來，明清女作家一直沒有得到應有的重視，在各種文學史讀本中，基本上沒有一席之地，我們對這一作家群體給予再認識，也就是改寫了文學史。

張：對於女性作品的經典化，使之從文學的邊緣提升或還原為主流，是當今世界文學批評的一個重要傾向。這一過程是以對文本的闡釋為前提的，需要用當代的批評意識去理解和重建傳統。把中國古代女性的作品融入這一潮流，會得出什麼看法？

孫：首先應該提出的是，中國的女作家和西方不同。在西方傳統中，詩人向為神職，婦女不可能是神職人員，所以只能被排除在主流之外。有人甚至認為詩人這個詞，從它的希臘文來看，本來就是陽性的，如冠以「女詩人」，未免自相矛盾。中國就沒有類似的情形，而且中文本身基本上就是中性的。與此相關，在英國的維多利亞時代，如果一個女人出版了作品，那就和出賣貞操差不多。可是在中國，尤其是在明清時代，女詩人大批出現，據現代學者胡文楷統計，僅清代就有二千多家，作品近三千種（這個數字當然是很保守的）。同時，明清女詩人們喜歡出版作品，也喜歡被選。這在十九世紀以前的西方是不可想像的。當然，這也和男性社會的鼓勵有關。如明清之際葉小鸞的父親葉紹袁在其《午夢堂全集》自序中曾提出女人的「三不朽」，他認為男人的「三不朽」是德、功、言，而女人的三不朽則是德、色、才。中國的女子德是不用說了，有那麼多烈女；絕色和大才卻還不夠，所以希望藉哀結家集時，申明婦才之可貴，應該大力提倡。值得注意的是，為了表彰婦才，這些文人還千方百計地為婦女的創作尋找依據，向上溯源，一直追到《詩經》，指出其中不少篇什出自女性之手，並以此證明孔子刪詩，不廢女流，因而為女性的創作找到了合法的依據，用心非常良苦。既然女性能在中國詩歌的最權威的選集中占有一席之地，那麼繼續經典化當然是合情合理的。當然，不是沒有人對女作家有非議，比如章學誠在他著名的《文史通義．婦學》中就很有微詞。不過據我看，章學誠並不反對女人有學問，否則他為什麼那麼喜歡班昭呢？他希望女子雖然讀書，但要守禮，不要炫才。可他沒有想到喜讀書，能寫作，可能就難免炫才。由此看來，林黛玉或者是清代才女的一個典型，所以薛寶釵告誡她不要炫才，薛寶釵所代表的，正是章學誠之類的觀點。

張：除了男性社會的鼓勵，恐怕和女性主體意識的張揚也有關係，否則不可能有這樣的規模和品質。這實在是一個很有意思的現象，一方面是「女子無才便是德」這一規範的出現，另一方面是眾多女性雖然口頭上認同、實際上卻對這一規範的突破。這不僅是研究文學史，也是研究社會史的一個課題。

孫：「女子無才便是德」這一口號的出現，並不是對婦女尤其是知識婦女的生活狀況的反映，而是體現了某些封建衛道士（包括一些女性在內）對原來的陰陽格局被打破之後的恐懼。這一點，隨著研究的不斷深入細緻，將會看得更加清楚。在女性詩人被經典化的過程中，她們本身的主體意識當然是至關重要的，和男性文人的揄揚相輔相成。我們知道，選本是中國文學批評的一個重要方式。在明清時代，女詩人們很熱衷於編選女性詩詞集，為文學史上的女性作家定位，當然也是為現實創作服務。不僅如此，她們還經常出版自選集，自覺凸現其個體形象。在明清以前，雖然宋代的活字印刷為出版事業開闢了新局面，出版物的繁多也是空前的，但基本上未見過女性作家為自己編集子、出集子。明清時代出現的這種新現象說明，女詩人們不僅希望得到當代讀者的讚賞，也渴望自己的作品能夠永垂不朽。曹丕在《典論・論文》中說：「文章者，經國之大業，不朽之盛事。」自東漢末年文學的自覺意識開始出現以後，文人們無不以傳之無窮的不朽自期，專集的出版當是這種意識的集中表現。明清出現的大量女性作品集也不能和這種意識無關。我們這部選集共選女詩人一百二十多家，其中明清以前的作家只有二十五位。這個統計數字，在比例上未免有點遺憾，但明清女作家所占的份量，也是對中國文學史發展的一個側面的形象說明。

張：女性主義批評家一直在不遺餘力地把女性的聲音從「邊緣」向中心或主流地帶提升，從你的工作中，似乎能看到其中的某些影響。

孫：我們做這件事當然不可能和女性主義一點關係都沒有，但我不希望人們僅僅這樣來理解問題。最近布魯姆出了一本書，叫《西方的經典》。在這本書的序裡，他抨擊那些由於自己是女性，就要求人們去讀女性作品的女性主義者，進而提出了美學原則，認為是美學而不是性別最重要。書一出版，就引起一些女性主義者的強烈不滿，說他漠視弱勢族群。但是，既然把作品放在文學史中來討論，標準就只能是藝術成就，而不是性別。如果僅僅因為女人要求權利，就一定要經典化，從而把女性的作品抬得很高，那實際上並不是提高女性的地位，而是降低了。關鍵是女性的作品到底有沒有優點或特點。以前人們總是喜歡說，女性寫的東西最能表現女性，對此，很多男人也同意。但這在理論上有缺陷。他們只是以此作為一種計策，使得自己的地位更高些而已。女人寫的東西並不一定就最女性化，有時候，男人寫的東西反而更女性化些。但男人寫東西，如寫愛情，常常要講寄託，而且認為有寄託才是文學的正道；女人則反過來，不一定寄託，就是寫自己的真生活。可是即使認識到女作家的這一特點，也不能否定她們作品中的富有文學性的虛構，那種認為女作家的創作一概是自傳體的看法，並不符合文學史的發展狀況。例如，武則天有一首〈如意娘〉，其中有「看朱成碧思紛紛，憔悴支離為憶君」之類的描寫。歷來學者多從自傳的角度去闡釋，或說語氣浪漫虛弱，不類其女皇身分，因而非其所作；或說是自述其為太宗才人時，與太子李治偷情之情狀。其實，都是胸中橫亙一個「自傳」的概念而導致的誤讀，正如施蟄存先生在《唐詩百話》中所分析的：「這是寫的樂府歌辭，給歌女唱的。詩中的君字，可以指任何一個男人。唱給誰聽，這個君就指誰。……你如果把這一類型的戀歌認為是作者的自述，那就是笨伯了。」另外，明清以前雖然有女性文學，但基本上沒有創造一個文學批評傳統。這一傳統，到了明清時，就建立起來了，這在有關的選集、總集以及序跋中可以看得很清楚。從這些方面看，中國的女作家，尤其是明清的女作家，確實有值得重視的理由。

張：那麼，西方女性主義理論是否適合研究中國古代的女作家呢？

孫：恐怕有許多都不適合。西方女性主義運動的興起，有其特殊的背景。在西方，特別是在十九世紀以前，有些男人不僅看不起女人，而且恨女人，因而女性主義者，尤其是激進的女性主義者就號召女人起來反抗，對男人懷有敵意。這與中國的情形就頗為不同。中國的男人不管怎樣以男性為中心，卻都很喜歡才女，尤其在明清時期，更為突出。所以，中國沒有西方那樣的女性主義運動的背景，要把女性主義理論完全拿過來，是並不妥當的。比如說，清代的女詩人吳藻喜歡扮成男人，她的自畫像也是男人，有人說她是同性戀，我看未必。而用激進的女性主義恨男人的理論來解釋，就更不通。因為吳藻不是恨男人，而是羨慕男人。她不是對自己的自然性不滿，而是對自己的社會性不滿。她在自己創作的戲曲《喬影》中，自比為屈原，通過「性別越界」（Gender Crossing），唱出了飽受壓抑的心曲，在當時文壇引起極大的轟動，有人寫詩讚美道：「詞客深愁託美人，美人翻恨女兒身。」屈原以美人自喻，吳藻卻以屈原自喻，二人都企圖在「性別面具」下找到自我的聲音。另外，清代有一些女詩人如徐媛、陸卿子等，都是有丈夫的人，可她們寫了不少帶有愛情內容的詩送給青樓女子，卿卿我我，濃情密意。用現在的女性主義理論看，她們應是雙性戀。但其實她們不過是模仿男性寫宮體詩，是一種喝酒時的遊戲而已，是傳統的文人習氣的一種擴大。這種創作美學也顯示了現代婦女追求女性主體性的萌芽，即女性也希望像男性一樣，在寫作及閱讀上，不但有主動虛構的自由，也有跨越性別的幻想。此外，這裡還存在一個文體的問題。就像六朝詩，寫女人怎麼怎麼美，好像很性感，其實往往不過是對一種特定的文體的操作。寫作者追求的是文體，而不見得裡面一定要有什麼樣的感情。所以，有時是人追求文體，有時是文體帶動了人。現在美國學術界對西元前七世紀希臘的女詩人薩福很感興趣，很多人傾向於把她作為一個同性戀者來討論。我所關注的問題不在這裡。我覺得，薩福身上所反映出來的，是情欲主體的問題。作為一個女人，她敢於發揮自己的主體性，敢於說自己要什麼、不要什麼。在以往的中國文學中，就像《詩經》裡的〈蒹葭〉所說：「所謂伊人，在水一方。」總把所愛的人比作在另外一方，怎麼也抓不到；薩福則把所愛的人比作樹上的蘋果，怎麼也搆不著。這個蘋果的意象很有意思，伊甸園裡那個開發人的心智甚至情欲的不就是蘋果嗎？把這兩方面結合起來看，用現在的批評話語來說，就出現了一個「客體」（The Other）的問題。如何看待它，任何時候都涉及主體性。在六朝時，女人明顯是客體，所以成為宮體詩的對象，可到了明清，女人就在很大程度上成了主體，她們自己開始寫自己，就像薩福一樣。我研究明清的女作家，最感興趣的就是這種主體性。所以，女性主義理論儘管不能硬套，卻可以使我們思考一些原來想不到的問題。另外，現在又有一種新女性主義者，不是恨男人，而是要和平共處，要妥協，既要事業，又不願失去女性的東西。這個放在中國的語境中似乎就比較合適些。

張：那麼，具體說來，你現在做女作家研究，主要涉及那些領域？

孫：我的有關女性作家的寫作計畫，包括寡婦、早夭的才女、滿族女作家、女人對婚姻的感覺等問題，但最想研究的是女人和疾病，及其在文學上的隱喻問題。對這個課題，雖然也有人注意到了，但主要限制在病理上，我則想從文學的角度切入。比如，女作家的憂鬱症，明清時代有許多這樣的女性，她們藉寫作來宣洩心中的積鬱。另外，還有文體問題。明代有一個女劇作家叫葉小紈，她家裡的女性，媽媽和兩個妹妹都能文，是寫詩詞的，死在她的前面。要讓心理醫生分析，一定會說：「當然了，劇作家是站出來看問題的，是客觀的詩人；詩詞作家是進到裡面看問題的，是主觀的詩人，這就造成其命運的不同。」究竟應該怎樣理解，可能還要有更為仔細的分梳。我想關心的是女作家的病因，以及寫作在多大程度上成了她們療病的動因。這一類的材料，與西方相比，也許中國古代社會特別多，因而也特別令人感興趣。

張：現在海內外的學術交流愈來愈頻繁，但我覺得溝通的工作還要進一步做下去。美國不少學者的論著已被介紹到了中國，說明這個領域愈來愈受到關注。能否從發展的角度，介紹一下美國的漢學研究？

孫：漢學是一種傳教士的傳統，剛開始主要是對四書五經的注釋和翻譯。漢學家所追求的，往往是正宗的中國化，如中文要說得好，甚至娶個中國太太、走路像中國人、修身養性、正心誠意等。自從比較文學起來以後，情況就發生了變化。比較文學的發展可以韋勒克為分水嶺，在他的時代，還是繼承傳教士的傳統，主要是影響比較，到了韋勒克以後，主要就是觀念的比較了。發展到現在，則是各種理論都有，百花齊放。在這一過程中，中國文學也逐漸受到了重視。一方面，美國愈來愈多元；另一方面，華裔也愈來愈多。所以，中國文化也就變成了美國的多元文化的一支，這就決定了我們研究中國文學必須在美國的文化話語中起作用。變化的最顯著的標誌可以從課程設置上表現出來。以前，在比較文學系，不管是斯坦福還是耶魯，選擇的經典不是柏拉圖就是莎士比亞；現在，則中國文學也成了主要課程之一。這樣，中國文學就從民族的，變成了世界的。從對中國文學的研究來看，一九七〇年前後是一個重要發展時期，學術界由以往的漢學傳統進入了一個新的階段。現在，哈佛大學教書的宇文所安等人可以說是在轉變方向時產生出來的重要人物，他們立足中國文學的特定語境，並融入自己的學術背景，對中國文學進行了別開生面的研究。宇文所安成就很大，他的書寫得很有特色，也很有功力。他經常提出一些新穎的觀點，從不同的文化背景去看，會有不同的看法，這類現象本身也是富有啟示意味的。比如，他在一篇文章中談《文心雕龍》，認為人文就是天文，文就是道的表徵，自然之道就包括了文，所以中國人在寫他人和自己的時候，是自自然然的，不需要隱喻，不需要超越，所以也就不重視虛構；西方則不同，人和自然是兩個世界，二者要想溝通，就必須超越，所以整個世界觀就是隱喻的。這種觀點引起一些學者的反對，認為西方也並不是都對立，希臘裡的象徵比喻也並不一定都是隱喻等。我覺得，宇文所安是在講讀者，講中國詩「被讀作……」；而持不同意見者卻是在講作者。一方面是說批評方式，一方面是說創作主體，討論的實際上不是一個問題。這在英文特定的語境中，確實容易混淆。評判不同文化背景中的東西，尤須「同情的理解」，否則，就會影響更進一步的溝通。

張：客觀地說，中美學者在研究的方法上有一些不同。將這些不同提到方法論的高度，也許不盡恰當，但視而不見也不應該。你對此有什麼看法？

孫：我很留意大陸學術界的工作，以前的感覺是和政治結合得太緊了，現在當然變了許多，不過在研究文學方面還是對政治學、文化學的層面關注得太多。比如，研究《文心雕龍》，許多人關心的是劉勰為什麼這麼崇拜儒家。或者說，當時的人對儒家不那麼崇拜，所以他要標榜儒家；或者說，當時皇帝特別喜歡儒家，所以他要迎合上意。還有關於佛教等問題。這些都是需要的，但為什麼不多從美學的角度去探索呢？這種話語放在美國的學術界就會有一種疏離感。我不是評價是非，如果談區別，這也算是一方面吧。另外，在美國用英文寫作，也能體現出不同的特色。我自己同時使用中英文，對此體會很深。中國的學者寫文章往往很全面，談一個作家，先要說他是哪裡人，爸爸怎麼樣，老師怎麼樣等，然後才慢慢講他的東西。可這樣的寫法放在英文裡就不行。寫英文文章，往往一開始就是論辯性的，從頭到尾就只有一條線，一個觀點接著一個觀點，就像演講一樣，如果把許多材料都塞進去，反而會打斷思路，所以只好放進注釋中。這樣的文體是西方的學術傳統，也是被普遍認可的學術規範，而文體決定了怎樣去選擇材料。用中文寫，材料多一些，加一些潤色的東西都無妨，思路打斷了，可以在另一個地方接起來，甚至同時有幾條思路也無關緊要，但用英文寫論文就不可以。所以，英文翻成中文可能很單調，中文翻成英文可能很散亂。文體的不同到底在多大程度上影響了研究方法，現在似乎還沒有人充分注意，我覺得循著這一條線索，是能夠發現些什麼的。至於在美國由於學術背景的不同，有的學者喜歡用西洋理論去研究中國古代文學，其中也是利弊參半。這樣做的前提是應該對兩方面都有一定程度的瞭解，能換一個角度去看中國的東西；否則那就是生搬硬套，結果也就難免牽強附會了。

——發表於《國際漢學》二〇〇二年。

美國漢學研究中的性別研究

採訪者：錢南秀（美國耶魯大學文學博士，現任美國萊斯大學亞洲研究系中國文學教授）。
（以下簡稱「錢」）。
受訪者：孫康宜（以下簡稱「孫」）。

錢：孫老師，今天的話題，是美國漢學研究中的性別研究。開題之前，是否請您先為「性別研究」做一定義？

孫：性別研究（gender studies）是西方近二三十年的新興學科。起源於對女性和男性的研究，並受到後現代主義多中心視角的影響。其前提是視性別為個人的社會屬性（gender），而非我們通常理解的自然生理屬性（sex）——當然二者之間無法分割。在這一基礎上，性別研究分析文學和社會中性別的構築和認同。當代西方性別研究成為顯學，其重要貢獻，一是增強了學術研究的跨學科性質：因性別視角必然牽涉到文學、社會，心理、政治、經濟等種種層面；另一是透過性別涵義的棱鏡，必然引起對男性社會傳統下形成的知識結構與詮釋的反思，並重新發現過去忽視的知識產物，比如婦女的著作。這也正是性別研究的漢學之道。

錢：就我所知，美國漢學的性別研究，以明清婦女文學研究成就最為突出。我剛剛參加了方秀潔（Grace S. Fong）、魏愛蓮兩位教授在哈佛組織召開的學術會議，「由現代視角看傳統中國女性」

（Traditional Chinese Women Through a Modern Lens，二〇〇六年六月十六至十八日）。此次會議為祝賀麥基爾—哈佛明清婦女文學資料庫的完成，共提交論文二十三篇，均與文庫所收作家作品有關。很遺憾您這次未能出席此次會議。方、魏兩教授囑我轉達：與會者一再指出，一九九三年您和魏教授在耶魯召開的明清婦女文學國際研討會，是第一次大型美國漢學性別研究學術會議，在總結前此學術成就的基礎上，將這一研究引向深入。會議論文集《明清女作家》（*Writing Women in Late Imperial China*, 1997）及您與蘇源熙教授（Haun Saussy）主編的《中國歷代女詩人選集》（*Women Writers of Traditional China: An Anthology of Poetry and Criticism*, 1999），在深入開拓美國漢學性別研究上起了主導作用。其後由您倡議，張宏生教授在南京大學召開的二〇〇〇年明清婦女學術會議，和這次的哈佛會議，其中間隔均為六到七年。我想就從這三次會議入題，請您就美國漢學性別研究的成就、論題、方法等做一綜述，恰好可為近十餘年美國漢學的性別研究做一總結。

孫：好的。

一、美國漢學性別研究的成就

錢：首先請您就這三次會議，分別評述它們在漢學性別研究學科建設上的意義。這次有學者將耶魯與哈佛會議對比，認為耶魯會議涵蓋面廣，學科包括文學、歷史、藝術，作家身分兼及閨秀、才妓乃至村婦。而此次哈佛會議則僅限於閨秀文集。無論作家作品，從社會階層來看均嫌偏狹，未能考慮到底層作家如村婦、妓女等，遑論反映底層生活。

孫：一九九三耶魯會議，其時資料有限，可謂是巧婦難為無米之炊，只能把所知道的女作家資料都盡量包括進來。所謂的涵蓋面廣，是這個原因。提到村婦，是指賀雙卿，但賀到底是實有其人還是出於文人建構？康正果呈交耶魯會議的文章就指出：「雙卿的軼事並非具有恆定意義的『歷史文獻』，而是一種是詞語與敘事文互相指涉的特殊文體，是真假虛實迭相變奏的『召喚結構』……」[1]至於妓女的階級屬性亦頗為複雜。幼年孤貧，賣入娼門，絕大多數從此淪落。但也有部分，如秦淮八豔，受到一定的文化訓練，往來者都是其時的著名文士。若嫁入豪門，也變成了閨秀。柳如是便是如此。這些才妓，從思維到文風，與上層文人更為接近。

錢：確實如此。至於說閨秀寫作反映生活面狹窄，也缺乏根據。社會下層多不識字，我們今天對歷史上普通民眾生活的瞭解，主要還是依靠文人學士的紀錄。當然，中國傳統講究男性主外、女性主內。士紳階層中的男子，為官求學，走遍天下，筆下所反映的社會人生，相對廣闊一些。但這並不意味女子只能描繪閨中的狹小空間。相當數量的士紳婦女，隨夫遠宦，清末還有隨夫出使遠洋者，有見識，下筆廣闊，就我個人的閱讀經驗，明代女作家邢慈靜作《黔塗略》，記載她由貴州扶亡夫靈柩歸鄉，萬里旅途的艱辛，途中的風土民情，亦多有描寫。清末女作家薛紹徽，她的詩作，幾乎就是維新變法及其後新政時期的一部編年詩史[2]。

孫：所以，關鍵還是要大量發現婦女的詩歌，並仔細研讀。過去，我們苦於沒有資料，麥基爾—哈佛明清婦女文學資料庫的建立，收入晚明到早期民國婦女著作九十種，而且有詞語檢索，為專書和專題的研究都提供了方便[3]。在此基礎上召開的這次哈佛會議，將明清婦女文學研究引向更多文

1 參閱康正果，《風騷與豔情》（修訂版，上海：文藝出版社，二〇〇一），頁三六二至三六三。

2 見薛紹徽，《黛韻樓遺集》（福州：陳氏家刊本，一九一四）。《遺集》包括薛氏《詩集》二卷、《詞集》二卷、《文集》二卷。

3 見"The McGill-Harvard-Yenching Library Ming Qing Women's Writings Digitization Project"，載：http://digital.library.mcgill.ca/mingqing/english/index.htm

本研究，在美國漢學性別研究上，又是一大貢獻。

錢：那麼對於二〇〇〇年的南大會議，您又是怎麼看？

孫：南大會議時我在瑞典，無法參加，是請康正果代讀的論文。你在場，何不談談你的看法？

錢：我以為南大會議的最大貢獻，便是南大中文系以古典文學研究重鎮，出面召開「明清文學與性別研究」的國際研討會。毋庸諱言，國內的古典文學研究，基本還是男性學者的領域，對婦女文學和與之有關的性別研究，尚未觸及。南大會議的召開，對國內的性別研究，有極大的促動，南大本身就培養了一批專攻性別研究的年輕女學者，有的已開始任教，有的來美繼續深造。這還得感謝您的倡議。我注意到您在耶魯會議時就特別注意邀請國內學者參加，為此很花心血。南大會議則進一步促成了中美學者的合作，這次哈佛會議同樣，二十三篇論文，有八篇作者來自大陸和港、臺。

孫：今日中國學術已走向世界，當然需要各方的溝通交流。遺憾的是，美國學界本身對漢學性別研究的成果，反而有點視而不見。

錢：那麼，您看美國漢學性別研究，就美國性別研究的學術整體而言，貢獻何在呢？又為什麼受不到足夠重視？

孫：這牽涉到美國學術界的性別研究性質。從學理上講，過去二三十年，美國乃至整個西方性別研究，基本上是遵循由差異觀到迫害論的思路，由此探討性別「差異」所造成的權力關係和文學的傳承觀念。一九七〇年代初，凱特・米萊（Kate Millett）的經典作品《性的政治》（*Sexual*

Politics）乃是以西方文學裡的壓迫者（男）和被壓迫者（女）的對立和「差異」為出發點的。又比如一九八〇年代以來，著名文學批評家巴巴拉・詹森（Barbara Johnson）的重要理論著作幾乎全是以「差異」（difference）一詞作為標題。男女差異觀強調男權制是一切問題的開端，而女性則是男權制的犧牲品、是「受害者」（the "victimized"）。這種由於性別上的「不同」而轉為「受害者」的想法後來成了美國性別研究的主要「話語」（discourse）。

錢：這個話語系統是否適用於漢學性別研究？傳統中國的女性是否都是受害者？

孫：問題就在這裡！美國漢學家們可以說是首先打破女性為受害者形象的人。在這一方面最有貢獻的學者有漢學家高彥頤（Dorothy Ko）和曼蘇珊（Susan Mann）。有關這一點，我在〈從比較的角度看性別研究〉那篇文章裡已經詳細介紹了。

錢：高彥頤、曼蘇珊的研究從實際材料出發，而中國的歷史經驗和西方不盡相同，所以她們能發西方性別研究者所未發。高、曼而外，美國漢學界近年有關中國古典性別研究方面的書籍，無論從品質還是數量，都有一個飛躍，應當早已影響了西方性別研究的方向，然而事實並非如此。我們那麼認真地研讀吸收西方理論，為什麼西方性別研究者們卻不關心我們的研究？

孫：我認為問題就出在人們一向以來所存在的偏見：一般人總以為西方的文化理論可以為中國文學研究帶來嶄新的視角，卻很少有人想過中國文學的研究成果也能為西方的批評界帶來新的展望。因此，雖然美國的漢學界有關性別方面的研究，已經有了多方面的突破，但西方性別理論的學者們，對於這一方面的漢學成就往往視若無睹。在這個後現代的時代裡，這種普遍的疏忽和偏見的確讓人感到驚奇。可惜的是，不僅一些西方人存有這樣的誤解，就連今日中國大陸、臺灣、香港的知識分子也經常有這種偏見。這就是為什麼這些年來有不少中國學者只注重西方理論，卻忽視了傳統中國文化的原因。這種捨近而求遠的態度，本來就是二十世紀以來中國知識分子的一個嚴重的盲點。

二、漢學性別研究主題

錢：漢學性別研究主題面很廣。我想著重兩點，一是您目前比較關注的女性道德權力，一是這次哈佛會議引起爭論的婦女文學評價標準。您最近的一系列文章，如〈傳統女性道德權力的反思〉和〈道德女子典範姜允中〉[4]，都談到婦女才德及其權力的內在聯繫。我非常喜歡這個論題，因為後現代理論忽視道德作用與是非標準，而談到傳統女性道德，又好像都是儒家父系社會對婦女的束縛。其實，道德在中國傳統婦女生活中有積極正面的作用，特別是和才能並置的時候。但我不太喜歡「權力」（power）一詞，是否用「力量」（strength）較為恰當？

孫：為什麼一把「權力」（power）和女人聯繫起來，便覺得不好？我正是要強調權力在婦女生活中的作用。這也是最近美國性別研究有一種新的研究方向，就是前面提到的，不再羅列女性受壓迫的例子，而是開始探討兩性之間的關係互動以及他們在文化、藝術、經濟、政治乃至於日常生活的架構下所擁有的實際權力。當然，你也說得很對，我所謂的「道德權力」（moral power）意識其實是指中國古代的女性把痛苦化為積極的一種力量。所以，為了避免誤會起見，我還是決定改用「道德力量」這個詞語吧。

4 〈傳統女性道德權力的反思〉，國立臺灣大學法鼓人文講座（二〇〇五年五月三日）；〈道德女子典範姜允中〉，載《世界週刊》二〇〇六年六月二十五日。

錢：可不可以這樣看：力量（strength）是內省的，而權力（power）是外揚的，道德則是二者的源泉。魏王弼《老子》三十八章注指出：「德者，得也……何以得德？由乎道也。」把德解釋成依道而行的內在能力，一旦張揚，挾道而行，遂成權勢，而能力又和才幹直接相關，應該便是您講的這種才德與權力的關係。還有，雖然明、清兩代盛行「女子無才便是德」之說，但才女們則自有其才德觀。如清末女詩人薛紹徽便說：「才之與藝，是曰婦言，是曰婦工，固四德不能外。」[5]改變了傳統四德中婦言為出語謹慎、婦工為中饋紡績的定義，言下之意，「女子有才便是德」。這和您在〈傳統女性道德權力的反思〉一文中引述劉勰的「文之為德」，觀點是一致的。而薛本人也正是通過她的文才學識，呼應其時的變法形勢，在維新報刊上報表文章，重新定義婦道婦德，倡議婦女以才智進入公共空間，為民為國效力。她的主張，受到男女變法志士的支持擁戴。參照您的理論，薛紹徽也正是以其才德建立起權威。

孫：Power呀！婦女的權力作用這麼大，為什麼還要說不好？

錢：我想再就婦女文學評價標準請教您的意見。這次哈佛會議，是針對具體材料說話，如何閱讀與評鑑婦女著作，也就成為與會者的共同關注。這種關注，也是性別研究進入縱深的必然。比如陳平原教授最近提到，北大有研究生選題為古代婦女詩詞，論文答辯時，便碰到這樣的問題：你為何選擇這一課題？是為了拾遺補缺，以紓解婦女著作遭受忽視的遺憾？還是因為材料真正具有文學價值？我想，若是前者，則是社會史題目，似無可厚非；但既是面對文學資料，文學價值如何，

5 薛紹徽，〈創設女學堂條議並敘〉，《求是報》一八九七年第九期，頁六下至七上。全文載《求是報》第九期（一八九七年十二月十八日），頁六上至七下，和第十期（一八九七年十二月二十七日），頁八上至下。

亦不可忽視。

孫：那麼這次哈佛會議有什麼具體意見？

錢：有學者說，婦女著作，多被遺忘，是因為甫出時支持者過於吹捧，其後讀者發現名不副實，自然也就丟開不提。

孫：（笑）這個理論倒也有趣，發言者顯然是想引起爭議。

錢：是呀，所以馬上有學者批駁道：對男人著作的評價，同樣有褒揚過甚之弊。特別是明清文人別集，作序的多為親朋，言不副實，而作品良莠不齊，比比皆是。

孫：是這樣的。即使是大詩人李白、杜甫、蘇軾等，作品集中有好的也有一般的。當然，這也和作品的收集與保存形態有關。李後主留下的詞，數量不多，五十餘闕而已，但篇篇精彩；李清照的詞，可靠的也只四十餘闕，也都好。這或許是原作者對自己苛求，不好的都丟棄了。也可能原來的詞集散佚，只有好的流傳下來。所以，真難以男女來界說。

錢：我自己的研究中也有如何評價作家作品的困惑，不只是女作家，男性亦然。我目前的研究對象是清末女作家薛紹徽，也包括了她身處的社會文化圈的考察。前些時，偶然發現了薛的夫兄陳季同的手稿詩集《學賈吟》。陳季同是清末維新與新政時期的一位關鍵人物，而且也是第一位以西方語言介紹中國文化的作家，辜鴻銘、林語堂還是受了他的影響，卻也被近代史學遺忘了。現在，關於他的研究開始出現，但仍限於他的外交活動與西文著作。《學賈吟》是迄今發現的唯一中文著作。我在為其上海古籍影印本做前言時頗費躊躇，因為找不到參照，不知如何評價。最後，是在集中發現了他與范當世（一八五四－一九〇五）的一組唱和，然後又在范集中發現四十餘首有關季同的詩作，表達了他對季同詩才與人品的敬慕。范是清末著名詩人，同時代詩人對他極其推崇，所以我就沿用了范當世的評語。書出來後，上海古籍請北大的夏曉虹教授寫書評。曉虹對我說，實在說來，陳的詩不算好。我同意曉虹的意見，因為比較之下，薛紹徽的詩作要精工得多。但這裡也有您所談到的著作保存形態問題。薛的詩文集基本是她自己在病榻上審定的，當然是把好的保留下來，從少女時期到她四十六歲辭世，一共只收三百餘首詩，一百五十闕詞。《學賈吟》收詩三百五十四首，多為季同一八九六下半年湘、黔考察途中所做，難免粗糙[6]。然而，不讀、不比怎能知道？所以，哈佛會議對如何評價女性著作的共識，也還是要首先仔細研讀。

孫：這當然是做學者的起碼操練，不管是對男作家、女作家而言。不過，以前我們研究女作家沒有條件，資料不好找。現在麥基爾－哈佛明清婦女文學資料庫為我們提供了方便。至於如何評價，應該相信我們自己，在多年古典文學研究後，具備了一定的眼光和分析能力，是可以做出自己的判斷的。

錢：就這一問題還望您能做更為具體的指導。對婦女寫作的評價，牽涉最多的是其題材關懷，詩詞是婦女最為擅長的文體，一般則認為女人思想狹隘，吟詠不出小庭深院、日常起居。梁啟超在提倡婦女教育的同時，就反對婦女詩詞，認為是批風抹月、拈花弄草、傷春惜別的浮浪之作[7]。王仲

6 參閱陳季同，《學賈吟》（影印本），錢南秀整理（上海：上海古籍出版社，二〇〇五）。夏曉虹書評：〈今日黔中大腹賈，當年海外小行人——讀陳季同《學賈吟》手稿本〉，載《文匯報》二〇〇六年二月十九日。

7 見梁啟超，〈論女學〉，《時務報》冊二三，頁二上。全文載《時務報》冊二三（一八九七年四月十二日），頁一上至四上、冊二五（一八九七年五月二日），頁一上至二下。

聞花大力氣研究李清照，但也批評李早年詩詞囿於個人情感，中年以後始「跳出了封建時代婦女生活的狹窄天地，發表了對社會、政治的一些見解」[8]。好似只有寫社會、政治，才算好詩詞。而我發現您最近談到張充和的一篇文章，卻對她詩詞中展現的日常生活狀態極為讚賞[9]。

孫：確實，充和可算得是最後一位傳統意義上的才女，至今保留著類似的生活方式與詩詞關懷，平日除了勤練書法以外，總是以種瓜、鏟雪、除冰、收信、餵鳥、寫詩、靜觀松鼠、乘涼等事感到自足。那是一個具有平常心的人所感到的喜悅。難怪我的美國學生們都說，在充和的詩中可以看見陶淵明的影子，詩中充滿了春天的氣息，代表著一種生命的熱情和希望，這正是中國女性詩人最可貴的人文情懷。

錢：這讓我想起方秀潔教授此次哈佛會議上的論文。婦女寫作中常有病中吟，因此多受譏評。但方教授指出明清婦女詩詞，即使對疾病的描述也很美，比如薛紹徽寫〈海病〉嘔吐：「有時噴珠璣，淋漓瀉飛瀑。」她還特別說，這是南秀的薛紹徽，讓我很不好意思，因為我在討論薛的詩詞時，一味強調其戊戌編年詩史作用，忽視了她描述日常生活的作品。

孫：女人詩詞中多病中描寫，一點也不奇怪，她們整天忙於家務，只有生病靜養時才能有些空閒，做詩填詞。如果是家人生病呢，伺候湯藥也是她們的責任，焦急、期待、傷感也會自然流入詩句，畢竟疾病也是生命和生活的一部分。

錢：因為多日常生活題材，婦女詩詞也常被批評為瑣屑重複。但您在評論美國電影《時時刻刻》

8 王仲聞，《李清照集校注》（北京：人民文學出版社，一九七九），頁三六三。

9 見孫康宜，〈美國學生眼中的張充和〉，載《世界日報・副刊》二〇〇六年六月九日。

（*The Hours*）的一篇短文中，卻從婦女生活經驗的所謂瑣屑重複中讀出了意味[10]。

孫：這部電影改編自邁可・柯寧漢（Michael Cunningham）的同名小說，而柯寧漢又是受了維吉尼亞・吳爾芙（Virginia Woolf）的意識流小說《達洛衛夫人》（*Mrs. Dalloway*）的影響。吳爾芙寫女主人公克雷莉莎・達洛衛（Clarissa Dalloway）於一九一九年夏季在倫敦的一天之間的活動——從清早出去買花，到準備宴會，一直到子夜宴會散席為止，前後總共二十四小時的時間。柯寧漢則寫《達洛衛夫人》作者及其兩位讀者在不同時空下各自一天的生活經驗，反映在銀幕上，我們不但目睹了一九四九年羅拉（Laura）在洛杉磯的生活點滴，也同時看到穿插其中的許多有關一九二三年吳爾芙在英國鄉下寫小說時的構思經過。此外，一九九〇年代紐約女編輯克雷莉莎・沃崗（Clarissa Vaughan）身上的種種經驗也同樣交錯其中，讓人感到這個世界的確奇異，不同時代、不同地方，居然可能重複同樣事件，有時甚至可以預演後來的事情。我認為整個電影和原著所要闡釋的乃是一種後現代的文化現象——那就是「文字流」與「時間流」互相配合、互相襯托的現象。時間的流動與生活的流程，本來就是沒有起點、沒有終點的，它就像那無始無終的河流。唯一能把那繼續流動的時光「固定」下來的，也只有靠文字了。

錢：如此看來，從《達洛衛夫人》到《時時刻刻》，也正如中國古代才女的深閨生活描述，是以文字固定女人貌似瑣屑的日常生活中所體現的生命意義。這種描述的重複性體現了婦女生活超越時空的共性。比如從達洛衛夫人到吳爾芙到羅拉到克雷莉莎・沃崗，她們一天的生活都有相同的細節：買花，打雞蛋做蛋糕，準備晚宴；每人都受到不相干的外人的審視和盤問；每人都曾親吻自

---

10 見孫康宜，〈「文字流」與「時間流」：後現代美國女人的讀者反應〉，載《世界日報・副刊》二〇〇三年三月十九至二十日。

己眷戀的另一位女性；每人都需面對自身或親人的憂鬱症與自殺傾向。然而，恰恰是在這種不斷重複之中，生命得到了延續。但她們的生活又各具個性：達洛衛夫人屈服於命運安排；吳爾芙在極度憂鬱中自殺；羅拉終於離開了家庭；克雷莉莎・沃崗目睹前男友跳樓，雖極度震駭但並未崩潰，以自身的堅強，為女兒和同居女友保持溫馨平靜的生活環境。她甚至熱情而寬容地撫慰了前男友的母親，也就是那位拋夫棄子的羅拉——對兒子最終自殺，她多少有責任。女人們對生活道路的不同選擇，又體現了生命的跌宕多姿與不斷更新。

孫：還是以充和為例，她每一天都忙碌於類似的家務和文化活動，但她迄今九十二年重複的生命歷程卻流經了現代史上的狂波巨瀾，造成她生命的不斷流徙，包括移民美國。她「隨意到天涯」的人生態度，使她在動盪中得以秉持追求藝術、安於淡泊的準則。而這不變的準則又使她能適應多變的生活環境，且能以豐厚的中國文化修養感染教化異邦學子，把傳統才女「閨塾師」的作用擴展到耶魯這樣的美國大學裡。所以，我說充和在中國才女文化的悠久傳統中扮演了重要角色。

錢：關於婦女文學創作的另一個棘手問題，是到底有無女性詩學？換言之，評論婦女文學作品是否要另立標準？

孫：研究英美文學的學者們或許認為有女性詩學，比如普林斯頓的依蓮・秀水（Elaine Showalter）教授，寫了一本《她們自己的文學》（*A Literature of Their Own*），就主張有女性詩學。這是因為英美文學傳統中有「性別戰爭」（gender war），認為女人寫作該與男人分開。女作家要想出頭，就得和男人打架。吳爾芙一輩子打得很艱難，她罹患憂鬱症，跟處境有關。寫作環境影響寫作理論，英美女作家們便覺得應該設立自己一套寫作標準。中國的情況不同，中國傳統的男女一直在分享著一個共同的文化，男女也用共同的文學語言在認同這個文化。中國文學從開頭就沒有把女性排除在外。所謂詩歌的世界，其實就是男女共同的園地。尤其是，古人那個「溫柔敦厚詩教也」的觀念，本來就是一種女性特質的發揮，與現代人所謂的「femininity」有類似之處。女作家寫作在中國傳統中一直受到重視，有男人支持，互相溝通，男女寫作並無不同創作理論。所以，我傾向於以同樣標準評鑑男女作家作品。但就詩學中的風格論而言，確實有陰陽之別，是指美學上的分野，與作者的性別無關。陰性文風，也就是上面提到的femininity，婉約含蓄；相對之下的陽性文風（masculinity），豪放曠達。男可做陰性詩篇，比如秦觀；女也可為陽性文章，比如明末的愛國女詞人徐燦；也有陰陽兼具的，比如蘇軾、李清照。美國非學院派女性主義學者卡蜜拉・佩格利亞，在陰性之外，還提到「女人性」（femaleness），主要指女人的性別特徵與行為特徵，並非女性詩學。

錢：我也注意到中西男女作家關係的異同。比如，薛紹徽隸屬同光體中的閩派。這一團體和薛同時的其他女詩人還有陳衍夫人蕭道管，沈瑜慶之女、林旭夫人沈鵲應，幾位都很得父兄、夫婿的呵護和同里詩人的推崇，是中國文人支援才女傳統的延續。倒是維新派出現，反而不主張女人寫詩，引起薛紹徽警覺。薛氏於是在戊戌運動失敗後，做了兩件大事來爭取和保護婦女的著作權利：一是協助她的女兒陳芸收集清代婦女詩文集六百餘種，在此材料基礎上陳芸做《小黛軒論詩》二百二十一首，涵蓋清代才女一千餘人，各附小傳[11]。另一是與其夫陳壽彭合作編譯《外國列女傳》，系統介紹西方古今婦女三百餘人，其中作家、學者、藝術家有百餘之眾。薛氏在鋪陳西方才女成就的同時，更指出在夫權、王權、教權乃至男性話語權的脅迫下，西方才女處境的艱難。

11　陳芸，《小黛軒論詩》，附薛紹徽《黛韻樓遺集》後。

顯然，她在譯介西方婦女生活的過程中，對西方的「性別戰爭」有所瞭解，因此而擔憂提倡「西化」的變法志士們，會把這場戰爭也搬過來。

三、漢學性別研究方法論

錢：最後想請您談談漢學性別研究的方法。當然，研究方法因學者性向、學術目的，和研究對象而各有異同。您是這一領域的領軍人物，您的經驗會有普遍指導意義。

孫：研究的首要任務是發掘、把握和保存材料。就婦女文學來說，這一點古人做得比我們好。明清男性文人出版各種各樣的名媛詩詞選集，並為她們撰寫長篇序跋，甚至再三強調《詩經》中的許多篇章是女子的作品，以便藉此證明孔夫子選詩時特別看重女性。他們的目的，用今日的批評術語來說，就是要把原來邊緣性的女詩人選集提升為「經典化的選集」（canonized anthologies）。明清女詩人們並不完全依靠男性文人來提高她們的文學地位。除了編選女性詩詞集外，她們還很自覺地出版自選集，以一種自我呈現的精神，在序跋中鄭重為自己奠定特定形象。故明、清兩代婦女總集、選集、別集，包括保存下來的前代婦女作品，據胡文楷《歷代婦女著作考》，竟有三千餘種之多！然而，目前通行的文學史著作卻隻字不提。文學史中的「女性空白」多少受到一種錯誤觀念的影響，「五四」以來的女性主義者常常把傳統中國說成一個被「女子無才便是德」觀念統治的時代。當然，事實並非如此。我與蘇源熙合作編選英文版《中國歷代女詩人選集》，就是為更正現代文學史學者的偏見，讓更多的人能瞭解世紀的文學現象，進而改寫文學史。

錢：是，這部選集已成為歐美各大學的必備教科書。我教中國古典詩詞和中國文學中的婦女都要用到。上學期我的一位韓國女學生，依靠其中所選朝鮮女詩人許景樊的作品寫論文，還得到了一項萊斯大學人文研究基金。

孫：由於發掘的文本材料太多，我們只精選了一百二十多位才女的佳作，全書近九百頁，有六分之一的篇幅我們用來翻譯介紹有關婦女文學創作的中國傳統理論和評論，男女評論家各半。我常說選集有兩種功能：一為收集保存之功（curatorial function），明末女遺民詩人王端淑（一六二一－一七〇六）所編《名媛詩緯》便是這類代表作；另一是批評之用，如柳如是與錢謙益合編的《列朝詩集》，其《閏集》下有《香奩》一目，收唐以來女詩人一百二十三人，選錄標準苛刻，並各加評點。我們這部選集，可說是保存與批評兼具，此外還有翻譯介紹的功用，集六十餘位美國學者的翻譯之功。當然，這個過程容易產生誤區。比如，好詩譯壞了，而壞詩翻譯後反變好了。舉個例子：我的學生們都喜歡明末女詩人陸卿子的詩。我說：「你們上當了，陸卿子的詩不算好，是茂齡•羅伯遜（Maureen Robertson）教授譯得好。」當然，難題並不止於此。相信隨著研究的深入，和選集與專集整理的大量出現，會摸索出更多的研究與介紹方法。

錢：您的近期文章廣泛應用了比較方法，比如文化比較，在〈美國的「寒山」〉一文中，將美國小說*Cold Mountain*（《寒山》）置於古希臘荷馬史詩*Odyssey*（《奧德賽》）、中國唐代詩僧寒山以及當地印第安人的烏托邦傳說等多重文化參照系中。其中，詩僧寒山的文化蘊意尤為豐富：如您指出，一九六〇年代有不少美國年輕人特別崇拜寒山，以他的詩歌象徵及其與眾不同的叛逆精神，反抗美國的中心文化。這些美國人把詩人寒山的名字就譯為「Cold Mountain」。小說作者Frazier以「Cold Mountain」為書名，且多次引用或化用寒山詩句，是藉著寒山的意象來反映他個人歸隱山林的嚮往[12]。〈斷背山與羅浮山〉一文中則就著名導演李安的近作*Brokeback Mountain*，比較中西的斷袖之情，指出中國古代傳統對於同性戀，比較西方更為寬容[13]。此外尚有文本比較、手法比較、寫作對象比較等等。

孫：我確實比較喜歡應用這種方法，直觀，易於說明問題。但比較的角度要選好，對所比較的對象應有深入瞭解，否則會流於表面。總之，研究方法要從實際材料出發，漢學性別研究迄今取得的成就，都是遵循這條平實的路子。對西方理論雖有借鑑，但根本還是在所研究的中國傳統中提升理論。還是我們一開頭談到的，一般人總以為西方的文化理論可以為中國文學研究帶來嶄新的視角，卻很少有人想過中國文學的研究成果也能為西方的批評界帶來新的展望。所以，漢學性別研究不僅可以幫助我們重構中國文學史、中國歷史，也可以幫助西方學者豐富和重建文學、歷史，與性別研究理論。其前途正是未可限量。

——本篇原載於《社會科學論壇》二〇〇六年十一月。本文為修訂版。

12 〈美國的「寒山」〉，載《世界日報・副刊》二〇〇四年二月八至十日。

13 〈斷背山與羅浮山〉，載《世界日報・副刊》二〇〇六年一月十三至十四日。

有關《金瓶梅》與《紅樓夢》的七個問題

e-mail採訪者：張文靖（以下簡稱「張」）。
受訪者：孫康宜（以下簡稱「孫」）。

張：《金瓶梅》和《紅樓夢》，哪個更天真，哪個更世故？為什麼？

孫：用「天真」和「世故」來形容小說，有點奇怪。我認為每本小說都有世故和天真的成分。例如，若把《紅樓夢》裡的人物視為天真，把《金瓶梅》中的女性視為世故，則把問題簡單化了。有一位清代的評論家（筆名為太平閒人）就曾經說過，一般讀者「但知正面，而不知反面」，所以他們經常不知《紅樓夢》「較《金瓶梅》尤造孽」。其實，《紅樓夢》乃在暗指《金瓶梅》，所以一開頭就提到「意淫」。許多其他傳統的「《紅樓夢》讀法」也都說《紅樓夢》原本「借徑在《金瓶梅》」。如果說，《金瓶梅》在明顯地演出一個很世故的世界（因牽涉到酒色財氣），《紅樓夢》也照樣在演一個世故的世界（書中有關財色的例子，不勝枚舉），只是它採用的是含有隱意的章法，有時讓讀者難以一時看出。所以，有評論家以為讀《紅樓夢》一百二十回「若觀海然，茫無畔岸矣」。但這兩本小說都具有很高明的敘事筆法，同樣是膾炙人口的書，至於其個別的意境如何，則見仁見智。

張：《金瓶梅》和《紅樓夢》中的女性，在精神氣質上有何本質區別？

孫：很難一概而論。表面上看來，《金瓶梅》中的女性「反面人物」較多，像潘金蓮就為了和西門慶幽歡而狠心毒死自己的丈夫武大郎，而李瓶兒也在丈夫花子虛斃命時盡興地偷情！一般說來，《紅樓夢》裡的「女兒們」較為清白，甚至有靈性——雖然鳳姐之辣，顯然易見。但我以為用這樣「黑白分明」（black and white）的眼光來分析這兩本小說是很膚淺的做法。我很佩服我的朋友田曉菲教授，她在《秋水堂論金瓶梅》一書中曾經說過：「《金瓶梅》最偉大的地方之一，就是能放筆寫出人生的複雜與多元。」應當說，《紅樓夢》中的女性也同樣具有很複雜與多元的品質。不能一概而論。

張：《金瓶梅》和《紅樓夢》是否都包含了對男權的批評，哪一個更澈底？

孫：我的另一位好友劉劍梅教授曾在她的文章〈紅樓夢的女性主義批評〉中說過：「曹雪芹是女性主義的先知和曙光。」（見劉劍梅和她父親劉再復先生的長篇對話錄《共誤紅樓》）雖然曹雪芹並沒提出「女性主義」或「女權主義」的概念，但劉劍梅以為，從男主角賈寶玉所經歷的「陰盛陽衰」的世界來看，賈寶玉則是一個「男性的女性主義者」。尤其是《紅樓夢》一開始就提到「女媧補天」，而寶玉則只是一塊多餘的石頭，他對女性則充滿崇拜。所以，劉劍梅的結論是，在《紅樓夢》裡，中國傳統中的「男權中心主義」明顯地受到了挑戰。

但另有西方學者Louise P. Edwards女士〔在其書《清朝的男人與女人》（*Men & Women in Qing China*）中〕卻提出了一個完全相反的論調。她以為《紅樓夢》裡的諸位女性都只是男主角賈寶玉的陪襯而已，說不上挑戰男權。

我自己一向不太喜歡用「權力」的觀念來闡述中國的傳統文學，因為我認為當時的作者不一定是從那種理論觀點出發的。當然，這並不表示我們不能用現代的「女性主義」的眼光來分析從前小說的複雜性。例如，我們可以在《金瓶梅》裡讀出當時女人的掙扎。她們為了討好那個握有男權的西門慶，不斷在「多角關係」中掙扎，不斷地犧牲自己，甚至出賣自己。但我基本上不喜歡用這種「受害者」（victimized）的眼光來讀小說，因為這種讀法很像「套公式」一樣，得不到什麼新意。

張：在眾多的明清世情類長篇小說中，只有這兩部脫穎而出，成為人們心目中的「名著」，那麼在您心目中，它們的可愛之處在哪裡？

孫：這兩部書之所以成為經典名著，主要因為小說筆法都很成功，而且都深入地描寫了普遍的人性和人之感情。而且，雖都以閨房和家庭的經驗為主，卻能寫得雅俗共賞，讓人百看不厭。對我個人來說，《紅樓夢》好像是集中反映中國雅文化精粹的百科全書。尤其是書中的詩詞、園林的描寫、女子們的萬種柔腸，以及其中的悲歡離合，在在都表現了中國文化的特殊本質。至於《金瓶梅》，欣欣子在《詞話》本的序中早已說過，該書「寄意於時俗」。後來，魯迅也說它是一部成功的「世情小說」。我之所以特別欣賞《金瓶梅》，主要也因它所描寫的「世情」萬象。可惜我們不知道《金瓶梅》的作者是誰。但不論作者是誰，我們都必須承認，該書作者的小說筆法十分高明。哪怕是刻畫市井真相，或是用口語來寫婦女之間的口角，都寫得十分生動。

張：放在世界文學史中，這兩部小說的地位如何？可以類比英美文學中的哪些作品？

孫：在世界文學中，這兩部小說都非常獨特，不論是《紅樓夢》或是《金瓶梅》，都是舉世無雙。所以，我很難在英美文學中找到類似的作品！至少我們可以說，就小說的地位來說，這兩部小說應當都可以和西方最著名的經典名著——例如但丁的《神曲》、托爾斯泰的《安娜•卡列寧娜》等——平起平坐。但《紅樓夢》和《金瓶梅》所描寫的世界的確很不同，西方讀者之所以現在開始懂得閱讀這兩部小說，也就是欣賞這個「不同」。幸而目前已經有了不錯的英譯本，可以讓西方讀者們盡情欣賞閱讀。《紅樓夢》的英譯以David Hawkes和John Minford的*The Story of the Stone*（五大冊）最受歡迎。而《金瓶梅》已開始有David Tod Roy的英譯本*The Plum in the Golden Vase*（已出完三大冊）。這兩部小說在世界文學史的地位，肯定會逐漸增高。

但關於要在西方作品中找可資比較的傑作這一點，我應當就這種自「五四」以來的一種「比較偏執」稍作批判。其實，這是自傳教士介紹中學到歐洲以後，從歐洲早期漢學以來，西方人一直看待中國文化的一個「東方主義」的眼光：凡是他們讚賞中國的某作品或某特徵，總是基於哪一點與西方相同。這就是說，西方的比較觀只醉心於尋求同於己者，如找不到同於己者便付之漠視。許久以來，西方漢學家基本上是一種克隆眼光的比較觀，而這一點在比較文學盛行後也傳染了中國學者，使他們只在此圈圈中打轉。我以為現在應該突破這樣的「克隆觀」，應當在比較中求異，大談中國文化或文學的特質（uniqueness）了。例如，我的耶魯同事康正果，他在他的《風騷與豔情》一書中，拒絕使用「愛情詩」的概念而探求較為深刻的「風騷」與「豔情」的傳統。在另一部著作《重審風月鑑》中，不使用「色情」或「淫穢」等字眼和概念，而獨舉「風月鑑」。我想他從一開始就朦朧地感到中西比較之間，很難找到百分之百的「等同」（equivalent）。

張：這兩部小說是否有為中國所獨有而不可取代的氣質，您可以具體描述一下這種氣質嗎？

孫：我很欣賞你這個題目，因為它正好呼應了以上我所提到的中國文學的「uniqueness」，但若要談這兩部小說所有「為中國所獨有而不可取代的氣質」，那可就說不完了！例如，《紅樓夢》一開頭，空空道人就說出「因空見色」的話，等於點出了這部小說的通體大章法，這絕對是在西方文學中找不到的。而且，曹雪芹喜歡用真真假假、假假真真的隱喻方式來讓每個讀者自己領會、各有所感。至於《金瓶梅》的寫法，表面看來十分直接而大膽，但其實故事中的真正寓意都隱藏在所謂的「細針密線」中。另外有一點是西方文學中所沒有的——那就是書中的重要情節都與吃飯連接在一起！吃飯對中國人是很重要的，這點在這兩本小說中都表現無遺了。但小說中吃飯的情節絕不僅止於描寫「吃喝」的樂趣，所以太平閒人的《石頭記讀法》就特別提醒讀者：「書中……每用吃飯，人或以為笑柄，不知大道存焉。」至於《金瓶梅》更不必說了；整本小說充滿了食譜！回憶三十五年前，我還在普林斯頓當研究生的時候，普大師生曾舉行了一次盛大的「金瓶梅大餐」，共準備了二十二道菜，全按小說中的食譜來製作。我們一邊用餐，一邊討論小說中與各種食物有關的情節，好不痛快！比如說，吃到九十四回「雞尖湯」那道菜時，我們都異口同聲地說：「一定是西門慶已經過世，家裡變窮了，否則他的家人怎麼會吃這樣寒酸的湯？」我想，西方文學很少會產生這樣的讀者反應！

張：這兩部小說中您最喜愛的人物分別是誰，理由是什麼？

孫：我一直很難從西門慶的六個妻妾中，找到一個自己比較喜歡的人物！如果說，非要找出一個人物，我會想到李瓶兒。與潘金蓮比起來，李瓶兒懂事得多，也較為大局著想。但我說不上喜歡瓶兒，因為她還是太世故了。在《紅樓夢》裡，我最喜歡史湘雲，她本性天真爛漫，沒有心機，也比較樂觀。我無法忍受黛玉的悲觀，也不喜歡她經常用口舌傷人！對我來說，寶釵也太圓熟了。但這只是我個人的偏見。當然，作為小說裡的人物，她們都是可愛的角色。

關於《劍橋中國文學史》的採訪

採訪者：石劍峰（以下簡稱「石」）。
受訪者：孫康宜（以下簡稱「孫」）。

石：《劍橋中國文學史》的編寫，你們把這部文學史定位為「文學文化史」，能否對這個概念做一個解釋？

孫：必須說明，當初英文版《劍橋中國文學史》的編撰和寫作是完全針對西方的英語讀者的，因而所謂的「文學史定位」也自然以西方的文學環境為主。至少在西方的文學理論界，從前一九六〇年代和一九七〇年代所盛行的結構主義，主要注重的是分析文本的內容，以及個別讀者和閱讀文本之間的關係。但在那段期間以後，學院派漸漸有一個明顯的變化——那就是，文本的意義必須從文化的廣大框架中來看，於是問題就變得比較多面化，但也走向「外向化」（如果各位有興趣，可以參看我的耶魯同事Paul Fry最近在一個訪談中所談到的西方文本文化之轉變——見訪談"Talking Theory: An Interview with Paul Fry",*Aura: The Yale Undergraduate Journal of Comparative Literature*，二〇一三年春季第一期：https://www.facebook.com/auracomplitjournal; yaleCLjournal@gmail.com）目前大家所關心的問題是：一個文本是如何產生的？它是如何被接受的？在同一個時代裡，這個文本和其他文本又有什麼關係？諸如此類的問題自然就使「文學史」的撰寫變得更像「文學文化史」了。總之，《劍橋中國文學史》不再以傳統的「文類」分野來機械地探討一個文本，而是把文本視為「文學文化」中一個有機的成分。

我想中國大陸的讀者也會對這種文化現象感到興趣，但不必完全贊同。不久前，著名的北大學者陳平原就在他的一篇文章中說到：「作為一個主要從事現代中國文學史／教育史／學術史研究的人文學者，我追求的是『國際視野與本土情懷』的合一。」（見〈國際視野與本土情懷——如何與漢學家對話〉，《上海師範大學學報》二〇一一年六月）

石：《劍橋中國文學史》的編寫，是否可以這麼理解，通過這些作者的視角重新定義何為經典，哪些作品可以進入文學史？

孫：我想，不應當說《劍橋中國文學史》的編寫，乃是完全通過這些「作者」的「視角」來「重新定義何為經典」，或者決定「哪些作品可以進入文學史」。當然，這些篇章都是由個別的作者撰寫而成，每個作者的寫作也都會受主觀的影響。但文學中「何為經典」、「哪些作品可以進入文學史」絕不是某個人的主觀意見可以決定。那是需要做一番澈底的原始文獻的研究——而且也要弄清楚作品本身的接受史，才能斟酌情況，也才算對歷史負責。例如，現代的讀者總以為明朝流行的主要文類是長篇通俗小說，如《三國志演義》、《水滸傳》、《西遊記》、《金瓶梅》等等，但事實上，如果我們去認真閱讀那個時代各種文學文化的作品，就會發現當時小說並不那麼重要（至少還沒變得那麼重要），主要還是以詩文為主。小說之所以變得那麼有名，是後來的讀者們喜歡上那種文體，並將之提攜為經典作品。有關這一點，北師大的郭英德教授也大致同意我的意見，他曾經對我說，至少在明代前中期，文人最注重的還是詩文的寫作。

所以，應當說：撰寫《劍橋中國文學史》的幾位作者都很關注「何為經典、哪些作品可以進入文學史」的問題，他們也會思考與接受史有關的問題——例如，為什麼有些作品（即使是在印刷文化之前的作品）能長久存留下來，甚至成為經典之作，而其他大量的作品卻經常流失，或早已被世人遺忘？但不能說《劍橋中國文學史》的作者只是用自己獨特的「視角」來「重新定義何為經典」，或決定「哪些作品可以進入文學史」。

當然，「何為經典」是一個極其複雜的問題。作為主編，我和宇文所安兩人都互相合作討論，對於有關的問題，總希望盡量取得最理想、最穩當的處理方式。

石：這幾十年來，中國文學史的著作非常非常多，在你看來，文學史對文學的意義在哪裡？在中國文學這樣一個語境下，這個意義又如何理解？

孫：在我看來，文學史的意義就在於它代表了某個時代（或地域）的特有文化闡釋方式。同樣，在「中國文學」這樣一個語境下，在西方用英文寫的「中國文學史」自然會與再中國用中文撰寫的「中國文學史」不同。所以，我一直很擔心，害怕國內的中文讀者會對這部《劍橋中國文學史》的中譯本產生某種誤解，甚至失望。例如，我們這部文學史後頭所列出的〈參考書目〉只包括英文的資料，並未包含任何中文文獻。必須強調的是，「劍橋文學史」乃是一個特殊情況的產物：當初，這部文學史是劍橋出版社特約的書稿，所以有關讀者對象（即非專業英語讀者）有其特殊的規定，同時出版社對我們的寫作也有特別的要求。所以，我們所編寫的「英文參考書目」也為非專業英語讀者而準備，其目的也只是為了說明有興趣的讀者將來能繼續閱讀一些其他有關的英文書籍。同時，我要說明的是：寫作文學史首先要參考的是原始文獻，其他才是二手文獻。當然，這並不表示我們這部文學史的寫作沒有受二手中文文獻的影響。事實上，在撰寫每一章節的過程中，我們的作者都曾經參考了無數中文（以及其他許多語文）的研究成果，如果要一一列出所有的「參考」書目，其「浩如煙海」的篇幅將無限增大，同時也不符合實際的考慮。所以，當初劍橋大學出版社也完全支持我們的計畫——那就是，只準備一個有選擇性的英文書目，不包括中文及其他語文的書目。但為了出版這個中文版，不久前北京三聯書店的編者曾向我們提出一個請求，希望每位作者能羅列一些自己覺得比較重要的中文研究文獻（包括文章和專著），以方便於中文讀者查考。不用說，我和宇文所安先生都慎重考慮了這個建議，但最終還是決定不開列中文參考書目。這是因為，我們認為中文版的《劍橋中國文學史》應當反映英文原著的面貌——我們這部書原來就是為了非專業英語讀者而寫的。當初，如果我們是為了中國讀者而寫，我們的章節會用另一種角度和方式來寫。現在我們既然沒為中文讀者重寫這部文學史，我們也沒必要為中文版的讀者加添一個新的中文參考書目。的確，不同的語言和文化會產生不同方式的「文學史」。

石：《劍橋中國文學史》的作者基本上都是在海外生活的中國學者或者海外漢學家，並沒有召集中國大陸和臺灣、香港的學者，這是一個怎樣的選擇？

孫：這絕不是有意的偏見，而是基於實際需要的配合。《劍橋中國文學史》（*The Cambridge History of Chinese Literature*）的最初構想是由英國劍橋大學出版社（CUP）文學部主編 Linda Bree 於二〇〇三年底直接向我和哈佛大學的宇文所安教授提出的。在西方的中國文學研究發展史上，這是一個非同尋常的時刻。當時，美國的哥倫比亞大學出版社剛（於二〇〇一年）出版了一部大部頭的、以文類為基礎的中國文學史。同時，荷蘭的布瑞爾公司（Brill）也正在計畫出版一部更龐大的多卷本。就在這個時候，我和宇文所安以及幾位海外漢學者也正在考慮著手為西方讀者重寫中國文學史，而碰巧劍橋大學出版社來邀請我們出版一部具有「特殊性」的《劍橋中國文學史》。既然我們的研究方向與劍橋大學出版社的理想和目標不謀而和，我們很自然就邀請我們原來已計畫好的「合作者」（他們大都是在美國執教的漢學家）來分別寫各個章節。所以，我們從來也沒考慮過作者的國籍問題。此外，這是一部用英文寫的文學史，每個作者負責的篇幅又長，而且交稿期限也很緊迫，所以我們也不便去重新召集中國大陸和臺灣、香港的學者。

石：《劍橋中國文學史》的讀者是西方普通英語讀者，這對你們在寫作時，有何障礙？西方知識階層普通讀者對中國文學史的瞭解到底處於一個怎麼樣的層次？

孫： 當然，從狹義的方面來說，「西方普通英語讀者」主要指研究領域之外的那些讀者，他們雖然對中國文學沒什麼瞭解，但對中國文化有一定的興趣。所以，如何為他們提供一個基本的敘述背景，以使他們在讀完之後，還希望進一步獲得更多的有關中國文學和文化的知識，應當是我們的目標和挑戰——但絕不是障礙。換言之，我們很想利用這個凡事追求全球化的大好機會，撰寫出一部既富創新性又有說服力的新的文學史。但話又說回來，我們所謂「普通讀者」並沒排除在歐美世界研究中國文學的讀者。在英文裡，「普通讀者」（general reader）就是指所有讀者的意思。為了滿足所有讀者的需要，我們盡量用深入淺出的方式來寫。

石：《劍橋中國文學史》由不同的作者創作，他們國籍不同，理論和研究背景不同。這樣的文學史，在編撰中，你們是否設定了一個中國文學史的發展主線和脈絡？

孫： 我們請來的這些作者都是同時接受東西方傳統教育的人。雖然他們的國籍或許不同，但他們的理論和研究背景有很多相同之處，他們都是同樣受美國或歐洲高等漢學訓練的學者，所以他們很容易互相「對話」。但必須說明，在開始撰寫此書之前，我們曾經把所有的作者請到耶魯大學來開會兩天，仔細討論各個章節的主要內容、章節之間的連續、參照，以及翻譯詞語等問題。同時必須說明，我們的《劍橋中國文學史》基本上是個「接力賽」，所以作者和作者之間都必須不斷地互相參照、配合。最難的就是其中提到的每一部作品的英譯題目都必須前後一致才行，例如《金瓶梅》必須譯成 *The Plum in the Golden Vase* ，《西廂記》必須一致翻成 *The Western Wing* 等。這樣就需要兩位主編十分賣力地不斷查看核對！幸虧有E-mail，我常常會收到一個作者來信問：「這個書名怎麼翻譯？」我就同時要給另外三四個作者發電子郵件，討論一下該怎麼翻譯。而我和宇文所安也要同時以電子郵件互相討論！我們兩位做主編的確實相當辛苦，但我們都認為這是為西方漢學界服務，這是我們的義務。但可惜這些努力卻是中譯本的讀者所看不出來的！

不用說，這本《劍橋中國文學史》書寫的角度和目前國內學者所採用的方法會有不同，同時也跟中國傳統的觀點有相異之處。但這也就是所處文化的不同。

石：在《劍橋中國文學史》最後，你們把網路文學也納入其中，對於這一文學現象進入文學史，你和賀麥曉教授的初衷和理由是什麼？

孫：我們所謂「文學」指的是廣義的文學，當然也包括目前這種無孔不入的網路文學。所有我們的作者（包括該部分的作者賀麥曉）都同意必須要把網路文學納入《劍橋中國文學史》中。但可惜的是，由於各種原因，北京三聯這個中文簡體字版的下限時間只能截至一九四九年，故原來英文版中所涉及的一九四九年之後的文學文化狀況（一直到二〇〇八年），這個簡體中譯本只得割愛了。不過，臺灣的聯經出版公司將來會出版繁體字的「全譯本」。目前有興趣閱讀一九四九至二〇〇八年那段文學史的讀者，請見英文版的《劍橋中國文學史》最後一章。

石：從目錄上也就可以看到，整部《劍橋中國文學史》的體例很多，有圍繞人物而寫，有斷代，有文體等等，你們怎麼盡量減少體例繁多帶來的閱讀障礙或困擾？這樣一種寫法，是否也是《劍橋文學史》系列中少有的現象？從這也可以看出中國文學史發展的特殊性在哪裡？

孫：如果把我們的《劍橋中國文學史》和〈劍橋義大利文學史〉相比，我並不覺得我們的體例特多。其實，劍橋文學史的每一本「歐洲卷」也同樣具有各種不同的體例——有圍繞人物而寫，有按不同的分期、不同的文體分類來寫等等。我想〈劍橋中國文學史〉較為特別的地方乃是它所包含的「文學史」的時間長度。因為劍橋文學史的「歐洲卷」均各為一卷本，唯獨《劍橋中國文學史》破例為兩卷本，這是因為中國歷史文化特別悠久的緣故。巧合的是，第二卷的《劍橋中國文學史》在年代上大致與劍橋文學史的歐洲卷相同，且具有可比性。

石：宇文所安教授在上卷導言中說到：「所有這些現場都為文學史帶來了難題：這些現場清楚表明，作為一項現代工程的文學史，在何種程度上與民族國家及其利益綁縛在一起，為民族國家提供一部連綿不斷的文化史。……」這裡其實就是涉及到一個「語言政治」問題。你認為，你和其他幾位學者在編寫這部著作的時候，總體上是如何處理這個問題的，即文學與政治的關係？這個關係可能在現當代文學的篇章尤其引人矚目，因為這涉及到國、共兩黨的意識形態之爭。

孫：文學史當然會涉及「語言政治」。我想有關這一點，宇文所安教授是同意的。但下冊有關現當代文學的篇章，以及「國、共兩黨的意識形態」諸問題，不會出現在這個北京三聯的簡體版中（前面已經說明，這個中文簡體字版的下限時間只能截至一九四九年）。幸而《劍橋中國文學史》的英文版早已於二〇一〇年出版，讀者可以參考。

石：《劍橋中國文學史》是否也是一次重新檢視白話文運動以來中國文學的機會？哪些固有的範疇通過這次書寫，被這部文學史所排斥或者扔掉了？

孫：《劍橋中國文學史》肯定是一次「重新檢視白話文運動以來中國文學」的好機會。有關這個話題，以及哪些「固有的範疇」被排斥的問題等等，頗為複雜。總之，這些問題不是在這裡能用幾句話來概括的，故請參照王德威教授的那一章（一八四一至一九三七）。

石：《劍橋中國文學史》的編寫前後整整十年，這十年的編寫，能談談你個人的感受嗎？

孫：其實，英文版的《劍橋中國文學史》，前後的編寫只花了四年的工夫——從二〇〇四年暑假開始，到二〇〇八年暑假交卷為止。但此書最累人的地方就是有Index——索引。大約有一年的時間（從二〇〇八到二〇〇九年），我們一直在奮鬥掙扎，就是為了努力在幾個月的期間完成索引。而且，為了配合書面和各種電子版的需要，編撰索引的過程要比從前的難度高得多；現在劍橋大學出版社所要求的是是一種稱為XML的indexing，即使讓一個人每日埋頭苦幹，最快也要花上幾個月的時間才能完工。所以，最後我們聘了一位職業編輯顧愛玲（Eleanor Goodman）來為我們做這事。她願意承擔這個編索引的艱苦工作，完全是本著任勞任怨的精神，令我們既感激又感動。總之，這個十分繁瑣的工作階段至少花掉了一年。當然在這艱苦的過程中，我也學了不少東西。

現在這套書又被譯成中文，實在不容易。首先，我們要向編輯馮金紅和各位作者獻上感謝。同時，必須感謝幾位細緻嚴謹的翻譯者：劉倩、李芳、王國軍、唐衛萍，唐巧美、趙穎之、彭懷棟、康正果、張輝、張健、熊璐、陳愷俊。他們的譯文大都經過了作者本人的審核校訂。但其中有兩位作者堅持自譯——即李惠儀和奚密教授。當然，我們還要感謝北京三聯書店的各位同仁，是他們的全力支持使得《劍橋中國文學史》的中譯本得以順利在中國大陸出版。

現在《劍橋中國文學史》的中譯本簡體字版即將出版。我相信宇文所安和各位作者都有同感：這是一個令人快樂的時刻。

——本文摘錄曾刊於上海《東方早報》，二〇一三年七月十九日。

語言文學類　PG1372　文學視界91

孫康宜文集　第四卷
——漢學研究專輯I

作　　者 / 孫康宜
封面題字 / 凌　超
責任編輯 / 盧羿珊、杜國維
圖文排版 / 楊家齊
封面設計 / 蔡瑋筠

發 行 人 / 宋政坤
法律顧問 / 毛國樑　律師
出版發行 / 秀威資訊科技股份有限公司
114台北市內湖區瑞光路76巷65號1樓
電話：+886-2-2796-3638　傳真：+886-2-2796-1377
http://www.showwe.com.tw
劃撥帳號 / 19563868　戶名：秀威資訊科技股份有限公司
讀者服務信箱：service@showwe.com.tw
展售門市 / 國家書店（松江門市）
104台北市中山區松江路209號1樓
電話：+886-2-2518-0207　傳真：+886-2-2518-0778
網路訂購 / 秀威網路書店：https://store.showwe.tw
國家網路書店：https://www.govbooks.com.tw

2018年5月　BOD一版
全套定價：12000元（不分售）

國家圖書館出版品預行編目

孫康宜文集. 第四卷, 漢學研究專輯. I / 孫康宜
著. -- 一版. -- 臺北市 : 秀威資訊科技,
2018.05
面； 公分. -- (語言文學類 ; PG1372)(文
學視界 ; 91)
BOD版
ISBN 978-986-326-513-9(精裝)

1. 孫康宜 2. 中國文學 3. 漢學研究

848.6 106023064

ISBN 978-986-326-515-3
9 789863 265153 12000

讀者回函卡

感謝您購買本書，為提升服務品質，請填妥以下資料，將讀者回函卡直接寄回或傳真本公司，收到您的寶貴意見後，我們會收藏記錄及檢討，謝謝！

如您需要了解本公司最新出版書目、購書優惠或企劃活動，歡迎您上網查詢或下載相關資料：http:// www.showwe.com.tw

您購買的書名：________________________

出生日期：_______年_______月_______日

學歷：□高中（含）以下　□大專　□研究所（含）以上

職業：□製造業　□金融業　□資訊業　□軍警　□傳播業　□自由業

□服務業　□公務員　□教職　□學生　□家管　□其它_____

購書地點：□網路書店　□實體書店　□書展　□郵購　□贈閱　□其他

您從何得知本書的消息？

□網路書店　□實體書店　□網路搜尋　□電子報　□書訊　□雜誌

□傳播媒體　□親友推薦　□網站推薦　□部落格　□其他_______

您對本書的評價：（請填代號　1.非常滿意　2.滿意　3.尚可　4.再改進）

封面設計____　版面編排____　內容____　文／譯筆____　價格____

讀完書後您覺得：

□很有收穫　□有收穫　□收穫不多　□沒收穫

對我們的建議：________________________

____

____

____

請貼
郵票

11466
台北市內湖區瑞光路 76 巷 65 號 1 樓

秀威資訊科技股份有限公司　　　收

BOD 數位出版事業部

（請沿線對折寄回，謝謝！）

姓　　名：________________　年齡：________　性別：□女　□男

郵遞區號：□□□□□

地　　址：________________________________

聯絡電話：(日) ________________ (夜) ________________

E-mail：________________________________